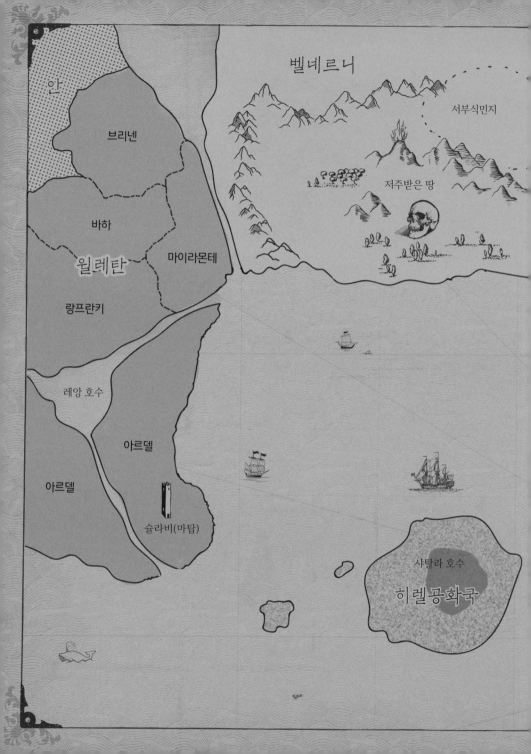

폐하,
또 죽이진
말아주세요

3

폐하,
또 죽이진
말아주세요

에클레어 장편소설

III

폐하, 또 죽이진 말아주세요 3

지은이   에클레어
펴낸이   이형기
펴낸곳   도서출판 가하

초판인쇄   2020년 1월 9일
1판2쇄   2021년 9월 3일
출판등록   2008년 10월 15일 제 318-2008-00100호

주소 서울 영등포구 양평로 67, 1209 (당산동5가, 한강포스빌)
전화 02-2631-2846   **팩스** 02-2631-1846

www.ixbook.co.kr

ISBN 979-11-300-4091-2 04810
        979-11-300-4088-2 04810 (set)

값 13,800원

차 례

12. 비밀

"찾았다!"

나는 탄성과 함께 루페르트의 생일이 적혀 있는 페이지를 손으로 집었다. 한여름, 그것도 하오에 태어났으니 얼마나 고생이 심했을까. 나는 갓 태어난 그를 제대로 안아보지도 못하고 눈물을 흘렸다는 에바에 대한 묘사에 쓴웃음을 지었다.

본궁과 태자궁, 별궁의 서고를 아무리 뒤져도 나오지 않던 루페르트에 대한 기록은 전부 여기 있었다. 나는 어린 시절의 루페르트인 듯한 초상화가 걸린 벽을 올려다보았다.

먼지가 잔뜩 쌓이긴 했지만 그림 속 어린 루페르트는 천사처럼 어여뻤다. 곱슬기가 남아 있는 금발이 동글동글 말려 있는 데다 발그레한 뺨이 오동통하니 참 귀엽다. 에바의 손을 꼭 잡고 있는 그는 적어도 지금보다는 행복해 보였다.

멍하니 그림을 바라보던 나는 자리에서 일어나 부연 먼지를 헤치며 서재의 창문을 열었다. 창틀도 마찬가지로 더러운 것을 보아하니 폐쇄된 이후 그 누구도 이곳을 청소하지 않은 모양이다. 폐궁은 황제의 엄한 단속으로 출입이 금지된 공간이나, 그가 죽은 마당에 내 걸음을 막을 수 있는 이는 없었다.

물론 여기까지 오는 길이 조금 음습하고 못된 짓을 하는 아이가 된 것처럼 콩닥거리는 가슴을 진정시킬 길이 없기는 했다. 황가에 너무 깊이 관여하는 기분이 들었으니까. 넘어서는 안 되는 선을 넘는 것만 같은 꺼림칙함에 시달렸다. 하지만 꼭 루페르트의 생일을 알아내고 싶었다. 여태 없던 오기가 어디서 샘솟기라도 한 것처럼.

오늘이 날이긴 날이었던 모양인지 나는 그 누구에게도 들키지 않고 무사히 이곳에 숨어들어 루페르트의 생일을 알아낼 수 있었다. 그러나 나는 그의 생일을 받아 적고도 궁정일기를 손에서 놓지 못했다.

토리의 생일이 적혀 있을 수도 있으리란 작은 희망 때문이다. 그녀가 정말로, 나는 아직도 믿어지지 않았지만, 진실한 크루나루카라면 그녀는 사람이기는 했다. 단지 크루나루카라는 금속이 그녀의 심장을 물들였을 뿐.

나는 크루나루카나 그 역사조차 알지 못했지만 그녀가 스스로를 인간이 아니라고 여기며 살아가게 내버려두고 싶지는 않았다. 어디서 어디부터가 사람인지 정의할 수 있는 사람은 아무도 없었고, 설령 상트볼고르와드의 가장 높은 신관에게 달려가 판정을 내려달라고 해도 그들 역시 감히 그녀를 재단할 수 없으리라. 토리가 사람이고 싶다면 그녀는 사람일 수 있어야 했다.

이미 대륙에서는 사라지는 추세인 노예들도 사람임을 인정받는데, 루페르트를 가장 사랑하는 그녀가 사람이 아닐 리가 있나. 나는 담담한 듯하면서도 떨렸던 토리의 목소리를 떠올렸다. 금속이라 변할 수 없다니. 애초에 이해할 수 없는 말이었다.

「땅땅 때리면 금도 변하고 쇠도 변하고 다 변하던데요?」

「……네?」

「불에 넣고 망치로 두들기면요. 정 안 변하면 전하한테 연금술이라
도 써달라고 하면 되죠! 전하처럼 솜씨 좋은 연금술사가 바로 곁에 있
는데!」

　토리에게는 말도 되지 않는 우격다짐이었겠지만 나는 정말로 그렇게
생각했다. 비록 토리를 제대로 설득하지는 못했어도 정말로 오랜만에
그녀의 웃는 얼굴을 볼 수 있었다. 아니, 그녀는 별궁에 살 때까지만 해
도 잘 웃었다.

　루페르트가 나를 언제쯤 거둬줄까 조마조마하며 밤을 지새우는 날도
많았지만 돌이켜 생각해보면 별궁의 나날은 나쁘지만은 않았다. 우
리는 도망치는 너구리를 잡으러 같이 숲을 뛰어다니기도 했고, 루페르
트의 구박이 도가 지나치다 싶으면 뒤에서 몰래 그의 흉을 보기도 했
다. 내가 그의 앞에서 실수를 할 때면 토리가 나서주기도 했다.

　그래, 그랬던 적도 분명 있는데.

　나는 토리의 해사한 웃음을 떠올리며 책을 뒤적거렸다. 루페르트가
태어난 이후로는 그에 대한 이야기밖에 없었으니 더 뒤로 가야만 했다.

　황후가 된 후 에바의 일상은 그리 특별하지 않았다. 단조로운 매일매
일의 반복이라 마치 밀린 일기를 억지로 써낸 양 작위적인 느낌까지 난
다. 하루아침에 다른 나라로 가축처럼 끌려온 사람이 이토록 평화롭게
지냈다니, 의심스러울 정도다.

　해서 나는 에바가 황후가 되기 전의 기록을 확인해야만 했다. 다행히
이 서재는 아칸 1세가 쓰던 궁에 있었다. 그가 벨네르니를 다스리던 때
의 자료는 아마 이 궁에서만 찾을 수 있을 것이다. 나는 루페르트의 생
일이 적힌 궁정일기를 챙겨 서둘러 몸을 움직였다.

　붉은 궁전의 궁이란 겉모습이 아무리 다른들 구조 자체는 비슷비슷

해서 나는 중앙서고를 쉬이 찾아낼 수 있었다. 검은색 커튼으로 책이나 장식이 전부 가려져 있었지만 훅 맡아지는 케케묵은 책 냄새로 나는 이 방이 서고임을 확신할 수 있었다.

나는 가장 오른쪽에 쳐져 있는 천부터 낑낑거리며 거둬냈다. 벽면을 가득 채운 책장은 빈틈 하나 없이 가득 채워져 있었다. 나는 궁정일기의 위치를 눈대중한 다음, 저 위의 책을 꺼낼 때 사용하기 위한 사다리에서 먼지를 털었다.

그동안 해온 게 있으니 요령이 생겨 나는 금세 내가 찾던 내용을 찾아낼 수 있었다. 루페르트의 생일을 찾는다고 온통 뒤지고 다닌 보람이 있네. 나는 맨 뒷장부터 천천히 페이지를 넘겨보았다.

토리로 유추되는 사람의 흔적은 전혀 찾아볼 수 없어 나는 기어코 에바가 벨네르니에 처음 당도한 날의 기록까지 올라가고 말았다.

"월레탄은 아직까지도 인권의 개념이 제대로 자리 잡히지 않은 야만적인 나라로구나!" 아칸 1세는 적국이 종전을 위해 보내온 어린 여자들 무리를 바라보며 탄식했다.

이 여자 무리에 에바가 섞여 있었던 모양이다. 아칸 1세의 남동생이 한 여자에게 관심을 보였다는 이야기도 쓰여 있었다. 젊은 대공이 승전으로 이끈 공을 치하하는 의미로써 에바를 제게 내려달라 아칸 1세에게 요청했지만, 여자들을 전부 월레탄으로 돌려보낼 계획이었던 아칸 1세는 거절했다고 한다.

젊은 대공이 요청한 여자는 아주 어린 시녀를 데리고 있었다는데, 나는 그 아이가 토리일까 싶었다. 그러나 이제는 그 부분보다 아칸 1세에 대한 자세한 묘사가 더 흥미로웠다. 황제만큼 미치광이까지는 아니어도 성군은 아니리라 생각했는데, 궁정일기 속의 그는 상당히 너그러운 사람이었다.

아칸 1세는 심지어 노예제도가 남아 있는 식민지의 노예들을 전부 사벨네르니의 제국민으로 자리 잡을 수 있도록 도와줬다는 기록도 있다. 나는 그의 행보를 찾아내면 찾아낼수록 지금은 죽어버린 그의 동생이 얼마나 치졸한 인간이었는지를 깨달았다.

그의 동생은 아칸 1세의 눈을 피해 그녀를 강제로 취했고, 그녀는 결국 임신했다. 이 일로 황제(皇帝)와 황제(皇弟)는 반목했다고 한다. 반역의 시발점이 되었을 거라, 추측해본다.

이런 기록이 다른 사람들에게 공개되면 자신과 비교할 것이 두려웠던 모양이다. 그는 아칸 1세를 역사에서 완전히 삭제해버리듯했으니. 윗세대의 사람들은 황제가 두려워 입을 다물고 살았고, 그 덕에 나나르한은 아칸 1세에 대해 들은 바가 전무하다.

위험하단 생각이 들었지만, 도대체 어떤 황제였을까 하는 참을 수 없는 호기심에 들고 있던 궁정일기의 전권을 책장에서 뽑아 들었다. 기록에는 아칸 1세의 선행만이 가득했다. 그와 황후는 사치를 몰랐으며, 슬하에 아들 한 명과 딸 둘을 두었다.

불행인지 다행인지 반역의 시기 즈음에 태어났던 막내 황녀는 태어나자마자 전염병에 걸려 죽은 모양이다. 나머지 자식들은 황위를 강탈한 제 숙부에 의해 아칸 1세, 황후와 함께 밀실에 갇혀 죽었다. 황제는 아칸 1세를 살려두겠다 대신들과 약속했음에도 실수인 척 그들을 전부 죽여버렸다.

아칸 1세를 사랑했던 신하들이 반기를 들었지만, 무슨 소용 있었겠나. 그들은 처형당하거나, 목숨이 아까워 말을 삼갔다. 나는 그 말을 삼간 무리에 아버지가 있었다는 사실이 조금 의아했다. 젊었다 한들 그 성정이 어딜 갈까, 오히려 더했으면 더했겠지.

루페르트에게는 바른말을 조금도 삼가지 않으셨던 분이 왜 황제에게는 반항하지 못하셨던 걸까. 그가 황제의 대의에 공감했으리라는 상상은 되지 않는데.

"여기서 뭐 하고 계시는 겁니까?"

익숙한 목소리였다. 내가 놀라지 않도록 목청을 가다듬는 소리를 먼저 내준 루이제의 배려에 감사하며 그를 무시했다.

"……."

"라리에트?"

내가 돌아보지 않자 그가 목소리를 조금 높인다. 나는 루이제가 서재에 발을 들이기 전에 얼른 코트 안자락에 들고 있던 궁정일기를 숨겼다.

"여기는 어쩐 일이세요?"

"제가 묻고 싶은 질문인데요. 지금 계신 곳이 출입이 금지된 폐궁이라는 사실은 알고 계시지 않나요?"

"황제가 금했던 곳이잖아요."

"그렇다면 전하의 허락은 받으신 겁니까?"

나는 루이제의 추궁에 눈을 가늘게 뜨고 그를 쳐다보았다. 꽤 간만에 보는 그는 상당히 수척해져 있었는데, 혼자서 태자궁과 본궁의 경계를 맡고 있었으니 할 일이 산더미같이 쌓여 있어 그런 것 같다. 그는 루페르트의 호위기사단장과 사이가 좋지 못해서, 루페르트에게 그런 머저리와 함께 경비를 맡느니 혼자 하겠다 나섰었다. 결과는 보름새에 3년은 늙은 것 같은 저 얼굴이었고.

"아뇨. 절 따라온 건가요?"

"설마요. 제가 그리 한가하지는 못해요, 요즘."

루이제는 하품을 크게 하며 내게 손을 뻗었다. 나는 그의 손짓에 따라 천천히 서재를 벗어났다. 아름다운 서고를 조금 더 구경하고 싶었는데.

"아칸 1세의 서고에는 무슨 일로."

"토리의 생일을 알아내고 싶어서요."

"아, 토리요? 가을에 태어났던 거 같은데."

"토리가 태어나는 걸 보셨어요?"

루이제가 어색한 웃음을 흘린다. 그는 내 눈을 피하며 대강 대답했다.

"태어난 걸 봤다기보다는, 음, 본궁으로 데려다줄게요."

루이제가 안다면 루페르트도 아는 거 아닐까. 나는 왜 진즉 루페르트에게 물어보지 않았을까 하는 생각에 머리를 콩콩 쥐어박았다. 그러자 루이제의 눈이 동그래진다. 자학은 나쁘다며 말리려나?

"그래서 아프겠어요? 제가 대신 때려줄게요."

"때리면 전하한테 이를 거예요."

"편애를 활용하는 방법을 터득했군요, 라리에트."

그가 아까보다 더 쓸쓸한 미소를 지으며 어깨를 으쓱한다.

"사람은 발전하는 동물이니까요."

"당신이 세상물정 모르는 소녀였던 시절이 엊그제 같은데."

내가 그의 앞에서 세상물정을 모르게 보일 만큼 순진한 소녀처럼 행동한 적은 없는 것 같은데.

내가 볼멘소리로 투덜거리든 말든 루이제는 노인처럼 탄식하더니, 주위를 두리번거리는 내 머리를 잡아 고정했다. 그에 의해 반강제로 앞만 보게 된 나는 아칸 1세의 오랜 궁전을 구경할 기회를 놓치고 말았다.

"아파요, 루이제."

"나는 라리에트가 좋아요."

"윽."

나는 루이제의 뜬금없는 고백에 반사적으로 반감을 표하고 말았다. 내 반응에 상처를 받았는지 눈빛이 조금 흔들리긴 했지만, 그는 애써 말을 이었다.

"경고하는데, 라리에트, 다시는 이곳에 들어오지 말아요."

"왜요?"

"가라앉은 배에는 이유가 있는 법이니까요."

아칸 1세처럼 되고 싶은 건 아니겠죠?

나는 무슨 비밀이라도 일러주듯 작아진 루이제의 목소리에 귀를 기울이다 고개를 갸웃했다. 황제가 아칸 1세를 미워하는 것은 당연했지만, 루페르트는 그럴 이유가 없잖은가. 적의 적은 나의 친구라고, 외려 황제라는 공통의 적이 있으니 같은 편이질 않나.

"아칸 1세가 어때서요?"

"나도 그를 잘 알진 모르지만, 그는 좋은 사람이었지 좋은 황제는 아니었어요."

"무르다는 뜻인가요?"

"네. 그래서 벨네르니를 망쳐놨죠. 결국 황제에게 황위를 빼앗겼으니까. 그는 제 동생의 탐욕을 모를 만큼 아둔하지는 않았겠지만, 동생을 내칠 만큼 냉정하지도 못했으니까요."

루이제가 혀를 끌끌 차며 하는 말에 나는 이유 없이 기분이 상했다. 동생의 배신이 과연 아칸 1세의 잘못일까? 그가 그저 욕정에 눈먼 짐승이었던 것뿐인데 왜 형을 탓하나.

"황비나 대공은 아직도 움직임이 없나요?"

"없는 게 아니라 못 움직이는 거예요. 그들이 제 편이라고 믿고 있던 용병과 군대를 전하가 전부 다 사버렸으니까."

"그게 가능은 해요?"

고르텐이 대공과 함께 준비한 용병도 용병이지만, 황비의 아른바흐 기사단이 문제였다. 아른바흐 공작가에 충성을 맹세한 기사단을 돈으로 살 수는 없었을 텐데. 물론 일개 귀족의 사병만으로 반역을 일으키기란 불가능에 가까웠다. 벨네르니에서 반역이란, 은밀한 암살이 아니라면 군대를 통제하는 사람에 의해 일어났다.

"애초에 아른바흐 공작은 군을 제대로 회유하지도 못했어요. 회유했다고 생각한 거지."

대공이었던 황제는 총사로서 군대의 신임을 한 몸에 받던 사람이다. 제국민의 응원도 있었겠다, 이미 황족이었던 그에게 반역이란 대단히 어려운 일도 아니었을 터.

그러나 아른바흐의 경우는 조금 달랐다. 개국공신이지만 공작가일 뿐이다. 그가 황좌를 욕심내는 순간, 이것은 황족 사이의 계승권 다툼이 아닌, 단어 그대로의 반역이 되어버린다. 핏줄을 신성시하는 벨네르니에서는 문제가 될 수 있는 데다 군이 일개 공작가를 쉬이 따를 리 없다.

"어떻게요?"

"아른바흐 공작이 매수했다고 생각한 군부의 중축, 바르바로사 대령이 전하니까요."

하.

나는 짧은 웃음을 한숨과 함께 뱉을 수밖에 없었다. 아른바흐 공작에게는 비극이겠지만, 밖에서 지켜보기엔 이보다 더 우스운 일이 또 있을까 싶었다. 새로 등극한, 아직 검증받지 않은 젊은 황제가 황자, 아니 황녀였던 때부터 바르바로사 대령으로 활약하고 있었다는 사실이 밝혀지자 제국민은 라스페리히 1세를 인정했었다.

그런 바르바로사 대령을 매수했다고 생각하다니. 황비가 이 사실을 알게 되면 제 아비의 무지에 놀라 기절할 수도 있다. 루페르트가 그래서 그렇게 돈이 넘쳐났던 거군. 바르바로사 대령으로서 아른바흐에게 받은 뒷돈 또한 어마어마했을 테니. 상단을 이용해서 자금을 부풀리기도 부풀렸을 테고.

"어떻게 모를 수가 있는 거예요?"

"벨네르니가 연금술에 무지한 덕이라고 하죠."

루이제가 나를 보며 한쪽 눈을 찡그린다. 루페르트가 마법 같은 걸로 모습을 바꾸기라도 한 걸까 고민하다 보니 어느새 본궁에 당도하고 말았다. 루이제의 이야길 듣고 있노라니 루페르트가 황제가 죽었음에도 왜 그리 여유를 부리는지 알 것 같기도 하다. 지금 상황에서 황위를 빼앗길 확률은 거의 0에 수렴했다.

그러나 이만한 준비를 하기 위해 또 얼마나 무수한 밤을 뜬눈으로 지냈겠는가. 나는 바르바로사 대령이 군에서 자리 잡기 위해 개발한 수많은 신무기들을 떠올렸다. 루페르트가 가끔 선보이던, 제 몸 갉아먹던 연금술과 함께.

바르바로사 대령은 어찌 보면 월레탄을 벨네르니 발아래 두는 데 가장 강력한 도움을 준 인물이다. 월레탄의 마탑에 대항할 만한 상대는 벨네르니에서는 오직 그 하나라는 낭설도 있을 정도의. 연금술은 그를 황제로 만들어주는 데 큰 도움이 되었지만, 그의 목숨을 앗아갈 수도 있는 양날의 검이기도 했다. 나는 루페르트가 도대체 몇 살까지 살 수 있을까 항상 조마조마했다.

"루이제."

"네?"

"전하가 황제가 되면 연금술을 쓸 일이 없으시겠죠?"

"글쎄요. 그건 제가 대답할 수 있는 문제는 아닌 것 같네요."

루이제는 애매모호한 대답을 하며 마찬가지로 웃는 건지 우는 건지 알 수 없는 표정을 지었다. 질끈 묶은 그의 머리가 바람에 흩날린다. 나는 그의 머리를 손으로 붙잡으며 다시 물었다.

"루이제는 상관 안 해요?"

"안 한다고 하면 머리를 뽑을 기세인데요?"

나는 그의 장난스러운 미소가 마음에 들지 않아 정말로 그의 머리를 쥔 손에 힘을 주었다. 별로 세게 잡아당기지도 않았는데 그가 엄살을 부리며 울상을 짓는다.

"점점 전하를 닮아가는 것 같아요, 라리에트."

"연금술 위험하잖아요. 저러다 제명에 못 죽으면 어떡하나요?"

"라리에트, 전하가 황위에 오르신다고 안위를 보장받으시는 건 아니에요. 황제란 본디 위험한 자리니까."

"아른바흐와 대공만 조심하면 되잖아요."

"……속설이 있어요."

루이제의 표정이 갑자기 진지해진다. 나는 그가 말을 잇길 가만히 기다렸다.

"아칸 1세의 황자가 살아 있다는 속설이요."

"밀실에 밀어넣고 죽였다면서요."

"글쎄요. 완벽한 밀실을 만들기는 힘든 법이니까. 실수는 누구나 하는 법이고, 황제는 그리 조심성이 있는 인간은 아니었거든요."

그는 내게 마치 큰 비밀을 털어놓는 듯 굴었지만, 나는 아칸 1세의 황자가 살아 있든 말든 그게 지금 무슨 상관인가 싶었다. 황위를 쟁탈하는 데에 가장 중요한 건 핏줄이 아닌 무력이다. 루페르트는 이미 재력과 무력, 그리고 겉보기에는 핏줄까지 모두 갖추고 있는데 누가 감히 그에게 맞설 수 있을까.

게다가 저번 생을 마감할 때까지도 아칸 1세의 황자라는 인물은 등장하지 않았었다. 그가 정통성을 내세우며 황위계승권을 주장했더라면 내가 죽기 전에, 그리고 벨루아가 멸망하기 전에 진즉 나타나지 않았겠나.

"그나저나 라리에트, 꽤 진심으로 전하를 걱정하네요. 전하만 진심인 줄 알았는데."

루이제가 의외라는 듯 어깨를 으쓱한다. 나는 그의 뒷말에 신경이 쓰여 그를 돌아보았지만, 그는 할 일을 다 끝냈다는 듯 나를 본궁의 입구로 밀어넣은 뒤 서둘러 멀어져갔다. 나는 품 안에서 바스락거리는 일기를 껴안은 채 본궁으로 옮긴 나의 침실을 찾았다.

"어디 갔다 와?"

그리고 마치 내 침대가 자기 것이라도 되는 양, 사실 따지고 보면 황궁의 모든 것은 황제의 소유였으니 그게 맞긴 하지만 어쨌건 내 방은 내 방인데 루페르트는 편한 자세로 걸터앉아 있었다. 너구리에게 밥을 주고 있었는지 그의 손에는 동물의 밥그릇이 들려 있다. 폐궁에 다녀왔다 이실직고하면 혼날 것 같아 나는 태연하게 루이제를 핑계로 댔다.

"루이제랑 산책 좀 했어요."

"개랑 너랑 산책을 왜 해?"

"하면 안 되나요?"

"어."

아주 당연하단 듯 안 된다고 한다. 나는 기가 막혀 헛웃음을 흘렸다.

"제가 누구랑 산책을 하든 경주를 하든 그건 제 마음이에요, 전하."

"내가 싫어."

"싫으면 시집가세요."

"누구한테?"

유치하게 구는 그에게 말장난으로 받아쳤을 뿐인데 루페르트는 진지하기 그지없어 나는 대답할 말을 잃고 말았다. 그를 누구에게 시집보낼지는 아직 생각할 단계가 아니니까. 그의 까칠한 외면에 가려진, 생각보다 다정한 내면을 꺼내줄 마음 따뜻한 사람이 좋을 것 같은데.

"왜 대답이 없어?"

"남의 방 좀 막 들어오지 마세요!"

루페르트가 추궁했지만, 나는 고개를 도리도리 저으며 그를 끌어냈다. 왜 자꾸 들어오고 난리람. 그가 혹시나 내가 궁정일기를 갖고 있는 걸 알아챌까 봐 코트를 부여잡았다.

"들어오는 게 싫으면 문을 잠그든지."

"그나저나 왜 오신 거예요?"

루페르트는 내가 자신을 반기지 않는 게 마음에 안 드는지 뚱한 얼굴로 툭 용건을 던진다.

"황비가 공작에게 아른바흐의 기사단을 움직이라는 전갈을 보냈어."

반역의 증거를 잡았다는 의미였다.

"황비가요?"

황제가 빨리 죽어버린 탓일까. 모든 일이 급속도로 진행되었다. 황비는 원래 루페르트가 황제가 되고 난 후에야 반역을 도모했다. 이전 생을 더듬어봤을 때 내가 아는 바로는 그랬다. 그러나 그 전에도 역천(逆天)의 뜻을 품고 움직였을 수도 있었다. 그러다 실패하고 재차 도전했던 것일 수도 있다.

"전하를 혼동시키기 위한 미끼일 수도 있잖아요."

"미끼든 아니든 그건 중요한 게 아니야."

나는 고개를 끄덕였다. 반역의 기미가 조금이라도 비친단 증거만 있다면 루페르트는 그들을 응징할 수 있다. 그에겐 벨네르니 황실의 적통한 후계자로서 황권을 수호할 의무가 있으니까.

게다가 설령 정말로 기사단을 움직였다 한들 승기는 루페르트가 쥐고 있다. 황좌를 뺏으려 한다는 것은 황도인 상파뉴를 노린다는 의미로, 상파뉴는 코민테르닌의 높은 벽으로 외부의 침입을 막는 데 유리하다. 붉은 궁전 또한 그가 점거하고 있었으니 이걸 모두 뚫고 들어오는 데에는 상당한 무력이 필요할 것이다.

그의 황제 취임식은 국장이 끝나는 날로 채 보름도 남지 않았다. 루이제의 말에 따르면 그가 바르바로사 대령으로서 나라를 위해 세운 공을 공개하는 건 내일 오후였다.

만약 조급해진 황비가 무력을 총동원해서 황궁이라도 점거하려 든다면 백성들의 반발 또한 만만치 않을 것이다. 루페르트는 하늘에서 떨어진 양 갑자기 황태자로 책봉되었으나, 민중의 사랑을 꽤나 받고 있었다.

황비의 그릇된 투기로 어릴 때부터 목숨의 위협을 견뎌낸 그의 성장기에 감명 받지 않는 이가 없을 정도였다. 그들은 오냐오냐 곱게 자란 아르눌프보다 고난을 이겨낸 루페르트를 좋아했다. 그의 화려한 외모가 큰 몫을 했으리란 추측을 차치하고서라도 맥락에 맞는 이야기였다. 백성들은 핍박받는 자신의 삶에 공감할 수 있는 지도자를 원했다.

"어떻게 하실 생각인데요?"

"넌 어떻게 했으면 좋겠는데?"

내가 아무리 힘을 주어도 자리에서 꿈쩍도 않던 루페르트는 그제야 내 쪽으로 느긋하게 몸을 숙였다. 흔들림 없는 시선이 내게 꽂혀 나는 조금 당황하고 말았다. 내가 아무리 황비와 아르눌프를 살려줘야 한다고 주장해왔다 한들 그가 귓등으로도 안 듣는 줄 알았는데.

"……자비를 베푸셨으면 좋겠어요."

내 대답에 루페르트의 고개가 왼쪽으로 기운다. 그는 인상을 찌푸리는 대신 옅은 한숨을 내쉬었다.

"나는 지금 일반적인 죄인을 두고 얘기하는 게 아니야."

"알아요. 저도 일반적인 자비를 말하는 건 아니에요."

아르눌프는 그렇다 치더라도 황비는 야망이 대단했다.

"위협이 되는 쪽은 멍청한 아르눌프가 아닌 황비 전하잖아요."

"멍청한 아르눌프?"

내 원색적인 비판에 루페르트가 재밌다는 양 웃는다. 씩 올라간 입꼬리가 보기 좋긴 했어도 그는 황제가 될 사람이었다. 나는 순간 아차 싶었으나 이내 어깨를 으쓱했다. 그가 나를 황실모독죄로 처벌하지는 않을 터다.

새삼 내가 얼마나 아르눌프를 깔보고 있는지 자각이 들었다. 한때는, 적어도 죽음에서 돌아오기 전까지만 해도 나는 전형적인 왕자님처럼 보였던 아르눌프에 대한 환상이 있었다. 흠모보다는 군중에 휩쓸린 것에 가까웠지만.

아르눌프는 대외적인 이미지가 굉장히 좋았다. 매끄러운 금발, 부드러운 인상의 외모를 항시 잘 꾸미고 다녔던 데다 백성을 생각하는 척 봉사에도 헌신적이었다. 성인이 된 한참 후에도 태자로 책봉되지 못했다는 점이 연민을 사기도 했었다.

황제의 사랑을 받지 못한 마음씨 좋은 황자님.

아르눌프는 사람들에게 비운의 황자로 기억되었다. 황비가 마차사고로 죽고 난 후 그는 사형당했고, 더 큰 동정을 샀다. 심지어 루페르트가 공포정치를 시작하자 아르눌프가 황제가 되었다면 이런 참극은 일어나지 않았을 거라는 입바른 소리도 심심치 않게 나오곤 했었다. 나도 그렇게 생각했었고.

루페르트의 유년기도 암울하기로만 따지자면 그보다 더할 테지만, 그는 이제 태자이고 황제가 될 것이다. 권력을 잡은 자의 비참한 과거는 쉬이 망각의 바다 너머로 사라져버린다. 이미 상황이 역전되었으니 아버지의 사랑을 받지 못해 씁쓸히 태자의 자리를 내어준, 영원히 비참할 아르눌프를 동정하는 백성과 귀족도 많을 터다. 비록 그가 알맹이는 버러지에 불과할지라도 말이다. 인간은 보이는 것만 믿는 동물이다.

"아르눌프에게 손을 대는 순간 사람들의 비난을 면하지 못하실 거예요."

"너는 내가 비난 따위를 두려워할 거라고 생각하는 건가?"

"두려워하셔야 맞아요, 전하. 저는 전하가 사랑받는 황제가 되시길 바란다니까요."

루페르트가 백성들의 미움을 산다면 일은 걷잡을 수 없게 된다. 백성들의 눈치를 보지 않아도 되는 왕은 폭군뿐이다. 나는 다시 한 번 그가 그토록 난폭해지는 것을 지켜볼 자신이 없었다.

"……내가 존경을 받는 성군이라도 되면."

루페르트는 여전한 무표정을 유지한 채 턱을 든다.

"그렇게 되면 이 공허함이 사라지나?"

창가에서 비스듬히 들어오는 볕이 그의 얼굴에 고인다. 창밖의 나무가 바람에라도 흔들리는지 그의 얼굴에 내려앉은 그림자가 춤을 추었다. 나는 그 광경을 바라보다 그의 뺨에 손을 올렸다. 이유는 알 수 없었지만, 왠지 그래야 할 것 같아서.

"백성에게 사랑받는 황제만큼 사람들의 애정으로 가득한 인생은 흔하진 않을 거예요. 물론 그만큼 힘들겠죠."

"……."

"받아보지도 않고 필요 없다 내치지 마세요. 겪어보기 전에는 모르는 일이니까요."

내 설득이 먹혀들었는지는 알 수 없었다. 그는 고개를 주억거리기는 했지만, 딱히 동의하는 얼굴이 아니었으니.

"그 가치가 아르눌프와 황비를 살려두는 위험을 감수할 만큼 높을까?"

"위험하지 않게 만들면 되죠."

나는 말을 덧붙이기에 앞서 깊은 한숨을 내쉬며 마음을 가다듬었다. 내가 생각할 수 있는 가장 확실한 방도였으나 어찌 보면 죽음보다도 잔인한 짓이다.

"황제가 될 수 있는 조건을 생각해봤어요. 재력, 무력, 그리고 핏줄이겠죠. 현 상황에 전하만큼 조건을 갖추고 있는 건 아르눌프와 대공뿐이에요."

"그래서?"

"여기서 가장 중요한 건 정당성이에요. 황위를 이을 정당함. 즉 황비는 아르눌프 없이는 아무것도 할 수 없다는 뜻이죠. 아르눌프와 대공만 불구로 만들면 되어요."

"……불구?"

"황실의 핏줄을 잇지 못하게 하는 것도 포함해서요. 황제가 될 수 없을 만큼, 그러나 목숨만은 살려두어야죠. 전하는 자비로운 황제이시니까요."

루페르트가 제 턱을 긁으며 고개를 갸웃한다. 나는 그의 입에서 차라리 아르눌프를 죽이는 게 더 쉽고 편하겠다는 소리가 나오기 전에 다시 입을 열었다.

"대공. 대공을 이용하셔야 해요."

"아."

무슨 소린지 알겠다는 듯 루페르트는 고개를 짧게 끄덕였다.

"이미 전하가 그들이 저희들 편이라고 철석같이 믿고 있는 무력집단은 전부 회유하신 상태잖아요. 백성들이 두려워하는 전쟁을 일으키는 건 그들뿐이어야 해요. 전하가 아니라요."

내 말대로만 된다면 아주 훌륭한 그림이 완성될 수 있다. 그 과정에서 대공이나 아르눌프가 죽는다 해도 화재사고 따위로 위장하는 것보다는 의심을 덜 살 터였다. 물론 일련의 과정은 대공이나 아르눌프를 그냥 잡아 처단하는 것보다는 훨씬 귀찮고 버겁긴 했다.

"굉장히 귀찮게 들리는데."

"어차피 전하께서 직접 나설 것도 아니잖아요. 루이제 시키실 거면서."

내가 입을 삐죽이며 하는 말의 어느 부분이 우스웠는지 루페르트가 짧게 웃는다. 비웃음이 아닌 미소는 오랜만이라 나는 그가 웃는 얼굴을 멍하니 지켜보았다. 고른 이를 드러내며 웃는 얼굴이 어찌나 청량한지. 저렇게 웃을 수도 있으면서 왜 항상 인상을 찌푸리고 있는 걸까.

"아르눌프나 대공은 차라리 죽기를 바랄 거다."

"그들이 바라는 걸 전하께서 줘야 할 의무가 있나요?"

"너, 지금 되게 못돼 보여."

나는 뜨끔해 입을 다물었다. 단지 대외적 명예를 위해 아르눌프와 대공을 살려는 두지만 치욕적인 삶을 살게 만드는 생각은 본래의 나라면 절대 하지 못했을 것이다.

"사람이 한 번쯤은 못되게 굴 수도 있죠."

나는 새침하게 고개를 돌렸다. 루페르트 옆에서 오랜 시간을 보내는 동안 내 도덕심이나 가치관이 변한 탓도 있겠지만, 아르눌프에게까지 자비를 베풀 이유를 생각해보려 해도 아무것도 떠오르지 않았다.

"제가 못된 것 같아서 실망하셨어요?"

나는 고개를 비스듬히 꺾은 채 나를 지켜보고 있는 루페르트에게 바짝 붙었다. 너무 갑자기 다가갔는지 그가 움찔하며 몸을 뺀다. 나는 개의치 않고 그의 손을 두 손으로 붙잡으며 눈을 크게 뜨다 접었다. 마담 아르베가 가르쳐준 미소의 효과는 모르겠지만, 나름 요긴하게 쓰고 있었다. 안 하는 것보다는 낫겠지.

"……누가 싫대?"

"그래도 저는 전하가 성군이 되셨으면 좋겠어요. 하해와 같은 마음으로 적들을 대해주세요. 그게 정말 귀찮고 위험하더라도."

"……."

"그게 성군이 되시는 길의 첫발이니까요."

나는 루페르트를 설득하기가 쉽지 않을 것이라 예상했다. 루이제가 온갖 직책을 떠맡고 있기는 했어도 내가 제안한 방식은 실행으로 옮기기에는 위험할 수 있으니까. 그래서 더 뭐가 없을까 짜내기 위해 머리를 굴렸다.

"그래."

"네?"

"알겠다고."

나와 한참 눈을 마주하던 루페르트의 대답은 무척이나 싱겁다 못해 밍밍한 수준이었다. 머릿속으로 열띤 연설을 준비하던 나는 허무함에 입을 벌렸다. 어떻게, 왜, 도대체 언제 이렇게 쉬운 사람이 되어버렸을까.

선대와 선선대, 그리고 그의 아버지의 도박 빚으로 가문이 쫄딱 망한 기리안은 말뿐인 후작가였다. 같은 후작가였지만 제국민이라면 누구나 알고 존경하는 개국공신 고르텐과는 급이 다른, 정말 말 그대로 이름만 남은 허수아비 같은 존재.

다음 대로 넘어가면 후작이라는 이름마저 뺏길 수도 있는 바람 앞의 촛불 같은 존재다. 그들이 후작가의 명분을 지키고 있는 이유는 단순히 황제와 원로회가 그의 존재를 완전히 까먹었기 때문이다.

귀족은 망해도 삼대가 먹고산다지만, 마르코브 기리안은 그 삼대를 넘은 사대째였다. 어릴 적부터 빚쟁이들에게 시달린 탓에 도박의 도자만 들어도 경기를 일으키고는 했다. 애쉬라 르밀은 마르코브의 그 점을 높이 샀다. 현 기리안 후작인 그는 몸도 마음도 유약한 남자로 심지어 매력조차 없어서 귀족여자는커녕 일개 하녀에게까지 휘둘리는 사람이었으니까.

"애, 애쉬라."

"르밀이라 불러줘요, 마르코브."

르밀은 비열한 아비가 준 이름보다는 오랜 세월 백작가로서 뿌리내려온 르밀이라는 성이 훨씬 더 흡족했다. 그녀의 르밀은 멍청한 제 남동생처럼 그저 태어났기에 물려받은 것이 아니다. 그녀는 르밀을 쟁취했다.

그녀의 아버지를 죽이고, 죄 없는 남동생과 방계의 남자를 모조리 죽여 찬탈한 사랑스러운 르밀. 나의 르밀. 애쉬라보다 듣기에도 좋지 않은가.

르밀은 유혹적인 미소를 지으며 기리안의 어깨에 가볍게 손을 올렸다. 아주 단순한 접촉이었음에도 기리안의 표정이 크게 흔들린다. 그는 사랑이라 믿었던 하녀가 선대의 유품을 들고 제 집사와 어젯밤 야반도주했다는 사실을 막 깨달은 참이다.

"사랑이라, 큽, 믿었소."

찌질하기도 하지. 뚝뚝 떨어지는 기리안의 눈물에 몰래 혀를 찬 르밀은 싱긋 웃으며 그의 눈가를 쓸어주었다.

"울지 마세요. 제 마음이 더 아프군요."

"르밀……."

르밀은 코를 훌쩍이는 기리안의 입에 가볍게 입을 맞췄다. 새털 같은 접촉에 기리안의 작은 눈이 이보다 더 커질 수 없는 정도로 커진다. 그녀는 가벼운 입맞춤만큼이나 가벼운 역겨움을 느꼈지만, 표정을 숨기려 입술을 깨물었다. 이 정도에도 쉬이 넘어오는 남자라니. 엉덩이가 가벼워도 정도가 있는 법인데.

"기리안 후작님, 당신을 향한 제 순정을 여태 눈치채지 못하셨나요?"

"세상에……."

"바보 같은 분."

"전혀 몰랐소, 미안하오."

기리안의 몸이 충격으로 잘게 떨린다. 그녀만 한 미인, 그것도 재력과 권력을 가진 여자가 자신을 흠모하고 있었다는 새로운 소식에 기절이라도 할 것처럼. 하나 몰랐던 게 당연하지 않나. 르밀은 마르코브 기리안이 어떤 사람인지 제대로 알지도 못했다.

"후작님은 저 같은 여자는 싫으시겠죠."

"그럴 리가 있소!"

"저는 가족을 잡아먹은 괴물이니까요."

르밀은 어깨를 떨며 눈물을 흘렸다. 그녀는 연기에 특출한 재능이 있었는데 그중에서도 눈물 연기가 일품이었다. 백작가의 남자가 모조리 죽어나가는 동안 보는 이의 마음이 아플 정도로 통곡을 자아내지 않았다면 의심을 피하지 못했을 테니까.

"르밀, 나는 그렇게 생각하지 않소. 울지 마시오."

기리안은 르밀의 허락도 받지 않고 그녀를 껴안았다. 르밀은 불쾌했지만 인내했다. 르밀 백작가는 벨루아처럼 이름난 가문은 아니나, 광산이 있어 재물에 부족함이 없었다. 기리안 후작가의 빚을 갚고 바로 세울 수 있을 정도는 충분했다. 자작과 백작의 차이가 분명한 것처럼, 백작과 후작의 차이도 분명했다. 그녀는 귀족의 중심이 되고 싶었다.

벨루아와 고르텐, 뱅상, 아른바흐!

다른 귀족들을 제 발아래에 둔 듯 거만하게 굴 수 있는 그 자리가 탐이 났다. 그녀는 제국의 유일한 여백작으로 제 인생을 마치고 싶지는 않았다. 그녀는 첫 기억의 시작부터 권력에 목이 말라 있었다. 아비의 모든 것을 원했고, 그 모든 것을 물려받을 남동생에게 강렬한 질투를 느꼈다. 열망이 너무 간절하면 목이 타는 듯한 고통이 실재하는 것처럼.

"기리안, 나를 안아줘요."

르밀이 여린 목소리로 속삭이자 기리안이 그녀의 뺨에 키스한다. 황권이 교체되는 시기는 견고한 권력의 피라미드를 무너뜨리고 위에 올라셀 최고의 기회였다. 게다가 새로이 황제가 될 남자의 약점도 알아내지 않았나. 고지가 눈앞에 있는 듯했다.

"침실로 가겠소?"

"서재는 어떤가요?"

르밀의 파격적인 제안에 기리안의 동공이 다시 흔들렸다. 아우, 짜증나. 르밀은 기리안의 어수룩한 얼굴을 손등으로 톡톡 때리며 활짝 웃었다. 조금만 참으면 된다. 스스로에게 되뇌었다. 후작부인으로서 자리를 잡으면 죽여버리면 되지, 뭐.

"싫으신가요?"

"아, 아니오! 좋소!"

르밀의 은근한 물음에 기리안은 고개를 세차게 저으며 서재로 휘적휘적 걸어가기 시작했다. 기리안은 벨루아만큼 오랜 전통을 지니진 않았지만, 한때는 남부에 속했던 애매한 지리적 위치 덕에 그들과 교류가 없지 않았다.

벨루아. 정통을 중시하는 고루한 가문. 르밀은 벨루아를 떠올리며 비웃었다. 겉보기에 결점이 없어 보일수록 속에 품은 구더기가 커다란 법이다.

기리안 후작가의 서재는 후줄근하다고 표현할 수 있을 정도로 낡아 있었다. 그러나 후작의 머리로는 절대 알 수 없을 거대한 비밀을 품고 있을 확률이 높다. 커다랗기도 커다랬지만, 품은 정보가 적지 않았으니까.

기리안 후작가는 심지어 이 정도로 무너지기 전에는 황가와도 긴밀한 사이였다. 그러나 존재감이 없는 덕에 딱히 황제의 감시를 받지도 않았다.

황제의 감시를 받지 않았으니 아칸 1세에 대한 기록을 그대로 가지고 있을 테고-현 후작은 그 기록을 읽어볼 생각도 하지 않았겠지만-지금의 벨루아 백작이 아칸 1세의 오른팔이었다는 과거를 모르는 귀족은 거의 없다. 모두 황제의 눈치를 보느라 까무룩 잊은 척 연기를 할 뿐이다.

르밀은 특유의 매끄러운 미소를 지으며 기리안의 이마에 입을 맞췄다.

"아아, 너무 멋진 서재예요."

후작은 많은 것을 알 수 있는 환경에 있었지만, 이를 이용할 머리가 없다. 그러니 이렇게 무방비하게 지낼 수 있는 것이겠지. 르밀은 자신을 서재로 이끄는 기리안의 뒤통수를 보며 비소를 날렸다.

기다리세요, 루페르트 태자 전하. 당신이 품으려는 원석이 어떤 비밀을 품고 있는지 궁금하지 않으신가요? 저는 너무 궁금해 참을 수가 없네요.

르밀은 아버지의 부정을 눈으로 확인하지도 않고 알 수 있었다. 그리고 그녀를 백작으로 만들어준 그녀의 감은 이번 일은 보통 큰일이 아니라 속삭이고 있었다. 라리에트 벨루아에게는 엄청난 비밀이 있으리라.

르밀은 확신했다.

"라리에트 님!"

나는 다른 책들 사이에 숨겨놓은 궁정일기를 손끝으로 쓰다듬다 노크에 화들짝 놀라 뒤를 돌아보았다. 아칸 1세와 그의 황후의 나날은 그저 객관적 서술에 불과한 서기의 일기로도 나름의 낭만이 느껴져 자꾸만 찾아 읽게 되었다.

"이레인, 갑자기 들어오지 말라고 했잖아요."

"아멜리아 님께서 라리에트 님을 뵙기 전엔 절대 물러나지 않겠다고 버티고 계셔서요."

"돌려보내요."

"억지로요? 그건 예법에 어긋난답니다."

나보고 어쩌라는 걸까. 나는 발만 동동 구르는 이레인이 성가셔 인상을 찌푸렸다.

"도대체 어떻게 하면 좋을까요? 만나서 설득하실 수는 없겠죠?"

울상을 짓는 이레인에게 나는 힘없는 미소를 지으며 고개를 저었다. 지금 아멜리아 고모를 만날 수는 없다.

"오늘이 전하의 즉위식인 거, 알잖아요."

"라리에트 님을 보지 않고서는 한 발짝도 안 움직이겠다며 난동을 부리시네요."

"무력을 써서라도 내보내세요. 대공은 저택에 감금된 상태이지 않나요? 어떻게 고모만 나올 수 있었던 거죠?"

나는 표정을 숨기는 데 익숙하지 못했다. 물론 전의 삶과 비교하면 당연히 능숙해졌겠지만, 아멜리아 고모는 눈치가 굉장히 빠르다. 대공과 아르눌프를 같이 처리하려는 루페르트의 계획이 나 때문에 탄로가 날 수도 있는 위험을 감수하고 싶지 않았다.

게다가 나는 그녀에게 약간의 죄책감을 느꼈다. 비록 그녀가 나와 피가 섞인 가족은 아닐지언정, 그녀는 내 아버지의 동생이다. 아멜리아 고모가 대공과 함께 비참한 삶을 살아가게 되면 아버지는 분명 슬퍼하실 터다. 그러나 나는 루페르트에게 아멜리아 고모의 인생까지 구제해 달라 청하지 않았다.

그녀까지 구하려고 든다면 계획이 어긋날 확률이 높아질 것이다. 게다가 루페르트는 자신의 황위에 위협이 갈 만한 싹을 남겨둘 만한 사람이 아니다. 사실 그런 것은 기대하면 안 된다. 황위 하나만을 보고 모든 고통을 감내한 그에게, 황좌를 위험하게 만들라고 할 수는 없는 노릇이니까.

"……이레인."

"네, 라리에트 님."

"고모를 돌려보내요. 그리고 제발 저택에 가만히 있으라고 말해줘요. 그러는 편이 차라리 안전할 거라고. 그것조차 할 수 없다면 대공을 버리고 벨루아에 의탁하라 전해줘요."

"그렇게 하겠습니다."

나는 종종걸음으로 방을 나서는 이레인의 뒷모습을 멀거니 바라보다 창문 쪽으로 고개를 돌렸다. 아침에 깨끗하게 닦은 유리가 내 얼굴을 비춘다. 주홍빛 입술에 웃음기가 전혀 없다. 마치 루페르트처럼 감정이 없어 보이는 얼굴이었다. 그의 곁에 너무 오래 있어 표정까지 닮아버린 모양이다.

나는 아멜리아 고모가 사랑하는 대공을 절대로 버리지 않으리라는 사실을 알았다. 절대로. 그럼에도 불구하고 도움이 되지 않는 조언만 늘어놓다니, 얼마나 이기적인가. 내가 이토록 매정한 사람이었나.

그러나 나는 나의 벨루아만 구하면 되었다.

루페르트의 취임식은 태자로 책봉 받던 그날보다 수십 배는 더 화려했다. 벨네르니의 붉은 궁전은 1,000년이 넘는 역사를 간직하는 만큼 고아한 멋은 있었으나 세련됨이나 눈부신 아름다움 같은 것과는 거리가 멀다. 성벽부터 칙칙한 검붉은 색이었으니 당연했다. 그러나 지금 나는 본궁이 이토록 눈부실 수 있구나, 깨닫고 있었다.

본색이 아무리 어두컴컴한들 전부 크리스털 장식으로 덮어버리니 보는 이의 기가 죽을 정도로 화려함의 극치였다. 나의 데뷔탕트로는 재력을 과시하기엔 충분하지 못했던 걸까. 나는 벽의 가장자리를 장식한 다이아몬드를 멀뚱히 바라보다 하나 똑 떼어서 주머니에 넣어버릴까 고민했다.

"레이디 벨루아."

"네?"

나는 내 어깨에 놓이는 하얀 손에 놀라 뒤를 돌아보았다. 가녀린 턱선이 눈에 익긴 했으나 정확히 누구인지 기억이 안 나는 인물이 서 있었다. 금발에 벽안은 아름답긴 했어도 제국에서만큼은 꽤 흔히 볼 수 있다.

여자는 자신을 설명하려는 듯 입가에 미소를 머금었다. 아름답지만 한겨울 서릿발처럼 냉소적인 미소. 나는 그 미소에 그녀를 기억해냈다.

"······후작부인."

귀족들의 감옥, 생 오를레에서 보았던 여자의 그것과 무척 흡사했다. 고고한 벨루아에 더러운 피가 섞였다며 나를 비웃던 그 여자. 간수들이 후작부인이라고 부르는 것을 듣기는 했지만, 어느 가문의 귀부인인지, 정말로 후작가에 속했는지 정확하지 않았다.

"저를 기억 못 하시는 모양이군요. 뭐, 당연하지만."

여자는 내 중얼거림을 제대로 듣지 못했는지 의아한 얼굴로 고개를 갸웃했다.

"저는 르밀 백작이랍니다. 르밀의 영지를 보살필 마땅한 사람이 없어 제가 잠시 돌보고 있어요."

"르밀 백작이요?"

나는 여자의 입에서 나온 이름에 입을 벌렸다. 르밀 백작은 최근 루페르트에게 접근해 토리가 경계하는 인물이다. 황비의 최측근이라 알고 있는데 어떻게 이 자리에 올 수 있었던 걸까?

"아, 안녕하세요."

"기억 못 하는 걸 미안해할 필요는 없어요. 레이디 벨루아가 아주 어린 소녀였을 때 딱 한 번 본 게 전부이니."

르밀이 눈을 찡긋한다. 나는 일언반구도 없이 다가와 친한 척을 하는 그녀가 부담스러웠지만 티를 내지 않기 위해 노력했다. 루페르트에게 접근했다 하니 내게도 무언가 목적이 있어 이러는 것이겠지.

"저를 기억하시나 봐요."

"그럼요. 벨루아의 독녀를 잊을 리 없죠."

그녀는 은근히 말꼬리를 올리는 습관이 있는 모양이다. 나는 그녀의 말투로 그녀가 내가 생 오를레에서 보았던 후작부인임을 확신했다. 그러나 왜 후작부인이라 기억했던 걸까? 생 오를레에서는 거의 혼이 반쯤 나간 상태였으니 '백작부인'을 '후작부인'으로 잘못 들었을 수도 있다.

"벨루아 백작님은 안녕하신가요?"

"덕분에요. 혼자 오셨나요?"

나는 르밀의 일행을 찾기 위해 주위를 두리번거렸다. 그녀가 후작부인이 되었을 가능성도 배제할 수 없으니까.

"아까 말씀드렸다시피 르밀에는 저를 에스코트할 만한 남자가 없어서요."

르밀이 싱긋 웃으며 대답한다. 르밀의 여백작이 별 볼 일 없는 가문의 남자와 결혼했다는 소식에 유모가 안타까워했던 적이 있는 것 같기는 한데, 후작과 결혼했다면 그런 식으로 혀를 차지 않았을 것 같기는 했다.

"레이디 벨루아는 왜 혼자 있는 건가요? 전하의 옆을 지키시지 않고."

나는 르밀의 말에 홀의 중앙에 있는 단을 흘긋거렸다. 가장 상석에 앉아 있는 루페르트가 언뜻 보인다. 지금 벨네르니는 내전을 준비하는 것이나 마찬가지의 상태였다. 그럼에도 그는 오늘 거의 모든 귀족들에게 황궁을 개방했다.

"아버지를 만날 계획이라서요."

"백작님도 오시나요?"

르밀의 눈이 동그래진다. 나는 그녀에 대해 조금 더 알아봐야겠다고 생각하며 고개를 끄덕였다.

"하긴, 오늘 상파뉴가 바글바글하긴 하지요. 황태자 책봉식 때와는 또 다르네요."

르밀은 그날도 참석했었나 보다. 나는 그녀의 말에 공감했다. 그러나 어찌 생각하면 당연한 일이다. 루페르트가 태자가 되던 날, 사람들은 루페르트의 존재조차 몰랐었다. 라페르트라는 황녀가 황궁 구석에서 잊혀져가고 있었을 뿐이다.

그러나 오늘은 그가 모두의 축복을 받으며-겉으로는-제위에 오르는 날이다. 라스페리히 1세가 탄생하는, 내게는 다른 의미로 버거운 날. 고위귀족부터 그들의 방계, 하잘것없는 이름뿐인 귀족들도 전부 불려나와 루페르트가 황제가 되는 모습을 지켜보아야만 했다.

설사 고르텐처럼 대공의 반역을 돕는 가문일지라도 영지 밖으로 기어나와 고개를 숙여 축하함이 마땅한 것은 마찬가지다. 지금 작은 성의 조차 보이지 않는다면 계획한 반역을 시행하기도 전에 의심을 살 테니까.

"그나저나 제게 하실 말씀이 있는 걸까요?"

생 오를레의 후작부인에 대해는 정보가 전무했지만, 르밀 백작부인이 어떤 사람인지에 대한 소문은 나도 들은 게 있긴 하다. 아버지와 남동생, 사촌의 형제들까지 전부 전염병으로 잃고 홀로 꿋꿋이 영지를 가꿔나가는 여자.

죽음을 겪고 돌아오기 전이라면 그녀를 무척이나 비극적인 삶을 살아가는 가련한 부인이라고 생각했겠지만, 나는 더는 그렇게 생각하지 않았다. 그녀가 르밀 백작가의 남자들의 목숨을 거두지 않았다 하더라도, 그녀는 너무 의심스러웠다. 무엇보다 르밀은 황비의 최측근이다. 그리고 그런 사람은 함부로 움직이지 않았다.

"아아, 으음, 이거 뭐라고 말해야 할지."

"편히 말씀하세요."

"제가 끼어들 일이 아니라고 생각하면서도 레이디 벨루아가 걱정이 되어서 잠을 잘 수가 있어야 말이죠."

거짓말쟁이. 나는 그녀의 말을 조금도 믿지 않았지만, 그녀는 내가 진심으로 걱정되는 양 아름다운 얼굴을 일그러뜨렸다.

"소녀 시절 저는 아버지를 따라 벨루아에 종종 놀러 가고는 했어요."

르밀은 벨루아와 거리상으로 그리 멀지 않으니 그럴듯한 주장이다. 실제로 유모는 르밀을 걱정하는 듯한 말을 종종 했으니 나는 그녀가 유모와의 친분이 있었다고 생각한다. 나는 전혀 기억이 나지 않지만.

"그때는 벨루아 백작부인, 그러니까 레이디 벨루아의 어머니께서 몸이 좋지 않으시다며 칩거 중이셨죠."

"어머니가요?"

어머니는 내가 태어나기 전에 사고를 당해 다리를 다치셨는데 그때를 말하는 걸까?

"네, 맞아요. 레이디 벨루아, 저는 그때 백작저에서 공놀이를 하다 길을 잃은 적이 있어요."

"부인, 무슨 말씀을 하고 싶으신 건지 모르겠어요."

르밀은 듣는 귀가 많은 것이 걱정스러운 듯 주위를 둘러보았다. 그러나 홀에는 사람이 워낙 많은 데다 모두 루페르트 쪽을 바라보고 있어 우리에게 관심을 두는 이는 아무도 없었다. 그녀는 내 팔을 붙잡아 가장자리에 있는 기둥 뒤로 몰아넣었다.

"길을 잃고 울고 있는 저를 백작부인께서 발견하시곤 길을 알려주셨죠."

"그런데요?"

"너무 어릴 적 일이라 제 착각이라고 생각한 적도 있지만, 그때 분명 백작부인은 도저히 임신한 분처럼 보이지 않았어요."

나는 르밀이 무슨 말을 하려는지 대강 짐작이 가기 시작했다. 이미 다 알고 있는 사실이다. 낭만적이지는 못해도 그녀와 내가 마치 인연이라도 있는 것만 같은 느낌까지 들었는데, 이전 생에서 내가 입양아라는 사실을 알려준 건 그녀가 처음이자 마지막이었기 때문이다.

그때는 그저 나를 비웃기 위해 나를 가짜 벨루아라 칭했다면, 지금은 왜일까. 아득바득 내게 그 사실을 알리면 도대체 르밀에게는 어떤 이득이 돌아오는 걸까. 남의 집 사정에 상관하고 싶어도 정도가 있는 법인데. 기가 막혔다. 그녀는 내가 받을 충격이 걱정되는 척 목소리를 점점 죽여갔다.

"그리고 얼마 안 가 저는 르밀에서 벨루아에 여자아이가 태어났다는 소식을 듣게 되었어요."

"……그래서요?"

"아아, 놀라셨죠. 하얗게 질리신 것 좀 봐."

르밀은 탄식하며 내 뺨을 감싸려고 했으나 나는 재빨리 피했다. 그녀는 횡설수설 자신은 원래 이 비밀을 무덤까지 가지고 가려고 했다고 사족을 덧붙였다. 그러나 나는 그녀가 벨루아의 비밀을 자신이 필요할 때 적재적소에 쓰기 위해 입을 다물고 있었다는 생각이 들었다. 그녀는 매우 영악하니까.

"제 착각일 수도 있어요. 가엾어라. 저도 워낙 어렸으니까요. 그저 확인이 필요하지 않을까……."

"지금 그런 말씀을 하시는 이유가 궁금하네요."

"뿌리가 알고 싶지 않으신가요?"

"뿌리요?"

뿌리는 무슨.

기가 차 웃자 르밀의 표정이 묘해진다. 그녀와 말다툼을 하고 싶지는 않았으나 더는 대화를 나누고 싶지 않은 주제였다. 내가 아무리 아버지의 친딸이 아니라고 해도 벨루아를 보호하는 데 사활을 걸고 있을 만큼 내게는 벨루아가 소중했다. 나의 뿌리는 벨루아인데 왜 생판 모르는 남이 와서 내 뿌리를 알려주려고 드나.

내가 감정을 제대로 억제하지 못하고 짜증을 드러내자 그녀는 외려 내 화가 반갑다는 듯 반색하며 웃었다. 나는 이를 갈며 분을 삼켰다.

"레이디 벨루아, 진정하세요. 저는 단순히 코엔 자작님께 들은 얘기가 있어서 그런 거니까."

나는 유약한 인상의 자작을 기억해냈다. 나는 유모를 사랑했지만 그녀의 남편에 대해서는 아는 바가 전무했다. 유모를 죽음에 이르게 하는 마차사고를 방지하기 위해 코엔을 방문했을 때 나눈 대화가 전부일 만큼.

"코엔 자작이 당신한테 그런 말을 했다구요?"

"저는 기억력이 아주 좋아요. 누가 애길 했는지, 흘리듯 말했든 혼잣말이든 전부 기억할 정도로."

남의 대화를 엿들었다는 소리다. 나는 르밀의 가치 없는 능력에 신경을 쓸 만큼 한가롭지 않지만 코엔 자작이 흘렸다는 말은 신경이 쓰였다.

그래. 그도 내게 주제넘은 소릴 하려고 했지. 황궁에 마치 감춰진 거대한 비밀이라도 있는 것처럼.

보잘것없는 지위, 당장 쓰러질 듯 안쓰러운 인상으로 기억에도 제대로 남지 않는 남자가 나도 모르는 나의 비밀에 대해 알고 있음을 인정하는 것은 꽤 씁쓸했다. 르밀을 피해 발코니로 나온 나는 유리창 너머로 루페르트를 지켜보았다.

황금으로 뒤덮인 상석에 앉은 그의 머리를 붉은 황관이 장식하고 있었다. 아마 대륙에서 구할 수 있는 비로드 중 가장 아름다운 비로드를 사용했겠지. 금으로 틀을 잡은 관은 화려한 루비와 다이아몬드가 촘촘히 붙어 있어 멀찍이서 보아도 반짝인다.

루페르트의 금발은 그 색감만으로 무척 화려해서 그의 머리에 저 정도로 화려한 관은 어울리지 않는다는 생각을 했다. 그러나 태자 책봉식 때 너무 크다 싶었던 붉은 로브는 어느새 헌칠해진 그에게 무서울 정도로 어울린다. 어깨를 장식한 새하얀 뱀, 벨네르움 황가의 상징이 그의 목을 물어뜯을 것처럼 입을 벌리고 있다.

태자의 즉위식 때 루페르트의 머리를 성수로 적셨던 신관은 같은 양식으로 새로운 황제를 축복했다. 제대로 들리지도 않는 축사에 귀를 기울이던 나는 누구를 찾는 모양인지 두리번거리는 그의 모습에 서둘러 몸을 숨겼다. 지금은 그를 마주하고 싶지 않다.

기사처럼 건장한 몸과 큰 키, 수려한 외모, 그러나 그것을 감춰줄 수 있을 만큼 날카로운 눈매. 새로이 지배자가 된 젊은 황제는 존재만으로도 위압감이 느껴졌다. 사람들이 웅성거리며 황제가 된 루페르트에게 인사를 올리고 있었다.

나를 찾길 포기했는지 아래를 굽어보던 루페르트가 그린 듯이 아름다운 미소를 지었다. 내가 기억하는 라스페리히 1세의 모습이다.

아.

루페르트가 황제가 될 것을 알고 있었는데. 나의 목적을 이루기 위해서는 반드시 선행되어야 하는 일인 것을 알았음에도 힘겹다. 어린 소년이었던 루페르트, 그 누구도 자신을 지켜주지 않는 삭막한 황궁에 버려진 아이. 그는 오래된 숲을 헤매다 길을 잃은 미아처럼 보였었다. 나는 그 아이가 안쓰러웠다.

내 삶을 처참하게 망가뜨린 남자와 같은 사람이라는 것을 알았음에도, 주제를 모르고 동정했다. 죽음을 겪고 돌아왔어도 시간만은 어쩌지 못해 소년은 남자가 되었다.

나와 내 가족을 몰살한 황제의 얼굴과 정확히 겹치는 루페르트의 얼굴을 지켜보고 있노라니 배를 쥐어짜내는 듯한 탄식이 터져 나왔다. 나는 그런 그를 지켜보기가 힘에 겨워 눈을 돌렸다. 취임식이 끝나면 그가 나를 찾아낼 것이 뻔했다. 지금 그를 마주하면 무슨 말을 할지 알 수 없었다.

「궁에 돌아가시면 폐궁전을 살펴보십시오.」

왜 갑자기 잊고 있었던 코엔 자작의 말이 생각나는지 모르겠다. 정작 아칸 1세의 궁을 갔을 때에는 토리와 루페르트의 생일을 알아내는 것 말고는 아무 생각도 나지 않았는데.

「뿌리가 알고 싶지 않으신가요?」

르밀의 은밀한 속삭임이 떠오른다.

기실 알고 싶지 않았다. 내게 내가 벨루아가 아니라는 사실을 일깨워 주려는 사람은 적지 않았다. 아멜리아 고모, 생 오를레의 여자, 르밀, 코엔 자작, 심지어 르한까지도. 무지해 무시한 것이 아니다. 알고 싶지 않아 일부러 무시했었다. 내게 벨루아의 피가 흐르지 않는 것에 의미를 두고 싶지 않았다. 내 삶은 이미 수없이 뒤틀려서 건들고 싶지도 않았으니까.

벨루아가 안전해진다는 보장만 있다면 다 내던지고서 그저 쉬고만 싶었다. 그러나 그렇다면 내가 죽음에서 돌아온 의미가 있을까. 삶이든 죽음이든 의미란 당사자가 부여하는 것이다. 나는 나의 죽음에서 아무런 의미도 찾지 못했었다. 그러니 이제는 아무것도 모른 채 죽는 것만큼은 피하자고 다짐했었지 않나.

나는 무엇인가에 홀린 듯 걸음을 옮겼다. 발코니를 나와 루페르트 쪽으로 이동하는 수많은 사람들을 헤친 나는 반대쪽에 나 있는 문을 향해 걸었다. 인파와 정반대 방향으로 미친 사람처럼 뛰는 나를 돌아보는 사람은 아무도 없었다. 그들은 불에 홀린 나방처럼 루페르트만을 보고 있었다.

루페르트가 그런 나를 발견했는지 알 수 없었지만, 등으로 따가운 시선이 꽂히는 것은 느낄 수 있었다. 그가 나를 지켜보고 있을 수도 있다는 생각에 발이 점점 더 빨라진다. 숨이 턱 끝까지 차오를 즈음이 돼서야 나는 본궁을 벗어날 수 있었다.

아칸 1세의 궁은 본시 본궁으로 쓰였던 곳이라 거리가 멀지는 않았다. 철창으로 둘러싸여 있긴 했어도 이 정도로 큰 궁전에 숨어들 개구멍 하나가 없는 것은 말이 되지 않는다.

달이 흰한 밤이다. 벨네르니의 밤하늘엔 별이 없다. 새까만 장막을 유일하게 찢어낸 흠집처럼 빛나는 초승달의 어름어름한 빛에 의지해 나는 저번에 찾았던 담벼락으로 향했다.

루페르트의 취임식을 위해 입은 마담 아르베의 아름다운 드레스에 진흙이 묻었지만 어쩔 수 없었다. 문득 황궁의 시녀로 들어오기 위해 벨루아의 저택을 나선 밤이 떠오른다.

기묘하게 고양된 가슴에서 심장이 쿵쿵 뛰어댔다. 빛이 전부 꺼져버린 폐궁은 한시 앞을 확인하기 어려울 정도로 어두웠다. 문을 찾으려 발을 동동 구르던 나는 곧 루페르트가 내 손목에 새긴 연금진을 내려다보았다. 나도 할 수 있을까. 그는 연금술로 종종 등불을 밝히고는 했다. 나는 그가 중얼거리던 말을 따라 웅얼거리며 폐궁의 벽을 짚었다.

잠잠해서 실패했나 싶어 손을 떼려는 찰나, 빛이 튀는 소리와 함께 벽에 붙어 있던 등불에 불이 켜졌다. 나는 누가 볼까 두려워 서둘러 불이 켜진 등불을 꺼내 들고 폐궁 안으로 들어섰다.

기다란 복도를 걷는 소리가 무서울 만큼 크게 울렸다. 또각또각 울리는 구두굽 소리는 분명 내 것이었는데 마치 뒤에서 누가 따라오는 것처럼 한 박자 늦게 들린다.

"괜찮아."

무섭지 않아.

아무도 없는 궁전의 복도가 무서울 이유는 없었다. 열린 창문으로 으스스한 찬 바람이 들어왔지만 나는 애써 고개를 저었다. 유령 같은 것은 존재하지 않았고, 설사 있다 해도 살아 있는 사람보다 무섭지는 않을 터다.

스스로에게 속삭이며 다짐하자 깜깜한 복도를 등불 하나 의지해 걷는 데 대한 공포가 사라졌다. 중앙 서고에 온 지 얼마 안 됐기에 나는 생각보다 빨리 목적지에 도착할 수 있었다. 저번에는 루이제의 갑작스러운 등장으로 제대로 살펴보지 못했었다. 그때도 수상한 구석이 한두 곳이 아니었다.

중앙 서고라고 쳐도 굉장히 크다. 온 책장이 전부 까만 막으로 가려져 있었는데 내가 들춰본 곳은 사면의 하나였을 뿐이다. 입구에 등불을 걸어놓은 나는 창문을 가리고 있던 커튼을 걷어 달빛이 방 안으로 들어오게끔 했다.

흐릿하기는 했지만, 방 안의 물체가 어떤 모양인지 형체 정도는 가늠할 수 있을 법한 빛이다. 나는 저번에 들추었던 책장의 반대 방향을 돌아보았다. 막을 조금 거둬보니 책장이 아닌 빈 공간이었던 모양인지 깜깜한 어둠이 나를 반겼다.

눈을 감으나 뜨나 비슷한 수준의 어둠이라 나는 잠시 주춤하고 말았다. 대공의 저택에 숨어들어 그의 금고에 갇혔을 때와 비슷한 두려움이 든다. 그러나 곧 무섭지 않아졌다. 그때 어둠 속에서 나를 구해준 건 루페르트였다.

그는 그런 식으로 나를 몇 번이나 구해냈었다. 고르텐의 수작질에 넘어가 납치를 당했을 때도, 아르눌프가 내게 손찌검을 하려고 했을 때도, 마차가 전복되어 크게 다칠 뻔했을 때도. 그 어느 때든지 나를 지키는 데 망설임이 없었다.

아무렇지 않은 얼굴로 그 모든 것이 별것 아닌 양 군다. 내가 자신의 것이 되었으니 응당 그래야 한다고 생각하는 사람이다. 루페르트의 보호는 가랑비에 소매가 젖듯 시나브로 나를 안심시켰다. 나도 모르는 사이에 기대게 된다.

그러나 언제까지고 그가 나를 구해주기를 기다릴 수만은 없었다. 루페르트는 황제가 된 후에도 내가 이번 생에 아는 루페르트로 남아야 했으니까. 그가 깊은 어둠에 잠식되지 않게 하려면 손을 뻗어야 하는 사람은 그가 아닌 나였다. 나는 그를 지금 내 눈앞에 펼쳐진 어둠보다도 더 지독한 무저갱에서 건져내야 했다.

"루모르."

나는 그런 간절함을 담아 처음으로 연금진을 그렸다. 앞을 가리고 있던 어둠이 천천히 거둬지며 장막에 가려진 진실은 아주 느리게 드러나기 시작했다. 가라앉은 배를 서서히 건지는 사공처럼 나는 숨을 죽였다.

이미 죽어버린 사람의 역사를 파고들어 좋을 일이 있을까 싶었지만, 그가 내 비밀을 삼키고 있다면 어쩔 수 없지 않나. 나는 거대한 검은 천을 손으로 붙잡으며 떨리는 몸을 가라앉혔다. 아직 무엇이 눈앞에 있는지 제대로 알지도 못했는데도 기묘한 전율이 등을 타고 흐른다.

가장 먼저 드러난 형체는 액자였다. 아칸 1세처럼 보이는 남자가 그려져 있는. 숨겨져 있던 벽의 중앙에는 그의 초상화가 걸려 있었고 그의 옆에는 황후라고 생각할 수밖에 없는 인물이 다정한 얼굴로 웃고 있었다. 나는 그녀에게 눈이 붙박인 듯 시선을 뗄 수가 없었다.

내게 무척 익숙한 얼굴이었다. 순간 정신이 혼미하여 제대로 서 있을 수가 없었다. 무너진다. 나는 소리 없는 비명을 내질렀다. 열린 창문으로 세찬 바람 소리가 새어나온다고 생각했는데, 그것은 나의 비명이었다. 누군가 들을까 무서웠던 나는 억지로 벌어진 입을 다물고 창문을 닫으려 손을 뻗었다. 덜덜 떨리는 손이 자꾸만 미끄러져 창문의 잠금쇠를 잡기조차 어려웠다.

"무슨……."

한참을 헤맨 끝에 창문을 닫으니 세상과 단절된 듯한 고요가 찾아온다. 나는 탄식 가득한 한마디를 중얼거리고선 몸을 돌려 액자에 한 걸음 다가섰다.

갈색 머리, 갈색 눈.

아칸 1세와 그의 황후의 초상화에 다가가 그녀의 갈색 머리칼에 제일 먼저 눈을 두었다. 벨루아의 암갈색이 아닌, 나와 같이 물을 탄 듯 흐릿한 색감이었다.

그러나 나는 이내 고개를 저었다. 연갈색의 머리를 가진 사람은 벨네르니에서 흔하지 않았지만, 색이야 바랠 수도 있다. 오랜 세월 이 서고에 방치되어 있던 그림이질 않나. 원래는 검은색이었을 수도 있었다.

시선을 조금 더 아래로 떨구자 그녀의 이목구비가 시야를 가득 채운다. 나는 도피하듯 눈을 질끈 감았다. 너무 익숙한 생김새라 눈을 감아도 망막에 새겨진 양 아른거린다.

"말도 안 돼."

그녀는 정말 놀라울 정도로 나와 닮았다. 정확히 말하자면 이전 생에서의 나와.

지금이야 그때처럼 깡마르지 않았으니 그저 닮았다고만 할 수 있을 정도이지만, 나는 내 예전 얼굴을 기억하고 있다. 그저 많이 닮은 타인이네, 하고 무시 가능한 수준 따위가 아니다. 아칸의 황후를 기억하는 사람이 예전의 나를 보았다면 그녀와 나 사이의 혈연을 유추할 수 있을 정도였다.

나는 올곧아 보이는 여자에게서 시선을 거두고, 이번엔 아칸 1세를 바라봤다. 자애로운 눈을 가진 남자가 이상하게도 낯설지 않다. 황후와의 연결고리를 찾고 나니 그마저도 나와 닮게 느껴졌다.

아니, 그래도 말이 되지 않는데.

아칸의 자식들은 전부 죽었다. 황제가 그들을 살려뒀을 리가 없고, 막내딸이 앓았다던 전염병은 그 시기에 무수한 사람들의 목숨을 앗아 간 무시무시한 병이었다. 기적적으로 살아남았다 해도 그 흔적을 지울 순 없었을 텐데.

쿵!

비틀거리던 나는 액자와 부딪혔고, 초상화는 그대로 떨어졌다. 나는 연금술로 밝힌 불을 끄는 법도 모른다. 서고를 훤히 밝히고 있는 빛 때문에 엎어진 액자 뒤에 꽂힌 봉투가 모른 척할 수 없을 정도로 잘 보였다.

나는 무언가에 씐 듯 망설임 없는 손길로 그 봉투를 집었다. 스스로도 미쳤다는 생각이 들었지만, 기이하게도 너무 낯익은 글씨체였다. 세월에 누레진 봉투에 끄적인 글씨체가 너무도 익숙하게 느껴진다.

어머니의 필체다.

나의 씨씨와 그녀의 이사벨에게

봉투의 끄트머리에 적힌 이름은 이사벨이다. 내 미들네임이기도 하지만, 이사벨은 남부에서 무척이나 흔한 이름이다. 나는 애써 나를 잠식해 들어가려는 의문을 누르며 봉투를 쥔 손에 힘을 주었다. 혹시라도 내용물에 손상이 갈까 조심조심 뜯어냈는데, 방향을 잘못 조절했는지 내용물이 전부 쏟아지고 말았다.

묵직한 봉투에 들어 있던 물건은 생각보다 많지 않았다. 팔찌, 손바닥에 들어올 만큼 작은 그림과 편지 한 장. 나는 몸을 수그리고서 가장 먼저 그림을 살펴보았다.

"하!"

황후와 갓난아이의 그림이다. 아이를 품은 황후는 무척이나 온화한 표정을 하고 있었다. 벨벳에 싸인 아이는 활짝 웃고 있었는데 나는 이 초상화를 알고 있다. 벨루아에 완전히 똑같은 그림이 있으니까. 황후의 얼굴이 어머니의 얼굴로 되어 있단 점만 다를 뿐이다.

심장이 너무 거세게 뛰어 가슴 밖으로 튀어나갈 것만 같았다. 덜덜 떨리는 몸을 애써 진정시키고서 편지를 펼쳤다.

씨씨,

벨루아는 비교적 평화로운 나날을 영위하고 있어.

하지만 나도, 내 남편도 씨씨와 로이의 걱정으로 마음을 항상 졸이고 있어.

대공은 로이의 동생이긴 하지만 위험한 사람이니 항시 조심하기를 바라.

상파뉴에 올라갔을 때 본 너와 이사벨이 계속 생각이 나 그려보았어.

지금 열병을 앓고 있다고 들었는데, 이사벨은 괜찮은 거니?

이사벨이 태어날 때 친구인 네 곁을 지켜주지 못해 미안해. 사과의 의미로 그린 그림을 받아주렴. 아직 미숙한 솜씨지만 요즘 취미로 그림을 배우고 있거든.

아! 이사벨의 미들네임을 생각해보았어.
'라리에트' 어떨까? 항상 반짝반짝 빛이 나는 사람이 되라는 뜻으로.
내가 이사벨의 미들네임을 지어줄 수 있게 해줘서 고마워.
다음에 벨루아를 방문할 때는 꼭 이사벨과 같이 오렴. 기다리고 있을
게.

사랑을 담아,
아만다

아만다.
나는 편지를 끝맺는 이름을 몇 번이고 다시 읽어보았다. 그러나 아무
리 반복해 읽어보아도 종이를 물들인 잉크의 내용은 바뀌지 않는다.
정황상 지금 내가 손에 들고 있는 편지는 어머니가 황후에게 보낸 것
이었다. 황후와 친분이 있었다고 했으니 이런 사사로운 안부편지 같은
건 그리 놀랄 만한 일이 아니다. 라리에트라는 이름은 흔하지 않았지
만, 어머니가 이 이름을 너무 좋아해서 친구의 딸에게 붙여주고도 내게
라리에트라는 이름을 주셨을 수도 있다.
그러나 이 그림. 벨루아에 있던 그림은 어머니가 황후와 그녀의 어린
아기를 그린 것이었다. 비슷한 구도의 다른 그림이라고 하기에는 아기
의 얼굴이 너무 똑같다.
설마.
나는 자꾸만 차오르려는 울음을 겨우 참아냈다. 그저 우연이라고 치
부하기엔 모든 것이 들어맞는다. 이제야 자잘한 조각들이 맞춰지는 느
낌이었다.

어머니와 황후의 친분, 아멜리아 고모, 어린 나는 항상 집으로 돌아가고 싶어 했다던 베일리스의 말, 코엔 자작, 그리고 르밀 백작부인.

나는 아칸 1세와 황후의 초상화를 액자에서 정신없이 뜯어냈다. 어머니의 편지, 초상화, 아기의 그림, 팔찌를 대충 주머니에 욱여넣는 동안 흐렸던 정신이 그나마 돌아오기 시작한다. 허겁지겁 서고에서 나온 나는 아무도 없는 복도를 내달렸다.

폐궁전을 벗어나자 사람들이 바글바글 몰려 있는 본궁이 눈에 들어온다. 자정에 가까운 시각이었지만 아무도 돌아갈 생각을 않는지, 여전히 왁자지껄하다.

나는 본궁 근처에 즐비한 마차 중 벨루아의 것을 찾기 위해 두리번거렸다. 황제의 취임식에, 아버지는 벨루아의 전나무가 새겨진 마차를 타고 오셨을 테니까. 하지만 전나무가 새겨진 마차 따위는 보이지 않았다. 나는 다급히 시종 하나를 불러세웠다.

"벨루아의 마차는 어디 있죠?"

"아, 백작님은 방금 영지에 문제가 생기셨다며 내려가셨습니다."

"무슨 일이요?"

"그건 말씀해주시지 않아서요."

이 시기의 벨루아에 급하게 해결해야 할 만한 문제가 일어날 리 없다. 큰일이 일어났다면 내가 기억하지 못할 리 없었으니까. 나는 아버지가 상파뉴까지 올라왔음에도 나를 만나지 않고 벨루아로 돌아갔다는 사실에 큰 충격을 받았다.

왜? 얼마 전까지만 해도 나를 만나지 못해 안달이었던 분이. 애정이 식은 것도 아닐 텐데 왜 얼굴 한번 비치지 않으셨을까. 마치 도망치는 것처럼.

나는 잘못한 것도 없이 내 눈치를 살피는 시종에게 싱긋 웃어주고 몸을 돌렸다. 내 의구심을 해결해줄 수 있는 사람을 떠올렸다.

르한.

르한은 이 모든 사실을 알고 있을지도 몰랐다. 그는 항상 내 생각보다 많은 것을 알았으니까. 어찌 됐든 그는 나와 자신이 친남매가 아니라는 사실을 진즉부터 알고 있었는데, 내가 단순한 입양아인지 아니면 다른 사연이 있는지까지 알고 있는지는 모르겠다.

배신감이 맹렬하게 밀려왔다. 그러나 지금 내가 당장 따져 물을 수 있는 상대는 르한뿐이다. 아버지가 나를 피하고 있는 것이 자명했으니까.

나는 고개를 돌려 반짝반짝 빛이 나는 본궁을 돌아보았다. 그 한가운데에 루페르트가 있을 것이다. 취임식 날이니 불쾌한 티를 내지도 못한 채, 속으로는 제게 몰려드는 인파를 굉장히 피곤해하고 있을 것이 뻔했다.

돌아갈까.

순간 흔들렸다. 지금 그를 보고 가지 않으면 큰일이 날 것만 같은, 도저히 이성으로선 납득할 수 없는 느낌마저 들었다. 게다가 나는 루페르트의 시녀장이다. 제대로 된 궁내무관이 없는 지금 취임식을 지켜보고 그의 안위를 살피는 일은 나의 몫이다. 시간이 늦었으니 폐하는 내일 업무를 위해 쉬셔야 한다며 그를 끌고 나올 사람이 나라는 의미였다.

루페르트가 나를 기다리고 있을지도 모른다. 아니, 반드시 기다리고 있을 것이다. 루페르트는 내가 홀을 빠져나오는 모습을 보았을 테니까. 그는 신관에게 축복을 받는 내내 두리번거리며 나를 찾았다. 누구를 찾나 했지만, 그가 겉으로 티가 날 만큼 찾는 사람은 요즈음에는 오직 나뿐이다. 알면서도 나는 애써 고개를 저었다.

그가 자리를 지키고 있을 본궁을 멍하니 바라보던 나는 곧 성문 쪽으로 걸음을 옮기기 시작했다. 루페르트를 지금 마주할 수는 없었다. 그처럼 기민한 사람이 내 상태가 이상하다는 것을 눈치 못 챌 리가 없다. 취임식을 마친 후 축하한단 인사 정도는 직접 건네고 싶었건만.

나는 그에게 허락을 받을 생각조차 하지 않은 채 성문에 다다랐다.

"전하, 아니, 폐하의 심부름으로 나갈 일이 생겼어요."

"수고하십니다."

나는 경비병에게 시녀장의 패를 던지듯 보여주고 붉은 궁전을 빠져나왔다. 모든 경비가 본궁에 몰려 있는 터라 본궁 쪽만 바라보고 있던 경비병은 궁을 나가려는 나를 제대로 확인하지도 않았다.

취임식에 참석하는 귀족이 워낙 많아 빈 마차를 찾기란 수월했다. 자리를 일찍 뜨는 귀족으로 보일 나를 의아하게 여기는 듯했지만, 마부는 제게 경비를 지불할 손님을 가리지 않는다.

"어디로 가시오?"

"남부요. 남부 경계령 로렝으로 가주세요."

"해군마을 말씀하시오?"

"네, 맞아요."

내가 고개를 끄덕이자 그는 이미 마차에 올라탄 나를 떨떠름한 얼굴로 돌아보았다.

"나는 상파뉴 시내만 돌아다니는 마부라 그렇게 멀리는 못 가오."

나는 마부의 거절 아닌 거절에 한숨을 쉬며 그에게 금화 한 닢을 쥐여주었다. 차비로는 어마어마한 금액이었지만 딱히 돈이 아깝게 느껴지지도 않는다. 루페르트의 기준에 너무 익숙해진 탓인가.

"도착하면 하나 더 드릴게요."

"출발하겠소."

마부는 내 말이 끝나기도 전에 대답하며 고삐를 쥐었다. 말의 미약한 울음소리와 함께 마차가 움직인다. 마차는 순식간에 상파뉴를 벗어나기 시작했다. 나는 시야에서 붉은 궁전이 완전히 사라질 때까지 그곳에서 새어나오는 불빛을 지켜보았다.

"누님."

"입 다물고 따라와."

르한은 나보다도 피곤해 보였다. 갑작스러운 나의 방문에 놀란 눈 밑이 거뭇거뭇하다. 그러나 안쓰러운 마음도 들지 않을 만큼 나는 그에게 화가 나 있었다.

"왜 그러십니까?"

"르한, 나, 기지 한복판에서 너에게 소리를 지르고 싶지 않아. 조용한 곳으로 안내해줘."

르한은 무슨 일인지 감도 못 잡는 듯했지만 내가 무언가를 억누르고 있다는 것 정도는 감지했는지 군말 않고 발을 옮겼다. 경계령을 지키는 기지라 경비가 삼엄했지만, 경비병은 르한의 얼굴을 확인하는 것만으로도 서둘러 문을 열어주었다. 마치 르한이 저보다 한참 높은 사람이라는 것처럼.

나는 그제야 르한의 제복을 확인할 생각을 했다. 그는 내게 익숙한 생도 차림이 아니라 완전히 군인처럼 보였다. 푸른 제복의 어깨를 장식하는 작은 별 하나는 소위를 의미했다. 몇 없는 사관학교 중에서도 상파뉴에 위치한 사관학교를 졸업했으니 벌써 소위인 것이 이상하지는 않다. 하나 졸업하지 않은 채 임관하는 것은 불가능할 텐데 내 기억에 의하면 그는 내년에 졸업할 예정이었다.

"너 벌써 졸업했어?"

"네. 어쩌다 보니."

로렝은 벨네르니의 경계령 중 가장 바다와 맞닿은 곳으로, 해군이 지키는 마을이었다. 사관학교의 생도들은 대체로 육군으로 발령 나기 마련인데 르한은 왜 이곳에 와 있는지 모르겠다. 아니, 왜 벌써 발령이 난 걸까.

나는 내 눈을 마주 보지 않고 허공을 바라보거나 고개를 돌리는 르한을 잡아 세웠다.

"왜?"

"지금 제가 조기졸업을 한 이유를 물으려고 여기까지 오신 겁니까?"

"르한!"

르한은 큰소리를 내는 나를 붙잡아 그의 사무실인 듯한 방으로 들여보냈다. 나를 소파에 앉힌 다음 차라도 내오려는 듯 분주히 몸을 움직인다. 나는 그가 덜그럭거리며 찻잔을 드는 것을 지켜보며 깊은 한숨을 내쉬었다.

"르한, 목마르지 않아. 차 필요 없어."

"일단 진정하실 필요가 있습니다."

"나 진정했어. 이리 와 앉으렴."

르한은 내 차분한 목소리에 천천히 맞은편 소파에 앉았다. 나와 대화를 나누고 싶지 않은 것이 역력한 표정이라 말문이 막혔다. 내게 숨기는 것이 한두 개가 아닌 모양이다. 지금 르한은 내가 아멜리아 고모를 피할 때의 얼굴과 흡사했다.

"내게 말하지 않는 것이 있니?"

"……."

"왜 로렝에 있는 거야? 내게 말도 없이?"

"말하지 않은 것은 죄송합니다."

르한이 고개를 풀썩 숙인다. 내게 정말로 미안한 듯 풀 죽은 얼굴이었지만 그 어떤 감정도 느낄 수가 없었다.

"아버지는 알고 계셔?"

"알고 계십니다."

나는 르한의 담담한 대답에 소파 앞 테이블을 손으로 내려쳤다. 내가 상파뉴는 위험하니 올라오지 마시라 경고하는 동안 뒤에서 무슨 일을 꾸미신 건가.

"아! 그러면 나만 빼놓고 계획한 일이구나."

"누님."

"왜? 여기에 도대체 뭐가 있지?"

나는 두 손으로 머리를 감쌌다. 왜 하필 로렝일까? 예전에도 이상하게 생각하기는 했다. 로렝은 벨루아와 가깝기는 했어도 벨네르니 군의 중심은 어찌 되었든 육군이다. 르한이 군인으로 출세하기 위해서는 육군으로 임관하는 것이 훨씬 더 앞뒤가 맞다.

벨루아는 르한이 아무렇게나 배치되어도 어쩌지 못하고서 휩쓸릴 만큼 힘없는 집안이 아니다. 로렝은 해군의 중심이나 군 자체만 놓고 치면 별 볼 일 없다. 제국은 본시 대륙의 중심에서 시작되었고, 로렝은 벨네르니가 윌레탄과 힘이 고만고만했을 때 어쩌다 점거한 땅에 불과했으니까.

그런 로렝에 있는 것이 무언가.

해군 기지, 조선소, 해군사관학교.

"로렝이 벨루아와 연관되는 점이 뭔데?"

"아무것도 없습니다."

"아무것도 없는데 네가 왜 여기 있느냐고."

나는 르한의 말을 믿지 않았다. 내가 표정을 풀지 않자 그가 한숨과 함께 나지막이 대답했다.

"아버지의 오랜 친구분이 있는 곳이라, 일손이 필요하다기에 왔을 뿐입니다."

"친구? 누구?"

"그로모프 사령관입니다."

해군사관학교의 교장이자 로렝 경계령을 관리하는 사람이 마일로 그로모프-로렝이라는 건 알고 있었다. 그러나 그와 아버지가 친분이 있었나? 마일로 그로모프-로렝은 훌륭한 군인일 뿐 남부 출신조차 아니다. 아버지의 입에서 그의 이야기가 나온 적도 없다.

"어떻게 아시는 사이인데?"

"그건 저도 모릅니다."

아니, 알고 있다.

르한은 아버지와 그로모프-로렝의 관계를 알았고, 나는 르한을 알았다. 덤덤한 무표정이 대부분인 르한이지만, 나는 모르쇠로 일관하는 그의 눈꺼풀이 부르르 떨리는 것을 봤다. 그는 거짓말에 능숙한 사람이 아니다.

"거짓말."

나는 마일로 그로모프-로렝이라는 남자를 본 적 없다. 내가 태어난 이후까지 이어진 친분이 아니라는 거다. 즉, 아버지가 아칸 1세의 곁을 지킬 때의 지인이라는 뜻이다. 마일로 그로모프-로렝은 아버지가 아칸 1세의 밑에 있을 때, 무슨 일을 했지?

나는 불안한 듯 눈을 굴리는 르한의 어깨를 붙잡았다.

"그로모프-로렝이 아칸 1세의 사람이었어?"

"모릅니다."

"르한, 네가 지금 거짓말을 하고 있다는 사실을 알고 있어."

"……."

고개를 숙이고 있던 르한이 움찔한다. 나는 선이 뚜렷한 그의 턱을 손끝으로 들었다. 천천히 고개가 올라오며, 내가 지독히 부러워한 암갈색 눈이 나를 지긋이 바라본다. 다정함을 진하게 품은 빛, 우직한 나무가 떠오르는 색이다.

르한을 보고 있노라면 벨루아가 떠오른다. 내게는 벨루아가 전부였다. 나의 소중한 모든 것이 따뜻한 그곳에 있었다. 다정한 어머니와 귀여운 르한. 따뜻한 유모의 품이나 살뜰한 집사의 배려 같은 것. 귀족의 딸이 농가의 아이와 뛰어놀아도 제재 않는 곳.

황제가 될 루페르트가 두려워 잠이 오지 않는 밤에는 벨루아의 추억만이 나를 위로했다. 벨루아에서 아버지는 나를 지켜줄 수 있을 것처럼 강인해 보였고, 르한은 나와 피를 나눈 남매였고, 리체는 다정한 친구였다. 벨루아를 벗어나고 나서야 차가운 현실을 깨달은 내게 벨루아는 영영 낙원으로 남았다.

나는 그런 벨루아를 구원하기 위해 그런 끔찍한 죽음을 겪고서도 나를 죽인 루페르트를 찾아갔다. 르한과 아버지, 어머니는 내게 벨루아의 상징이나 마찬가지였다. 그런데 르한이 나를 기만하려 드나.

"내게 전부 말해, 르한."

"무엇을 말씀하시는 겁니까?"

"처음부터 끝까지. 네가 알고 있는 것과 모르는 것 전부."

나는 점점 더 차갑게 식는 피를 느끼며 르한을 노려보았다. 내게 데면데면하게 굴 것은 알고 있었다. 아무리 우애 좋은 오누이라도 머리가 굵어진 후까지 그러란 법은 없으니.

내가 어색해서, 내게 연락을 할 만큼의 애정이 없어서 어느 곳으로 발령이 났는지 말을 하지 않는 것은 괜찮았다. 그러나 그 행동이 아버지와 작당하여 나를 속이려 드는 것이었다면, 그렇다면 나는 도대체 누굴 믿을 수 있나.

순간의 억울함에 숨이 막혔다. 나는 울컥하는 마음을 애써 가라앉혔다.

"……마일로 그로모프-로렝은 아버지와 함께 아칸 1세를 지근에서 모신 사람입니다. 정확히 말하면 아버지의 직속 부하였습니다."

"네가 그를 도와서 하는 일이란 게 뭐야?"

"말할 수 없습니다."

"내가 죽고 나면 나의 피는 상파뉴로 흐를까, 남부로 흐를까."

나는 르한의 걱정처럼 흥분하지도 않았는데 르한은 무엇이 불안한지 안절부절못하는 얼굴이었다. 어울리지 않게 입술을 짓씹던 그는 나의 말에 눈을 크게 떴다. 나는 그의 대답을 기다리며 애써 담담함을 유지했다.

르한이 쉬이 입을 열지 않았기에 우리 사이에는 한겨울 호수 위에 낀 얼음처럼 가느다란 침묵이 내려앉았다. 나는 그 아슬아슬한 침묵으로 그를 압박했다.

"나는 이렇게 며칠을 보내도 상관없어. 계속 그렇게 입 다물고 있으렴."

"누님."

"이 그림, 기억나?"

나는 테이블에 폐궁전에서 주운 물건들을 하나둘 꺼내놓았다. 그림을 집어 들고 그의 앞에 흔들자 르한의 얼굴이 처참함으로 물든다. 절망할 쪽은 나인데 왜 르한이 무너지는 얼굴을 하는 걸까.

나는 희미하게 웃었다.

"르한, 내가 지금까지 지키려고 아등바등한 것은 뭐야?"

"……."

"너와 아버지에게 중한 것이 애초에 벨루아가 아니었구나."

네가 어떻게.

힘이 없어 나는 원망을 덧붙이지 못했다. 심장의 가장 깊은 곳에서 분노가 들끓었다. 도저히 어찌 표출해야 할지 알 수 없을 만큼의 배신감. 눈앞의 빛이 새하얗게 점멸하는 듯해 나는 눈에 힘을 주었다.

"너도 알았던 거였어."

생각 외로 차분하게 나오는 목소리가 조금 놀라웠다. 너무 화가 나면 오히려 머리가 식는 모양이었다. 언성을 높일 기운도 없어 나는 소파의 등받이에 몸을 기대며 누웠다.

"하."

하하.

웃기지도 않는 이 상황의 어느 부분이 우스운지 자꾸만 웃음이 나왔다. 르한은 내 허탈한 웃음소리를 가만히 듣고 있다 자리에서 일어나 내 앞에 무릎 꿇었다.

"일이 더 진행되면 말씀드릴 생각이었습니다."

"뭘?"

말투가 절로 까칠해진다. 르한의 다정한 얼굴이 가증스러워 고개를 돌려버렸다. 마음이 아파서…… 심장이 아픈 것인지 너무 놀라서 이런 것인지 알 수 없었다. 나는 쿵쿵거리는 가슴께를 손으로 눌렀다.

내가 아칸 1세의 숨겨진 자식이란 사실을 당사자인 내게까지 비밀에 부친 것은 괜찮다. 내가 르한의 친누나가 아니라는 것은 이미 알고 있었으니까. 그럼에도 나는 벨루아라고 생각했으니까. 그러나 그게 전부가 아니질 않나. 지금 이 시기에, 내가 벨네르움 황가의 피를 잇고 있다는 것까지 아는 르한이 로렝에 있다는 의미는…….

"도대체 뭘 말해주려고 했던 거야?"

르한은 이전 생에서도 이곳에 있었다. 시기가 다를 뿐 같은 일이 반복되고 있는 것이다. 나는 아버지의 지독한 고집이 고집이라 말할 수 있는 수준이 아니라는 것을 지금에 와서야 깨닫고 말았다.

"내가 아칸 1세의 딸이라는 것? 아니면 벨루아가 정말로 반역을 준비하고 있었다는 것?"

"누님."

"누님 누님 하지 마, 디트리히. 넌 날 가족으로 생각하지 않잖아."

르한의 얼굴이 일그러진다. 그는 상처를 받은 듯했지만 나는 개의치 않았다.

"라리에트."

"나를 기만해도 정도가 있어!"

"죄송합니다."

"내가 한 얘길 안 믿은 거야?"

나는 울음을 터뜨렸다. 르한이 안절부절못하며 팔을 뻗었지만 나는 그를 거세게 밀쳐냈다. 벌게진 얼굴에서 뜨거운 눈물이 펑펑 흐른다. 말도 안 돼. 아버지와 그가 내게 이럴 수는 없다.

"내가! 그렇게! 말을! 했는데!"

"라리에트."

르한이 달래듯 뭐라고 말했지만 제대로 들리지도 않았다. 이젠 나를 누나라고 부르지도 않는구나, 내가 그러지 말라고 했음에도 실망스럽기 그지없다. 나는 거칠어진 호흡을 애써 가다듬으며 말을 이었다.

"……반역으로 몰려 전부 죽을 거라고, 말했어. 내가 겪었어. 꿈이나 헛소리 따위가 아니야."

"믿지 않은 것이 아닙니다. 전부 믿습니다."

내 말을 믿는다면 이런 짓을 저지를 리 없다.

"그럼 어떻게 이럴 수가 있어? 아버지가 너를 로렝으로 보낸 이유가 뭐야!"

"누님의 이야길 기반으로 더 탄탄한 계획을 구축했습니다. 저번 생과는 다를 거예요."

웃기지 마.

나는 나를 진정시키려는 듯 내 어깨를 붙잡는 르한의 뺨을 내리쳤다. 눈물이 앞을 가려 시야가 흐릿하다. 오히려 잘되었다. 그의 절망한 표정 따위 보고 싶지 않았으니까. 흐느낌은 길고 원망이 가득했다.

"우리가 반역으로 멸문할 것이라고 했잖아. 도대체 무슨 생각이신 거야!"

"누님이 해주신 얘기대로라면 지난번의 패인은 고르텐 후작이었습니다. 실제로 그는 몇 년 전까지만 해도 아버지와 같이,"

"같이, 뭐? 반역이라도 꿈꿨어? 그도 내 정체를 안다는 말이야?"

"아니요. 그건 아닙니다."

기가 막혀 숨이 쉬어지지 않을 정도였다. 고작 고르텐 정도가 이유겠는가. 그는 켁켁거리는 내 등을 토닥이며 안았다.

"진정하세요. 벨루아는 물밑에서 아주 조심히 움직이고 있습니다. 발각될 확률은 없습니다."

"너는 루페르트를 몰라."

"굉장히 뛰어난 인물이라는 것 정도는 압니다. 그러나 지금 그는 황비나 대공을 경계하는 것만으로도 벅찰 겁니다."

루페르트가 벨루아가 반역을 준비하는지 모르고 있다는 건 중요하지 않다. 알게 되는 순간 모든 것이 끝날 테니까. 벨루아가 도대체 어떻게 저항할 수 있겠나.

아.

벼락같은 깨달음이 심장을 꿰뚫듯 내리친다. 알고 있던 모든 것이 산산이 조각나 부서졌다. 억울한 것이 아니었구나. 벨루아는 실제로 반역을 도모해 소거된 것이다.

"왜?"

아버지는 권력 따위를 탐내는 사람이 아니다. 나도 마찬가지다. 얼굴도 모르는 친부모의 원래 지위 따위 알 게 무언가. 나는 그런 대단한 자리 같은 건 탐해본 적 없으며, 소심하게 살다 죽었다. 야망 따위 품은 적도 없었다.

"왜 그렇게까지 해? 그가 황제가 되면 뭐 어때서? 르한, 전하는 나쁘지 않은 황제가 될 거야."

"그는 벨네르움의 피가 조금도 섞이지 않았습니다."

"내게는 벨리마의 피가 흐른다고 생각해? 지금에 와서 그런 걸 따지는 건 무의미해."

나는 르한을 마구 비웃고 싶었다. 벨리마 1세가 이 나라를 세우고서 1,000년보다도 더 긴 시간이 흘렀다. 왕조는 수십 번, 나라의 이름도 수 번 바뀌었다. 그런 나라에서 핏줄을 찾아 뭐 하나. 찾는다 한들 무슨 의미가 있기라도 할까.

"지금 벨네르니의 황조를 바로 세울 사람은 누님뿐입니다."

나는 웃음을 터뜨렸다. 황조를 바로 세울 사람이 나뿐인데 어떻게 이 모든 걸 나 몰래 진행할 수가 있나. 거짓말, 거짓말, 거짓말의 거짓말. 모든 게 다 거짓말이다.

나는 벌게진 눈으로 그를 노려보았다.

"너에게 욕을 퍼붓고 싶은 적은 처음이야. 지금 네가 내가 아는 르한인지도 모르겠어."

"욕을 하셔도 괜찮습니다. 더 때리셔도 괜찮습니다. 아버지를 원망하실 것도 압니다."

더는 듣고 싶지 않아 나는 고개를 무릎에 파묻었다. 굴이 있다면 파고들고 싶다. 숨어서 아무도 만나고 싶지 않았다. 상처에 모래라도 끼얹어진 듯 아프다. 리체가 나를 미워하고 있다는 것을 깨달았을 때와는 깊이가 다른 고통이었다.

"차라리 잘됐습니다. 더는 황궁에 계시는 것이 위험한 상황이었습니다. 무슨 핑계를 대시더라도 여기 머무세요."

"도대체 언제부터 알고 있었던 거야? 언제부터 계획했어?"

"……."

"날 보고 말해. 예의는 지켜, 르한 디트리히 벨루아. 나는 지금 너를 때려죽이고 싶으니까."

눈을 내리깔던 르한은 미적미적 고개를 들었다.

"누님이 아칸 1세의 딸이라는 것을 알게 된 지는 얼마 되지 않았습니다. 하지만…….."

"하지만?"

"제가 누님을 지키는 검이 되어야 한다는 다짐은 아주 오래전에 했습니다."

"검? 웃기지 마."

나를 찌르는 검이 되겠다는 각오였다면 아주 훌륭하게 성공했다고 할 수 있다. 배신감에 정신이 나갈 정도였으니까.

"르한. 이게 정말 네가 원하는 일이야? 반역의 주축이 되고 싶어?"

"어쩔 수 없었습니다."

그는 계속 눈물을 흘리고 있던 내 볼을 훔쳤다. 정말 어쩔 수 없었다는 듯 입술을 꾹 깨문다. 나는 이 와중에도 그가 곧 나를 따라 울 것만 같아 걱정이 되었다.

"루페르트는 굉장히 똑똑하고 철저합니다. 그가 바르바로사 대령이라는 것, 파스벤더 상단의 실질적인 주인이자 아른바흐의 기사단과 고르텐의 용병을 길들일 만큼 뛰어난 능력의 소유자라는 것을 누님도 아시지 않습니까."

내 어깨를 붙잡은 르한의 손에 힘이 들어간다. 그는 한마디 한마디 또박또박 읊었다.

"그가 누님의 정체를 깨닫는 것은 시간문제입니다."

"……이미 알고 계실지도 모르지."

"등잔 밑이 가장 어두운 법입니다. 전하는 지금 벨루아를 의심하고 있지 않을 겁니다."

그럼에도 안심할 겨를이 없다. 머리가 점점 아프다 못해 깨질 것처럼 욱신거렸다. 르한이 무슨 소릴 하려는지 알아챘으니까.

"벨루아는 언제가 되었든 그의 분노를 살 겁니다. 반역이란 누명을 쓰든, 반역을 저지르든."

"나는 황위에 욕심이 없어."

르한은 고개를 내저었다. 나도 내 말이 그 어떤 영향을 미치리라고는 생각도 않았다. 내가 황위에 관심이 있든 없든 그것은 중요하지 않다.

"저보다는 누님이 그를 더 잘 아실 겁니다. 아칸 1세의 자식이 벨루아만 한 가문의 지지를 받고 있다는 걸 안다면 내버려두겠습니까?"

아니.

아니다.

루페르트가 그럴 리 없다. 실질적인 위협이 없더라도, 강력한 가문이라면 전부 몰락시킬 것이다. 그는 황위를 거머쥔다 한들 기뻐하고 만족하지 않을 터. 그걸 지키는 데 최선을 다할 것이다. 황제란 자리가 그에게 전부이니까.

"나를 지켜주시겠다고 했어."

"저는 권력자의 약속은 믿지 않습니다."

루페르트는 나를 지켜주겠다고 했었다. 아껴주겠다고.

「네가 황위에 위협이 되지 않는 한.」

내가 그에게 방해가 되지 않는 선에서, 지켜주겠다고.

나는 머리를 감싸던 팔을 내리고 고개를 들었다. 눈을 내리니 하얀 손이 보인다. 예전처럼 마르지만은 않은 손. 손목에는 루페르트가 친히 새겨준 연금진이 아직도 또렷이 새겨져 있다. 연금진에는 생명이 담긴다. 그는 목숨의 일부를 내게 떼어줄 정도로 나를 아꼈다. 그러나 황위를 내줄 만큼은 아닐 것이다.

"우리의 의사는 이미 중요하지 않았습니다."

슬프게도 르한이 옳다. 목 놓아 엉엉 울고 싶었지만 목소리가 나오지 않는다. 모든 감각이 차단된 듯 무감해졌다. 꿈인 듯했다. 내가 죽음을 겪고 다시 벨루아로 돌아온 겨울날도, 지독한 원수로 여겼던 루페르트를 찾아간 날도, 그런 그를 위로하고 위로받은 날도 전부.

전부 다 꿈이었으면 바란다. 내가 가장 귀애한 벨루아를 망가뜨린 사람이 나였다는 현실이 끔찍해서. 까무룩 정신을 놓고 싶었다. 나였다. 내가 원인이었다. 내가 없어지지 않는 한 악몽은 반복되어 우리를 전부 부서뜨릴 것이다. 르한을, 어머니를, 아버지를. 나의 벨루아를.

깨달음은 얕았으나 파장은 컸다.

나는 나를 마주하지도 못하겠다는 듯 고개를 수그리는 르한의 정수리를 내려다보았다. 씨근거리는 내 숨소리가 귀에 들린다. 나는 얼굴을 적신 눈물을 닦았다. 호흡을 가다듬자 흥분도 서서히 가라앉는다.

"전하가 내 출신을 알게 되는 건 시간문제야."

절대로 영원히 모를 수는 없다. 그가 벨루아를 밟아버린 이유가 나라면, 그는 이전에도 내 출신을 알아냈을 테니까. 모두가 알았던 사실을 나만 몰랐다. 기가 막힌 부분은 이 지경에 와서도 침묵하는 아버지다. 내 말을 믿었든 믿지 않았든 그는 애초에 내 뜻을 들어줄 의사가 전혀 없었던 거다.

"저희가 더 빠를 겁니다."

"뭐가 더 빠르다는 거야?"

"지금 군은 크게 두 파로 나뉘어져 있습니다. 아칸 1세의 부관이었던 자들이 지금은 군의 중심입니다. 아버지는 그들을 설득할 만한 능력과 명분이 있습니다."

나는 웃을 수밖에 없었다. 맙소사. 오만에도 정도가 있지. 그는 루페르트가 황위를 준비한 과정을 전혀 모르는구나. 루페르트가 아칸 1세의 부관들이 군의 중축이라는 것을 모를 리 있나.

"내가 아무리 말려도 안 듣겠구나, 너."

"⋯⋯."

"우리는 끝났어. 지금 이 상황을 어떻게 변명하려 한들 소용없어. 벨루아가 정말 반역을 준비하고 있는 이상 우리는, 끝났어."

나는 루페르트에게 벨루아를 오해하지 말라 설득할 자신이 없다. 아니, 애초에 그럴 수 있는 면목조차 없다. 그에게 붙어 간이고 쓸개고 빼줄 듯 굴며 뒤에서는 반역을 준비하고 있었던 꼴이질 않나. 내가 지금 어디로 숨어버린다 한들 루페르트는 벨루아를 없앨 것이다.

"왜 저희가 질 것이라고만 생각하십니까?"

르한은 오히려 나를 이해할 수 없다는 태도다. 살짝 찌푸린 눈썹이 의아함을 표했다. 답답해 설명을 해주고 싶다가도 무의미하다 싶어 입이 다물어졌다.

"대답해주십시오."

"생각하는 게 아니야. 아는 거야. 벨루아가 패할 것을 안다고."

"상황이 다릅니다. 준비한 시기가 다른데 어찌 같은 결과가 있으리라고 장담하십니까?"

"같은 사람이니까."

"상황이,"

"너도, 아버지도, 루페르트도! 사람이 똑같은데 어떻게 다른 결과가 있겠느냐고!"

내 목소리가 높아지자 르한이 주춤한다. 나는 더는 그와 말다툼을 하고 싶지도 않아 자리에서 일어났다. 르한이 손을 뻗었지만 나는 물러나며 그를 뿌리쳤다.

"놔줘. 혼자 생각할 시간이 필요해."

벨루아가 로렝을 주축으로 군대를 구성한다 한들 루페르트는 여전히 루페르트였다. 지금의 벨루아는 바르바로사 대령으로서 그가 구현해낼 수 있는 능력을 반의반도 모른다. 게다가 나는 루페르트가 황위를 위해 준비한 무장세력이 단순히 바르바로사 대령으로서 군이나 용병에 그치지 않았음을 짐작하고 있었다. 그의 비밀병기가 고작 토리뿐이리라 생각하지 않는다.

루페르트의 가장 최측근이라고 할 수 있는 나조차도 모르는 것들이 분명 있다. 나는 심지어 토리의 정체마저 제대로 알지 못했다. 벨루아의 정보력이 아무리 뛰어난다 한들 이런 깊은 비밀을 어찌 알아내겠는가.

"누님."

"입 다물어."

르한은 내 거친 언사에 기분이 상한 것 같았다. 그러나 나는 사과하고 싶은 마음이 전혀 들지 않았다.

"저희에게 선택권은 없었습니다."

"……."

"아버지는 그저 누님을 보호하고 싶으셨을 뿐입니다."

"선택권이 왜 없어?"

르한은 내 손목을 붙잡았다. 내가 혹시 아파하기라도 할까 봐 제대로 힘을 주지도 못해, 손목을 아주 약간 비트는 것만으로도 쉬이 빠져나올 수 있었다. 나는 다투는 와중에도 내게 다정하기만 한 그를 잠시 바라보다 허무한 웃음을 지었다.

"아버지에겐 당연히 선택권이 있었어."

엉망으로 꼬인 실타래를 보고 있는 기분이다. 처음부터 나에게는 답이 없었다. 이럴 거면 나의 시간을 왜 돌려버렸느냐고, 신을 원망하고 싶다. 아니, 내 시간을 돌린 것이 신은 맞을까? 그저 내 고통을 수배로

늘리기 위한 악마의 재간은 아니었나.

"아버지는 나를 버리셨어야 됐어."

"말도 안 되는 소리 하지 마십시오."

"아니, 말이 되지 않는 건 아버지야. 내가 정말로 벨루아의 독녀인 양 애지중지 키우신 게 말이 되지 않아."

내가 재앙의 씨앗이 되리란 걸 아셨음에도 버리지 않은 것이 그의 실수이자 벨루아가 몰락하는 이유였다. 아버지는 나를 버리셨어야 했다. 나를 루페르트에게 바쳐서 꼬리를 잘랐어야 한다. 그럼 그들에게는 자비가 베풀어졌을 수도 있다. 라스페리히 1세라면 모르겠지만, 지금의 그는 그럴 가능성이 있다.

"아버지가 그러실 수 있을 리 없습니다."

"르한."

"왜 그렇게 잔인한 말을 하십니까."

"그것밖에는 방법이 없으니까."

나는 르한의 진한 갈색 눈에 맺힌 눈물에 다시금 엉엉 울고 싶어졌다. 사실 알고 있었다. 아버지나 르한이 그럴 리 없다. 나를 껴안고 죽으면 죽었지, 루페르트에게 내 목을 바칠 수 있을 리 없다.

"르한."

그러면 우리는 이제 어떡하니.

"미안해, 내가 말이 심했어. 울지 마렴."

르한은 언제 울먹였다는 양 무뚝뚝한 얼굴로 돌아왔다. 단정한 이목구비는 아직도 앳된 티가 남아 있다. 나는 손을 뻗어 그의 곧은 눈썹을 매만졌다.

르한과 함께 자랄 수 있었음에 감사하다. 벨네르니에서 가장 따뜻한 남부의 비옥한 땅, 다정한 사람들이 가득한 벨루아에서 그와 가족으로 지낼 수 있어서 행복했다. 꼬박 두 번의 생을 함께했다. 그 정도면 만족할 수 있질 않겠나.

"이미 준비 중이시라면 나도 어쩔 도리가 없구나."

나는 르한을 안심시키기 위해 애써 웃어 보였다. 실제로 손쓸 방법은 전무했다. 반역에 직접적으로 동조하지 않아도 삼대가 멸문할 터인데, 나는 심지어 아버지의 명분이기까지 했으니까.

"내가 도울 것은 없니?"

"……그저 안전하게 몸을 피해 계십시오."

"어디에?"

"로렝보다는 벨루아가 좋겠습니다. 상파뉴에서는 조금 더 머니까요. 어머니도 걱정이 많으십니다."

르한은 내 온순해진 태도에 다행이라는 듯 옅은 한숨을 내쉬었다. 나는 고개를 끄덕이다 천천히 입을 열었다.

"그 전에 르한, 나, 황궁에 다녀와야겠어."

"지금 말씀이십니까?"

"전하가 눈치채기 전에 다녀와야 해. 놓고 온 것이 있어."

"위험합니다."

르한은 그렇게 말하면서도 나를 제대로 붙잡지도 못한다. 나는 말로만 단호한 그에게 싱긋 웃어 보이며 한 걸음 물러났다.

"네 말대로 지금 전하는 황비와 대공을 경계하느라 정신없으셔. 일개 시녀에게 신경을 쓰실 수 있을 만한 상황이 아니야."

"단순한 시녀 한 명이 아니질 않습니까."

르한이 인상을 찌푸린다.

"그래, 전하는 나를 아껴. 아주 많이."

"……."

"그러나 황위를 줄 만큼은 아니지. 그에게 벨네르니의 황좌는 삶의 전부이자 인생의 깃대거든."

그래서 더더욱 돌아가야만 했다. 루페르트가 나를 의심하지 않고 있을 때. 나의 기분과 안위에 신경을 쓰고 있는 지금이어야만 한다.

"놓고 오신 것이 무엇입니까?"

"내 다이어리. 돌아오기 전의 일이 전부 기록되어 있어. 모르는 사람이 보면 헛소리라고 생각하겠지만, 루페르트에게 발각되면 아주 위험해질 수도 있어. 벨루아가 정말로 반역을 준비하고 있으니까."

"사람을 보내 찾아오도록 하겠습니다."

"내가 가야 돼. 나만 알아. 설명할 수 없는 곳에 있단다."

별궁의 오래된 숲은 미로처럼 길이 엉켜 있는 데다 아무나 들어갈 수 있는 곳도 아니다.

나는 르한이 말릴 새도 없이 등을 돌렸다. 하룻밤을 꼬박 새우며 달려왔건만 미련 같은 건 없었다. 그러나 자꾸 르한의 얼굴이 돌아보고만 싶었다. 그가 어떻게 생겼는지 까먹을 수도 있겠다는 무서운 생각이 들었다. 하지만 그의 얼굴을 또 마주하면 발이 떨어지지 않을 것만 같았다.

"누님, 가지 마십시오. 위험합니다."

"르한, 나는 죽음보다 무서운 것을 알아."

자라지 못한 네가 꺾이는 꼴을 지켜보는 것이 무섭다.

마차를 타는 곳까지 나를 쫓아 나온 르한이 나를 부른다. 목소리가 어찌나 애절한지 돌아볼 수밖에 없었다.

"응."

"돌아오십니까?"

"응. 걱정 마."

내가 너에게 돌아오지 않으면 어디로 가겠니.

나는 르한의 머리를 손으로 쓰다듬으며 안심시켰다. 그는 온순하고 덩치 큰 개처럼 내게 머리를 맡겼다. 부드러운 암갈색 머리칼이 내 손가락 사이로 빠져나간다. 르한을 빼앗기던 그날을 나는 아직도 생생히 기억할 수 있었다. 임관도 제대로 마치지 못한 소년은 장자라는 이유만으로 가장 먼저 단두대에 올라섰다.

라스페리히 1세는 그의 목을 전시해 벨루아를 모욕하는 데 썼다. 그 당시엔 참 과한 처사라고 생각했으나 지금 보니 반역을 준비한 가문을 본보기로 삼아 다른 이들에게 적당한 경고를 보낸 게 아니었을까.

그의 죽음이 결국엔 나 때문이라고 생각하니 가슴을 칼로 도려내는 것처럼 아팠다. 가슴이 미어져 나를 속였다는 분함도 녹아버린다. 내가 벨루아를 지키겠다는 생각 자체가 오만이었다.

"르한, 내가 히렐 근처에 사놓았다던 섬 기억하니?"

"네."

"나는 벨루아의 식솔들을 모두 데리고 그 섬에 놀러 가고 싶어."

"준비해보도록 하겠습니다."

"응. 고마워."

특히 어머니가 좋아하실 만한 곳이다. 아주 위급한 상황을 대비하기 위한 장소이지만, 일이 잘 풀리면 그녀를 데리고 놀러 가도 괜찮을 만한. 석양이 저무는 따뜻한 해변에 누워 그녀와 도란도란 이야기를 나누고 싶었다. 르한이, 이전 삶에선 어른이 되지 못했던 나의 동생이자 그녀의 아들이 이제 다 자라지 않았냐며 뿌듯하다는 말도 하고 싶었다.

내가 지켜보지 않아도 르한은 어른이 될 수 있을 것이다.

"다녀올게."

나는 지키지 않을 약속과 함께 그를 떠났다. 길게 진 땅거미가 나를 붙잡는 것처럼 느껴졌다.

상파뉴로 정신없이 달려간 나는, 루페르트가 아닌 별궁의 오래된 숲으로 향했다.

루페르트가 태자가 되어 별궁을 나서던 즈음, 나는 일기장을 이곳에다 숨겼다. 사람은 세월에 쉬이 닳고 변하지만, 나무는 그렇지 않으니까. 나는 그가 라페르트 황녀였던 시절과 거의 똑같은 숲을 멍하니 바라보았다. 하오의 햇살이 키가 큰 나무들을 적시고 있다.

문득 그때가 그리워지는 이유를 모르겠다. 르한과 밀밭을 뛰어놀던 어린 시절도 아니고, 까칠한 루페르트의 눈치만을 살피던 때에 향수를 느끼는 이유는 무어 있을까.

나는 일기장을 묻은 곳에 지표처럼 솟아 있던 나무를 정확하게 기억했다. 숲의 가장자리에 자리 잡고 있는 호수, 너구리가 종종 물을 먹던 호수 옆 거대한 고목. 혹시나 누가 이상하게 여길까 두려워 리본 같은 작위적인 흔적은 꿈도 꿀 수 없으니, 몇 번이고 확인에 확인을 거듭했다.

나는 주섬주섬 자리에 앉아 팔을 걷어붙였다. 묻을 때도 맨손으로 했으니 깊이 파내진 못했던 터, 금방 일기장이 나오리라고 생각했다. 그러나 아무리 손끝을 세워 땅을 긁어낸들 습기 먹은 흙만 나올 뿐이다. 마음이 다급해진다. 가슴이 서늘해져 등골부터 소름이 올라왔다.

나는 혹시나 장소를 잘못 짚었나 싶어 몸을 돌렸다. 이 나무 근처임은 확실하니 조금 방향을 틀어서…….

"여깄다!"

나는 흙 속에서 뾰족하게 솟은 가죽 모서리에 마음을 놓았다. 무심코 일기장을 펼쳐보는데 내가 열두 번째 생일에 눈을 뜬 다음 정리한 사건들이 주르륵 나열되어 있다.

새빨간 죽음들로 가득했던 장. 현재도 그 흐름은 비슷했지만 이미 많은 것들이 바뀌어 있었다. 황비도, 아르눌프도 목숨을 부지하고 있었으니까. 심지어 루페르트는 토리를 황후로 맞이하지도 않았다.

이상했다. 루페르트는 분명 이때쯤 슬슬 토리를 황후로 맞을 준비를 했어야 했다. 그런데 언급조차 없질 않나. 그가 자신의 생각을 모두 나와 공유하는 것은 아니지만, 적어도 내가 그의 다음 행보 정도는 파악하고 있다고 생각했다. 그는 지금 결혼 생각 자체가 없다.

원래대로라면 황제가 된 그는 토리의 아버지로 알려진 파스벤더를 귀족으로 만들고 황궁으로 드나들게 만들어 원로회와 친분을 쌓게 했겠지. 그런 주먹구구식 방법으로나마 토리는 귀족사회에 받아들여졌고 황제인 루페르트와 결혼할 수 있었다.

그 후 벌어진 처참한 비극.

미쳐버린 황제를 기억했다. 라스페리히 1세는 정말로 토리를 죽였을까. 완전한 진실이라고 믿었던 그 밤에 대해 이제 와 의구심이 든다. 토리는 그의 비밀병기나 마찬가지였다. 게다가 그녀의 유용함을 차치하고라도 그는 그녀를 진심으로 아꼈다.

"미안해요. 내가 잘못 기억했나 보아요."

나는 나무 뒤에서 들리는 소리에 고개를 들었다. 모골이 송연했다.

"토리."

"어딜 다녀오는 거여요?"

그녀는 고목 뒤에서 머리만 빼꼼 내민 채 활짝 웃고 있었다. 나는 그녀의 밝은 얼굴에 괴리감을 느껴 서둘러 다이어리를 품에 숨겼다.

"동생을 보고 왔어요."

"폐하께서 많이 찾으셨어요. 라리가 갑자기 사라져서."

폐하.

나는 토리의 입에서 자연스레 나오는 그 칭호에 다시금 실감했다. 루페르트는 이제 무소불위의 권력자가 되었구나.

"급한 일이 생겨서요."

"찾느라 고생했어요?"

"뭘요?"

"그 다이어리요. 라리가 숨긴 곳에 다시 묻는다고 물었는데, 헷갈렸나 봐요."

나는 아무렇지도 않은 얼굴로 또박또박 말하는 그녀를 물끄러미 바라보았다.

"루페르트가 나를 죽이나요?"

"……."

"죽였을까요?"

"무슨 말을 하는지 잘 모르겠어요."

토리는 조금씩 가까이 왔다. 그녀 너머로 펼쳐진 오래된 숲을 보고 있노라니 정말로 루페르트가 황녀였던 시절로 돌아온 기분이었다. 그때와 조금도 변하지 않은 그녀가 내 앞에 있다. 푸석푸석한 금발, 커다랗고 둥근 녹안, 어린아이처럼 작은 얼굴과 마른 팔.

"제 망상 이야기를 읽은 건가요? 부끄럽네요."

"라리에트, 난 바보가 아니에요."

내 코앞까지 온 토리는 나와 눈높이를 같게 하며 허리를 굽혔다. 나는 그녀의 작은 어깨에 손을 올렸다.

"미래라도 읽은 건가요? 라리는 마치 우리 운명을 알고 있는 것 같던데."

빈정거리는가 싶었지만, 딱히 그런 투는 아니라 나는 그녀를 담담히 응시했다.

"나는 폐하가 진짜 날 죽일 수도 있을 것 같아요. 라리는요?"

"네?"

"폐하가 당신은 죽일 수 있을까요?"

나는 눈도 깜빡이지 않고 나를 바라보고 있는 토리를 순간 외면했다.

그녀가 무슨 말을 하든 듣고 싶지 않았다.

"전하, 아니 폐하도 이걸 읽으셨나요?"

"아뇨. 도무지 읽을 생각을 안 하길래 내가 빼돌렸어요."

토리는 빙그레 웃었다.

"걱정하지 말아요. 나는 폐하에게 라리의 비밀을 보고할 생각은 없으니까. 르밀이란 여자는 또 모르죠."

"협박하는 건가요? 소용없어요, 토리."

나는 무릎을 굽히고 주저앉은 그녀를 두고 일어났다. 더는 웃지 않는 그녀의 시선이 나를 따라온다.

"토리가 지금 내게 하는 말은 전부 내 머릿속을 한 번쯤 거쳤던 생각이니까. 이미 결정을 내렸어요."

"어떻게 할 생각인데요? 라리의 비밀을 아는 사람은 전부 다 없애기라도 할 건가요?"

"비밀이 사라지면 되는 거 아닌가요?"

"……그게 무슨 말이에요?"

나는 배시시 웃고 말았다. 나를 당장이라도 해할 것처럼 겁박한 주제에, 지금은 표정이 크게 흔들리고 있었으니까. 나는 그녀의 둥근 머리를 쓰다듬었다.

"토리, 나는 토리를 알게 된 걸 후회하지 않아요."

"나는 후회해요, 라리에트."

"마지막으로 듣기에 좋은 말은 아니네요."

"당신은 폐하를 망칠 거여요."

"그래요, 미안해요."

나는 토리의 옆에 마차에서 쓴 편지를 내려놓았다. 구태여 전해달라고 하지 않아도 루페르트에게 전해지겠지. 미안해요, 하는 위선적인 사과로 시작한 편지는 길지 않았다.

"아아."

토리가 제 무릎에 머리를 묻으며 중얼거린다. 목소리가 너무 작아 제대로 들리지도 않았다. 후회해요, 후회해요. 나지막이 속삭이는 건 그 말뿐인 것도 같고, 무어라 사족이 덧붙은 것 같기도 했다. 그러나 그녀의 말에 귀를 기울인다고 상황이 바뀌지도 않는지라 나는 그녀를 두고 숲을 빠져나왔다.

별궁, 루페르트의 침실.

그곳이 좋겠다.

벨루아도 아닌, 내가 쓰던 침실도 아닌 그의 침실로 정한 이유는 나도 모르겠다. 그저 우리 셋이 가장 많은 시간을 보낸 장소라서. 그곳에서 악몽을 헤매는 루페르트를 달랬다. 내가 그의 악몽인 줄은 꿈에도 모르고.

토리는 나를 막지 않았다. 마치 이렇게 되리란 것을 이미 다 알고 있었던 것만 같다. 토리는 내가 아칸 1세의 딸이라는 사실을 알고 있었다. 버려진 폐궁에 아칸과 황후의 물건들을 모아놓은 사람은 누구일까. 죽어버린 황제라면 왜 불태우지 않았던 걸까. 왜 검은 장막에 숨겨져 있었던 걸까.

딱히 답이 내려지지 않는 질문의 답들을 생각하다 보니 어느새 루페르트의 침실에 도착해 있었다. 나는 잘 짜인 연극의 일부가 된 느낌에 잠긴 채 볕이 잘 드는 그의 침실을 둘러보았다. 이곳이 내 마지막 장인가 싶었다. 울고 싶지도, 웃고 싶지도 않다.

모두에게 놀아났다는 생각이 들기도 했다. 내가 모르던 비밀이 나를 휘두르고 있었다. 왜 나를 되살린 거냐, 신에게 원색적인 비난을 쏟고 싶기도 했고, 이제 와 무슨 상관이 있나 싶기도 했다. 서로의 이해관계가 잘 맞아떨어지지 못했을 뿐이다.

아버지는 예전에도 지금도 아칸 1세의 황가를 지키려고 노력했다.

벨루아가 어찌 되든 간에. 그러니 내 반복된 경고에도 흔들림이 없으신 거다. 회귀 후의 첫 깨달음과 일치했다. 아버지도, 리체도, 르한도 변하지 않는다. 몇 번의 삶을 다시 살아내도 내가 타인을 변화시킬 수 있는 방도는 애초에 존재하지 않았다. 수십 번의 시간이 반복되어도 마찬가지일 것이다.

나조차도.

나는 여전히 벨루아를 지키고 싶었다. 르한이 나와 피를 나눈 형제가 아니라는 것을 알아도, 루페르트의 처벌이 정당했음을 알아도, 벨루아는 여전히 내게 소중하다.

머리로는 다르게 판단할 수도 있었다. 아칸 1세는 자식인 나를 살리고 싶었을 테고, 아버지는 그에게 충성하고 싶으셨으리라. 나를 숨기고 보호한 뒤 형을 죽인 무자비한 황제에게 복수를 다짐하셨겠지. 나는 벨루아 백작에게 있어서도 그저 이용할 말이었을 뿐이었다. 아주 귀한 말.

그러니 나도 도망을 가버리면 그뿐이었다. 벨루아도, 루페르트도 잊은 채 외딴 마을에 잠적해버리면 누가 나를 찾을 수 있겠나. 황가의 핏줄을 숨겼다는 죄명으로 벨루아가 몰락한들 외면하면 그만이다.

그러나 그들에게 사랑받은 것 또한 사실이라 그럴 수가 없었다. 아버지와 어머니, 르한이 나를 어떤 눈으로 바라보고 있었건, 그들 품에서 나는 행복했었다. 모두 죽든지 나 혼자 사라지든지, 내게 남은 갈래가 두 개뿐인데 무엇을 택할 것인지는 명확하지 않나.

죽음의 방식을 선택할 수 있어 다행이었다. 내 죽음의 이유에 대해 안다는 것이 큰 위안이었다. 아무것도 모르는 채 짐승처럼 도살당하는 것이 아니었으니까.

나는 제일 먼저 화로에 불을 붙여 일기장을 쑤셔넣었다. 흙이 묻어 불이 잘 붙지 않을까 걱정했는데 금방 타오른다. 다행이었다. 나는 루페르트의 침실과 이어진 그의 실험실에서 기름이란 기름은 전부 꺼내 바닥에 뿌렸다.

타닥타닥 종이 타는 소리에 익숙해지자 온전한 침묵이 찾아온다. 단두대의 어수선함과는 다른 지독한 고요가 흡족했다. 루페르트가 씹다 삼킨 사과처럼 목에 걸린다.

내게 기대게 하지 말걸. 뒤늦은 후회가 찾아왔다. 조금 더 온전한, 루페르트를 제대로 사랑하고 아낄 수 있는 사람이었다면 좋았을 텐데. 그러나 후회는 길지 않았다. 시간이 많지 않아 삶을 정리할 만한 여유조차 없다.

나는 윤이 나게 닦인 장총들이 걸려 있던 허한 벽을 아쉬움을 담아 훑은 다음 활활 타는 종이더미를 부지깽이로 집어 바닥에 던졌다. 금세 공기가 훈훈해진다. 나는 겁이 많고 비겁한 인간이라 보다 더 확실한 방도가 필요했다. 마지막의 마지막 순간에 두려워 도망가는 건 곤란하다.

커튼을 찢어 길게 만든 천으로 침대 기둥에 다리 하나를 꽁꽁 묶은 나는 그제야 안심하고 그대로 주저앉았다. 눈을 감자. 생각하지 말자. 후회하지 말자.

그래도 무서워 눈물이 난다.

까무룩, 빛이 명멸했다.

13. 절망 속의 당신

　루페르트는 살면서 총 세 번의 죽음을 목도했다. 사람들은 그 앞에서 자진하기를 어찌나 좋아하는지. 제가 목숨을 끊고 싶을 정도의 어마어마한 악취라도 풍기는가 싶었다.

　아, 마지막은 어찌어찌 목숨을 부지해놓기는 했으니 세 번은 아닌가. 그는 고개를 돌려 무심한 눈으로 침대 위에 시체처럼 누워 있는 여자를 바라보았다. 가장 먼저 눈에 들어온 것은 이불 밖으로 삐죽 튀어나온 그녀의 하얀 발이다. 검붉은 이불에 묻은 백합 꽃잎같이 고왔다.

　그러나 발목 바로 위에 시커멓게 멍이 들어 있었다. 기둥과 발목을 묶고 있던 끈 자국이다. 얼마나 꽁꽁 묶어놨는지 그조차도 끈을 풀 수가 없어 칼로 잘라냈었다.

　그 광경을 떠올리자 아무 감정도 없는 듯 초연했던 눈이 분노로 일렁인다. 화가 심장 전부를 태워버릴 것처럼 들끓다가 이내 가라앉았다. 그로서는 도저히 무슨 기분인지 표현할 수도 없을 만큼 강렬했다. 허공에 대롱대롱 매달려 있지 않아 다행이라 해야 할까.

　그는 라리에트가 자신의 어머니처럼 천장에라도 매달려 있었다면 그녀를 구할 정신머리가 남아 있지 못했으리라 생각했다. 마주한 순간 충격으로 이성 전부가 날아갔을 거라고. 아니, 생각해보니 그러지 않았어도 이성 따위는 없었던 것 같다. 여기저기서 솟는 불길 속에 죽은 듯 누워 있는 그녀의 모습 또한 그만한 파급력이 있었다.

루페르트는 침대에 다가가 라리에트의 곁에 털썩 주저앉았다. 어기적어기적 조심성 없게 움직이는 탓에 대충 만 붕대가 풀려 흩날렸다. 어느새 들어온 어의가 안절부절못하며 그의 팔을 붙잡았다.

"폐하, 조심하셔야 합니다. 덧나면 큰일이 날 수도 있습니다."

루페르트는 대답하는 대신 제 몸을 돌아보았다. 검붉게 그을린 팔, 라리에트 위로 쓰러지던 기둥을 지탱한 어깨뼈는 산산조각이 나서 성수를 들이붓고 신관까지 불러다 치료를 했지만 통증이 남아 있다. 불씨가 왼쪽 눈으로 바로 떨어져 앞도 제대로 보이지 않았다. 기실 그는 불에 휩싸여 있던 그녀보다 온전하지 못한 몰골이었다. 온몸이 만신창이다.

그런데 왜 저보다 멀쩡한 그녀는 눈을 뜨질 않나. 루페르트는 천천히 멀쩡한 팔을 뻗어 라리에트의 이마에 손을 올렸다. 살결이 부드러워 고운 비단을 만지는 듯했다.

"왜 못 일어나지?"

"불 속에 있었으니 폐가 망가졌을 수도 있습니다."

"겉보기엔 멀쩡한데."

"폐하께서 불이 난 직후에 구해내셨으니 괜찮으실 겁니다."

루페르트는 기가 막혔다. 참, 제 생각대로 움직이지 않는 이다. 속을 썩인다. 아니, 속이 썩다 못해 문드러질 정도다. 왜 그렇게까지 엇나가나. 자신은 제 선에서 최대한 애지중지 대해줬는데. 내가 설마 저를 죽이리라고 생각했나.

라리에트가 아칸 1세의 숨겨진 자식이라고 해서 그녀의 목숨을 취할 생각은 전혀 없었다. 루페르트는 그녀가 그것을 두려워해 목숨을 끊으려고 한 것에 한 번, 그리고 그녀를 죽일 생각이 없었다는 자신을 깨닫는 것에 두 번 놀랐다. 보류하고 있다, 라고 생각했는데 애초에 전제에 없었던 모양이다.

죽이지 않을 거다. 아니, 죽이기는커녕 혼자 죽게 내버려둘 생각도 없었다.

"죽을 가능성도 있나?"

"원체 몸이 튼튼하신 편이 아니라, 확답을 드릴 수는 없습니다."

루페르트는 어의의 담담하고 정직한 대답에 그를 죽여버릴까 생각했다. 어떻게든 살려놓겠다고 다짐해도 모자랄 판에 너무 무성의하지 않나. 그러나 곧 애꿎은 분노라는 생각에 말을 삼켰다. 어의를 죽인다고 라리에트가 깨어나진 않을 테니까. 비합리적이다.

게다가 그는 성군이 되리라 그녀와 약속까지 했다.

"나가봐."

"……폐하. 쉬셔야 합니다. 지금 레이디 벨루아보다도 몸이 성치 않으십니다."

"쉬고 있잖아."

"잠도 주무시지 않고, 끼니도 제대로 챙기지 않고 계십니다. 가만히 앉아 레이디 벨루아를 지켜보신다고 레이디 벨루아나 폐하의 몸이 낫는 기적은 일어나지 않습니다."

젊은 어의는 그를 진심으로 걱정하는 얼굴이었다. 불을 들이마신 라리에트를 치료하겠다고 나선 후 한숨 눈도 못 붙이고 치료에 전념해왔다. 혹여나 그녀가 잘못되기라도 하면 목이 날아갈까 두려워 나서지 못한 이가 수두룩했는데.

"이제 안정적인 상태로 접어드신 듯합니다. 조금이라도 수면을,"

"나가."

그러나 루페르트는 어의의 말을 무시하곤 고개를 수그렸다. 가슴이 답답했다. 붕대가 가슴까지 압박하고 있어서 그런 갑갑한 기분이 드는 것은 아닐 터다. 조금 더 깊은, 심장의 구석에서부터 조여오는 느낌이었다.

어의의 눈에 그런 루페르트를 동정하는 빛이 스쳤다. 그러나 들키면 경을 칠 새 황제의 성정을 아는지라 공손히 인사를 올린 다음 방을 나선다. 방문이 닫히는 소리와 함께 루페르트는 라리에트의 옆에 몸을 뉘었다.

고개를 돌리자 고요히 잠든 얼굴이 눈에 들어온다. 봉긋한 이마가 오밀조밀한 콧대와 이어진다. 도톰한 입술은 여전히 예뻤지만, 핏기가 없었다. 그는 공연히 그녀의 입술을 손가락 끝으로 툭 건드렸다.

"너한테 화를 내야 하는지······."

그는 짧은 한숨을 내쉬었다.

"일어나라고 빌어야 하는지 모르겠다."

라리에트는 대답이 없었다. 루페르트는 그녀를 하염없이 지켜보다 눈을 감았다. 이 정도면 변명을 종알대며 일어날 법도 한데 그런 일은 없다.

입을 열지 않는 그녀 때문에 또 화가 들끓는 물처럼 솟다가 가라앉았다. 한겨울 맨몸으로 쫓겨나 오도 가도 못하고 있는 사람이 된 것 같았다. 어디로 가야 하는지 갈피도 잡히지 않는다. 왜 그랬냐 따지고 싶어도 따질 사람이 일어나질 않고 있으니.

"그냥 죽게 내버려두는 것이 맞았나?"

루페르트는 하루에도 수십 번씩 마음이 바뀌고는 했다. 꼴도 보기 싫으니 눈앞에서 치워버릴까 하다가도, 문이란 문은 전부 틀어막고 그녀 곁을 지키고 싶었다. 그리고 언제나 결론은 후자에 가깝다.

라리에트가 죽음을 결심한 날 이후로 나라는 마비되다시피 했다. 황좌에 오른 젊은 황제가 침실에 틀어박혀 있으니 당연했다. 하루에도 몇 번씩 원로나 대사가 올라와 문을 두드렸지만 그는 반응하지 않았다.

루페르트는 라리에트보다 많은 것을 알고 있었다. 항상 그랬다. 만남의 첫 순간부터 지금까지. 토리가 주섬주섬 들고 온 조각들을 끼워 맞추는 일은 어렵지 않았다. 벨루아 백작은 신중했으나 허점이 없지 않은 인간이었고, 아칸 1세의 사람들은 아가리를 벌리고 자신을 삼킬 준비만 했던 동생을 믿은 그들의 주군만큼이나 순진했다.

라리에트가 그의 딸이라는 사실을 알게 된 순간부터 고민은 많았지만, 딱히 취할 만한 행동은 없었다. 그에게는 라리에트의 행동을 예측하기가 너무나 어려웠다. 이해 가지 않는 행동만 골라 했다. 합리적이지 못한 선택만 했고, 본인의 안위를 챙길 줄을 몰랐다.

그래도 죽으려고 들 줄은 꿈에도 몰랐다. 자신을 등져버리고 벨루아에 합류하리라 여겼건만. 그러면 그녀만 다치지 않게 진압하면 되지 않을까, 막연히 생각했었다. 가족의 목숨을 전부 거두면 저를 미친 듯 원망할 테니 동생과 어머니만이라도 살려두자고. 그러면 염치가 없진 않으니 자신을 떠날 생각은 하지도 못할 테지.

"멍청해도 정도가 있지."

이번에도 역시나, 그는 라리에트의 행동을 예측하는 데 실패했다. 자신이 제위에 오르는 가장 영광된 순간도 지켜보지 않다니, 그런 건방진 태도를 어디서 배웠느냐 추궁하며 가둬버릴걸. 아니면 네 아비가 반역을 저지를 생각이니 인연을 끊고 오라고 경고라도 할 것을 그랬나.

하지만 그런다고 해서 라리에트가 벨루아를 버리고 제게 올 것 같지는 않았다. 그녀는 지독히도 자신을 믿지 않았다. 맹목에 가까운 불신이라는 것을 지금에 와서야 깨닫는다. 라리에트는, 그가 자신을 보호해 줄 것이라고 믿지 않았다.

"왜?"

눈을 마주하고 했던 말은 그렇게 가치 없었나. 지켜주겠다고 했는데. 그녀가, 벨루아가 황위에 위협이 되지 않는 한.

루페르트는 벨루아가 제 황위에 위협이 될 수 있으리라 생각하지 않았다. 아칸은 이제 망령일 뿐이다. 그는 라리에트의 편지를 주머니에서 꺼내 들었다. 내용도 읽지 않고 우그러뜨린다. 얼마나 구구절절하게 제 가족을 옹호할지 뻔하다.

이기적이다. 라리에트의 가족은 그녀에게 지독히 이기적이었고, 그녀는 자신에게 이기적이었다. 루페르트는 그녀가 선택한 죽음이 철저한 계산에 의한 것이리라 생각했다. 자신이 어느 정도 그녀를 아끼는지 잘 알기에 이렇게 행동한 것이다.

명분 잃은 벨루아는 계획하고 있던 반역을 접을 것이고, 황위를 보호하기 위해 목숨을 저버린 그녀를 위해서라도 그가 차마 벨루아까지 건드리진 않으리라고. 딱 그 정도의 애정이리라고.

오산이다.

꿈을 꿨다. 서러운 악몽이었다. 몇 번이고 꿈에서 보았지만 여전히 두려운, 회귀의 반복. 도저히 익숙해질 수 없는 그 일이 자꾸만 되풀이되었다.

꿈에서 나는 다시 열두 살이 되었고, 또다시 루페르트를 찾아갔다. 나는 아직 아무런 잘못도 저지르지 않은 채 처절한 시간들을 겪고 있는 어린아이를 다시금 이용했다. 이제는 그가 무엇을 좋아하고 무엇을 끔찍하게 여기는지도 알아서 훨씬 수월하게 그의 마음을 빼앗을 수 있었다.

달콤한 말을 속삭이며 불안이 밤을 휘감아 쉬이 잠들지 못하는 아이에게 자장가를 불러주었다. 나를 믿으라고 칭얼대지도 않았다. 묵묵히 곁을 지키는 나를 루페르트는 몹시 아끼게 되었고, 결국 황제가 되었다. 그리고 그는 아칸의 피를 이었다는 이유로 매정하게 나를 처형했다.

너를 아끼지만, 제위를 내어줄 수는 없지 않겠느냐고. 황위 따위에는 일말의 욕심조차 없다는 내 말을 믿지만, 벨루아를 믿지는 못하겠다고.

불에 타는 벨루아의 가을 풍경이 나의 마지막이었다. 깃털처럼 나붓하던 억새밭이 새빨갛게 타올랐다. 화마에 휩싸여 뼈대만 남은 저택이 무너져내려 르한이 기둥에 깔리고 말았다. 그를 구하려 힘을 쥐어짰지만 나는 나약했다. 눈물을 아무리 많이 쏟아도 르한의 몸에 붙은 불을 끄기에는 역부족이었다.

루페르트가 멀리서 특유의 무표정한 얼굴로 나를 지켜보고 있었다. 목 놓아 도움을 청하는 나를 외면했다. 나는 그 꿈에서 그렇게 죽었다.

죽음에서 다시 깨어나보니 나는 또 열두 살이었다. 나는 나를 버린 루페르트에게 화가 나 있었다.

내가 네게 그토록 마음을 쏟았는데, 아니, 쏟는 체했는데 어찌 나를 그토록 매정하게 죽일 수가 있느냐고. 너는 내게서 위안을 얻지 않았느냐고.

명분 없는 분노가 솟았다. 나는 루페르트를 기만하면서도 그만은 나를 진심으로 아끼길 바랐다. 그를 사랑하지 않으면서 사랑한 척한 것부터 잘못이었는데, 꿈속의 나는 반성을 모르는 이기적인 사람이었다. 열한 살의 르한은 어렸고, 젊은 아버지는 자상했으며, 어머니는 다정했다. 나는 그들을 지키고 싶었다.

해서 이번에는 어린 루페르트를 찾아가 5번가에서 그를 찔러 죽였다. 일면식도 없는 내게 칼을 맞은 아이는 그 자리에서 고꾸라졌다. 고작 열세 살에 불과했던 라페르트 황녀. 5번가에서 나와 길거리 음식 하나를 두고 아웅다웅했던 건방진 어린아이는 나보다 더 작고 말랐었다. 앙상한 팔, 무자비한 황제에게 짓밟히던 연약함. 웃음이 나올 만큼 약했다.

찔러도 피 한 방울 나오지 않을 만큼 잔인했던 라스페리히 1세가 되리라고는 믿기지 않을 정도로 작고 가냘픈 몸에서 철철 피가 흘렀다. 바닥을 전부 적실 것처럼 솟는다. 루페르트의 얼굴은 새하얗게 질려 있었는데, 그것이 고통 때문인지 아니면 자신의 이른 죽음에 너무 놀라 그런 것인지 가늠하기가 어려웠다.

나에게 만두 하나를 더 쪄서 건넸던 마음씨 좋은 상인 아저씨는 놀라서 점포도 그대로 두고 도망갔다. 나는 빠르게 피로 물드는 내 손을 내려다보았다. 루페르트의 피가 묻은 칼이 땅에 떨어지며 청량한 금속성을 울렸다.

쨍그랑.

아직 숨이 붙어 있는 루페르트가 나를 올려다보고 있었다. 억울함이 그득한 큰 눈. 눈물 맺힌 녹안. 그 와중에도 촘촘한 속눈썹에 방울방울 맺힌 햇빛이 아름다워 나는 멍하니 죽어가는 아이를 지켜보았다.

미안. 하지만 너는 자라서 나를 죽일 거잖아. 작게 속죄했건만 나를 원망하는 그의 눈빛은 사위어들지 않았다.

비슷한 꿈이 몇 번 반복되었다. 나는 여러 가지 선택을 했지만 엔딩은 둘뿐이었다. 벨루아를 버리고 도망을 가도 마찬가지였다. 내가 그를 죽이거나, 그가 나를 죽이거나 둘 중 한 명은 반드시 죽어야 끝이 났다. 같이 행복할 수는 없는 운명이겠거니, 해서 내가 어떤 결단을 내리든 틀리지도 맞지도 않았겠구나 싶어 이내 포기해버렸다.

그냥 우리는 이토록 비참한 악연이라 어찌할 방도가 없구나 이해했다. 나는 스스로가 불쌍하고 루페르트가 가엾어 울었다. 내 마지막 선택이 옳았다. 나는 루페르트와 벨루아를 위해 죽어야 했다.

그러다 눈을 떴다.

다시금 꿈의 반복인가 싶었는데 버거운 숨이 현실을 깨닫게 해준다. 꿈에서 나는 무척이나 멀쩡했으니까. 머리가 찢어질 듯 아프다. 고통이 느껴진다는 것은 내가 살아 있다는 의미였다. 죽는 것에도 실패했구나 싶어 스스로가 환멸스러웠다.

자괴감 따위의 강렬한 감정이 제일 먼저 밀려왔고, 이성은 아주 천천히 돌아왔다. 정신을 차렸다는 것을 인지하기도 어려울 만큼. 겨울밤 손끝으로 스며드는 화로의 온기가 몸을 녹이듯 느렸다. 이불 밖으로 삐져나온 발은 서늘했는데 목만은 아직도 불구덩이에 있는 마냥 바짝 말랐다. 내가 더듬더듬 손을 움직이자 제대로 보이지도 않는 흐릿한 윤곽이 움직이더니 내 입에 물이 든 잔이 닿았다.

누굴까. 이레인일까.

별궁은 너무 오래되어 버려진 신세나 마찬가지였는데 도대체 누가 날 구해낸 걸까. 기름이 모자라 불이 타오르기엔 부족했나. 내가 정신을 잃은 후에 바람에 전부 꺼져버렸을 수도 있다. 하지만 기름에 붙은 불은 쉬이 꺼지지 않았을 텐데.

나를 구한 사람처럼 보이는 그에게 물어보고 싶었다. 내가 왜 살아 있느냐고. 그러나 입이 벌어지지 않아 나는 잘 떠지지 않는 눈만 꿈뻑이며 내게 물을 건넨 사람에게 감사를 표시했다. 시원한 물이 입술을 적신다. 손으로 만져보지 않아도 꺼칠해진 입술을 느낄 수 있었다. 시간이 얼마나 지났을까. 루페르트는 이 상황을 알고 있을까.

"루⋯⋯."

그가 나를 찾아내기 전에 일어나야 했다. 이번에는 확실히 죽어야지. 높은 탑에 올라가 투신이라도 해야겠다. 너무 겁이 나면 나를 밀어달라고 사람이라도 고용하면 되지 않을까.

"……."

그림자처럼 회색 실루엣으로만 보이는 은인이 무어라 말했다. 나는 다시 가물가물해지는 의식에 팔을 뻗어 상대를 잡았다. 아, 잠들면 안 되는데.

"아, 안……."

시간이 없다. 루페르트나 아버지가 나를 발견하기 전에 행동해야 했다. 까무룩 정신을 놓는 순간에도 나는 그를 붙잡고 있었다. 이대로 정신을 놓고 싶지 않아 기를 쓰는데 손가락에 힘이 들어가 부들부들 떨리자 내게 잡혀준 상대가 내 손을 쓰다듬어주었다. 나를 위로하고 있는 것 같아 나는 서서히 진정했다. 다시 밤. 시야가 새까맣게 물들었다.

고장 난 축음기처럼 지직거리기만 할 뿐, 소리를 전달하지 못하는 내 귓가에 속삭임이 전해졌다.

라리에트, 라리에트.

나의 이름 같았다.

다시 눈을 떴을 때는 제법 회복이 되었는지 몸을 일으킬 수 있었다. 퍼뜩 놀라며 벌떡 상체를 세운 내가 제일 먼저 한 일은 내가 누워 있는 장소를 파악하는 것이었다. 내 생을 제대로 끝내기 위해 정신을 차리려 꿈에서도 현실에서도 계속해 안달해왔으니.

그리고 절망했다. 처음 보는 방이지만, 황궁 내에 있는 것임을 확신할 수 있었다. 낯익은 기둥 장식이 눈에 들어온다. 정교하게 세공된 조각에서 여기가 본궁 안에 있는 장소임을 눈치챘다. 나는 내 몸을 덮고 있는 푹신한 깃털 이불을 파악했다. 벨네르니 황실에서 검붉은 빛은 황제만이 쓸 수 있다.

루페르트.

"일어났네."

침대 한구석에 머리를 박고 있던 남자가 서서히 몸을 일으킨다. 불쌍하게 보일 정도로 구석 자리였다. 아주 작정하고 내 곁을 지킨 모양인지 침대 저편에 있는 게 맞을 듯한 소파가 침대 옆에 바짝 붙어 있었다. 왜 일어나자마자 발견하지 못했을까 싶을 정도로 가깝다.

그는 내가 일어난 것에 놀라지도 않았는지 아주 평온한 얼굴이었다.

"전하."

"이제 폐하다."

"폐하……. 아, 그러네요. 폐하, 제위에 오르신 것 경하드려요."

루페르트는 내가 우스운 농이라도 했다는 양 피식 웃었다. 그러나 웃음기가 사라진 얼굴이 무척 수척해서 나는 조금 놀라고 말았다. 상황을 제대로 파악하기가 어렵다. 내가 왜 여기 있지? 그가 나의 사정을 전부다 알게 되었다면 나를 살려둘 이유가 없다. 그렇다면 아직 아무것도 모르는 걸까.

"왜."

"……."

"왜 그러는데."

나는 루페르트의 질문에 수그린 고개를 들었다. 그는 완전히 몸을 일으켰는데, 그 얼굴은 여전히 아무 감정도 표상하고 있지 않았다. 짙은 눈썹이 일그러지지도 않았고 입술을 깨물고 있지도 않았다. 그러나 기묘하게도 나는 우는 아이를 지켜보는 듯한 느낌이 들어 속이 쓰렸다.

"왜 죽으려고 하는데."

"제 편지 못 받으셨나요?"

설마 토리가 전하지 않은 걸까. 나는 그녀가 마지막으로 그 정도는 해주리라 생각했다. 짤막한 편지에 모든 정황은 아니더라도 루페르트를 충분히 이해시킬 만한 설명을 담았다.

"받았어."

"읽으셨어요?"

"읽었어."

루페르트는 말 잘 듣는 아이처럼 순순히 대답하면서도 인상을 찡그렸다. 새하얗게 얼은 듯 굳어 있던 얼굴이 그렇게라도 근육이 움직여지자 좀 낫다. 나는 한숨처럼 말을 이었다.

"그러면 왜 그래야만 했는지 아실 거 아니에요."

"……."

"왜 그랬느냐는 질문은 제가 해야죠, 폐하."

폐하.

아직 입에 담기에는 어색한 칭호였다. 나는 문득 그가 받았을 제호(帝號)가 궁금해졌다. 응당 라스페리히 1세겠지만, 하면서도 혹시나 다른 이름을 받았을까 봐. 그때와는 조금이라도 다를까. 나는 궁금증을 삼키며 루페르트를 채근했다.

"왜 살리셨어요?"

루페르트의 왼손은 지독하게 그을려 있었다. 화상이다. 황녀 시절처럼 곱지는 않아도 흠 하나 없이 깨끗했는데. 길게 쭉 뻗은 손가락은 여전했지만 보기에 좋지 않았다. 나는 불에서 나를 건진 이가 그였겠거니 짐작했다.

또 루페르트였다. 나를 위험에서 구하는 사람은 언제나 그다. 몸을 사리는 법도 없어서, 이제 그를 다치게 하고 싶으면 나를 위험에 빠뜨리면 되겠다 하는 생각이 들 정도였다.

"왜 살리냐니."

그는 살짝 눈썹을 찌푸렸다. 눈썹 밑을 죽 긋는 생채기 같은 흠집이 생겼지만, 변함없이 완벽하게 잘생겼다. 나는 라스페리히 1세의 얼굴을 떠올렸다. 완전히 같은 생김새였지만, 그에게는 이런 흉터가 없었다. 도자기처럼 매끈한 낯이었다. 저런 흉터를 감수해서 구해낼 만큼 아끼는 사람이 없었을 테니까.

"죽지 않길 원해서."

루페르트의 음성은 무척이나 차분했다. 아주 당연하다는 어투로 조금의 망설임도 깃들어 있지 않다. 그러나 그의 행동을 이해하는 데에는 별반 도움이 되지 않는 말이었다. 나는 다시금 입을 열었다.

"……제가 왜 죽지 않길 원하시는데요?"

"내가 너를 원하니까."

「내가 너를 원하니까.」

"죽으면 재잘재잘 떠들지도 못하잖아."

"제가 옆에서 떠들어줬으면 좋겠다는 게 이유의 전부는 아니잖아요."

"전부야."

루페르트의 목소리는 죽어가는 작은 새의 날갯짓처럼 연약했다. 기운도 자신도 없는 목소리. 담담하기는 했지만, 환자처럼 누워 있는 나보다도 힘이 없어 보였다. 자세히 살피면 살필수록 그의 부상이 나보다 훨씬 심하단 걸 알 수 있었다.

한동안 정신을 잃었었지만 외상도 없이 멀끔한 내가 더 나아 보일 정도로. 그의 로브 사이로 하얀 붕대가 비쳤다. 어깨는 어떻게 다친 걸까. 많이 아팠을 것 같은데. 나는 피가 짓눌려 붕대를 붉게 물들이고 있는 그의 손 위에 내 손을 겹쳐 올렸다. 고개를 비스듬히 숙이고 있던 그가 나를 바라본다.

"……제가 아칸의 딸이래요."

"……."

"아칸 1세요. 폐하보다도 더 정통한 벨네르니 황가의 후계요. 벨루아의 사람이 아니었어요."

루페르트는 꽤 충격적일 발언에도 반응이 없었다. 다치지만 않았다면 그의 손을 잡고 흔들고 싶었다.

"제 말 듣고 계신 거 맞아요?"

"들었어. 근데 그게 네가 죽는 거랑 무슨 상관이야."

항시 무표정했던 얼굴은 먹구름이 낀 하늘처럼 흐렸는데, 몇 년을 그의 곁에 있었던 나조차도 처음 보는 것이라 말문이 막혔다. 절망스럽게도, 그리고 죽어도 인정하려 들지 않겠지만 지금 루페르트는 슬퍼하고 있었다. 내가 죽는 것에 왜 그토록 슬퍼할까. 눈앞에 답이 놓여 있었지만 애써 외면하고 싶었다. 나는 비겁하니까.

"제가 아칸 1세의 딸인 것을 벨루아는 알고 있었어요. 아버지는 아칸 1세의 가장 충직한 부하여서 저를 숨겨 키운 거예요."

"……."

"벨루아는 폐하를 배신할 수도 있어요. 반역……도요. 실행에 옮기지는 않았지만, 아버지라면 충분히 반역까지 생각하고 있을 거예요."

거짓말이었다. 아버지는 반역을 생각하고 있는 정도가 아니라 철저히 준비하고 있었으니까. 그러나 나는 그들 대신 벨루아를 변명했다.

"그래도 저는 벨루아를 포기하지 못해요. 벨루아만은 꼭 지키고 싶어요."

"알아."

"그럼 제 의도도 아시잖아요."

나는 루페르트의 풀 죽은 모습이 마음에 들지 않았다. 화라도 낼 줄 알았는데. 내가 의도하지 않았더라도 나는 그를 가장 확실하게 배반한 사람이 되어버렸으니까. 뒤에서는 반역을 꿈꾸던 주제에 옆에 붙어 그

89

의 편인 척하고 있었다.

지금의 루페르트는 내가 알고 있던 그가 아닌 것 같았다. 그는 아주 최선의 경우 그간의 정을 생각해 나를 죽이고 벨루아를 내버려두든가, 나와 벨루아를 동시에 없앨 생각을 하며 이를 가는 게 맞다. 저렇게 기운 빠진 얼굴이 아니라.

"대답 좀 해주세요."

침묵을 지키는 루페르트가 답답해, 말투가 까칠해졌다. 황제 폐하에게 이러다니 목이 날아가도 할 말이 없는 일이건만, 그는 나를 공허하게 바라보다 천장을 올려다본다.

나는 그가 뭐라도 한마디 하길 기다리다 다시금 참을성 없이 같은 말을 반복했다.

"폐하, 제 생부가 아칸 1세라니까요."

"……알고 있었어."

"네?"

"알고 있었다고."

나는 인상을 찌푸렸다. 믿기지 않는다. 처음 들었을 때는 이해하지 못했고, 그가 같은 대답을 반복했을 때에야 알아들을 만큼. 알고 있었다면 왜 날 가만두었나. 진즉 나를 통해 벨루아의 약점을 탈탈 털어 없애버리거나 나를 죽였어야 맞지 않나.

"믿기지 않아요."

"왜?"

"어째서 아무 말도 하지 않으셨어요?"

"……네가 가족이 소중하다며."

루페르트는 어물어물 답을 내놓았다.

내가 가족이 소중하다고 해서. 그의 입에서 나오기엔 너무 다정한 말이라 입술을 짓씹었다. 그는 원래 다정한 사람이니까. 내가 그것을 믿고 싶지 않아, 그를 믿고 싶지 않아 모르는 척해왔을 뿐이다.

더는 말을 하고 싶지 않은지 루페르트는 허리를 숙여 침대에 머리를 묻었다. 황제를 뜻하는 붉은 로브가 그의 어깨에서 스르르 흘러내린다. 나는 기사처럼 널찍한, 그러나 어딘지 모르게 안쓰러운 그의 어깨를 붙잡았다.

"폐하, 제게 가족이 소중해서요?"

"가족을 배신하는 짓 같은 건 하지 않을 거라며, 그래서."

말 못 했어.

루페르트의 대답은 맑은 호수에 떨어진 잉크 한 방울처럼 내 마음속에서 느릿느릿 퍼져나갔다. 가장 먼저 가장자리를 물들이고 중심까지 들이찬다. 나는 도저히 부인할 수 없을 만큼 확연한 그의 태도에 '왜'라는 질문을 삼켰다. 왜. 왜겠나.

내가 그 정도로 소중한가 보다. 내가 쥐고 있는 그의 마음이 이만큼이었나. 이 정도로 거대했나. 마음이 먹먹했지만 할 말을 찾지 못했다. 나는 그 마음을 돌려주지 못할 테니까.

"그러면 안 되는 거였어요, 폐하. 저한테 얘기해주셨어야 해요."

내 말 어느 부분에 기분이 상했는지 루페르트는 갑자기 번쩍 몸을 들었다. 그는 잔뜩 일그러진 얼굴로 내게 가까이 온다. 나를 지탱하고 있던 침대가 푹 꺼지는 바람에 균형을 잃었지만, 그가 내 팔뚝을 붙잡고 있어 쓰러지진 않았다.

나를 마주한 루페르트의 얼굴이 크게 흔들린다. 그는 곧 씹어뱉듯 말했다.

"젠장, 그럼 어떻게 했어야 하는데!"

"저한테 말을 해주셨으면,"

"했으면? 반역을 준비하는 벨루아를 저버리라고 하면, 너, 가만히 있을 거였어?"

그가 낮게 이를 갈았다. 그는 화를 내고 있었다.

"네가 그토록! 끔찍하게! 사랑하는 가족을 내가 전부 죽여버리고 아무런 권력도 힘도 재물도 쥐지 못하도록 널 손아귀에 움켜쥐고만 있을까?"

"폐하."

"그랬으면 네가 괜찮았어?"

루페르트의 언성이 높아만 갔지만 나는 그가 무섭지 않았다. 외려 상처받은 짐승만 같아 나는 와락 그의 목을 껴안았다.

"……괜찮았느냐고."

말소리가 순식간에 사위어든다. 루페르트는 크게 움찔하긴 했지만 내게서 벗어나려고 들지는 않았다. 나는 쉬이, 옅은 숨소리를 내며 그의 머리를 쓰다듬었다.

"폐하의 잘못이 아니에요. 원래 이렇게 될 거였어요."

"……."

"자세한 사정은 모르지만, 원래 죽을 사람이었던 거잖아요."

"그렇게 말하지 마……."

어찌 된 영문인지 황제가 된 루페르트는 태자일 적보다 나약해진 것 같다. 나는 그가 말꼬리를 늘이는 것도 처음 보는지라 신기해 눈을 동그랗게 떴다. 상황에 맞지 않게 웃음이 나온다.

"저를 놔주세요, 폐하. 그게 맞아요."

"싫어."

"아버지는 아칸 1세를 사랑하셨던 것 같아요. 그러니 신념을 꺾지 않으실 거예요."

"상관없어."

"하지만 저는 벨루아를 포기하지 못할 거예요. 폐하에게 약속한 것처럼 행복하게 해드릴 수도 없을 거고, 폐하의 편조차 될 수도 없어요."

"상관없다잖아."

루페르트는 단호했다. 나는 한숨과 함께 그의 앞머리를 쓸어올렸다. 자르지 못했는지 덥수룩했던 앞머리가 치워지자 장인이 빚은 조각 같은 얼굴이 그대로 드러난다. 나는 그의 이마에 진하게 잡힌 주름을 손끝으로 눌렀다.

"폐하, 제가 당신을 기만하게 하지 마세요."

"그게 뭐."

루페르트가 정말 아무렇지도 않은 얼굴이라 나는 당황하고 말았다. 그가 말문이 막힌 나를 가만히 응시하더니 한숨과 함께 입을 연다.

"네가 내 옆에 있을 수 있는 방법이 기만뿐이라면 그리해."

"네?"

"싫어하고 싶으면 싫어하고, 미워하고 싶으면 미워하고, 때리고 싶으면 때리고 욕을 하고 싶으면 욕해. 내게서 뜯어갈 게 있다면 뜯어가. 뼈 한 점 남기지 않고 모조리 가져가도 뭐라고 하지 않을 거니까."

"폐하, 그런 말이 아니……."

"그렇게 해서 네가 내 옆에 남는다면 손해도 아니야, 나는."

그 말을 하는 루페르트가 너무 절박해 보여 나는 조금 울먹이고 말았다. 숙인 내 머리로 그의 시선이 비스듬히 떨어진다. 나는 그를 마주할 자신이 없어 내 손등만 내려다보았다. 어느새 말라 뼈가 불거진 손등으로 물방울이 하나둘 떨어진다. 걷잡을 수 없는 죄책감이 마구 엉켜 달라붙는다.

이러면 안 되는데. 그가 나를 이만큼 아끼는 건 상상도 하지 않았던 일이다.

루페르트는 울고 있는 나를 내려다보다, 아주 작게 웃었다.

"저를 옆에 둔다고 폐하의 삶이 나아지는 건 아니에요."

"그렇게 생각 안 해. 오만하게 굴지 마."

"저를 너무 아끼지 마세요, 폐하."

나는 그와 비슷한 말을 계속 반복했다. 아무런 효력이 없는 부탁이었음에도. 나는 그의 애정을 받아줄 수 없고, 연기에도 솜씨가 없었다.

"……나는 네가 나한테 뭘 바라는 건지 모르겠다."

"아무것도 바라지 않아요."

"바라주면, 안 되나."

"……."

"힘들까."

루페르트는 내게 매달렸다. 매달린다고 느껴지지도 않을 정도로 무심하게, 아주 조금. 그 작은 매달림이 그가 할 수 있는 최선인 것처럼.

"그래도 되잖아. 내가 네가 바라는 걸 주고, 네가 내 옆에 있으면."

"……그건 전부 거짓말로 범벅된 삶일 거예요."

내 대답에는 아주 미약한 숨소리가 따라왔다. 내 손등을 적시고 있는 것이 비단 내 눈물만이 아니어서 더 울고 싶었다. 가슴을 찢어낼 것처럼 큰 고통으로 눈앞이 깜깜했다. 평생, 어미의 죽음 앞에서도 눈물 한 방울 못 흘렸을 텐데. 충격보다도 고통이 크다. 내가 얼마나 큰 상처를 안겼으면.

"죄송해요."

루페르트는 대답하지 않았다. 먹먹하고 힘없는 우울감이 발끝을 적시며 올라온다. 가느다랗고 가냘픈 소리가 방을 울렸다. 아주 얇은 유리조각으로 심장을 조금씩 도려내는 소리. 가슴을 조금씩 찢으며 퍼졌다. 너무 연약해서 조금만 손을 대어도 산산이 조각나 부서질 것이 뻔하다.

"……죄송해요."

나는 그날 한 사람의 세상이 발 디딜 곳 하나 없이 전부 무너지는 소리를 들어야만 했다. 내가 그랬다. 내가 그를 망가뜨리고 말았다.

완벽한 복수라면 복수였고, 잔인한 보복이라면 보복이었다.

라리에트는 꿈이라도 꾸는지 종종 얼굴을 찌푸렸다. 악몽 속에서 헤매는가. 그러나 악몽이 현실보다 낫다 생각해 영영 깨어나지 않으려 들 것도 같다. 일어나기만 해준다면 무슨 짓이라도 할 수 있을 것 같았다. 루페르트는 잘근잘근 씹어 이미 헤진 입술을 다시 깨물었다.

나는, 너를 원해.

루페르트는 담담히 인정했다. 뼈아픈 인정이었다. 수백, 수천의 부정과 혼란이 오갔다. 단순히 온전한 제 사람이라 가지고 싶은 것이 아니었다. 그녀여야 했다. 제대로 된 이유조차 없었다.

그는 잠시 휴식이라도 취하듯 새근새근 숨소리를 내는 그녀를 내려다보았다.

"너는 나를 좋아하지 않지."

그를 향한 시선에 경멸이 깃들어 있음을 알고 있었다. 그것은 괜찮았다. 그러나 도망가는 것은 도무지 괜찮지 못했다. 그녀가 그의 것이 아니게 되는 것은, 용납할 수 없었다. 설사 그 도망이 망자의 강을 건너는 것이더라도.

루페르트는 주어진 게 많지 않았지만, 일단 제 손에 들어온 것을 쉬이 놓아주는 이가 아니었다. 언뜻 황제와 비슷하다는 생각이 들었다. 그가 자신의 어머니를 탐했던 것처럼. 그가 왜 죽지도 살지도 못한 인형을 껴안고 있었는지 아주 조금 이해할 수 있을 것 같았다.

그러나 그 실낱같은 이해만으로도 스스로에 대한 혐오를 불러일으키기에는 충분했다. 네가 어찌 그를 이해할 수 있나. 모든 것을 망가뜨려 구렁텅이로 몰아넣은, 금수만도 못한 괴물이었는데.

그러나 자신도 라리에트가 지금 당장 죽어버리면 어찌할 도리가 없겠구나 싶었다. 억지로라도 살려내고 싶지 않을 리 없다. 이토록 누군가의 삶을 바라본 적은 처음이니까.

이 감정의 이름이 무엇인지 감히 정의를 내릴 수도 없을 만큼 생소하다. 에바가 죽었을 때는 그저 안도했었다. 그저 그녀가 너무 가여워서. 그녀의 삶이 너무 고통뿐이라 외려 끝나 다행이라고 여겼다.

"내가 너를 원해 죽고 싶은 건가."

완전한 정답은 아니겠지만, 아주 틀린 것도 아니리라. 루페르트는 침대에 얹은 팔에다 고개를 파묻었다. 자각도 없이 한숨이 터져 나왔다. 내가 너를 망쳤다. 자신은 황제와는 다르리라 생각했는데, 오만이질 않았나. 비겁했다. 황제처럼 될까 무서웠지만, 그녀가 없어지는 것이 더 무서웠다.

하지만 너는 나보다도 교활하다.

루페르트는 아주 느릿느릿 눈을 뜨는 라리에트를 지켜보며 그런 생각을 했다. 햇볕이 투명한 눈꺼풀 위에 내려앉는 모습이 어찌나 예쁜지, 그 새하얀 얼굴을 지켜보고 있노라니 그 마음이 더 견고해졌다. 아무것도 알지 못하는 양 무구한 눈으로 자신을 제대로 속인 탓에 속절없이 무너지고 말았다.

너는 교활해, 라리에트 이사벨 드 벨루아.

그녀는 그 생애 만난 사람 중에서 가장 비겁하고 저열한 방식으로 그를 조종했다. 마음을 빼앗았다. 어떠한 위협이나 위해에도 꿈쩍도 하지 않을 것을 알아서인가.

라리에트는 벨루아의 무력과 권력을 앞세워 황위를 위협하지도 않고, 도망을 가지도 않고서 오로지 본인의 목숨을 내세워 그를 겁박했다. 얼마나 별 볼 일 없는 협박인가 싶으면서도, 그는 실제로 그게 무서워 아무것도 하지 못했다.

실과 득만 따지자면 라리에트가 죽는 것은 기실 그에게 아무런 해가 없었다. 이제는 사람들이 이름조차 제대로 기억하지 못하는 전 황제의 딸 따위가 그에게 무슨 쓸모가 있으리라고. 그녀가 아칸의 딸인 것을 차치하고라도 그녀는 유용한 시녀조차 아니었다.

그럼에도 불구하고 라리에트가 없어지면 큰일이라도 날 것 같았다. 세상이 무너지고 땅이 꺼질 것만 같은 두려움.

"라리에트."

그녀의 이름을 불러보았다. 일어날락 말락 움찔하는 주홍빛 입술이 눈에 들어온다.

"일어나, 이제."

평소에 그의 명령이라고 제대로 듣는 법이 없었으면서 라리에트는 마법처럼 그가 일어나라고 말하자마자 천천히 정신을 차렸다. 루페르트는 그녀가 깨어나는 모습을 지켜볼 수 있어서 다행이라 생각했지만, 곧 후회했다.

"저를 놔주세요."

적어도 몸은 성한 것 같아 다행이다 안심하기도 전이었다. 왜 목숨을 끊으려고 했느냐 제대로 된 추궁도 하기 전에 제 마음을 산산이 부수려 들었다. 그녀가 정신을 차리자마자 하는 말은 자신을 놔달라는 것이었다. 죽게 내버려달라고 빌었다.

벨루아로 돌아가게 해달라곤 하지 않는다. 얼마나 현실성이 떨어지는 부탁인지는 본인도 아는 것처럼. 그러나 그녀가 죽게 내버려두라는 말이 더 비현실적으로 느껴졌다.

이미 알고 있는 것이 아니었나. 자신이 절대 그녀 스스로 목숨을 끊는 것을 지켜볼 수 없으리란 사실을 알고 이용하는 것 같아 화가 나기도 했고, 정말 자신을 믿지 않는 것 같아 억울하기도 했다.

"……죄송해요."

"사과하지 마."

라리에트가 울먹이며 거듭해 사과했지만 루페르트는 더 듣고 싶지 않았다. 그녀는 잔인해, 저런들 전혀 안쓰럽지 않다. 그러나 그는 제대로 움직여지지도 않는 팔을 들어 그녀의 눈물을 닦아주었다. 자꾸 울면 온몸의 수분이 빠져나가 말라버릴 것처럼 보였다. 툭 건들면 사라지고 말 신기루처럼. 원래 이토록 색이 옅은 사람이었나.

"울지 마."

"전하, 아니 폐하나 울지 마세요."

"내가 언제 울었어."

루페르트는 피식 웃었다. 작은 바람 소리가 잇새로 빠져나온다. 이렇게 웃는 것도 오랜만이었다. 그러나 웃음기가 채 가시기도 전에 그녀가 입을 열었다. 그의 입안이 파삭 말라들었다.

"저를 사랑하세요?"

"……사랑이 뭔데?"

아이 같은 질문이었지만 진심이었다. 루페르트는 그녀가 말하고자 하는 바를 알 수 없었다.

"너는 모르는 것을 할 수 있나?"

"당연히 할 수 있어요."

라리에트의 표정은 모호했다. 웃는 것도, 그렇다고 우는 것도 아닌 애매한 얼굴. 눈물이 뺨을 적시고 있었지만, 그녀는 애써 입꼬리를 올렸다.

"폐하는 죽는 게 어떤 느낌인지 아시나요?"

"……."

"죽음을 모르신다고 영원히 사실 수 있으신가요?"

그녀의 고개가 비스듬히 기울어진다. 속삭이듯 노래하는 목소리였다.

"세상엔 그런 것들도 있어요. 겪어야 비로소 알게 되는 것들 말이에
요. 사랑은 그런 것 중 하나예요. 저에게는 그래요."

"그런데."

"부디 저를 사랑하지 마세요."

"사랑하지 않아."

루페르트의 단호한 대답에 그녀는 안심하는 것 같았다.

"원하는 걸 말씀하라 하셨죠?"

"그래."

"죽지만 않으면 되는 건가요?"

라리에트의 목소리는 제법 또랑또랑해졌다. 크고 둥근 연갈색 눈이
자신을 똑바로 바라보자 루페르트는 원인 모를 불안에 휩싸였다. 또 무
슨 소릴 하려고.

"죽지 않을게요. 벨루아로 돌아가지도 않을 거니까 역모는 걱정하지
않으셔도 돼요."

"걱정한 적 없어."

"다만 폐하를 보고 싶지 않아요."

"……."

"평생, 폐하와 다시는 만나고 싶지 않아요."

숨을 쉬기가 어려웠다.

"연을 맺고 싶지 않아요. 우리는 악연이에요."

루페르트는 아무 말도 하지 못했다. 지금 제게 얼마나 잔인하게 굴고
있는지 알고 있을까. 자신의 말에 숨도 쉬지 못하는 그를 앞에 두고 그
녀는 빠르게 제 할 말만 이어나갔다. 심장을 꺼내 꽁꽁 얼어버린 겨울
호수에 담근 듯 서늘하다.

"왜."

루페르트가 작은 목소리로 묻자, 여태 잘만 조잘대던 라리에트가 입

을 다물어버린다. 큰 눈으로 그를 훑고는 바닥을 본다. 그녀는 다시 울고 있었다.

"너무 괴로우니까요."

"뭐가 괴로워?"

"폐하를 기만하게 되는 게요. 제가 폐하에게 또 다른 상처를 주게 하지 마세요."

"괜찮다고 했어. 상관없다고 했잖아."

루페르트는 제 턱을 쓸며 얼굴을 찌푸렸다. 라리에트는 잠시 움찔했지만, 변함없이 단호했다.

"폐하가 괜찮다고 하셔도 죄책감이 저를 좀먹을 테니까요. 저는 너무 이기적이라 그걸 견디고 싶지 않아요."

"내가 너를 사랑하지 않으면 괜찮은 거잖아."

"아뇨, 폐하. 이것조차 들어주지 않으신다면 저에겐 방도가 없어요."

"왜 없어."

"……못되게 굴어서 죄송해요. 하지만 폐하의 곁에 머무는 건 너무 힘들 것 같아요."

"라리에트."

"폐하, 그러지 않으면 저 정말 힘들어서 죽고 싶어질 것 같아요. 도망가고 싶어요."

루페르트는 말문이 막혔다. 듣는 것만으로도 힘이 쭉 빠져서, 저 가냘픈 목소리가 무어라고 입을 열 힘조차 앗아가는지. 원망할 기운도 없었다. 가슴은 먹먹하고 시야는 막막했다.

"……죽지 마. 미안해."

"폐하, 저를 가지려고 하지 마세요."

아.

루페르트는 작게 고개를 끄덕였다. 저 말은 들어본 적이 있었다. 에바에게서. 죽어가는 제 어미의 마지막 발악 같던 외침. 저를 끌어안는 황제를 뿌리치고 통곡처럼 외치던. 가지려 들지 마라. 그러나 라리에트는 허락했었다.

"가져도 된다고 했잖아."

"이제는 안 될 것 같아요."

이랬다저랬다 하는 라리에트 때문에 화가 났지만, 결국 에바와 같은 마음이겠거니 싶었다. 이해할 만한 절박함이다. 도망가고 싶을 테지. 한곳에서 숨을 쉬고 싶지도 않을 테니까.

루페르트는 고개를 끄덕일 수밖에 없었다. 당연한 인과였다. 그녀처럼 평범한 사람이 목적도 없이 그의 옆에 남아 있고 싶을 리 만무했다. 그녀는 벨루아를 보호하고 싶었고, 그는 이미 벨루아를 보호하겠다 약속했다.

루페르트는 그녀를 제 어머니처럼 만들 수도 있었다. 그러고 싶은 마음이 없지 않았다. 오도 가도 못하게 발목을 꺾어 가두고, 새장 안의 새처럼 오롯이 저만 보도록.

그러나 그럴 수 없다.

황제처럼 굴고 싶지 않은 것보다는 라리에트가 에바처럼 될까 두려웠다. 마음부터 새까맣게 죽어 살아 있어도 산 것처럼 살지 못할 테니까. 들꽃을 보아도 예쁘다 말하지 못하게 만들고 싶지 않았다.

"……그래."

네가 싫다면 숨도 쉬지 않는 것처럼 살겠다.

"꿈에도 나오지 마세요."

칼날처럼 잔인한 말.

귓가를 타고 들어와 한 줌 남김없이 찢어발겼다.

새까맣게 어두운 밤이다. 나는 등불 하나 없이 어스름한 시야에만 의지해 본궁을 빠져나왔다. 회복을 위해 꼬박 일주일을 루페르트의 침실에서 더 머물렀지만, 나는 그를 다시 볼 수 없었다. 다른 방으로 옮기겠다 해도 어의가 지금 내 상태에서 이동하는 것은 위험하다고 했다며 황제의 기사가 나를 저지했다.

그 후로 한번 들여다보지도 않았으면서 왜 계속 날 제 방에 둔 걸까. 루페르트를 만나보지 못했으니 그의 생각 또한 알 수 없었다. 내 말에 수긍을 한 건지, 포기를 한 건지, 아니면 너무 괘씸해서 보기도 싫어진 건지.

루페르트가 나를 찾지 않은 덕에 나는 수월하게 붉은 궁전을 빠져나올 수 있었다. 벨루아의 도움 또한 필요치 않았다. 그가 미리 언질을 해두었는지 날 막는 이는 아무도 없었다. 나는 소지품 몇몇과 돈을 챙겨 본궁 앞 정원을 가로질렀다. 본디 경비가 삼엄한 곳인 만큼 쥐 한 마리 찍찍거리는 소리조차 없이 고요하다.

황제의 정원은 궁에서 가장 아름답기로 유명했다. 소리 없는 바람에 휘날리는 나뭇가지들은 하나같이 곧다. 나는 대리석 분수와 그 위를 장식하는 황금상을 눈여겨보았다.

「상관없다.」

루페르트의 담담한 목소리가 머릿속을 떠나지 않는다. 마음을 손톱으로 파내는 듯했다. 무기력한 얼굴, 내가 자신을 이용해도 어찌할 도리가 없다는 시인.

나는 그런 사람에게 내게 얼굴조차 보이지 말라고 말했다. 내가 루페르트에게 잔인하다는 것쯤은 알고 있었다. 나는 처음부터 끝까지 그에게만 잔인했다. 그를 기만하고 이용했고 끝끝내 버렸다. 얼마나 미울까. 얼마나 증오스러울까. 그 마음에 남긴 상처만큼 싫을까. 그러나 나를 미워하지도 못하겠지.

나는 루페르트가 더는 내 손끝 하나조차 건드릴 수 없다는 사실을 잘 알고 있다. 그래서 떠날 수 있는 거니까. 그러나 눈에서 멀어지면 마음에서도 멀어지는 법이다. 그쯤 되면 나는 머리카락 한 올 볼 수 없게끔 꽁꽁 숨은 후일 테고, 그도 나를 찾으려 들 만큼 내게 마음이 남아 있지 않을 것이다.

마음에 남은 커다란 구멍은 다른 누군가가 메꿔줄 수 있었다. 나를 아낄 수 있었다면 다른 이도 마음에 품을 수 있을 테니까. 나처럼 그를 기만하지 않는 사람. 그가 제 목숨보다도 나를 아끼듯, 그를 아낄 수 있는 사람.

나는 루페르트를 더 이용할 수 없었다. 가지고 놀 수 있을 만한 진심이 아니니까. 그의 마음이 그 정도라면, 내가 멈춰줘야 하는 게 맞다. 내 일말의 양심이었다. 자신이 사랑하는 사람이 거짓 사랑을 속삭이는 것만큼 잔인한 연극도 없을 테니까.

나는 은은한 등불이 비추는 황금상의 발을 어루만졌다. 그의 즉위와 함께 세워졌을 것이 뻔한 동상은 그와 엇비슷했다. 그러나 조각 따위가 어찌 그 휘황한 외모를 모두 담을 수 있겠는가. 나는 동상의 날렵한 턱선을 노려보다 천천히 입을 열었다.

"루페르트."

그가 내 앞에 더 이상 나타나지 않는 게 다행이다. 다시 얼굴을 마주하면 흔들렸을 테니까.

"……미안해요."

나는 상대에게 닿지도 않을 사과를 중얼거렸다. 온전한 나의 이기심으로. 내 알량한 죄책감을 덜어내려고. 미안해요, 미안해요, 미안해요. 몇 번을 웅얼거려도 위선적인 말이었다. 나는 루페르트에게 미안한가?

"부디 잘 있어요……. 다치지 말고."

그가 라스페리히 1세와는 다른 사람이라는 것도 알고 있었는데. 달랐다. 라스페리히 1세가 그처럼 다정할 리 없으니까. 그처럼 슬퍼할 수 있을 리 없다. 내 죽음에 눈물을 흘렸을 리 없다. 설령 루페르트가 라스페리히만큼 다른 이에게 난폭하고 무정할 수 있을지라도……. 그는 내게만은 완전히 다른 사람이어야 했다.

그러나 루페르트는 오직 내게만 라스페리히였다. 토리도, 루이제도, 심지어 르한과 아버지마저 그를 라스페리히로 보지 않았는데. 그래서, 어린 그를 그토록 만만하게 여겨 반역을 준비했을 텐데. 그를 폭군으로 치부하면 안 되는 내가 그를 그릇된 눈으로 바라보았다.

나는 루페르트를 닮은 동상을 한참이나 멀거니 서서 바라보다 황궁을 뒤로했다. 루페르트가 내게 미련을 가지지 않게 하려면 나도 미련 없이 굴어야 한다. 가지지 말자. 감히 내가 가질 수 있는 감정이 아니다. 이기적이고 못된 선택을 했으니 후회는 사치였다.

사설 마차라도 구해 벗어나기 위해 주위를 두리번거리는데 가문의 표식도, 마부도 없는 마차 한 대가 서서히 속력을 줄이더니 이내 멈추어 선다. 나는 마차의 바퀴가 도르륵 자갈밭을 구르는 소리에 고개를 돌렸다. 내가 황궁을 빠져나오는 이유를 아는 사람이 있을 리 없는데도 경계심이 들어 도망갈 자세를 취하는데 마차의 창문이 열렸다.

"레이디 벨루아."

흔한 금발과 벽안이지만, 그 모든 것을 이루는 조화만은 흔하지 않은 여자였다. 르밀은 검은색 깃털 부채를 제 얼굴 앞에서 흔들고 있었다. 금색 명주실을 수놓은 부채는 그녀만큼 화려했고 그녀의 속내만큼 새까맣다. 그녀가 놀란 내 얼굴을 내려다보더니 싱긋 웃었다.

"르밀 백작부인."

"밤길이 위험한데 데려다드릴까요?"

"갈 길이 멀어요. 사양할게요."

"어디로 가시는데요?"

다 알고 있다는 듯한 뉘앙스를 풍긴다. 나는 비밀 이야기라도 하는 양 목소리를 죽이는 그녀를 바라보며 눈살을 찌푸렸다. 그녀가 생각보다 많은 것을 알고 있다고 생각하긴 했지만, 내가 루페르트와 인연을 끊으려고 한다는 것까지 알기에는 무리가 있었다.

"제가 부인께 제 행선지까지 고해야 하나요?"

"으음. 백작님은 아셔야 하지 않을까요?"

나는 르밀이 살포시 웃으며 하는 말에 이를 악물며 마차에 올라탔다. 안 그러면 벨루아에다 미주알고주알 다 고해바치겠다는 은근한 협박이었으니까.

대체 뭐 하는 여자인가. 내게 원하는 게 뭐지?

"내가 황궁에서 나오리란 걸 어떻게 알았나요?"

"나오시리란 건 확실하지만 시일은 알 수 없어 이 짓을 몇 밤이나 했는지 몰라요."

내가 나오는 것만을 기다리며 붉은 궁전 주변을 빙빙 돌았단다. 귀족 여자는 대체로 혼자 외출을 하는 법이 없고 마차를 직접 운전하는 일도 드문데, 르밀은 능숙히 운전대를 잡고 있었다. 운전을 꽤 많이 하고 다녔는지 자세도 자연스럽다. 나는 흔들림도 없이 부드럽게 출발하는 마차에 감동하면서도, 이 마차의 주인인 그녀에 대한 껄끄러움 때문에 얼굴을 풀지는 않았다.

"짝사랑은 매력 없어요."

"어머, 그런가요?"

"그리고 그 정도면 짝사랑이 아니라 집착처럼 들리네요, 부인."

"르밀이라고 불러줘요."

르밀은 내게 한쪽 눈을 찡긋했다. 살짝 올라간 눈매가 부드럽게 휘는 얼굴은 무척이나 매력적이었지만, 나는 그녀의 본질을 안다. 르밀은 고작 작위를 위해 가족을 말살했다. 어찌 생각하면 루페르트보다도 더 무서운 사람이다.

"부인과 제가 그리 친밀한 관계는 아니지 않나요?"

"꽤 친밀한 거 아닌가요? 같이 도피하는 사이잖아요, 지금은."

"말장난이나 하자고 마차에 태우신 건가요? 저를 협박까지 하면서?"

내 목소리가 높아지자 그녀는 애를 달래듯 쉬잇 하는 바람 소리를 냈다. 흥분하는 꼴을 보여주면 그녀만 더 유리해질 터라, 나는 침착해지려 애썼다. 마차는 좁은 길 사이를 누비더니 점점 인적이 드문 데로 들어서 마침내 개미 한 마리 보이지 않는 골목에 이르러서야 멈췄다.

르밀은 제 왼편에 내려놓았던 부채를 다시 집어 들더니 살랑살랑한 바람을 만들기 시작했다. 무언가 골똘히 고민하는 눈치다. 나는 그녀의 미간에 옅게 패인 주름을 바라보다 먼저 입을 열었다.

"용건을 말하세요, 부인."

"으음."

"할 말이 없으시면 내릴게요."

"아, 여기 빈민가 근처라 위험할 텐데?"

르밀은 내게 하는 말인지 혼잣말인지 알 수 없는 소릴 중얼거리며 재빨리 마차의 창문을 닫았다. 겉보기엔 딱히 귀족의 것으로도 보이지 않을 만큼 초라한 마차였지만, 나는 잠자코 엉덩이를 붙이고 있었다.

"……도망가시려는 건가요?"

"왜 그렇게 생각하는 거죠?"

"질문에 질문으로 답하는 건 그만둬요, 라리에트."

"내 이름 허락한 적 없어요."

"까칠하시긴."

그렇지만 그녀는 전혀 기분이 상한 기색이 아니다. 능글맞은 표정이 루이제와 견주어도 손색이 없을 것 같다. 루페르트의 즉위식 때와는 완전히 달랐는데, 나는 이쪽이 그녀의 진짜 얼굴에 더 가까울 것이라 직감했다.

"하긴, 공주님들은 원래 까칠한 법이죠."

"놀리는 건가요?"

여기서 발작하듯 굴면 내 무덤을 내가 파는 꼴이 된다. 나는 냉랭한 얼굴을 유지한 채 그녀가 도통 무슨 소리를 하는지 모르겠다는 양 어깨를 으쓱했다. 르밀이 나를 흘긋 보더니 짧게 웃는다. 내가 가소롭다는 얼굴이다.

"라리에트, 저는 당신처럼 가지고 태어난 게 많지 않아요."

"……."

"그래서 남의 것을 빼앗아야 했답니다. 저 같은 사람에게 정보는 아주 소중한 무기죠. 황제의 크루나루카에 비하지는 못하겠지만, 저는 상파뉴에서 버금가는 정보집단을 소유하고 있어요."

창문 틈새로 스며드는 달빛이 르밀의 얼굴을 비추고 있었다. 나는 그녀의 다음 말을 숨죽여 기다렸지만 그녀는 바로 말을 잇지 않았다. 달이 구름에 가렸는지 이내 완연한 어둠이 마차 안을 물들인다. 그녀는 그제야 느릿느릿 입을 뗐다.

"당신, 공주잖아요. 아칸의 공주. 그가 숨긴 보물."

나는 르밀이 내 출신성분을 들먹이는 데 그리 놀라지 않았다. 그녀는 전부터 다 알고 있다는 암시를 풀풀 풍겨댔으니까. 그녀는 아무런 표정의 변화가 없는 내 얼굴을 응시하다 다시금 미소 지었다.

"놀라지도 않으시네요."

"놀라줄까요?"

"당돌하셔라. 왜 마담 아르베가 당신을 마음에 든다고 했는지 알 것도 같아요."

마담 아르베와 르밀은 비슷한 나이 대다. 서로 알고 지내는 것쯤은 당연하다면 당연했지만, 나는 그녀의 말투에서 그녀가 마담 아르베와 제법 가까운 사이라는 것을 유추해낼 수 있었다.

"서론이 기네요, 부인."

"라리에트."

내가 자신에게 이름을 허락한 적이 없다고 분명하게 말했음에도 르밀은 아랑곳하지 않고 친근하게 나를 불렀다. 나는 달이 구름을 통과했는지 다시금 어스름히 새어 들어오는 달빛에 의지해 그녀의 표정을 읽으려고 노력했다. 이 상황에서 재미를 느끼는 것 같기는 했지만, 권력을 갈구하는 것 외에는 아무것도 알 수가 없었다.

"당신은 위로 가고 싶지 않나요?"

"위라면, 어디를 말씀하시는 건가요?"

"모든 사람들을 당신 발밑에 무릎 꿇리고 싶지 않느냐고 묻는 거예요."

나는 르밀이 하는 말을 알아듣지 못할 정도로 아둔하지 않았다. 그러나 허무맹랑한 소리다. 그녀의 진지한 표정 덕에 농담도 되지 못할, 외려 미친 자의 헛소리에 가까운.

나는 황제가 될 수 없다. 벨네르니는 여자에게 권력을 나눠준 역사가 없다. 작디작은 약소국이었던 때부터 제국으로서 굳건한 위치를 다진 지금까지, 단 한 번도. 딸은 가문의 귀한 자산으로 여겨져 어여쁨을 받았지만, 혹독하게 교육시킨 아들처럼 가문을 이끌 주인은 되지 못한다.

"허무맹랑한 꿈을 꾸시는군요."

"가능성은 생각하지 마세요. 그저 만약 그럴 수 있다면요?"

"사람들이 제 앞에 무릎을 꿇는다고 기쁨을 느낄 만큼 권력 지향적이지 않아서."

르밀은 내 대답에 짐짓 실망한 기색이다. 그녀는 얇고 부드러운 입술을 짓씹더니 나를 책망했다.

"권력만큼 달콤한 것이 없는데 아직 그걸 모르시네요."

"원한다면 가질 수 있을 만큼 쉬이 얻어지는 것이었나요?"

"제게는 어려웠고, 아마 앞으로도 계속 어렵긴 할 테죠. 하지만 당신에겐 마냥 불가능하지 않을 수도 있답니다."

그 말도 되지 않는 스스로의 생각을 르밀은 아주 그럴듯하다 여기는 모양이다. 나는 그녀의 새초롬한 얼굴을 잠시 바라보다 낮게 한숨지었다.

"원하지 않아요."

"벨루아는 원하잖아요? 백작은 야망이 아니라고 우기겠지만, 제 눈엔 그도 그저 저처럼 권력에 미친, 개로 보인답니다."

"……무슨 뜻인가요?"

르밀은 내 반문에 까르르 웃음을 터뜨렸다. 생각 외로 맑고 청아한 웃음소리에 그녀가 날 비웃고 있다는 사실조차 깨닫기 어려울 정도다. 그녀는 마차의 운전대를 잡고 있던 손을 뻗어 내 턱 끝에 손가락을 걸쳤다.

들린 턱 너머, 르밀은 나를 직시하고 있다. 그녀는 먼저 눈을 피하는 법이 없었다.

"부인, 벨루아를 오해하지 마세요."

"귀엽게 굴지 말아요. 라리에트, 당신과 벨루아의 뜻이 같다면 왜 도망가고 있는 건가요?"

"……."

"당신과 벨루아는 아주 다르죠. 권력의 부스러기나 핥아 먹는 것과 권력 자체를 휘어잡는 것이 다른 것처럼."

나는 르밀을 계속 마주하지 못하고 눈을 먼저 피하고 말았다. 진 것 같은 기분이 분해 다시 고개를 치켜드는데 그녀가 느른한 웃음을 흘리며 내 머리를 쓰다듬는다.

"벨루아 백작은 당신을 벨루아의 장자와 결혼시킬 생각이잖아요."

르밀은 벌써 거기까지 생각이 미쳤는지, 당연히 그리되리라 확신하는 어투다. 하나 미처 아버지가 어떤 식으로 황실을 바로잡을 생각인지는 신경 쓰지 않았던 내게는 그녀의 말이 충격으로 다가왔다. 르밀이 말하는 벨루아의 장자란 르한이니까. 그와 내가 혈연이 아니라 할지라도 나는 그와 오누이로 자랐다.

"듣기 거북하네요."

"아니라 부정할 수 있나요? 벨루아가 정말 반역을 준비하고 있다면 가장 확실한 방법일 텐데요."

"……."

"게다가 백작은 아주 예전부터 그런 생각이었을 거예요. 실제로 라리에트의 데뷔탕트를 열어준 사람은 백작이 아니라 전하, 아니, 폐하잖아요."

그녀의 말은 내게 벨루아가 나의 데뷔탕트에 아무런 관심이 없었다는 사실을 상기시켰다. 물론 어머니는 여러 차례 내 사교계 데뷔에 대해 묻긴 하셨지만 적극적이진 않으셨다.

루페르트가 열어준 이번 생의 데뷔탕트도 데뷔탕트이지만, 회귀 전도 마찬가지였다. 내가 그런 데 별 관심이 없었던 것도 사실이지만, 나는 애초에 사교계에 관심을 가질 만큼 노출된 적도 없었다. 사교계는 그저 사치와 향락을 누비는 귀족들의 전유물일 뿐이라는 아버지의 말을 그대로 믿었다. 그러나 그 말이 나를 사람들의 시선에서 숨기기 위함이었다면?

지금 와서 생각해보니 일리가 있는 의심이었다. 르밀이 내가 흔들리고 있다는 것을 눈치챘는지 재빠르게 말을 잇는다.

"데뷔탕트에서는 보통 제 딸을 조금이라도 비싼 값에 팔기 위해 혈안이 되는 것이 마땅한데 말이에요."

르밀의 말은 불필요하게 신랄했지만 틀리지 않다. 아주 어릴 때부터 정해진 짝이 있지 않은 이상 많은 영애들은 보통 데뷔탕트에서 신랑감을 만났다. 내 첫 번째 데뷔탕트는 초라하기 그지없어 영식들의 제대로 된 관심을 사기는커녕 또래 영애들의 동정만 샀지만.

귀족여자의 가치는 남편의 부와 권력으로 정의되고는 했다. 딸은 가족의 애정에 의해서든, 필요에 의해서든 결혼을 강요받았다. 그러나 아버지는 내게 남편감을 찾아주려는 노력은커녕 관심조차 두지 않았다.

"제가 그 말을 어떻게 믿나요?"

단순히 아버지가 나를 무척 아끼시기에 성년이 다 되도록 또래의 영식에게 청혼은커녕 데이트 신청 한번 받질 못하는 모자란 치여도 아무 말씀이 없다 생각했다. 나는 르밀에게 나의 동요를 들키고 싶지 않아 애써 목소리를 가다듬었다.

"벨루아 백작은 라리에트를 제위에 직접 올릴 생각은 하지도 못할 치니까요. 저는 당신만큼 백작을 잘 알지는 못하지만, 그는 꽤 보수적인 사람이지 않나요?"

르밀이 옳았다. 아버지는 보수적이다 못해 아주 고리타분하다. 그러나 나는 긍정해주고 싶지 않아 단호히 고개를 가로저었다.

"엄한 추측이네요."

"틀린 가정도 아닐걸요, 라리에트."

르밀은 내 굳은 얼굴을 흘깃거리더니 옅은 한숨을 내쉬었다. 일부러 가까이 붙은 것인지 숨결이 귓가에 닿는다. 나는 흠칫 놀라 몸을 잔뜩 움츠렸다.

"나는 당신을 도울 생각도 있어요."

"그렇다면 어서 이 구역에서 벗어나 나를 내려주세요."

"황제가 되고 싶지 않나요?"

"그게 나를 돕는 건가요? 아니면 부인이 원하는 건가요?"

르밀이 달콤한 사탕이라도 되는 양 내 눈앞에서 흔드는 제안이 전부 그녀 본인의 욕심임을 알고 있었다. 나를 통해 벨네르니 황가의 정통성을 찾겠다는 아버지의 것보다도 비현실적이다.

르밀은 내 앙칼진 목소리에 어깨를 으쓱하며 서서히 마차를 출발시켰다. 마차는 출발하는지도 모를 만큼 부드럽게 움직였다. 르밀이 마차의 창문을 열자 느릿느릿 움직이는 풍경이 눈에 들어온다. 거뭇거뭇한 나무의 그림자가 바람에 흔들거렸다. 아직도 어스름한 밤이기는 했지만, 나는 동이 트기 전에는 상파뉴를 벗어나야 했다.

"라리에트, 나는 다른 의미로도 당신을 도울 생각이 있어요."

나는 르밀의 의도를 알 수 없어 바로 대답하지 않았다. 짧은 침묵을 견디자 그녀가 곧 사족을 덧붙인다.

"숨는 걸 도와줄 수도 있다는 말이에요."

"믿을 수 없어요."

나는 르밀을 돌아보며 눈을 가늘게 떴다. 실제로 벨루아나 루페르트가 아닌 사람의 도움이 필요하기는 했다. 가진 돈을 전부 벨루아의 이름으로 섬 하나를 사는 데 써버렸고, 르한과 아버지는 그 섬을 가장 먼저 뒤져볼 테니 나는 그곳으로 향할 수는 없었다. 누구를 찾아갈 생각도 하지 못했다. 황궁에서 꽤 오랜 시간을 보냈는데도 나는 이럴 때 도움을 청할 만큼 깊게 아는 사람이 없다.

"진심이에요."

르밀은 자신을 믿어주지 않는 내가 섭섭하다는 듯 입을 삐죽였다. 나는 그녀가 다시 의자에 던지듯 놓은 부채를 주의 깊게 살펴보았다. 마담 아르베의 살롱에서나 볼 법한 화려하면서도 세련된 부채. 실제로 그녀의 것인지 부채 깃의 끝에는 아르베의 서명이 새겨져 있었다.

"마담 아르베도 같은 뜻인가요?"

"반쯤은요. 아르베는 라리에트를 좋아하기도 하고, 당신은 은혜를 베풀면 반드시 갚는 성격이기도 하잖아요."

나를 알면 얼마나 잘 안다고. 나는 코웃음을 치면서 고개를 휘휘 저었다. 그녀가 생각하는 만큼 도덕적이지 못하니까. 나는 내 이득을 위해서라면 남의 심장을 짓밟는 것도 아랑곳하지 않는 사람이다. 루페르트는 나를 완전히 잊기 전까지는 매일 조금씩 죽어갈 것이다. 그의 고통을 알면서도, 내게 마음을 고하기 전까지 얼마나 많은 갈등이 있었는지 짐작했음에도 듣지 않은 체했다.

"일단 르밀의 여름 저택으로 데려다줄게요."

"아뇨, 빈민가를 벗어나면 내려주세요."

"지금 그곳에는 별장을 지키는 집사와 하녀 두 명 말고는 아무도 없어요. 당신이 그곳을 벗어나고 싶어 한다면 아무도 붙잡지 않을 것을 맹세해요."

"타인의 맹세는 부질없어요."

내 불신에 그녀가 헛웃음을 짓는다. 그녀는 곧 손끝을 깨물어 피를 내더니 알아듣지 못할 말을 속삭였다.

"믿지 못하겠다면 술자의 맹약이라도 할게요."

"좋아요. 하세요."

연금술사의 맹약과 마찬가지로 무서운 것이다. 지키지 못하면 목숨을 앗아갈 테니까. 르밀은 내가 자신을 말릴 것이라 생각했는지 눈을 동그랗게 뜬다.

"어서요."

나는 르밀을 재촉했다. 그녀는 기가 찬 듯 웃더니 맹약을 완성시켰다.

"술자의 명예와 생명을 걸고 맹세해요. 나는 라리에트의 걸음을 강제하지 않을게요."

르밀이 말을 마치자마자 새하얀 빛이 그녀의 목을 동그랗게 감싸다가 점멸했다. 연금술 말고는 이런 기이한 재주를 눈앞에서 보는 것이 오랜만이라 나는 점점이 사라지는 빛을 눈여겨보았다. 벨네르니에서 술자라니. 알려지면 귀족사회에서 그녀는 박해를 받을 수도 있다.

"내가 술자라는 것을 알려주는 것만으로도 나를 믿을 만하지 않나요?"

그녀는 자신을 빤히 바라보는 나를 무표정한 눈으로 응시했다. 내가 작게 고개를 끄덕이자 그녀는 다시 입을 열었다.

"비밀이에요. 나를 싫어하는 귀족은 이미 차고 넘치니까. 마녀라고 돌팔매질을 당할 수도 있어요."

"말할 만한 사람도 없으니 걱정하지 마요."

농이라고 생각하는지 르밀이 키득키득 아이처럼 웃는다. 나는 그녀가 방계의 남자까지 모두 죽일 수 있었던 이유가 술자이기 때문인가 싶었다. 물론 정말로 그들을 모두 죽였는지조차 확실하지 않기는 했지만.

"언제부터 술자였나요?"

"술자는 보통 날 때 정해지지요. 그런 게 궁금한가요?"

르밀의 말투는 어딘지 놀리는 뉘앙스가 풍겨, 나는 고개를 돌려 창밖을 바라보았다. 갈 곳 없이 바람에 나부끼는 꺾인 갈대마냥 아무 곳에나 흘러들 작정이었는데, 목적지가 정해지니 마음이 놓인다. 귀족의 여름 별장이라면 보통 구석진 시골에 있기 마련이다. 그런 곳에서 며칠간 동태를 살피며 머무를 곳을 정하는 것도 나쁘지는 않겠지.

"왜 나를 도와주는 건가요?"

"운명에 휘둘리는 게 가여워서라고 하면 기분 나쁠까요?"

"부인 눈에는 제가 휘둘리는 것처럼 보이나 봐요."

"뭐, 반대일 수도 있구요. 피곤할 텐데 눈을 좀 붙여요."

르밀은 목소리가 낮은 편이었는데 그녀의 속삭임을 듣고 있노라니 기이하게도 잠이 쏟아졌다. 나는 점점 더 무거워지는 눈꺼풀을 느끼며 눈을 감았다.

등잔 밑이 어둡다고 르밀의 별장은 로렝 근처의 해안가였다. 르한이 있는 곳과 제법 가까워 내가 기겁하자 르밀은 어차피 오래 머물 생각도 아니지 않느냐며 어깨를 으쓱했다. 모든 일을 대수롭지 않게 여기는 그녀의 묘한 태도는, 그 상대만 아무것도 아닌 일에 공연히 난리법석을 떠는 것처럼 느껴지게끔 만든다.

"저는 이곳을 매해 여름마다 드나들지만 단 한 번도 로렝의 군인과는 마주친 적이 없어요. 실제로 아무도 없잖아요?"

"그건 그렇지만⋯⋯."

"거리만 가깝지 이 마을은 르밀의 사유지예요. 로렝과의 교류는 전무하다시피 한답니다."

"제가 여기 오는 것을 부인 말고 또 누가 아나요?"

"아무도 몰라요."

나는 또 습관처럼 르밀을 의심했다. 내가 눈을 가늘게 뜨고 응시하자 그녀는 어깨를 으쓱하며 나를 돌아보았다.

"다시 맹약이라도 해줄까요?"

르밀은 나의 대답을 기다리지도 않고 또다시 술법을 쓰려는 듯 손을 들었다. 나는 서둘러 그녀를 제지했다. 그녀가 이런 식으로 힘을 낭비하는 것을 보고 있으려니 껄끄러운 기분이 들었다. 루페르트가 생각나서일까.

"괜찮아요. 몸에 좋지도 않은 맹약 낭비하지 마세요."

"상냥한 사람이네요. 사용인에게도 말하지 않을 생각이니 걱정 말아요."

르밀은 사심이 없어 보이는 순한 웃음을 띠었다. 순하다니, 그녀와 전혀 어울리지 않는 수식어이건만 그녀의 미소는 진지했다. 나는 여기까지 홀로 마차를 몰고 온 그녀를 더 탓할 수가 없어 입을 다물었다. 어차피 하루 이틀 머무를 생각이니까.

"세상에! 백작님!"

마차가 별장저에 도착하자 정말 아무도 르밀의 방문을 모르고 있었는지 중년 여성 한 명이 놀란 얼굴로 허겁지겁 뛰어온다. 아직 옷도 갈아입지 못해 잠옷 차림이다. 나는 유모가 생각나는 그녀의 푸근한 인상이 마음에 들었다.

"아가사."

"이른 아침에 말도 없이 여기는 웬일이세요?"

"내 친구가 며칠 머무를 거야. 준비해줘."

르밀의 말에 여자는 흠칫 놀라며 나를 돌아보았다. 나는 그녀에게 살짝 웃은 다음 고개를 까딱했다.

"아아, 인사가 늦어 죄송합니다. 아가사라고 해요. 이 저택의 집사이자 관리인입니다."

"각별히 신경 쓰도록 해."

내 정체를 밝히고 싶지 않아 인사를 우물거리자 르밀이 대신 대답해주었다. 아가사는 그러겠노라, 고개를 크게 끄덕인 다음 나를 안내했다.

별장은 지은 지 얼마 되지 않았는지 아주 깨끗했다. 목조 건물이기는 했지만, 아주 고급스러운 자재를 사용했는지 은은한 나무향이 났다. 사람이 없어도 잘 닦인 바닥은 반들반들 빛이 났고 기둥마다 새긴 장미조각은 아름다웠다. 벨루아조차 여름 별장을 이 정도로 관리하지는 않는데.

"백작부인이 이곳에 자주 오나 봐요."

"백작님이요?"

아가사는 호칭을 정정했다. 르밀도 그 부분에 대해선 트집을 잡지는 않는데 아가사는 대놓고 불쾌한 기색을 내비친다. 건방지다면 건방진 태도였지만, 나는 충성심이 강한 사용인을 싫어하지 않았다.

"기분이 상했다면 미안해요. 그래요, 르밀 백작이요."

"기분이 상하긴요 무얼. 아가씨가 쓰실 방은 이쪽이랍니다."

아가사는 르밀의 침실 다음으로 큰 침실이라는 설명을 덧붙였다. 굳이 말로 설명하지 않아도 될 만큼 고풍스러운 방이었다. 사람 몇 명이 굴러도 될 만큼 커다란 침대는 무척 푹신해 보인다. 어서 씻고 몸을 누이고 싶을 정도였다.

"목욕시중을 들 하녀를 불러드릴까요?"

"아뇨, 괜찮아요."

"말을 편히 하세요. 백작님의 친구분이시면 저희에게도 귀한 손님이랍니다."

"그래. 방을 안내해줘서 고마워."

나는 가볍게 고개를 끄덕이는 것으로 그녀를 치하한 다음 욕실로 걸음을 옮겼다. 르밀은 자리를 오래 비울 수 없다며 별장의 마부를 데리고 돌아간다고 했으니 내일이면 정말로 혼자가 될 터다. 기분이 묘해진다.

나를 아는 사람이 아무도 없는 곳이다. 르밀이 내가 어느 정도의 신분인지 살짝 귀띔했을 수도 있지만, 아가사는 그런 데 딱히 신경 쓰는 눈치가 아니었다. 루페르트도, 토리도, 르한도 그 누구도 내가 어디 있는지 모른다. 이 저택을 벗어나는 날이면 르밀조차 내 행방을 알 수 없게 될 것이다.

나는 완연한 혼자가 되어본 기억이 별로 없었다. 유년 시절은 전부 르한이나 리체와 함께 보냈고, 황궁에서는 토리나 루페르트와 일상을 함께했다. 단두대에 끌려 올라가기 전 감옥이나 생 오를레에서 보낸 며칠이 고독의 전부일 정도로 나는 사람들과 섞여 사는 데 익숙했다.

나는 지금 처음으로 혼자 있기를 '선택'해 혼자였다. 아버지의 뜻이나 루페르트의 강요로 인한 게 아니라 내 뜻으로. 그렇게 생각하자 기묘한 고양감이 치솟았다. 나는 상아로 만든 듯 뽀얀 욕조에 뜨거운 물이 콸콸 쏟아지는 것을 지켜보다 손을 뻗었다. 모락모락 올라오는 김이 손가락 끝을 촉촉하게 적신다.

뜨거운 물에 몸을 녹인들 내 모든 근심걱정이 사라지진 않았지만, 적어도 기분을 조금 나아지게 해주기는 했다. 나는 욕실에 준비되어 있던 장미 오일이 한 방울씩 수면에 동그랗게 퍼지는 모양을 지켜보았다. 혼자라는 사실에 들뜨던 마음이 조금씩 사위어지자 머릿속을 잠식한 건 루페르트에 대한 생각이었다.

아침이 밝았는데 무얼 하고 있을까. 나 때문에 한동안 정사를 돌보지 않았다던데 서류더미에 파묻혀 씨름을 하고 있을지도 모른다. 루페르트는 의외로 성실한 면이 있어 하루도 제대로 쉬는 법이 없었다. 죽음을 기도한 이후로 토리를 볼 수 없었는데 그녀는 또 외국에 나가버렸나.

「보고 싶었어.」

숙였던 고개를 들며 루페르트는 내가 그에게서 들을 것이라고는 상상도 하지 않은 말을 했었다. 내가 기억하는 퉁명스러운 얼굴로 잘도, 보고 싶었다고. 내가 눈을 떴을 때 자신이 없을까 봐 방을 나서지도 못했다고 했다.

「그런데 꿈에도 나오지 말라 하니.」

루페르트는 그렇게 말하며 비실 웃었다. 화라도 낼 줄 알았는데 그는 말없이 나를 보내주었다. 설득하려 들지도 않았다. 나는 나 대신 그의 전속시녀로 배정된 이레인의 도움을 받아 짐을 정리할 수 있었다. 그에게 무슨 말을 들었는지 그녀는 슬픔이 어린 눈으로 나를 바라보기만 할 뿐 별다른 말을 건네지는 않았다.

나는 루페르트가 아무런 조건 없이 나를 놓아주었다는 데 놀라면서도 한편으로는 전혀 놀랍지 않다는 생각을 했다. 너그러울 때는 정말 한없이 너그러운 사람이니까. 이레인에게 마지막 인사를 할 수 있었던 것도 그의 배려 덕이다. 내가 밉지도 않은가.

꿈에도 나오지 말라는 말은 기실 나를 위함이었다. 내가 그를 잊지 못할 것 같아서. 내가 그에게 남긴 상처를 철저히 외면하고 싶었다. 그가 벌게진 눈으로 나를 돌아보면 어찌해야 하는지 알 수 없었다. 밑바닥에서 솟은 사슬에 발이 묶인 듯한 기분으로 그를 지켜보겠지. 울지 마라 위로하지도 못하고.

목욕을 마친 나는 내가 루페르트를 떠올리는 날은 오늘이 마지막이라 다짐했다. 벨루아도 루페르트도 잊어야 했다. 잊지 않으면 나아갈 수 없었다. 나는 계획대로 루페르트를 이용했고, 그의 마음을 사로잡아 벨루아를 지켰다. 벨루아는 나 없이 반역을 진행할 수 없을 테고 루페르트로서는 반역을 저지르지 않은 벨루아를 처단할 필요도, 의미도 없다. 내게 주어진 사명이 끝났다는 의미다. 그러니 전부 잊어도 되지 않을까.

그러나 그 눈을 잊을 수 있나. 내가 너무 소중해 차마 나를 원망하지도 못하던 눈. 물기 맺혀 아름다웠던.

르밀이 떠난 후 평화로운 며칠이 이어졌다. 집사를 포함한 사용인들은 내가 불편하지 않도록 음식이나 침구를 준비해주기는 했지만, 내게 말을 붙이거나 과한 관심을 비치진 않았다.

심지어 하녀들은 내가 다이닝룸에서 식사를 하는 동안에도 멀찍이 떨어져 서서 내가 필요로 할 때에만 다가왔다. 내 이름도 모르는 그들이 나를 꺼릴 이유도 없었고, 자연스러운 태도에서 우러나오는 무관심이 한두 번 해본 솜씨가 아닌 듯싶다. 나는 그들이 르밀의 모든 객을 이렇게 대하겠거니 짐작했다. 도대체 어떤 사람들을 데려오는 용도의 별장이기에.

"아가씨."

"응?"

반나절을 넘게 양파를 달달 볶아 만든 수프는 냄새마저 달짝지근하다. 나는 수저에 폭 담기는 황갈색 액체를 목 너머로 넘기다 아가사를 돌아보았다.

백작가의 집사는, 별장저이든 본가이든 여자인 경우는 극히 드물었다. 그러나 그녀는 척 보기에도 몹시 유능하단 걸 알 수 있을 정도다. 흘리는 말에서 유추해보자면 본가의 집사와 자매인 듯하다.

"이번 주말에 백작님께서 별장저를 방문하실 예정이랍니다."

"아아, 그래?"

나는 살짝 고개를 끄덕이며 이곳을 떠날 계획을 떠올렸다. 오래 지낼 생각은 애초에 없었으니까. 머리를 식히는 동안 머무를 만한 안전한 장소가 필요했을 뿐이다. 나는 소지하고 있는 금품들의 값어치를 속으로 계산하며 그녀에게 방긋 웃어주었다. 루페르트가 멍청해 보인다고 했던 내 웃는 얼굴은 실제로 사람들을 안심시키는 효과가 있었다.

"계속 실내에서만 있었더니 무료하네."

"근처 시내라도 나가보시겠어요? 기사를 준비시켜놓겠습니다."

아가사는 내게 다른 꿍꿍이가 있는지, 의심조차 하지 않는 모양이다. 흔쾌히 내게 외출을 권하는 그녀를 향해, 나는 고개를 저었다.

"아니, 백작님의 기사를 사사로이 쓸 수는 없지. 혼자 다녀올게."

르밀은 아마 나를 보기 위해 오는 거겠지. 또 얼토당토 않는 소리로 나를 설득하려 들 거다. 그녀는 말주변이 대단해, 가만히 듣고 있노라면 그녀의 계획이 허황되지 않을 수도 있다는 생각이 들 정도였다. 그렇기에 르밀을 마주치는 건 피하고 싶었다. 몸을 숨길 만한 마을 몇 개를 집어두기도 했고.

"그래도 괜찮으실까요? 물론 해군 기지와 맞닿아 있어 치안이 괜찮은 편이기는 합니다만."

"으응, 괜찮아."

아가사는 탐탁지 않은 듯했지만, 나를 말리지는 않았다. 르밀은 의외로 약속을 철저히 지키는 사람이라 그녀의 사용인들은 내 행동이나 걸음을 막으려 드는 법이 없다. 아마 그녀가 떠나자마자 이 저택을 떠나려고 했대도 아무도 나를 막지 않았을 것이다. 숨을 쉴 때마다 옆구리에서 진한 통증이 느껴져 멀리 가지도 못했겠지만.

"꽤 큰 시내인가? 약국도 있어?"

"어디 편찮으신가요? 르밀 가의 주치의를 불러드릴 수 있습니다."

"아니, 그 정도는 아니야. 가벼운 두통이 있어."

내 몸 상태가 르밀의 귀에까지 들어가는 건 바라지 않는다. 어의는 내가 불을 잔뜩 들이마셔 폐가 조금 망가졌다고 했었다. 그는 루페르트도 나와 비슷한 상태라고도 덧붙였다.

아.

루페르트의 얼굴을 떠올리면 고통이 조금 더 짙어지는 느낌이다. 나는 애써 고개를 휘휘 저어 밀려오는 잔상을 흐트러뜨렸다. 그의 얼굴이 조금씩 일그러지더니 이내 사라진다.

"그것만 드시고 일어나시나요?"

내가 애피타이저만 먹고 자리에서 일어나자 웬일로 내 음식 준비를 맡은 하녀가 말을 걸어왔다. 나는 그녀의 놀란 얼굴을 물끄러미 바라보았다. 나보다 조금 더 어릴 것 같은, 콧잔등에 흩뿌려진 주근깨가 귀여운 소녀다.

"배가 고프지 않아서."

"무례했다면 죄송합니다. 다만 제대로 드시는 적이 없으셔서요."

하녀는 내가 자신의 행동에 불쾌했다고 생각했는지 안절부절못하며 입술을 오므라뜨렸다.

나는 내 손목을 내려다보았다. 전처럼 보기 싫을 정도로 앙상하지는 않았지만, 확실히 황궁에 있을 때보다는 말라 있다. 입맛을 전부 황궁에 두고 와버렸는지 딱히 먹고 싶은 음식도 없었다.

"으음. 메인요리는 뭐지?"

"어린 송아지 구이에 볶은 과일을 곁들인 것입니다."

나는 소고기를 좋아했다. 볶은 과일도. 루페르트는 누가 씹다 뱉은 것 같다며 그 식감에 질색했지만, 나는 따뜻한 과일이 입안에서 달큰한 향기를 퍼뜨리며 넘어가는 느낌이 좋았다.

"조금만 가져다줄래?"

하녀는 반색하며 달려가더니 빠르게 음식을 준비해주었다. 그러나 그녀에게 미안하게도 나는 고기 몇 점 먹지도 못한 채 식기를 내려놓을 수밖에 없었다. 적당히 익은 송아지 고기는 분명 먹음직스러웠지만, 생각과는 다르게 입에서 달갑게 느껴지지 않았다. 내가 몇 점 먹지도 않고 포크를 내려놓자 하녀가 걱정스레 바라본다.

"더 드시지 못할 것 같으세요?"

"응. 미안."

"참견처럼 들리실 수도 있지만 걱정이 되어서요."

"아니야. 나도 내가 왜 입맛이 없는지 모르겠어. 마음이 허해서 뭐라도 채워넣어야 할 것 같긴 한데."

귀를 쫑긋하며 내 말에 귀를 기울이던 하녀가 고개를 갸우뚱한다. 그녀는 거의 처음 상태 그대로인 접시를 치우며 조심스레 입을 뗐다.

"주제넘은 말씀을 드려도 될까요?"

나는 그녀를 돌아보며 고개를 끄덕였다. 주근깨가 박힌 콧잔등이 움찔한다.

"저는 사실 르밀 백작령이 아닌 로렝의 끝자락에 위치한 시골마을 출신이에요."

"그런데?"

"제가 백작저에 하녀로 취직해 처음으로 집을 떠났을 때 꼭 지금 아가씨가 말한 기분이었어요."

나는 그녀가 말을 마치기를 기다렸다. 내게 괜한 말을 한다는 생각이 드는지 옴지락거리는 그녀의 손에 들린 쟁반이 살짝 흔들리며 달그락거리는 소리를 낸다.

"마음이 허하고, 입맛도 없고, 눈을 감으면 자꾸 고향이 생각나서요. 향수병이 아닐까요?"

"나는……."

내가 고향인 벨루아를 떠난 것은 이미 몇 년 전의 일이다. 내게 벨루아는 항상 그리움으로 존재하는 곳이긴 하나, 더 보고 싶어질 만한 데가 아니다. 내가 떠난 곳은 벨루아가 아닌 황궁이었다. 아버지도 어머니도 아닌, 내게 무슨 의미인지 정의할 수도 없는 루페르트를 떠났다.

"글쎄. 네 말이 무슨 의미인지 잘 모르겠어서."

내가 지금 그를 보고 싶어 한다는 뜻이겠지만, 인정할 수 없었다. 내게는 그를 그리워할 자격도 없으니까.

나는 어깨를 으쓱하며 자리에서 일어났다. 해가 지기 전에 이곳을 떠날 준비를 마쳐야 하니 시간이 많지 않다. 이쯤에서 그만하잔 티를 낸 순간, 하녀는 바로 사과하며 물러났다.

방으로 돌아온 나는 내 소지품들을 펼쳐놓고 정리했다. 워낙 초라한 짐보따리인지라 돈이 될 만한 물건은 많지 않았다. 나는 전나무가 인각된 벨루아의 목걸이를 가장 먼저 화로에 던져넣었다. 여러모로 쓸모가 많을 테지만, 벨루아의 직계만이 소유할 수 있는 문장이니 나는 아니다.

대신 금으로 된 줄은 버리는 대신 주머니에 챙겨넣었다. 오늘 당장 시내에 가서 현금으로 바꿀 생각이다. 가방의 가장 안쪽에 루페르트가 던지듯 안겨준 보석 주머니가 숨겨져 있었다. 사실 이 보석들을 팔아치우면 모든 건 바로 해결될 터다. 실제로도 받자마자 처분해야지 생각했으나, 차마 그러지 못했었다.

루페르트는 재물에 대한 욕심이 없다. 아니, 돌이켜 생각해보면 그 어느 것에도 욕심을 내는 법이 없었다. 권력에 미쳐 날뛰던 라스페리히 1세와 동일인물이란 게 믿어지지 않을 만큼.

그는 내가 제 소유의 광산을 전부 달라고 해도 별말 없이 넘길 이다. 아무리 태자라지만 이만한 양의 보석을 내어준다면 동요할 법도 하건만, 그는 마치 길가에서 주운 돌멩이를 건네주는 듯한 태도였다.

나는 그때를 떠올렸다. 아버지를 경계하던 루페르트의 짜증 서린 얼굴, 마차에서 떨어질까 무서워 버둥대던 나를 단단히 붙들었던 손 같은 것을.

그는 내게 결혼을 하지 않겠냐고 묻기도 했었다. 아무렇지 않은 얼굴로, 마치 오늘 저녁을 같이 먹겠느냐 묻는 정도로 태평하게. 그때 그는 내가 아칸의 자식이라는 것을 알고 있었을까?

아.

또 루페르트의 생각을 하고 있다는 사실에 스스로에게 화가 나서 충동적으로 보석 주머니를 외투 안주머니에 챙겨넣었다. 이것도 전부 처분해버려야지. 앞으로 귀족의 신분을 쓸 수도 없고, 별다른 능력이 있는 것도 아니다. 한 푼, 한 푼이 귀한데 쓸데없는 감상 따위에 보석을 끼고 다니다가 무슨 봉변을 당하라고.

루페르트를 추억할 물건 따위는 없으면 없을수록 좋다. 해서 마차에서 내린 나는 가장 먼저 보석상을 찾았다. 시내에 몇 없는 보석상의 주인은 나이가 지긋한 노인이었는데 외알 안경이 반들반들 닦여 빛이 날 만큼 깔끔한 사람이었다. 그는 내가 꺼내놓은 루비를 꼼꼼하게 살피더니 혀를 쯧쯧 찼다.

"으음, 순도가 높은 루비이긴 하지만, 관리가 미흡했는지 여기저기 흠집이……"

"그래요?"

"이 정도 크기라고 해도 자잘한 상처가 많아 삼백 금화 이상은 못 쳐줄 것 같네."

"하."

나는 코웃음을 치며 루비를 돌려받기 위해 손바닥을 내밀었다. 루페르트가 보석의 상태 따위에 신경을 쓰며 관리를 할 성정도 아니었고, 그건 나도 마찬가지였다. 그러나 상파뉴도 아닌 이런 마을에서 이 정도로 급이 높은 루비를 만날 일은 드물 터다. 아무리 사치와는 거리가 멀었다고 하지만, 나는 귀족가에서 자랐으며, 황제의 수석시녀이기도 했다. 보석의 값어치를 모르지 않았다.

칠백을 받아도 손해인 보석을 고작 삼백? 지금 누구를 등쳐먹으려고.

"돌려줘요. 당신처럼 보는 눈 없는 사람에게 갈 만한 물건이 아니니까."

"아가씨, 이런 걸 사줄 만한 상인은 이 근방엔 없어."

"그럼 옆 마을에 가면 되죠."

"어허, 그냥 팔래도. 사백 정도는 줄 수 있으니. 어차피 훔친 것 아닌가?"

기가 막혔다. 호위기사는커녕 수행인을 달고 나오지도 않았고, 얼굴은 수척한 데다 수수한 차림이었다. 르밀 가 외의 귀족이 이런 마을에 머무를 일은 없으니 상인의 오해는 당연하다면 당연했다. 그러나 저자의 입을 찰싹 때려주고 싶은 충동이 일었다. 내가 아무리 귀족으로 보이지 않는다고 해도, 제 고객을 대상으로 무례하게 구는 태도라니.

"혓바닥이 잘리기라도 했나요? 말이 짧네."

불쑥 튀어나온 한마디에 놀란 건, 그 말을 한 당사자인 나였다. 너무 루페르트다웠다. 나는 마음에 들지 않는다고 해서 다른 사람의 혓바닥을 잘라버릴 생각 같은 건 상상도 못 하는 소심한 성정의 소유자였다. 나는 상인의 얼빠진 얼굴을 노려보다 다른 가게로 갈 채비를 했다.

"……라리에트?"

누가 나를 부르는 듯했지만 애써 무시했다. 나를 아는 사람과 마주쳐 봤자 곤란하기만 할 테니.

"맞습니까?"

이런.

나는 루페르트가 종종 입에 담던 사나운 말을 중얼거렸다. 마주치리라 생각도 하지 못했던 사람과 마주하게 된 덕에 빳빳하게 굳어버리고 말았다. 상인은 당연히 내 이름을 알지 못하니 날 부른 사람은 상인이 아니다.

"……라리에트."

나는 익숙한 그 목소리에 황급히 고개를 숙였다. 군인들은 이 마을에 오지도 않는다면서! 르밀을 떠올리며 이를 갈아보지만 이미 늦었다. 제복 차림의 르한이 나를 빤히 바라보고 있었다. 그저 닮은 사람이라 치부해주길 바랐건만 내 바람대로 이루어질 리가 없다.

"누님. 누님이십니까?"

상관과 함께 온 듯 문가에 서 있던 르한이 저벅저벅 다가온다. 나는 상인에게 돌려받은 루비를 허겁지겁 주머니에 넣고 자리에서 일어났다.

"오지 마!"

그리고 보석이 한가득 들어 딱딱하고 무거운 주머니를 빙빙 휘둘렀다. 더 가까이 오면 비싸고 예쁜 돌이 가득 든 주머니로 때리겠다는 일종의 의사표현이었다.

내 난폭한 행동에 르한의 얼굴이 황망함으로 물들었다. 나는 잔뜩 얼굴을 일그러뜨린 그를 지켜보다 주춤주춤 문 쪽으로 움직였다.

"가까이 오지 마, 그 자리에 가만히 있어."

"지금 뭐 하십니까?"

"오지 말라고 했어!"

르한이 내 경고를 무시하고 걸음을 옮긴다. 나는 루페르트가 내 손목에 새긴 연금진을 손끝으로 꾹 누르며 그와 나 사이의 경계가 생기길 빌었다. 그러자 놀랍게도 루페르트가 종종 만들던 진녹색 빛이 벼락처럼 내려와 르한과 나의 사이를 가르듯 내려친다.

"위험합니다!"

파지직 소리를 내며 작은 번개가 바닥을 찍고 퍼지는 것을 잠시 지켜보던 르한은 지금 이 상황에는 아무짝에도 쓸모가 없는 검을 빼들었다.

그의 상관처럼 보였던 장교는 이미 보석상 밖으로 몸을 피한 상태였다.

나는 내 경고를 무시한 채 또 내게 다가오려는 르한을 노려보며 다시 팔을 휘둘렀다.

쾅!

잘 닦여 있는 유리 진열장이 산산이 조각나며 무너진다. 르한이 튀어오른 파편을 피하기 위해 몸을 수그린 순간, 나는 허겁지겁 그를 지나쳤다.

"아이고! 내 가게!"

아이고, 아이고. 내 가게 무너진다!

나는 와장창 깨져 장정 두 명은 너끈히 지나갈 만한 구멍이 난 창문을 통과했다.

"아이고오오!"

울다가 숨넘어가겠네. 나는 엉엉 울다 금방이라도 기절할 것 같은 상인과 눈을 마주하며 진주 몇 알을 바닥에 떨어뜨렸다.

"이걸로 고쳐요. 르한, 넌 나 따라오지 마. 그러지 않으면 이 가게를 다 부숴버릴 거야."

르한은 입을 헤벌린 채 뒷걸음질 치는 나를 바라보고 있었다. 그럴 만도 했다. 나는 르한에게 위해를 가하거나 그럴 생각조차 해본 적이 없으니까.

"누님."

"부르지 마!"

"여기 가만히 서 있을 테니 얘기만이라도 해주실 수는 없겠습니까?"

르한의 목소리는 절박했지만 나는 빠르게 놀리는 발을 멈추지 않았다. 거리가 제법 멀어져 귀를 기울이지 않으면 그가 무슨 얘길 하는지 제대로 들리지도 않을 정도였다. 르한은 정말 제자리에 붙박은 듯 섰다.

"여긴 무슨 일이야? 나를 따라온 거야?"

"아닙니다. 여기는 로렝 기지 소속 군인의 회중시계 거래처입니다. 어찌 여기 계십니까?"

"알 필요 없어. 용건만 말해."

르한은 내 고압적인 태도에도 옅은 미소를 지었다. 내 생사를 확인해 무척 안도하는 양.

"……그래도 무사하셔서 다행입니다."

나는 르한의 어깨에 눈처럼 쌓인 유리파편을 물끄러미 바라보다 고개를 돌렸다. 밉다. 나는 르한과 아버지를 위해 루페르트에게 상처를 주고 떠날 정도로 그들을 사랑했지만, 또 그만큼 그들이 밉기도 했다.

"황궁에서 무슨 일이 있었는지 상세히는 아니지만 대강의 내용은 전해 들었습니다. 걱정으로 잠도 제대로 자지 못했습니다. 아버지와 어머니도 마찬가지일 겁니다."

르한은 그 말처럼 제대로 먹지도 자지도 못한 듯 피로해 보였다. 언제나 윤이 나던 얼굴이 꺼칠꺼칠하다. 그러나 나는 코웃음을 쳤다.

"그래서?"

"……제게 화가 나셨다는 것은 압니다."

"화가 난 정도가 아니야, 르한. 난 절망했어."

"누님."

"아버지는 너와 나를 결혼시킬 생각이셨지."

르한은 내 말에 눈을 홉떴다. 짙은 암갈색 머리가 바람에 흩날린다. 요 몇 년간 해왔던 군인 특유의 짧은 머리가 아니었다. 그러나 지금 내가 르한을 낯설게 느끼는 이유는 단순히 그의 머리카락이 자랐기 때문만은 아니리라.

"네가 그러고도 나를 가족으로 여겼어? 여태 내 동생인 양 굴었어?"

"동생으로 군 적 없습니다. 가족처럼 사랑한 것과 동생인 체하는 것은 다릅니다."

"……."

"제가 단 한 번이라도 당신께 어리광을 피우거나 떼를 썼습니까?"

나는 르한의 냉정한 말에 입을 다물었다. 그는 신기할 정도로 항상 어른스러웠다. 아주 어릴 적부터. 반성하기 위해 보내지는 다락방을 무서워하는 나를 위해 그 옆방에 머물러주고, 혼이 나서 우는 나를 다정하게 위로하면 위로했지, 내게 투정을 부리지는 않았다. 아무리 제 뜻이었다고는 하나 가족과 떨어져 멀디먼 수도의 사관학교에 입교했어도 외롭다 울먹이는 법 없었다.

"저는 당신을 지키고 싶었습니다. 가족으로 생각하지 않았더라도 가족만큼 소중합니다."

"……너는 소중한 사람에게 그리 숨 쉬듯 거짓말을 하니?"

르한은 작게 한숨을 내쉬더니 한 손으로 머리를 짚었다. 관자놀이를 두어 번 문지르던 그가 고개를 든다. 한숨. 그새 늙어 노인이 된 듯했다.

"당신도 제게 항상 솔직하셨던 것은 아닙니다."

"나는!"

"어쩔 수 없으셨겠죠. 저도 그랬습니다. 가까이 가도 되겠습니까?"

"……."

"절대 강제로 붙잡지 않겠습니다. 맹세합니다. 지금처럼 이렇게 떨어져 서서 계속 소리를 지를 만한 이야기가 아니라 그렇습니다."

작은 마을의 보석상이 갑자기 폭발하듯 난리가 났으니 구경거리가 되기엔 충분했다. 나는 웅성거리며 몰려드는 인파에 인상을 찌푸렸다. 르한은 한 걸음도 떼지 않은 채 나를 바라보고만 있었다.

"알겠어."

르한은 내 허락이 떨어지고 나서야 저벅저벅 내게 걸어왔다. 나는 사람들이 더 몰려들기 전에 자리를 떠나야겠다는 생각에 그의 팔을 붙잡아 반대 방향으로 달리기 시작했다. 시내라고 해봤자 상파뉴처럼 인구가 많은 마을이 아니라 한적한 골목을 찾기란 어렵지 않았다.

"헥."

갑자기 뛰었더니 숨이 가빠졌다. 르한은 벽에 기대서서 내가 숨 고르기를 기다려주었다. 같은 거리를 같은 속도로 뛰었는데도 그는 방금까지 앉아 있었던 것처럼 평온했다.

"하고 싶은 말이 무언데?"

괜히 얄미운 마음에 말이 더 까칠하게 나온다. 르한은 착잡한 얼굴로 말을 이었다.

"저는 진상을 확인해야 했고, 아버지는 그때 이미 반역을 준비 중이셨습니다. 아버지는 제가 말릴 수 있는 분이 아니라는 것을 아시리라 생각합니다."

"그럼 내게 말했어야지."

"당신께서 태자, 아니, 황제 폐하를 너무 믿는 듯 보였습니다."

르한이 저 먼 허공으로 시선을 던졌다가 다시 나를 바라본다. 깊은 암갈색의 눈 아래에 자리 잡은 단단한 콧대가 눈에 들어온다.

르한은 선이 뚜렷하고 짙었고 나는 그렇지 못했다. 그와 나는 외모조차 닮지 않았다. 그는 내 동생이 아니었다. 내가 눈을 마주하려면 한참이나 고개를 젖혀야 하는 커다란 남자일 뿐이다.

"저보다도 폐하를 더 믿을 것 같아서 말하지 못했습니다. 그가 해치지 않으리라 말하면 정말로 그 말에 무게가 있다고 생각하실 것만 같았습니다."

"그게 어때서?"

나는 비웃을 수밖에 없었다. 나는 실제로 그러지 못했겠지만. 바보같이 루페르트보다 르한을 더 믿었을 것이다. 그러나 차라리 그가 염려하는 대로 행동했으면, 그랬다면……

"너보다는 폐하가 더 믿을 만해, 적어도 내게는."

그랬으면 좋았을 텐데.

"루페르트는 나를 해치지 못해. 털끝 하나 건드리지 못할 거야. 이제는 벨루아도 마찬가지야. 왜인지 아니? 내가 죽으려고 했거든."

"……"

"걔는 내가 죽는 걸 무서워해. 내가 없는 걸 상상하니까 세상이 무너지는 기분이었다더라. 네가 생각하는 잔인한 황제는 내 몸뿐만 아니라 마음까지 걱정하는 멍청이야."

그리고 나는 그가 끔찍하다고 했던 그 상상을 현실로 만들어버렸다. 눈앞에 이 사람 때문에. 가족이 아닌 것을 인정하니 모든 선택이 허망하게 느껴진다.

"너는 아니지. 아버지도 아니야. 아버지와 네가 염두에 둔 건 단순히 내 핏줄이잖아."

"……그런 것이 아닙니다. 오해입니다. 맹세코 단 한 번도 그런 식으로 생각한 적 없습니다. 벨루아는, 적어도 저는 당신 자체로 당신을 소중하게 여겼습니다. 아칸 1세의 자식이라서가 아닙니다."

르한은 울 것처럼 얼굴을 일그러뜨렸다. 나는 그의 진한 눈썹이 흐트러지는 것을 무감동한 얼굴로 응시했다.

"아버지께 나는 이제 없는 사람이라고 전해. 나를 가지고 벨루아가 루페르트에게 대항하는 일은 내가 살아 있는 동안에도, 죽은 후에도 절대로 일어나지 않을 거야."

"……"

"루페르트는 황위를 이을 자격이 있어. 나보다도 훨씬. 그는 괜찮은 황제가 될 거야."

"그렇게만 된다면 오해를 푸실 겁니까?"

르한이 떨리는 음성으로 묻는다. 그가 무척 간절해 보여, 이런 상황인데도 웃음이 조금 나왔다. 벨루아에서 나고 자란 이의 특징일까. 르한은 무척 순진했다. 내가 정말로 그가 나를 순전히 이용하려 든다고 여긴다 믿는 걸까.

"글쎄…… 모르겠어. 아버지가 날 찾지 않게 해주면 생각해볼게."

"벨루아로 돌아오실 생각은 없으십니까?"

"내가 벨루아에 돌아가면 아버지는 욕심을 버리지 않으실 테니까. 그러니 르한, 나를 모른 체해줘."

나도 잊을게. 벨루아도 루페르트도 알았던 적이 없는 것처럼 살 거야.

르한의 순한 눈에 고통이 서렸지만, 나는 냉정을 유지했다. 나는 언제부터 그에게 이렇게 차가워질 수 있었을까. 잠시 침묵을 지키던 르한은 곧 그러겠다 고개를 끄덕였다.

"알겠습니다. 아버지께는 절대 당신을 보았다 말씀드리지 않겠습니다. 맹세합니다."

나는 르한이 이토록 아버지를 쉬이 배반하는 것이 의아했지만, 어찌 보면 당연하다는 판단을 내렸다. 그는 아버지처럼 아칸 1세에게 충성할 필요성을 느끼지도 않을 테니까. 그러나 나는 공연히 비꼬고 싶었다.

"맹세를 쉽게 하는구나, 너."

"쉽게 한 적 없습니다."

"아버지를 배신하는 일이야."

"당신이 죽음을 각오할 정도로 거부하는 일을 강제할 마음은 추호도 없었고, 앞으로도 없습니다."

내가 누님이란 말에 거부감을 표현해서일까, 르한은 나를 계속 '당신'이라고 불렀다. 내가 그와 아무 상관도 없는 사람인 것처럼. 그러나 나는 그 정중한 거리감에 섭섭함을 느끼지는 않았다. 나는 르한을 사랑했지만, 우리는 이제 아무런 사이도 아니었으니까.

"폐하께서 벨루아를 공격할 의사가 전혀 없으시다는 말도 믿습니다."

"왜? 너 내 말 안 믿잖아."

아까부터 제 말을 곱게 받아들이는 법이 없는 나를 향해 르한은 힘없이 웃었다. 금방이라도 쓰러질 것처럼 기운이 없는 얼굴이다. 내 걱정으로 잠도 자지 못하고 식사도 제대로 하지 못했다는 말은 사실이리라. 나는 내가 그에게 화풀이를 하고 있었다는 생각에 입술을 깨물었다.

"믿습니다. 벨루아가 반역으로 몰락했다는 말도 믿었습니다. 그래서 더 폐하를 경계했던 겁니다. 하지만 폐하는 당신이 아칸 1세의 딸이라는 것을 알고 있는데도 아무런 움직임도 없지 않습니까."

"……"

"제 생각보다 더 대단한 애정이었나 봅니다."

나는 르한의 말을 부정하지도, 긍정하지도 않고서 어깨를 으쓱했다.

르밀을 피해 나온 길에 르한을 만나다니 운이 지지리도 없는 하루였지만, 일이 마냥 나쁘게만 풀리지는 않을 모양이다. 외려 르한은 벨루아의 반역을 가장 확실하게 막을 수 있는 수단이 될 수도 있다. 벨루아에서 그는 그나마 내 뜻대로 움직일 수 있는 유일한 사람이니까.

"그래, 음, 그럼 난 이만 갈게."

"어디로 가십니까?"

"모르지, 나도. 너도 모르는 게 나을 거고."

"라리에트."

"응, 디트리히, 몸조심하렴."

내가 길 가다 마주친 옛 친구 대하듯 깔끔한 작별인사를 건네자 르한은 당황해 내 행선지를 묻는다. 그러나 그에게는 자신을 거절하는 나를 끈질기게 설득할 만한 면목이 없다. 나는 내가 어디로 가는지 그에게 알려주고 싶지 않아 먼저 그를 떠나보냈다.

르한은 내게서 천천히 멀어지면서도 길 잃은 아이처럼 연신 뒤를 돌아보았다. 울적한 얼굴이다. 나는 그가 제대로 가고 있다는 사실을, 미아가 아니라는 사실을 상기시켜주기 위해 더더욱 활짝 웃으며 손을 흔들었다.

르한이 육안으로는 보이지 않을 정도로 멀어진 것을 확인한 나는 아까 내가 한바탕 뒤집어엎은 보석상을 다시 찾았다. 깔끔한 성정의 상인은 그 잠깐 사이에 가게를 정리했나 보다. 나는 휑하기는 해도 난장판은 아닌 가게를 두리번거렸다. 구멍이 뚫린 창문으로 바람이 술술 들어온다. 나를 발견한 상인은 사색이 되어 달려 나왔다.

"왜! 왜 또!"

"음."

"오셨습니까?"

나를 반기는 얼굴은 아니었지만, 그는 아까처럼 고자세를 유지하지는 못했다. 그의 혀를 잘라줄까 말까 하는 고민을 입 밖으로 내고서, 갑자기 가게를 날려버렸으니 겁을 집어먹지 않는 게 이상하다.

나는 방긋 웃으며 그에게 아까 선보였던 루비를 건네주었다.

"팔백 골드에 넘길게요."

"파, 팔백 골드요?"

나는 내가 예상보다 올려 값을 불렀다. 조금 깎아줄 각오 정도는 하고 있었는데 그는 냉큼 돈을 준비해 가져왔다. 보석을 사지 않으면 이 가게를 날려버리겠다는 협박으로 받아들인 걸까. 하지만 어차피 다시 볼 사람도 아닌데 뭐.

"제가 지금 가진 현금이 이게 다라서, 팔백 골드에서 조금 모자랍니다. 수리공을 불러서 사례를 해야 하거든요."

울상인 상인이 뭐라 하건 말건, 나는 그가 넘겨주는 금화 주머니를 냉큼 받아 들었다. 돈주머니는 역시 묵직해야 들 맛이 난다니까.

"얼마 정도 있는데요?"

"칠백팔십 골드 정도 됩니다."

"그럼 이거 줘요."

나는 역시나 박살이 난 진열장에서 가장 비싸 보이는 회중시계를 가리켰다. 크기는 작았지만 금으로 된 세공이 섬세한 것이 값이 제법 나갈 것 같다. 족히 몇십 골드는 되리라 예상했는데, 내 생각이 맞았는지 상인의 주름이 조금 더 깊어진다.

"제가 가지고 있는 시계 중에 가장 고급품이라……"

"아까 준 진주, 수리비를 하고도 남지 않나요? 돌려줄래요?"

"가장 고급품인지라, 아가씨께 잘 어울리겠습니다."

나이가 지긋한 상인의 비굴한 미소는 황궁의 너구리를 떠올리게 했다. 나는 내가 없으면 너구리의 밥은 누가 챙겨줄까 하는 사사로운 걱정을 미뤄두고서 회중시계와 금화를 챙겨 가게를 나섰다.

르한이 나를 또 배신할 확률은 낮았지만, 나는 르밀의 저택으로 돌아가지 않기로 결정했다. 조금 이르긴 했지만 혹시나 그가 사람을 풀어 나를 찾으려고 들면 곤란했다. 근처 옷가게에서 사람들의 이목을 사지 않을 만한 로브를 산 나는 마부를 고용하는 대신 프라오 마차 하나를 구매했다.

내가 어디로 가버렸는지 알고 있는 사람을 한 명이라도 줄일 수 있다는 이점도 이점이지만, 르밀이 혼자 마차를 능숙하게 모는 모습은 꽤 인상 깊었다. 그녀는 닮고 싶을 만큼 훌륭한 어른은 아니지만, 자유로워 보이기는 했으니까.

"아가씨가 혼자 몰 수 있겠소?"

의아해하는 마차 가게의 주인에게 나는 건성으로 고개를 끄떡여 보였다. 그러나 자신만만하게 마차를 구매한 것에 반해 상파뉴처럼 길이 잘 닦인 도시에서 잠깐 몰아본 게 전부인지라 막상 운전을 하려니 긴장하고 말았다.

아주 잠깐 휘청거렸지만 나는 곧 울퉁불퉁한 길도 제법 안정적으로 운전할 수 있게 되었다. 비싼 마차 값을 하나 보다. 가게 주인이 멀어지는 나를 응원하듯 멀리서 모자까지 흔들어가며 인사한다.

마을을 조금 벗어나자 새파란 바다가 한눈에 들어온다. 한겨울의 바다는 백사장이 반짝이진 않았지만, 마음을 가라앉히는 묘한 아름다움이 있었다. 거칠어 보이는 모래는 투박했고 바다는 짙어 푸르기보다는 새까맣게 어둡다. 문득 바다 근처에 살고 싶다는 생각이 들었다.

어딘가에 살고 싶다고 그곳에 살 수 있으리란 생각을 한 번도 해보지 않았는데. 나는 나의 삶이 벨루아에서 시작되어 벨루아에서 끝나리라 여겼다.

바다가 보이는 가파른 길, 자칫하면 굴러 떨어질 수도 있을 만큼 좁은 길을 내달리던 나는 억새풀이 한가득 흔들리는 절벽에 다다라서야 마차를 멈춰 세웠다. 사람 머리카락 한 올 보이지 않는다. 그러나 고요하지는 않았다. 철썩이며 몰아치는 파도 소리와 억새가 바람에 나부끼는 소리가 섞여 꼭 울음만 같다. 나는 그들을 따라 아주 조금만 울었다.

라리에트 이사벨 드 벨루아의 삶은 그곳에서 끝났다. 벨루아였던 적도, 황족이었던 적도 없던 이. 르한의 가족도 아니면서 루페르트의 친구도 되지 못했던 자. 나는 루페르트를 가장 먼저, 라리에트를 가장 마지막에 버렸다.

프라오 마차의 연료가 전부 다 닳을 때쯤 도착한 곳은 섬처럼 고립된 아주 작은 바다마을이었다.

"오늘도 고마워요, 리엣 씨."

나는 마가렛의 상냥한 미소에 웃음으로 대답을 대신했다. 내가 방금까지 사교댄스를 가르쳤던 그녀의 딸들이 조르르 몰려나와 고개를 숙인다. 그녀의 막내딸 미엘은 수줍음을 많이 타는 아이였는데 이제는 제법 내게 마음을 열었는지 활짝 웃어주기도 했다. 언니의 등 뒤에 숨어 고개만 빼꼼 내밀던 게 엊그제 같은데.

"그럼 다음에 보자, 미엘."

"조시미 가세요, 선샘님."

나는 미엘의 어눌한 발음이 귀여워 그녀의 머리를 쓰다듬었다. 그러자 언니 리엘이 자신도 만져달라는 듯 동그란 머리를 불쑥 내민다. 마가렛의 딸들은 제 어미의 다정한 성품을 빼닮았는지, 아이들을 딱히 접할 기회가 없어 어색해하는 나를 잘 따라주었다.

"리엘도 다음에 보자."

"네에."

나는 리엘의 적금발을 장식하는 리본을 매만져준 다음 내게 하얀 봉투를 내미는 마가렛을 올려다보았다. 아직 봉급을 받을 때가 아닌데.

"세잔느가 리엣을 고용하려고 든다고 들었어요."

"아, 거절했으니 걱정하지 않으셔도 괜찮아요. 리엘과 미엘을 가르치기에도 벅찬 실력이라."

"우리 애들을 돌보느라 거절한 것을 아는데 어찌 그냥 넘어가겠어요. 이거라도 받아주세요."

나는 마가렛의 손에 들린, 얇긴 했지만 그녀의 성정상 결코 가볍지는 않을 봉투를 난처해하며 내려다보았다. 루페르트에게 받은 보석을 아직 전부 처분하지도 않았음에도 불구하고 내게는 이런 작은 마을에서 살아갈 만한 충분한 돈이 있다는 말을 어떻게 돌려 말해야 하는지 잘 모르겠다.

"형편이 빠듯하잖아요, 리엣도."

나는 부와 가족을 한꺼번에 잃은, 몰락귀족가의 불쌍한 아가씨로 통했다. 아버지가 상인과 손을 잡고 사업을 크게 벌이다 생긴 빚을 갚기 위해 영지와 저택을 전부 처분한 탓에 쫄딱 망한.

심지어는 나를 돈 많고 돈보다는 나이가 더 많은 늙은 귀족에게 팔아치우려는 아버지에게서 도망친 상황이었다. 이런 극적인 상황이 아니고서야 나처럼 젊은, 말투에서부터 귀족 티가 나는 여자가 이런 시골마을에 자리를 잡는 것을 이상하게 여길 터라, 꾸며낸 이야기였다. 평민을 가장할까도 생각했지만, 그들의 생활상에 무지한 탓에 포기했다.

"고마워요, 마가렛."

마가렛의 남편은 작은 상회를 운영하고 있었으므로 그들의 형편은 그나마 나은 축에 속했다. 나는 그녀의 마음씀씀이에 감사하며 봉투를 챙겨넣었다. 콧대 높게 거절하는 것보다야 겸손한 태도가 사람들의 호감을 사기에 적합했으니까. 처음에는 내 신분이 귀족이란 것에 부담을 느끼던 마가렛도 이제는 나를 자신의 먼 친척인 양 편하게 대했다.

"조심해서 돌아가요."

나는 마가렛의 배웅을 받으며 그녀의 집을 나섰다. 따사한 봄볕이 이마를 타고 구슬처럼 방울방울 흐른다. 길가에 흐드러진 들꽃의 달콤한 향이 기분을 들뜨게 했다. 한겨울의 매서운 추위는 기억도 나지 않을 만큼 따뜻했다. 이 마을에 정착한 지도 벌써 한 계절이 지났나.

밝은 빛 벽돌집이 다닥다닥 붙어 있는 골목 몇 개를 지나자 루비를 판 돈으로 사들인 집이 모습을 드러낸다. 다른 집들과 달리 유난히 잿빛이 맴도는 담벼락이 마음에 들었다. 언뜻 스쳐보면 있는지도 모를 만큼 존재감이 없는, 침실 한 칸과 서재가 딸린 응접실이 전부인 작은 집이다.

나는 현관문에 달린 작은 종이 내는 청아한 소리를 들으며 집 안으로 들어섰다. 응접실의 창문을 열어두고 갔는지 레이스 커튼이 바람에 붕 떴다 가라앉는 것을 반복하고 있었다.

"이상하네. 연 적이 없는 것 같은데."

나는 창문을 닫기 위해 천천히 걸음을 옮기다 바닥에 비치는 그림자를 보고 까무러치게 놀라고 말았다. 그림자마저 단정할 것처럼 곧은 자세다. 르한은 딱딱해 보이는 어깨를 바로 한 채 양 주먹을 제 허벅지에 올려두고 앉아 있었다. 누가 보면 병정 인형인 줄 알겠다.

"르한!"

"네."

"너 뭐야? 내가 여기 있는 것은 어떻게 알았어?"

사실 물어보나 마나 했다. 애초에 나는 르한이 내가 어디로 가는지도 제대로 확인하지 않고 보내줄 만큼 어수룩한 사람이 아니라는 것쯤은 알고 있었다. 아버지께 내 위치를 보고하지는 못하겠지만. 내가 그를 사납게 노려보자 그의 주먹이 미세하게 움찔 떨린다.

"부디 화내지 마십시오."

"나한테 명령하지 마."

"……명령한 것 아닙니다."

르한은 내 차가운 태도에 억울한 얼굴이었다. 나는 그의 짙은 눈썹이 축 처지는 것을 바라보다 맞은편 소파에 자리 잡았다.

"왜 온 거야?"

"생활에 어려움이 있으실까 봐 걱정이 되었습니다."

"걱정할 필요 없어. 아주 잘 살고 있으니까. 봤으면 이제 돌아가."

"네. 괜한 걱정이었던 것 같습니다."

르한은 내 까칠한 태도에도 희미하게 웃었다. 벨루아나 황궁을 벗어나는 게 처음인 내가 걱정되었나 보다. 나도 불안하지 않았던 것은 아니었지만, 운이 좋아 자리 잡기가 생각보다 힘들지 않았다. 나를 잘 알지도 못하면서 가정교사로 고용해준 마가렛 덕분이기도 했다.

"일은 할 만하십니까?"

"나는 이 나라에서 제일 까다로운 여자아이의 시중도 들어본 사람이라서."

어린 루페르트에 비하면 리엘과 미엘은 천사에 가까울 만큼 온순한 아이들이다. 적어도 자신이 옷 갈아입는 것을 우연찮게 보게 되었다고 총부리를 당기진 않을 테니까.

"다행입니다. 익숙하지 않은 일을 하시게 될까 걱정했습니다."

본디 귀족여자는 직업을 가질 필요가 없다. 남자도 아니고 여자가 가질 만한 직업이라고 해봤자 황족이나 고위귀족의 말동무를 하는 시녀가 유일하다시피 했다. 간혹 마담 아르베 같은 사람이 출현하기는 했지만, 그녀가 살롱을 운영하는 것은 일종의 취미로 취급받았다. 나처럼 가문을 버리고 잠적하는 귀족은 더 드물 테고.

"아버지께는…… 연락하지 않으실 작정이십니까?"

르한이 잘생긴 입술을 움직여 더듬더듬 뱉는 말에 그를 위해 차라도 내올까 몸을 움직이던 나는 털썩 소파에 주저앉았다. 차를 대접받을 손님도 아니었지, 참. 르한은 내게 지금 불청객 그 이상 그 이하도 아니다.

"누님의 의사를 잘 설명해드렸고, 어느 정도 인정하신 듯합니다. 용병을 모으시던 것도 그만두셨습니다."

"설마 내가 어디 있는지 말했어?"

"아뇨. 저 말고 그 누구도 알지 못합니다."

나는 르한의 단호한 말에 그의 눈을 뚫어져라 응시했다. 암갈색 눈은 호수마냥 잔잔해 동요가 없다.

"르한, 난 아버지를 믿지 않아."

내가 아는 아버지는 포기를 모르는 사람이다. 부러질지언정 꺾이지 않는. 나를 다시 손에 쥐게 되면 그가 어떻게 나올지는 알 수 없다.

"잘 살고 있으니 걱정 마시라고 해. 다만, 살아서 나를 볼 일은 없으시리라고."

"……어머니께도 그러실 작정입니까?"

나는 르한의 가라앉은 음성에 머뭇거렸다. 어머니는 분란을 싫어했다. 나는 그녀가 아버지에게 동조했을 확률은 적다고 생각했다. 그녀는 또 그녀만의 방식으로 벨루아와 나를 지키고자 했다. 목적이 다 같을진대 왜 어긋나기만 하는지.

"눈물이 마르는 날이 없으십니다."

"……벨루아에 계셔?"

"아뇨. 어머니는 누님의 자진 소식을 듣고 외가로 가셨습니다."

르한의 말에 따르면 어머니는 꾸준히 내게 모든 진실을 말해줘야 한다 주장하셨단다. 내가 아버지가 반역을 준비한다는 것을 알고 목숨까지 끊으려 했다는 것에 그를 무척이나 원망했다고.

"외가는 지금 사람도 없잖아."

"어머니가 누님을 찾으십니다. 얼굴만이라도 보여드릴 수는 없습니까?"

"지금은 그럴 수 없어. 죄송하다고 전해줘. 면목이 없네."

유약해 보이지만 속은 누구보다 굳건했던 어머니를 떠올리면 가슴이 따끔따끔 아팠다. 나 때문에 괜히 아버지와 사이가 벌어지는 것은 아닐는지.

"르한, 나는 너조차 나를 찾아오는 것을 원하지 않아."

"……"

"평생 보지 않겠다는 말은 못 하겠어. 하지만 적어도 지금은 아니야. 루페르트, 아니, 폐하의 황권이 안정되지 않는 이상 나는 너를 만나지 못해."

"제가 폐하를 도우면 됩니까?"

농이라도 하는가 싶었지만 르한의 얼굴은 무척 진지했다. 하긴, 농담이라고는 할 줄 모르는 이였지. 그는 내가 대답을 않는 게 답답했는지 미간을 찡그리다 자리에서 일어났다.

"폐하의 호위기사로 자원하겠습니다."

"뭐?"

"저는 누님, 아니, 당신을 지키고자 기사가 되었고 군인이 되었습니다. 폐하를 지키는 것이 당신을 지키는 것이라면, 그렇게 하겠습니다."

"르한."

나는 옅은 한숨을 내쉬며 잔뜩 일그러진 르한의 얼굴을 양손으로 붙잡았다. 손안에 가득 들어찬 뺨이 뜨겁다. 나는 그의 주름 잡힌 이마를 엄지손가락으로 꾹꾹 누르며 말을 이었다.

"나는 이제 네가 보살필 가족도 아니고, 네가 지켜줘야 할 공주는 더더욱 아니야."

"당신이 아칸 1세의 자식이든 아니든 중요하지 않습니다. 평생 당신을 지키는 것을 목표로 삼아 살아왔는데, 왜 그것을 빼앗으려 드십니까."

나는 르한의 의무감이 어디에서 기인하는 것인지 궁금했다. 그러다 문득 나와 마찬가지리라는 생각이 들었다. 나도 그가 내 가족이 아닌 것을 인정했지만, 그를 지키기 위해 황궁과 고향을 떠났으니까. 속 깊은 곳에서부터 한숨이 올라온다. 나 때문에 가여운 이가 한 명이 아니구나.

"그래. 그럼 폐하를 보살펴줘. 시국이 어지러울 테니까. 네가 조심해야 하는 인물들을 일러줄게."

아버지만 완전히 저버릴 수 있다면, 르한은 루페르트에게 누구보다 믿을 수 있는 아군이 될 터다. 루페르트는 토리를 가장 염려해야 했다.

나는 황궁을 나선 뒤에 토리가 가장 신경 쓰였다. 루페르트를 누구보다 사랑하지만, 그 어떤 누구보다 위험할 그녀가. 내가 사라졌으니 그녀는 만족하고 있을까.

"종종 폐하의 소식을 전해드리겠습니다."

"아니, 그러지 마."

들으면 마음이 아플 것이 뻔했다. 나는 화급히 고개를 저은 다음 르한을 쫓아냈다. 루페르트의 생각을 하지 않는 것에 성공한 네 번째 날이었는데, 또다시 시작해야 한다.

인간만큼 가증스러운 동물이 없으리라는 믿음은 늘 마음속에 간직해 왔지만, 오늘은 기가 막힐 정도였다. 루페르트는 제 집무실 책상 앞에 뚜하니 서 있는 젊은 청년을 눈을 가늘게 뜨고 지켜보았다. 황제가 된 후로 그가 뿜어내는 분위기는 나날이 날카로워져서 그의 눈빛조차 견디지 못하는 사람들이 많을 정도였는데 르한은 별다른 반응 없이 목석처럼 서 있을 뿐이다.

"뭐?"

"폐하의 호위기사가 되어 폐하를 보필하고 싶습니다."

"미친 소리를 하는군."

루페르트는 바람 빠지는 소리를 내며 작게 웃었다. 정말로 재밌어서 웃는 것은 아니었지만, 실소조차 무척 오랜만이다. 그는 반쯤 얼이 빠진 상태로 하루하루를 보냈다. 수완이 좋아 밀려드는 일을 처리하는 데에는 문제가 없었지만, 당장 어제 무엇을 했느냐 떠올리려 들면 생각나는 게 아무것도 없을 만큼 멍하기만 했다.

"너."

"예, 폐하."

"네가 왜 그 목을 부지하고 있는지 알기는 아는가?"

르한은 바로 대답하지 않았다. 라리에트의 입술은 작고 도톰한데 그의 것은 가로로 길쭉하다. 자신보다 조금 작긴 했지만 헌칠한 키부터 라리에트와는 전혀 닮지 않았다.

그녀의 흔적이 많이 비치는 이를 마주하면 이 그리움이 조금이라도 엷어질까 싶어 알현을 허했건만, 딱히 그렇지도 않았다. 짜증만 난다. 루페르트는 이를 갈며 입을 열었다.

"내가 네 잘난 아비가 모반을 꾀한다는 증거를 모으지 않는 이유를 아느냐고."

"알고 있습니다."

"알고 있는데도 네가 그 낯짝을 들고 내 앞에 기어 나와?"

기실 벨루아의 사람들은 남부에 처박혀 그에게 머리카락 한 올마저 보이지 않아야 했다. 그렇지 않으면 자신이 무슨 짓을 할지 알 수 없었으니까. 루페르트는 조금씩 차오르는 분노를 애써 눌렀다. 라리에트는 피 한 방울 섞이지 않은 저 동생이 소중하다 했다.

"그러니 폐하를 보좌하는 것으로 은혜를 갚게 해주십시오."

루페르트는 눈앞의 후안무치한 인간을 끌어내리라 결정했다. 르한 같은 골칫덩이를 상대하지 않아도 죽을 것만 같건만. 목이 막히는 그리움 때문에 가끔은 숨을 쉬기도 어려웠다. 눈을 감으면 절로 떠오르는 하얀 얼굴은 점점 더 엷어지는데, 갈증은 외려 더 심해지고 있었다.

"진짜 뒤지고 싶어?"

"저는 라리에트를 지키는 검이 되고 싶었습니다. 지금도 그렇습니다."

루페르트는 르한의 바지춤에 걸쳐 있는 칼집으로 시선을 내렸다. 황궁에 무기를 들고 들어올 수는 없었을 테니 필시 비어 있을 터. 빈껍데

기뿐인 그의 무기보다도 더 공허하고 우스운 소리다. 루페르트는 그를 대놓고 비웃었다.

"씹, 지키는 방법 한번 대단했네."

"그른 선택을 했었다는 것은 인정합니다."

"제 누이 마음 하나 제대로 파악 못 해서 자진하게 만든 새끼가, 뭐? 누굴 지켜?"

한번 입 밖으로 비난을 쏟아내자, 여태 가둬두기만 했던 감정이 격해졌다. 루페르트는 제 책상에 늘 그렇듯 올려져 있는 권총을 들어 그를 쏴버리고 싶어졌다.

저들 때문이다. 저들 때문에 잃었다. 아니, 정말로 그런가.

기실 그들이 아니었다면 라리에트는 제게 올 이유조차 없었다. 루페르트의 곁을 지킬 만한 사람이 애초에 아니었다.

"폐하를 지키는 것이 그녀를 지키는 것과 같다고 생각합니다."

어느새 루페르트는 총을 쥐고 있었다. 총신은 유난히 매끈했다. 소리 없이 빙그르르 돌아가던 총이 멈춘다. 그는 르한을 쳐다보지도 않은 채 방아쇠를 당겼다. 총구는 정확히 르한의 머리를 향해 있었지만, 장전되지 않은 덕에 텅 빈 소리만 날 뿐이다.

"걔가 그래?"

르한은 루페르트가 뜻하는 이가 라리에트라는 것을 알았다.

"아뇨. 제 생각입니다."

총을 바닥에 집어 던진 루페르트는 두 손으로 마른세수를 했다. 르한은 그의 목소리가 한결 부드러워진 것에 조금 놀랐다. 라리에트가 그랬다고 말하면 이대로 그를 받아줄 것 같았지만, 그는 거짓말에 능하지 않았다.

"봤나?"

"라리에트를 말씀하시는 겁니까?"

"경고하는데, 내가 두 번 말하게 하지 마."

루페르트의 음성엔 살기가 어려 있었지만, 그 눈은 초조함으로 가득했다. 제 대답을 기다리는 것이다. 르한은 라리에트의 소식을 듣고 싶어 안절부절못하는 황제를 앞에 두고 아연했다.

"아, 네. 최근에 만난 적이 있습니다."

"근데?"

르한은 본디 말을 길게 하는 사람이 아니었는데 루페르트는 그 점이 마음에 들지 않는 것 같았다. 황제의 휘황한 얼굴이 짜증으로 일그러지자 르한은 천천히 덧붙였다.

"잘 지내고 있습니다. 건강해 보였습니다."

"……그래."

루페르트는 아무렇게나 고개를 끄덕인 다음 깊은 한숨을 내쉬었다. 도대체 언제쯤 그만 보고 싶어질지 알 수 없다. 저주인가. 내가 그토록 미워 이런 저주를 남기고 떠났나. 그래도 꿈에는 가끔 모습을 드러내주었다. 꿈에도 나오지 말라는 말은 그녀의 꿈에만 해당되었던 모양이었다. 해서 요즈음 루페르트는 잠이 늘었다.

"또 만날 생각인가?"

"기회가 된다면. 저를 반겨주지는 않습니다."

"그래도 만날 수는 있네, 넌."

르한은 루페르트의 질투에 당황을 감추지 못했다. 황제가 너무나 노골적으로 감정을 드러내는 게 아닌가 싶었는데, 문을 노크하는 소리가 난 순간 루페르트는 아무런 감정도 표상하지 않는 무정한 얼굴이 되었다.

"폐하, 나요."

"들어와."

젊은 황제의 허락에 노인 하나가 집무실로 들어선다. 파파 펠리페였다. 얼굴은 분명 노인의 것이건만, 등이 전혀 굽지 않아 젊은 인상을 풍 겼다.

"젊은 네가 오지, 왜 노인을 오라 가라 하오?"

펠리페는 르한이 있는 걸 눈치 못 챘는지 황제에 대한 말씀씀이가 너 무도 편했다. 그는 원래 보고 싶은 것만 보는 인간이다. 그래도 상대가 황제이니 반쯤 경어를 써주는 것이 그의 티끌만 한 예의이리라.

르한은 노인의 무례에 아까보다도 배는 당황했지만, 그의 황망함을 배려할 만한 이는 이 자리엔 존재하지 않았다.

"으잉? 왜 다 죽어가누?"

"가져왔으면 놓고 나가. 시끄럽게 하지 말고."

루페르트는 미간을 찡그리며 노인을 향해 손을 뻗었다. 펠리페는 그 의 얼굴이 잔뜩 상한 이유를 금세 알아챌 수 있었다.

"그 시끄럽게 종알대던 계집이 없구먼."

"……"

"이거, 그 계집 물건인 게지?"

노인은 혀를 끌끌 차며 루페르트의 손바닥에다 재가 묻은 종이 쪼가 리 몇 개를 올려주었다. 주먹을 쥐면 그대로 바스러질 만큼 상태가 좋 지 못했으나 형체도 없이 타버린 일기를 그만큼이나 복구한 것도 대단 한 일이다.

"재밌네. 너도 나보다는 에바를 닮았군."

"닥쳐."

"에바도 그랬지. 죽기 전까지 클로드를 그리워했어."

"혀가 더는 쓸모가 없는 모양이지."

노인은 이 나이에 혀를 잃고 싶지는 않아 입을 꾹 다물었다. 루페르트 는 노인이 넘긴 조각들을 모아 책상에 올려놓았다.

"이게 단가?"

"뭐, 더 있기는 한데. 쓸모 있는 건 이 정도라."

노인은 제 할 일을 마치자 황제가 허락도 않았는데 등을 돌려 집무실을 나가버렸다.

루페르트는 무례가 도를 넘어선 노인을 신경조차 쓰지 않고 종이 쪼가리에 집중했다. 그리고 르한은 그의 호위기사를 맡아도 된다는 허락을 받지도, 그렇다고 축객령이 내려지지도 않아 한참을 그대로 서 있었다. 황제는 르한의 존재를 완전히 까먹은 듯 보였다. 루페르트는 몇 문장 제대로 들어가지도 않았을 종이 쪼가리를 꽤 오래 붙들고 있었다.

"큼."

르한이 제 존재를 알리기 위해 작은 헛기침을 하자 그제야 고개를 든다. 황제의 표정이 무척 묘했다. 무언가에 무척 놀란 것 같다. 조금 창백해진 것 같아 르한은 재빨리 그에게 다가갔다.

"폐하, 괜찮으십니까?"

루페르트는 르한의 시선을 피해 떨리는 손을 책상 아래로 감췄다. 그는 암호해독이 취미일 정도로 해석에 능했다. 게다가 라리에트가 어떤 사람인지, 무엇을 좋아하는지 이미 알고 있었으니 조각 몇 개를 짜 맞춰 이미 세웠던 가설에서 결론을 도출하기란 어렵지 않았다. 그러나 받아들이는 것까지 쉽지는 못했다.

"아니."

꿈에도 나오지 말라는 말이 그런 뜻이었나.

루페르트는 라리에트가 자신을 단 한 번도 좋아해준 적이 없다는 것은 알고 있었다. 그녀의 따뜻함은 애정보다는 동정과 연민에 가까웠다. 그 자신도 스스로를 좋아하지 못했으니 그녀가 자신을 좋아하지 않는 것은 당연하다 받아들였다. 어미의 사랑조차 받질 못했는데, 어느 누구의 애정을 기대할 수 있을까.

그러나 겨우 그 정도가 아니었다. 놓아달라는 말은 자신이 정말 끔찍이도 싫어서 한 거구나. 그러면 찾아가 자신에게 돌아와달라 설득할 생각은 추호도 못 하질 않겠나. 그 생각에 목이 멘다.

손바닥만 한 종이에 적혀 있는 내용은 많지 않았고, 중간중간 끊겨 있어 기억이 희미해진 노인이 하는 이야기처럼 조각나 있고 단편적인 정보만 제공해준다. 그러나 몇 줄 되지 않는 감정의 토로와 죽음에서 돌아왔다는 문장 하나만으로도 루페르트는 많은 부분을 이해할 수 있었다. 사실 라리에트에겐 석연치 않은 구석이 있었다.

루페르트는 열두 살의 라리에트를 떠올렸다. 그녀는 발그레한 뺨이 어울리는 예쁘장한 소녀였다. 5번가의 깐깐한 상인마저 그녀만 보면 사랑스러워 어쩔 줄 몰라 하며 조금 물러지고는 했다. 루페르트는 그때 한창 파스벤더 상단의 기반을 다지던 중으로, 라리에트의 사람을 끄는 면을 제게 유리하게 작용하게끔 하기 위해 곧잘 데리고 다녔지만, 그들이 그러는 이유를 이해하지 못했다.

처음 만난 날 그녀는 그에게 세상에 대해 가르치려 들며 음식을 먹으려면 돈을 지불해야 한다 호통쳤다. 라리에트는 그를 보고 멋모르는 어린 귀족계집이 길을 잃었다 착각한 것 같았지만, 그는 그녀가 벨루아의 아이라는 사실을 알고 있었다. 정작 아무것도 모르던 쪽은 그녀였다는 생각에 웃음이 비실 나오다가도 입가가 바싹 마른다. 그때는 그녀가 황실에 들어올 생각이리라고는 꿈에도 몰랐다.

돌이켜보니 꽤 인상 깊은 첫 만남이질 않나. 눈에는 미아를 향한 걱정으로 가득한데, 곧은 눈썹을 쓱 올린 채 앙증맞은 작은 입술로 제게 종알대던 얼굴이 뇌리에 박힌 듯 선연하여 잊히지 않는다.

라리에트는 그 후 얼마 지나지 않아 루페르트를 찾아 황궁에 덜컥 들이닥쳤다. 오랜 기간 그는 그녀가 왜 제 시녀를 자청하나 의심했다. 벨루아는 당시 그에게 무시할 수 없는 패였다. 백작은 에바와 루페르트의 고통을 모른 체한 죄로 그에게 일말의 부채감을 지닌 동시에, 루페르트가 황제의 소생이 아니라는 사실을 알고 있는 사람이기도 했다.

벨루아 백작이 숨은 저의가 있어 그녀를 보낸 것이리라 생각했지만, 그녀가 벨루아에 돌아갈 생각을 않자, 먼저 연락을 취한 건 벨루아 백작이다.

아무리 권세 높은 귀족가라 해도 황실은 영애들이 나들이 나가듯 쉬이 드나들 수 있는 곳이 아니다. 루페르트가 그 핑계로 그녀를 잡아놓고 있다고 생각한, 혹은 제 딸 하나도 설득하지 못한 무능한 백작이 황녀였던 그에게 라리에트를 보내달라 직접 불만을 전한 것이다. 루페르트는 그의 구구절절한 편지를 한 줄도 채 읽지 않고 버려버렸다. 그리고 다시 고민했다.

라리에트는 왜 제 곁을 지키고 있을까?

고민하고 고민하다 어느새 잊고 말았다. 어느 순간부터 그녀가 제 곁에 붙어 있는 이유가 중요하지 않아졌기 때문이다. 옆에 있고 싶다 하니 곁을 내주었을 뿐이다. 온전한 제 사람이 되어준다기에 불완전한 마음이라도 건네주었다. 루페르트는 그만큼 사람을 원했다.

그러나 라리에트가 제게 마음까지 주리라 믿은 적은 없다. 어린 그녀는 아무것도 모르는 것처럼 해사하게 웃다가도, 제가 다른 곳을 쳐다보면 선득한 시선을 보내고는 했으니까.

그는 아기가 조금이라도 울음소리를 흘리면 바로 목을 조르며 살기를 뿜는 어미와 그를 눈엣가시처럼 여기며 아주 조그만 책이라도 잡아죽일 핑계를 만들려는 황비의 눈살을 견디며 자라났다. 미움을 제대로 숨길 줄도 모르는 어설픈 아이의 증오를 알아채지 못할 리 없었다.

그러나 그것마저 잊고 말았다. 그녀가 제게 왜 왔는지를 잊고, 자신을 얼마나 싫어하는지도 잊었다. 알고 싶지 않아 머릿속에서 지운 듯했다. 악몽을 헤매는 밤이면 제게 다정히 속살거리던 예쁜 노랫말이 좋았고, 그 누구도 만질 생각조차 하지 않았던 제 머리를 부드럽게 쓰다듬는 손길이 겨웠다. 그녀의 앞에서는 단 한 번도 시인한 적이 없지만.

아무도 없는 외로운 밤에 목이 메어 눈을 뜨면, 라리에트는 종종걸음으로 다감한 얼굴을 들이밀며 또 악몽을 꾸느냐 물어보곤 했다. 숨이 붙어 있기만 해도 다행인 삶에 고작 제 정신이 나약해 꾸는 악몽 따위를 걱정했다.

작은 손에 들린 등불은 꼭 저처럼 따뜻한 주홍빛이었다. 봄볕을 그러모은 양 일렁이는 빛이 그녀의 얼굴을 비추면, 가느다란 뒷목을 붙잡아 입을 맞추고 싶어졌다. 왜 그러고 싶은지도 몰랐다. 그러나 무수히 많은 이유들과 한데 섞여 이내 같이 잊고 말았다. 그래, 그런 이유 따위 무슨 상관이란 말인가. 제 옆에만 있으면 된다. 이내 간절해졌다.

열둘의 라리에트는 가을날 노을처럼 짧은 성장기를 거쳐 완연한 여인이 되었다. 그녀가 허겁지겁 황궁을 나가고도 몇 달이 지나 벌써 제 열여덟 생일이 다가오고 있었다. 루페르트는 부득불 제 생일을 알아내려 들던 그녀를 기억했다. 축하해줄 듯하더니, 얼굴만 보여줘도 선물일 텐데.

5년이라는 짧다면 짧고 길면 긴 시간 동안 그녀는 그의 곁을 지켰다. 루페르트는 자신이 이에 만족해야 함을 알고 있었다. 그러나 펠리페가 들고 온 종잇조각을 쥔 주먹에 절로 힘이 들어가 핏줄이 툭 불거졌다.

황궁에서의 하루하루를 힘겨워했던 라리에트에게는 억겁 같은 시간이었겠지만, 그에게는 그녀와 별궁에서 보낸 날이 찰나와 같았다. 혹독한 겨울날 빛 사이로 흐르는 한 줌 온기와 마찬가지라. 한사코 마다할 때는 기어코 찾아와 쥐여주더니, 그걸 이제 와 앗아가는가.

그러나 앗아갈 자격이 있지 않았다. 루페르트는 그 누구도 제대로 믿어주는 법 없던 그녀의 회귀를 믿었다. 그렇지 않고서야 제게 올 이유가 없었으니까. 그토록 논리에 맞지 않던 그녀의 행보가 이제야 이해되었다.

자신이 그녀를 죽였었다는, 입에 담으려니 날카로운 칼날을 씹어 삼키듯 따가운 그 문장을 인정하고 나서야.

"폐하, 괜찮으십니까?"

앞에 서 있는지도 몰랐던 청년이 걱정스레 자신을 들여다본다. 그 표정이 라리에트의 것과 흡사해 구역질이 났다. 르한이 역겨운 것이 아니라, 이 지경에 다다라서도 그녀의 흔적을 찾는 제 미련함이 역겹다.

"나가."

"바로 허하시리라고 생각하지는 않습니다. 다만 고려해주십시오."

"……알겠으니까, 나가."

루페르트의 상태가 좋지 못하다고 판단한 르한이 어의를 불러오겠다 했지만, 그는 기어코 고개를 내저어 혼자가 되었다. 집무실 구석에 마련된 소파에 앉은 두 무릎에 고개를 파묻었다.

「황제가 되시면 집무실에 널찍한 소파를 놓으시면 좋겠어요.」

「왜.」

「이 소파는 너무 작아서 저랑 토리랑 앉아버리면 전하가 앉지 못하잖아요.」

그녀들과 몸을 붙여 나란히 같이 앉을 생각도, 황제가 되리란 확신도 없었는데 라리에트는 신이 나서 그런 얘기들을 쏟아냈다. 루이제의 왜 자신은 껴주지 않느냐 볼멘소리도, 그녀의 재잘거림도 무시했던 그는, 황제가 된 후 침대만 한 소파를 집무실에 들였다.

보라색 공단으로 만든 고급품으로 라리에트가 좋아하는 것이다. 그녀가 이 소파를 봤는지 모르겠다. 벨루아로 보내버릴까 고민하다, 그녀가 벨루아에도 돌아가지 않았다는 생각에 혀를 깨문다.

"그러니 제가 누누이 경고했잖아요."

루페르트는 옆에서 들리는 작은 속삭임에 고개를 들었다. 언제 들어왔는지 모를 토리가 그와 눈을 마주하고 방긋 웃는다. 르한이 나가고도 시간이 꽤 흘렀는지 집무실은 어느새 어둑했다. 그는 대답하는 대신 어둠에 익숙해진 눈으로 매끄럽게 호선을 그리는 토리의 입가를 응시했다.

"그 다이어리, 보시면 슬퍼할까 봐 숨겼던 거여요."

"그래."

"상냥한 아가씨가 일부러 태우고 간 건데 왜 다시 찾아 들추셨을까."

토리는 종종 라리에트를 상냥한 아가씨라 부르고는 했다. 그의 명령으로 그녀의 열두 살 생일파티를 다녀온 다음부터, 토리는 그녀를 좋아했다. 그래서 더욱 그녀에게 다가가지 말라, 루페르트에게 경고했었다. 봄을 알게 된 순간 사람은 겨울을 견딜 수 없게 되니까.

"슬프시어요?"

"말투."

한 번도 거슬렸던 적 없었던 토리의 말투가 작위적으로 느껴져 루페르트는 인상을 찌푸렸다. 숱이 많고 진한 그의 눈썹을 매만지던 토리는 까르르 웃음을 터뜨리다 한순간에 거두었다. 웃음기 가신 무감동한 얼굴이 그를 돌아본다.

"슬프세요?"

"그런 거, 몰라."

"이젠 아시잖아요."

"……."

"그래서 가까이하지 말라 경고했는데도, 제 말을 안 듣고서 기어코."

토리는 손을 뻗어 루페르트의 머리를 쓰다듬었다. 라리에트의 행동을 기억하고 따라 하는 것만 같아 순간 불쾌감이 일어, 루페르트는 토리에게서 몸을 돌렸다. 곧 그녀가 상처를 받을까 싶어 그녀를 바라봤지만, 토리는 아무런 일도 없다는 듯 미동도 없이 그를 응시하고 있었다.

"폐하께서 제게 화가 난 것도 이해해요."

"나가."

"하지만 당신이 라리에트를 잃은 건 제 탓이 아니에요."

"토리."

루페르트는 토리에게 화를 내고 싶지 않았다. 그는 그녀에게 목소리를 높이지 않기 위해 노력하며 말을 이었다.

"너는 라리에트에 대해 알고 있었지. 그러나 내게 정보를 선별해 전달했다. 그건 나에 대한 반항이다. 내가 네게 너그럽다 해서 어디까지 눈감아줄 거라 생각하나."

"폐하가 제 경고를 무시하고 라리에트를 마음에 품었으니까요. 어느 정도의 응징은 필요하다 생각했어요."

토리는 제국의 황제를 감히 벌하겠노라 말한다.

"폐하, 루페르트, 에바의 유언은 잊어버렸나요?"

"……잊지 않았다."

"우리의 어머니가 죽은 내 심장을 취해 당신을 위한 인형인 나를 다시 만들었을 때부터 내 삶은 당신에게 종속되었어요. 억지로. 나는 원하지 않았는데도."

루페르트는 토리가 '생기던' 순간을 기억했다. 처절한 비명과 귀를 찢는 울부짖음, 이미 죽은 사람도 견디지 못할 만큼 거대한 고통 속에 던져졌던 토리. 크루나루카라는 어둡고 음침한 고대의 마법은 토리의 정신을 완전히 지배했다. 아름다운 무희를 동경했던 순진한 소녀는 아무것도 모른 채, 제 뜻과는 상관없이 병기가 되었다. 그녀 삶의 목적은 이제 단 하나였다.

"절망을 먹고 사는 나의 왕. 고독은 당신이 가는 길을 밝힐 유일한 빛이고, 불행한 삶은 당신을 권좌 위에 이끌 거랍니다. 당신의 어머니가 바라던 대로."

"처리해."

루페르트는 간밤 아무런 일도 없었다는 듯 평온한 얼굴로 목에 구멍이 뻥 뚫린 남자의 시체를 르한에게 던지듯 건네주었다. 피범벅이 된 그의 손과 메마른 얼굴의 간극이 대단했다. 그 괴리감에 르한은 인상을 찡그리며 시체를 받았다.

또 자객이 숨어들었나 보다. 대공과 황비는 본격적으로 황좌에 대한 야심을 드러내기 전, 루페르트가 야기한 소리 없는 전쟁을 치르는 중이다. 돈을 들여 끌어모은 용병은 제대로 쓰지도 못한 채이며, 황비는 공작가의 사유재산까지 끌어다 썼다. 둘이 힘을 합쳐도 루페르트를 당해내기가 어려울 판일 텐데 서로 대립각을 세우다니.

르한은 죽은 암살자의 얼굴을 내려다보다 혀를 끌끌 찼다. 그들의 모반은 시작도 전에 실패한 것이나 마찬가지였다. 가까이에서 지켜본 바, 루페르트는 절로 혀를 내두르게 될 정도로 철저했다. 왜 라리에트가 벨루아의 반역에는 아주 작은 가망도 없다는 판단을 내렸는지 피부에 와 닿았다.

대공과 황비는 서로에게 이를 갈며 싸우는 와중에도 루페르트를 잊지 않고 간간이 암살자를 보내곤 했다. 단 한 번도 성공 근처에 간 적도 없으면서 성실할 정도로 꾸준히. 혹시나 성공하면 텅 빈 황좌에 쉬이 엉덩이를 붙이고 앉을 수 있지 않을까, 하는 희망을 버리지 못하는 듯했다.

"왜 호위를 부르지 않으시는 겁니까?"

루페르트를 보호하겠다 나섰지만 조금 후회가 드는 나날의 연속이다. 르한은 황제의 호위기사가 이토록 한직일 줄은 꿈에도 몰랐다.

황제는 기사보다도 더 기민한 감각의 소유자라 르한보다도 빨리 적의 움직임을 간파하고는 했다. 자객이 주로 쓰는 단검과는 비교도 되지 않을 만큼 빠른 그의 총은 무척이나 정확해 단 한 발로도 초대받지 못한 손님의 목숨을 앗아갔다. 그러나 밤에는 말이 다르질 않나. 제대로 자고 있는 것은 맞나 의심스럽다.

"귀찮으니까."

젊은 황제는 대강 대답하며 시녀가 가져온 세숫물에 손을 씻었다. 말갛게 찰방거리던 물이 금세 붉게 물들었다. 피비린내에 기겁한 시녀는 뒷걸음질 치며 다시 물을 떠오겠노라 말하고는 도망가버렸다.

"일개 시녀에게 그런 잔인한 모습을 보이지 마시길 바랍니다. 이러니 자꾸 이상한 소문이 도는 겁니다."

루페르트가 피에 미쳤다는 소리가 궁내에서 조금씩 퍼지고 있었다. 달에 몇 번은 피로 칠갑한 채 일어나 건조한 얼굴로 시체를 복도에다 던져버렸으니 너무나도 자연스러운 일이다.

그의 수석시녀 자리는 라리에트 이후로 열 번이 넘게 바뀌었다. 귀족가의 어리고 여린 여식들은 모두 젊은 폐하의 미모에 반해 시녀를 자원했다가 그의 무정함에 겁을 집어먹고 새하얗게 질려 달아나버렸다.

"시녀를 구하는 것도 일입니다, 폐하."

르한이 이를 지적하자 제 시녀가 자기를 보고 겁을 먹어 기절하든 말든 손톱만큼의 신경도 쓰지 않는 루페르트가 시큰둥하니 그를 돌아본다.

"호위기사를 시켜달라 하기에 시켜줬으면 닥치고 검이나 닦아."

"폐하."

"호위에는 입이 필요 없을 텐데 왜 잔소리를 하고 지랄인가."

"폐하!"

르한은 보수적인 남부의 명문 귀족가에서 태어나 자라 제국에서 가장 보수적일 사관학교를 졸업한 기사였다. 상스러운 욕지거리를 입에 담는다니, 그에게는 상상조차 할 수 없는 일이다.

황궁은 일개 하녀까지 발소리를 내지 말라 철저히 교육받는 곳인데, 하물며 황궁의 주인인 황제는 더더욱 조심해야 하질 않나. 르한이 기겁하며 그의 언행을 지적하자 루페르트는 짜증스레 제 총부리를 만지작거렸다. 쏴버릴 수도 없고, 시끄러워 죽겠다.

"왜……."

"황제의 덕목을 잊지 마시길 바랍니다."

"네 누이 같은 소리를 또 하는군."

루페르트는 뚜하니 대답했지만, 르한은 자신이 그에게 라리에트를 떠오르게 할 때면 그가 조금 유해진다는 사실을 경험으로 배운 후였다. 그는 입을 다문 르한을 노려보다 리넨으로 잘 닦은 총을 서랍에 넣었다.

"오늘도 가나?"

앞뒤가 다 잘렸건만 르한은 용케 루페르트의 말을 알아들었다. 라리에트에게 가느냐 묻는 것이다. 르한이 작게 고개를 끄덕이자 로브를 벗던 그의 얼굴이 굳는다. 감정이 씻겨 내려간 듯한 평소의 무감한 얼굴과는 조금 다르다. 미묘하게 비틀리는 황제의 입가에 르한은 실소를 흘렸다.

"호위기사가 할 만하지, 아주. 시간이 남아도나 봐."

"부러우면 부럽다 말하시는 게 좋습니다."

"어. 너도 뒤지고 싶으면 뒤지고 싶다고 말해."

"하."

몇 번을 항의해도 저 상스러운 입버릇은 고쳐지지가 않는구나. 르한은 도대체 황궁에서 나고 자란 루페르트가 어디에서 저런 말투를 배웠는지 이해할 수 없었다. 그의 다른 호위기사인 루이제에게 넌지시 물어보았지만 그도 어깨를 으쓱할 뿐이라. 날 때부터 저러셨다나.

"언제 가는데?"

"인사 올리고 지금 출발할까 싶었습니다."

"네가 가면 안 싫어해?"

평소에는 라리에트에게 다녀오겠다 보고하면 있는 대로 배알이 꼴린 얼굴로 노려보다 고개만 끄덕이고 말았는데, 오늘따라 질문이 많다. 르한은 그의 침대 옆 협탁에 낙엽 한 장이 자리를 잡고 있는 것을 발견하고 고개를 끄덕였다.

"그렇게 보고 싶으십니까?"

"개소리하네. 누가 보고 싶대?"

루페르트는 미간을 세게 찌푸리며 등을 돌렸다. 널찍한 등에 자리 잡은 근육이 그의 움직임을 따라 꿈틀거린다. 갈아입을 옷을 가져다줄 시녀가 겁에 질려 도망간 탓에 그는 아직도 침의인 바지 하나만 덜렁 입은 상태였다.

사관학교에서는 흔한 광경인지라 매우 익숙했지만, 르한은 그가 얼마나 잘 단련했는지를 알아보고서 조금 놀라고 말았다. 매일 몸을 단련하는 기사와 견주어도 손색이 없을 정도도. 벨네르니처럼 덩치가 커다란 제국의 황제란 하루 종일 책상 앞에 앉아 결제만 해도 시간이 모자랄 만큼 서류더미에 묻혀 사는 자리이건만 언제 따로 수련을 한 건지 여태 곁에서 지켜봐온 르한으로서도 알 길이 없었다.

"말 다 했으면 꺼져."

"그럼 다녀오겠습니다."

루페르트는 르한을 쳐다보지도 않았다. 지금은 또 정말로 관심이 없어 보이는 태도라 르한은 그저 그가 시간이 더 지나면 라리에트를 조금이나마 잊을 수 있겠거니 짐작하며 황궁을 떠났다.

그리고 하루도 지나지 않았는데, 제가 얼마나 어리석었는지 깨닫고
말았다.

"폐하?"

르한은 라리에트가 가정교사로 일하는 집에서 조금 떨어진 골목에서
제 주군을 발견했다.

르한은 오늘따라 몸 상태가 좋아 감각이 예민했다. 르한은 라리에트
의 집에서 나와 그녀와 함께 이동하는 내내 뒤통수가 따가웠다. 시선이
느껴지던 곳은 르한의 기민한 기사의 감각이 아니었다면 절대 발견하
지 못할 만한 거리였다. 그는 요행에 가까운 재주로 루페르트를 찾아냈
다.

르한은 라리에트를 데려다준 후 재빠르게 달려 제게 시선을 보내던
사내를 붙잡았다. 새까만 로브를 뒤집어쓴 사내는 르한과 엇비슷하게
컸다. 산만 한 덩치가 르한을 마주하자 예기치 못한 듯 움찔하며 뒤를
돈다.

"……폐하."

르한이 확신을 담아 한 음절, 한 음절 힘주어 발음하고 나서야 사내는
걸음을 멈추었다.

"여긴 왜 오셨습니까?"

르한의 한숨 섞인 목소리에 사내는 천천히 얼굴을 가리고 있던 후드
를 벗었다. 르한이 확신한 대로 루페르트다. 그리고 르한은 그의 태연
한 태도에서 그가 자신을 따라온 것이 처음이 아니리란 느낌을 받았다.

"따라오신 겁니까?"

"……."

"왜 따라오십니까? 들켰다간 라리에트가 또 자취를 감출 수도 있습
니다. 그때는 저와도 교류하지 않으려 들 것입니다."

"네 누이는 내게 보이지 말라고 했지, 나보고 저를 보지 말라는 소리는 안 했다."

"이유를 묻는 겁니다."

루페르트의 표정이 싸늘해진다. 몰라서 묻나. 그는 라리에트와 얼굴을 맞대고 얘기를 나눈 르한이 부러워 그를 찢어 죽이고 싶을 만큼 질투했다.

아무렇지도 않게 잘도 만나고 돌아온다. 자신은 멀리서 해끄무레한 얼굴만 봐도 이미 다 헤진 마음이 뒤집히곤 했는데.

"멍청하군. 당연한 걸 물어. 보고 싶으니까."

"……."

"내가 쟤를 안 보면 죽을 것 같아서."

그래도 얌전히 멀리서만 보잖아. 이 정도는 봐줘, 너도.

그렇게 덧붙이며 루페르트는 옅게 웃었다. 때마침 저편에서 라리에트가 웃고 있었다.

아, 저 여자는 어딜 가도 웃는구나.

황궁이 아닌 데서, 제 곁이 아닌 곳에서 잘 지내는 그녀가 미워 미칠 것 같다가도 다행이라 안도하곤 한다.

창문으로 훤히 들여다보이는 저택 안에서 라리에트는 분주하게 움직였다. 그녀는 하얀 에이프런을 나풀거리며 아이들과 함께 간식을 가지고 나오다 함박웃음을 짓는다. 루페르트는 그 해사한 얼굴에 어이가 없어 작게 웃었다. 황궁에서도 설탕 범벅한 빵이라면 사족을 못 쓰더니.

"잘 웃네, 네 누이."

"폐하."

"나는 숨이 막혀 죽겠는데. 네 누이 때문에 말이야."

처음 만난 그날 죽였으면 이런 후회는 안 했겠지. 아예 옆에 두지 않았으면 이런 기분은 몰랐겠지.

"그래도 괜찮다고 생각하는 건, 이상한가."

재 때문에 내가 죽어도, 그래도.

르한은 루페르트의 담담한 말에 한숨지었다. 결국 잊으리라 했던 것은 라리에트와 르한의 희망찬 착각이었던 모양이다.

14. 숨바꼭질

마가렛의 숙모 이자렛은 마가렛의 남편이 운영하는 상회 바로 옆에서 작은 빵가게를 운영하고 있었는데, 그녀는 나이가 많아 가게를 돌보기가 어려워졌음에도 문을 닫을 생각은 조금도 하지 않는 고집스러운 부인이다. 가게의 점원이라고는 그녀의 아들인 제빵사 페르난드가 전부였다.

마가렛은 이자렛의 건강을 늘 염려했다. 리엘과 미엘도 이자렛 할머니는 쉬셔야 한다며 작은 손을 꼬물꼬물 움직여 편지를 썼다.

나는 아이들이 쓴 편지의 서투른 표현이나 맞춤법 따위를 고쳐주며 이자렛에 대해 주워들었다. 아이들이 엄마도 아닌 친척 아주머니를 이만큼 좋아하고 따르기란 쉬운 일이 아니다. 그러나 이자렛 아주머니는 그녀에 대해 잘 모르는 나조차도 호감을 품을 만큼 좋은 사람이었다.

이 마을에 정착한 지 얼마 되지 않은 나도, 어머니보다도 나이가 많은 노부인이 팔고 남은 빵이 아닌 갓 구운 빵들을 직접 빈민가의 아이들에게 나눠주는 모습을 몇 번 목격했었다.

그런 이자렛이 얼마 전 유행했던 독감에 걸려 집을 나서지 못하고 있단다. 나는 그녀가 쾌유하기를 바라는 마음을 담아 리엘과 함께 종이 장미를 접었다. 장미가 서른 남짓 되었을 무렵 이자렛의 아들 페르난드가 마가렛의 집을 찾았다.

"페르난드 삼촌?"

미엘은 손이 너무 작아 종이접기에는 솜씨가 없었다. 다 접은 하얀 장미를 허공에다 던져 올리며 놀던 아이가 우수수 떨어지며 흐트러지는 새하얀 종잇조각 사이로 고개를 들이미는 제 삼촌을 알아본다.

"미엘, 어머니 계시니?"

"아뇨. 엄마는 아버지 가게에 계세요."

아이의 새침한 대답에 페르난드의 얼굴에 낭패가 서린다. 나는 거실로 도도 달려가려는 미엘을 붙잡아 안으며 고개를 내밀었다. 리엘도 내게로 달려와 폭 안긴다.

"급한 일이신가요?"

"아! 아, 안녕하세요, 레이디 리엣."

나는 이자렛 아주머니와 사사로운 친분은 없었지만, 그녀와 그의 빵을 좋아해 가게에 자주 드나든다. 나를 알아본 페르난드가 사람 좋은 웃음을 지으며 뒤통수를 긁적였다. 이자렛 아주머니처럼 상냥한 그는 어머니의 약을 구하기 위해 옆 마을에 다녀와야 하기 때문에 잠시 가게를 비워야 한다고 사정을 설명했다.

"그래서 마가렛이 가게를 좀 봐줬으면 좋겠어서 찾아왔는데, 집에 없군요. 가게로 가봐야 할 것 같습니다."

"마가렛은 요즘 상회 일로 바쁘다고 들었어요."

"그렇군요. 곤란하게 되었습니다."

페르난드는 조금 튀어나온 제 턱을 매만지며 한숨을 내쉬었다. 나는 내 머리카락을 가지고 노는 미엘의 이마에 뽀뽀하고 리엘에게도 입 맞춰준 뒤 그를 쳐다봤다. 그는 어쩐지 조금 멍한 눈으로 나를 바라보고 있었다.

"아, 아, 아이들이랑 굉장히 친하시네요!"

페르난드가 당연한 소리를 목청까지 높여가며 늘어놓는다. 나는 그의 붉어진 뺨을 의아하게 바라보다 고개를 갸우뚱했다.

"가정교사니까요."

"미엘과 리엘은 까다로운 애들인데, 대단하십니다, 레이디 리엣."

"그냥 리엣이라고 불러주세요."

"예? 제가 감히 어떻게……."

페르난드가 다감한 검은 눈을 크게 뜨며 놀란다. 내 집안이 몰락했다고 알려져 있긴 하지만, 그래도 귀족 출신이란 편견 때문인지 그는 나를 굉장히 어렵게 생각하는 것 같았다. 꼬박꼬박 나를 레이디라 칭하며 항상 극존칭을 쓴다.

하긴, 귀족이라고는 영지도 없이 작위 하나 덜렁 있는 늙은 남작이 전부인 마을이다. 게다가 남작이란 남자의 작위 증명서는 내가 보기엔 위조가 의심스러울 정도로 조잡했다. 그러니 페르난드가 나를 어려워하는 게 이해도 갔지만, 나는 그들의 마을에 위화감 없이 섞여들고 싶었다. 귀족이라 젠체하고 싶지도 않고.

"저는 남작님처럼 작위 증명서도 그 무엇도 없는 사람인걸요. 페르난드 씨가 저를 불편하게 생각하는 것은 원하지 않아요."

페르난드는 조금 격하다 싶을 정도로 고개를 세게 끄덕였다. 그의 얼굴이 점점 붉어지더니 귀까지 빨갛게 달아올라 있어서 나는 그가 이자렛의 감기라도 옮은 걸까 걱정되었다.

"참, 가게는 얼마나 비우시나요?"

"이틀 정도 비울 것 같습니다."

"그럼 제가 봐드릴까요?"

"그래주실 수 있습니까?"

나는 페르난드의 커다란 목소리에 놀라 아이들을 안은 팔에 힘을 주었다. 새침하게 올라간 눈매가 매력적인 리엘이 고개를 휙 돌리더니 제 삼촌을 맹렬히 노려보았다.

"삼촌! 삼촌 때문에 선생님이 놀라잖아!"

"삼촌 미워! 나가! 나가!"

미엘은 내 품에서 빠져나가더니 페르난드의 다리에 주먹질하며 그를 내보내기에 합세했다. 나는 당황해 안절부절못하는 페르난드를 향해 웃으며 고개를 끄덕였다.

"네, 그럴게요. 진열된 빵만 판매하면 될까요?"

"잘 상하지 않는 빵만 구워두었으니 사흘 정도는 괜찮을 겁니다! 정말 감사합니다, 리, 리, 리엣!"

심하게 말을 더듬으며 가게 열쇠를 건네는 페르난드에게 나는 팔을 뻗었다. 열쇠를 받는 순간 아주 살짝 손끝이 닿았을 뿐인데 그는 기겁하며 양팔을 번쩍 들더니 사과했다. 나는 평민이 더럽다고 생각하는 족속이 아닌데, 괜한 오해를 살까 싶어 하늘을 향해 솟아 있는 그의 팔을 잡아 내렸다. 히이익, 하는 소리가 귓가를 울린다.

"페르난드 씨, 사과하실 필요 없어요. 괜찮아요. 가게는 언제 가면 될까요?"

"……내일 오전에 부탁드립니다."

깊게 고개를 숙인 그는 부리나케 거실을 빠져나갔다. 나는 그의 뒤통수를 지켜보다 작은 가게만큼이나 아담한 열쇠를 주머니에 넣었다.

리엘이 키득거린다.

"왜 웃니, 리엘?"

"선생님 그러면 내일은 우리 집 안 와요?"

"내일이랑 내일모레는 어차피 리엘 집에 오는 날도 아니니까."

"그럼 우리가 가게로 가도 되나요?"

나는 언제 새침했다는 양 순하게 눈을 깜빡거리는 리엘을 마주 보며 웃었다. 어린 르한이 생각나는 아이들이다. 가끔 제 마음에 들지 않는다 입을 삐죽이며 노려볼 때면 새침하기로는 이루 말할 데 없던 루페르트도 생각났다. 물론 그 까칠함과 비교할 수도 없을 만큼 천사 같은 아이지만.

"그래, 리엘. 와도 괜찮아."

다음 날 이른 아침 이자렛의 빵집에선 페르난드가 환한 웃음을 지으며 나를 맞아주었다. 주방에서 빵을 굽는 도중이었는지 고소한 냄새가 가게 안을 진동했다. 그는 마치 손님을 맞이하듯 버터를 듬뿍 바른 크루아상과 홍차를 내주며 나를 매대 뒤에 구비된 자리에 앉혔다. 의자 위에는 푹신한 쿠션이 있었는데, 새것처럼 반들반들 빛이 났다.

"음, 저도 도울까요?"

"아뇨! 괜찮습니다! 워낙 작은 가게라 금방 합니다."

페르난드는 너털웃음을 지으며 크루아상이 빽빽하게 놓인 긴 쟁반을 오븐에서 꺼내 진열장으로 향했다. 그가 주방을 몇 번 오가니 어느새 유리로 된 진열장 안이 먹음직스러운 빵들로 가득 찼다.

"가게 문은 언제 닫으면 될까요?"

"해가 지면 닫아주세요, 리엣. 정말 고맙습니다."

"아녜요. 별로 힘든 일도 아닌걸요."

그는 마다하는 내게 수고비를 꼭 챙겨주겠다며 작은 주머니를 안겨준 다음 해야 할 일이 적힌 메모를 건네주었다. 말로 해주었어도 전부 기억할 수 있을 만큼 목록은 길지 않았다.

"그럼 다녀오겠습니다, 리엣."

"네, 다녀오세요."

내 말의 어느 부분에 그렇게 울컥할 만한 구석이 있는지는 모르겠지만, 페르난드의 표정이 괴상해진다. 나를 볼 때마다 쑥스러워하는 것 같기는 했지만, 어제 오늘은 얼굴이 붉어지는 정도가 심했다.

정말로 어디 아프기라도 한 걸까. 나는 걱정하면서도 조금 거북하게 느껴지는 그의 따가운 시선을 피해 고개를 숙였다. 데뷔탕트조차 제대로 된 주목을 받아본 적 없는 나였다. 분명 자의식 과잉일 것이다.

"네, 리엣. 가게를 잘 부탁합니다."

페르난드가 문을 열자 청량한 종소리가 가게 안을 작게 울린다. 밖에서 빵을 들여다볼 수 있게 하기 위해 가게의 창문은 큼직큼직한 편이다. 여름 햇볕 사이로 먼지가 부유한다. 보기엔 예뻤지만, 빵 위에라도 앉으면 손님들이 싫어할 것이다.

계산대에 쌓여 있는 먼지라도 털기 위해 바로 옆에 있는 창문을 여니 새가 지저귀는 소리가 들린다. 바람이 수풀을 스치는 시원한 소리와 함께였다. 여름이 우는 소리다. 나는 주방 벽에 걸려 있는 달력을 확인했다.

애써 잊은 듯 행동했지만 나는 오늘이 무슨 날인지 알고 있었다. 오늘은 제국민 대다수는 모르는 루페르트의 진짜 생일이었다. 한낮의 여름에 태어난 그를 나는 꼭 축하해주고 싶었고, 축하해주기로 다짐했었다. 그럴 수 없게 되어버렸지만.

그에게 편지도 선물도 그 무엇도 보낼 수 없는 나는 리엘에게 가르쳐주었던 종이 장미를 접기 시작했다. 연둣빛 색종이를 보고 있노라니 여름의 녹음을 닮은 눈이 생각난다.

"어서 오세요."

나는 페르난드가 나간 후 처음으로 울리는 종소리에 자리에서 몸을 일으켰다. 그러나 손님이 아니란 판단에 금세 엉덩이를 붙였다. 르한이 날이 더운 듯 셔츠 단추 몇 개를 풀며 가게 안으로 들어온다.

"라, 아, 리엣."

"왜?"

"잘 지내는지 확인하고 싶어서 왔습니다."

"편지 보냈잖아."

르한은 내 말에 품에서 손바닥만 한 종이를 꺼내 흔들었다. 그가 보낸 수십 통의 편지에 대한 내 답장이다.

"잘 지내니까 연락하지 마, 라고 적힌 이 종이가 편지였습니까?"

"그래."

"너무 짤막해 잘 지내는지 아닌지 판단이 제대로 서지 않았습니다."

"잘 지낸다고 확실히 말했는데 왜? 그런 우매한 판단력으로 폐하를 제대로 보필이나 하겠어?"

내 까칠한 말에 르한 옆에 서 있던 남자가 피식 웃는다. 르한에게 정신이 팔려 그를 살피지 못했던 나는 순간적으로 굳고 말았다. 로브의 후드 아래로 삐죽 튀어나온 금발이 태양을 빻아 만든 듯 찬란했으니까. 그러나 르한보다도 헌칠한 사내는 루페르트가 아니었다. 금발 말고는 그와 닮은 구석이 전혀 없는, 화려하기는커녕 흐릿한 이목구비의 소유자다.

"……누구야?"

"아, 사관학교 시절 알던 제 후배입니다."

남자가 얼굴을 팍 찌푸렸다. 전혀 후배로 보이지 않는 사나운 기세였지만, 그는 내가 자신을 쳐다보자 곧 짧게 고개를 끄덕였다.

"네, 후배……입니다."

르한의 후배는 미간을 좁히고 르한을 노려보려다가 곧 내 쪽으로 시선을 돌렸다. 무척 올곧은 시선이다. 나는 괜히 그에게 지고 싶지 않아 눈을 피하지 않고 마주 바라보았다. 먼저 고개를 돌린 쪽은 그였다. 나는 묘한 승리감에 방긋 웃으며 그에게 손을 뻗었다.

"반가워요. 리엣이라고 해요."

남자는 제게로 내밀어진 내 손을 응시하다 또 내 얼굴을 뚫어져라 바라보기 시작했다. 나는 빵을 정리하다 밀가루나 설탕이라도 얼굴에 튀었나 싶어 다른 손으로 내 얼굴을 매만졌다. 그러나 만져지는 것은 없다.

"제 얼굴에 뭐라도 묻었나요?"

"아니, 요."

그는 나를 민망하게 만들려고 작정이라도 한 듯 아주 뒤늦게 내 손을 잡아주었다. 악수를 청한 것인데 그는 마치 무도회에 놀러 온 한량이라도 되듯 내 손등에 입을 맞췄다. 새털같이 가벼운 접촉이었다.

별다른 사심이 엿보이지 않는 짧은 입맞춤이었음에도 나는 화들짝 놀라 몸을 물렸다. 그의 입이 닿은 손등이 불에 덴 듯 화끈했다. 나는 얼굴까지 붉어지는 꼴을 보여주고 싶지 않아 마음을 다스렸다.

"아, 놀라게 하려는 건 아니었는데."

그는 사과하며 느른히 웃었다. 낮지도 높지도 않은 목소리, 별다른 특징이 없는 평범한 얼굴이었는데 그 웃음만큼은 무척 매력적이다. 나는 살짝 들린 그의 입술을 바라보다 르한 쪽으로 고개를 돌렸다. 귀족이라면 내 얼굴을 기억할 확률이 높은데, 그는 서 있는 자세에서부터 귀족 특유의 고압적인 태가 묻어났다. 내 정체를 들키기라도 하면 어쩌려고 이러는 거지?

"이분은 어떻게 오신 거야?"

"아, 데려오려던 것은 아닙니다. 우연히 마주쳤습니다."

"내 가게도 아닌데 손님을 데려오면 어떡해."

"걱정 마십시오. 임관도 제대로 마치지 못해 놀고먹는 사람이니 대접을 바라지는 않을 겁니다."

르한은 답지 않게 제 후배를 비아냥거리며 소개했다. 남자는 어깨까지 으쓱이며 자신을 비하하는 르한을 쳐다보지도 않았다. 대신 내게 다시 말을 건다.

"빵을 좋아하나 보군, 요."

사관학교도 뒷돈을 주고 입학한 돈 많은 한량이라더니 하대가 더 익숙한 듯 말투가 묘했다. 나는 고개를 들어 공대하려 애쓰는 듯한 그를 향해 고개를 끄덕였다.

"네. 빵을 살 생각인가요? 자리가 좁아 두 명 모두에게 차를 대접하지는 못할 것 같아요. 저도 간신히 앉을 만큼 테이블이 작아서."

나는 남자를 바라보는 대신 르한을 노려보며 덧붙였다.

"게다가 저는 르한과 그리 가까운 사이가 아니라서 이 자리가 조금 불편하네요."

혼자 자꾸 마을에 찾아오는 것조차 누구의 눈에라도 띌까 불안해 죽겠는데 혹까지 달고 오다니. 루페르트가 그의 외출을 자주 허락해주는 것도 이해되지 않았다. 내가 그의 시녀일 적에는 벨루아에 한번 방문하기 위해서 온갖 아양을 다 떨어야 했는데. 설마 르한이 나처럼 그의 비위를 맞추고 있는 걸까.

"죄송합니다, 리엣."

내가 불쾌감을 드러내자 르한이 얼굴을 굳히며 사과한다. 내게 잘못을 한 것은 저였으면서 르한은 염치없이 조금 억울해하는 듯했다. 남자는 본인이 불편하다는 내 말은 들리지도 않는지, 내게로 다가왔다. 그는 내가 그 어깨에 닿을락 말락 할 정도의 장신이라 가뜩이나 작은 가게가 더 작게만 느껴진다.

"왜 그러세요?"

나보다 머리 하나가 큰 낯선 남자가 내게 가까이 붙는 것이 달갑지 않았던 나는 더 물러날 곳도 없는 구석까지 몰렸다. 그는 매대를 넘어서까지 다가왔다. 딱딱한 돌벽을 등으로 눌러보았지만, 벽이 움직일 리 없다. 남자가 내 코앞에 서자 시원한 향이 코를 찌르는 탓에 나는 움찔했다. 남자의 목울대가 크게 움직인다.

"왜, 왜 이러세요? 르한!"

당황한 내가 작은 비명까지 내지르며 르한을 찾자 그가 서둘러 우리 쪽으로 걸어온다. 이 작디작은 빵가게에서 그가 멀리 있었으면 얼마나 멀리 있었다고, 르한이 걸어오는 시간이 영원처럼 느껴졌다.

그때 내 귓가에 짧고 뜨거운 바람이 닿았다. 남자는 하얗게 질린 내가 우스운 듯 작은 소리로 웃고 있었다. 아까의 느른한 미소와는 다른 청량한 여름밤을 닮은 웃음소리에 나는 잠시 멍해 제정신을 차리지 못했다. 그는 얼어붙은 내 머리에다 큰 손을 올리더니 종잇조각 하나를 떼서 허공에 날렸다.

아. 모르는 사람 앞에서 공연한 바보짓을 했다는 생각에 얼굴이 홧홧해진다. 나는 나풀나풀 날아다니는 색종이 조각을 바라보다 고개를 숙였다.

"겁이 많나 보군요."

"아, 아뇨. 말도 없이 다가오시기에 조금 놀라서."

"무례했다면 미안합니다."

남자는 공대가 어느새 익숙해진 듯 정중한 투로 용서를 구했다. 그는 고개를 숙여 매대 위에 펼쳐진 종이 장미들에 시선을 주었다. 미엘보다는 나았지만, 나 역시도 손재주가 뛰어나지 못해 생화에 비하면 형편없는 모양이었다. 나는 별 볼 일 없는 장미가 조금 부끄러워져서 손으로 매대를 가렸다.

"누구를 주려고 접는 겁니까?"

열심히 접어봤자 루페르트에게 보낼 수 있을 리 없다. 나는 남자의 질문에 옅은 한숨을 내쉬었다.

"딱히 누구에게 주기 위해서 접는 것은 아니에요."

"그럼 제게 한 송이 주실 수 있겠습니까?"

"이 장미를요?"

"네."

나는 뜻밖의 요청에 남자의 표정을 확인했다. 나를 놀리는 걸까 의심했지만, 그는 진지하기 그지없었다. 색이 흐린 벽안에 당황한 내 얼굴이 비친다.

"그래요, 뭐. 드리지 못할 이유는 없네요."

나는 작게 고개를 끄덕인 다음 종이로 만들어진 장미를 그러모았다. 노랗고 푸른 장미가 가득한 종이꽃 다발에다, 휴대하는 작은 향수병을 꺼내 몇 방울 흘려넣자 제법 그럴듯했다.

"한 송이면 되는데."

"아녜요. 어차피 주인도 없으니까."

남자는 상품가치도 없는 종이꽃 다발을 보물이라도 된다는 듯 조심스러운 손으로 받들었다. 무뚝뚝한 얼굴과 대비되는 섬세한 손이다. 내가 피아니스트의 것처럼 길쭉한 그의 손가락을 바라보자 그는 재빨리 손을 소매 사이로 숨겨버렸다.

"고맙습니다."

"말로만 그러지 마시고, 빵이라도 좀 사가세요."

나는 별 용건도 없이 빵가게에 들어와 빈손으로 나가려는 르한과 남자를 흘기며 빵이 가득한 진열장을 가리켰다. 페르난드는 나를 믿고 가게를 맡겼을 텐데, 빵 하나도 팔지 못하면 너무 면목이 없으니까. 그는 너무 착한 사람이라 내 탓을 하지도 못하겠지만.

르한은 그제야 몸을 움직여 쟁반에 빵 몇 개를 담았다. 나는 아직도 장미 다발에서 눈을 떼지 못하고 우두커니 서 있는 남자에게 다가가 빈 쟁반을 안겨주었다.

"빵. 사세요."

"아."

남자는 내 말에 겨우 정신을 차린 듯하더니 곧 수프나 찍어 먹는 퍽퍽한 흑빵을 집어 내게 가져왔다. 물이나 우유에 넣어 끓이면 맛은 없어도 양이 많아져서 이 마을 사람들 중에서도 아주 가난한 사람들이나 사는 것이다. 돈도 많다면서 왜 하필 이런 빵을 고른담.

"정말 이 빵을 드시고 싶으세요?"

"……문제라도?"

남자는 의아한 듯 고개를 삐딱하게 기울였다. 나는 르한이 가져온 하얗고 부드러운, 버터와 설탕이 듬뿍 들어가 냄새부터 맛있는 빵들을 가리키며 입을 열었다.

"저런 것들이 맛있지 않을까요? 하얗고 부드러운 빵이요."

"하얗고 부드러운 거, 이제 싫어해서."

내가 무례하게 남자의 취향을 평가했기 때문인지 그의 말이 갑자기 짧아진다. 남자는 그리 대답하더니 기분이 상했는지 입을 꾹 다물어버렸다.

세상에 하얗고 부드러운 빵을 싫어하는 사람도 있네.

별스런 취향이 다 있다 싶었지만, 더는 추궁하지 않고 빵을 계산했다. 퍽퍽한 흑빵은 르한이 고른 빵들과 따로 담아 포장해 넘겨주자 르한이 멀뚱히 남자를 바라본다.

"계산 안 합니까?"

"내가 해, 합니까?"

"사관학교의 규율을 전부 까먹었습니까? 오랜만에 만난 선배를 대접하는 건 후배의 기쁨이라 가르칠 텐데."

르한은 특유의 다감한 미소를 지으며 남자가 지갑을 꺼내는 모습을 지켜보았다. 나는 르한이 후배에게 무척 관대하리라 생각했는데, 지금 보니 그렇지도 않은가 보다. 후배의 지갑을 터는 것이 무척 뿌듯해 보인다. 나는 그들의 사이가 그리 좋은 편이 아니리라 짐작했다.

"잔돈은 됐습니다."

남자는 무뚝뚝한 얼굴로 내게 돈을 건네준 다음 휙 등을 돌려 가게를 빠져나갔다.

그가 고른 흑빵은 분명 맛이 없을 터고, 나는 그를 쌀쌀맞게 대했으니 나는 그가 다시는 이 빵가게에 오는 일이 없으리라 생각했다. 점원은 상냥하지 않은 데다 빵도 맛이 없는 가게라고 생각할 테니까. 그러나 내 예상을 깨부수듯 그는 그다음 날에도 이자렛의 빵집을 찾아왔다. 나는 르한도 없이 혼자 가게를 방문한 그를 맞으며 의아함을 감추지 못했다.

남자는 나를 특별히 아는 체하지 않고 흑빵만 구입했다. 페르난드가 구운 흑빵에 내가 모르는 매력이 있는 걸까? 그는 작은 마을의 빵집 주인 치고는 뛰어났으니 그의 흑빵은 특별히 맛있을지도 모른다.

르한의 후배라는 남자는 어느새 빵집의 단골이 되었다. 거의 이틀에 한 번 빵집에 들러 흑빵을 사가곤 했다. 비싼 빵은 산 적이 없고, 오로지 흑빵. 나는 아직 통성명도 하지 못한 단골손님을 속으로 흑빵이라고 불렀다.

"포장해줄까요, 여기서 먹을래요?"

남자가 내 물음에 창가에 놓인 작은 테이블을 바라보더니 고개를 살짝 끄덕인다. 지금은 기사가 아니라고 했지만, 훈련이 혹독하다고 알려진 사관학교 출신이라 그러한지 남자의 덩치는 상당했다. 나는 내게 딱 알맞을 정도의 조그마한 의자에 몸을 구기듯 앉는 그를 흘깃 본 후 흑빵을 먹기 좋은 크기로 썰었다.

"차도 한잔 줄까요?"

다시 고개만 까딱.

상당히 오만한 태도였지만, 남자의 표정이 무심해서 그런지 기분은 딱히 상하지 않는다. 나를 무시하기 위한 것이 아니라 원래 그런 사람 같으니까. 나는 어느새 누가 입을 풀로 붙여버린 듯 좀처럼 말하는 법이 없는 그의 침묵에 적응했다.

나는 향이 진한 홍차와 흑빵을 쟁반에 담아 그가 앉아 있는 테이블에 올려주었다. 흑빵은 언제나처럼 퍽퍽했지만, 오늘 아침 갓 구운 것이라 나름 고소한 냄새가 풍겼다. 잘 익은 빵 냄새를 맡고 있으려니 배가 고파진다. 내가 코를 킁킁거리자 책을 읽고 있던 남자가 고개를 들었다.

"……먹고 싶습니까?"

"아, 아직 아침을 안 먹어서요."

"먹어요. 꼬박꼬박 세 끼 챙겨 먹잖아요."

내가 하루에 두 끼를 먹든 네 끼를 먹든 남자가 알 방도는 없다. 나는 나에 대해 안다는 듯한 그의 말이 의아해서 고개를 갸우뚱했다.

"제가요? 어떻게 아세요?"

르한이 말해주었나. 그러나 르한이 기억하는 나는 끼니보다는 디저트를 중요하게 생각하는 사람일 텐데. 나는 황궁에 들어간 후, 삼시 세 끼를 꼬박꼬박 악착같이 챙겼다. 루페르트의 음식에 독이 들었나 기미를 해야만 했으니까.

"그래 보여서."

돌아온 답은 매우 차가웠다. 나는 딱 잘라 말하는 남자의 태도에 기가 막혔다. 삼시 세 끼를 꼬박꼬박 챙겨 먹을 것 같아 보인다니. 무슨 의미인지는 모르겠지만, 그의 얼굴을 보아하니 칭찬은 아닌 듯싶다. 나는 단골손님인 그에게 서비스로 주려고 테이블에 올려놨던 부드러운 버터를 다시 품으로 가져왔다.

"네에. 그러고 보니 아침으로 이 버터를 바른 빵을 먹을 생각이었네요, 제가."

"그러든지."

나는 남자의 무심한 말에 콧방귀를 뀌며 돌아섰다. 페르난드가 옆 마을에서 구해온 약으로도 이자렛의 병환에는 차도가 없어서 나는 얼떨결에 빵집의 임시 점원이 되어버렸다. 페르난드가 오전에 빵을 구워놓고 나가면 빵을 정리하고 팔기만 하면 되는지라 딱히 고되지도 않다. 가정교사 일만큼은 아니지만 보수가 짭짤하기도 했고, 페르난드가 남는 시간에만 나와도 된다고 했으니까.

버터를 도로 들고 종종걸음으로 매대 뒤로 향하는 내 뒤통수를 남자가 뚫어져라 본다. 뒤를 돌지 않아도 알 수 있을 만큼 집요한 시선이다. 나는 뻔뻔하게 그를 무시한 채 부드러운 크루아상을 반으로 잘라 무화과잼을 발랐다. 페르난드는 크루아상을 만들 때 버터를 아끼지 않는 훌륭한 제빵사라 구태여 버터를 또 바를 필요가 없다.

나는 내가 바르지도 않을 버터를 도로 가져온 것이 조금 마음에 걸려 매대 위로 고개를 슬쩍 내밀었다. 슬쩍 훔쳐보려 했는데 그가 아직도 나를 지켜보고 있어 눈이 마주치고 말았다.

"왜요?"

아까부터 나를 쳐다본 것은 그쪽이면서 남자는 내게 왜 자신을 쳐다보냐는 양 불퉁한 심기를 내비쳤다. 창으로 들이치는 햇볕이 그의 머리 위에서 넘실거린다. 눈에 띄는 구석이 없는 평범한 얼굴, 뒤를 돌면 이상하리만치 기억이 나지 않는 외모였지만 저 머리카락 하나만큼은 신이 빚은 예술품 같았다. 꼭 루페르트의 것처럼.

"머리색이 예뻐서요."

"하."

남자가 헛웃음을 짓는다. 여러모로 정이 안 가는 무감한 사람이었지만, 여러 번 마주하다 보니 호기심이 생겼다. 이 근처에 사는 사람일 텐데 왜 여태 본 적이 없는 걸까. 너무 평범한 외모라 스쳐 지나가도 몰랐던 걸 수도.

"그러고 보니 이름을 모르네요. 우리 통성명이나 할까요?"

"싫은데요."

나는 남자의 단호한 거절에 오기가 생겨 자리에서 일어났다. 상온에 빵에 바르기 적절하게 녹은 버터는 냄새만 맡아도 군침이 돌 정도로 맛있는 버터였다. 흑빵은 퍽퍽해서 버터를 발라야만 먹을 만해질 테다.

"이름 알려주면 이 버터 드릴게요."

"필요 없습니다."

내가 버터를 들고 흔들자 남자가 다시 기가 찬 듯 바람 빠지는 소리를 내며 비웃는다. 느른한 그의 웃음은 하오의 햇볕과 무척이나 잘 어울렸다. 나는 묘한 기시감이 들어 그의 앞으로 성큼 걸음을 옮겼다.

"다시 웃어봐요."

"뭡니까."

"다시, 웃어보라고."

남자는 제게 가까이 다가온 내가 불편한지 몸을 물리려 했다. 그러나 창가에 바싹 붙여놓은 테이블에서 옴짝달싹할 수 있을 리 없다. 그는 그저 고개를 조금 뒤로 했을 뿐 나를 완전히 피하지는 못했다.

"이상하네. 우리 어디서 본 적 있어요?"

이렇게 흔한 생김새를 지닌 사람은 어디에서나 볼 수 있다. 그러나 저런 톡 쏘는 듯이 차가운 말투는 흔하지 않았으니 만난 적이 있다면 기억하고 있었을 텐데.

"여러 번 만나지 않았습니까? 이 가게에서."

"아뇨, 이 가게 말고요. 나 몰라요?"

남자가 나를 안다면 큰일이다. 나는 덜컥 무서워져 바짝 긴장해 그를 올려다보았다. 아버지의 사주를 받은 이라면 어쩌지? 아니, 그런 사람을 르한이 데려올 리 없는데. 그러나 르한이 나를 배신하지 않으리라는 완전한 믿음도 없었다.

남자는 내가 자신의 얼굴을 꼼꼼히 뜯어보는 동안에도 무안한 기색도 없이 나를 인내했다. 순간의 동요도 없는 무감한 눈은 전장을 몇 번은 누볐을 법했지만, 흉터 하나 없이 깨끗한 얼굴은 기사와는 어울리지 않았다. 언뜻 보면 유약한 인상이었음에도 표정이나 눈빛이 날카로워 페르난드처럼 순한 분위기를 풍기지 않는다.

나는 이런 사람을 모른다. 그런데 왜 이렇게 익숙한 느낌일까. 정말 단순히 그가 빵집에 자주 찾아와서?

"이렇게 가까이 오면."

내 무례에 아무런 제재도 않던 남자가 드디어 입을 열었다. 귓가에 숨이 닿을 정도로 가깝다. 그와 나 사이의 거리가 고작 한 뼘 정도다. 재빨리 사과하고 몸을 일으키려 했지만 남자가 내 팔뚝을 붙잡아 세웠다.

"위험할 텐데."

그의 목소리는 위협적이었다. 높지도 낮지도 않은 음성이 귓가에 울린다. 그토록 감미로운 목소리가 그의 것이라는 사실이 믿기지 않을 정도다.

"미, 미안해요."

남자가 갑작스레 붙잡은 탓에 중심을 잃어 휘청대자 그는 나를 붙잡은 손에 힘을 주었다.

순간이었다. 남자는 정말 순식간에 내 팔을 끌어 나를 품에 안았다. 그가 의자에 앉은 자세 그대로였던 탓에 나는 그의 무릎 위에 인형처럼 안긴 꼴이 되었다. 탄탄한 가슴에 이마가 부딪히자 당황으로 몸이 얼어 버린다. 이내 싸한 향기까지 훅 올라와 나는 완전히 굳고 말았다. 상황이 이해되지 않았다. 나는 그때까지도 그가 나를 넘어트린 것이 고의라는 생각을 하지 못했다.

"꺅."

제정신을 차린 내가 파드득 일어나려 했지만 남자가 나를 감싸 안은
팔에 단단히 힘을 준 탓에 무위로 돌아갔다. 나는 그와 거리를 벌리기
위해 그의 가슴을 밀어냈다. 바위인 듯 꿈쩍도 하지 않는다. 설마 나를
일부러 넘어뜨린 걸까. 이상하다 못해 위험한 사람이다. 남자는 고개를
숙이고 있어 어떤 표정을 짓고 있는지, 무슨 생각으로 이런 짓을 하는
지 알 수 없었다.

"왜 이래요? 놔줘요!"

"조금만."

"예?"

"잠깐만……."

남자의 목소리가 사위어든다. 뒷말은 너무 작아 거의 들리지도 않을
만큼. 그는 내 허락도 받지 않고 내 어깨에 고개를 묻었는데, 나는 불같
이 화를 내려다가 곧 포기하고 말았다. 화가 나지 않았으니까.

분명 모르는 사람이 내게 강제로 접촉한 것에 화를 내야 하는데, 왜
화를 낼 마음이 사라지는지 모르겠다. 내게 보이는 그의 단단한 어깨가
작게 떨리고 있어서 그런 걸까. 그의 숨은 한숨처럼 깊고 낮았다. 우는
건 아닌 것 같은데.

"저기요."

"……."

무슨 일이라도 있었던 걸까. 나는 왠지 모르게 측은한 마음이 들어 그
의 머리를 내려다보았다. 르한의 후배라면 분명 나보다는 한참 어릴 테
니까. 외모는 전혀 그래 보이지 않았지만, 아직은 미숙한 소년일 뿐이
다. 나는 자각도 없이 그의 머리를 어린 르한의 것인 양 쓰다듬었다.

"다음에 또 이러면 치안대에 신고할 거예요."

내 말에 서서히 고개를 든 남자가 나를 응시한다. 나는 그의 흐린 벽안이 순간 서늘한 녹안처럼 보여 눈을 깜빡였다. 다시 바라보니 여전히 잔뜩 먹구름이 낀 하늘처럼 흐린 색이다.

남자는 나를 무례하게 끌어안았던 때와는 다르게 조심스레 나를 내려주었다. 바닥에 떨어진 버터를 손으로 주워 쟁반에 올려주기까지 한다. 남자의 표정은 무어라 설명할 수도 없을 만큼 복잡했다. 뒤집어쓰고 있던 무감한 가면이 깨진 것처럼 마구잡이로 혼잡한 얼굴에 나는 더는 말을 꺼내지 않았다.

내게 고개를 까딱한 남자는 사과도 없이 가게를 나섰다. 그리고 한동안 그를 볼 수 없었다.

"또 따라오신 겁니까?"

르한은 기가 막혀 뒤로 넘어갈 만한 상황에서도 정중하다. 목소리를 높이는 법도, 함부로 얼굴을 찡그러뜨리는 법도 없다. 고루하고 글씨가 빽빽한 그리모알트 3세의 '기사도란 무엇인가'를 옮겨 적어 만든 사람 같다.

루페르트는 고지식한 르한을 내려다보다 어깨를 으쓱했다. 르한은 가끔 루이제보다도 저를 만만하게 보았다.

"도대체 정사는 언제 돌보시는 겁니까? 제국의 황제께서 일개 호위기사의 뒤를 따라다니는 것이 발각되면 원로회가 뒤집힐 겁니다."

"네가 좋아 따라다니고 있는 것은 아니니 걱정 말지?"

루페르트의 말에 르한은 참았던 한숨을 길게 내쉬었다.

아니, 누가 그걸 모르나.

황제를 지키기 위해 가문까지 버리고 호위기사를 자청한 것인데, 정작 황제는 제 자리를 지킬 생각이 별로 없어 보였다. 고르텐을 중심으로 원로회는 그의 젊음을 책잡아 압박했고, 대공은 물밑으로 제 편이 될 만한 귀족을 끌어모았다. 즉, 지금은 황궁을 비울 만한 때가 절대 아니다.

그런데도 자신을 몰래 따라온 황제를 발견한 것이 벌써 세 번째였다. 검도 제대로 만져본 적 없을 사람이 기척은 어찌나 잘 숨기는지.

"폐하!"

"금방 돌아갈 테니까, 좀 닥쳐."

루페르트는 맹수처럼 이를 갈며 르한을 노려보았다. 잇새로 새는 발음이 꽤나 살기가 등등한지라 르한은 입을 다물었다. 조용해진 르한에 만족한 루페르트는 여태 꿋꿋이 관찰하던 곳으로 다시 눈길을 던졌다. 시선의 끝에는 항상 그녀가 있었다.

그는 라리에트가 빵집에서 일하게 된 것이 흡족했다. 창문이 큼직해 안이 훤히 들여다보였으니까. 아무도 몰래 라리에트를 지켜본 날이 손가락으로는 다 셀 수 없을 만큼 많았다. 라리에트가 일하는 가게가 누구의 빵집인지, 그녀가 돌보는 아이들이 어떻게 생겼는지, 또 제빵사 페르난드는 어떤 인간인지 전부 파악할 만큼.

시골의 작은 마을은 볼품없지만, 그는 자꾸만 이곳을 찾았다. 올 때마다 다시는 걸음하지 말아야지 다짐하기도 수십, 수백 번이다. 그러나 머리와 다리가 따로 노는 탓에 그는 포기하고 말았다.

"그럼 저는 라리에트를 보고 오겠습니다. 기다리십시오."

루페르트에게 불만한 태도를 보이던 르한이 뒤를 돈다. 딱히 약을 올리려는 말투는 아니었는데도 속이 부글부글 끓었다. 그는 충동적으로 르한을 따라나섰다.

"지금 무슨 생각 하십니까?"

르한이 놀라 긴 팔을 허우적거린다. 당황한 호위기사가 제 주군을 말리려 들었지만, 루페르트는 잡혀주지 않았다.

"들어가시려는 겁니까?"

"컨시에."

그가 르한을 무시한 채 작게 중얼거리자 음험한 녹빛을 품은 바람이 그의 얼굴을 휘감고 사라진다. 르한은 순식간에 바뀐 그의 얼굴에 순수하게 감탄했다. 군에 협조하는 연금술사로 대외적으로 알려진 그의 능력은 정말 티끌만큼 드러난 정도였다.

"됐나?"

루페르트는 놀라 입을 헤벌린 르한을 두고 저벅저벅 빵집 앞에 섰다. 그토록 들어가고 싶었던 곳인데 묘한 망설임이 발목을 잡는다. 들키면 어찌 될는지 같은 불안이라기보다는, 라리에트를 가까이에서 보게 되면 제 충동을 제대로 억제하지 못할 것만 같단 데서 기인한 감정이다.

붙잡고 싶어지면 어떡하나. 아니, 이미 매달리고 싶었다. 심장이 두근거린다. 쿵쿵 뛰는 심장 소리가 남의 귀에까지 들릴까 두려워 살짝 뒷걸음질 치는데 그를 따라잡은 르한이 먼저 문을 열어버렸다.

딸랑.

작은 종이 예쁜 소리를 내며 울린다. 라리에트가 동시에 자리에서 일어났다.

"어서 오세요."

르한을 발견한 라리에트는 친절한 미소를 거둬버렸다. 오랜만에 보는 그녀는 크게 변한 구석이 없다. 그저 키가 조금 더 크고, 고생을 했는지 약간 말라 보인다. 그리고 여전히 빌어먹게 예쁘다.

루페르트는 문가에 붙박인 듯 서서 르한에게 다가오는 라리에트를 바라보았다. 조금 자란 듯한 머리카락을 대충 높이 묶어 올려 갸름한 턱선이 그대로 드러난다. 새하얀 칼라로 둘러싸인 목은 길고 가늘어서 만져보고 싶은 충동이 일었다. 그는 그녀의 뺨을 만지고 싶어 올라가는 손을 겨우 인내했다.

"흑빵을 사시려고요?"

조금 느린 듯 상냥한 목소리.

귀에 익다. 루페르트는 담담히 제 마음을 인정했다. 라리에트가 황궁을 떠난 직후 부정하고 또 부정했지만, 그는 그녀가 미친 듯이 그리웠다. 동그랗고 커다란 갈색 눈동자도, 발그레한 뺨이나 웃음을 터뜨릴 때 찡긋거리는 콧잔등같이 사소한 부분까지. 눈을 감아도 아른거릴 만큼 그리고 또 그리곤 했다.

제멋대로 자신을 후배라고 소개한 르한을 흘기며 가게에서 나온 루페르트는 다음 날 또 라리에트를 찾아가고 말았다. 다시는 찾아가지 말아야지 다짐하며 나온 그다음 날도, 다다음 날도.

빵집의 문을 열기 위해 계단을 성큼성큼 오르면서도 루페르트는 후회했다. 이럴 줄 알았다. 가까이에서 보는 것으로 욕심이 채워질 리 없다. 더한 걸 바라고 더한 걸 원하게 될 것을 알고 있었다.

그러나 황궁을 나서는 순간부터 그를 잠식했던 후회는 라리에트의 얼굴이 시야에 들어오는 순간 전부 잊히곤 했다. 처음에는 말을 걸 엄두도 나지 않았건만 그런 그의 걱정을 불식시켜주는 양, 라리에트는 가게를 찾는 모든 손님들에게 그러듯 상냥하게 그를 대했다. 그는 그녀가 자신을 올려다보며 방긋 웃어주는 것이 좋았다. 자신이 황제, 라스페리히라는 사실을 알게 되면 사위어버릴 미소였음에도.

쟁반을 들고 작은 동물처럼 분주하게 움직이는 라리에트를 보고 있노라면 황궁은커녕 5번가에서도 팔지 않을 싸구려 흑빵조차 달게 느껴졌다. 들킬까 조마조마했던 마음도 시간이 지남에 따라 사그라진다. 루페르트는 대범하게 라리에트가 권하는 자리에 앉아 그녀를 지켜보았다. 르한이 알면 기함할 것이 뻔하다.

루페르트는 해야 할 일이 산더미다. 대공이 고용한 암살자가 드디어 아르눌프를 불구로 만들었기 때문이다. 절망한 황비가 무슨 짓을 할지 몰랐고, 아른바흐 공작이 원로들과도 연락을 끊은 채 잠적한 것도 수상했다. 고민하며 테이블에 놓인 찻잔을 손가락 끝으로 툭툭 두드리는데 라리에트가 가벼운 걸음으로 그에게 다가왔다.

루페르트는 문득 그녀의 움직임이 작은 꽃과 같다는 생각을 했다. 그 생각에 더욱 힘을 실어주듯 팔랑팔랑 다가온 그녀에게서 맑은 풀꽃 냄새가 난다. 제 속도 모르는 해사한 웃음에 숨이 막혔다. 자신이 지금 이 순간을 어찌 인내하고 있는지 알지 못하면서.

"단골이시라 버터까지 드리려고 했거든요, 원래."

"……."

"이름 알려주면 드릴 수도 있고요."

루페르트 에드가 라스페 벨네르움. 라스페리히 1세. 벨리마의 피를 잇지 않으면서도 뻔뻔스레 붉은 제위를 거머쥔 사람, 너와 네 가족을 모조리 죽였다는 잔인한 황제.

그리 대답하면 어떤 얼굴을 할까. 그는 제 눈앞에서 하늘거리는 머리카락을 만지고 싶었다. 행동이 먼저, 후회는 언제나 그렇듯 그다음이다. 감히 안을 생각까지는 하지도 못하고 그저 조금 더 가까워졌으면 했다.

그러다 그에게 거머쥐어진 탓에 라리에트는 넘어지고 말았다. 품에 쏙 들어오는 몸은 작고 말랑했다. 손에 닿는 등에는 뼈가 도드라져서, 루페르트는 그녀의 집 앞으로 남몰래 질 좋은 음식을 보내야겠다 결심했다.

"왜 이래요? 놔줘요!"

라리에트의 목소리가 높아진다. 뻣뻣하게 굳은 뒷목이 새빨갛게 달아오른다. 그 황망한 순간에도 선이 곱고 여린 것이 눈에 들어와 새털 같은 입맞춤을 퍼붓고 싶었다. 충동을 애써 억누른 루페르트는 그녀를 얼른 일으켜 세웠다. 아니, 세우려고 했다. 분명 그리 마음먹었는데 어째서 제 손은 그녀를 꼭 붙잡고 있나.

"……잠깐만."

오늘이 마지막이리라 생각했다. 이만큼이나 다가가는 것은 위험했으니까. 그래, 마지막. 라리에트를 전혀 모르는 타인이 되어 그녀와 말을 섞는 유희도 이것으로 끝이다. 이제는 멀리서 지켜보는 것으로 만족해야 한다. 그리 생각하니 마음이 조금 편안해졌다.

"조금만."

루페르트는 그녀의 어깨에 머리를 묻었다. 눈물이 나리만치 익숙한 향기가 머릿속을 새하얗게 만든다. 그의 심란한 마음을 헤아렸는지, 그녀는 다정하게 그의 머리를 쓰다듬었다. 부드러운 도닥거림에 심장이 거세게 뛴다. 너는 아직도 이토록 타인에게 상냥한가. 그럼에도 왜 내게만 곁을 내줄 수 없나.

그는 답을 알고 있었다.

내가 너를 죽였기 때문에.

루페르트는 할 수만 있다면 벨루아를 몰락시킨 라스페리히 1세를 제 손으로 도륙내고 싶었다. 시간을 되돌리는 연금술이 가능할까 싶어 찾아보았지만, 하루나 이틀도 아닌 생을 되돌리는 것은 신의 영역에 속한다.

왜 자신이 저지르지도 않은 죄를 가지고 저를 탓하나 억울하기도 했지만, 루페르트는 라스페리히가 자신이 아니라 부정할 수도 없었다. 그녀가 아는 라스페리히 1세를 모른 체할 수 없을 정도로 너무 잘 알고 있었다.

라스페리히는 황비와 아르놀프를 처단하고 대공을 찢어 죽였다. 아칸의 딸을 숨긴 벨루아를 잔인하게 응징했으며, 벨리마의 피를 조금이라도 이었을 가능성이 있다면 방계의 방계까지 씨를 말렸다.

루페르트는 라스페리히를 이해했다. 애초 제 계획이었으니 당연하다. 라리에트를 알지 못했다면, 루페르트는 분명 그런 황제가 되었으리라.

내가 그런 끔찍한 인간이라 네게 닿지 못한다.

루페르트는 라리에트를 놓아주었다. 꽃잎이 바람에라도 짓눌릴까 두려워, 세심하고도 다정하게.

남자는 오늘도 오지 않는다. 큰 친분이 있는 것은 아니지만, 단골손님이 찾아오지 않자 은근히 기다려진다. 그러나 내가 아무리 뚫어져라 바라봐도 가게 문은 열리지 않았다. 내가 기다리는 남자는커녕 워낙 작은 마을인지라 빵집에 드나드는 손님은 그리 많지 않았으니까.

나는 좀처럼 울리지 않는 작은 종을 응시하다 자리에서 일어났다. 페르난드의 말에 따르면 이자렛의 병세가 위중하단다. 페르난드는 매일 아침 빵을 구울 정신도 남아 있지 않았다. 나는 내 앞에서 눈물을 글썽이던 그를 위로하며 잠시나마 내게 가게를 맡기기를 권했다.

나는 주방으로 건너가 페르난드를 대신해 그의 어깨너머로 배운 형편없는 솜씨로나마 이자렛 빵집의 자랑인 크루아상을 만들었다. 모양을 잡은 반죽을 오븐에 넣자 금세 고소한 냄새가 올라온다. 기다리는 동안 창틀에 떨어진 낙엽 몇 개를 쓸어 담았다. 환기를 위해 창문을 여는데 뺨에 닿는 공기가 제법 선선하다.

바싹 메마른 나무가 내게 흘러간 시간을 일러주었다. 가난한 자들이 혹독한 겨울이 두려워 마음을 단단히 먹어야 하는 시기였다. 나는 결국 루페르트의 생일을 축하해주지 못한 채로 여름과 가을을 보내버렸다.

몸이 추위에 움츠러들면 마음까지 절로 서늘해진다. 나는 페르난드가 일찌감치 쌓아놓은 장작을 화덕에 쑤셔넣었다. 슬슬 불을 피우려고 주위를 두리번거리는데, 마침 성냥이 다 떨어졌나 보다. 성냥갑을 테이블에다 탁탁 털어보았지만, 부연 먼지만 일었다.

기름을 넣어 사용하는 라이터를 혹시 몰라 들고 다니긴 했지만, 너무 고급품이라 의심의 눈초릴 받을 수 있어 거의 사용하진 않았다.

나는 매대에 올려둔 겨울용 보닛을 쓴 다음 두터운 공단 케이프를 몸에 둘렀다. 촘촘한 레이스와 방울이 달린 귀여운 케이프는 마가렛의 선물이었다. 내가 하기엔 조금 유치한 디자인이지만, 미엘과 리엘의 것과 비슷한 모양이라 감사히 받았다.

빵집 운영을 조금 더 돕기 위해 나는 미엘과 리엘의 집을 방문하는 횟수를 주 3회로 줄였다. 어리광쟁이 리엘은 섭섭함을 감추지 못했지만, 워낙 착한 아이라 페르난드의 사정을 이해해주었다. 나는 페르난드의 손을 잡고서 그를 어른스레 위로하는 아이를 지켜보며 조금 감탄하고 말았다.

아이들은 어른들과 같은 시간을 살아가는 법이 없다. 어느새 미엘은 어눌한 말투를 고쳤고 리엘은 예법을 꽤 익혀 파티에 데려가도 손색이 없을 정도가 되었다.

리엘과 미엘이 어엿한 어른이 될 무렵이면 루페르트가 황권을 다져 원로회를 포함한 벨네르니 전체를 완전히 장악하지 않을까. 나는 막연히 생각했다. 그는 제위에 오른 지 1년이 되어가는 지금까지 백성들의 존경을 받는 황제였다. 내가 전에 겪은 삶 속의 폭군과 다르게.

간간이 르한이 전해주는 소식에 따르면 아르눌프는 불구가 되었고 대공은 지독한 불치병에 걸렸다고 한다. 그 '불치병'이 무엇인지는 알려주지 않았지만, 나는 그들이 더는 루페르트의 황위에 도전할 수 없는 위치가 되었으리라 판단했다. 나만이 그의 걸림돌이었다. 나는 테이블에 놓인 고운 장미색 봉투를 집어 들었다.

「르한, 어머니께 이 편지를 대신 전해주렴.」

내가 마을에서 자리를 잡을 때까지도 르한은 벨루아에 나에 대한 소식을 전하지 않았다. 하루가 멀다 하고 아르눌프나 대공이 모반을 모의했다거나 하는 가십이 들려오는 반면, 남부는 작은 영지전조차 없이 평화로웠다. 그를 용서하지는 못했지만, 아마 평생 용서하지 못하겠지만 나는 그에게 어머니께 보내는 편지를 건넸다.

르한이 주저하며 내민 어머니의 편지에 답장을 하지 않을 수 없었으니까. 그녀에게 나는 가슴으로 낳은 아이였다. 몸으로 낳든 마음으로 낳든 그녀에게는 똑같이 소중하다고. 어디에 있든 좋으니 자유롭게 살라는, 그러나 부디 조심하라는 당부의 말과 함께. 아버지에 대한 언급이 없는 것을 보면 그는 아직도 나를 찾고 있는 모양이었다.

「폐하는 잘 지내셔?」
「……잘 지내는 것의 정의가 뭡니까?」

루페르트의 안부를 물으면 르한은 애매모호한 미소를 지으며 대답을 피하곤 했다. 잘 먹고 잘 자고 잘 웃으면 잘 지내는 것이지, 왜 내게 되물었던 걸까. 루페르트는 내가 그의 곁을 지킬 적에도 그런 식으로 지내지는 못했다. 나는 대답을 머뭇거리며 눈을 돌리는 르한에게 더 캐묻지 않았다.

그게 벌써 두 달도 전의 일이다. 르한의 방문이 뜸해졌다. 루페르트의 호위기사로 임명된 그는 이제 황실 기사단장 노릇을 한다고 했으니 바쁘기는 무척 바쁘겠지.

나는 마가렛이 케이프와 함께 준 털장갑을 끼고서 가게를 나섰다. 이자렛의 빵집은 시내 중심가에서 벗어난 구석에 자리 잡고 있어서 광장까지는 조금 걸어야 했다. 성냥은 근처 잡화점에서 구매해도 되지만, 오늘은 광장에서 시장이 열린다. 내가 언제까지 돈을 벌 수 있을지 모르니 한 푼이라도 아껴야 했다.

워낙 작은 마을인지라 가장 시끌벅적한 장날도 상파뉴의 5번가나 시내처럼 혼잡하진 않다. 나는 광장의 분수대를 중심으로 동그랗게 늘어선 노점을 먼저 눈으로 살폈다. 잡화 따위를 모아서 파는 상인에게 다가가자 그가 나를 알은체한다.

"어어, 빵집 아가씨네."

"안녕하세요."

가까이서 보니 낯익은 얼굴이다. 나는 예의상 웃은 다음 허리를 굽혀 그의 물건을 살폈다. 초겨울이지만 제법 쌀쌀했으니 당연히 성냥은 구비되어 있었다. 나는 성냥 값을 먼저 치른 다음 눈길을 끄는 붉은 보석이 장식된 머리핀에 시선을 주었다.

"예쁘지?"

"네, 예쁘네요."

"내가 좀 깎아줄 테니 가지고 가. 어울릴 것 같은데?"

나는 장사치의 거짓말에 코웃음을 치며 머리핀을 집었다. 당연히 가짜일 보석은 조잡했지만, 나비 모양의 세공 자체가 세밀하니 아름답다. 나는 요 근래 이런 사치품을 구매해본 적이 없었다. 한때는 루페르트의 사람이 되어 사치로 국고를 탕진하겠다는 꿈에 부풀어 있었는데.

"얼마인데요?"

"은화 세 닢만 줘."

"너무 비싸네요."

나는 냉큼 머리핀을 내려놓은 다음 주저앉아 등을 돌렸다. 당연한 수순으로 상인이 나를 붙잡을 줄 알았는데 그는 그러지 않았다. 내 뒤에서 있던 손님이 덥석 그 머리핀을 집었기 때문이다. 곁눈질로 흘긋 보니 그는 흥정도 하지 않고 머리핀을 바로 구입했다.

아잇! 내가 사려던 건데!

뒤늦게 한탄해봤자 소용없으리라. 남의 케이크가 더 커 보인다는 옛말이 있다. 나는 그렇게까지나 탐이 나던 게 아니었던 그 머리핀이 갑작스레 더 예뻐 보여서 입을 삐죽였다. 사람이 흥정 중인데 끼어들기나 하고. 치사했다.

내가 머리핀을 산 손님을 너무 쳐다봤는지 남자가 나를 돌아본다. 나는 눈을 동그랗게 떴다. 어디선가 본 듯한 얼굴이었으니까. 흐릿한 인상, 기억에 남으려야 남을 수가 없는 얼굴이지만, 나는 저 얼굴을 안다. 르한의 후배. 나는 곧 그를 기억해냈다.

"어?"

남자는 내가 제게 삿대질하자 놀란 듯 눈을 홉떴다. 그러더니 재빨리 등을 돌려 멀어진다. 남자는 키가 훤칠한 만큼 보폭도 커 거의 뛰다시피 해야만 했다. 고작 가게에 몇 번 찾아오다 만 손님을 왜 쫓아가고 싶은지는 모르겠지만, 나는 남자에게 끝까지 따라붙었다.

"왜 쫓아와, 요."

남자는 막다른 골목에 다다라서야 걸음을 멈추었다. 그새 공대를 까먹은 듯 처음 만났을 때처럼 오만한 투다. 나는 안절부절못하며 이리저리 흔들리는 그의 벽안을 마주했다.

"오랜만이네요?"

나는 남자와의 만남이 꽤나 달가운데 그는 그렇지 않은가 보다. 내가 반갑게 건네는 인사에 그의 미간이 크게 일그러진다.

"어떻게 지냈어요? 이제 빵집은 안 와요?"

"리엣!"

당황한 듯 입을 열지 않는 남자에게 조금 더 가까이 가려고 내가 발을 떼는 순간, 누군가 나를 불렀다. 고개를 돌리니 페르난드가 헉헉대며 골목으로 들어서고 있었다.

"리엣! 걸음이 왜 이렇게 빨라요?"

"페르난드."

페르난드의 붉어진 이마에 땀이 송골송골 맺혔다. 이 정도 뛰었다고 이 추운 날씨에 땀까지 흘리다니. 나도 그리 건강하진 못했지만, 병든 노모를 돌보느라 그도 체력이 많이 떨어졌나 보다.

"광장에는 웬일이에요? 아, 아는 사람인가요?"

페르난드는 얼굴을 굳혔다. 나로서는 처음 보는 모습이다. 심지어 나를 쳐다보고 있지도 않았다. 나는 페르난드의 시선을 따라 다시 남자를 돌아보았다. 그는 언제 얼굴을 찡그렸다는 양 무감했다.

"빵집 손님이세요."

"저는 본 적이 없는데요. 이 마을 사람도 아닌 것 같고……."

사람 좋은 페르난드가 왜 갑자기 까칠하게 구는지 모르겠다. 그가 이 마을 사람이 아니라는 데에는 동의하지만, 내가 기억하기로는 그는 페르난드의 흑빵을 엄청나게 좋아했다. 너무 좋아서 다른 마을에서부터 찾아오는 것일 수도 있잖은가. 베르노가 나를 위해 수도에서 유명한 디저트를 종종 준비했던 것처럼.

"손님 맞아요. 엄청 오랜만에 보거든요. 인사하고 싶어서요."

"리엣, 인사 다 했으면 이제 저랑 빵집으로 돌아가요."

남자를 노려보던 페르난드는 허락도 없이 내 손을 덥석 잡아 이끈다. 빵집 일을 도와주며 많이 친해지기는 했지만, 이 정도의 친분은 아닐 텐데. 나는 페르난드에게 질질 끌려가며 남자를 돌아보았다. 왜 빵집에 오지 않았는지 물어봐야 하는데. 내 눈빛을 무슨 의미로 받아들였는지 그가 앞으로 나선다.

"뭐, 뭡니까!"

남자는 긴 다리로 성큼성큼 다가와 내 손에 깍지까지 낀 페르난드의 팔을 붙들었다. 경고도 없이 꺾는다. 뚜각 소리를 내며 돌아간 팔의 각도가 몹시 인위적이었다. 힘을 크게 준 것 같지도 않았건만 곧 페르난드의 자지러지는 비명이 고요한 골목을 울렸다.

"헙."

놀란 나는 양손으로 입을 가렸다. 가게를 드나들던 남자는 오만할지언정 귀족처럼 우아하고 정중했으니까. 나는 그에게 이런 난폭함을 기대하지 않았다. 주저앉은 페르난드는 일별도 않고서 남자가 내게 다가온다. 기분이 묘했다. 차갑게 굳은 입매, 언 듯 서늘한 눈빛이 내가 잘 아는 누군가와 닮았다. 이목구비는 전혀 달랐지만 표정이 매우 흡사했다.

"쟤, 죽여줄까?"

그가 입술을 작게 달싹이며 속삭이는 말까지도.

"……."

나는 바로 대답하지 않았다. 정말 그가 페르난드를 죽였으면 하고 바라서는 절대 아니다. 다만 내 마음에 깃든 의구심을 해결하고 싶었다. 내 앞에 곧추선 남자를 올려다보자 그가 내 시선을 피하지 않고 마주한다. 나는 고개를 한참 들고, 그쪽에서는 고개를 숙여주어야 서로의 눈을 볼 수 있을 만큼 키가 크다.

남자는 말이 없는 내가 의아했는지 고개를 조금 기울였다. 숱 많은 눈썹이 잘생겼다는 것 말고는 기억할 만한 구석도 없이 평범한 생김새다. 뒤돌면 잊을 만큼 지독히 무난한. 너무 특징이 없어 어쩐지 조금 인위적으로 보이는.

"아뇨."

나는 대답을 기다리는 듯 입술을 달싹이는 남자를 응시하다 단호히 고개를 저었다. 넘어진 자리에 그대로 누워 끙끙거리는 페르난드를 흘깃 돌아보는 꼴이 조금 더 대답을 지체했다가는 그가 정말로 페르난드를 죽여버릴 것 같았으니까.

남자는 내 대답이 놀랍지 않다는 듯 고개를 까딱이더니 그대로 돌아섰다. 페르난드가 신음을 흘리며 일어나기 위해 버둥거리고 있었지만, 나는 남자를 쫓았다. 페르난드가 도움을 청했지만, 어쩔 수 없었다.

"기다려요."

남자는 다행히 이번에는 내 말을 들어주었다. 성큼성큼 가던 걸음을 멈춘다. 나는 행여나 그를 놓칠까 두려워 그의 소매를 붙잡았다. 돌아선 남자의 얼굴은 언제나 그랬듯 무감했으나 내 눈을 보지 않는다. 나는 남자가 빵집을 드나들던 어느 순간부터 물어보고 싶었던 말을 입에 담았다.

"당신, 누구예요?"

"……."

"폐하……세요?"

남자는 입을 굳게 다문 채 내 시선을 피할 뿐이다. 나는 그의 콧대로 손을 뻗었다. 만져지는 콧날은 눈에 보이는 것보다 훨씬 더 날카롭고 높았다. 내 손가락과 맞닿은 부분부터 그의 이목구비가 서서히 지워져 갔다. 잿빛 안개가 피어오르듯 연기 속에 파묻힌 그의 얼굴은 서쪽으로 부는 바람과 함께 곧 모습을 드러냈다.

"폐하."

내 기억보다 조금 더 성숙한 얼굴이었지만, 이만한 휘황함이 어찌 흔하겠는가. 나는 루페르트의 선연한 녹안을 마주하다 눈을 질끈 감았다. 여전히, 여름 녹음을 지독하게 품은 빛이다. 우리가 함께 시간을 보내던 오래된 숲의 서늘한 향기가 맡아지는 것 같았다.

"……미안."

날 빤히 바라보던 루페르트가 사과한다. 그는 무어라 덧붙이고 싶은 듯 입을 벌렸다 닫기를 반복했다. 나는 흥분으로 쿵쿵 세게 뛰어대는 심장을 애써 억눌렀다. 그는 내가 자신에게 화라도 내리라고 생각했는지 고개를 비스듬히 숙인다.

"뭐가 미안해요."

그러나 루페르트가 얼굴까지 속여가며 나를 찾아왔다는 사실에 딱히 화가 나지 않았다. 그저, 스스로 이해할 수 없을 정도로 묘한 반가움에 마음이 들뜬다. 먼발치에서라도 한 번쯤, 잘 지내고 있나 확인하고 싶었으니까.

"오랜만이네."

"이게 오랜만인 건가요?"

이자렛의 빵집을 제집 드나들 듯했던 단골손님의 역할을 여태 해왔으니 딱히 엄청나게 오랜만은 아니다. 물론 루페르트의 '얼굴'은 오랜만에 보는 것이긴 했지만.

"오랜만은 아닌가. 나는 너를 되게 오랜만에 보는 것 같은데."

루페르트의 목소리가 자신이 없는 듯 조금씩 작아진다. 그는 1년 전과 크게 달라진 구석은 없었으나 왠지 모르게 조금 안쓰러운 느낌을 자아냈다. 머리가 자라 이마를 덥수룩이 덮고 있었고 피로한 듯 안색이 좋지 못해서일까. 기실 그의 직책이 황제라는 사실을 모르고, 본래의 미모가 이토록 뛰어난 사람이 아니었다면 방구석 폐인쯤으로 보였을 모습이었다.

황비나 대공을 처리하지도 않고 황제 노릇을 하려니 힘에 부치는 모양이다. 나는 필시 과로하고 있을 미련한 그에게 잔소리를 하려다가 내게 아무런 자격이 없음을 깨닫고 입을 다물었다.

"빵집에 드나든 사람이 계속 폐하셨다면 아주 오랜만은 아니지 않을까요?"

"내게는 하루가 영원인 듯 길어서."

루페르트가 피식 웃는다. 귀에 익은 웃음소리를 듣고 있노라니 마치 내가 황궁을 나선 적이 없는 듯한 착각마저 든다.

다시 만나게 된다면 무슨 말을 건넬 수 있을까, 한 번도 상상조차 해 본 적 없는데 막상 마주하니 형용할 수 없을 만큼 마음이 아팠다. 나는 까칠한 그의 낯을 조심스레 들여다보다 입술을 깨물었다. 그가 천천히 팔을 들어 내 입술 사이에 손가락을 얹는다.

"그러지 마. 다치잖아."

"……저는 왜 찾아오신 거예요?"

"보고 싶으니까."

루페르트의 낮은 목소리가 골목을 울린다. 웃음기가 조금도 없는 말에 나는 얼굴을 붉힐 수밖에 없었다.

"내가 나로 너를 찾은 것이 아니니 괜찮지 않을까 했다."

"폐하."

"이제는 정말 네 눈앞에 보이지 않을게. 다른 모습으로도. 약속한다."

루페르트는 내가 화를 내며 추궁하기 전에 먼저 사과해버렸다. 왜 그랬느냐 물으니 보고 싶었다 답하고, 그러지 말라고 하기도 전에 앞으로는 그러지 않겠다는데 더 무슨 말을 할 수 있겠나. 나는 그를 물끄러미 바라다보다 고개를 돌렸다.

"그래도 몸 상한 곳은 없어 보여서 다행이에요."

"상한 곳 많아. 왜 없어."

그는 마치 다친 곳을 걱정해달라는 것처럼 소매를 걷었다. 팔뚝 안쪽을 길게 긋는 상흔뿐 아니라 자잘한 칼자국이 눈에 띄게 많다. 대공도 황비도 이 지경이 되었는데도 아직 제위를 포기하지 못한 걸까. 내가 놀라 눈을 크게 뜨자 그는 그제야 어깨를 으쓱하며 팔을 내렸다.

"왜 그렇게 많이 다치셨어요?"

"이제 와 걱정하는 척하지 마."

루페르트는 괜히 제 앞에 툭 튀어나온 돌멩이를 두어 번 걷어찼다. 상황에 맞지 않게 나에게 토라진 것 같은 모습이다. 나는 주머니를 뒤져 언젠가 그가 내게 준 적이 있는 것과 흡사한 연고를 꺼냈다.

"이거 바르세요, 폐하."

"……그건 싸구려야."

"그래도 효과는 있어요. 아무것도 바르지 않으면 흉이 남을 텐데 왜 내버려두세요?"

내가 그의 눈앞에 연고를 들이미는데도 루페르트는 동그란 연고를 가만히 응시할 뿐 받아 들 기미가 없다. 하긴, 황궁에는 이보다 질 좋은 약이 넘쳐날 텐데 마을 잡화점에서 팔던 연고 따위가 필요하진 않을 것이다. 나는 그의 무반응에 민망해져 펼쳤던 손으로 주먹을 쥐었다. 연고가 쏙 가려지자마자 그가 내게 손을 내민다.

"줘."

"필요 없으신 것 아니었어요?"

"내놔."

줘도 안 가진다는 양 굴 때는 언제고 루페르트는 내 손목을 붙들었다. 연고를 꼭 쥐고 있던 내 주먹을 큰 손으로 감싼다. 서늘한 날씨라 그러한지 맞닿은 손이 따뜻했다. 갑작스러운 접촉에 놀란 내가 군자 연고를 가로채려던 그는 나를 순순히 놓아주었다.

"너 안 죽여. 놀라지 마."

"……그렇게 생각해서 놀란 거 아니에요."

"주려던 건 줘. 이제 갈 테니까."

루페르트는 늘 그랬듯 담담했다. 내 팔에 얼굴을 묻고 눈물을 흘리던 밤은 죄 잊은 것처럼, 감정 위에 새까만 먹물이라도 들이부은 듯 무감하다.

그 모습을 지켜보고 있노라니 벌겋게 드러난 생살에다 모래라도 뿌린 것처럼 쓰라렸다. 저러지 않았으면 하고 바란 건 나였으면서, 그가 제 감정을 모른 체하도록 만든 결정적인 원인도 내가 되어버렸으니까. 그러나 무슨 말을 할 수 있을까.

나는 고민하다 그의 손에 연고를 쥐여주며 느리게 입을 열었다.

"폐하."

"왜."

"토리, 조심하세요."

"……."

루페르트가 눈썹을 찡그린다. 잘생긴 아미가 구겨지는 모습을 보는 것조차 오랜만이다. 그는 사족을 붙이지 않고 머뭇거리는 나를 빤히 바라보다 한쪽 입꼬리를 올렸다. 자조와 가까운 비웃음이었다. 누구를 향한 것인지 명백하지 않다.

"차라리 토리 말을 들을 걸 그랬어."

"네?"

"걔는 너를 조심하라 했는데."

"……."

"그러면 내가 이런 개 같은 기분을 알지는 못했겠지."

그럼에도 널 등지고 매몰차게 떠나는 것조차 못 하는 내가 바보 같아서, 열받아 죽겠어, 난.

루페르트의 목소리는 속삭이듯 작았다. 그는 그 자리에 붙박은 듯 서서 나를 원망했고, 나는 차마 그를 보지 못한 채 고개를 숙였다. 그가 겨우 걸음을 옮긴 것은 그로부터 한참이나 지난 후였다.

나는 멀어지는 루페르트의 뒷모습을 멍하니 지켜볼 수밖에 없었다. 한 번쯤 돌아볼 거라 생각했건만 그의 고개는 미동조차 없다. 너른 등을 쫓아가고 싶은 무서운 충동이 들었지만, 그를 붙잡고 무슨 말을 하겠는가. 벨루아를 망가뜨리지 않아서 감사하다 인사를 하나? 난 그렇게까지 뻔뻔하진 못했다.

나는 그가 내 시야에서 완전히 사라지고 난 후에야 걸음을 옮겼다.

"리엣!"

빵집으로 들어서는 나를 향해 페르난드가 본 적 없는 얼굴로 소리를 지른다. 언제 의사를 만나고 왔는지 그의 어깨에는 하얀 붕대가 둘둘 감겨 있었다.

아, 다쳤었지.

루페르트를 생각하느라 페르난드를 완전히 잊고 있었다. 붉어진 그의 얼굴이 험악해 보여 조금 겁이 났지만, 다친 그를 그대로 버려뒀으니 화가 날 만했다.

"세상에! 어깨는 괜찮아요?"

"일주일은 빵을 만들지 못하게 생겼습니다."

"미안해요."

"그 남자, 도대체 누구입니까?!"

"예전에 알던 사람이에요."

성큼성큼 다가온 페르난드가 내 어깨를 꾹 잡는다. 가타부타 말도 없이 내게 손대는 그 때문에 불쾌해 몸을 비틀었다.

"글쎄, 그래서 누군데요? 귀족인가요?"

엄밀히 말하면 루페르트는 귀족은 아니다. 황제니까. 나는 고개를 저었다.

"그, 그렇군요. 어쩐지 리엣과 어울리기에는 너무 위험해 보였어요."

페르난드 또한 영지는커녕 작위조차 없는 평민이건만 그는 은근히 루페르트를 깎아내렸다. 나는 혹시나 루페르트에 대한 이상한 소문이 퍼질까 싶어 서둘러 사족을 덧붙였다.

"이상한 사람은 아니에요. 제 지인이거든요. 아까는 오해가 있었나 봐요. 페르난드가 아까 저를 억지로 데려가려고 했으니까요."

"아……."

내 말투가 조금 까칠했는지 페르난드의 표정이 가라앉는다. 그는 잠시 침묵하다 조심스레 입을 열었다.

"아까 갑자기 소리친 건 미안해요. 걱정돼서요."

"뭐가 말이에요?"

"그, 리엣은, 남편도 없잖아요?"

"네?"

페르난드가 뜬금없이 내 결혼 여부를 들먹이는 통에 인상을 찌푸렸다.

"외지인과 결혼도 안 한 젊은 여자가 붙어 다니면 안 좋은 소문이 날 수도 있으니까요. 전 그게 걱정돼서……. 빵집을 종종 찾아드는 그 기사분도 그렇고요. 요즘은 잘 안 오는 것 같지만 조심해요, 리엣."

"지금 제게 몸가짐을 바로 하라는 말을 하시는 건가요, 페르난드?"

나는 페르난드의 주제넘은 태도에 화가 났다. 내 아버지도, 애인도, 심지어 친구조차 아닌 페르난드가 도대체 무슨 권한으로 이런 소릴 한단 말인가. 평소 사려 깊게 행동하는 그답지 않다.

내 목소리가 눈에 띄게 낮아지자 그는 허둥지둥 손을 저었다.

"아, 아뇨. 저는 그렇게 생각하지 않는데, 이 동네 사람들이 워낙 보수적이어야 말이죠. 아시잖아요."

변방의 작은 마을이니 보수적이긴 하지만, 단지 르한과 루페르트를 만나는 정도로 사람들의 입방아에 오르내릴 정도인지는 모르겠다. 나는 페르난드의 저의를 의심하려다 그저 나를 걱정해주는 마음이 조금 과해 저지른 말실수 정도로 생각하기로 했다. 좋은 게 좋은 거니까.

그러나 페르난드가 내 기대만큼 괜찮은 사람이 아니라는 사실을 깨닫는 데에는 오랜 시간이 걸리지 않았다. 그날을 기점으로 그는 꽤 저돌적으로 변했다.

그는 항상 내게 친절했지만, 그 친절이나 다정함은 그의 인성이 아닌 내게 가진 호감에서 기인한 것임을 깨닫고 말았다. 그걸 알고 나니 자꾸 빵을 굽다 말고 부엌에서 나와 계산대 앞에 앉아 있는 내 주변을 얼쩡거리는 그가 부담스러웠다.

"리엣, 리엣과 어울릴 것 같아서 시장에서 샀어요. 가져요."

"괜찮아요, 페르난드."

"그러지 말고 해봐요!"

페르난드는 거절하는 내 손목을 붙잡았다. 그가 억지로 채운 팔찌는 싸구려 공단으로 만든 것이라 닿는 면이 거칠어 쓰라릴 정도였다. 비록 지금은 이런 팔찌는커녕 장신구도 제대로 하고 다니지 않았지만, 머리끈 하나도 수수하지만 보드라운 공단으로 만든 것만 사용했던 내 눈에 찰 리 없는 물건이다.

미엘이나 리엘이 준 것이라면 마음이라도 고맙게 받았겠지만, 최근 페르난드의 태도가 무척 꺼림칙했던 터라 고개를 저었다.

"괜찮은데. 저 장신구 별로 안 좋아해요."

"에이, 저번에 리엣이 차고 있던 팔찌 봤어요. 마가렛한테 자랑까지 했잖아요."

그거야 페르난드가 준 것이 아니었으니까요.

나는 속으로만 말하며 다른 손목에 차고 있던 팔찌로 눈을 돌렸다. 팔찌는 은사를 곱게 땋은, 진주 장식이 세밀한 것이다. 누구에게 받았다고 말하지도 않았는데 페르난드는 내게 이 팔찌를 선물한 사람을 경계하는 듯 보였다. 생일을 맞아 르한을 통해 어머니가 선물해준 것이었지만, 나는 일부러 말해주지 않았다.

"예쁘네요, 리엣은 손이 참 예쁜 것 같아요. 부드럽고."

페르난드의 목소리가 팔찌에 대한 감상에 빠져 있던 나를 깨운다. 붉은 공단 팔찌를 채운 내 손목을 잡고 있던 그는 다른 손으로 내 손등을 쓰다듬었다. 나는 순간적으로 소름이 오소소 돋아 팔을 획 빼버렸다. 내가 너무 물렀던 모양이다. 선을 넘기를 서슴지 않다니.

"아, 미안해요. 기분이 상했나요?"

"페르난드, 저 할 말이 있어요."

페르난드는 최근 선을 넘는 일이 잦았지만, 곧 굉장히 미안해하며 사과를 하곤 했다. 배움이 짧아 귀족아가씨를 어찌 대해야 하는지 잘 모른다며 쩔쩔매는 그를 상대로 한 번도 제대로 화를 내지도 못했다. 그러나 이제는 그가 그런 내 호의를 이용하고 있다는 생각이 들 정도였다.

"이자렛 아주머니는 차도가 좀 있으신가요?"

"아, 슬프게도 현 상태를 유지만 하고 있어요. 그래도 리엣이 가게를 도와줘서 얼마나 다행인지 몰라요."

페르난드는 내가 빵집을 그만두고 싶다고 말할 때마다 어머니인 이자렛의 상태가 조금이나마 괜찮아질 때까지만 이 일을 맡아달라고 부탁했다. 그러나 아무리 기다려도 이자렛의 병세는 나아질 기미가 없고, 내게 호감을 적극적으로 표현하는 페르난드와 한 공간에 있는 것은 점점 더 힘들어졌다. 나는 한숨과 함께 입을 열었다.

"저, 빵집 일을 더는 하지 못할 것 같아요."

"……그런가요?"

내가 빵집을 그만둔다고 하면 화를 내지는 못하더라도 울컥하리라 생각했는데, 저번에 같은 말을 꺼냈을 때와는 다르게 페르난드의 표정이 오히려 밝다. 나는 환하게 웃는 그가 의아해 고개를 갸웃거렸다.

"네. 이제는 미엘과 리엘을 가르치는 데에만 집중하고 싶어요."

"그렇죠. 어떻게 보면 아이를 다루는 연습을 한다고 생각하면 되니까요. 저는 리엣이 미엘과 리엘을 잘 돌봐서 좋아요."

"네?"

"제 아이도 잘 키워줄 테니까요."

"……네?"

"뭘 그렇게 놀라요, 리엣. 리엣도 제가 리엣을 여자로 좋아하고 있는 것쯤은 알고 있잖아요?"

나는 페르난드의 난데없는, 딱히 로맨틱하지도 않은 고백에 놀라 입이 벌어졌다. 그가 내게 호감을 표시하는 일이 이제는 한두 번도 아니었으니 고백 자체에는 그리 놀라진 않았지만, 그의 다음 행동은 굉장히 놀라웠다. 그는 어떻게 된 일인지 내가 자신과 결혼할 거라는 확신에 가득 차 있었다.

"그럼 빵집을 그만두고 나와 결혼해줘요, 리엣."

"……무슨."

이건 도대체 무슨 미친 소리지.

나는 입 밖으로 튀어나가기 직전이었던 욕을 간신히 내리누르고선 재빠르게 고개를 저었다.

"싫어요."

"리엣, 부끄러워하지 말아요."

"부끄러워하는 게 아니에요."

"저는 요즘 리엣을 보며 리엣도 저와 같은 마음이라는 것을 느꼈어요. 제 감이 틀렸나요?"

틀렸다. 그것도 아주 많이.

"저는 튕기는 여자를 좋아하는 편은 아니에요."

튕기긴 개뿔. 그의 앞에서 내가 용수철처럼 튕겨나가고 싶었다. 거절을 거절로 받아들이지 않는 페르난드가 거북했다. 내가 자리에서 벌떡 일어나자 그가 나를 따라 일어난다.

"갑자기 어디 가요?"

"집에요. 오늘을 마지막으로 여기는 더 나오지 못할 것 같아요. 불편해서 도저히 안 되겠어요."

"리엣, 설마 진짜 나와 결혼하는 것이 싫은 거예요? 왜요?"

"제가 왜 페르난드와 결혼을 하고 싶어 할 거라 생각하나요?"

"절 좋아하는 거 아니었어요?"

페르난드는 내가 자신의 청혼을 거절했다는 사실에 충격을 받은 듯했지만, 나는 그의 태도에 더한 충격을 받았다. 도대체 뭘 보고 내가 자신과 결혼하리란 믿음을 가진 걸까.

"페르난드, 당신을 좋은 이웃으로 생각하지만, 저는 페르난드와 결혼하고 싶지 않아요."

"거짓말! 마을 사람들 모두 리엣이 저와 연인인 줄로만 알아요!"

그러고 보니 마가렛이 저번 주쯤 페르난드와 잘 지내느냐 물었던 것도 같다. 빵집 제빵사와 직원으로서 잘 지내느냐는 질문인 줄로만 여겼건만.

"마을 사람들 생각이야 어떻든, 그건 사실이 아니에요."

그의 얼굴이 순식간에 검붉게 달아오른다. 나는 그가 저러는 이유를 이해할 수 없어 뒷걸음질 쳤다. 일단은 이 빵집을 벗어나는 게 좋겠다.

"진정해요. 다음에 이야기하도록 하고 저는 이만 가볼게요."

"자, 잠깐만! 그럼 여태 저희 빵집 일을 나서서 도와준 건 뭔가요? 항상 내게 상냥했잖아요, 리엣!"

"할 말이 없네요, 페르난드. 내 행동에 오해의 여지가 있었다면 미안해요. 이만 가야겠어요."

페르난드가 무언가 더 말하려 했지만, 나는 재빨리 빵집을 빠져나왔다. 이번 달 봉급을 받지 못하는 불상사가 생긴다 하더라도 다시는 이곳에 걸음하지 않겠다고 다짐하면서.

연금술의 기본은 사물의 본질을 파악하는 것이다. 물질이 어떻게 구성되어 있는지를 알아야만 변화를 주거나 파괴를 할 수 있기 때문이다. 나는 아무 장식도 되어 있지 않은 벽을 멍하니 바라보다 흐름을 느끼기 위해 눈을 감았다.

손목을 잡은 손에 작게 힘을 주자 곧 펑! 소리가 나며 벽돌 하나가 산산이 조각난다. 나는 부서진 벽돌 조각에 손을 얹은 다음 벽돌을 원 상태로 복구하는 연습을 했다. 처음에는 조각 하나 붙이는 것도 힘에 부치더니 이제는 이음새도 보이지 않을 정도로 말끔한 벽돌의 형태로 돌아온다. 나는 뿌듯한 마음에 완성된 벽돌을 쓰다듬은 다음 자리에서 일어났다.

작은 시골마을이라 감시의 눈길이 느슨해서인지, 필요로 하는 자료들은 충분히 손에 넣을 수 있었다. 술법과 연금술은 비슷한 부분이 제법 있어 술법을 공부하는 것만으로도 루페르트가 내게 가르쳐준 몇몇 기술을 응용할 수 있게 되었다.

가장 먼저 연금술을 통해 상대를 무력화시키는 방법을 공부했다. 페르난드가 내게 위협적인 모습을 보인 이후로 적극적인 방어의 필요성을 느꼈으니까.

딱히 그를 위험인물이라 분류한 건 아니지만, 그가 아니더라도 내 한 몸 지킬 능력은 필요하다. 나는 여기서 라리에트 벨루아가 아니었고, 이 마을에서 나를 지켜줄 사람은 나 혼자뿐이다. 아니, 혼자라고 생각했다.

할 말이 있다며 나를 쫓아오는 페르난드를 피해 골목길을 내달리는 중이다. 페르난드는 나를 거의 따라잡는가 싶더니 갑작스레 풀썩 넘어졌다. 우지끈, 하는 소리가 나는 게 크게 다친 것 같았다. 도와줄 마음은 손톱만큼도 없었기에 나는 그와 제법 멀리 떨어진 곳에서 목소리만 높였다.

"페르난드? 괜찮아요?"

"으윽, 으으으윽."

"사람을 불러줄게요!"

변방이긴 했지만 제법 관리가 잘되는 편인지라 길은 고르기만 한데 왜 넘어진 걸까. 돌부리에라도 걸렸나? 하지만 페르난드 주위에는 돌부리는커녕 작은 돌멩이 하나 굴러다니지 않았다. 양옆으로 길게 뻗은 회색 돌담을 훑은 나는 공간이 조금 일그러졌다는 인상을 받았다.

나는 덜렁거리는 페르난드의 팔을 멀찍이서 떨어진 채 살핀 다음 때마침 골목 밖을 지나가던 치안대 병사에게 그를 인도했다. 무뚝뚝한 병사가 그의 고통은 상관하지 않는다는 양 페르난드를 둘러메고 사라졌다. 페르난드와 병사가 사라지자 골목은 쥐 죽은 듯 고요해졌다. 나는 아무도 없는 것이 분명해 보이는 골목을 천천히 왕복하다 돌담 중앙에 바로 섰다.

"리비에."

딱히 그 지점일 거라는 확신은 없었는데 운이 좋았는지 돌담이 조금씩 녹기 시작한다. 천처럼 후드득 벗겨지는 돌담 사이로 모습을 드러낸 이는 루페르트였다. 그는 조금 황망한 얼굴이었다.

"뭐야? 나 여기 있는지 어떻게 알았어?"

"수상해서 찍어봤어요."

"……."

"안 오신다면서요."

"너한테 보이지 않을 거라 했지. 안 보였는데 네가 억지로 찾은 거니까, 이건 내 잘못이 아니고."

루페르트는 숫제 당당했고, 나는 기가 막혔다. 앞으로도 몰래 지켜볼 거라는 말과 다름없잖은가. 나는 그에게 무슨 말을 해야 할지 몰라 입만 헤벌렸다.

"그 새끼는 뭔데 자꾸 널 따라다녀?"

"……제가 일하던 빵집 제빵사예요."

"제빵사면 빵이나 구울 것이지 왜 널 따라다니는데?"

나는 어깨를 으쓱하며 루페르트만 만났다 하면 자꾸 팔이 꺾이는 페르난드를 떠올렸다. 제빵사는 팔 힘이 아주 중요한 직업일 텐데 이러다간 양팔 모두 못 쓰게 생겼다. 페르난드도 페르난드지만, 루페르트도 루페르트였다. 페르난드는 대놓고 날 따라다니기라도 하지, 루페르트는 모습조차 드러내지 않나.

"페르난드가 저를 좋아한다고 했거든요. 결혼하고 싶다고. 그 이후로 그를 피하고 있어요."

딱히 거짓말할 이유가 없어 그에게 사실을 고했다. 반쯤 충동으로 말한 것이라 순간 후회했는데, 그는 별다른 반응을 보이지는 않았다.

"그래?"

"네."

루페르트는 곰곰이 생각하는 듯 침묵을 지키더니, 곧 주먹으로 제 손바닥을 내리쳤다.

"죽여버릴까?"

"아뇨!"

나는 페르난드의 목숨을 날파리처럼 생각하는 듯한 루페르트를 향해 정색하며 고개를 저었다. 딱히 그에게 호감이 남아 있는 건 아니나, 오히려 그를 피해 다닐 정도로 싫어하지만 나 때문에 그가 사망하길 바라진 않았으니까.

내 단호한 거절이 마음에 들지 않는 듯 그의 잘생긴 눈썹이 슬쩍 올라
간다.

"왜. 너도 걔 좋아해?"

"그건 아니지만……. 폐하는 마음에 들지 않는 사람은 전부 죽여버
리면서 살 생각이세요?"

"널 귀찮게 하는 사람만 없애가며 살 생각인데."

받아들이기 힘든 말이었다. 이러다간 내 주변에 사람이 하나도 남지
않을 수도 있다. 죽음을 몰고 다니는 마녀라는 소문이라도 퍼지면 어쩌
나. 나는 더더욱 조심하고 더더욱 잘 피해 다녀 페르난드의 목숨을 보
전하리라 결심했다.

"그러실 필요 없어요. 성가시긴 해도, 죽이고 싶을 정도는 아니니까
요."

"널 보고 헤벌쭉 웃을 때부터 싫었어, 난."

도대체 언제부터 나와 페르난드를 지켜본 걸까. 나는 기가 막혀 웃지
도 못했다.

"자꾸 이러시면 저 이사 갈 거예요."

"가. 상파뉴랑 좀 가까운 데로. 여기 너무 멀어."

"지금 저보고 폐하가 찾아오시기 쉬운 데로 가라는 말씀이세요?"

"어."

사람이 하루아침에 태도가 바뀌어도 정도가 있지. 내가 양손으로 옆
구리를 짚으며 헛웃음을 짓자 루페르트가 내 쪽으로 한 걸음 다가온다.

"이게 내 한계야."

"……."

"네가 날 끔찍할 만큼 싫어하는 건 알겠는데, 이게 내 한계라고. 넌
날 안 봐도 돼. 죽은 듯 살겠다고 했잖아. 나만 가끔…… 정말 가끔 볼
게."

그의 목소리가 당당함을 잃고 조금씩 사위어갔다.

나는 더 입을 떼기가 어렵다. 내가 뭐라고 이렇게까지 하나. 황제의 직무를 다하는 것도 버거울 텐데. 1년. 계절이 몇 번이나 바뀔 시간이 지났는데도. 의아했다. 황제가 된 그의 옆에는 사람이 차고 넘칠 테니까. 그를 진심으로 아껴준 적도 없는 나 같은 건 금방 잊으리라 생각했는데.

"제가 아직도 그렇게 좋으세요?"

"……어?"

루페르트의 눈이 동그래진다. 언제나 사납게 치켜떠져 있던 녹안이 휘둥그레지는 게 우스워 터져 나오려던 웃음이 그의 다음 말에 쏙 들어가버렸다.

"내가 널 좋아해?"

"……네?"

루페르트는 난생처음 듣는 단어를 해독하듯 고민에 빠진 얼굴이다. 미간까지 찌푸려가며 고뇌하는 진지한 모습에 민망해진다. 모두가 날 좋아한다는 착각에 빠져 사는 사람이 되어버린 듯해, 나는 입을 딱 다물었다.

"내가 널 좋아하는 거였냐고."

"아, 아니면 말고요."

왜 좋아하지도 않는 사람을 보고 싶다며 자꾸 오고 난리람. 나는 얼굴이 홧홧해 고개를 돌렸다. 껄끄러운 침묵도 잠시, 루페르트는 리엘이나 미엘도 하지 않을 질문을 했다.

"좋아하는 게 뭔데?"

"글쎄요?"

새침하게 굴고 싶지는 않는데, 발끝까지 저릿저릿한 민망함에 나는 그를 쳐다보지도 못했다. 발로 걷어찰 자갈을 찾으며 바닥을 보고 눈만 굴렸다. 딱히 대답을 기대한 질문이 아니었는지 루페르트는 혼자 말을 이었다.

"나는 눈을 감으면 네 얼굴이 아른거려."

"……."

"당장 손에 잡히는 일이 없으면 네 생각밖에 안 해. 오늘 하루는 어떻게 보냈는지, 기분 상하는 일은 없었는지 걱정돼. 그러다 보면 널 당장 봐야 할 것 같은 기분이 들어. 몇 번은 참아. 아니, 수십 번은 참지."

루페르트는 늘 그렇듯 담담했다. 낮은 목소리가 고요한 골목을 울린다.

"……그러다 어느 순간에는 참으려고 해도 참을 수가 없을 만큼 네가 보고 싶어져."

"폐하."

나를 놀리는가 싶었지만 루페르트는 조금도 웃고 있지 않았다. 나는 애써 그와 눈을 마주했다. 서늘하면서도 청량하게 느껴질 만큼 맑다. 그만하라고 하고 싶었는데, 차마 그러질 못했다.

"그래서 날 보면 네가 도망갈 걸 알면서도 찾아가게 돼. 몰래 훔쳐라도 보지 않으면 내가 죽을 것 같아서. 살고 싶어서. 나도 내가 왜 이러는지 몰랐는데."

그는 짧게 웃었다. 자조에 가까운 미소가 문득 아름답다는 생각이 든다.

"근데 내가 널 좋아하는 거였구나."

정말 지금 깨달았다는 듯 담담한 인정에 나는 아무 말도 할 수 없었다. 내 귀로 직접 들으려니 참을 수 없이 부끄러웠기 때문이다. 얼굴로 온몸의 피가 다 몰리는 듯했다.

루페르트는 제 마음을 확인하듯 같은 말을 읊조렸다.

"……그래, 내가 널 좋아하는 거였어."

"음, 조심히 가세요."

나는 고개를 끄덕이며 담담히 나에 대한 애정을 인정하는 루페르트를 두고 돌아설 수밖에 없었다. 더 있었다간 심장이 터져 죽을 것 같았으니까. 그가 나를 소중하게 생각한다는 것쯤은 당연히 알고 있었다. 그러나 그런 소릴 직접 들으려니 낯이 간지럽다 못해 뜨거워 데일 지경이다.

다행히 루페르트는 나를 쫓아오지 않았다. 나는 당황하는 바람에 그에게 두 번 다시 찾아오지 말라는 경고조차 하지 못한 채 서둘러 집으로 돌아왔다.

자신은 왜 존재할까.

루페르트는 가슴속에 의문을 품고 있었다. 제 삶을 기껍게 여긴 이가 단 한 명도 없었으니까. 에바는 그가 벨네르니를 망가뜨리기 위해 태어났다 주장했고, 토리는 자신이 에바의 뜻을 이루기 위해 존재한다 윽박질렀다. 라리에트는…….

그녀는 조금 이해하기 어려운 소리를 늘어놓고는 했다.

「철없는 소리 하지 마세요. 사는 데 이유가 어디 있어요?」

「왜 없지?」

「죽음에는 이유가 있나요? 죽음에 의미가 없다면 삶도 마찬가지예요. 숨이 쉬어지니 사는 거지요. 그저 어제보다는 조금 더 괜찮은 하루에 만족하면 안 되는 걸까요?」

그러나 기실 그들 중에서 가장 열심히 하루를 살아내는 이는 라리에트였다. 그녀는 그가 조금 더 행복하게 살기만을 바란다 했고, 멍청하게도 그는 그녀의 말을 믿었다. 딱히 행복해지고 싶지는 않았지만, 그녀의 소망만은 들어주고 싶었다.

혀끝을 녹이는 따뜻함에 이성을 잃었다. 아주 살짝 맛보게 해준 다음 송두리째 앗아갈 줄은 꿈에도 몰랐다.

루페르트는 제위에 오른 후에도 라리에트가 사는 마을을 수시로 방문했다. 그녀는 지금 광장을 둘러보는 중이었다. 핀 하나를 유심히 보고 있기에 사는 줄 알았더니 그녀는 금세 내려놓는다. 그는 그녀가 집었다 놓은 머리핀을 구매했다. 사지는 않았지만, 갖고 싶은 눈치였으니까. 르한을 통해 전해주면 될까 고민하는데 그녀가 이쪽을 쳐다보았다.

"어?"

라리에트가 저를 보며 눈을 동그랗게 뜨자 루페르트는 뒷걸음질 치고 말았다. 허락도 없이 그녀를 품에 안은 후 그는 그녀를 찾아가지 않았다. 더는 욕심 부리지 않으리라 결심했다. 그래서 한 계절이 넘도록 먼발치에서 지켜만 보았는데 오늘은 운이 좋지 못했다.

아니, 좋은 건가.

제 얼굴을 어찌 기억하고 또 알아보는지 모를 일이다. 루페르트는 이목을 끄는 외모를 차치하더라도 지배자 특유의 존재감이 대단했다. 해서 그는 황실을 빠져나오는 순간부터 연금술로 스스로를 잿빛 그림자처럼 흐리게 만들었다. 길을 걷다 그와 부딪힌 사람들도 골목을 나서면 그를 봤다는 사실조차 기억하지 못할 만큼 강력한 술법이다.

그러나 라리에트는 그런 노력이 무용했다는 양 놀란 눈으로 루페르트를 바라보고 있었다. 그는 그녀가 가면 뒤 그의 진짜 얼굴까지 알아챌까 두려워 따라오는 그녀를 무시한 채 걸음을 빨리했다.

돌이켜 생각해보면 그녀는 항상 남들이 볼 줄 모르는, 혹은 보아도 외면했던 그의 이면을 보았다. 마치 가면을 꿰뚫어 보는 것처럼.

선황제나 아르눌프의 학대에도 아무렇지 않은 체하던 그를 보며 혀를 쯧쯧 차던 인간은 황궁에 넘쳐났다. 그러나 오직 그녀만이 그를 소외당하는 가여운 아이 취급하며 동정했고, 비정함을 껍질처럼 뒤집어쓴 채 괴로워하는 그를 위로하곤 했다. 네가 슬프지 않아 울지 않는 게 아니지 않냐고.

루페르트는 왜 그동안 모습을 보이지 않았냐고 묻는 라리에트의 물음에 조금 기뻤다. 그녀가 자신을 기다리고 있었다는 의미니까. 자신이 황제라는 사실을 모르기에 자신을 알은체한다는 사실도 잊은 채 냉큼 대답하고 싶어 입을 열었다. 저번 만남에서 그가 범했던 무례를 사과하고 싶었다. 그러나 그의 작은 바람은 불청객이 끼어들어 방해받고 말았다.

페르난드라는 이름의 남자다. 라리에트가 일하는 빵집의 제빵사란 이유로 그녀 곁을 맴돌던 이. 그는 라리에트의 허락도 받지 않고 막무가내로 그녀를 데리고 골목을 벗어나려는 페르난드의 팔을 꺾었다. 조금만 더 힘을 주면 평생 팔을 쓰지 못하게 만들 수도 있었다.

차갑게 선득이는 살기를 드러내면 제 정체를 들키고 말 것이란 생각이 불쑥 들었지만, 절로 뻗어지는 팔을 막을 수가 없었다. 자신은 그녀 앞에서 숨소리 내는 것조차 조심스러웠는데, 그녀의 역사에 대해 단 한 줄의 이해도 없는 인간이 멋대로 손을 대는 게 참을 수 없이 불쾌했기 때문이다.

그대로 목을 꺾어 숨을 거두고도 싶었다. 그러나 라리에트 앞에서 그런 잔악한 면을 드러내고 싶지 않아 인내했다. 그녀가 자신이 그런 괴물임을 모르지 않겠지만, 그래도.

걱정했던 것과는 다르게 루페르트를 알아본 라리에트는 화를 내지 않았다. 끙끙 앓는 페르난드도 내버려둔 채 그를 올려다볼 뿐이다. 투명한 갈색 눈이 전하고자 하는 뜻은 알 수 없었다. 겨우 하는 말이 몸이 성해 다행이란다.

성하지 않았다. 밤이면 온몸을 두드려맞은 듯 아파 잠을 설치곤 했다. 그녀가 떠난 이후로 하루하루가 그런 식이었다. 낮이면 일에 치여 잊은 듯하다가도, 밤이면 여지없이 그녀가 짓밟고 간 상처가 부어올랐다.

기분이 묘했다. 하얗게 질려 도망가리라 생각했는데 라리에트는 그러지 않았다. 그저 안쓰럽고 다정한 시선으로 루페르트를 보고 있었다. 완연히 황제가 된 그를 보면 무서워 기절이라도 할 줄 알았는데. 그는 혐오하는 사람의 얼굴을 알았다. 익숙했으니까. 그러나 혐오는 이런 낯을 하지 않는다. 공포와 증오는 조금 더 짙고 불쾌한 냄새가 난다.

그녀는 그를 싫어하지 않았다.

루페르트는 부지불식간에 깨달았다. 그러나 그는 제 깨달음을 티 내는 대신 손을 뻗어 부드러운 그녀의 머리칼에 입을 맞췄다. 그녀가 움찔하며 시선을 피하는 모습에 느른히 웃을 수밖에 없었다. 원수에게도 이리 상냥하니 주제도 모르는 벌레가 꼬이는 것이 아닌가.

라리에트를 원했다. 조금도 해소되지 않은 여전한 갈증으로. 제 목숨이 끊기는 순간까지도 그럴 것이다. 제 모습까지 드러내며 그녀를 마주하고 나니 외려 선연히 깨달을 수 있었다. 그녀가 죽은 어머니보다도 더 녹진하고 깊은 자국을 남겼다. 세상 전부인 양.

그녀를 아예 포기하자 마음먹은 것 자체가 오만이질 않나. 루페르트는 제 시야를 벗어날 생각도 하지 못한 채 서 있는 그녀를 바라보다 등을 돌렸다. 다가가지 못한다면 제게 오게 하면 된다. 겨우 결심이 섰다.

잊는 것이 불가하면 잊지 않으면 되는 것이 아닌가. 이리 쉬운 것을, 결론을 내리는 데에 자그마치 1년이나 허비했다는 생각에 자조한다. 선황처럼 사람을 억지로 가지려 들지 않을 것이다. 강제하지 않고, 소유하지 않으리라.

그러나 방법이 마땅치 않았다. 그의 결심이 하등 쓸모가 없다는 것을 증명이라도 하듯 머릿속이 텅 비어버린다. 그래본 적이 단 한 번도 없었으니까. 그는 사람을 자연스레 제 옆에 두는 법을 알지 못했다.

"황제라는 직책이 아주 애들 장난 같죠, 폐하는."

황궁으로 돌아가지도, 다시 돌아가 라리에트를 붙잡지도 못하고 오도카니 서 있는 루페르트 앞에 불쑥 루이제가 고개를 들이밀었다.

그는 원래 황제의 직속 기사단장 자리를 맡을 예정이었으나 르한이 그의 호위기사가 되자 냉큼 그 자리를 넘겨버린 채 이곳저곳을 떠돌아다니고 있었다. 하라는 일은 제대로 하지 않고 농땡이나 부릴 것 같았음에도 허락해주었더니 쓸데없이 그를 따라다닌다.

"뭐."

"용안 한번 보기가 힘들다고 원로들 등쌀이 장난이 아니던데요. 디트리히 경이 알현실까지 들이닥치는 원로들 막는다고 진땀을 빼고 있습니다. 어차피 들여보내도 폐하는 없을 테니까요."

루페르트는 아무 반응도 보이지 않았다. 그러라고 르한을 황궁에 두고 나온 것이니까. 루이제는 르한을 동정하며 작은 한숨을 내쉬었다.

"이렇게 매일같이 내려오실 거면 차라리 수도를 여기로 옮기시죠?"

그럴까.

루페르트는 진심으로 고민했다. 라리에트를 다시 곁에 두겠다고 마음을 먹기는 먹었는데 도통 어찌해야 하는지 알 수 없었다. 그가 잘생긴 미간을 좁히며 턱을 매만지자 루이제가 기가 차다는 듯 헛웃음을 터뜨렸다.

"진짜 옮기시려고요?"

"야."

"왜요."

루이제의 불퉁한 대답에 루페르트는 그를 쏴버릴까 고민하다 입을
열었다. 답은 듣고 총을 겨눠도 늦지 않았으니까.

"누가 나를 좋아하게 만들려면 어떻게 해?"

"보통 사람들은 서로 자주 보면 정이 드는 경우가 많죠. 웃으면 정이
든다는 말도 있고."

루이제의 말에 루페르트는 입가에 힘을 주고 씨익 웃었다. 보기만 해
도 소름이 쫙 돋을 만큼 살벌한 냉소라 루이제는 기겁하며 뒷걸음질 쳤
다.

"아, 폐하는 그냥 입 다물고 얼굴이나 자주 보여줘요. 잘생기긴 했으
니까."

"그게 무슨 소용이야? 여태 같이 있었는데."

"아, 난 또. 라리에트 말하는 거였어요?"

루이제가 손을 휘휘 저으며 턱을 당긴다. 그는 흠, 고민하는 소리까
지 내며 루페르트의 주의를 끌었다.

"라리에트는……. 음."

"……."

"솔직히 가망이 없죠, 폐하. 저는 전생 같은 건 믿지 않지만요."

"뒤지고 싶어?"

루이제는 솔직함을 가장한 무례를 신조로 삼은 충신이다. 그 어느 상
황에도 제 주군에게 거짓을 고하지 않으리라고 맹세한. 그러나 솔직한
조언이 어느 때고 좋은 반응을 불러일으키는 것은 아니다. 루페르트의
사나운 눈길에 루이제는 입을 꾹 다물 수밖에 없었다.

루이제의 조언을 귀담아듣지는 않았지만, 루페르트는 라리에트에게
정체를 완전히 들켜버린 후에도 다시 바닷가의 작은 마을을 찾았다. 자
신이 그녀가 어디에 살고 있는지 안다는 이유로 마을을 떠나지 않는다

는 사실에 안도하면서. 적어도 자신을 두려워하지는 않는다는 의미니까.

보고 싶어 또 내려오긴 했어도, 루페르트는 여전히 대놓고 제 얼굴을 드러낼 생각을 하지 못했다. 그녀를 좋아한다는 사실을 인정하자 외려 더 모습을 드러내기가 꺼림칙했다. 결국 그는 시장 주변이나 맴돌며 라리에트의 모습을 찾았다. 그녀는 이렇게 날이 좋은 날에는 꼭 마땅히 할 일이 없어도 외출을 했으니까.

"리엣에게 청혼할 생각이야."

라리에트의 곁을 맴도는 건 비단 루페르트만이 아니었다. 미남은 아니었지만 누구에게나 호감을 줄 수 있을 법한 인상의 남자가 주먹을 불끈 쥐고 말한다. 곁눈질로 이를 지켜보던 루페르트는 고개를 슬쩍 기울였다.

열띤 얼굴로 무슨 개소리를 하나 했는데, 입을 찢어버릴까. 라리에트를 따라다닌 걸 본 순간 바로 죽여버렸어야 했는데. 라리에트에게 정체를 들켜버렸다는 생각에 경황이 없어 그를 그냥 둔 것을 후회했다.

그는 지금 호위기사도 뭣도 없이 혼자였다. 라리에트를 만나러 나오는 길은 암행보다도 더 비밀스러운 출타였으니까. 사람 하나 죽였다고 젊은 황제가 피에 미쳤다, 폭군이 되었다며 목청을 높일 사람이 없다는 의미였다.

하나 라리에트가 겁을 낼 것이다. 페르난드는 표면적으로는 친절한 사내였고, 라리에트는 사람의 좋은 점만 보는 경향이 있다. 그는 그 점이 마음에 걸려 페르난드의 만행을 조금 더 지켜보기로 했다. 제 목숨이 아슬아슬한 줄타기를 하는 줄도 모르고 페르난드는 입을 멈추지 않았다.

"리엣은 소박한 사람이니까, 내가 어머니의 빵집을 물려받으면 풍족하진 않아도 애 셋 정도 낳아서 도란도란 살 만큼은 될 거고 말이지."

루페르트는 기가 막혀 웃지도 못했다. 밀가루 반죽 하나 제대로 들지 못해 빌빌거릴 정도로 힘이 없는 사람에게, 뭐?

역시 죽이는 게 좋겠다.

그는 품속을 뒤져 총을 찾았다. 걱정 많은 루이제나 신중한 르한이 루페르트가 홀로 출타하는 것을 걱정하지 않는 이유가 여기 있다. 그는 길이 잘 든 총을 항시 소지했다. 설사 눈길을 끈다는 이유에서 총을 쓰지 못한다 해도 사람 죽이는 방법은 수십 가지다.

페르난드는 원래도 그의 심기를 지독히 거스르는 인간이었다. 그는 라리에트가 일하는 빵집의 제빵사라는 핑계로 그녀에게 들러붙곤 했다.

"그녀와 나를 반씩 닮은 아이는 무척 사랑스럽겠지."

페르난드는 벌써 라리에트가 제 청혼을 허락한 양 실실 웃었다. 그녀 앞에서는 있는 대로 사람 좋은 척을 했지만, 페르난드는 알게 모르게 자신을 중심으로 뭉친 마을 남자 패거리에게 그녀에 대한 소문을 퍼뜨리고 다녔다.

절대 오지 않겠다 맹세했으면서 빵집 주변을 빙빙 맴돌던 루페르트는 그 개 같은 장면을 몇 번 목격했으나, 라리에트에게 또다시 모습을 드러낼 수 없어 이만 갔었다.

루페르트는 한숨과 함께 총을 쥐었다. 제 손바닥만 한 작은 총이다. 그는 라리에트를 제 옆에 두지 못하는 것을 견디느라 인내심이란 모든 인내심을 긁어모아 쓰고 있었다. 해서 별 같잖지도 않은 벌레가 덤비는 꼴을 감내할 여력이 없었다. 페르난드를 말로 설득한다는 평화로운 방법도 있겠지만, 그는 번거로운 짓을 좋아하지 않았다.

"너를 받아줄까? 귀족아가씨잖아."

"리엣은 오만한 귀족들과는 달라!"

페르난드는 기대한 호응이 나오지 않자 불쾌한 기색을 내비치며 제

친구의 어깨를 탁 내려쳤다. 소심한 인상의 친구는 어깨를 으쓱하며 고개를 끄덕였다.

"뭐, 좋은 사람처럼 보이긴 하더라. 우아하고."

"우아한 것뿐인 줄 알아? 이런 작은 마을에서는 보기 드문 미인이라고. 새하얀 눈처럼 아름답고, 올망졸망한 이목구비는 사랑스럽지."

귀족여인의 하얀 피부는 선망의 대상이 되고는 했다. 눈처럼 새하얀 얼굴은 노동할 필요가 없는 그들의 부와 권력을 의미했으니까. 라리에트는 다른 귀족들과 다르다고 말하면서 그녀의 귀족적인 외모를 찬양하는 페르난드의 태도에는 모순이 있었다. 그러나 그의 친구는 구태여 그 지점을 지적하는 대신 어깨를 으쓱했다.

"아가씨도 너를 좋아한다면 받아줄 확률도 있겠지만……."

"리엣이 날 보며 어떻게 웃는지, 너 본 적 없구나?"

라리에트는 원래 방실방실 잘 웃는다. 루페르트는 페르난드에게 그 사실을 깨우쳐줄까 고민하다가 시야 끝에 걸리는 인영에 고개를 돌렸다. 루이제가 새하얗게 질린 얼굴로 제게 뛰어오고 있는 모습을 보니 저절로 미간이 좁혀진다.

"폐하!"

"입 닥쳐."

여기가 황궁인 줄 아나. 루페르트는 제 정체를 숨길 노력도 하지 않는 루이제를 노려보았다. 폐하라는 말에 흠칫 놀란 행인 몇이 그들을 돌아본다. 그러나 루이제는 괘념치 않고 다급하게 입을 열었다.

"지금 당장 돌아가셔야 합니다."

"왜?"

"아른바흐 공작이 기사단과 황비를 앞세워 상파뉴로 오고 있습니다."

사색이 된 루이제의 말에도 루페르트는 크게 당황하지 않았다. 그저

"드디어." 하고 작게 중얼거리고 말 뿐이다. 아른바흐 공작은 영리하다 못해 교활한 늙은이였다. 아르눌프가 불구가 되고 만 비극을 뒤에서 부추긴 사람이 루페르트라는 사실을 알아채지 못할 리 없는.

"이 상황에 황궁을 비우신 것이 알려지면 큰일 난다고요!"

루페르트의 반응이 시원치 않자 루이제가 초초해하며 목소리를 높인다. 어찌나 힘을 줬는지 목에 핏줄까지 섰다. 젊고 겁 없는 황제는 흥분한 제 신하를 진정시키듯 어깨를 짧게 두드렸다.

"전전긍긍할 필요 없다. 그가 붉은 궁전을 장악할 생각이라면 고작 기사단 하나 갖곤 안 될 테니."

"그래서, 가지 않으시겠다는 거예요?"

루이제의 불퉁한 목소리에 루페르트는 깊은 한숨을 내쉬며 페르난드 쪽을 돌아보았다. 자리에서 일어날 요량인지 페르난드가 몸을 일으키고 있다.

그는 조금 고민하다 루이제에게 새파랗게 빛나는 구슬 하나를 넘겨주었다.

"이게 뭡니까?"

"넌 여기서 저 새끼 감시해."

"예? 왜요?"

위협이 될 만한 구석이 전혀 없어 보이는 평범한 마을 청년을 무슨 이유로 감시한단 말인가. 루이제는 루페르트가 가리킨 남자가 이 마을에 숨어든 타국의 첩자일 수도 있으리라 생각했다.

"설마 윌레탄의 밀정입니까?"

"아니."

"그럼 누군데요?"

"라리에트가 일하는 빵집 아들."

"……."

루이제는 기가 막히고 코가 막혀 입을 열지 못했다. 루페르트는 여태 루이제의 공을 제대로 치하한 적도 없는 냉혹한 주군이지만, 아무리 그래도 루이제는 제국의 수도인 상파뉴의 치안대장이다. 귀족도 아닌 평민 출신으로 그런 높은 자리에 오른 이는 벨네르니 역사에서 전무했다. 즉 무지막지한 고급인력인데, 그런 자신을 힘도 능력도 없는 사내 감시하는 데 쓰려 하다니!

"왜. 싫어?"

루이제가 경악으로 입을 벌리자 루페르트가 뚜하니 묻는다. 루이제는 서둘러 고개를 저었다.

"아, 아뇨. 그러겠습니다. 다녀오세요."

싫지만, 뭐 어쩌겠는가. 까라면 까는 게 무소불위의 권력자를 모시는 사람의 인생인데. 루이제는 비굴한 웃음을 지으며 고개를 숙였다. 루페르트는 그의 인사를 본체만체 마을을 떠났다.

"하."

연고도 없는 마을에 홀로 덩그러니 남은 루이제는 얼마간 페르난드를 쫓다가 한숨을 쉬며 걸음을 멈추었다.

에라이, 특별히 눈에 띄는 행동도 안 하잖아.

광장을 벗어난 페르난드는 잡화점에서 먼저 밀가루를 사고, 과일가게에 들러 버찌를 샀다. 인사성도 어찌나 밝은지 지나가는 마을 사람들 한 명을 그냥 보내지 않고 안부를 물었다. 저렇게 친절한 사내가 위험하면 뭐 얼마나 위험하겠나. 루이제는 안일하게 생각하며 미행을 그만 두었다.

후에 루페르트가 이 실수를 얼마나 혹독하게 벌할지 전혀 예상하지 못했던 것이다.

루페르트는 그 후 모습을 보이지 않았다. 르한조차 뜸해진지라 무슨 급한 일이라도 생긴 걸까 싶기도 했다.

루페르트가 지금 당장이라도 문을 벌컥 열고 들어올 것만 같아 멀뚱히 대문을 지켜보던 나는 화들짝 놀라 고개를 저었다. 마치 그를 기다리고 있는 것만 같은 꼴이질 않나. 찾아오지 말라, 내게는 죽은 사람이 되어달라 울며불며 부탁한 건 나였다. 이 무슨 모순인가.

나는 자책 가득한 한숨과 함께 자리에서 일어났다. 리엘과 미엘에게 가보기 위해 집을 나서는데 집을 에두르는 담벼락 근처에서 서성이는 인영이 눈에 들어온다. 혹시나 루페르트일까 싶어 서둘러 걸음을 옮겨 보았지만, 흐릿한 그림자 같던 인영은 페르난드였다.

"페르난드?"

"리엣…… 제가 리엣에게 무례했던 것을 인정할게요."

그는 다짜고짜 무릎을 꿇었다. 깊이 고개 숙인 그의 정수리가 눈에 들어온다. 밀가루가 군데군데 묻어 있어 희끗희끗했다. 나는 당황해 그의 어깨에 손을 올렸다.

"페르난드, 일어나요. 이게 무슨 짓이에요?"

"리엣의 마음을 헤아리지도 않고 리엣을 쫓아다닌 거, 사과할게요."

페르난드가 입술을 깨물며 사과한다. 딱히 그와 전처럼 친밀하게 지내고 싶지는 않았지만, 그는 이 마을에서 평판이 굉장히 좋다. 가뜩이나 그의 고백을 거절하는 나를 이해하지 못하는 사람들도 많은데 이런 꼴까지 보였다간 구경거리가 되기 십상이다.

"더는 사과할 필요 없으니까 일어나요. 사람들이 보겠어요."

나는 골목을 막 들어서는 여자 한 명을 발견하고 서둘러 고개를 끄덕였다.

페르난드가 환히 웃으며 벌떡 일어난다. 그는 리엘과 미엘이 이자렛의 병문안을 가기 위해 빵집에 오기로 했다며, 그들과 함께 이자렛을 방문하지 않겠느냐 물었다.

아직 해도 저물지 않은 시각이기도 했고, 아이들이 이자렛의 병문안을 가려고 한다는 이야기는 미리 들은 바가 있는지라 나는 께름칙한 기분에도 페르난드를 따라나섰다.

"빵집은 오랜만이죠? 리엣이 좋아하던 버찌 케이크를 구웠어요."

페르난드는 솜씨 좋은 제빵사였다. 그의 케이크는 마냥 달지 않아 부드러운 맛이 일품이다. 아이들이 아직 도착하지 않았다며 페르난드는 케이크를 한 조각 잘라 홍차와 내주었다.

나는 빵이 가지런히 진열된 빵집을 두리번거리며 케이크를 한 입 먹었다. 일을 그만둔 지가 얼마나 되었다고 이곳이 낯설게만 느껴진다.

"버찌부터 먹어봐요."

상큼한 향이 퍼지는 버찌를 깨문 나는 곧 입안에서 달그락거리며 움직이는 물체 하나를 발견했다. 도저히 음식처럼 느껴지지 않는 딱딱한 형태다. 당황해 뱉어내자 페르난드가 기다렸다는 듯 내게 다가온다.

"리엣, 저랑 결혼해줄래요?"

"······네?"

버찌 케이크 속에 숨겨져 있던 물건은 반지였다. 별다른 장식은 없었지만, 둥그런 모양의 은색 장신구는 분명 내 눈에는 반지처럼 보였다. 나는 정색하며 일어나 반지를 그에게 돌려주었다.

"싫어요."

"로맨틱한 청혼도 거절할 생각이에요? 리엣, 이제는 저도 지치려고 합니다."

페르난드는 피곤한 듯 마른세수를 한 뒤 나를 노려보았다.

나는 금속을 씹어 텁텁한 입을 홍차로 헹군 다음 이곳에서 벗어나기 위해 몸을 돌렸다. 병든 어머니를 오래 모신 탓에 피곤으로 이성을 잃었는지 뭔지. 요즘 페르난드는 정말 미친 사람처럼 굴었다.

"리엣이 그 정체 모를 양아치 같은 남자랑 어울리는 거 저번에도 눈 감아줬어요, 저는!"

"페르난드가 뭔데 절 눈감아주고 말고 하나요?"

나는 기가 막혀 그를 비웃었다. 그 정체 모를 양아치가 이 나라 황제라는 사실을 알게 되면 어떤 표정을 지을까.

"제가 뭐냐고요?"

흥분으로 벌겋게 달아올랐던 페르난드의 얼굴이 점차 제 색을 찾는다. 제정신으로 돌아오는가 싶어 안도하는 찰나에 그는 나보다 먼저 계산대를 지나쳐 문가로 다가갔다.

찰각.

"리엣의 남편이 될 남자지요."

문을 걸어 잠그는 소리가 또렷했다. 창문의 커튼을 내린 탓에 빵집은 제법 어둑어둑했는데도 그의 눈빛이 희번득하는 꼴은 아주 잘 보였다. 사람 좋은 미소를 띠며, 아픈 어머니를 성실하게 간호하면서도 매일 새벽같이 일어나 정성스레 빵을 굽던 제빵사는 더는 없다.

"나와 결혼을 약속해주기 전까지 보낼 수 없어요."

나는 페르난드가 이를 갈며 하는 협박이 전혀 무섭지 않았다. 루페르트의 살벌한 눈총도 이겨냈는데 겨우 페르난드가 무서울 리 없다. 다만 기가 막힐 뿐이다.

나는 양손을 옆구리에 올린 채 헛웃음을 지었다.

"지금 뭐 하는 짓이에요?"

"모, 못 보낸다고요!"

"하."

페르난드는 경멸에 찬 내 비웃음에 조금 놀란 듯 움찔했지만, 포기하지 않았다.

"몰락 귀족은 평민보다도 결혼하기가 어렵다고 들었어요. 같은 귀족은 리엣을 귀족 취급해주지 않을 거고, 평민은 리엣을 어려워할 테니까요."

"페르난드도 저를 어렵게 생각했잖아요?"

"저, 저는 이제 그렇게 생각하지 않아요, 리엣!"

"그렇다고 제가 왜 페르난드와 결혼을 해야 하나요? 안 하면 그만인데."

진심이다. 애초에 루페르트의 시녀가 되기 위해 벨루아를 나서는 순간부터 나는 결혼으로 벨루아에 보탬이 될 생각을 버렸으니까. 게다가 페르난드를 좋은 사람이라고 생각하기는 했지만, 이성적으로 끌려본 적이 단 한 번도 없다.

그는 고개를 세게 저었다.

"신전에라도 들어갈 생각이 아니라면 당연히 결혼을 해야 하는 것 아닌가요? 제가 리엣의 울타리가 될 수 있어요."

"그런 울타리 필요 없어요."

페르난드는 성큼성큼 다가와 내 어깨를 붙잡아 벽 쪽으로 밀어붙였다. 돌벽에 쾅 부딪히니 알싸한 통증이 날개뼈를 타고 올라온다. 나는 씩씩대는 그를 노려보았다. 화를 낼 사람은 이쪽이건만 그는 콧김까지 뿜어대며 소리를 질렀다.

"그 사람이죠! 그때 그 사람! 리엣, 사실 결혼할 사람이 있는 거잖아요!"

페르난드의 말에서 논리는 전혀 찾아볼 수 없었지만, 나는 그가 누구를 말하는지 알아챘다. 그가 '그 사람'이라고 칭할 만한 건 루페르트뿐이니까.

나는 내 어깨를 쥐어짜듯 힘을 주는 그에게서 벗어나기 위해 몸을 틀었다. 어림도 없다는 듯 그가 내 뒷목을 잡았다.

"그 사람 기다려봤자 오지도 않잖아요. 리엣에게 필요한 사람은 항상 리엣 옆을 지켜줄 수 있는 나라고요."

페르난드는 갑자기 촉촉해진 목소리로 말하며 얼굴을 들이밀었다. 나는 기겁하며 고개를 돌렸다. 입이라도 맞출 그 기세에 빵집을 폭발시켜서라도 빠져나가기 위해 팔을 버둥거렸다. 그러나 눈이 돌아간 그의 힘이 생각보다 대단해서 끄떡없었다.

"비켜요, 페르난드!"

"사랑해요, 리엣."

듣기 거북했다. 나는 페르난드의 움찔거리는 입술이 코앞에 다가오자 그의 머리라도 받아버리기 위해 목에 힘을 주었다. 루페르트가 새겨준 연금진의 위력은 이미 보석상에서 확인한 바 있는 터라 크게 두렵지는 않다.

"지금 비키지 않으면 후회할 거예요."

페르난드의 입술이 내 입술에 닿기 직전에 멈춘다. 그러나 물러날 기세가 보이지 않아 나는 그를 밀쳐냈다. 그러나 바닥이 구불구불 움직이는 탓에 엎어지고 말았다. 지진이라도 났나 싶어 창문 쪽으로 고개를 돌려보니 창문조차 흐물흐물 녹아내린다. 나는 페르난드의 빵집이 실제로 녹아내리는 것이 아니리란 판단에 그를 돌아보았다.

"이렇게까지 하고 싶지는 않았는데……."

그는 착잡하게 중얼거린 다음 바닥에 엎어진 내게 천천히 다가왔다. 밀가루가 묻은 손가락이 내 앞머리를 부드럽게 쓸어내린다. 역겨워 고개를 돌리고 싶었지만, 몸에 전혀 힘이 들어가지 않는다. 마치 마비되기라도 한 것처럼. 내가 먹다 만 버찌 케이크에 독이라도 들어 있었던 걸까.

"미안해요, 하지만 리엣도 시간이 흐르면 절 받아들일 테고, 그때가 되면 절 이해해주겠죠?"

이해는 무슨!

나는 벌어지지 않는 입술을 애써 움직여 그에게 욕을 퍼부었다. 기절하지 않기 위해 눈에 힘을 잔뜩 주자 그가 나와 눈을 마주치며 웃는다. 언뜻 비열한 미소라 그제야 덜컥 겁이 난다.

"리엣이 가족과 연을 끊어 다행이네요."

페르난드의 목소리에는 웃음기가 가득했다. 그는 빵 반죽을 숙성시키는 지하창고로 가는 문을 열더니 축 늘어진 나를 들었다. 밀가루 포대처럼 나를 어깨에 걸친 페르난드는 익숙한 동작으로 나를 창고 구석에 밀어넣었다. 꿉꿉한 냄새가 훅 올라오는 지하인 데다 케이크에 무슨 독을 탔는지 머리가 어질어질해 구역질이 났다.

나를 아무렇게나 던진 페르난드가 짚으로 엮은 포대를 치우자 쇠로 만든 족쇄가 모습을 드러낸다. 일개 제빵사가 왜 저런 물건을 소유하고 있는지 의문을 품기도 전에 그는 매끄러운 솜씨로 내 발에 족쇄를 채웠다. 마비가 풀릴 때를 대비하기 위함인가.

"어머니는 몸이 약해 자주 앓았지요. 리엣도 알겠지만 약이라는 건 대체로 비싸요. 의사를 부르는 비용도 마찬가지죠."

"……."

"약값을 충당하기 위해 빵을 구우면서 노예상에서 잠깐 일했어요. 불법이지만 일당을 많이 쳐주니까요."

나는 흠칫 떨었다. 두려운 기색을 내비치자 그가 흡족한 미소를 지으며 내 발목을 어루만진다.

"물론 리엣을 노예로 팔겠다는 말은 아니에요. 리엣은 내 거니까."

미친놈.

나는 가물가물한 정신에도 그의 얼굴에 침을 뱉었다. 그는 여전히 사람 좋은 얼굴로 웃고 있었다.

"벨네르니에서 노예는 불법이에요. 도망친 노예가 신고라도 해버리면 걔는 그냥 놔줄 수밖에 없어요. 그래서 세뇌를 하거든요."

페르난드의 말뜻을 파악한 나는 겨우 마비가 풀리기 시작한 팔을 더듬더듬 움직였다. 연금진을 발동시키기 위함이었는데, 페르난드가 서둘러 내 손목에 수갑을 채운다.

"이 표식이 뭘까 항상 궁금했어요. 밤마다 리엣이 집에서 무얼 하는지 훔쳐보지 않았다면 몰랐을 거예요. 서점에서 왜 연금술에 관련된 책을 그렇게 사갔는지 이제 알겠네요."

페르난드의 조곤조곤한 말에 소름이 좌악 돈다. 내 집 근처를 얼쩡거리는 것 정도는 알고 있었지만, 내게 이 정도로 집착한다고는 생각도 못 했는데.

문득 회귀 전 나를 쫓아다니던 나이 많은 남작이 떠오른다. 아버지의 엄한 경고에도 담까지 넘어가며 내 침실 창문에 연서를 놓고 가던, 미친 인간.

"빵집 문 닫고 올게요. 조금만 기다려줘요, 리엣."

그는 변함없이 다정한 목소리로 속삭인 다음 지하실을 벗어났다. 문이 닫히자 새까만 어둠이 시야를 잠식한다. 꿈인지 생시인지 헷갈릴 정도로 믿기지 않았다. 눈을 꼭 감았다 떠도 변하지 않는 현실, 바닥에 질질 끌리는 쇠사슬 소리만이 나를 괴롭힐 뿐이다. 일이 왜 이렇게 꼬였는지 모르겠다. 그저 조용히, 누구의 눈에도 띄지 않고 싶었을 뿐인데.

비겁하게도 나는 이런 상황에 루페르트가 보고 싶었다.

이제야 인정한다. 나는 그가 그립다.

아른바흐가 굴복했다. 루페르트는 제 앞에 머리를 조아린 남자를 응시하다 어깨를 으쓱했다. 남자의 금발은 군데군데 백발이 섞여 있어 지 긋한 나이를 여실히 드러내고 있었다. 늙어서 기운이 없어졌나 싶었지 만, 공작의 냉정한 표정에 루페르트는 조소할 수밖에 없었다.

"이 제국의 진정한 군주를 미리 알아보지 못한 것이 천추의 한으로 남을 것입니다."

아른바흐의 목소리는 낮고 진중했다. 그리고 그 음성이 담고 있는 내 용은 무엇보다 겸손하다.

공작이 아르눌프를 불구로 만든 배후가 자신이란 사실을 깨달으면 불같이 진노하며 거세게 들고일어날 것이라던 루페르트의 예상은 빗나 갔다. 그는 분수를 아는 이였다. 아르눌프라는 중요한 패를 잃은 상황 에 황제와 맞서봤자 제게 득 될 것이 없다는 것을 빠르게 파악했다. 이 를 아득바득 갈아봤자 제 손해라는 계산을 끝마친 뒤였다.

제국은 굳건하질 않은가. 제국이 존재하는 한 황제 또한 존재할 테 고, 황위는 꼭 지금만이 아니더라도 손에 넣을 수 있을 터. 공작은 스스 로와 타협한 다음 황제에게 고개를 더 깊이 조아렸다.

"아른바흐가 황제 폐하께 열과 성을 다해 복종할 것을 맹세하겠습니 다."

루페르트는 시기적절하게 굴복한 공작을 적당히 치하해야만 했다. 아무리 대공과 아른바흐 공작이 서로 경계할 상황을 만들었다 하지만, 그들의 궁극적인 목표는 제위였으니까. 그 쪽에서도 공작과 대공을 모 두 경계하는 일에 힘을 쏟고 있었다. 아른바흐가 제위를 포기하고 그를 위해 일하게 된다면, 대공을 박살내기란 한결 쉬워지리라.

"그래?"

루페르트는 다감한 목소리로 대답한 뒤 제 앞에 무릎 꿇은 늙은 남자 를 일으켜 세웠다.

젊은 왕. 이 넓은 땅을 제 발아래에 둔 황제의 얼굴은 휘황하다 못해

빛이 난다. 아른바흐는 그를 마주하고 나서야 제 선택이 옳았음을 확신했다. 그의 아비라고 알려진 선황에게서는 찾아볼 수 없었던 지배자의 얼굴이었다. 냉기 서린 눈빛은 서늘했지만 맑다.

"아른바흐가 내게 유용한 패가 될 수는 있겠지."

"아른바흐 전부, 인재와 재물을 포함한 아른바흐의 모든 무력과 재력을 폐하 뜻대로 쓰시게 될 겁니다."

루페르트는 고개만 살짝 까딱였다. 언뜻 건방져 보이기까지 했지만 그가 황제인데 누가 토를 달 것인가. 아른바흐는 그가 자신을 내치지 않는다는 데 감사할 뿐이었다. 아른바흐의 충정은 그의 입장에서 딱히 달갑기만 한 소식은 아닐 테니.

공작은 아주 오랜만에 마주하는 젊은 황제를 샅샅이 뜯어봤다. 선황과 이목구비 어디 하나 닮은 구석이 없는, 젊다 못해 어리디어린 지배자.

처음에는 황제를 이해할 수 없었다. 너무 미숙해 판단마저 서투른가 하며 비웃었다. 아른바흐는 권세가 대단한 집안이고, 그를 외척으로 둔 황비는 야망으로 넘실댔다. 황좌에 앉는 게 누가 됐든, 그는 가장 먼저 황비와 자신을 소거하는 게 맞는 순서다.

그러나 루페르트는 그러지 않았다. 대공과 의미 없는 세력다툼을 벌이느라 역천을 이루기엔 아직 부족한 아른바흐를 내버려두었다. 심지어 황비와 아르눌프조차 살려두었다.

워낙 조심스럽게 행동했으니 자신들이 모반을 계획하고 있다는 증거야 찾으려고 들어도 찾을 수 없었겠지만, 물증의 여부는 무소불위의 권력 앞에선 상관없질 않다. 게다가 공작은 자신의 딸이 라페르트라는 이름의 어린아이에게 얼마나 잔악했는지 알고 있었다.

"제가 폐하를 오해했습니다."

아른바흐는 진심으로 반성했다. 끝끝내 살아남은 아이에 대한 죄책감이나 후회 따위가 아닌, 제 오판에 대한 반성이었다. 적어도 제 못난 손자인 아르눌프보다는 이자야말로 황금 관에 어울린다.

루페르트는 감정에 휘둘려 복수를 택하지 않고, 자비로운 황제를 가장하여 대내외적으로 아른바흐를 압박했다. 지금 굴복하지 않으면 아른바흐는 명성을 잃을 것이라. 가망 없는 헛된 짓을 계속하느니, 우선은 공작가를 지키는 것이 수지에 맞다.

"말이 많군."

늙은 공작이 제게 감탄하든 말든 황제는 관심도 없다. 그는 귀찮다는 기색을 역력히 비치며 공작이 자리에서 물러나기도 전에 황좌에서 일어났다. 단상에서 급히 내려오는 그를 아른바흐가 의아하게 바라본다.

"어디 가십니까?"

"어. 너도 할 말 다 했으면 빨리 가."

루이제의 말을 괜히 들었다 싶었다. 기사단을 끌고 왔다 하기에 혹시나 해서 와봤더니, 위험하기는커녕 늙은 너구리 한 마리만 더 기르게 생기질 않았나.

아른바흐는 상파뉴를 피바다로 만들기는커녕 귀족가의 사설 기사단 중 가장 규모가 큰 아른바흐 기사단을 충성의 표시로 루페르트에게 진상했다. 서류 몇 장 써서 건네면 될 것을 요란하게 굴다니, 그 속셈이 훤히 들여다보인다. 결국 헛걸음이었다.

그는 아른바흐를 만나기도 전에 득달같이 달려드는 르한에게 잡혀 서류를 처리해야 했다.

라리에트가 딱히 위험에 빠질 것 같진 않았지만, 그녀만 혼자 두고서 황궁으로 올라오는 길이 이상할 정도로 기분이 나빴다. 차선책으로 루이제란 제 눈을 남겨두긴 했지만, 이유 모를 불안이 울컥 올라온다.

벌써 이틀이 지났는데 루이제로부턴 아무런 연락이 없다. 가능성은 두 가지다. 루이제가 제 책무를 벗어던지고 놀고 있거나, 정말로 라리에트에게 아무 일도 없이 평온한 상태거나.

– 야.

언제든 부르면 답하라고 루이제에게 넘겨준 아티팩트는 망가진 양 조용하기만 하다. 루페르트는 이를 북 갈며 상파뉴를 떠났다.

마음이 너무 급급해 여유롭게 말을 타고 내려갈 수가 없었다. 그는 상파뉴를 벗어나자마자 한 번 쓰면 기절하고 싶을 정도로 머리가 울리는 술법을 택했다.

몸이 조각조각 나는 것만 같은 고통을 참고 라리에트가 사는 마을에 들어선 그의 눈에 가장 먼저 들어온 건 루이제였다. 늦은 저녁, 그는 한가롭게 야외 테이블이 구비된 펍에서 거품 그득한 술을 벌컥벌컥 들이마시는 중이었다.

루페르트는 루이제의 손에서 술잔을 빼앗아 테이블에 던지듯 내려놓았다. 갑작스레 등장한 제 주군에 놀란 그의 눈이 휘둥그레 커진다. 그는 어느새 친해진 듯 보이는 마을 청년들을 돌아보며 어색한 웃음을 짓더니 벌떡 일어났다.

"여기는 웬, 웬일로 오셨습니까!"

"내가 네게 임무가 아닌 휴가를 줬던가?"

"아휴, 휴가는요 무슨! 페르난드는 제가 잘 지켜보고 있었습니다. 방금도 이 주점에서 술 마시다 집에 갔어요."

루이제는 루페르트의 명을 잘 따르고 있었다는 양 그의 일과가 빽빽이 적힌 종이더미를 넘겨주었다. 루이제의 말마따나 페르난드의 일상은 단조로웠다. 새벽같이 일어나 병든 어머니를 간호한 다음 시장에 나가 빵집에 필요한 물건이나 재료를 사 출근한다. 늦은 저녁쯤 가게 문을 닫고 귀가하는 것이 그의 마지막 일과였다.

"라리에트는."

루페르트의 짧막한 질문에 루이제는 어리둥절한 얼굴로 고개를 기울였다. 그러고 보니 그녀를 도통 못 봤다. 하지만 그건 그녀가 페르난드의 빵집을 그만두었기 때문이리라 생각했다.

"라리에트는 딱히 지켜보지 않았는데요. 집에 있지 않을까요?"

루페르트는 울컥 치솟는 분노에 루이제의 뒤통수를 후려쳤다. 제가 황제가 되었다고 긴장의 끈을 놓아도 유분수지. 애초에 페르난드를 왜 감시하라고 시켰겠는가.

루이제는 얼얼한 뒤통수를 감싸며 그제야 고개를 숙이고 용서를 빌었다. 루페르트가 시킨 일을 제멋대로 수행하지 않은 적은 처음이다.

"죄송합니다. 별일 없으리라 생각했습니다. 폐하는 라리에트 일이라면 이성을 잃으실 때가 종종 있으셔서."

"무탈하면 징계."

"……."

"무탈하지 못하면 넌 머리카락 한 올 내 눈에 띄지 않아야 할 거다."

단순히 페르난드를 질투하는 줄로만 알았다. 그녀 곁을 서성이는 남자란 남자는 죄 목을 뽑아버리고 싶은 듯 보였으니까.

입술을 깨무는 루이제를 무감한 눈으로 응시하던 루페르트는 몸을 돌려 저벅저벅 걸었다. 크게 경을 치고 싶었지만, 시간이 없었다. 라리에트가 안전하다는 것을 제 눈으로 당장 확인하지 않으면 안 될 것 같단 초조함에 휩싸였다. 루페르트는 제일 먼저 그녀의 집으로 향했다.

작은 저택은 어둡고 조용했다. 불이 전부 꺼져 있고 인기척도 나지 않는다. 고요한 어둠을 급히 훑는데 왜 이리 마음이 조급해지는지. 그는 서둘러 빵집으로 달려갔다.

라리에트가 일하는 빵집은 폐점시간이 들쭉날쭉했다. 불은 켜져 있는데 문은 굳게 잠겨 있었다. 루페르트는 문을 흔들어대다 손잡이를 부숴버렸다.

빵집 안은 조용했다. 문을 닫은 이후라지만 기이할 정도로 냉기가 돈다. 오늘 장사를 하긴 한 걸까 의심스러울 정도로 진열대에는 빵가루 하나 보이지 않는다. 사람의 기척이라곤 없는 주방을 훑은 루페르트는 가게를 이대로 날려버릴까 고민했다.

그 순간, 부스럭거리는 소리가 거슬릴 정도로 크게 들린다. 보통 사람이라면 절대로 듣지 못했겠지만, 그는 예민할 정도로 감각이 날카로운 사람이다. 소리의 진원지는 지하였다. 그는 헤매지도 않고 지하실로 가는 문을 찾아냈다.

철컥, 문고리가 돌아갔고 곤히 잠들어 있는 라리에트가 눈에 들어왔다. 참았던 숨을 몰아쉬었다. 다행히도 그녀는 멀쩡했다. 얼굴이 조금 하얗게 질려 있기는 했지만, 다친 곳도 없어 보인다. 문득, 어린 그녀가 납치당했던 사건이 떠올랐다.

그때도 이리 초조했나 기억이 나질 않는다. 아무런 힘도 없는 황녀의 시녀가 후작을 배후로 둔 조직원에게 납치되었던 데 비하면 훨씬 덜 위험한 상황이지만, 상대를 향한 분노는 비교할 수도 없이 거대했다.

"……이러라고 내가 널 보내준 줄 알아."

라리에트의 입에는 하얀 재갈이 물려 있었다. 루페르트는 그녀의 입이 상하지 않게 조심스러운 손길로 끈을 풀어냈다. 차라리 제 품에 두고 원망을 받는 것이 나으리라 생각하면서.

지하실은 창문 하나 없는 밀실이라 시간의 흐름을 가늠하기가 어려웠다. 페르난드가 내게 음식을 갖다주러 찾아오는 횟수를 헤아렸다. 페르난드가 딱 여덟 번째로 얼굴을 비치던 때였다. 나는 빵을 놓고 도로 올라가려는 그를 잘 나오지 않는 목소리로 겨우 불러 세웠다.

"페르난드."

"이제 나랑 말할 기분이 들어요?"

페르난드는 반색하며 나를 돌아보았다. 여태 그가 준 빵을 한 입도 먹지 않은 채 그를 쳐다보지도 않던 내가 갑자기 말을 하니 놀란 눈치다. 그는 한숨처럼 웃더니 다행이라는 듯 내 뺨을 쓰다듬었다.

"화가 좀 풀렸으면 빵 좀 먹어요. 몸 상하겠어요."

"……날 보내줘요."

나를 지하실에 가두고 식음을 전폐하게 만든 원흉인 주제에 페르난드는 나를 걱정하는 척 내 손목을 어루만지며 눈썹을 찌푸렸다. 그새 말랐네요. 염려가 담긴 그의 목소리에 구역질이 올라온다. 그는 내 요구를 듣지 못한 척하며 메마른 빵에 버터를 발라 내밀었다.

"페르난드. 곧 날 찾으러 사람이 올 거예요. 큰일 당하기 싫으면 날 놔줘요."

"도대체 누가 오죠?"

"……."

"리엣은 이제 가족도 없잖아요. 마가렛에게도 리엣이 급한 일이 생겨 원래 살던 곳으로 돌아갔다고 말하니 납득하던걸요. 리엣을 종종 찾던 기사도 방문하지 않은 지 꽤 오래고요."

나는 혀를 깨문 듯한 고통에 입을 다물 수밖에 없었다. 내게는 이제 가족이 없다. 틀린 것투성이인 페르난드의 말 중에, 그것만이 유일한 진실이었다.

나는 벨루아를 버렸다. 루페르트도 외면했다. 나를 구하러 와줄 사람은 없다. 내가 자취를 감추면 르한은 내가 자꾸 찾아오는 그와 완전히 연을 끊고 싶어 도망갔으리라 생각할 테니까. 루페르트도 마찬가지일 것이다.

"걱정 말아요. 내가 리엣의 가족이 되어줄 테니까."

페르난드가 나긋나긋한 목소리로 속삭이며 내 허벅지를 토닥인다.

뱀 한마리가 몸을 기어가는 느낌이라 나는 진저리를 쳤다. 내 반항의 어느 구석이 우스운지 그는 느긋한 웃음을 흘리며 자리에서 일어났다.

"만지지 마."

"왜요? 리엣은 제 소유나 마찬가지인데."

그가 여전히 상냥한 얼굴로 웃는다. 내가 그의 웃는 낯에 침을 뱉고 나서야 그는 서서히 미소를 거두었다.

"아내는 순종적이어야죠."

"내가 왜 네 아내야! 여기요! 여기 사람 있어요! 밖에 누구 없어요?"

"후. 어쩔 수 없네요. 계속 이렇게 소란을 피우면 손님들이 눈치챌 테니까요."

페르난드 자체는 무섭지 않다. 그가 내 따귀를 때리기 위해 손을 들었을 때도 무섭지 않았다. 다만 나는 나의 무기력함이 두렵다. 두 손, 두 발이 묶여 있어 열심히 연습한 연금술 한번 제대로 써보지 못하는 게 억울할 뿐이다.

얼얼한 뺨을 만지지도 못하는 나를 가만히 내려다보던 그는 내 입을 벌려 약 하나를 억지로 삼키게 했다. 케이크에 들어 있던 것과 비슷한 종류인지 순식간에 졸음이 몰려온다.

"……루페르트."

나는 무의식과 의식 사이를 헤매며 우습게도 루페르트를 찾았다. 이런 어둠 속에서 그는 나를 구해낸 전적이 몇 번이나 있으니까.

스스로를 경멸했다. 나는 그를 찾을 자격이 없다. 나는 루페르트가 보고 싶으면 안 된다. 눈을 감고 그려보는 것조차 하면 안 된다. 그의 얼굴을 떠올려보려고 해도 새까만 어둠만이 나를 반길 뿐이다. 루페르트의 고통을 외면한 나를 비웃는 것처럼.

아무도 없이 혼자 견뎌내야 하는 새벽과 같았다. 잠 못 이루는 밤은 외로움에 푹 적셔져 새벽빛을 띠었다. 나의 가족은 평생을 걸쳐 나를 속였다. 그 누구도 믿을 수 없다는 깨달음은 외로웠고, 고독이 목구멍 끝까지 차올라 숨이 막히곤 했다.

침대를 비추는 달빛이 소름 끼치도록 차갑게 느껴지는 그런 날이면 기이하게도 루페르트는 악몽을 헤매곤 했다. 마찬가지로 잠에 들지 못하던 나는 어린 그를 찾아가 위로했다. 그 순간만큼은 나는 그를 이해했다. 일생 그 누구도 믿어본 적 없는 아이는 얼마나 괴롭고 외로울까. 우리는 악몽을 공유했다.

루페르트가 어떤 마음으로 날 품었는지 알면서. 그가 나를 사랑한다는 게 그에게 어떤 의미인지 이해하면서. 그 안쓰러운 애정을 외면한 벌을 받는 모양이었다. 사실 알고 있었다. 루페르트는 불완전한 사람이었고, 그에게 나처럼 아낄 만한 사람은 그의 생에 다시는 나타나지 않을지도 모른다. 평생 그리 무감한 채 살아갈 텐데.

라스페리히가 내게 저지른 잘못은 원망하면서, 내가 루페르트에게 저지른 잘못은 눈감아버리고 싶었다. 다시 만나게 된다면 그에게 사과하고 싶다. 나는 까무룩 정신을 놓으며 그의 이름을 웅얼거렸다.

다시 눈을 떴을 때 나는 빵집 지하실에 갇혀 있지 않았다. 나는 아주 오랜만에 만져보는 최고급 실크 이불을 손으로 어루만졌다. 피처럼 붉은 황실의 색이다. 꿈인가.

"왜 불렀어?"

"……."

나는 바로 옆에서 들리는 목소리에 화들짝 놀라 몸을 돌렸다. 꽤 오래 몸을 움직이지 못한 상태라 휘청한다. 루페르트는 고꾸라지는 나를 아무렇지도 않은 얼굴로 받아 들었다.

"왜, 왜…… 왜…….."

"네가 왜 여기 있느냐고?"

황제의 침실을 익숙하다 표현할 수 있는 사람이 제국에 몇이나 될까. 그러나 나는 그 몇 안 되는 사람 중 하나다. 나는 눈에 익은 황궁 특유의 눈이 뻐근할 정도로 화려한 샹들리에를 흘깃 본 후 다시 고개를 돌렸다.

"꿈이에요?"

"그렇게 생각하고 싶으면."

당황 가득한 내 질문에 루페르트는 어깨를 으쓱했다. 그는 침대에서 일어나지도 않은 채 나를 도로 침대에 눕혔다. 깃털 가득한 푹신한 베개에 머리가 파묻힌다.

"더 누워 있어. 어의가 올 테니까."

"폐하. 설명, 설명부터 해주세요."

"너부터 대답해봐. 나 왜 불렀어?"

"제가 언제 폐하를 불렀……."

나는 말하다 말고 입을 꾹 다물었다. 정신을 놓기 직전 그의 이름을 불렀으니까. 그러나 보고 싶어 불러봤다는 대답은 너무 낯 뜨거웠다.

루페르트는 내가 입을 열 때까지 얌전히 기다리며 제 턱을 긁었다. 환한 낮이라 벽 하나를 가득 채울 만큼 큰 창문으로 하오의 햇볕이 들어온다. 볕을 받은 그의 금발이 보석처럼 반짝반짝 빛이 났다.

그는 내가 제 얼굴을 뚫어져라 쳐다보자 머쓱한 미소를 지으며 고개를 돌렸다.

"뭘 봐."

"염치없지만 그때 폐하 생각이 났어요."

지금 내가 내놓을 수 있는 가장 솔직한 대답이다. 루페르트는 고개를 살짝 끄덕였다.

"페르난드는 어떻게 됐나요?"

"광장에 걸어놨어."

"뭘 걸어놔요?"

"그 새끼 어떻게 했느냐며."

광장에 걸린 것이 살아 있는 페르난드는 아닐 듯해 더 캐묻지 않았다.

루페르트는 말이 없는 나를 가만히 바라보았다. 얼굴에 구멍이라도 낼 것같이 집요한 시선이라 민망해 눈을 굴렸다.

"내가 널 놔주면서 간과한 게 있어."

"……네?"

"그런 꼴 당하라고 보내준 거 아니야."

나도 딱히 페르난드 같은 놈에게 낭패를 당하기 위해 황궁을 나간 것은 아니다. 잠시 침묵하던 루페르트는 협탁에 놓여 있던 서류더미를 이불 위에 던지듯 펼쳤다.

"여자 혼자 살아도 위험하지 않은 도시를 만들 거야. 완성되면 가. 그전에는 못 보내줘."

"그게 무슨 말씀이세요?"

"너 황궁에 감금이라고."

지하실에 갇힌 것을 빼내주더니 황궁에 가두겠다는 소리인가. 어리둥절한 나를 두고 루페르트는 단호하게 말하며 자리에서 일어났다. 벌어진 로브 사이로 그대로 보이는 그의 맨몸에 나는 서둘러 눈을 감았다.

세상에! 설마 저런 꼴로 내 곁을 지킨 걸까.

라리에트 벨루아로 다시 사교계에 나설 일은 없겠지만, 이게 소문이라도 퍼지면 영락없이 황제의 여자로 낙인찍혀버릴 것이다.

"일단 옷 좀 입으세요!"

"왜?"

루페르트가 아무렇지도 않은 목소리로 되묻는다. 그는 로브를 외려

훌러덩 벗어 던졌다. 나는 실눈에도 잘 들어오는 적나라한 살색에 진저
리치며 이불을 뒤집어썼다. 하의라도 입고 있는 것이 다행이라면 다행
이다.

갑자기 왜 저런담.

"너 내 앞으로 연서가 몇백 통이 오는 줄 알아?"

"제가 그걸 알아서 뭐 해요?"

"나 잘생겼다니까 너도 좀 보라고."

잘생긴 거 안다. 누가 모르나. 나는 회귀 전에도 후에도 루페르트만
큼 휘황한 사람을 본 적 없다. 그러나 루페르트는 본인이 아무리 잘난
외모의 소유자인들 그런 것에는 별 관심이 없었다.

뜬금없는 그의 말에 호기심이 생긴 내가 눈만 빼꼼 내밀자 그가 씨익
웃는다. 환한 햇볕을 받으며 그리 웃는 모습에, 순간적으로 난 상황도
잊고서 숨이 가빠졌다.

"지금 뭐, 뭐 하시는 거예요, 진짜?"

"유혹하는 건데."

귀가 잘못되었나 보다. 나는 고개를 저었다.

"……유혹이요?"

"나는 널 좋아하는데 넌 날 좋아하지 못하니까 괴롭다며. 그래서 내
옆에 못 있겠다며."

나는 기사처럼 탄탄한 그의 가슴으로 자꾸만 향하려는 시선을 붙들
어 그의 얼굴을 바라봤다. 그가 느긋하게 말을 잇는다.

"그럼 네가 날 좋아하게 만들면 되는 거잖아."

나는 아무렇지 않은 얼굴로 말 같지도 않은 말을 하는 루페르트를 멍
하니 바라보다 고개를 돌렸다. 그가 정말로 내 앞에서 옷을 갈아입으려
들었으니까. 눈을 꼭 감고 있으니 천이 살갗을 스치는 소리가 유독 크
게 들린다. 나는 당황으로 점점 흐려지는 이성의 끈을 애써 잡았다.

"황궁에는 못 있어요. 아버지가 알게 되시면……."

아버지가 내가 상파뉴에 있다는 사실을 알게 되면 정말로 병력을 모아 쳐들어올지도 모른다. 내가 두려움에 입술을 잘근잘근 씹으며 말하자 고개를 비스듬히 꺾은 루페르트가 내게 한 걸음 다가온다. 더는 장난스레 웃지도 않는다.

서늘한 녹안을 마주하고 나서야 나는 그가 내게 지독히 화가 나 있다는 사실을 깨달았다. 여태 정신을 차리지 못하는 나를 배려해 제 분을 인내하고 있었을 뿐이다.

"넌 아직도 벨루아가 그렇게 소중한가?"

"……."

"그런 일을 겪고도 내 곁이 싫지, 넌."

루페르트의 목소리가 기묘할 정도로 낮아진다. 그는 씹어뱉었다.

"나는 네가 다시 한 번만 그런 위험에 처하게 되면 벨네르니 제국 지도에서 벨루아를 삭제할 생각이다."

"폐하!"

"네가 네 목숨을 가지고 날 협박하는 것처럼, 나도 그럴 거라고. 알아들어? 너 죽으면 벨루아는 망할 줄 알아."

루페르트는 짐승이 으르렁대듯 그리 말한 다음 짜증 서린 손길로 침실의 문을 활짝 열었다. 밖에서 대기하던 하녀들이 놀라 우르르 들어온다.

그를 붙잡고 싶었지만, 몸에 제대로 힘이 들어가지 않아 일어설 수가 없었다.

"폐하, 잠시만요!"

내게 물수건이나 약 따위를 들고 달려드는 하녀들 사이로 애타게 루페르트를 불러보지만, 너른 등은 멀어져만 갔다.

15. 언제쯤 날 좋아할 것 같아

내게 제 침실을 양보해놓고 어디 가서 잠을 자는지 며칠간 루페르트
는 코빼기도 비치질 않는다. 그저 도망갈 생각은 하지도 말라는 협박이
담긴 쪽지를 하녀를 통해 전달했을 뿐이다. 그가 그리 겁주지 않아도,
페르난드가 내게 먹인 약이 꽤 독한 것이었는지 나는 한동안 몸을 제대
로 가누지 못했다. 몸을 조금만 움직여도 머리가 울렸다.

몸을 추스르자마자 집무실이라도 쳐들어가야 하나 고민하는데 팔다
리에 붕대를 칭칭 감은 루이제가 기듯이 열린 문틈으로 들어온다. 나는
벌레처럼 움직이는 그를 지켜보다 낑낑거리며 겨우 몸을 일으켰다.

"오랜만입니다, 라리에트."

"루이제, 꼴이 왜 그 모양이에요?"

루이제는 팔레트 위를 구른 양 옷으로 가려지지 않은 모든 부분이 얼
룩덜룩했다. 뒷골목 깡패에게 두드려 맞은 것처럼 난잡한 흔적들에 나
는 기함했다.

"제 불찰이죠, 뭐. 잘 지냈어요?"

"네, 그럭저럭요."

"그래도 제가 맞아 죽기 전에 라리에트가 눈을 떠서 다행이에요."

루이제는 한숨을 푹 내쉬더니 제 가슴을 손으로 쓸어내렸다. 무엇이 다행이라는지 감도 안 왔지만, 나는 그에게 묻고 싶은 것이 많았다.

"루이제, 제가 있던 마을은 어떻게 되었어요?"

"멀쩡해요. 그 변태 새끼 말고는."

"……죽었나요?"

"그럼 폐하께서 라리에트를 건드린 인간을 살려둘 줄 알았어요?"

루이제는 어깨를 으쓱했다. 가만히 서 있기도 힘에 버거운 모양인지 숨을 색색거리는 그를 바라보던 나는 눈짓으로 하녀들을 물렸다.

"그동안 여기서 있었던 일들 좀 얘기해주세요. 오래 떠나 있었으니까요."

"어? 이제 도망 안 갈 건가 봐요?"

루이제가 눈을 동그랗게 뜬다. 그는 무척 의외라는 듯 놀라더니 손뼉까지 치며 기뻐했다.

"와. 진짜 다행이네요."

"뭐가요?"

"나 지금 도망갈 거면 그래도 상파뉴랑 좀 가까운 데로 가라고 부탁하려 했거든요. 이러다간 벨네르니 망할 것 같아서."

"벨네르니가 왜 망하나요?"

"폐하가 정사는 안 돌보고 라리에트 뒤꽁무니만 쫓아다니니까요. 지금도 라리에트 데려오는 동안 밀린 서류가 산더미라 집무실에서 나오지도 못하잖아요."

나는 착잡한 마음으로 루이제가 주절주절 늘어놓는 황실의 상황에 귀를 기울였다. 아른바흐는 대충 해결된 것 같고, 아직도 눈엣가시인 건 아버지와 대공 정도일까.

"토리는 잘 지내요?"

"요즘 잘 보이지도 않아요. 아, 디트리히 경은 폐하의 명으로 외국에 파견 나갔습니다."

르한이 보이지 않는다 싶었는데 아예 황궁에 없었던 모양이다. 나는 표정이 다채로운 루이제의 얼굴을 잠시 응시했다. 예전에는 그와 눈만 마주쳐도 르한을 끌고 가던 모습이 떠올라 분노가 들끓곤 했는데. 이제는 루페르트에게 항상 구박만 받는 그에게 안쓰러운 마음마저 든다.

"제가 옳은 선택을 내렸는지 모르겠어요."

"라리에트에게는 정답이었겠죠. 누구에게는 아니었을 거고."

루이제는 그리 말하며 너털웃음을 지었다. 초로(初老) 같은 모습이다.

내게 무엇이 미안한 건지 이유는 말해주지 않았지만, 루이제는 다음 날 화사한 장미 다발을 사과의 의미로 보내주었다.

나는 그의 짧은 카드를 읽은 다음 침대에서 일어났다. 이제 제법 걸을 만해졌다. 방 가득 퍼지는 꽃향기가 제법 싱그러워 꽃병을 찾아 몸을 움직이자 하녀 하나가 다급히 방으로 들어와 서둘러 나를 부축한다.

"고마워."

"별, 별말씀을요!"

황제가 된 루페르트는 사용인을 전부 갈아치웠다고 했다. 귀족 출신 시녀들은 더는 고용하지 않아 나를 부축한 하녀도 처음 보는 사람이다. 그녀 또한 내가 누구인지조차 모르는 듯했다.

"오늘도 어의를 봐야 할까?"

"아뇨. 기다리시면 제가 약을 가져다드릴게요."

그녀는 나와 눈을 마주하고 싶지 않은 양, 대답을 하면서 고개를 푹 숙였다.

나를 기피하는 듯해 의아했다. 루페르트가 내게 내준 장소가 장소인지라 낯 뜨거운 오해를 사기에 좋겠지만, 황제의 여자는 기피의 대상이 아니었으니까. 심지어 루페르트는 도덕적인 흠집조차 잡히지 않는 미혼이기까지 했다. 나는 내 착각이겠거니 싶어 얌전히 그녀의 부축을 받았다.

"폐하는 어디 계셔?"

"오늘은 원로회의가 있으니 본궁에 계시겠네요."

나는 마른세수를 했다. 오늘도 보지 못하는 걸까. 얼굴이라도 마주해야 설득을 하든지 말든지 할 텐데. 내 경험에 따르면 이 시기의 황실은 무척이나 위험했다. 르한도 황궁에 없고 하녀들은 나를 모르니 내가 상파뉴에 있다는 소식이 벨루아로 전해지진 않겠지만.

"오늘은 오실지도 모르니 밤을 준비할까요?"

나는 하녀의 말에 화들짝 놀라 고개를 들었다. 진지한 눈을 보아하니 나를 놀리는 게 아니었다. 정말 철저히 오해받고 있구나 싶었지만, 오해를 풀기 위해 내 정체를 고할 수도 없어 나는 고개만 살짝 저었다.

"아니, 괜찮아."

"폐하의 성혼이 얼마 남지 않았으니 영애 입장에서는 다급하시리라는 생각이 들어서요."

"어?"

하녀의 말에 절로 입이 벌어진다. 성혼이라니. 폐하가 벨네르니에 두 명일 리 없으니, 루페르트가 결혼이라도 한다는 건가.

나는 쿵쿵 뛰는 심장을 애써 다잡았다. 황제의 결혼은 국가적 행사다. 그런 대단한 소식이라면 내가 지내던 작은 마을에까지 분명 닿았을 텐데. 발밑이 푹 꺼지는 듯했다.

"레이디 파스벤더와 약혼을 하신 지 얼마 되지 않았거든요. 모르셨나요?"

"……토리 파스벤더?"

"레이디 파스벤더를 아시나요? 황실에서는 아무도 아는 사람이 없어 뜬소문만 가득한 분인데."

하녀는 의외라는 듯 눈을 동그랗게 뜨더니 약을 가져오겠다며 방을 나서버렸다. 나는 달려가 그녀를 붙잡지도 못한 채 생각에 잠겼다. 머리가 지끈거린다.

가을, 원래대로라면 그녀는 가을에 라스페리히 1세에 의해 사망했어야 한다. 라스페리히와 그녀가 초야를 치르던 그 밤에.

그러나 이미 낙엽이 죄 떨어지다 못해 새싹을 준비하는 계절이었다. 루페르트는 이미 내가 알던 라스페리히 1세가 아니다. 아르눌프와 황비를 살려두었으니까. 게다가 그는 토리를 제 목숨보다도 소중하게 여긴다. 그리고 나는 아직까지 토리가 이전 삶에서 그렇게 죽음을 맞이한 이유를 알지 못했다.

루이제는 내게 왜 이 얘기는 해주지 않은 걸까?

나는 가장 중요한 일만 쏙 빼놓고 전한 그를 원망했다. 내가 발을 동동 구르는 동안 하녀는 금세 약을 가지고 돌아왔다. 그녀는 루페르트를 만나야겠다는 생각에 억지로 몸을 일으키는 나를 만류했다.

"어딜 가시려고요? 아직은 걸어다닐 만한 상태가 아니세요."

"폐하를 뵈어야 해."

"정 그러시면 제가 말씀을 전해드릴게요. 폐하께서 영애의 몸이 상하면 저희에게 엄벌을 내릴 거라고 하셨어요."

하녀가 울상을 지으며 하는 말에 나는 얌전히 자리에 앉을 수밖에 없었다. 페르난드의 목을 잘라 광장에 전시한 데다 내가 죽기라도 하면 벨루아를 모조리 불태우겠다는 사람인데, 하녀라고 다르게 대우할 것 같지 않으니. 죄 없는 그녀들이 죽어나가는 것은 원하지 않았다.

"부탁해. 오늘 꼭 뵈어야겠다고 전해줘."

"네, 그러면 역시 밤을 준비해두는 것이 좋겠네요."

"아, 아니! 그건 됐어."

하녀는 내 말을 들은 체 만 체 서둘러 방을 나섰다. 나를 젊은 황제의 유흥거리 정도로 알고 있는 그녀들이 말하는 밤의 준비란 것이 어떤 의미인지 정도는 알고 있었지만, 나는 곧 다른 하녀가 들고 온 슈미즈를 보고 기겁했다. 그녀가 건네주는 장미 향유도 한사코 거절하자 하녀는 고개를 갸우뚱했다.

"오늘 폐하께서 드시는 것 아닌가요?"

"이런 건 됐어. 준비라면 나 혼자서 할 테니 이만 나가줘."

하녀의 눈엔 의아함이 가득했지만, 더는 토를 달지 않고 물러나주었다. 새빨간 레이스로 된 민망한 슈미즈를 베게 아래에다 밀어넣고선 하녀복과 다름없는 단정한 차림 그대로 루페르트를 기다렸다. 그러나 아무리 기다려도 그는 나를 찾지 않았다.

나는 깊은 밤이 될 때까지 루페르트를 기다렸다. 두터운 침실문은 열릴 기미를 보이지 않는다. 그에게 내 말을 대신 전한 하녀를 붙잡아 확실히 전하였느냐 추궁했지만, 분명 전했다는 단호한 대답이 돌아올 뿐이다.

루이제의 말에 따르면 밀린 일이 산더미처럼 쌓였다고 했으니 설마 아직까지도 집무실에 있는 걸까. 그게 아니라면 내게 아직도 화가 나 있는 것일지도 모른다. 루페르트는 보기보다 인내심이 대단했고, 제 감정을 감추는 데 능숙하다. 내 몸 상태가 좋지 않으니 버럭 화를 내지도 못했으리라.

나는 불안한 마음에 잠을 설치다 새벽빛에 의지해 침대를 벗어났다. 아직 세숫물을 떠 오는 하녀조차 잠들어 있을 이른 시각이다. 아직도 완벽히 회복하지 못해 걸음걸음이 무겁다. 그래도 다리는 내 의지대로 움직여주었다. 황제의 침실은 궁의 가장 높은 층에 위치했으니 집무실에 가려면 무려 세 층을 내려가야 했다. 나는 창틀과 창틀을 옮겨 잡으며 조금씩 몸을 움직였다.

황궁을 벗어나고서 1년이란 시간이 지났지만, 본궁의 구조는 눈 감고도 휜하다. 복도를 지나면 루페르트의 집무실이 보이는 발코니가 나온다. 발코니에 다다른 나는 유리문을 열었다.

아주 옅은 봄 내음이 섞인 쌀쌀한 바람이 살갗을 스친다. 상파뉴의 바람은 건조했지만 또 그만큼 상쾌해서 기분이 좋아지곤 했다. 고개를 빼꼼 내밀어보니 어스름한 하늘 아래 본궁 외벽이 눈에 들어왔다. 모두 잠들어 있을 만한 시간이었는데도 루페르트의 집무실은 아직도 불이 켜져 있었다.

일부러 내게 오지 않은 것은 아니구나.

나는 안심하며 발코니의 가벽에 등을 기댔다. 그러다 곧 하녀의 말이 떠올라 입가가 굳는다. 루페르트가 나를 피할까 봐 전전긍긍하는 내 꼴이 우스웠다. 여태 그를 피한 사람은 나였는데. 그가 정말로 토리와 결혼한다고 해서 내게 그를 말릴 자격이 있는 것도 아니다.

같은 사건이 반복될까 걱정하는 마음에 손이 덜덜 떨렸다. 속이 뒤틀릴 만큼 넘실거리는 어두운 감정이 단순한 걱정은 아니다. 두려움보다는 조금 더 진득하다. 기실 나는 토리의 이름을 듣기도 전에 루페르트의 결혼 소식에 기분이 상했었으니까. 이 감정을 정말 걱정이라고 치부할 수 있는 걸까.

"오랜만이네요."

"꺄악!"

루페르트에게 무슨 말을 어떻게 해야 할지 고민하는데 내 바로 옆에 그림자 하나가 툭 떨어진다. 기겁하며 몸을 일으킨 덕분에 휘청하며 넘어지고 말았지만, 내게 말을 건 이는 나를 도와주지 않았다. 나는 허둥지둥 바닥을 짚었다.

얼굴로 땅을 가격하는 일을 겨우 모면한 내 눈에 가장 먼저 들어온 것은 작은 발이다. 질 좋은 가죽으로 만든 듯 보이는 구두는 내가 어릴 적 신던 단화와 아주 비슷했다.

"토리?"

"안 보던 사이에 더 쓸모없어졌나 봐요."

토리는 혀를 쯧 차더니 그제야 내 겨드랑이 아래 손을 넣어 나를 일으켜주었다. 나는 황궁을 벗어난 이후로 그녀를 단 한 번도 보지 못했다. 그러나 그녀는 아주 작은 변화도 없이 내 기억과 완벽히 일치하는 얼굴을 하고 있었다. 시간이 그녀만을 홀로 비껴가는 것처럼.

"……정말 오랜만이에요, 토리."

루이제에게 가장 먼저 토리의 안부를 묻기는 했어도 막상 그녀를 마주하니 몸이 먼저 굳는다. 그녀가 나를 얼마나 싫어하는지 너무나도 잘 아니까. 그녀는 내가 완전히 죽어버리길 바랐을 거다.

"왜 황궁에 있는 거예요?"

"일이 좀 있었어요. 금방 나갈 생각이에요."

토리는 기가 차다는 듯 웃는다. 나는 그녀의 녹안이 루페르트의 것보다 더욱 서늘해 조금 놀라고 말았다. 인상이 조금도 변하지 않았다던 생각은 착각이었나 보다. 외형은 전혀 변하지 않았지만, 토리는 전보다 훨씬 차가워 보였다.

"웃기지 말아요."

"……네?"

"라리가 이럴 줄 알았어요. 순진한 척, 가련한 척은 혼자 다 하더니 1년 조금 지났다고 다시 폐하 곁을 노리는 건가요?"

"토리, 그런 게 아니에요."

"그런 게 아니라면 왜 지금 돌아와요? 왜?"

들릴락 말락 하던 토리의 목소리가 점점 커졌다. 나는 표독스럽게 느껴지는 그녀의 눈빛에 얼어붙어 잠시 대답을 머뭇거렸다. 내가 황궁에 없는 동안 무슨 일이 더 있었던 걸까. 루페르트는 어떤 상황에서든 토리를 냉대하진 않을 것이다. 그러나 그녀는 내게 억하심정이라도 품은 사람처럼 나를 노려보고 있었다.

"죽는다면서요? 죽어버리겠다고 했잖아요. 다시는 돌아오지 않는다고 했으면서."

"내가 살아 있어서 미운가요?"

"……."

"토리, 토리나 폐하에게 해를 끼치려는 생각은 없어요. 안심해요. 내가 벨네르니의 황좌를 노릴 일은 죽어도 일어나지 않을 테니까."

"거짓말쟁이."

토리는 뻣뻣한 제 머리카락을 묶고 있던 공단 리본을 풀어 던졌다. 그녀가 분을 참지 못해 바닥에 던져진 초록색 리본이 눈에 익다. 내가 시녀 시절 종종 하고 다녔던 그 리본을 주워 그녀에게 건네주었다.

"이 리본, 가지고 있었네요."

내가 머리 묶는 방식을 따라 하던 토리에게 선물한 것이었다. 아직까지 이 리본을 가지고 다녔구나. 순간 세게 깨문 입술에 피가 맺힌다.

"이제 필요 없어요. 폐하가 약혼선물로 더 질 좋은 리본을 주셨으니까."

"그래요. 잘됐네요."

나는 어린애처럼 내 앞에 각양각색의 리본을 들고 흔들어 보이는 토리를 물끄러미 바라보다 웃었다. 그녀는 내 반응에 기분이 상한 듯 인상을 크게 찌푸렸다.

"폐하와 저는 결혼할 예정이에요, 라리에트."

"들었어요."

사실이었구나. 차마 축하한다는 말은 나오지 않는다. 두렵고 불안한 마음이 먼저였다. 라스페리히 1세의 폭력은 토리의 죽음에서부터 시작했으니까. 토리와 결혼한 황제는 그날 밤 그녀를 죽였고, 그 후로 미치광이처럼 사람들을 처형하기 시작했다. 그녀가 왜 죽었는지, 정말로 라스페리히가 죽인 게 맞는지 아는 사람은 이 세상에 존재하지 않았다. 루페르트조차 모를 테니까.

"제 이름은 토리 파스벤더 벨네르움이 될 거라고요."

"토리는 정말 그러고 싶은 건가요?"

토리는 대답하지 않았다. 토리가 루페르트에게 가진 감정을 감히 내가 이름 붙일 수는 없겠지만, 그들은 적어도 연인 관계는 아니었다. 내가 루페르트의 곁을 지키지 못하게 되더라도 나는 토리가 아닌 다른 사람이 그의 곁을 지키길 바랐다. 토리는 그 누구보다 루페르트를 사랑했지만, 동시에 지독히 미워하는 것 같았으니까.

"토리는 황후가 되고 싶은 거예요?"

"되고 싶어요. 사람도 아닌 나 같은 건 황후가 되면 안 된다고 세상에 떠들기라도 할 셈이에요?"

"난 토리가 인간이 아니라고 생각한 적이 단 한 번도 없어요. 그저 결혼이 폐하와 토리를 위한 최선의 선택일지 모르겠어요."

나는 그녀를 옭아매고 있는 이가 루페르트가 아니라고 생각했다. 그는 그녀를 놓아줄 수 있다면 진즉 놓아줬을 테니까. 크루나루카는 금지된 연금술로 남은 사료조차 모조리 불태워진 저주나 마찬가지였다. 그런 저주 같은 연금술에 얽매이지 않았다면, 그녀는 정말로 황후가 되고 싶어 했을까.

"라리에트의 생각은 내게 더는 중요하지 않아요."

나를 비웃듯 매몰차게 입꼬리를 올린 토리는 내가 건넨 리본을 갈기갈기 찢어 발코니 밖으로 던져버리곤, 깃털처럼 나풀거리며 날아가는 리본 조각을 멍하니 보는 내게 다가온다.

"라리에트는 이미 폐하를 떠났어요. 루페르트를 버렸어요. 기억해요? 그가 바친 심장을 짓밟아 뭉개버렸다고요."

"……그게 최선이라고 생각했어요."

"아뇨, 알량한 죄책감을 이기지 못한 것뿐이잖아요. 라리는 비겁해요. 루페르트가 저지르지도 않은 죄를 덮어씌워 그를 증오했어요."

토리는 짐승처럼 날을 세웠다. 숨도 쉬지 않고 비난한다.

나는 그녀의 날카로운 말을 그저 듣고만 있을 수밖에 없었다. 전부 사실이었으니까. 나는 비겁하고, 저열하고, 이기적이다. 내 상처만 볼 줄 아는 미성숙한 사람이었다.

루페르트가 라스페리히가 아니라는 사실을 알면서도 그를 용서하지 못했다. 그러면서도 그가 너무 가엾고 안쓰러워 아직까지도 갈피를 잡지 못한다. 그만이 갈 길 잃고서 방황하는 것이 아니었다.

"라리에트는 폐하께 하등 쓸모없다고요. 그런 주제에 내가 폐하께 상처라도 줄까 봐 걱정하는 건가요?"

"토리……."

"나는 폐하를 사랑해요. 내 목숨처럼. 루페르트가 곧 나니까. 그의 소명이 나의 운명이에요. 그리고 그걸 방해하는 건 라리에트라고요!"

나는 곧 목 놓아 울음을 터뜨릴 것만 같은 토리로 인해 말을 잃었다. 새빨개진 얼굴의 그녀는 꼭 내 열두 살 생일파티에 놀러 왔던 아이처럼 보였으니까. 아무리 표독스럽게 날 노려봐도 내 기억은 변하지 않는다. 그녀는 여전히 그 겨울날처럼 작고 여렸다.

"나는 아니에요. 나는 죽을 때까지 루페르트의 곁을 지킬 거예요. 지켜야 하니까. 그러지 않으면 내 심장이 멈출 테니까."

"토리."

"그러니까 방해하지 말아요. 더 확실하게 몸을 숨기고 도망치란 말이에요."

나는 내게 몸을 바싹 붙인 토리의 어깨를 붙잡았다. 그저 보고만 있을 때는 몰랐는데, 그녀는 연신 떨고 있었다. 나는 당황해서 그녀를 토닥였다.

"……제발요. 부탁이에요. 폐하를 내게서 **뺏어가지** 말아요."

내 손길을 뿌리칠 줄 알았는데 토리는 얌전히 내게 안겨들었다. 참았던 울음이라도 터뜨렸으면 내 속이라도 시원하겠건만, 그녀는 울지도 못했다.

이토록 저를 끔찍이 아끼는 그녀를 라스페리히는 왜 죽여야만 했던 걸까. 그녀가 내게 건넨 수많은 말들 중 도대체 무엇이 거짓이고 무엇이 진실일까.

루페르트는 내가 집무실 문을 벌컥 열고 들어서자 조금 놀란 듯 눈을 크게 떴다. 워낙 표정이 없는 사람이라는 점을 감안하면 무척 놀란 게 틀림없다. 아침이 밝아오도록 집무실을 벗어나지 못했는지 그의 얼굴에는 피로가 가득했다. 나는 그가 나를 피한 것이 아니라는 단순한 사실을 확인하곤 안심했다.

"여기 계셨네요."

그리고 나는 담요 한 장 두르고 서류더미에 묻혀 덜덜 떨고 있는 루이제 쪽으로 고개를 돌렸다.

"바덴 경, 미안하지만 잠깐 자리를 비켜줄 수 있을까요?"

"허, 지금 밤까지 새워가며 열심히 일하고 있는 사람을 쫓아내는 겁니까?"

루이제는 기가 막히다는 듯 헛웃음을 지었다. 허! 소리까지 내며 의기양양하게 고개를 빼 루페르트를 바라본다. 여태 열심히 그를 도와 서류를 처리한 자신을 내보낼 리가 없다는 확신이 가득한 눈빛이었다.

"나가."

루페르트는 루이제 쪽은 쳐다보지도 않고 눈은 나에게 둔 채 말했다.

루이제가 거보라는 듯 당당한 태도로 나를 향해 어깨를 으쓱한다.

"지금 폐하가 바쁘시니 다음에⋯⋯."

"너 나가라고."

"저, 저요?"

"두 번 말했다."

루페르트는 같은 말을 반복하는 대신 책상 구석이 제자리인 양 누워
있는 장총을 들었다. 그 모습에 루이제가 투덜투덜 입을 삐죽 내미는
와중에도 서류를 챙겨 자리에서 일어난다.

"와, 라리에트 돌아온 지 얼마나 됐다고 벌써부터 차별하시는 겁니
까?"

철걱. 루페르트가 손가락을 살짝 움직이자 장총이 장전되었다. 고요
한 집무실을 울리는 무시무시한 소리에 루이제는 허겁지겁 걸음을 옮
겼다. 나는 급용이라도 생긴 양 부리나케 집무실을 나서는 그에게 고개
를 살짝 끄덕이는 것으로 감사를 표했다.

"왜."

"저한테 화나셨어요?"

"어."

고개를 슥 돌리며 무심하게 대답한 루페르트는 다시 서류를 들여다
본다. 이럴 거면 루이제는 왜 내보냈는지. 어이가 없었지만 나는 나를
보려고 하지도 않는 그에게 다가갔다.

"⋯⋯일단 구해주신 건 감사해요. 고맙다는 말을 못 했더라구요."

루페르트는 고개도 들지 않는다. 그의 책상 앞에서 몸을 숙여 그와 눈
높이를 맞추자 그제야 눈을 든다.

"제게 할 말이 많으실 텐데, 왜 안 오셨어요?"

"갔어."

"언제요?"

"너 잘 때."

나는 기가 막혀 입술을 깨물었다. 의식이 없는 사람을 찾아와봤자 무슨 소용인가. 그러나 그는 내 반응이 이해되지 않는 듯 한쪽 눈썹을 쓱 올렸다.

"종일 누워만 있었는데 왜 낮에는 안 오시고요?"

"시간이 안 나는데 어떡해."

"그러게 나랏일을 미루시면 어떡해요? 이제 무려 황제 폐하신데."

"내가 누구 때문에……."

루페르트는 그러다 입을 꾹 다물었다. 으득 이를 가는 소리가 들린다. 그 와중에도 빠르게 서류 몇 장을 훑어 정리한 그는 대강 급한 일은 마쳤는지, 고개를 들어 나를 제대로 마주해줬다.

"나 바빠. 왜 왔는지 말해."

"폐하 결혼하세요?"

"……어?"

내가 자신을 찾은 이유가 이것인 줄 몰랐는지 그가 조금 당황한다.

나는 색이 선명한 그의 녹안을 눈 한번 깜빡이지 않고 지그시 응시했다. 토리와 루페르트의 관계에 대해 내가 아는 사실은 피상적인 것뿐이다. 예전보다는 잘 안다고 할 수 있겠지만, 여전히 깊이 없다. 가족 같은 관계라고 해도 눈에 보이는 것이 전부는 아닐 테니까.

토리를 여인으로 아끼는 것이 아니리라 생각했지만, 나는 루페르트가 나를 이토록 소중하게 여길 것이라곤 예상도 못 했던 어리석은 치였다.

"토리랑 결혼하신다고 들었어요."

자꾸 결혼이란 단어를 입에 담다 보니 루페르트는 기억이라도 할까 싶은 그의 프러포즈가 떠오른다. 벨루아에서 상파뉴로 돌아오는 길에서 그는 내게 결혼할까, 물었다. 멋이나 낭만이라고는 손톱만큼도 없이 무뚝뚝하게. 그때를 떠올리니 왜 기분이 상하는지. 결혼이 무슨 애들 장난도 아니고.

"되게 여기저기 청혼하고 다니시나 봐요."

"내가?"

루페르트가 영문을 모르겠다는 듯 되묻는다. 역시 기억도 못 하는구나 싶어 나는 헛웃음을 흘렸다.

"저한테도 결혼하자고 하셨잖아요. 보석 주머니 던지면서."

"보석 주머니가 왜. 너 그걸로 집도 샀잖아."

거절한 청혼의 대가로 받은 보석을 아주 요긴하게 써먹긴 했었다. 그의 낭만 없는 선물을 책망할 핑계를 잃은 나는 손끝을 꼼지락대다 머뭇거리며 입을 열었다.

"……나, 남았어요! 돌려드려요?"

"누가 달래? 그리고 결혼하자고 한 사람, 너밖에 없어. 헛소리하지 마."

루페르트가 단호하게 잘랐다. 이상하다. 그가 내게 거짓말을 할 리는 없는데. 의아한 내 얼굴을 물끄러미 바라보던 그는 느긋하게 말을 이었다.

"원로회가 하도 시끄럽게 지랄해서 소문만 퍼뜨렸을 뿐이다."

"그럼 토리랑 결혼 안 하세요?"

"안 해."

"토리가 제게 폐하와 결혼을 할 거라 했어요. 그럼 그녀가 거짓말을 한 건가요?"

그가 대답 없이 제 턱을 손끝으로 문지른다.

그의 침묵은 대체로 긍정을 의미한다. 거짓말이었구나. 나는 나를 원망하던 토리의 얼굴을 떠올리며 마른세수를 했다. 내게 그런 거짓말까지 할 정도로 내가 루페르트 곁을 떠나길 바라는 거겠지. 그러나 토리가 그토록 두려워하는 일이 내가 그를 사람답게 살게 만드는 것이라면, 그녀의 두려움은 오히려 내게 기꺼운 것이어야 하리라.

"폐하, 저는 토리를 좋아해요. 진심이에요."

"알아."

"하지만 토리가 폐하를 배신하지 않을 거란 생각은 하지 마세요."

"네가 겪은 미래에 사달이라도 났나?"

나는 흠칫 몸을 떨며 고개를 들었다. 다이어리는 분명 불에 태워 없애 버렸는데. 설마 르한이나 아버지가 그에게 나의 회귀에 대한 말을 꺼냈을까 싶었지만 말이 되질 않았다.

"무슨……."

"내가 널 죽였다며."

루페르트의 목소리가 낮아진다. 나는 변명할 말을 찾기 위해 웅얼거렸지만, 그는 무감한 얼굴로 말을 이었다.

"그래서 죽기 싫어서 내게 온 거잖아, 너. 너와 네 가족을 죽이지 말아달라고."

그의 말은 반박할 수도 없이 자명한 사실이다. 나는 정말 살기 위해 어린 루페르트의 곁을 지켰다. 장성한 그는 분명 나를 비난할 것이다. 나는 그를 철저히 이용했으니까.

나는 그의 원망하는 눈을 마주하기가 두려워 눈을 질끈 감았다.

"눈 떠. 괜찮아. 네가 날 경멸한다는 걸 모른 적 없다."

"그런 게 아니에요. 경멸하지 않았어요. 그냥 무서웠던 거예요, 폐하."

나는 루페르트가 라스페리히가 되어가는 과정이 두려웠다. 그러나 내가 그의 행복을 바란 것도 분명한 사실이다. 나는 진심으로 그가 온전한 삶을 누리길 원했다. 그러나 루페르트는 내 말을 믿지 않는 듯했다. 곧 사라질 것처럼 흐리게 웃는다.

"네가 뭘 겪었든, 반복하지 않을 거다. 내가 다를 거니까. 토리가 무슨 짓을 벌였든 마찬가지야."

"토리랑 정말 결혼하지 않으실 건가요?"

"그래."

"……왜요?"

편히 기대앉아 있던 루페르트가 자리에서 일어난다. 책상을 넘어 내게 가까이 다가온 그는 손을 뻗어 내 턱을 들었다. 나보다 머리 하나는 큰 사람이니 높아진 시야로도 그의 굳은 얼굴이 무척 잘 보인다. 나는 그가 여전히 내게 머리끝까지 화가 나 있는 상태라는 사실을 상기했다.

"내게 결혼은 아무런 의미가 없어."

"……."

"고르텐이든 아른바흐든 귀족이 들고 오는 황후 후보는 선황비 같은 인물을 만들어낼 뿐이고, 권력을 나눌 만큼 믿을 가문이 없는 내게는 토리가 제격이긴 하지. 걘 적어도 날 배신하지 못하니까."

루페르트의 얼굴이 조금씩 내게 다가온다. 그가 고개를 숙일수록 집무실 특유의 고목 냄새를 억누르는 화한 향이 코끝을 찔렀다. 나는 작게 몸을 움찔거리다 시선을 내리깔았다.

"근데 왜 안 하느냐고?"

"……."

"너 때문에. 내가 어찌해볼 수도 없이 엿 같은 이유 때문에 날 경멸하는 널 기다리느라고."

루페르트는 순간적으로 분노가 치솟는지 눈을 질끈 감았다 떴다. 나는 새파랗게 빛나는 그의 눈을 흘깃 보다 입술을 깨물었다. 그의 목소리가 점차 낮아진다 싶더니 이내 사위어든다.

"내가 널 강제하면 망가질 테니까, 네가 날 받아주길 기다릴 거야."

"……제가 폐하를 받아들이지 못하면요?"

"그래도 난 널 포기하진 못해. 도대체 몇 번을 말해야 알아들어, 넌……."

어느새 그를 떠난 겨울이 돌아왔을 정도로 시간이 흐르고 말았다. 내게는 짧기만 했지만, 그에겐 벨루아를 쓸어버릴 만한 기회가 수십 번은 쥐어졌을 시간이다. 그러나 벨루아는 여전히 따뜻하고 평화로운 날을 영위 중이고, 그는 내 목숨을 노리기는커녕 나를 위험에서 구해줄 뿐이었다.

나는 손님을 가장해 빵집을 드나들던 그때처럼 내 어깨에 고개를 묻은 그의 가마를 내려다보았다. 목에 닿는 머리칼이 소년의 것처럼 부드럽다. 짙은 한숨. 그를 마주할 때마다 어찌할 바를 모르겠는 건 나도 마찬가지다.

루페르트는 단순히 소문을 퍼뜨렸을 뿐이라고 했지만, 토리는 이미 황실 내에서 황제의 약혼자로 제법 자리를 잡은 상태였다. 본궁 옆에 딸린 황후의 처소에 그녀가 머무르고 있다니, 소문 정도가 아니질 않나.

약혼자가 있는 황제의 침실을 떡하니 차지하고 있는 나를 곱게 볼 사람은 없었다. 하녀들이 왜 내게 적대적인가 했더니, 그들은 그저 정숙한 벨네르니의 황실 법도를 철저히 따르고 있을 뿐이었다.

붉은 황실의 규율을 세운 그리모알트 3세는 도덕적인 결벽증을 앓던 사람으로 황제가 첩을 두는 것조차 엄격히 금지했다. 바로 가까이에 붙어 있는 월레탄은 황후와 황비를 빼고도 첩이 수십을 넘어갈 때가 있었는데, 그는 그런 왕국을 야만인들의 나라라 비난했다. 해서 벨네르니 황제가 공식적으로 인정할 수 있는 아내는 단둘뿐이었고, 황비조차 황후에게서 후계자를 보기 힘든 상황에서나 허락되었다.

그러니 황제의 약혼자로 알려져 있는 토리가 버젓이 황궁을 지키고 있는데 황제의 침실을 제 것인 양 쓰고 있는 내게 쏟아지는 눈초리가 고울 리 있나. 나는 복도 한번 제대로 나가지 못한 채 그의 침실에 갇혀 몸이 회복되기를 손꼽아 기다렸다.

굳게 닫힌 문은 나를 돌볼 하녀가 출입할 때를 제외하곤 열리는 법이 없다. 루페르트를 찾아 집무실까지 간 날이 문제였다. 돌아오는 길에 아주 잠시 정신을 잃었을 뿐인데, 그가 길길이 날뛰며 문을 봉쇄해버렸다. 다 나을 때까지는 침실조차 벗어날 생각을 하지 말라는 명령과 함께.

"저기."

"네?"

"폐하께 다시 한 번만 고해줄 수 없을까? 나 다 나은 것 같다고."

"그건 닥터 헤르셰께서 결정할 일이라서요. 죄송합니다."

나는 울상을 지었다. 몸을 움직이면 갑자기 기력이 쭉 빠지며 어지러워지긴 했지만, 그렇다고 종일 누워 있는 것도 쉬운 일은 아니다. 나는 무기력함에 젖어들다 베개 끄트머리를 깨물며 자리에서 끙끙 일어났다.

"나 이제 정말 멀쩡한 것 같은데……."

루페르트가 내게 붙여준 어의는 다행히 솜씨가 아주 뛰어난 편이라 하루가 다르게 걷고 움직이는 것이 수월해졌다. 그러나 그는 루페르트가 만족할 만한 회복을 했다는 진단을 내리는 법이 없었다. 침실만 나가면 복도를 내달릴 수도 있을 정도로 나은 것 같은데, 왜일까.

한숨을 내쉰 나는 커다란 창문을 열어 바람을 맞았다. 갑갑함이 조금이나마 해소되는 느낌이다. 연금술로 창문을 깨고서라도 도망갈 수도 있지만, 또다시 비겁하게 루페르트를 떠나고 싶지는 않았다. 내가 위험에 처하거나 다치게 되면 벨루아를 없애버리겠다는 루페르트의 경고도 마음에 걸린다.

이 무슨 말도 안 되는 협박인가 싶기도 했지만, 그가 진심이라면 벨루아가 위험할 수도 있다. 벨루아의 이름이 없는 나란, 제국에서 인정받지도 못하는 연금술을 조금 할 줄 아는 힘없는 여성일 뿐이다. 남편이나 아버지가 없는 여자는 아이만큼이나 연약한 존재다.

페르난드의 열렬하고 위협적인 구애를 웃어넘긴 치안대를 생각하면 치가 떨린다. 나와 제법 친분을 쌓은 마가렛도 비슷한 태도였다. 내가 페르난드의 일로 몇 번이나 조언을 구했지만 그녀는 내가 결혼하기를 바랐다. 마치 결혼이 해결책이라도 되는 양.

귀족여성은 가문의 소유물이었지만, 귀족이 아닌 여성은 누구나 집어 갈 수 있는 공공재나 다름없다. 여태 가문이건 루페르트건 안전한 그늘 아래 머물렀던 내게 있어 무척이나 충격적인 깨달음이었다.

그리모알트가 제정한 법은 숨이 막힐 정도로 엄격했지만, 정작 사람들을 제대로 보호하지 못하고 있었다. 벨루아나 루페르트의 권력에 기대지 않고 홀로 살아가는 것이 불가능하게 느껴질 정도로.

"뭐 해?"

문소리가 나더니 루페르트가 고개를 쏙 들이밀었다. 나는 창가에 앉은 자세 그대로 그를 맞았다. 내가 할 말이 있다는 이유로 무리해가며 그의 집무실까지 찾아갔기 때문인지 그는 매일 낮 꼬박꼬박 나를 방문했다. 하고 싶은 얘기가 있으면 이때 하라는 뜻이다.

"창밖 구경해요. 나간 지 너무 오래되어서."

황제의 침실은 본궁의 정원이 가장 잘 보이는 가운데 위치했다. 아직 날이 쌀쌀하기는 했지만, 봄을 맞을 준비를 하는 듯 벌써부터 봉우리가 맺힌 꽃밭이 눈에 보였다. 내게 저벅저벅 다가온 루페르트가 내 시선을 따라 창밖을 눈으로 훑는다.

"정원 보고 싶어?"

"내보내주시려고요?"

드디어 나를 내보내줄 결심이 섰나 싶어 반색하며 고개를 들었다. 루페르트는 별일 아니라는 듯 어깨를 으쓱했다.

"정원 정도야, 뭐."

"그럼 저 나갔다 올, 꺅! 뭐, 뭐 하시는 거예요!"

바닥을 밟고 서기도 전에 그가 나를 번쩍 안아 든다. 순식간에 허공에 붕 떠오른 나는 버둥거리며 그의 가슴을 손으로 밀어냈다. 이 비슷한 상황, 전에도 있었던 것 같은데!

"정원이 보고 싶다며. 너 걷다가 또 기절하면 어떡해?"

"이제 멀쩡해서 괜찮아요! 내려주세요!"

"왜?"

"떨어지면 어떡해요!"

"안 떨어뜨릴게. 맹세해."

천둥번개가 내려쳐도 그럴 일이 없으리라, 맹세라도 하듯 대답한 루페르트는 나를 안은 상태로 어렵지 않게 문을 열었다.

무릎과 등을 지탱하는 팔이 제법 안정적이다. 사실 떨어질까 무서운 마음보다는 남 보기 부끄러운 마음이 더 컸다. 주제도 모르고 황제를 넘보는 여자라 생각할 텐데, 귀한 황제의 집무시간을 빼앗는 것도 모자라 이 무슨 추태일까, 혀를 차겠지.

"폐하, 진짜, 제발! 내려주시면 안 돼요?"

"응, 진짜, 안 돼."

루페르트는 말장난이라도 치는 것처럼 내 말투를 따라 하더니 계단까지 덥석덥석 내려가 정말로 정원에 들어서버렸다. 본궁의 정원이 아무리 황제만의 것이라지만, 본궁에서 일하는 사용인의 수를 생각하면 소문이 퍼지지 않기란 어려운 상황이다.

얼굴이라도 가리자는 생각에 목을 루페르트 쪽으로 돌리는데 그가 순간 크게 움찔한다. 나는 기가 차서 입을 벌렸다.

"왜 놀라세요?"

"갑자기 움직이니까."

"자꾸 덥석덥석 안으셔서 저도 놀라거든요?"

내 볼멘소리에 루페르트가 짧게 웃는다. 청량한 웃음소리에 나는 발버둥도 잊고 그를 멍하니 바라보았다. 그의 웃는 얼굴은 아름다울 정도다. 잘 벼린 칼처럼 날카로운 평소의 서늘함이 잠시 가실 정도로.

루페르트는 정원의 분수대에 다다라서야 나를 내려놓았다. 다리를 쓰지 못하는 것도 아닌데 너무하다 싶을 정도로 조심하면서.

나는 내 뜻을 따라주지 않는 그를 포기하고 말았다. 나도 그의 뜻대로 움직여주지 않았으니까.

"그래도 나오니까 좋네요."

기가 질릴 정도로 화려한 대리석 분수도 겨울에는 조금 쓸쓸한 느낌이 감돌았다. 햇빛을 받아 화사하게 빛나는 물방울로 손을 뻗으니 닿는 물이 따뜻하다. 고작 분수 따위에 온수를 쓰다니. 벨루아에선 상상도 못 할 사치였다.

"폐하, 절 언제까지 붙잡아둘 생각이세요?"

"너 다 나을 때까지. 네가 황궁 밖에서 혼자 살아도 안심할 만큼 제도와 체계가 잡히면."

"그게 가능이나 한가요?"

루페르트는 내 앞에 한쪽 무릎을 꿇고 앉았다. 짧은 머리가 눈부시다. 그는 망설이는 듯하더니 천천히 손을 뻗어 내 머리를 귀 뒤로 쓸어넘겼다.

"넌 언제쯤 날 좋아할 것 같아?"

"……그걸 제가 어떻게 알아요?"

"조금 덜 싫어지지도 않았어?"

날 뚫어져라 바라보던 루페르트가 제 머리를 헝클어뜨리며 일어난다. 그는 괜히 굴러다니는 돌멩이를 걷어차며 성질을 부렸다.

"……매일 얼굴 비치면 좀 다를 거라더니."

"그래서 자꾸 오시는 거예요?"

"너는 남자 얼굴도 안 봐?"

나는 루페르트의 짜증 가득한 목소리에 말문이 막혔다. 대답하기 어려울 만큼 원색적인 질문이기도 했을 뿐더러, 제 미모에 자신만만한 태도가 기막혔다. 황제가 된 후 그가 받은 연서가 수백 통이 아닌 수천 통이라더니.

"널 포기 못 하는 걸 인정하니까 억울해서 잠이 안 와."

루페르트의 발에 걷어차인 돌멩이가 도르르 굴러가는 모양을 구경하던 나는 그의 말에 얼굴을 들었다. 그가 억울하다는 감정을 나 때문에 느낀다는 것에 조금 놀라고 말았다. 황비와 아르눌프에게 그 지경으로 괴롭힘을 당하고도 억울하다 우는소리 한번 한 적이 없는 사람이 이런 얘길 한다.

"나는 널 죽인 적도 없는데 왜 날 싫어하는데. 이해가 가다가도, 가끔 열받아서 잠이 달아나."

"저 폐하 싫어하지 않아요."

나는 침을 삼켰다. 내내 머릿속이 어지러운 건 마찬가지지만, 분명한 사실은 하나 있다.

"더는 무섭지도 않아요. 폐하가 절 죽이거나 심지어 조금이라도 해할 것이라고 상상도 하지 않아요."

"……그리고?"

"잘 모르겠어요. 폐하를 보고 있으면 마음이 아파요."

가슴 한구석을 바늘로 연신 찌르는 것만 같은 고통이었다. 그가 환하게 웃는 얼굴을 볼 때면 더더욱.

"난 널 보고 있으면 죽기가 싫어."

"……."

"한 번도 그런 생각 해본 적 없는데."

그는 내가 창가에서 바라보았던 꽃을 꺾어 내게 건넸다. 봄 채비를 서두르고 있던 꽃은 황궁에 어울릴 만한 화려한 종이 아니었다. 들판에서 많이 볼 수 있을 법한 작고 흔한 꽃망울이다.

토리는 아주 오래된 그림 한 장을 주머니에서 꺼내 들었다. 화려한 무희와 어린 소녀가 무희의 드레스 끝자락을 잡으며 환히 웃고 있는 그림이다. 빛바랜 데다 손때가 덕지덕지 묻어 소녀의 이목구비를 제대로 확인하는 것조차 힘들 정도다. 그러나 구태여 보지 않아도 토리는 소녀가 어떻게 생겼는지 잘 안다. 거울을 보면 바로 그 소녀가 있으니까.

소녀의 얼굴은 시간이 아무리 지나도 그림에 그려진 그대로였고, 앞으로도 그대로일 테니까. 불변의 저주였다.

"폐하. 이 그림, 본 적 있으셔요?"

루페르트는 토리가 내민 그림을 흘깃 바라보다 고개를 저었다. 에바가 전부 빼앗아 불태워버렸지만, 이것 하나는 겨우 빼돌릴 수 있었다. 유일하게 남은 과거의 흔적을 이렇게 내보이는 건 처음이니 그가 본 적이 있을 리 없다. 그러나 그는 무희의 얼굴을 알아보았다.

"어머니인가."

"이 소녀는요?"

"얼굴이 제대로 보이지가 않는데."

"소녀의 이름은 빅토리아 에딩거여요."

그림 속에서 환히 웃고 있는 무희는 향락의 도시 아르델에서 명성을 떨친 제노에바였으며 어린 소녀는 그녀의 시중을 들던 심부름꾼 빅토리아였다. 빅토리아 에딩거. 눈에 띄는 구석이 전혀 없는 평범한 소녀. 토리가 그 이름을 가슴속에 묻은 채 산 지, 벌써 10년도 넘는 세월이 흘렀다.

루페르트는 침묵했다. 옅은 신음을 흘린다. 그는 그녀가 옛날 이야기를 꺼내면 어찌할 바 몰라 하며 무척 불편한 티를 내곤 했다. 그녀는 얼굴을 찌푸리는 그에게 바싹 붙어 그림을 들이밀었다.

"어때 보이나요? 좋아 보이나요?"

"잘, 모르겠어."

루페르트의 맑은 녹안에 언뜻 괴로움이 얽힌다. 토리가 그와 그의 어머니를 위해 어떤 희생을 치렀는지 상기할 때마다 그는 몹시 괴로워했다. 토리는 얕고 천박한 희열을 느끼며 작게 몸을 떨었다. 그는 더 괴로워해야 했다. 갈 곳 없는 마음은 길을 잃고 헤매어야 했고, 절망하고 또 절망한 끝에 모든 것을 집어삼켜야 한다. 무슨 짓을 해도 절대 채워지지 않는 갈증을 느끼면서.

"행복했던 것 같아요. 이제는 잘 기억이 나지 않지만요."

"……지금 행복할 수는 없는 건가? 난 네가 행복했으면 좋겠어."

방긋 웃던 토리의 얼굴이 유리처럼 파삭 깨지고 말았다. 그러나 그녀는 금세 미소를 띠며 그를 돌아보았다. 그녀는 그의 말에서 라리에트의 냄새를 맡았다. 그 여자의 영향이 아니라면 그가 그런 멍청한 소리를 해댈 리 없으니까. 끝 모르는 한숨을 속으로 내쉰다.

"전 제가 행복하길 바라지 않아요. 그런 유치한 희망 따위 품지 마셔요, 폐하."

토리의 냉정한 말에 루페르트는 고개를 돌려 그녀를 마주 보았다. 그녀의 탁한 녹안이 희번득 빛을 낸다. 그는 문득 그녀가 언제부터 자신을 노려보고 있었을까 고민했다. 그녀가 이를 드러내기 시작한 시점이 언제인가.

하나 토리가 자신을 증오한다 해도 어쩔 수 없다. 억울하지도 않다. 그녀의 심장에 크루나루카를 박아넣은 사람이 루페르트가 아닐지라도, 그녀는 그를 위해 존재하는 인형이었다. 토리는 그의 목표를 이루기 위해 살았다.

자아가 생긴 종속품은 주인을 원망하게 되는 법이다. 그는 이제 그녀가 제게 품은 애증을 이해했다. 사람의 감정이란 건 그의 머리로는 감히 제대로 이해할 수도 없을 만큼 다채롭고 모순적이라는 사실을 깨달았으니까.

"넌 나의 검은 손이다. 내가 무엇을 바라든 해내야 해."

"그래서 제게 행복이라도 명하실 생각이어요?"

토리가 까르르 웃음을 터뜨린다. 농담도 되지 못할 만큼 덧없기 짝이 없는 말이다. 불가능하니까. 진심으로 울지도 웃지도 못하게 만들기 위해 에바는 그녀로부터 눈물을 거둬버렸다. 그녀는 사지가 떨어져나가는 고통에도 괴로움을 제대로 표하지 못했다.

"폐하, 우리의 목표를 잊지 마셔요. 우리는 무언가를 느끼기 위해 사는 사람이 아니어요."

그리고 토리는 루페르트를 자신처럼 만들기 위해 생겨났다. 그녀는 에바를 끔찍하게 사랑했고, 에바를 위해서라면 무슨 짓이든 다 할 수 있었다. 그는 에바가 남긴 마지막 명령이었다. 루페르트의 어머니는 자식인 그보다 수배(數倍)는 더 잔악하고 냉혹했다. 에바는 자신의 아들이 제 뜻을 벗어날까 염려해 토리를 만들었다. 루페르트가 아무 감정도 느끼지 못하는 괴물처럼 살아가길 원해서.

토리는 빙그레 웃었다. 자신은 에바에게 매여 오도 가도 못하고 지옥 속에 머무는데, 그만 벗어나게 둘 수 없다. 라리에트, 골칫덩이 라리에트가 문제다.

"넌 잊어도 돼. 난 네가 뭘 하든 막지 않을 거다."

"그렇다면 라리에트를 죽여도 될까요?"

토리는 일부러 라리에트의 이름을 또박또박 힘을 주어 발음했다. 그녀를 안쓰러운 눈으로 내려다보던 루페르트의 표정이 순간 변한다. 선득한 시선이 한겨울 호수보다도 냉랭했다. 지독하게 차가운 맹수의 얼굴. 그녀는 만족하며 미소 지었다.

"수없이 경고했어요. 라리를 당장 내보내세요. 잊으세요."

"못 해. 할 수만 있으면 진작 했어."

토리는 루페르트의 찡그린 눈썹을 손끝으로 쓸어내렸다.

"라리에트는 이미 폐하를 버렸어요. 손에 쥐지 못한 물건에 애착을 가지지 마셔요."

"말조심해."

"라리는 폐하를 이용했죠. 아, 가여운 루페르트. 그만큼 아낀 이가 없었을 텐데. 마음이 전부 새까맣게 타도록 애절했는데."

토리는 멈추지 않았다.

"그저 고개만 끄떡이셔요. 잊지 못하겠다면 죽여드릴 수 있어요. 아무리 기다려도 라리는 폐하를 사랑해주지 않아요. 그 누구도 폐하를 사랑하지 않을 테니까. 하지만 가질 수는 있어요."

"……."

"라리에트를 가지고 싶잖아요. 하얀 목을 꺾어 손에 쥐셔요. 피처럼 붉은 장미 또한 폐하의 것."

그녀가 속삭이는 유혹에 그가 고개를 숙인다. 꼭 쥔 주먹이 경련했다. 인내다. 억지로 참는 것이다. 그녀는 그의 짧은 인내가 바닥을 보이고 있음을 깨달았다.

토리는 루페르트를 이해했다. 그의 잔인한 소유욕을 속속들이 알아진절머리를 칠 만큼. 어미에게 애정 어린 말 한마디 들어본 적이 없어 정(情)에 애단 아이를 아니까. 도망치는 라리에트의 발목을 얼마나 잡고 싶어 하는지 뻔히 들여다보았다.

"하실 수 있잖아요. 수백 번도 더 해보셨잖아요."

"그만해."

"그러지 않으시면 라리는 영원히 폐하의 것이 되지 않······."

새가 지저귀듯 여린 목소리는 잔인했다. 루페르트는 더는 참지 못하고 손을 들어 토리의 입을 틀어막았다. 그러나 곧 팔을 내린다. 그는 힘없이 입을 열었다.

"······그러지 않을 거야, 나."

"왜?"

"그 애를 가지고 싶은 욕망보다, 지켜주고 싶은 마음이 더 크니까."

"미친 소리."

그녀는 천천히 고개를 들어 그를 노려보았다. 귀를 파내버리고 싶을 정도로 끔찍한 말이다.

역겨워. 역겨워. 역겨워.

토리는 그의 위선에 구역질이 났다. 마치 사람인 척 굴지 않는가. 그 누구도 마음에 품을 수 없을 괴물 주제에, 감히 사랑이라도 하는 양.

"사람인 척하지 마세요."

"······뭐?"

"시체가 된 제 어미를 보고도 울지 못한 주제에."

토리가 악에 받쳐 지르는 외침에 루페르트는 입을 꾹 다물 뿐이다. 새하얗게 질린 얼굴로 호흡을 가다듬은 그녀는 아주 천천히 말을 이었다.

"없애지 않으면 어쩌시려고요?"

"말했잖아. 나한테 와주길 기다릴 거라고."

"기다려요? 태평하게? 벨루아 백작이 버젓이 살아 있는데?"

루페르트는 백작마저 살려두겠지. 라리에트가 슬퍼할 테니까. 토리는 절망할 힘도 없어 소리 없이 무너졌다.

그녀를 가만히 내려다보던 루페르트는 몸을 돌려 창가로 다가섰다. 열린 창문 틈으로 희미한 숨소리가 들린다.

"라리가 백작의 파멸을 모른 척할 수 있을 거라 생각하세요?"

"아니."

"그렇다면 백작은 벨네르니의 정통 황실을 포기할까요?"

"아니겠지."

루페르트의 단호한 대답에 토리의 얼굴이 차게 굳는다. 백작은 어떻게든 어그러진 황실을 바로잡기 위해 노력할 테고, 라리에트는 그런 백작을 외면할 수 없을 터. 그런 그들이 벨네르니의 멸망을 눈 뜨고 가만히 지켜볼 리가 있나.

"폐하, 그렇다면 폐하께서 포기하실 생각인가요?"

루페르트는 토리의 속뜻을 알기 위해 고개를 돌려 그녀의 눈을 들여다보았지만 검은 안개 속을 헤매는 듯 아무것도 알 수 없었다.

"벨네르니를 무너뜨린단 우리의 목표를 생각은 하시느냐 묻는 거여요."

루페르트는 말이 없었지만, 그녀는 듣지 않아도 알 수 있었다. 이미 대답을 알고 있는 질문이기도 했다. 라리에트의 눈물 앞에서 그가 옴짝달싹하지 못하게 된 순간부터. 결국 라리에트가 가장 소중해진 것이다. 나고 자라는 모습을 전부 지켜본, 그를 지킨 자신보다도.

토리는 허망한 웃음을 크게 터뜨리려 고꾸라진 몸을 일으켜 세웠다. 제 어미는 목표를 위해 목숨까지 버렸는데. 사랑을 잃고 마음에도 없는 남자의 아이를 가져, 복수를 물려주었다. 그러나 루페르트에게는 아무 가치도 없는 깃대이질 않았나.

"라리는 백작을 포기하지 못하고, 폐하는 라리를 포기하지 못하면……."

토리는 루페르트가 제게 선물했던 총을 꺼냈다.

"제가 폐하를 포기하는 수밖에는 없겠어요."

유연한 몸을 이용해 짧고 가벼운 칼로 상대의 목을 빠르게 쳐내는 것이 그녀의 특기이지만, 애초에 상대에게 다가가지도 않는 것이 안전하다는 판단하에 루페르트는 토리에게 사격을 가르쳤다. 그녀는 이에 감사했다. 아무리 두꺼운 천으로 가린 듯 감정 등에 무디긴 하지만, 자신이라도 그의 목을 직접 찌르기는 거북했으니.

"넌 날 해하지 못해."

토리는 그의 말에 코웃음을 치며 루페르트의 심장에 정확히 총구를 겨눴다. 본디 크루나루카는 종속된 노예로 주인을 공격하지 못했다. 주인의 심장이 멈추는 순간 그들의 심장도 멈춰버리기 때문이다.

"죽고 싶지 않다면 그렇겠죠."

그녀는 망설임 없이 방아쇠를 당겼다.

내가 침실을 벗어나 황궁 내에서 갈 수 있는 곳이라곤 루페르트의 집무실밖에 없다. 어디로 걸음하든 반드시 하녀를 대동해야 했고, 그녀들은 무슨 명령을 받았는지 목적지가 황제의 집무실이 아니라면 데려다주지 않았으니까.

이제는 몸을 제법 움직여도 머리가 아프거나 어지럽지 않다는 내 주장에도 닥터 헤르셰는 의미 모를 미소를 지으며 고개를 저을 뿐이었다. 완쾌 진단을 받고 싶으면 폐하의 허락을 받으란다.

본인이 의사라는 자각은 있는지 궁금해지는 소리였다. 내 몸 상태가 루페르트의 뜻에 따라 좋아지거나 나빠지는 것도 아닐 텐데, 진단에 무슨 허락이 필요하다고.

결국 나는 오늘도 내게 유일하게 허락된 장소나 다름없는 집무실을 찾았다. 그러나 루페르트는 보이지 않았다.

나는 주인도 없는 빈방에서 그를 홀로 기다리며 기다란 벨벳 소파에 드러누웠다. 창가 바로 아래 놓인 소파는 보라색 공단으로 덮인 고급품이었다. 그와 5번가를 곧잘 돌아다니던 무렵, 내가 황실에 들이면 좋겠다 졸라대던 소파와 똑같은 물건이다.

모서리에 각인된 장인의 문양이 없었다면 나조차 기억하지 못했으리라. 도대체 언제 이 소파를 가져다 놓았을까. 그렇게 사달라고 조를 때에는 무시하더니.

집무실의 엄숙한 분위기와는 도통 어울리지 않는 색감이며 디자인이며, 이곳에 녹아들지 못하고 따로 놀고 있다. 나는 입을 삐죽이며 부드럽게 털이 흩어지는 쿠션을 껴안았다.

"아, 도대체 언제 오는 거야."

오늘이야말로 황궁을 나서도 된다는 허락을 받고 말리라 결심했는데 루페르트는 도통 모습을 드러내지 않았다. 침실도 집무실도 아니라면 그가 있을 만한 곳은 없는데.

루페르트는 내가 푹신한 소파의 맛에 푹 빠져 거의 잠들 무렵 돌아왔다. 그는 혼자가 아니었다. 헌칠한 몸 너머로 작은 토리의 머리카락이 비죽 튀어나온다. 그가 그녀와 같이 있으리라는 생각을 못 했었기에 당황한 나는 그만 창문을 열고서 그리로 빠져나갔다.

왜 그랬냐고 물으면 할 말은 없다. 그저 토리를 마주하는 것이 껄끄러울 뿐이니까. 별 볼 일 없는 치정극의 주인공이라도 된 듯한 기분이 들었다. 가진 것 없는 여자가 전부를 바쳐 사랑하는 남자를 빼앗은 악역도 주인공이 될 수 있다면.

루페르트와 토리는 대화를 이어나갔다. 도무지 끝날 기미가 없는, 내가 들어도 괜찮은 것인지도 모를 이야기가 이어진다.

　루페르트는 좀처럼 당황하는 법이 없는 사람이다. 그러나 나는 그의 동요를 눈치챌 수 있었다. 그는 토리가 제게 끝까지 충성하리라 믿어 의심치 않았을 테니 당연했다. 내가 몇 번이나 토리를 조심하라고 경고했지만, 루페르트는 그녀가 자신을 배신할 리 없다 단언했다.

　물론 그녀가 갑작스레 이를 드러내는 바람에 놀란 것은 나도 마찬가지지만, 발을 동동 구르는 것 외에 내가 할 수 있는 일은 없었다. 집무실 창문은 테라스가 딸려 있지 않아 나는 겨우 폭 좁은 난간을 디딘 채 커튼 뒤에 숨어 있었으니까.

　그러나 토리가 총을 빼든 순간에는 몸이 저절로 움직였다. 나는 제대로 된 생각은커녕 고민 한번 없이 루페르트에게 달려갔다. 토리는 내 존재는 알아채지 못한 듯 루페르트만 바라보고 있었지만, 루페르트는 나를 돌아보았다. 나는 그의 선명한 녹안이 이리저리 흔들리는 것에 입술을 짓씹었다. 그조차 지금 어찌할 바를 모르는 거다.

　시간이 멈춘 듯 장면이 정지되었다. 루페르트에게 총구를 겨눈 토리는 감정이라고는 없는 인형처럼 평온한 얼굴이었고, 그녀에게 목숨을 위협받는 그 역시 몸을 피하려는 의지조차 없는 듯했다.

　루페르트에게 총을 겨눈 토리보다도 이해가 가지 않는 건, 무방비한 상태로 미동도 없는 루페르트였다. 그는 마치, 그녀가 제 목숨을 취하고 싶다면 응당 그러라는 것처럼 순응하는 것만 같았다.

　나는 그의 숨소리가 들릴 만큼 가까이 다가가고 나서야 그가 굳어 움직이지 못한다는 사실을 깨달았다. 루페르트는 새하얗게 질려 있었다.

　"토리, 총, 내려놔요!"

　"비켜요."

　"토리!"

　"루페르트는 죽어도 상관없다고 생각할 테니까 걱정하지 말아요, 라리에트.”

토리는 소리 높여 외치는 나를 비웃듯 입꼬리를 올렸다. 그녀의 말에 뒤돌아 루페르트를 쳐다보았지만, 그는 여전히 굳은 얼굴로 토리를 바라볼 뿐이다. 토리는 그가 충격을 받은 모습이 재미라도 있다는 양 구슬이 굴러가는 듯 맑은 웃음소리를 냈다.

“왜 놀라? 내가 널 죽이려고 드는 게 놀라운 일이야?”

“…….”

“루페르트, 너는 네 어미에게서도 버림받았어. 널 사랑하는 사람 따위는 앞으로도 영원히 없을 거라는 걸 알고 있는 것 아니었나?”

칼을 문 듯 잔인한 말이었지만, 토리의 얼굴은 천진했다. 그녀는 아이 같은 웃음을 연신 흘리며 나와 루페르트에게 한 걸음 더 다가왔다.

“너는 내가 네게 가족 같다 했지. 아, 그런데 네가 모르는 게 있어. 가족은 말이야.”

토리가 지근까지 다가섰다. 나는 총을 빼앗기 위해 손을 들었지만, 그녀는 유연히 나를 피해냈다.

“가족은 서로를 배신하지 않아. 넌 날 배신했지. 널 사랑해주지도 않을, 사실은 마음 깊이 증오하고 있을 이 여자를 위해서.”

루페르트라면 어떻게든 토리를 막아낼 수 있었을 것이다. 그러나 그는 부릅뜬 눈으로 지켜만 볼 뿐이다. 그의 담담한 얼굴은 내가 죽은 단두대를 상기시켰다. 내가 모든 것을 포기했을 때가 생각나 나는 팔을 크게 벌리며 그와 토리 사이에 끼어들었다.

“토리, 제발, 이러지 말아요.”

토리는 내 간절한 부탁을 외면한 채 슬쩍 방아쇠를 당겼다. 무슨 일이 벌어졌는지 파악할 수도 없을 만큼 찰나, 나는 엎어졌다. 루페르트가 나를 밀친 것이다.

“폐하!”

"······비켜. 괜찮아."

루페르트는 가슴을 부여잡고 있었다. 가슴을 짚은 오른손 밑으로 피가 철철 흐르는데도 고통에 찬 신음 한번 내뱉는 법이 없다. 끔찍하게 아플 듯한데도, 목숨이 위험할 만큼은 아닌 것 같아 나는 안도의 한숨을 내쉬었다.

토리는 다시 총을 장전했다. 찰칵. 루페르트의 고통은 안중에도 없다는 듯 차가운 금속성에 나는 기겁하며 그녀를 올려다보았다.

"그, 그만해요!"

탕!

다시 한 번 총소리가 방 안을 울렸지만, 이번에는 루페르트를 맞추지 못했다. 내가 빠르게 발동시킨 연금진이 루페르트를 둘러싸며 보호막을 만들었으니까.

튕겨나간 총알에 맞은 샹들리에가 산산이 부서졌다. 나는 우수수 떨어지는 유리조각을 피하기 위해 팔로 얼굴을 감쌌다.

"하. 라리에트가 왜 날 막아요?"

"토리, 지금 무슨 짓이에요?"

"폐하가 죽길 바라는 마음은 나보다도 라리에트가 클 텐데."

"······."

"밤마다 고민한 거 알아요. 내가 봤어요. 자는 폐하 얼굴을 베개로 짓누를까 말까 고민했잖아요. 아닌가요?"

토리의 신랄한 말에 나는 입을 꾹 다물었다. 거짓말이 아니니까. 그러나 지금의 나는 루페르트가 그녀의 손에 비참하게 죽는 것 따위를 바라지 않았다. 너무 잔인했다.

왜.

왜 그가 소중하게 여기는 사람은 그에게 이토록 잔인할까? 그가 고결하게 살아온 건 아니지만, 이렇게까지 악질적인 일을 당할 정도는 아니지 않나.

라스페리히 1세가 지은 죄를 그에게 묻고 있는 나는 입이 열 개라도 할 말이 없다. 그러나 그는 그런 나조차 벌하지 못했다. 속에 칼을 품고 머문 나의 위선적인 온기조차 겨워서. 그토록 사람이 그리워서.

"아니에요. 토리, 나는 폐하가 죽는 걸 원하지 않아요."

"그래서 문제인 거예요, 라리에트. 당신의 마음이 너무 약해서. 루페르트를 완전히 망가뜨릴 만큼 독하지도, 품을 만큼 강하지도 못해서."

"……"

"그럼 라리에트도 없어지면 되겠네요, 난 상관없어요."

토리가 루페르트를 향해 겨누고 있던 총구를 비틀었다. 나는 내 이마를 정확히 노리는 총부리에 다시 손목에 힘을 주었다. 그러나 어느새 가까이 다가온 루페르트가 내 어깨를 잡아챘다. 놀라 그를 돌아보지만, 그는 나를 바라보고 있지 않았다.

"그만해."

"폐하가 내 경고를 전부 다 무시하지만 않았어도 이런 일 없어요."

"……내가 죽으면 너도 죽어. 그걸 바라는 건가?"

"……"

"머리채를 잡아채여 짐승과도 같이 살고 있단 건 알고 있다. 그래서 기다려달라고 했잖아."

루페르트가 주먹을 쥐자 흐르던 피가 투명한 구를 형성하며 모인다. 숨도 쉬지 않고 가만히 그를 지켜보던 토리는 뒷걸음질 쳤다.

"없애주겠다고. 그 빌어먹을 금속, 내가 없애주겠다고."

"폐하, 당신은 아직도 깨닫지 못하네요."

"……"

"내가 바라는 건 당신과 이 제국의 파멸이에요. 내 자유 따위가 아니라."

우는 건지 웃는 건지 모를 얼굴을 한 토리는 마지막 한마디를 남긴 후 내가 몸을 숨기고 있었던 창문으로 사라져버렸다. 서둘러 쫓아가보지만 그곳엔 차가운 바람뿐이다. 바람에 나붓거리며 흔들리는 하얀 커튼에는 선명한 핏자국이 남아 있었다.

루페르트는 우두커니 서선 말이 없다. 그러니 오히려 내가 안절부절 못하게 되었다. 그에게 다가가 위로의 말이라도 건네려다 어떻게 운을 떼야 할지조차 알 수 없어 머뭇거렸다.

"폐하."

짙고, 깊고, 마음 하나가 통째로 떨어져나갈 만큼 긴 침묵 끝에 나는 겨우 그를 불렀다. 그러자 루페르트가 천천히 고개를 돌린다. 마주한 얼굴은 흰 종이처럼 창백했다. 그는 본디 사람 같지 않은 아름다운 외모의 소유자였지만, 지금은 다른 의미로 사람처럼 보이지 않았다.

"괜찮으세요?"

감정이 죄 얼어버린 듯 서늘했던 눈이 내 질문에 미세한 틈을 보이며 흔들린다. 나는 그가 차라리 울었으면 했다. 목 놓아 억울하다, 슬프다, 괴롭다 표현하고, 눈물을 흘리지 못하겠다면 차라리 화라도 냈으면 싶었다. 그러면 지켜보는 마음이 이리 괴롭지는 않을 테니까.

그는 토리가 떠나는 일을 예견이라도 했다는 양 태연한 얼굴이었다. 그러나 놀란 몸은 얼어붙어 차마 움직이지 못한다. 나는 손끝 하나 움직이지 못하고 숨을 참고 있는 그의 어깨를 붙잡았다.

"폐하, 저 좀 보세요."

루페르트가 고개를 숙인다. 마주한 녹안이 서서히 짙어진다 싶더니 이내 푸르를 만큼 이채를 띤다. 나는 충동적으로 그를 끌어안고서 등을 쓸어주었다.

"괜찮아요. 폐하 잘못이 아니에요."

"……"

"폐하, 너무 슬퍼하지 마세요……."

"무슨 소리야."

토리의 배신은 내가 그를 떠난 일보다 훨씬 더한 충격을 안겨줬으리라. 그는 나를 아끼되 완전히 믿지는 않았지만, 토리만큼은 신뢰했다. 그녀는 무슨 이유로라도 그를 배신하지 않으리라고.

"내가 왜 슬퍼."

슬퍼도 제가 슬픈 줄 모르는 사람. 나는 루페르트의 멍한 눈을 마주하다 손을 뻗어 그의 눈가를 쓸었다. 내 행동을 이해하지는 못했지만, 싫지는 않은 듯 그가 서서히 눈을 감는다. 나는 나보다 머리 하나는 더 큰 그를 어린애 대하듯 달랬다.

"폐하는, 토리를 많이 아끼시니까요. 슬프신 것이 당연해요. 슬픈 건 약한 게 아니에요."

"왜 떠나지?"

"……."

"내가 무엇을 해주지 못했기에? 왜?"

무감했던 루페르트도 저 하나는 의문이었나 보다. 목소리는 여전히 담담하다. 나는 그의 물음에 답을 하려 입을 벙긋 열었다.

"그……."

토리는 왜 그를 떠났을까?

나는 내가 전혀 알지 못했던 토리 파스벤더 벨네르움의 이야기와 내가 아는 토리의 이야기를 접목해보았다. 그녀가 죽은 다음 광증에 시달리는 양 끊이지 않는 살육을 범했던 라스페리히 1세의 이야기와 함께.

"폐하가 무엇을 해주고 무엇을 해주지 않았기 때문이 아닐 거예요."

내게 토리는 루페르트의 가족처럼 보였다. 내가 벨루아를 아끼는 마음보다도 더 깊은 애정으로 그를 아끼는. 그러니 그녀의 배신은 벨루아가 나를 배신했던 것에 비하지도 못할 만큼 끔찍하리라. 루페르트가 그녀 자체를 믿은 것이 아니라 크루나루카라는 금속성을 믿었다 해도 마찬가지다.

나는 생살을 보이며 벌겋게 붉어진 루페르트의 마음을 훔쳐보았다. 상처받은 사람들은 모두 마음 한구석에 구멍을 안고 살아간다. 구멍의 존재를 깨달은 사람들은 이를 보듬어 넓어지지 않게 하지만, 제게 그런 허점이 있다는 것조차 모르는 이들은 이를 무시하고 눈을 돌려버린다. 점점 더 몸집을 불린 구멍이 끝끝내 주인을 잡아먹을 때까지도.

어린 루페르트의 마음속에는 채워지지 못한 마음속 구멍이 존재했다. 이는 소리 없이 끝없는 갈증으로 바뀌었으리라. 그러나 그는 자신이 무엇을 원하는지 알 수 없었을 것이다. 가져보질 못했으니까. 목마른지도 모르니 그 삶의 유일한 목표만이 빛나지 않았을까. 황권, 황위에 대한 라스페리히의 집착이 어디에서 비롯했는지 이제야 알 것도 같았다.

터덜터덜 소파로 간 루페르트가 털썩 주저앉는다. 토리의 총에 맞은 가슴 부분이 피로 끈적끈적하게 젖어 있었다. 나는 지혈을 할 생각이긴 한지, 아니, 애초에 지금 고통을 느낄 만한 정신머리는 남았는지 알 수 없는 그에게서 옷을 걷어냈다. 어의를 불러야 하는 상황이었지만 도저히 그를 두고서 갈 수가 없었다. 눈 깜짝할 새 루페르트가 죽어버릴 것 같았으니까.

"내버려둬."

"안 돼요. 이러다 큰일 나요."

나는 피가 덕지덕지 말라붙은 루페르트의 가슴에 손을 얹었다. 화한 기운이 손에서 빠져나오니 찔끔찔끔 나오던 피가 완전히 그쳤다.

"프티르노."

집무실에 붕대가 있을까 쩔쩔매는데, 루페르트는 내 손을 밀어내더니 제 상처로 손을 뻗고서 중얼거렸다. 활활 솟는 불길이 상처 전반을

279

지지듯 태워버렸다. 가장 확실히 감염을 막는 방법이긴 했지만, 도저히 맨정신으로 할 법한 일은 아니다. 나는 기겁하며 그의 팔을 붙잡았다.

"아프지도 않으세요?"

"아파."

"폐하, 차라리 지금이라도 어의를,"

"아파서 죽을 거 같아."

루페르트가 힘없는 목소리로 같은 말을 반복한다. 가슴에 얹은 손은 내리지도 못한 채다. 그가 아프다고 말하는 것이 총상일까, 마음일까. 가슴이 따끔따끔해 나는 그의 마른 얼굴을 두 손으로 붙들었다.

"어머니가."

"……."

"나를 아껴줄 인간 같은 건 존재할 수 없을 거라 했다."

내 손에 딸려 힘없이 들린 턱 끝 너머로 그가 나를 바라본다. 나는 금방이라도 울 것만 같은 얼굴로 도저히 울 생각을 하지 않는 그를 마주했다.

"하나 토리는 인간이 아니니까. 걔만큼은."

"폐하."

"토리는……."

루페르트의 목소리가 사위어든다.

나는 아버지가 나를 배신하고 있었다는 사실을 깨달았던 순간을 떠올렸다. 가족의 배신은 분노보다는 고통에 가깝다. 심장째 넘겨준 마음이 짓밟혀, 숨이 막힐 정도로 아파서.

"놔."

루페르트가 갑작스레 나를 뿌리친다. 그의 얼굴은 아주 천천히 일그러졌다.

"너도 떠날 거잖아."

"……."

"너도 내가 싫잖아……."

루페르트의 서늘한 눈이 그제야 완전히 빛을 잃는다. 그는 잔뜩 일그러진 얼굴로 나를 노려보다 고개를 돌렸다.

나는 제 무릎에 얼굴을 파묻은 그를 멍하니 바라보았다. 평생 사랑받을 일이 없을 거라는, 그런 무서운 소리를 제 자식에게 하는 어머니가 어디 있나. 토리조차 그녀의 장난감이질 않았나. 그토록 벨네르니 황가가 증오스러웠다 해도, 나로서는 도저히 이해를 할 수가 없다. 토리와 루페르트는 마치 줄에 매인 그녀의 인형들처럼 보였다. 그들 뒤로 보이지 않는 막이 열리고 닫히는, 한 사람을 위한 무대.

그들의 의지는 없었다. 루페르트를 라스페리히로 만들고 싶어 했던 사람이 다름 아닌 그의 어머니였으리라. 정신을 놓았던 선대 황제도, 그 누구도 아닌.

나는 루페르트의 동그란 뒤통수를 내려다보다 입술을 깨물었다. 분노에 마음이 덜그럭 소리를 내며 끓어오른다. 바라는 대로 황제까지 되어줬으면 만족할 일이지, 제 아들을 괴물로 만들어야 성이 차겠는가. 나는 토리의 배반까지 그녀의 의도였으리란 의심 끝에 화를 주체할 수가 없었다.

나조차 아버지의 인형이나 마찬가지였으니까. 나는 그의 뜻대로 영지를 돌보며 검소한 영주의 딸 역할을 해냈고, 반역의 명분이 되어 형장의 이슬로 스러졌다. 그런 아버지를 지키기 위해 죽음에서 돌아온 나를 그는 다시 한 번 기만하질 않았는가.

오롯이 본인의 뜻을 꺾지 않기 위해, 제 강철 같은 의지를 관철하기 위해 내게 또다시 아칸 1세의 유일한 핏줄이라는 역할을 부득불 맡기려고 들었다. 황위를 탐해본 적도, 권력을 원해본 적도 없는 나를 잘 알면서도.

"폐하."

깨문 입술 사이로 억누르고 또 억누른 목소리가 새어나온다. 이러지 않으면 내가 그 대신 울어버릴 것만 같았다. 너무 힘을 주었는지 입안에 비린 맛이 감돌았다.

루페르트는 내가 그를 이토록 기만했음에도 변함이 없었다. 그는 내 부름을 외면하는 법이 없는 사람이다.

"응."

"……이제 와 마음을 바꾸냐고 하셔도 할 말이 없는데요."

그는 잔뜩 흐트러진 내 머리를 조심조심 정리해주었다. 귀 뒤로 머리를 넘겨주는 손길이 어찌나 섬세한지 눈물이 왈칵 터질 정도였다. 그는 이런 상황에도 내게 한없이 다정했다.

"두 번 다시 폐하 곁을 떠나지 않을게요. 이번엔 진짜예요. 의미 없는 맹세 따위는 이제 하지 않을게요."

루페르트의 눈이 커진다. 좀처럼 감정을 표현하는 법 없는 사람의 놀란 얼굴이 생소해서 나는 슬몃 웃었다.

"폐하 마음에 자리 잡은 그 말도 되지 않는, 아무도 폐하를 사랑하지 않을 거라는 믿음을 산산이 부술 거예요."

"……왜?"

그 물음에 대답하려는데 그가 손을 든다.

"아니, 대답하지 마. 상관 안 하니까."

"폐하."

"키스하고 싶어."

말은 분명 바람의 표현이었는데, 행동은 그렇질 못했다. 그는 놀라 대답할 생각도 하지 못하는 내 쪽으로 천천히 고개를 숙였다. 코끝에 닿는 숨이 뜨겁다.

"해도 돼?"

허락이 필요 없을 정도로 빠른 행동이 이어졌다. 내가 고개를 틀 수도 없이 내 머리를 부드럽게 감싼 그의 손이 천천히 움직인다. 내 입술을 천천히 벌리는 혀가 머리카락 속으로 파고드는 손가락만큼이나 부드러웠다.

눈앞이 새하얘지더니, 설탕 과자를 콱 깨문 듯 아득한 단맛에 몸에서 힘이 빠진다. 내가 도망갈까 무서운 모양인지 내 뒤통수를 감싼 그의 손에 힘이 들어갔다. 간질이듯 조심스레 머리카락을 쓰다듬는 손길 하나하나에 애정이 담겼다. 내가 더듬거리며 그의 어깨를 움켜잡자 그는 입을 떼지 않은 채로 느른히 웃었다.

놀라 콱 맞물린 이를 그가 혀끝으로 툭툭 두드린다. 무엇을 해야 할지 몰라 넋을 빼고 있는 내 볼을 그의 손가락 하나가 꾹 누른다. 저절로 벌어지는 틈새로 파고들어온 혀가 입천장을 부드럽게 건드렸다. 이생에서는 물론, 전생에서도 나는 이런 농밀한 입맞춤을 나눠본 적이 없다.

반면에 루페르트는 너무 익숙해 보여서 의심스러울 정도였다. 그를 막지도, 피하지도 못하고 있던 내가 정신을 차린 건 내 등을 부드럽게 쓰다듬던 그의 손이 조금씩 미끄러지듯 내려갈 때쯤이었다. 언제 풀렸는지 모르는 드레스의 허리끈이 소파 기둥 밑으로 흐트러져 있었다. 나는 기겁하며 목을 젖혔다.

"왜."

왜긴 뭐가 왜인가.

나는 그의 무심한 목소리에 바로 대답하지 못했다. 나는 그를 쳐다보는 것조차 부끄러워 고개를 들지 못했는데, 정작 내게 먼저 입을 맞춘 그는 아무렇지도 않은 얼굴이다. 안색 하나 변함없이 무심한 표정에 나는 울컥 그의 어깨를 붙잡아 밀어냈다.

"왜 밀어."

"저, 저리 가세요."

"싫었어?"

"그런 거 묻지 마세요!"

나는 소리를 꽥 지르며 호다닥 소파에서 일어났다. 점점 내 쪽으로 몸을 기울이던 루페르트가 앞으로 고꾸라진다. 나는 허리끈이 풀려 바람에 그대로 나풀거리는 드레스를 손으로 움켜잡고서 그를 노려보다 얼굴을 푹 숙였다. 달아오른 볼이 뜨겁다.

"너 얼굴 빨개."

"알아요."

나를 놀리는 듯한 말투의 루페르트를 흘기기 위해 고개를 든 나는 웃음을 터뜨릴 수밖에 없었다. 그는 나를 놀릴 만한 형편이 되지 못했으니까.

"폐하 귀도 빨개요."

"아니야."

입으로는 부정했지만, 그런들 새빨갛다 못해 피가 몰려 터질 것만 같은 그의 귀가 하얘지진 않는다. 낯빛은 그대로인데 어찌 저리 귀만 새빨갛게 물들었나 싶어 우스웠다.

나는 비실 나오는 웃음을 숨기며 소파 아래 떨어진 끈을 주워 들었다. 몸을 비트는 사이에 떨어졌나 싶다. 잘 풀리지 않도록 꽉 조였을 텐데.

"이게 왜 떨어졌을까요?"

"내가 풀었는데?"

"……."

나는 당당하다 못해 뻔뻔하게 느껴지는 루페르트의 태도에 할 말을 잃었다.

곁에 있겠다고 했지, 그와 그렇고 그런 사이가 되겠다고 한 건 아닌데 도대체 무슨 생각으로?

나는 기가 막혀 소파에 몸을 기댄 루페르트를 한쪽 눈을 찡그린 채 응시했다. 비난을 담은 눈길이었건만 별 소용이 없었는지 그는 어깨를 으쓱할 뿐 반성의 기미가 없다.

"뭘 봐."

뒷골목 한량과 같은 자세가, 이 제국에서 가장 드높은 자리에 앉아 있는 그와 무척이나 잘 어울린다는 점이 묘하다. 양팔을 넓게 벌려 편히 앉은 루페르트가 나를 뚜하게 보더니 제 다리를 두드린다. 너구리를 부를 때처럼. 가까이 오라는 뜻이다.

"이리 와."

"왜요?"

"너도 앉아."

"어, 어딜 앉으라고요?"

제 다리를 두드리고 있었으니 대답은 뻔하건만, 나는 이해하지 못한 척 고개를 세게 저었다.

"무릎에."

"싫어요!"

"오리야? 그만 꽥꽥거려."

방금 입을 맞추던 다정함은 죄 내 상상이었던 양 신랄한 투다. 그러나 나는 루페르트의 입가에 떠오른 다감한 미소에 입술을 깨물 수밖에 없었다. 발그레한 홍조와 만족스러운 듯 싱긋 올라간 입가가 지켜보기 힘들 정도로 바보 같았다. 그 마음의 진정성을 감히 의심할 수 없을 정도로.

"제가 그렇게 좋으세요……?"

어찌 보면 지나치게 오만한 질문이다. 저번에 나를 굉장히 민망하게 만든 질문이기도 했다. 하나 토리가 자신을 배신했다 넋을 빼던 사람이 저렇게 웃는 얼굴을 보고 있노라니 그 말이 절로 나온다.

"어."

저번과는 다르게 루페르트는 바로 인정했다. 크게 끄덕여지는 고개 덕에 그의 화사한 금발이 곱게 자아낸 실뭉치처럼 흔들린다.

"좋아, 엄청."

"제, 제가 곁에 있겠다고 한 건요, 폐하."

"너 그 말 취소하면 벨루아 없앨 거야."

"……."

한번 뱉은 말을 거두어들일 생각은 추호도 없지만, 그의 경고는 과하다 못해 비현실적으로 느껴졌다. 그러나 나는 루페르트가 진심임을 알아 고개를 짧게 끄덕였다. 그를 두 번 가지고 노는 짓은 나도 하고 싶지 않았다.

"취소하려는 거 아니었어요."

"말해."

"그러니까, 폐하의 연인으로 곁을 지키겠다고 한 건 아니에요."

"누가 네가 내 애인이래?"

그러면 나를 제 애인 삼을 생각도 없는 주제에 입을 맞췄단 말인가. 물론 벨네르니 궁정에서 연애란 대부분 유부녀와 기사 사이에서 벌어지는 장난질이라는 점은 나도 잘 알고 있었다. 하나 그런 연애방식은 고루한 남부, 그중에서도 가장 보수적인 벨루아에서 나고 자란 내가 받아들이기엔 너무 진보적이다.

"그, 그럼 입은 왜 맞추세요?"

"뭘 물어? 키스하고 싶으니까."

그의 망측한 대답에 내 입이 헤벌어지자 루페르트가 한쪽 입꼬리를 올리며 웃는다. 바람 새는 소리가 나를 놀리는 것임에도 듣기 나쁘지 않았다.

"너는 라리에트야."

"……."

"내가 감히 널 어찌 단정 지어. 너는 내 애인도, 내 첩도 아니야. 그냥 라리에트야."

그러니 나는 네가 내게 와준 것을 평생 감사하며 살게. 루페르트가 나긋하게 덧붙였다.

그의 목소리는 낮지만 두텁지 않아서, 겨울 끝자락에 부는 서늘한 바람을 연상케 했다. 그러나 꼭 저럴 때는 차갑지 않다. 웃음기 품은 목소리가 애틋하리만큼 부드러웠다.

"네가 무엇으로 내 곁에 있길 원하든 네 마음대로 해. 황후를 하고 싶으면 하고, 여자로 있기 싫다면 루이제 자리라도 뺏어서 줄 테니까."

왕도이자 수도인 상파뉴의 치안대장, 즉 상파뉴에 배속된 군대의 대장 격인 자리를 총은커녕 검 하나 제대로 다루지 못하는 내게 넘기겠다는 말이 그의 입에서는 참 쉽게도 나왔다. 루이제가 이 소릴 들었다면 억울해서 눈물을 펑펑 쏟을 텐데. 이러니 황제 노릇 제대로 안 한다고 루이제가 통곡을 하지.

대단히 아름다운 미인도 아니었는데 나라를 무너뜨린다는 경국지색이 된 기분이 들었다.

"그런 권력은 필요 없어요."

"그럼?"

"천천히 생각해볼게요, 폐하."

"생각하는 동안 키스해도 돼?"

루페르트가 얼토당토않은 소릴 하며 나를 제 품에 끌어안는다. 거부하기 힘들 정도로 억센 힘도 아니었건만 나는 그대로 끌려 그의 무릎에 덥석 앉고 말았다. 가까이 마주한 물기 어린 녹음이 빠져들 듯 아름답다. 이 얼굴은 조금 반칙이다. 상대의 혼을 빼놓고 마니까.

내가 대답을 어물어물하는 걸 제멋대로 허락이라 받아들이고선 루페르트가 다시 내 목을 휘감는다. 나는 서둘러 그의 어깨를 붙잡아 거리를 벌렸다.

"이런 접촉은 제 가치관과 맞지 않아요."

"내 가치관이랑은 아주 잘 맞는데."

내가 코를 찡그리자 루페르트가 느른히 웃는다. 배부른 맹수 같은 얼굴이다.

"난 앞으로도 최선을 다해 널 유혹할 거다. 네가 정말 내가 좋아서 떠나고 싶어지지 않을 때까지."

"이게 유혹이에요?"

"어. 너 설레잖아."

"아닌데요?"

내 다급한 부정에 루페르트가 제 얼굴을 내게 붙인다. 철야는 우스울 정도의 업무량을 가진 황제라고는 믿기지 않을 정도로 보송보송한 피부가 가장 먼저 눈에 들어왔다. 미끈한 콧대 위로 자리 잡은 짙은 눈썹 같은 것들이 그가 아주 보기 드문 미남이라는 사실을 새삼 깨닫게 해준다. 그러나 나는 번복하지 않았다.

"안 설레요."

"거짓말하네."

루페르트가 콧방귀를 뀌며 나를 일으켜 세운다. 나를 따라 자리에서 일어난 그는 토리가 벗어난 창가를 멀거니 응시했다. 그녀의 피가 점점이 묻은 하얀 커튼이 바람에 나풀거렸다. 봄이 가까워지긴 했지만, 아직 뺨에 닿는 바람은 날카롭다.

"위험해질 거야."

"네?"

"상파뉴가 위험해질 거라고."

혼잣말인지 내게 건네는 말인지 모를 말을 작게 중얼거린 루페르트는 손을 들어 연금진을 펼쳤다. 토리가 망가뜨리고 간 가구들이 빠르게 제 모습을 찾는다. 그는 제 몸에 걸쳐져 있던 피에 젖어 끈적거리는 셔츠를 휙 벗더니 집무실에 딸린 욕실 문을 열어젖혔다. 들어가는가 싶더니 오죽 침실에 드는 법이 없으면 집무실에도 욕실을 만들어놨나 싶어 혀를 끌끌 차는 나를 돌아본다.

"시녀로는 있을 생각 없나?"

"시녀요? 왜요?"

"목욕시중 들라고."

"……싫어요."

내 단호한 거절에 화상 자국이 깊이 남을 것이 뻔한 제 가슴을 쓱 문지르던 그가 천천히 욕실로 들어선다. 걸음마다 근육이 잘 자리 잡은 등이 움틀거려 보기에 분명 멋있지만, 전쟁을 나갔다 온 군인의 것이라 해도 믿을 정도로 흉터가 많았다. 다치는 일이 있어도 제대로 치료도 받지 않는 사람이니 어의들이 성수를 사용하려 한들, 그 뜻을 들어줄 리 없다.

나는 암투의 흔적이 고스란히 남은 그의 너른 등을 바라보았다. 시선을 느꼈는지 다 포기한 줄 알았던 그가 휙 소리를 내며 몸을 돌린다. 나는 서둘러 고개를 숙였다.

"보고 싶으면 들어와도 되는데."

"싫어요! 안 보고 싶어요!"

내 질색하는 외침에 그가 낮게 웃는다.

붉은 궁전에 기거하기로 결정한 지 수일이 지났음에도 내게는 새로운 거처가 주어지지 않았다. 나는 여전히 황제의 침실을 내 것인 양 차지하고 있었고, 루페르트는 집무실에 딸린 쪽방 비슷한 불편한 침실에서 밤을 보냈다. 아무리 일이 바빠도 제대로 침구가 구비된 곳에서 잠을 자는 것이 좋을 텐데 왜 사서 고생을 하는지 모를 일이다.

"저, 폐하가 문을 열어달라 하십니다."

"잔다고 전해줘."

"자는 얼굴을 보겠다고 하시는데요."

나는 하녀의 말에 입술을 깨물었다. 루페르트는 내가 그의 시녀였을 적 썼던 처소라도 달라는 나의 요구를 들은 체도 하지 않았다. 시녀장의 숙소는 거리가 머니 마주칠 일도 덜할 텐데. 그는 쌓인 일이 산더미라면서 걸핏하면 나를 찾았다.

"문, 열지 마."

하녀의 얼굴이 새하얗게 질린다. 감히 황제 폐하를 거부하는 내 행동에 놀란 모양이다. 그녀들은 나를 황제의 용안 보기를 거부하는 건방진 첩으로 여길 게 분명하다.

루페르트를 물린 하녀가 종종걸음으로 내게 되돌아온다. 그가 싫다는 나를 보겠다고 억지를 부리진 않았나 보다. 토리가 황궁을 나가버린 이후로 그의 얼굴을 도대체 어떻게 봐야 할지 알 수 없었기 때문에 나는 본의 아닌 칩거를 해야만 했다.

"저……."

"응?"

"폐하께서, 저, 저보고, 살고 싶지 않냐고……."

나는 덜덜 떨리는 목소리로 고하는 하녀를 올려다보다 깊은 한숨을 내쉬었다. 루페르트는 내게 먹히는 종류의 협박을 잘 안다. 한두 번은 물러나주더니 이제 참지 않겠다는 뜻인가.

"나가봐. 폐하는 내가 맞을게."

"감사합니다!"

하녀는 내가 제 은인이라도 된다는 양 감격한 얼굴로 내게 깊이 허리를 숙이고는 안심했다는 듯 작은 문 너머로 사라진다. 나는 그녀의 뒷머리가 완전히 사라지고 나서야 자리에서 일어났다. 제대로 힘이 들어가지 않는 손으로 낑낑대며 육중한 문을 열자 루페르트의 뚜한 얼굴이 문틈으로 쑥 들어온다.

"잔다며."

"잤어요."

내가 억지로 하품까지 하며 내놓는 대답에 그가 얼굴을 일그러뜨린다. 조금 피곤해 보이긴 했지만 크게 나쁜 안색은 아니었다.

"나한테 거짓말하지 마."

"안 잤어요."

냉큼 대답하자 루페르트가 어이가 없다는 듯 짧게 웃는다. 그는 내 허락도—사실 필요 없긴 했지만—받지 않고 성큼성큼 침실로 걸어 들어와 침대 가까이 놓인 소파에 털썩 드러누웠다.

"일은 다 하셨어요?"

"대충."

"르한은 언제 돌아오나요?"

"왜?"

하여간 단번에 대답해주는 법이 없다. 나는 루페르트의 불퉁한 목소리에 고개를 돌렸다. 목을 길게 뺀 그가 잘생긴 눈썹을 찌푸리며 나를 응시하고 있다.

"걔 보고 싶어?"

"……무슨 생각을 하시는 거예요?"

"장기파견이라도 보내야겠네."

르한이 딱히 보고 싶은 것은 아니지만, 그의 다짐 같은 중얼거림에 기가 막혔다. 입을 헤벌리는 날 지켜보던 그가 천천히 몸을 일으킨다.

"안 씻어?"

"왜, 왜요?"

"왜 말을 더듬어?"

루페르트는 어깨를 으쓱하더니 우두커니 서 있는 내게 다가왔다. 또 무슨 짓을 할까 싶어 잔뜩 얼어붙은 나를 물끄러미 바라보던 그는 자는 척을 하기 위해 베개에 짓눌렀던 내 머리를 쓱쓱 정리해주었다.

"난 네가 싫어하는 짓은 안 해."

"하시잖아요."

"정말 싫었어?"

"……."

나는 특유의 말간 눈으로 내게 진실을 요구하는 루페르트를 마주하지 못하고 시선을 피해버렸다. 그의 물음은 내가 자신을 싫어할 리 없다는 자신감보다는 무구함에 가깝다.

"그래도 얼굴은 보여줘."

"아, 알겠어요."

나는 화급하게 고개를 끄덕였다. 루페르트의 얼굴에 만족스러운 미소가 스치듯 떠오른다. 내 옆머리를 부드럽게 쓰다듬던 그는 내 콧등을 툭 건드리며 말을 이었다.

"네 동생은 일부러 아르델로 보냈다. 벨루아 백작이 널 포기할 리 없으니까."

"수도저택에 오셨다는 얘길 들었어요. 사실인가요?"

"그래."

나는 끙 앓는 소리를 냈다. 내가 상파뉴에 있다는 소문이 드디어 그의 귀에까지 닿았구나. 여자에 도통 관심이 없던 그가 약혼녀까지 버려두고 근본 없는 여자를 싸고돈다는 자극적인 스캔들은 금세 입에서 입으로 퍼져나갔을 테니. 아버지가 그 여자가 나일 것이란 의심을 않으실

리 없지.

"만나고 싶어요."

"안 돼."

루페르트는 단호하게 고개를 저었다. 내 머리카락을 붙들고 있던 그의 손에 힘이 들어간다. 나는 잔뜩 힘을 준 그의 손을 쓰다듬으며 입을 열었다.

"만나게 해주세요, 폐하."

"만나서 뭘 어쩌려고."

"설득할 거예요."

내 입에서 나왔지만, 내가 들어도 믿음이 가지 않는 소리였다. 아버지의 완고함을 그 누구보다 잘 아는 게 나니까. 그러나 당사자인 나 외에 누가 그를 설득할 수 있을까. 벨루아의 몰락이라는 협박도 먹혀들지 않는, 꼿꼿함이 지나쳐 부러져버리는 고집쟁이 벨루아 백작.

"설득이 먹힐 사람이 아니다."

"그럼 협박이라도 해야죠."

또박또박 힘주어 말하는데, 루페르트가 코웃음을 쳤다. 네가 잘도 그럴 수 있겠느냐는 조소였다. 미끈한 콧대를 찡그리는 모습에 나는 그의 다음 말을 예측할 수 있었다. 그는 나를 놀리려 들 때 저런 표정을 짓고는 했으니까.

"만나게 해주면 뭐 해줄 건데."

"……네?"

"베갯머리송사라도 할 생각인가?"

루페르트는 침대를 턱짓했다. 날 놀려먹겠다는 그의 심보는 파악하고 있었지만, 시야 끝에 걸리는 붉디붉은 슈미즈는 예상하지 못했다. 상황을 모르는 하녀가 야한 속옷을 준비해뒀기에 허겁지겁 이불더미에다 파묻어놓았건만, 왜 삐져나와 있담?

"저, 저게 왜 여기 있을까요?"

"글쎄."

루페르트가 느른히 웃으며 침대로 다가간다. 나는 기겁하며 그를 말렸지만 그는 끝끝내 천 조각에 가까운 속옷을 거머쥐었다. 실크가 부드러운 소리를 내며 내 눈앞에 팔랑거린다. 노을에 물든 강물처럼 흐르는 슈미즈를 뺏기 위해 나는 서둘러 손을 뻗었다.

"이리 주세요!"

"왜? 입으려고 가져다 놓은 것 아닌가?"

"여기서는 안 입어요!"

"그럼 다른 새끼 앞에서는 입으려고?"

루페르트의 목소리가 순식간에 낮아진다. 짐승이 으르렁거리는 소리와 흡사하리만치 위협적이라 나는 헛웃음을 지었다. 내가 대답이 없자 그의 표정이 점점 험악해졌다.

"대답."

"아니, 침실이라 안 입는다고요. 이거 외출복이에요."

"뭐?"

내 말에 당황했는지 루페르트의 손이 순간 힘을 잃는다. 나는 그 틈을 놓치지 않고 민망한 속옷을 되찾았다.

"제가 살던 마을에서 유행하던 스타일인데요?"

"미쳤어?"

당연히 믿지 않으리라 생각했는데, 내가 루페르트에게 장난을 친 경우가 별로 없어서인지 그의 얼굴은 더 심각해질 수 없을 만큼 심각해졌다. 그는 내 손에 들린 속옷과 내 얼굴을 번갈아 보더니 도리질을 쳤다.

"야, 안 돼."

"왜 안 돼요? 명색이 황실인데 유행에 뒤처져서야 되겠어요?"

"이딴 게 무슨 유행이야?"

"잘 봐보세요. 마담 아르베가 제겐 붉은색이 어울린다고 했다구요."

나는 슈미즈를 펼쳐 목 아래에 가져다 댔다. 나를 물끄러미 응시하던 그의 목이 서서히 붉은빛을 띤다. 곧 슈미즈만큼이나 붉어질 기세라 나는 이때다 싶어 마담 아르베가 가르쳐준 대로 웃어보았다. 눈은 일단 가늘게 뜨고, 입꼬리는 보기 좋은 호선을 그리도록.

왜 갑자기 그녀가 알려준 눈웃음을 치고 싶은지는 모르겠다. 반신반의를 떠나 거의 믿지 않았던 미소가 효과가 있는지 나를 놀리려고 안달이던 루페르트가 내 눈을 피해버린다. 나는 그의 시선을 따라 몸을 움직였다. 그는 움찔하며 물러나더니 고개를 홱 돌렸다.

"네? 안 어울릴 것 같아요?"

"……어울릴 것 같아."

"그럼 입고 다녀도 되겠네요. 저도 유행의 선두주자 같은 거 꼭 해보고 싶었거든요."

시작하니 멈출 수가 없었다. 루페르트 놀리기가 이 정도로 재미있을 줄이야.

원래대로라면 목숨이 아까워 시도도 못 해봤을 농담을 하면서 나는 싱긋 웃었다. 겨우 진정한 얼굴로 나와 슈미즈를 물끄러미 바라보던 루페르트가 느릿느릿 입을 연다.

"……그렇게 입고 싶어, 그게?"

"네."

"입어 그럼. 안대를 끼우면 되겠지."

"누구한테요?"

"눈 달린 인간 전부 다."

나는 규모마저 장대한 루페르트의 단호함에 입을 딱 다물었다. 장난도 칠 사람, 못 칠 사람이 있는데 내가 깜빡했다. 붉은 궁전을 드나드는 사람 전부를 눈뜬장님으로 만들 뻔했던 나는 설마 내가 이걸 외출복으로 입으려고 했겠냐며 손사래를 쳤다.

"그리고 너 그렇게 웃지 마."

"이렇게 웃는 거요?"

내가 보란 듯 아르베가 가르쳐준 눈웃음을 또다시 해 보이자 루페르트가 팔로 제 눈가를 가린다. 그는 들릴 듯 말 듯 작게 중얼거렸다.

"어."

"왜요?"

"예뻐서 숨 쉬기 힘들어."

그 민망한 말에 나도 숨을 쉬는 게 조금 버거워졌다.

루페르트는 나의 고집을 꺾지 못했다. 꼭 만나야겠다면 황궁 내에서 만나라는 조건을 덧붙였을 뿐이다. 나는 그를 설득하는 데 그리 긴 시간이 들지 않았다는 것에 조금 놀라고 말았다.

"정말 제가 아버지를 만나도 괜찮나요?"

"네가 그러고 싶다는데 어떡해."

루페르트가 어깨를 으쓱했다. 마치 내가 하고 싶다면 어떤 일을 해도 괜찮다는 듯했다. 내가 자신을 믿지 못하는 눈치로 눈을 가늘게 뜨자 그가 짧게 웃으며 나를 돌아본다.

"너는 내 소유물이 아니고, 나는 네 행동을 강제하지 않을 거다. 네 안위에 해가 되지 않는 한에서."

"그래서 아버지를 황궁으로 부르라는 말씀이세요?"

"그래, 나도 봐야겠어."

벨루아 백작인 아버지를 이 시기에 본궁에 들이는 것은 꽤 큰 위험을 감수해야 하는 일임에도 그는 뜻을 철회할 생각이 없어 보였다. 그가 감내할 수 있는 마지막 선인 듯해 나는 고개를 끄덕였다.

"제가 쓰던 응접실은 비어 있나요?"

"백작은 알현실로 부를 생각이다."

"알현실이요?"

본궁의 알현실은 황제가 원로나, 아주 가끔 사연 있는 평민을 만나기 위해 마련된 곳이다. 그런 귀한 장소를 내가 멋대로 쓰는 것이 마음에 걸려 거절했지만, 루페르트는 완고했다. 해서 나는 며칠 지나지 않아 아버지를 황제의 알현실에서 만날 수 있었다.

"황제 폐하께 인사 올립니다. 그간 평안하셨는지요."

"덕분에."

황제인 루페르트가 벨루아 백작인 아버지 덕에 잘 지냈을 리는 없지만, 루페르트는 가볍게 고개를 까딱였다. 그에게 인사를 올린 아버지가 고개를 돌려 나를 올려다본다.

"……오랜만이구나."

1년은 그리 긴 시간이 아니었건만 아버지는 많이 변해 있었다. 그의 얼굴이 눈에 띄게 수척해져 볼이 움푹 들어갔다. 그 나이답지 않은 풍채를 자랑하는 분이었는데 많이 마른 모습을 보니 마음이 좋지 않았다.

"네, 오랜만이에요."

선뜻 걸음을 옮기지 못하던 아버지가 천천히 단상으로 다가온다. 나는 루페르트의 고집으로 황제 바로 옆자리에 앉아 있었다. 원래대로라면 황후의 자리였을 상석이다. 내가 안절부절못하며 엉덩이를 들썩이자 루페르트가 내 팔뚝을 잡는다.

"가만히 있어."

루페르트에게 붙잡힌 나와 나를 붙들고 있는 그의 손을 물끄러미 바라보던 아버지는 침착하게 입을 열었다.

"저를 황궁으로 불러들이신 이유라도 있으십니까?"

"네가 라리에트를 찾으니까."

"예, 상파뉴에 있다는 소식에 허겁지겁 올라왔습니다. 오랫동안 딸을 보지 못한 아비의 마음을 이해해주셔서 감사합니다."

루페르트는 한쪽 입꼬리를 올리며 노골적으로 비웃었다. 백작 이상의 작위를 가진 귀족은 수행인을 적어도 두 명은 데리고 다녀야 했지만, 지금 아버지는 혼자였다. 루페르트가 오직 그의 방문만 윤허했으니까.

"난 너 같은 거 이해 안 해. 얘도 널 만나고 싶다기에 부른 것뿐이다."

시종 하나 달지 못하고 알현실에 들어온 아버지는 불쾌한 표정을 숨기지 못했다. 그러나 고작 백작인 그가 황제에게 대항할 수 있는 방법은 전무했다.

"그러십니까."

루페르트의 말에 그를 향하던 아버지의 시선이 다시 내게로 돌아온다. 나는 그의 마른 얼굴을 내려다보다 작은 한숨을 내쉬었다. 그의 굳은 얼굴을 보아하니 아직도 생각을 바꾸지 않은 것 같다.

"라리에트, 폐하께서 계신 자리에서 나눌 얘기가 아니지 않겠느냐?"

"폐하 앞에서 나누지 못할 이야기라면 할 생각이 없어요."

내 대답이 탐탁지 않은 듯 아버지는 굳은 입가를 손으로 쓰다듬었다. 지금 누구와 대화를 나누어야 그에게 유리할지 고민하는 얼굴이라 나는 그의 수고를 덜어주기 위해 루페르트의 팔을 뿌리치고 단상에서 내려왔다.

"아버지, 아니 벨루아 백작님."

루페르트만큼은 아니지만 무뚝뚝한 성정으로 감정표현에 능숙하지 않은 그가, 알현실에 들어온 이후로 가장 당혹스러운 표정을 지었다. 그의 굳은 눈을 마주하기가 두렵다. 나는 대신 헤벌어진 그의 입을 바라보며 말을 이었다.

"더는 제 핏줄을 이용하려 들지 마세요."

"……."

"그 말이 하고 싶었어요. 백작님과 저, 더는 아무 관계도 아니라고요."

아버지는 한참이나 말이 없었다. 나는 그의 표정을 확인하기 위해 슬쩍 시선을 올려 그를 마주 보았다. 그는 동상처럼 굳은 얼굴로 나를 바라보고 있었다. 복잡한 감정들이 잔뜩 뒤섞여 있어 생각을 읽어내기도 어려웠다. 가장 먼저 표면으로 드러난 감정은 배신감과 분노였다. 그는 답지 않게 목소리를 높였다.

"지금, 지금 무슨 말을!"

"파양을 하시라는 말입니다. 백작님이 직접 하지 않으신다 해도 방법은 있을 거구요."

"……감히 네가 어떻게! 아만다가 지금 너를 어떤 심정으로 기다리는 줄 아는 것이냐!"

나는 아버지의 입에서 나온 어머니의 이름에 움찔했다. 그러나 애써 흥분을 가라앉혔다. 그가 흥분하는 모습을 보고 있노라니 머릿속이 차갑게 식어 외려 생각을 가다듬기 쉬웠다.

"저는 아버지의 소유가 아니에요. 어머니는 저를 이해하신다 했습니다."

"너는! 너는 누가 뭐라 해도 내 딸이야! 내가 평생을 보호했다. 그런데 어찌……."

"저를 당신 딸로 한 번도 생각하지 않은 사람은 백작님 본인입니다."

내 귀로 들어도 서릿발이 날릴 만큼 차가운 말이 망설임도 없이 튀어나간다. 기실 그렇게만 생각하진 않았다. 아무리 벨네르니 황실의 정통성을 수호하겠다는 생각에 청맹과니처럼 목을 매고 있다 해도 아버지가 나를 애지중지하며 굉장히 아꼈다는 사실에는 변함이 없으니까. 그가 어찌 나를 사랑하지 않았겠는가.

그러나 그 애정이 순수했다고는 할 수 없었다. 외려 불순물이 가득해 본질을 찾을 수도 없을 만큼 탁했다.

"폐하. 다시 한 번 부탁드립니다. 제 딸과 개인적인 이야기를 나누고 싶습니다."

루페르트가 있는 자리에서 더 이야기를 나누는 것은 위험하다고 판단했는지 아버지가 내 뒤를 바라본다. 내 등을 빤히 쳐다보고 있을 그는 어떤 표정을 짓고 있을까. 나는 그가 지금 자리를 떠나지 않을 거란 것만은 확실히 알고 있었다.

"해. 내 앞에서."

"폐하! 부탁드립니다!"

"네가 쟤를 억지로 데리고 나갈 개 같은 생각을 하고 있을지 내가 어떻게 알아?"

아버지의 얼굴이 크게 일그러진다. 그는 흥분을 자제하려는 듯 호흡을 가다듬더니 내 어깨를 붙잡았다.

"라리에트! 폐하께 협박이라도 받고 있는 것이냐?"

나는 급격하게 작아진 그의 음성에 귀를 기울였다. 그는 루페르트가 자리를 떠나지 않겠다면 대화를 듣지 못하게 하겠다는 듯 귓속말을 했다.

"……네?"

"르한이 벨루아를 떠나 폐하의 곁을 지키는 이유는 그가 너를 빌미로 협박했기 때문이겠지."

기가 막히다 못해 황망한 생각이다. 내가 아칸의 딸이라는 사실을 루페르트가 안다는 것을 아버지가 모를 리 없을 텐데. 그가 내 출신에 눈감는 이유가 도대체 뭐라고 생각하는 걸까.

"비열한 월레탄 놈의 피가 섞인 치니 하는 짓이 남다르리란 예상은 하고 있었다. 걱정 마라. 내가 너를 구할 것이다. 나는 사설 병력을 줄이지 않았다. 조금, 조금만 더 기다려준다면……."

"백작님."

나는 그의 말을 끊어내며 물러났다. 그가 평생을 존경하며 모셨던 황제를 위한다는 신념이 그를 눈멀게 만들었다. 그는 지금 제대로 된 판단을 내리지 못하고 있었다.

"폐하는 백작님이 반역을 도모하고 있었다는 사실을 모르지 않아요."

"……뭐?"

"제가 아칸 1세의 딸이라는 사실도요. 아시잖아요. 부정하려고만 들지 마세요."

"그러니 무슨 속셈이 있지 않겠느냐?"

"저를 사랑해서요."

내 말에 아버지의 눈이 크게 떠진다. 그의 낯빛은 희게 질리다 못해 피가 통하지 않는 것처럼 창백해졌다. 잠시간 숨을 쉬지 못하던 그는 가슴을 들썩였다.

"지금 무슨 말도 안 되는 소리를 하는 것이냐?"

"사실이에요. 가신이 이토록 확고한 모반을 꿈꾸는데 내버려두는 주군이 몇이나 있을까요? 벨루아를 내버려두는 게 폐하께 득이 되진 않아요. 그가 벨루아를 눈감아주고 있는 이유는 단지 저 하나 때문이에요. 제가 벨루아를 사랑해서요. 하지만 아버지."

나는 길게 호흡을 가다듬었다. 최대한 냉정하게 그에게 내 뜻을 전해야 한다.

"그런 임시방편에 불과한 보호가 얼마나 오래갈 것 같으신가요?"

"그러니 네가 필요한 거야. 너만 있으면 모든 명분이 성립된다. 대공도 너를 도울 거다."

"저보고 폐하를 배신하라는 말씀인가요?"

"아니, 나를 배신하지 말라는 거다. 너는 내 딸이야. 내 딸로 키웠다."

나는 순간 내가 아버지의 자식이라는 그의 주장에 숨이 막혔다. 딸을 가문의 소유물이라고 생각하는 귀족가야 벨네르니에 차고 넘치도록 많지만, 나는 이제 나를 제멋대로 움직이려는 그에게 신물이 났다.

"아뇨, 제 생부는 아칸 1세죠. 백작님이 뜻을 철회하지 않으신다면 저도 벨루아를 지키는 데 한계가 있어요."

"라리에트!"

"제가 어머니처럼 따르고 사랑하는 백작부인과 집사, 르한, 제게 항상 다정했던 벨루아 가의 사람들 전부와 백작님을 저울질한다면 누구 쪽으로 추가 기울까요?"

나는 생각을 행동으로 옮기기 전에 루페르트를 돌아보았다. 모호한 얼굴이었다. 나를 조금 염려하는 듯한 시선에 나는 애써 웃어 보였다.

"백작님, 제가 한때 사랑하는 아버지로 믿고 따르던 당신을 제 손으로 해하게 하지 마세요."

"너는 그럴 수 없을 거다. 나는 너를 알아."

나는 아버지의 말에 손목을 쥐고 힘을 주었다. 그의 귀에는 들리지도 않을 단어를 작게 속삭이자 가는 화염 줄기가 그가 선 바닥을 중심으로 빙글빙글 돌기 시작했다.

"저도 저를 잘 모르겠는데 오만한 소리를 하시네요."

아버지는 그대로 넘어가기라도 할 듯 백지장처럼 질렸다. 나는 이전 생에서는 말대꾸 한번 해본 적 없는 고분고분한 아이였고, 회귀 후에도 소심하고 순종적인 성정은 크게 달라지지 않았다. 루페르트의 시녀가 되기 위해 아버지의 뜻을 거스르긴 했지만 큰소리를 내거나 한 적은 없으니, 아버지가 놀라는 것도 당연했다.

그는 기겁하며 내 의지에 따라 자신을 공격하려는 불줄기를 노려보았다. 파들파들 떨리는 손이 그의 분을 여실히 드러내주었다.

"지금 이게 무얼 하는 짓이냐!"

"보시는 바와 같이 협박하는 거예요."

"라리에트!"

"이제 그만 포기하세요, 백작님."

부탁이에요. 제가 아버지를 해하게 하지 마세요.

나는 들리지도 않을 만큼 작게 중얼거렸다. 아버지가 목소릴 높이면 높일수록 평정심을 유지하기가 어려워졌지만, 그렇다고 해서 그를 공격하는 것이 쉬워진 건 아니다.

이대로 아버지를 보낼 수는 없다. 그가 아직도 루페르트를 칠 계획을 버리지 못했다니, 나로서는 뒷목을 잡고 넘어갈 만한 일이다. 내가 그토록 경고했는데 어찌 이럴 수가 있나.

"도대체 뭘 포기하라는 말이냐!"

아버지가 씨근거리며 나를 바라본다.

그가 나의 회귀 전에도, 그리고 회귀 후에도 내가 황실의 후손이었단 사실을 숨겼던 걸 알았을 때, 나는 회피해버렸다. 엉엉 울며 소리라도 질렀어야 했는데. 그러면 그도 조금쯤은 깨닫지 않았을까. 내가 그의 뜻대로만 움직이는 인형이 될 수 없다는 사실을.

"저를 반역의 명분으로 삼는 것을 포기하라는 말씀이에요."

"뭐?"

"그러지 못하시겠다면 저도 방법이 없어요."

정신을 집중하자 아버지를 중심으로 빙글빙글 돌던 화염 줄기가 굵어졌다. 그가 조금만 발을 잘못 뻗으면 화상을 입을 수 있을 만큼 불줄기를 위협적으로 너울거리게 한 후, 차분히 말을 이었다.

"벨루아와 백작님 중 하나를 고를 수밖에 없어요."

아버지가 조금이라도 겁을 집어먹길 바랐지만, 그는 요지부동이다. 그는 되레 역정을 내듯 나를 향해 두 팔을 뻗었다.

"황실을 이을 황녀도, 벨루아의 장녀도 하고 싶지 않다면 벨네르니의 백성으로서 생각해보아라, 라리에트!"

아버지는 불을 무시하며 내 쪽으로 발을 뻗는다. 이글거리는 열기가 뜨거울 텐데도 흔들림이 없다. 나는 그가 다칠까 불의 세기를 조절하면서도 티를 내지 않기 위해 노력했다. 결국 불꽃 하나가 소매 끝단에 붙어버렸다. 그러나 그는 제 소매가 활활 타고 있음에도 계속해서 내게 다가왔다.

"벨네르니는 1,000년보다도 긴 역사를 가졌다! 너는 정녕 그런 나라를 월레탄, 그것도 신분도 확실치 않은 무희의 아들에게 맡길 수 있겠느냐! 천한 핏줄의 무희 말이다!"

그는 그 '천한' 무희의 아들인 루페르트가 황좌에 앉아 있다는 사실을 새까맣게 잊은 듯 고함을 질렀다.

나는 화들짝 놀라 루페르트를 돌아보았다. 당장이라도 이리로 뛰어올 줄 알았는데 그는 가만히 앉아 있기만 했다.

"말조심하세요!"

"내가 오늘 죽는 한이 있어도 월레탄 놈이 황좌에 앉아 있는 꼴은 용납할 수 없다!"

아버지는 멈추지 않았다. 루페르트는 여전히 무감동한 얼굴로 우리를 내려다보고 있었다. 마치 자신과는 아무런 상관도 없다는 듯한 태도였지만, 당사자인 루페르트가 아무렇지 않고 한들 내가 화가 나기 시작했다.

그놈의 핏줄! 혈통! 가문!

모두 아버지가 나를 옥죄기 위해 내세우던 단어들이다. 그의 고지식한 가치관 아래에선 내가 애써 노력해서 가꾼 교양이나 쌓은 지식은 제대로 평가받지도 못했다.

나는 아직도 깐깐한 가정교사 마담 크리시에게 처음으로 칭찬받던 날을 기억하고 있다. 그녀는 남부에서도 손꼽히는 선생님으로 쉬이 칭찬하는 법이 없는 이다. 그런 그녀가 수업 내내 입에 침이 마르게 날 칭찬하던 것을 지켜보며 아버지는 흐뭇해했으리라.

「역시 핏줄이 남다르군.」

내가 아닌, 나의 핏줄을.

어렸던 나는 그가 벨루아의 피를 이은 나를 뿌듯해하는 줄로만 알고 기뻐했다. 그에게 있어 벨루아는 우아하고, 귀족 중의 귀족이라는 뜻을 내포하는 이름이었으니까.

마담 크리시의 눈에 흡족할 만한 우아한 걸음걸이를 가지기 위해 나는 밤새 발이 부르트도록 연습했었지만, 아버지는 그 사실을 전혀 알지 못했다. 아니, 알면서도 모른 척했다. 나는 벨루아의 장녀이기에 응당 기품이 있어야 했으니까. 아버지의 편견에 의해 내 우아한 자세는 연습의 산물이 아닌 타고난 것으로 탈바꿈했다.

나는 성년이 되기도 전에 다리가 아픈 어머니를 대신해 대외적으로 레이디 벨루아의 역할을 맡았고, 검소한 벨루아의 가풍을 지키기 위해 가지고 싶은 물건 한번 제대로 쥐어본 적이 없었다. 단지 내 이름이 라리에트 이사벨 드 벨루아이기 때문에.

그 운명에 순응했건만 이제는 내가 황실의 핏줄이라 루페르트를 몰아낼 명분이 되어야 한단다. 내 삶의 목적은 내 의사완 관계없이 멋대로 바뀌어버렸지만, 아버지의 이유는 한결같다. 그저 내가 누군가의 자식으로 태어났기 때문이다.

숨이 턱 막히고 가슴이 답답했다. 이 상황에서, 아니 아버지에게서 벗어나고 싶었다. 나는 버럭버럭 소리를 지르느라 얼굴이 벌게진 그를 노려보았다.

"네, 정말 상관없어요. 순수함도 잃었을 황가의 피 따위."

그의 말마따나 벨네르니는 1,000년이 넘는 역사를 지녔다. 벨네르움 왕조 내에서 근친혼이 금지된 지 오래였으니 귀족들과 타국 왕족의 피가 섞일 대로 섞였겠지. 나는 조소하며 그를 둘러싼 불로 만든 원을 조금씩 줄여갔다.

"라리에트!"

내가 진심이라는 것을 알아챈 아버지가 물러난다. 차라리 그가 도망치길 바라는 마음도 있었으나 내 뒤에는 루페르트가 있다. 지금 아버지를 완전히 포기시키지 못하면 그를 볼 면목이 없다.

"나는 널 포기하느니 차라리 오늘 네 손에 죽을 것이다."

"아버지!"

나는 대쪽 같은 아버지를 향해 악을 썼다. 평생 고분고분 살았던 딸이 제게 반기를 들다 못해 위협하는데도 끄떡없는 고집이라니. 막막하다 못해 절망스러웠다.

좌절감에 정신이 흔들려 불마저 제대로 조절하지 못했다. 주춤주춤 물러나던 아버지를 불길이 덮친다. 나는 새빨간 불 속으로 사라지는 아버지의 모습에 놀라 굳고 말았다.

"숨 쉬어."

어떻게든 아버질 구해내려 애쓰는데 어느새 내 곁에 다가온 루페르트가 나를 붙잡는다. 그는 내 어깨를 감싸 안고서 나와 눈을 마주했다.

"후회할 짓 하지 마, 너."

"폐하, 제가 어떻게 하면 돼요? 어쩌길 바라세요?"

"난 이제 너한테 바라는 거 없어."

나한테 와줬잖아. 난 그거면 돼.

루페르트가 덧붙이는 말에 나는 숨을 길게 내쉬며 불길을 거둬들였다. 아버지를 삼킬 것처럼 커다래졌던 불길이 서서히 사위어든다. 바닥에 엎드린 그는 가쁜 숨을 내쉬고 있기는 했지만 크게 다치진 않은 것 같았다.

　"어, 어떻게, 네가……."

　내가 정말로 본인을 공격했다는 사실이 그 무엇보다 충격이었던 모양이다. 그는 눈이 촉촉해져선 말을 제대로 잇지 못했다. 나는 그에게 다가가 허리를 굽혔다.

　"아버지."

　"라리에트, 네가 어떻게!"

　"저는 당신께서 아끼는 물건 같은 게 아니에요. 제 삶을 어떻게 살아갈지 정도는 제가 정하고 싶어요."

　"……."

　"전 폐하의 곁을 지키는 길을 택했어요."

　"……지금 윌레탄 놈을 부마로 삼겠단 소리냐? 이 나라의 정통성을 모조리 흙바닥에 내던지겠다고! 내 눈에 흙이 들어가기 전까진 안 된다!"

　아버지는 세상에 이토록 원통한 일은 없단 듯 바닥을 내리쳤다. 벨루아 백작의 머릿속에는 내가 황좌를 거부하리란 선택지 같은 건 아예 존재하지 않나 보다. 루페르트가 부마라니.

　반박하려 입을 열었으나 갑작스레 내 앞으로 쑥 고개를 들이민 루페르트 덕에 말문이 막혀버렸다.

　"흙 가져와."

　"네?"

　"네 아버지 눈에 뿌리게."

　상황에 맞지 않게 농담이라도 하나 싶었지만 루페르트는 극히 진지한 얼굴로 알현실 내 화분을 들여다보고 있다. 흙이 있는지 없는지를 확인하더니 곧 한 움큼 집어 들 기세라 나는 서둘러 양팔을 휘저었다.

"지금 뭐 하세요?"

"그것도 괜찮을 것 같아서."

"무, 무슨, 무슨 말을 하시는 거예요!"

정신을 놓아가는 아버지를 내려다보며 불퉁하게 대답한 루페르트가 뻐딱하게 고개를 기울여 나를 바라본다. 그는 천천히, 그러나 확실하게 입꼬리를 올리며 대답했다.

"나 부마 시키고 싶은 거 아닌가?"

"폐하가 왜 부마가 돼요? 폐하는 황제시잖아요!"

"그럼 계속 황제 할 테니까 네가 황후 하든지."

루페르트는 황제나 부마 따위의 어마어마한 직책이 마치 애들 소꿉장난 역할이라도 되는 양 아무렇지 않게 말했다. 나는 기가 막혀 고개를 세게 저었다.

"싫어요."

언제는 내가 제 곁에 어떤 방식으로든 남아 있기만 한다면 괜찮다고 했으면서. 내가 입을 삐죽이자 그는 내 생각을 읽은 듯 얼른 덧붙였다.

"……안 해도 괜찮긴 한데, 하면 더 좋을 것 같아서."

나는 변명처럼 작게 따라붙는 그 한마디를 못 들은 척했다.

백작은 루페르트가 얼굴에 흙을 뿌리기도 전에 눈을 감아버렸다. 쓸모가 없어진 흙을 바닥에 던져놓은 그는 백작에게 다가갔다. 새근새근 숨을 쉬는 꼴을 보아하니 죽은 것은 아니고, 화상에 의한 고통과 라리에트가 안긴 충격을 늙은 몸이 견디지 못해 잠시 정신을 놓은 듯하다.

이대로 죽어도 괜찮겠는데.

루페르트는 작은 주먹을 꼭 쥔 채 백작을 바라보고 있는 라리에트를 흘깃거리며 그런 생각을 했다. 그녀는 실신하여 쓰러진 백작을 두고 어쩔 줄을 몰라 했다. 애써 아무렇지 않은 척 차갑게 외면하고 있었으나 루페르트는 그녀의 얄쌍한 턱이 바르르 떨리는 것을 보았다. 보지 못할 리가 있나. 그는 최근 그녀에게서 눈을 뗀 적이 한시도 없다.

"일단 별궁에 보내야겠다."

중죄를 저지른 죄인이지만 신분이 높아 함부로 단죄할 수 없는 이들을 가두는 감옥이 상파뉴 인근에 존재했으나 루페르트는 백작의 처분을 미루었다. 벨루아 백작을 감옥으로 보내면, 반드시 죄를 물어야만 한다.

"루이제."

"알겠습니다."

황명이 떨어지자 눈치만 슬금슬금 보던 루이제가 기어 나와 정신 잃은 백작을 둘러멨다.

연금술로 정신을 강화해 기절도 못 하게 막은 다음 팔다리를 전부 다 부러뜨려놨는데도 루이제는 용케 황궁으로 돌아와 다시 충성을 맹세했다. 한번 자각한 주인을 놓을 수가 없는가 보다. 신관에게 치료를 받았는지 금세 멀쩡해진 루이제의 팔다리를 도로 전부 부러뜨리려는 루페르트를 막은 건 르한이었다.

「누님이 좋아하지 않을 과한 폭력입니다, 폐하.」

루페르트는 그 한마디에 뚜걱 소리를 내며 부러진 루이제의 팔을 직접 붙여주었다. 황제의 집무실은 순식간에 용한 접골원이 되었다. 라리에트가 직접 말린 것도 아닌데 단순히 그녀가 '그럴 것 같다.'는 추측으로 목숨을 부지하게 된 루이제는 울며 다짐했다. 절대로, 절대로 라리에트의 눈 밖에 나지 말자고.

"라리에트, 아버님은 제가 잘 모실 테니 너무 걱정하지 말아요."

루이제는 반짝반짝 빛나는 눈으로 라리에트를 돌아본 다음, 힘든 기색도 없이 빠르게 물러났다. 백작이 시야에서 사라지자 라리에트는 그제야 참았던 숨을 몰아 내쉬었다.

"하아."

작은 등이 파드득거리며 오르락내리락을 반복하는 모습이 작은 새와 흡사하다. 루페르트는 재빠르게 그녀에게 다가가 앞으로 고꾸라지는 그녀를 받아주었다. 제가 쓰러질 것을 어찌 알았냐는 듯 힘없이 고개를 든 그녀의 얼굴에 의아함이 가득하다. 그는 그 표정에 소리도 없이 웃었다.

"괜찮나."

"……모르겠어요."

"설마 백작에게 연금술까지 써가며 반기를 들 줄은 몰랐는데."

진심이다. 루페르트는 라리에트의 선택에 조금 놀랐다. 백작을 위해 자신을 공격했다고 하더라도 이리 놀라지는 않았을 터다.

라리에트가 입을 삐죽였다.

"그럼요? 어떻게 하실 줄 아셨는데요?"

"글쎄."

라리에트는 제가 그를 배신하리라 예상한 그의 머릿속을 읽기라도 한 것처럼 얼굴을 일그러뜨렸다. 루페르트는 조막만 한 얼굴에 오밀조밀 자리 잡은 이목구비가 열심히 주인의 감정을 표현해내는 과정을 물끄러미 지켜보다 그녀의 콧잔등을 톡 건드렸다.

"어떻게 하면 좋겠어, 넌?"

"……모르겠어요, 폐하. 저대로 영영 가둬두고만 있을 수는 없겠죠?"

완전히 불가능한 일은 아니다. 실제로 황실의 대가 모두 끊길 것을 대비해 반역 같은 대죄를 저질렀음에도 단두대로 보내지지 않고서 평생을 감금되어 보낸 황족이 드물지 않으니까. 벨네르니는 그 무엇보다 황실의 영속성을 중히 여긴다.

"네가 원한다면 불가능하지는 않지."

그러나 라리에트가 제 아버지를 유폐시킨 채 편히 살 수 있을 리 없다. 루페르트는 불안한 듯 이리저리 흔들리는 그녀의 눈망울을 응시했다.

"꺅!"

그는 라리에트를 번쩍 들어 걸음을 옮기기 시작했다. 그에게 안겨 옮겨지는 데 조금은 익숙해졌는지 그녀는 별 반항 없이, 그저 그의 가슴에 머리를 기댔다. 동그란 곡선으로 이루어진 머리가 가슴에 닿자 외려 그가 당황했다. 그는 사방으로 쿵쿵 뛰어나갈 듯 뛰는 심장을 내리누르며 큼, 헛기침을 했다.

"……어디 가세요?"

"쉬러."

벨루아 백작을 상대하는 것만으로도 오늘은 충분했다. 그 대신 황제의 업무를 처리해내는 루이제가 들었다면 기가 막히고 코가 막혀 뒤로 나자빠질 만한 생각이었지만, 루이제는 라리에트를 위험에 빠뜨린 죄로 그가 목숨을 거둬도 할 말이 없는 죄인이다. 그에 대한 벌로 루이제의 팔다리를 몇 번이나 부러뜨린 것도 모자라 사격훈련의 대상으로 쓴 것을 루페르트는 죄 까먹어버렸다.

루페르트가 라리에트를 데리고 향한 곳은 그의 침실이다. 이미 그녀의 차지가 된 지 오래였지만. 그는 기운을 차리지 못하는 그녀를 조심조심 침대에 내려놓았다. 앉기 쉽도록 그녀의 등에 커다란 깃털 베개를 받쳐주고 나서야 숙였던 허리를 편다.

"감사해요, 폐하. 이제 가셔도 괜찮아요."

라리에트가 작은 목소리로 인사한다. 그녀는 그가 곧 나갈 것이라 생각한 듯 머리도 푹 베개에 파묻었다. 하루를 모조리 벨루아 백작을 만나는 그녀를 지켜보는 데 썼으니 필시 밀린 일이 많으리라 여겼겠지. 물론 그 추측에 그른 덴 하나 없었지만, 루페르트는 자리를 뜰 생각이 없었다.

"나 안 가."

그는 자신이 나가길 바라는 듯한 그녀의 태도에 기분이 상했다. 그가 불퉁히 대답하자 그녀가 눈을 도로록 굴려 바라본다. 쿠션을 꼭 껴안은 모습이 나무 위 다람쥐 같다.

"바쁘시지 않아요?"

"내 침실인데 왜 축객령을 내리려고 들어?"

"축객령이 아니라……."

루페르트가 불쾌한 기색을 내비치자 라리에트는 당황해 허둥지둥 고개를 저었다. 그녀는 이미 제 아버지의 확실한 반역의사를 들킨 것만으로도 충분히 그의 눈치를 보고 있었다. 그의 기분을 더 상하게 하고 싶지는 않을 터다.

루페르트는 라리에트가 당황하고 있는 걸 모른 체했다. 손가락을 옴찔거리며 커다란 눈으로 절 살펴보는 라리에트를 보는 게 나쁘지 않았으니까.

"졸려."

"네?"

"잘까?"

"……네?"

분명 끝이 올라간 목소리는 되묻는 게 확실했건만, 루페르트는 라리에트의 대답을 제멋대로 해석하곤 그녀의 옆에 드러누웠다. 겨우 노을이 지고 있는 이른 저녁이다. 해가 짧은 계절이었으니 저녁이라 부르기에도 애매한.

"여기서 주무시겠다고요? 지금?"

라리에트의 가느다란 목소리가 높아진다. 그녀는 대답이 없는 루페르트를 내려다보더니 곧 체념했는지 한숨지었다.

"너도 자."

"제가 폐하 옆에서 어떻게 자요?"

"잘 자던데."

"……그게 무슨 뜻이에요?"

루페르트는 침묵했다. 그를 추궁하려 눈을 부라리는 그녀를 무시하려고 눈까지 감아버린다. 골려주려고 드러누운 것인데, 정말로 졸음이 몰려왔다.

라리에트에게선 항상 옅은 봄 냄새가 나곤 했다. 사람이고 짐승이고 전부 느긋하게 늘어지는 하오의 햇살이 섞인.

"내가 어떻게 널 죽였어?"

고른 숨을 내쉬던 루페르트는 눈도 뜨지 않은 채 물었다. 감은 눈 앞에서 흐릿한 그림자가 움직인다. 그의 얼굴을 훔쳐보던 라리에트는 화들짝 놀라며 숙였던 허리를 세웠다.

"……단두대에 올렸지요, 무얼. 반역자의 말로가 으레 그러하듯."

루페르트는 이불 속에 숨긴 주먹을 세게 쥐었다. 그녀의 일기를 읽고 나서 몇 번이고 상상해보았다. 그녀가 제 시녀로 황궁에 들어오지 않았다는 가정을 해보았다. 자신이 그녀가 제게 얼마나 소중한 이가 될지 예측하지 못해 그저 반역이란 명분으로 목숨을 앗아가는 상황을.

그는 스스로의 잔인함을 누구보다 잘 알고 있다. 황위를 지키기 위해 그 어떤 무도한 짓도 행할 수 있었다. 태어나지도 않은 황실의 방계까지 경계해 역사에서 지워버리는 것조차 아무런 거리낌이 없었는데, 선 선대 황제의 딸을 내세워 정말로 반역을 일으킨 가문 따위를 몰락시키 는 데에 망설임이 있었으려고.

"반역을 저지르지도 않았다며."

"무지도 죄라면 죄예요, 폐하."

라리에트가 소곤소곤 속삭이자 루페르트는 눈을 떴다. 색이 진한 녹 안이 연한 갈색 눈을 마주한다. 그는 그녀의 옅은 눈이 물기를 머금은 듯해 손을 뻗었다. 손에 닿는 뺨이 부드러워 이대로 녹아 없어질 것만 같았다.

"……무서웠겠네."

이제 와 후회한다 말한들 무슨 소용 있겠나. 루페르트는 컴컴한 어둠 속을 헤맸을 그녀를 상상하면 발밑이 꺼지듯 아찔해졌다. 안쓰러워 어 찌할 바를 모르겠다. 밤이 무서워 침실의 촛불마저 끄지 않고 자는 사 람이, 영원한 어둠 속에서 얼마나 바들바들 떨었을까.

"미안."

"폐하가 미안하실 일이 아니잖아요."

라리에트는 멋쩍어 눈을 돌렸다. 그가 저지르지도 않은 일로 여태 그 를 원망했음에도 막상 사과를 듣고 있으려니 염치가 없어 고개를 들지 못하겠다. 용서를 구해야 할 사람은 그가 아닌 그녀다.

"아버지가 뜻을 바꾸지 않으신다면, 제가 그를 설득하는 데 실패한 다면……."

그녀는 작은 입술을 꼭 깨물었다.

"그때는 저를 신경 쓰지 않으셔도 괜찮아요. 폐하께도 방법이 없다 는 거, 알고 있으니까요."

"방법이 왜 없어?"

"폐하께서 윌레탄 출신이라는 근본 없는 소문이 퍼지는 것도 좋지는 않을 거예요."

"소문이 아니라 사실인데."

루페르트의 덤덤한 대답에 라리에트가 고개를 바로 젓는다.

"월레탄에 가보신 적은 있으세요, 폐하?"

"아니."

그는 황녀였을 적에는 별궁에 유폐되다시피 살았고 태자가 되고 난 이후로는 황위를 거머쥘 준비를 하느라 타국으로 여행은커녕 벨네르니 조차도 제대로 둘러본 적이 없었다.

라리에트가 나긋한 웃음소리를 흘린다. 은방울이 쟁반 위를 구르듯 예쁜 울림이 있었다.

"가보지도 않은 나라가 어찌 폐하의 고향이 되나요."

"넌, 가봤나?"

"네. 아주 예전에요. 그곳도 사람 사는 곳이랍니다. 벨네르니와 별반 다르지 않았어요. 아니, 사람들이 더 유쾌하달까. 그래서 참 좋았어요."

라리에트는 월레탄이 야만적이다 비난하는 아버지를 이해할 수 없었다. 그들은 무례하기는커녕 여유가 넘쳤으니까. 그녀는 자신을 물끄러미 바라보는 루페르트의 눈가를 제 손으로 덮었다.

"좀 주무세요. 제가 폐하의 침실을 빼앗은 덕에 제대로 눈도 못 붙이셨잖아요."

그는 대답이 없었지만, 그녀는 그가 곧 잠을 청하리란 사실을 알 수 있었다. 감히 황제 옆에서 같이 잠이 들 수 없었으므로 라리에트는 자리에서 일어나려 몸을 틀었다. 그러자 단잠에 빠진 줄로만 알았던 황제가 손목을 턱 잡는다.

"폐하?"

조심스레 불러보아도 돌아오는 것은 새근새근한 숨소리뿐이다. 라리에트는 할 수 없이 루페르트의 곁을 지켰다. 웬만한 사람은 오금이

저려 제대로 마주하지도 못하는 사나운 눈빛을 숨긴 채 곤히 잠든 모습은 정말 한 폭의 명화에 가깝다.

그녀는 옅게 탄식하며 손을 뻗어 그의 머리칼을 정리해주었다. 매끈한 이마에 닿는 손끝이 부끄럽게 느껴질 때까지.

16. 친애하는 나의 폐하에게

"꺄아아아아아아악!"

루페르트는 검붉은 피로 얼룩진 제 손을 내려다보았다. 누구의 피일까 고민하는데 사방의 벽이 무너지는 소리가 여자의 찢어지는 비명과 함께 울려 퍼졌다. 그는 도망치지도 못한 채 한가운데 우뚝 서 주변을 둘러보았다.

익숙한 풍경이다.

황제만의 침실. 루페르트가 일부러 쓰지 않고 폐허처럼 버려둔 선황의 침실이었다. 그렇다면 어머니의 피일까. 그는 짐작하며 바닥으로 시선을 돌렸다. 그러나 시체처럼 누워 있는 건 에바가 아니다. 손에 닿으면 녹아 없어질 듯 옅은 색의 갈색 머리.

아.

목소리도 나오지 않을 정도로 놀랐건만 그는 그녀에게 달려갈 수 없었다. 제 양발을 묶고 있는 검은 그림자가 있던 탓이다. 새까만 구름을 뭉개놓은 듯 보이는 그림자는 새빨간 혀를 날름거리며 킬킬 웃었다.

"왜 놀라지?"

"뭐?"

"네가 죽였잖아?"

거짓말.

루페르트는 부정하며 라리에트에게로 저벅저벅 다가갔다. 파리하게 질린 그녀는 눈을 뜨지 않는다. 작은 숨소리마저 들리지 않아 그는 서둘러 그녀를 안아 들었다.

어의. 어의를 불러야 한다.

"어의도 네가 죽였잖아!"

그새 그를 따라온 그림자가 목을 긁는 듯한 듣기 싫은 웃음소릴 냈다. 그는 삐걱삐걱 움직여 그림자의 입을 밟았다.

"켁!"

그림자 뒤의 창문이 깨져 있다. 활활 타는 본궁. 그가 황녀 시절에 살던 별궁은 이미 새까만 재가 되어 골조만 남아 있었다. 이런 위급상황에도 사람 한 명 보이지 않았다.

"다 어디로 간 거지?"

루페르트의 발길질에 잠시 입을 다물었던 그림자는 신이 나서 떠들어댔다.

"네가 다 죽였어!"

"뭐?"

"궁인 모두! 네가! 다! 죽였다고!"

그는 입술을 깨물었다. 그럴 리 없다. 그러나 창문 밖 살풍경이 어찌나 을씨년스러운지 지옥도와 비교해도 별다를 게 없을 듯했다. 벽에 말라붙은 핏자국은 사람의 손바닥 모양이다.

"폐하?"

품 안의 라리에트가 몸을 움찔한다. 루페르트는 그녀를 놓칠까 두려워 팔에 힘을 주었다.

"폐하……!"

정신을 차린 라리에트가 눈을 부릅뜬다. 그녀의 입가에는 선혈이 그득했다. 기묘한 아름다움마저 느껴질 만큼 선연한 붉은 피가 그녀의 목을 타고 흐른다.

루페르트는 숨을 참았다.

"살인자."

그녀는 나무 인형처럼 뻣뻣한 움직임으로 목을 돌려 그를 돌아보았다. 살인자, 살인자, 살인자!

그녀가 반복해 제게 쏟아내는 비난에 루페르트는 가만히 고개를 저었다.

"아니다. 내가 널 죽일 리 없어."

그럴 리 없다.

"……나는 이제 너밖에 없어."

루페르트는 숨이 제대로 쉬어지지 않아 컥컥거렸다. 고백하건대 그는 제가 누군가에게 이런 말을 하리라고는 상상도 해본 적 없다.

"나한테 소중한 건 이제 너 하나고,"

나는 널 생각만 해도 눈물이 날 정도로 아껴. 그런 내가 어찌 너를 죽이겠나.

"그럼 저는요?"

루페르트의 목을 당장이라도 조르고 싶단 듯 그를 노려보던 라리에트의 얼굴이 순간 흐려진다. 검은 그림자가 그녀를 휘감더니 이내 토리가 나타났다.

루페르트는 마른세수를 했다.

"그럼 저는 소중하지 않아서 죽이셨어요?"

그녀의 가슴은 휑하니 뚫려 있었다. 짐승을 사냥할 때나 쓰는 싸구려 엽총에 난사당한 양 너덜너덜한 상흔이다. 여기저기 찢겨나간 몸뚱이에선 검은 피가 쏟아져 나왔다. 그럼에도 불구하고 그녀의 심장에 가시처럼 박혀 있는 크루나루카는 그녀에게 안식을 허락하지 않았다.

"나는 널 죽이지 않았어."

"죽였어요! 라리에트가 그랬어! 당신이 날 죽였어!"

루페르트의 부정에 토리가 악을 썼다.

아, 그랬나. 내가 저 가여운 이를 죽였던가. 토리의 반복적인 외침에 세뇌당하듯 그는 고개를 끄덕였다. 라리에트의 일기장에 그런 내용이 있었던 모양이다. 루페르트의 그녀는 거짓말을 할 줄 모르는 사람이니 토리의 말도 사실일 것이다.

"라스페리히, 당신이."

토리의 입에서 나온 이름은 분명 제 황명이나 낯설기만 했다. 곧 루페르트의 손에는 익숙한 엽총이 들렸다. 라스페리히가 토리를 쏴 죽였다는 그 엽총. 자신의 것임을 부정할 수도 없을 만큼 탄창의 미끈한 느낌이 익숙하다. 눈을 제대로 뜨지도 감지도 못하던 그의 앞에 토리가 죽는 장면이 몇 번 반복되었다.

그를 누구보다 괴롭게 한 건 창문 밖으로 보이는 단두대에 올라간 라리에트였다. 그녀가 낡은 나무로 만든 계단을 끝없이 오르며 그를 돌아보다 희미하게 웃는다. 저 자리에 그녀를 올린 이가 그라고 했다.

루페르트는 그녀를 말리기 위해 자리에서 벌떡 일어났다. 목이 터져라 소리를 질렀지만 목소리는 나오지 않았다.

"허억."

소리 없는 아우성을 내지르던 루페르트는 뭍으로 건져진 것처럼 헐떡거리며 꿈에서 깨어났다. 그는 가장 먼저 창밖을 확인했다. 다행히도 새빨갛게 타오르는 건물은 그 어디에도 없다. 새벽의 고요는 평화롭다 못해 따분할 정도였다. 꿈에서도 꿈이겠거니 막연히 생각하긴 했지만,

소름이 오소소 돋는다. 그는 악몽에 익숙했으나, 이런 꿈은 난생처음이다.

그의 악몽은 대부분 어머니가 중심이었으니까. 인형이 된 에바가 연금술을 부리는 자신의 목을 조르거나 선황이 무덤에서 일어나 에바와 자신을 끌고 지옥으로 들어가는 내용 같은 것들.

홀로 깨어날 수도 없을 만큼 진득한 악몽 속에서 길을 잃었을 때에도 이런 선득한 기분이 들지는 않았다.

루페르트는 괜한 불안에 침대 주변을 서성이다 소파에 누워 있는 라리에트를 발견했다. 쿠션에 파묻혀 얼굴도 제대로 보이지 않았다. 그는 다급히 라리에트를 끌어안았다. 잠에 취한 그녀가 그의 품에 쏙 들어온다.

"하."

목덜미에 얼굴을 묻자 라리에트 특유의 달큰한 향기가 맡아졌다. 루페르트는 그 익숙한 체향에 서서히 진정했다. 꿈일 뿐이다. 그는 스스로를 진정시켰다. 그녀는 지금 평온하다 못해 나른한 얼굴로 제 품에 있지 않나. 그녀의 죽음은 현실이 아니었다.

"……폐하?"

아무리 깊은 잠에 들었다 할지라도 갑자기 제 몸이 공중에 붕 떠오르는데 깨지 않을 사람은 드물 것이다. 라리에트는 허공에 뜬 제 발을 버둥대며 눈을 떴다.

이를 악문 루페르트는 그녀를 조심스레 침대에 내려놓았다.

"왜 거기서 자."

"폐하가 집무실로 돌아가지도 않으시고, 저도 못 나가게 하셨잖아요."

"……그냥 옆에 누워 자면 되잖아."

"세상에! 폐하는 종종 제가 남부 사람이라는 걸 잊으시는 것 같아요."

라리에트는 졸린 눈을 비비며 배시시 웃었다. 졸음이 묻어나는 미소가 어찌나 사랑스러운지 루페르트는 절로 뻗어가는 제 팔을 막지 못했다.

"왜, 왜요?"

라리에트는 자신을 덥석 안는 루페르트를 떨쳐내진 않았다.

품 안에서 꼼지락거리며 퍼지는 온기에 그제야 완전히 마음이 놓인다. 그는 제 턱 밑을 간지럽히는 그녀의 가는 머리카락을 한 움큼 잡아 부드럽게 쓸어내렸다.

"네가 갑자기 사라질 것 같아."

루페르트의 낮은 목소리에 라리에트가 그의 목을 끌어안는다. 그러곤 그를 달래려는 것처럼 너른 등을 두어 번 쓸어내렸다. 온몸의 감각이 곤두섰지만, 그는 티를 내지 않고 숨을 참았다.

"저 어디 안 가요. 걱정 마세요."

"너까지 사라지면 어떡해."

라리에트는 가는 손가락으로 루페르트의 턱을 제법 세게 들어올렸다. 달빛이 비추는 하얀 얼굴이 엄격하다. 그녀는 눈에 잔뜩 힘을 주고 또박또박 말을 이었다.

"이제 와 절 믿어달라고 우길 수는 없겠지만, 계속 이리 불안해하시면 폐하만 괴로워요."

"넌 날 싫어하잖아."

"싫어하지 않는다고 몇 번을 말씀 드리나요? 제가 어떻게 해야 믿으실 거예요?"

루페르트는 찡그린 라리에트의 얼굴을 대답 없이 응시했다. 짧은 침묵 끝에 그의 입술이 천천히 벌어진다.

"키스해줘."

"……."

"그럼 믿을게."

세상에. 탄식 같은 그녀의 말이 방에 울려 퍼진다.

충동적으로 입 밖에 내놓은 요구를 그녀가 들어줄 리 없다. 그는 그녀가 이곳을 벗어나기 전에 제가 먼저 나가야겠다 생각했다. 집무실의 쪽방으로 돌아가기 위해 몸을 트는데, 멱살이 잡히는 바람에 휘청대며 침대로 떨어진다.

"어디 가세요?"

"어?"

놀란 루페르트의 입술에 작지만 따뜻한 입술이 포개어진다. 햇살 머금은 꽃잎을 깨문 듯 부드러운 감촉이었다. 농밀하진 않지만, 전혀 예상하지 못했던 상황에 그는 숨도 쉬지 못한 채 굳고 말았다.

"폐하만큼 능숙하지 않아서 송구하네요."

루페르트의 멱살을 놓아준 라리에트의 말에 가시가 돋친 듯 들리는 건 그의 착각이었을까.

루페르트는 정말 낯 뜨거운 줄 모르는 사람이다. 뻔뻔한 것은 원래 알고 있었지만, 저 정도로 뻔뻔할 줄이야. 나는 어젯밤 일을 생각하면 목뒤까지 뜨거워 고개를 들 수가 없는데 그는 태연하기만 해서 약이 오른다.

"이제 가세요."

"너랑 아침 먹고."

"배 안 고파요."

"그럼 그냥 내 얼굴만 봐."

나는 루페르트의 말에 기가 막혀 콧방귀를 흥 뀌었다. 제 얼굴을 바

라보면 양분이 절로 만들어지나. 그는 내 반응이 의아하다는 듯 고개를
옆으로 기울였다.

"왜 화났어?"

"화 안 났어요."

"그래?"

루페르트는 수긍하며 고개를 끄덕였다. 나는 그의 정강이라도 차주
고 싶어 목숨 아까운 줄 모르고 발을 들었다가 침실 문을 두드리는 소리
에 꾹 내려놓았다.

"일어나셨, 험!"

세숫물을 들고 온 하녀와 목욕시중을 드는 하녀가 황제와 내가 같은
침실에 밤새 함께 있었다는 사실에 놀랐는지, 서로 눈짓을 주고받는다.
어떤 소문이 퍼져나갈지 뻔했지만, 뜬눈으로 밤을 지새운 나는 그들을
단속할 기운조차 없었다.

"나중에 와줘."

"네, 네!"

하녀들은 내 말에 화들짝 놀라며 들고 온 물건들을 내려놓은 다음 침
실 밖으로 나가버렸다. 세숫대야에 얼굴을 박던 루페르트가 그들이 나
가는 소리에 나를 돌아본다.

"왜 쫓아내?"

"하녀 앞에서 폐하에게 뭐라고 할 수는 없으니까요."

"하. 쟤들 없으면 나한테 뭐라고 해도 되나?"

"네!"

루페르트가 황제라는 사실은 잘 인지하고 있지만, 미안하게도−사실
전혀 미안하지 않았다−나는 그가 조금도 무섭지 않았다. 그의 잘생긴
미간이 슬쩍 좁혀지더니 그와 나 사이의 거리도 다시금 좁혀진다.

"뭐라고 할라고."

"어제 말이에요!"

"네가 먼저 했잖아."

"저는 한 번 했잖아요! 폐, 폐하는!"

너는 날 못 자게 했잖아!

나는 민망해 말을 잇지 못하고선 눈을 꼭 감았다. 아무리 요즘 궁정에서 벌어지는 연애사들이 하나같이 개방적이다 못해 문란한 수준이라지만, 남부 출신인 나로서는 도저히 받아들이기 힘든 이야기들이었다.

루페르트와 나는 아직 결혼을 한 것도 아니다. 아니, 심지어, 그는 나와 결혼을 약속한 사이조차도 아니질 않나.

"뽀뽀 몇 번 더 한 걸 가지고 왜 난리야?"

루페르트는 반성의 기색이 없다. 나는 그가 별것도 아닌 일로 성을 낸다는 양 어깨까지 으쓱하는 꼴에 발을 크게 굴렀다.

"세상에! 도대체 어디서 이런 문란한! 연애방식을! 배워 오신 거예요!"

"뭐? 문란?"

"그래요! 문란해요! 아직 약혼도 하지 않은 저를 폐하의 침실에 막 재우시고! 이, 입맞춤을 막 해달라고 하시질 않나! 한 번 해줬으면 되었지 여러 번을 하시질 않나!"

게다가 나는 루페르트가 키스에 능숙하다는 점이 무척이나 의심스러웠다. 내가 그를 가늠하듯 눈을 가늘게 뜨고 훑어보자 그가 허, 기가 막히다는 듯 웃더니 나를 흘긴다.

"그래서 결혼하자고 했잖아."

"……"

"네가 어제 싫다며. 황후 하라니까!"

"그렇게 청혼을 대충 하는데 누가 좋다고 해요!"

내가 다시는 물어볼 수 없을 정도로 딱 잘라 그의 청혼을 거절한 적은 없다. 바지춤에 손 넣고 껄렁껄렁 던지는 청혼을 진지하게 고려하고 싶지 않을 뿐이다.

"그럼 할 거야?"

나는 그의 얼굴에 송골송골 맺힌 물방울을 물끄러미 바라보았다. 창가로 들어오는 햇볕에 반사되어 빛나는 얼굴이 눈부셨지만, 나는 결혼에 아무런 의미도 담기지 않은 듯 무심한 그의 태도에 고개를 저었다.

"저도 로망이란 게 있어요, 폐하."

프러포즈를 언제 낭떠러지로 굴러떨어질지 모르는 마차 안에서 대충, 혹은 제대로 씻지도 않은 상태로 받고 싶은 사람이 어디 있나.

"결혼이 무슨 애들 장난도 아니고 그렇게 저녁 메뉴 정하듯 구실 건가요?"

팔짱을 낀 나를 가만히 바라보던 루페르트는 "흠." 소리를 내더니 잠시 입을 다물었다. 곧 침의도 갈아입지 않은 채 침실 문을 활짝 열고선 나를 돌아본다.

"나는 네가 날 떠나지 않는다면 결혼하지 않아도 상관없어. 널 내 옆에 둘 수 있는 구실이 필요할 뿐이니까."

"……."

"근데 결혼 안 하면 키스 못 해?"

나는 어느새 문 밖으로 나가 고개만 빼꼼 들이민 그를 향해 고개를 끄덕여주었다. 내 대답에 인상을 확 찡그린 그는 서둘러 침실에서 멀어졌다.

"야."

"……네?"

루이제는 이제 슬슬 르한이 그리워지기 시작했다. 황궁에 처음 들어올 적만 해도 제 자리를 차지할 것만 같아 그를 경계했는데, 둘이서 루페르트를 보좌하다 혼자 감당하려니 죽을 맛이었다.

"청혼은 어떻게 해?"

제 주군인 루페르트는 어제도 벨루아 백작을 황궁으로 들이는 말도 되지 않는 짓을 벌여가며 일거리를 세 배쯤 늘렸다. 그러더니 이제는 과로에 치인 자신을 집에도 보내지 않고 이상한 질문을 하고 있었다.

제 잘못이 크긴 했지만 그에게 두드려 맞은 어깨가 아직도 시큰거리는 느낌에 루이제는 엉엉 울고 싶은 욕구를 꾹 눌러 참으며 싱긋 웃었다.

"결혼하자고 말하는 게 청혼 아닙니까?"

"그걸로 안 된대."

루페르트는 라리에트가 제 청혼을 거절한 이유가 루이제라도 되는 양 그를 세차게 노려보았다. 눈빛에 사람이 갈려나갈 수 있을 만큼 난폭한지라 그는 침을 꿀꺽 삼키며 대안을 제시했다.

"보통 선물을 하지요?"

"보석도 줬어."

"뭐, 그래도 명색이 레이디 벨루아인데, 어지간한 것은 눈에 차지 않지 않을까요?"

"그런가."

루페르트가 작게 고개를 끄덕인다. 이제야 자신을 놓아주려나 싶어 루이제는 남몰래 한숨을 내쉬었다.

하라는 나랏일은 안 하고, 이 인간아!

어서 집에 돌아가 뜨끈한 물을 욕조에 한가득 받아놓고 쉬고 싶다. 루페르트는 결혼을 정치적 수단으로 쓸 생각이 없는 듯하다. 라리에트가 달라면 황위도 내려놓을 것 같으니, 당연하다면 당연했다.

그렇다면 그들의 결혼은 오롯이 애정의 문제일 텐데, 루이제는 자신이 그런 것까지 신경을 써야 한다는 사실에 울컥 억울함이 솟았다. 자신은 일이 너무 바빠 결혼은커녕 얼마 전 만나던 여자에게도 차인 처지였다.

「바덴 경은 저에게 관심도 없는 거지요!」

자신을 냉정하게 떠나간 멜리아의 뒷모습이 아른거려 루이제는 흐르는 눈물을 막으려 눈을 크게 떴다.
"저는 이만 가보겠습니다."
"안 돼."
"급한 일은 전부 끝냈는데요?"
황제가 집무실을 비운 동안 루이제가 모든 일을 도맡아 처리했는데도, 루페르트는 그의 안위에 눈곱만큼의 관심도 없어 보였다. 루이제의 얼굴이 파리하게 질리든 말든 루페르트는 무심하게 입을 열었다.
"너 가서 나라 좀 사와."
"……예? 뭘 사와요?"
"나라."
나라.
나라라는 이름의 물건이 있었던가. 루이제는 제 귀를 의심했다. 설마 정말 '나라'를 사라는 소린 아니겠지.
"규모는 히렐보다 조금 작아도 괜찮다."
그러나 제 의심을 확신으로 만들어주는 루페르트의 명령에 루이제의 턱이 떨어졌다.
"……히렐보다 작은 나라를 사라고요?"
"따뜻하고, 예쁜 꽃이 많이 나는 나라로."

이 미친 황제가 지금 무슨 소릴 하는 걸까. 그는 반문할 정신도 없어 멍하니 제 주군을 바라보았다.

"살 만한 게 없으면 정복전이라도 해."

"……하하."

"오래 걸릴 것 같으면 내가 직접 간다."

"예, 예. 다녀오겠습니다."

라리에트에게 다녀올게요, 폐하.

그는 그대로 그녀에게 달려가 황제의 망언을 일러바쳤다.

루페르트는 내게 조금 토라진 상태였다.

"폐하."

"……."

아무리 불러도 대답이 없다. 그의 이런 무반응을 '토라졌다'고 표현하는 것이 맞나 싶긴 했다. 청혼선물로 소국(小國) 하나를 주겠다는 괴상망측한 계획을 뜯어말린 이후로 그는 내게 시선 한번 주지 않았다.

하아.

그의 머리를 열어서 속을 들여다볼 수도 없는 노릇인지라 나는 느릿느릿 입을 열었다.

"폐하, 혹시 삐치셨어요?"

"……."

그는 여전히 말없이 창턱에 앉아 창밖만 바라보고 있을 뿐이다. 나는 한숨을 내쉬며 그의 표정을 살폈다.

"삐쳤네요, 뭘. 단단히 삐쳤어."

소파를 짚고 서 있던 루이제가 혀를 끌끌 찬다. 그러자 나는 쳐다보지도 않던 루페르트가 자리에서 일어나더니 어디서 났는지 돌멩이를 던 졌다. 돌멩이라고 부르기 민망할 정도로 커다란 돌을 루이제는 용케 양 손으로 받아냈다. 듣기만 해도 내 손이 아플 만큼 묵직한 소리가 나긴 했지만.

"와! 이런 거 잘못 맞으면 저 뼈 나갑니다, 폐하."

루페르트의 구박을 받아내며 싱글싱글 웃는 것밖에는 할 줄 아는 것 이 없는 듯 보이지만, 기사이긴 한 모양이다. 나는 그의 완벽한 순발력 에 짝짝 박수를 쳤다. 나와 눈이 마주친 루이제가 머쓱해하며 눈을 내 리깐다.

"뭘 박수까지 치십니까. 으악!"

루이제가 뒷머리를 긁으며 방심한 사이, 루페르트는 다시 돌을 집어 던졌다. 아까보다는 작은 돌로, 속도감이 상당했다. 정통으로 그의 이 마를 맞춘 돌이 쿵 소리를 내며 튕긴 다음 바닥을 굴렀다. 나는 그제야 루페르트가 돌을 어디서 가져오는 것이 아닌, 연금술로 '생성'해내고 있다는 사실을 깨달았다.

세상에. 루이제가 얼마나 얄미웠으면.

사용할 때마다 그의 건강을 해칠 것이 분명한 연금술을 아무렇지 않 게 써가며 루이제를 괴롭히는 루페르트를 흘겨보았다. 남용하지 말라 고 부탁했는데도, 또 그런다.

"폐하! 연금술 좀 그만 쓰세요!"

루페르트는 제게 목소리를 높이는 나를 쳐다보지도 않고 루이제만 노려보았다. 눈빛으로 사람도 죽일 듯 기세가 매섭다.

"나가."

"아니, 뤼젠이 필요 없다고 한 건 라리에트인데 왜 저한테 화를 내십 니까? 그리고 저는 폐하를 분명 말렸는데요?"

"두 번."

"……!"

"두 번 말하게 하는군."

루페르트의 음성이 낮아진다. 그리고 그건 별로 좋은 신호가 아니었다. 루페르트가 같은 말을 반복하길 끔찍하게 싫어한다는 걸 모르는 사람은 이 방에 없다.

루이제는 그제야 흠칫 놀라며 후다닥 달려가 방문에 바싹 붙었다. 그러더니 곧 울 것만 같은 얼굴로 나를 바라본다.

"폐하 좀 말려봐요, 라리에트."

루페르트가 내가 말린다고 들을 사람인가. 하지만 루이제의 표정이 보통 간절한 것이 아닌지라 나는 얼떨결에 루페르트에게 다가갔다.

"폐하, 루이제한테 화풀이하지 마세요."

"……쟤가 짜증나게 하잖아."

"짜증난다고 사람한테 돌을 던지시면 어떡해요. 꽃으로도 때리지 말라[1]는 말 모르세요?"

"꽃으로 쟬 왜 때려? 주먹은 괜히 있어?"

"그런 의미가 아니잖아요!"

루페르트는 꽃으로 때리는 것뿐만 아니라 꽃줄기로 목을 꽁꽁 묶어 조를 수도 있는 사람이나, 내가 허리춤에 양손을 얹고 제법 엄격히 말하자 고개를 끄덕였다. 나는 고분고분 내 말을 들어주는 그가 조금 귀엽게 느껴져서 흐뭇한 미소를 감추지 못했다.

"진짜 놀고들 있으시네요……."

루이제가 기가 막히다는 듯 헛웃음을 흘리며 중얼거린 순간, 루페르트의 고개가 번쩍 돌아간다. 그러나 상대는 이미 줄행랑을 친 뒤다. 나

---

1 프란시스코 페레. 꽃으로도 아이를 때리지 말라. 우물이있는집. 2013

는 그를 쫓으려는 듯 발을 내딛는 루페르트를 불러 세웠다.

"폐하, 그러지 마시고 왜 감정이 상하셨는지 먼저 말해보세요."

"안 상했어."

"창밖만 보고 계셨잖아요. 제가 뤼젠 공국 같은 건 필요 없다고 하니까요."

"왜 싫은데?"

아무리 작다지만 엄연히 주인이 있는 땅덩어리를 주겠다고 하는데, 좋다고 넙죽 받을 이가 어디 있나. 뤼젠은 심지어 벨네르니의 영향력 아래에 있는 공국조차 아니다. 내가 뜬금없이 뤼젠을 다스리겠다 나선다면 뤼젠 사람들이 얼마나 어이가 없을지 상상조차 하고 싶지 않다.

"저는 나라를 가지고 싶지 않으니까요."

"그럼 도대체 뭘 주면 돼?"

"저한테 꼭 뭘 주셔야 하나요?"

왜 갑자기 선물을 하려고 안달인 걸까. 이해가 가지 않아 고개를 갸웃했다.

"네게 청혼을 하기엔 보석만으로는 부족하잖아."

"……제게 뤼젠을 주시면서 청혼하려 하셨어요?"

루페르트가 고개를 주억거린다. 규칙적으로 끄덕여지는 고개를 따라 흔들리는 밝은 금발이 해사했다. 나는 오늘따라 무구해 보이는 그의 얼굴을 바라보다 웃고 말았다.

"폐하, 선물은 그런 게 아니에요. 값어치가 높다고 좋은 선물인 건 아니에요."

"그럼."

"제가 무엇을 원하고, 무엇이 필요한지 고민하시는 게 먼저겠죠?"

루페르트의 잘생긴 미간이 순간 찌푸려진다. 내게 불만이 있는 것은 아니고, 그저 내 말이 무슨 뜻인지 곰곰이 생각하는 것이다. 나는 그가 내게 무슨 선물이 적절할지 고민하는 동안 창가로 다가가 창문을 열었다.

요 며칠은 마치 봄이 온 양 나른하더니 어젯밤부터 쏟아진 눈으로 온 세상이 새하얗다. 나는 창문턱에 수북하게 쌓인 눈을 손으로 쓸었다. 보송보송한 감촉에 기분이 좋아졌지만 찬 바람에 몸이 오소소 떨린다. 집무실 아래로 펼쳐진 본궁의 정원은 눈에 뒤덮여도 그만의 고아한 멋이 있었다. 마치 상아로 만든 조형물 같다. 애써 잘 자라나고 있던 들꽃이 보이지 않는 것이 아쉽긴 했지만.

"어?"

설경을 지켜보던 나는 정원의 미로를 쏘다니는 작은 형체에 눈을 크게 떴다. 갈색 털에 듬성듬성한 줄무늬, 뾰족한 귀 따위가 어디서 많이 본 동물이다. 거리가 멀어 제대로 보이지는 않았지만, 가늘인 눈에 비친 동물은 수도에서 흔히 볼 수 있는 야생동물은 아니었다.

"간신구리……?"

그러고 보니 황궁으로 돌아온 이후 너구리를 본 기억이 없다. 루페르트나 루이제, 또는 토리가 돌보고 있겠거니 어림짐작만 했을 뿐.

"폐하, 저거 너구리 아니에요?"

"그러네."

"왜 밖에 있어요? 이렇게 추운데?"

루페르트가 라페르트 황녀였던 때, 너구리는 궁 출입이 자유로워 겨울에는 루페르트의 침실이나 나의 침실 구석에서 잠을 자곤 했다. 루페르트가 태자가 되어 거처를 옮겼을 때까지만 해도 내 침실 한구석에 너구리의 자리가 있었는데, 내가 없는 동안은 어디에서 지냈는지 모르겠다. 루페르트도 전혀 모르는 기색이라 나도 모르게 언성이 높아졌다.

"폐하, 설마 잊고 계셨던 거예요?"

"어."

"세상에! 왜요!"

기함하는 나에게 루페르트가 뚜하니 대답한다.

"네가 날 떠났으니까."

"……."

"나 너 없는 동안 밥도 제대로 못 먹고 잠도 못 잤어."

"지금 그걸 변명이라고 하세요?"

본인은 식사를 못 하고 잠을 못 잘지언정, 말 못하는 짐승은 돌봐야 하는 것 아닌가.

나는 황실에 반환된 제프리는 제대로 관리되고 있는지 따지고 들려다 입을 꾹 다물었다. 너구리를 찾는 일이 먼저다.

나는 당당하다 못해 뻔뻔스럽게 느껴지는 루페르트를 눈에 힘을 주고 노려본 다음 서둘러 정원으로 달려갔다. 분명 미로 안에 있던 너구리가 보이지 않는다. 가뜩이나 부족한 체력으로 커다란 정원을 빙빙 돌던 나는 정원의 입구를 지키는 경비병에게 물었다.

"혹시 여기서 너구리를 본 적 있나요?"

"너구리가 뭡니까?"

"그, 아, 살짝 개처럼 생겼는데 눈두덩이 까맣고 손이 사람 손처럼 생긴 동물이에요."

"아! 그 해괴망측한 강아지 이름이 너구리입니까?"

경비병은 다행히 구리구리를 아나 보다. 손바닥을 주먹으로 내려친 그는 어깨를 으쓱하더니 정원의 북문을 턱짓했다.

"저쪽 견사에 가보십시오. 보통 그쪽을 왔다 갔다 합니다."

정원의 북문 너머에 있는 견사는 경비견을 관리하는 건물이다. 너구리가 왜 하필 그곳에서 지내고 있었을까. 개와 조금 닮았기로서니 설마 제가 개인 줄 아는 걸까.

그 의문은 북문을 넘자마자 풀렸다.

"저, 저놈 자식이 또!"

견사지기가 텅텅 빈 사료 그릇을 들고 발을 동동 구르고 있다. 그릇이 엎어졌었는지 그 발치에는 사료 몇 알이 떨어져 있었다. 고개를 조금 돌리자 너구리가 보인다.

"구리야!"

앞발 두 개를 모아 개 사료를 가득 담은 너구리는 종종걸음으로 북문을 넘어 정원을 향해 달려가고 있었다.

"너구리!"

나를 지나쳐 정원 속으로 빠르게 사라지던 너구리가 우뚝 멈춘다. 짐승의 고개가 어떻게 그렇게 움직이는지는 신기할 정도로 너구리는 아주 천천히 고개를 돌렸다. 나와 마주친 눈이 커졌다.

"너 왜 여기서 이러고 있어!"

후드득.

너구리의 앞발에서 사료가 쏟아진다. 하지만 짐승은 괘념치 않고 내게 달려오기 시작했다. 나는 그 모습에 조금 울컥해 너구리를 안아 들었다. 밖에서만 지내느라 씻지 못했는지 꾀죄죄하긴 했지만, 지금 그게 문제인가.

"잘 지냈어? 에고, 털이 왜 이렇게 차가워. 추워?"

차갑게 식은 몸이 안쓰러워 나는 품에 꼭 안은 너구리의 등을 토닥였다.

꾸우웅.

너구리는 처음 듣는 울음소리까지 내며 내 어깨에 머리를 비벼댔다. 내게 그리 살갑게 군 적 없건만, 바깥생활이 힘들긴 힘들었던 모양이다. 오죽 배가 고팠으면 남의 집 사료를 훔쳐 먹고 있었을까. 나는 너구리의 털에 고슬고슬 맺힌 눈을 털었다.

꾸우우웅.

"그래그래, 이제 괜찮아. 집에 가자."

나는 너구리를 안고서 정원을 벗어났다. 감히 황제 폐하를 혼낼 일이
또 하나 늘었다.

나는 본궁 정원에 와글와글 모인 정원사'들'을 내려다보다 고개를 돌
렸다. 내가 바깥에서 주워 온 이후 내 곁을 떠나지 않으려고 애를 쓰는
너구리가 소파 팔걸이에 턱을 올린 채 나를 멀뚱멀뚱 바라보고 있었다.

"너구리."

꾸우?

이제는 내가 알은체만 해도 종종걸음으로 뛰어온다. 나는 씻긴 지 얼
마 되지 않아 향기가 폴폴 나는 데다 보들보들한 너구리를 쓰다듬었다.
생전 너구리 같은 동물은 볼 일이 없었을 하녀가 내 눈치를 살피며 짐
승이 신기한 듯 관찰한다. 나는 그녀의 호기심 가득한 눈을 흘깃거리다
입을 열었다.

"정원에 왜 이렇게 사람이 많은 거야?"

"폐하께서 정원 분위기를 아예 바꾸시겠다고 하셔서요."

"응? 정원을?"

루페르트는 숲을 좋아하긴 했지만, 인공적으로 가꾼 정원에는 별다
른 관심이 없었다. 그가 종종 별궁의 오래된 숲을 찾는 이유도 식물에
남다른 관심이 있어서가 아닌 그저 아무도 없는 조용한 장소를 원해서
였다.

나는 갑작스레 정원을 개조하겠다는 그의 결정에 의아해져 옹기종기
모인 정원사들의 모습을 살폈다. 아침부터 바깥이 소란하다. 붉은 궁전
의 모든 정원사들이 불려 나온 듯 그 수가 엄청났다.

"갑자기 무슨 바람이 드셨담."

"글쎄요. 아, 폐하께서 같이 오찬을 드시자 하셨습니다."

나는 하녀의 말에 가볍게 고개를 끄덕였다.

직접 만나서 물어보면 되겠지.

별 고민 없이 따라나서는데 너구리가 열린 문틈으로 고개를 들이밀었다. 나는 별수 없이 짐승을 안아 들었다.

"폐하와 식사를 하는 자리에 동물을 데려가실 생각이세요?"

"응. 어차피 폐하의 애완동물인데 무얼."

이제는 나를 좀 더 좋아하는 것 같긴 하지만.

나는 떨떠름히 대답하며 내 품에 폭 안긴 너구리를 내려다보았다. 그러자 너구리가 눈을 초롱초롱 빛내며 내 목덜미에 코를 비빈다. 간지러워 작게 웃으며 걷는 동안 우리는 금세 다이닝룸에 당도했다. 본궁의 다이닝룸은 루페르트가 황녀 시절 썼던 별궁의 것과는 비교할 수 없을 정도로 으리으리했다.

벽을 화려하게 수놓다 못해 세공이 되지 않은 부분이 있나 싶을 정도로 금장식이 가득한 높은 천장과 하얀 대리석 기둥, 그리고 제국의 황제만이 앉을 수 있는 황좌까지. 어디 하나 조야한 구석이 없다.

보고만 있어도 얼떨떨해질 만큼 웅장한 멋에 기가 질릴 찰나 루페르트가 모습을 드러냈다. 나는 이 화려한 풍경에 아주 자연스레 어우러지는 그를 바라보며 남몰래 탄식했다.

저런 사람을 두고 천출이라 황위를 이을 수 없다고 하던 아버지가 떠올랐다. 어떻게 그럴 수 있었을까. 그는 황제가 되기 위해 태어난 사람처럼 이 빛나는 곳이 잘 어울리는데.

"왜 그러고 서 있어?"

"방금 왔어요."

성큼성큼 다가온 루페르트가 날 슥 지나치더니 상석 바로 옆자리의 의자를 빼낸다. 시종이 해야 할 일을 하는 데에 거리낌이 없다. 제 할 일을 빼앗긴 시종이 떨떠름하니 나를 돌아보아, 나는 턱짓으로 그를 물렸다.

"앉아. 밥 먹게."

나는 루페르트가 빼준 의자에 털썩 앉으며 너구리를 옆자리에 내려놓았다. 마치 훈련이라도 받은 집짐승처럼 작은 소리조차 내지 않던 너구리가 손바닥을 비비며 식탁을 바라본다. 음식을 기다리는 눈치였다.

"……걘 왜 데리고 다녀?"

"떨어뜨려놓으려고 하면 난리도 아니에요. 울고."

"울어서? 그게 다야?"

그럼 별다른 이유라도 있으리라고. 나는 고개를 끄덕였다.

"네."

그러자 그가 살짝 얼굴을 찡그린다. 그는 내 옆에 바싹 앉은 너구리에 시선을 주다 무심하게 입을 열었다.

"나도 울면 데리고 다닐 거야?"

지금 그걸 말이라고 하나.

기가 막혀 대답하고 싶지도 않아, 음식을 나르는 하녀들을 바라보았다.

"식사나 하세요, 폐하."

"어? 그럴 거냐고."

"이미 충분히 붙어 있는 것 같은데요?"

"잠도 같이 자면 안 되고 목욕도 따로 하자며."

루페르트는 마치 내가 엄청난 걸 요구했다는 양 억울한 얼굴이었다. 나는 그의 좁아진 미간을 노려보다 헛웃음을 지었다.

"……당연한 거 아니에요?"

"걘 너랑 같이 자고 다 하잖아."

"지금 누구랑 누굴 비교하시는 거예요?"

벨네르니 제국의 황제와 한낱 짐승 따위를 비교하다니. 황실모독죄로 형에 처해질 만한 발언이지만, 그 말을 한 것이 황제 본인인지라 더는 트집을 잡지 못하고 입을 꾹 다물었다. 더 들어봤자 헛소리만 할 게 뻔했다.

나는 수프를 떠먹으며 너구리에게 덜어줄 그릇을 요구했다. 눈치 좋은 하녀 한 명이 각종 과일을 담아 너구리 앞에 놓아주었다. 앞발만 계속 비비며 입맛을 다시던 짐승이 사과 하나를 야금야금 먹기 시작했다.

아이고, 잘 먹네.

나는 너구리가 전처럼 포동포동 살이 오르는 상상에 흐뭇한 미소를 감추지 못했다.

"야."

"네?"

"날 보고 그렇게 좀 웃어봐."

나는 루페르트의 불퉁한 목소리에 고개를 들어 그를 마주 보았다. 마담 아르베가 가르쳐준 대로 살짝 웃어 보이자 그의 얼굴이 파삭 굳는다.

"그렇게 웃지 말라고 했다."

"언제는 웃어달라면서요?"

나는 루페르트의 빨개진 귓불이 조금 우습고 귀여워서 웃음을 삼켰다.

"참, 정원은 왜 바꾸시려는 거예요?"

"비밀이야."

별게 다 비밀이다. 엄청나게 궁금했던 것도 아니었지만, 숨기려고 드니 알고 싶어지는 게 사람 마음인지라 나는 식사 중 몇 번이고 그에게 정원을 개조하는 이유를 물었다. 그러나 무슨 연유인지 그는 다문 입을 열지 않았다. 내가 물으면 벨네르니 황실의 극비라도 말해줄 것 같았는데.

"폐하."

"어."

자꾸 캐묻는 게 귀찮은지, 루페르트가 나를 보지도 않고서 제 앞에 놓인 어린 양고기를 대강 썰며 대답한다. 궁중 예법을 지키는 법이 없는 그의 왼손은 식탁 위에 방만히 놓여 있었다. 나는 그의 하얗고 길쭉한 손을 덥석 잡았다.

"왜, 왜."

"진짜 말 안 해주실 거예요?"

애첩의 농염한 베갯머리송사와는 비교하지도 못하겠지만, 벌건 대낮에 손 한번 잡는 것만으로도 루페르트는 충분히 당황했다. 본인이야 나를 덥석덥석 안는 일도 잦았지만, 내가 먼저 이런 적은 없었으니까. 멀뚱멀뚱 눈을 크게 뜨고 나를 바라보던 루페르트의 뒷목이 서서히 빨개진다.

"……어디서 이상한 것만 배워서."

루페르트는 그의 반응이 재미있어 슬며시 웃고 있는 나를 흘겨보며 인상을 찌푸렸다. 그러면서도 내가 잡은 손에 힘을 풀자 제가 덥석 잡아온다.

"좀 기다려. 저녁 즈음에는 보여줄 수 있을 테니까."

그와 맞닿은 손이 조금 간지럽게 느껴질 만큼 부드러운 목소리다. 아이를 달래는 것처럼 달콤하게 녹아내리는 듯한 음성이다.

한겨울 서릿발보다도 냉랭하던 태도가 엊그제 같은데 루페르트의 변화는 놀라울 정도였다. 실제로 나를 대하는 그의 태도와 평상시의 모습에 괴리가 상당한지 우리를 지켜보던 하녀들은 히끅 놀라 딸꾹질을 하기도 했다.

식사를 마친 루페르트는 정원 쪽이 전혀 보이지 않는 반대편의 서재
로 나를 데려다주었다. 정원이 완성되기 전까지는 꼼짝없이 이곳에 있
으란다. 도대체 왜 이 난리인가.

"여기서 혼자 뭐 해요?"

"책 읽어."

"바덴 경이라도 넣어주세요, 그러면."

본궁은 가뜩이나 아는 사람이 없었는데 이름도 알지 못하는 하녀와
호위기사 한 명과 종일 서재에 갇혀 있는 일은 무척 갑갑할 것이다. 루
이제는 바쁠 게 분명한데도, 늘 한가해 보인다. 내가 무료함을 달래기
위해 청하자 루페르트가 눈을 가늘였다.

"걘 왜?"

"심심하니까요."

"루이제 애인 있어."

나는 기가 차서 양 옆구리에 손을 올렸다. 아까는 너구리를 경계하더
니 이제는 루이제까지 의심하는 건가. 나는 루이제와 나의 나이 차를
상기하며 질색했다.

"폐하! 세상에! 바덴 경은 일찍 결혼했다면 저만한 딸이 있을 나이에
요!"

"……저 그렇게까지 나이가 많지는 않은데요, 라리에트."

"꺄아악!"

"악!"

나는 뒤에서 불쑥 튀어나오는 형체에 놀라 양팔을 휘저었다. 힘이 잔
뜩 들어간 내 주먹에 얻어맞은 목소리의 주인이 벌렁 넘어진다. 나는
놀라 두근거리는 가슴에 손을 얹고 호흡을 가다듬었다.

"어머, 경. 왜 여기 있어요?"

"아이고, 아이고! 사람 잡네, 기사 죽네!"

루이제는 제 이마를 양손으로 부여잡은 채 앓는 소리를 했다. 아프긴 했겠지만, 나뒹굴 정도인가. 나는 바닥을 구르는 그를 붙잡았다.

"경, 많이 아파요?"

"으으윽. 아, 당분간 일을 못 할 것 같은데요……."

루페르트가 불쑥 다가오더니 내 어깨를 잡는다. 그는 갑작스러운 루이제의 등장으로 잘게 떨리는 내 등을 토닥였다.

"넌 왜 튀어나와서 사람을 놀라게 하고 난리야?"

루이제는 루페르트의 비난에 억울한 표정을 짓더니 눈물도 나오지 않는 제 눈을 손등으로 찍어 눌렀다.

"퇴근도 못 하고 일에 치이고 있는 신하를 이리 대하십니까! 막말로 누구 때문에 제가 지금 정원을 뒤집어엎고 있는데요!"

"입 안 다물어?"

"라리에트, 글쎄 폐하께서 지금! 악!"

루이제는 말을 제대로 끝맺지도 못한 채 루페르트의 발길질에 서재 밖으로 쫓겨났다. 나는 공처럼 데굴데굴 굴러가는 루이제와 그를 뻥뻥 차며 걸음을 옮기는 루페르트의 등을 손을 들어 배웅했다.

루페르트가 나를 불러낸 것은 저녁 먹을 때조차 지난 늦은 시각이었다. 어스름한 하늘 아래 복도에 걸린 등불이 하나둘씩 켜지고 있었다. 내게 정원으로 내려오라는 그의 말을 전한 하녀는 나를 안내조차 하지 않고 사라져버렸다.

루페르트가 본궁에 들어온 뒤부터 사람의 출입이 줄어든 편이지만, 오늘따라 유난히 더 한산하게 느껴진다. 나는 아무도 없는 복도를 지나 천천히 정원으로 나섰다.

"폐하?"

본궁의 입구와 제법 멀리 떨어진 정원의 분수대 근처에 서 있는 인영이 루페르트인가 싶었다. 키가 훤칠하긴 했으나 얼굴이 보이지 않는다. 나는 양옆으로 고른 자갈이 깔린 길을 종종걸음으로 지났다.

"저 여기로 오면 되는 것 맞나요?"

나는 상대가 루페르트일 것이라는 확신에 목소리를 높였다. 주변은 이미 어둑어둑한 데다 정원의 등불이 모조리 꺼져 있는 상태라 정원의 그림자가 어렴풋이 변한 것 같기는 한데, 어느 부분이 변했는지는 알 수 없었다.

순간 미동도 없던 남자가 팔을 들었다. 그의 손가락 끝이 맞부딪히는 소리와 함께 정원의 등불이 밝혀졌다. 아니, 허공에 둥둥 뜬 채 은은한 빛을 발하는 동그란 구는 등불은 아닌 듯하다.

눈이 부실 만큼 밝아지진 않았지만, 아래 수북이 깔린 것이 무슨 꽃인지는 알 수 있을 정도다. 들장미와 윌레탄 남부에서만 핀다는 남색의 장미 세를린, 그리고 남부에서만 나는 키가 작은 해바라기. 가지각색의 꽃들이 옹기종기 모여 피어 얕은 바람에 흔들리는 모습이 눈을 뗄 수 없을 정도로 아름답다.

그중 단연 내 시선을 잡아끈 것은 분수대 바로 왼편에 난 꽃밭이었다. 벨루아의 정원을 옮겨놓은 듯 만발한 꽃 하나하나가 전부 남부의 것이다. 꽃을 구경하느라 입을 헤벌리고 있는 내게 루페르트가 다가온다.

"마음에 들어?"

"정원을 새로 가꾼 게 저를 위한 거였어요?"

사실 조금 짐작하기는 했지만, 자의식 과잉 같아서 그에게 말하진 못했었다. 내 물음에 옅은 웃음을 흘린 그가 내 양 뺨에 손을 올린다.

"그럼 누구 때문에 해."

"세를린은 어떻게 구하셨어요? 아르델 지방이 아니면 금세 지는 꽃인데요."

"개량했어, 너 주려고."

루페르트는 식물학자들이 몇 세대를 걸쳐 노력해도 하지 못했던 일을 해냈다는 소릴 별거 아니라는 듯 어깨를 으쓱하며 말했다. 나는 오묘한, 꽃잎 자체에서 은은한 빛을 내는 청초한 꽃을 바라보다 꽃밭을 둘러싼 자갈을 내려다보았다.

"히익! 이거!"

빛을 받아 반짝이는 자갈조차 단순한 자갈이 아니다. 스칼라-모레는 검은빛을 띠는, 벨네르니가 왕국이었을 시절부터 명망이 높았던 보석이다. 그 사치스러운 보석을 흙바닥에 박아버리다니!

"폐하, 이거 스칼라-모레예요?"

"어떻게 알아?"

"이 보석을 모르는 사람이 어디 있어요!"

벨루아가 아무리 보석에 대해서는 다른 가문보다 관심이 덜하다지만, 스칼라-모레를 모르는 레이디는 없다. 소설이나 연극에도 곧잘 등장하는 낭만적인 보석이니까. 애달픈 연인의 사랑을 담은 새까만 보석은, 마음을 담은 사람의 애정이 깊으면 깊을수록 더 깊은 빛을 낸다는 전설이 있다.

"……누구한테 받은 적 있어?"

루페르트의 목소리가 순식간에 낮아진다. 내가 이 보석을 누구에게 받은 적이 있다고 대답하면 당장 없던 총이라도 만들어 쏠 기세였다. 그러나 스칼라-모레는 손톱만 한 양으로도 성 하나를 살 수 있을 만큼 비싸다. 이런 귀한 보석을 내가 감히 누구에게 받아봤겠나. 내가 고개를 내젓자 루페르트가 흠, 목을 가다듬었다.

"이 보석이 무슨 뜻을 담고 있는 줄 아나?"

"영원한 사랑, 애달픈 애정, 죽음으로도 잊지 못할 나의 그리운 연인."

"그래."

나는 낯부끄러운 스칼라-모레의 보석말을 조심스레 읊었다. 루페르트의 입가에 다감한 미소가 걸린다. 잘생겼지만 날카로운 검처럼 서늘한 얼굴이 웃음을 머금자 그 누구의 마음이라도 녹일 수 있을 만큼 부드러운 인상을 자아낸다.

"내게 네가 그런 의미인 것 같아서."

나는 노란 불빛이 아른거리는 루페르트의 얼굴을 올려다보았다. 그의 귀 끝이 조금 발그레 달아오른 듯 보였다. 그러나 미소가 사라진 얼굴은 다시 무뚝뚝해져 그가 말을 머뭇거리지 않았다면 무슨 행동을 할지 예측할 수도 없었을 것이다.

"나는 사실 아직 잘 모르겠어. 사랑이 뭔지."

"……."

"그래도 네가 죽는 걸 보려니 대신 내가 죽고 싶고, 네가 아파하는 걸 지켜보는 것보단 내가 아픈 게 나아."

루페르트가 작게 속삭인다.

"널 보고 있어도 보고 싶을 때가 있어. 네가 당장 옆에 있는데도, 옆에 없는 걸 상상만 해도 미칠 것처럼 그리워."

신이 빚은 조각처럼 아름다운 남자는 내 앞에 천천히 한쪽 무릎을 굽혀 앉았다. 나는 햇볕을 그러모아 만든 듯 부드럽게 흔들리는 그의 금발을 물끄러미 바라보았다.

"내가 아무리 노력해도 부족할 거야. 난 고민하지 않으면 사랑이 뭔지도 모를 만큼 부족한 사람이니까. 너랑은 달라."

루페르트의 얼굴은 느긋한 말투와 달리 긴장한 기색이 역력했다. 나는 그가 품에서 꺼내는 작은 상자에 웃어버리고 말았다. 입술을 꼭 깨물고 내 눈치만 보던 그가 나를 따라 웃는다.

"라리에트."

"네, 폐하."

"……내가 네 곁을 평생 지키는 걸 허락해줘."

명령도 부탁도 아니다. 그의 목소리는 애달픈 속삭임처럼 작아 귀를 기울이지 않으면 잘 들리지 않을 만큼 조심스럽다.

나는 내 표정을 살피느라 상자를 열 생각도 하지 못하는 루페르트에게서 반지를 가져왔다. 들꽃을 엮은 모양의 작은 반지는 스칼라-모레 중에서도 가장 진귀한 빛을 띠고 있었다. 나는 그의 눈처럼 짙은 빛으로 반짝이는 반지를 들며 손을 내밀었다.

"반지는 껴주면서 물으셔야죠."

"어?"

내 작은 핀잔에 루페르트가 허둥지둥 반지를 내 손가락에 끼운다.

"좋아요."

루페르트는 내 입에서 허락이 떨어지자마자 나를 덥석 껴안았다. 마구잡이로 쿵쿵 뛰어대는 심장이 그의 것인지 나의 것인지 분간이 되지 않을 만큼 가깝다. 나는 내 목덜미에 코를 묻는 그의 머리를 쓰다듬었다.

"정말 이걸로 돼? 뤼젠이 별로라면 월레탄이라도 밟아서 가져올게."

"……아뇨, 진심으로 저는 다른 나라 따위 필요 없어요."

"고르텐 줄까?"

벨루아만큼이나 유서 깊은 벨네르니의 후작가를 내게 주겠단다. 나는 물빛 머리의 가냘픈 리체를 떠올리며 웃어버렸다. 그녀는 내가 끈을 잘못 잡았다 비웃었다.

"아뇨, 폐하. 제가 좋아할 만한 정원을 폐하가 손수 꾸며주신 것만으로 충분해요."

내 손가락 사이로 그의 머리칼이 부드럽게 흐른다. 나는 타인이 무엇을 좋아하는지, 또 무엇을 싫어하는지에 대한 고민을 해본 적도 없었을 그의 선물에 감히 표현할 수도 없을 정도로 감동하고 말았다.

"정말이에요, 폐하."

나를 안은 루페르트의 팔에 힘이 들어간다. 나는 그의 가슴에 머리를 댄 채 고백했다.

"죄송해요. 제가 너무 늦게 돌아왔죠."

"아니."

"……."

"너는 나한테 늦게 온 적 없어. 항상."

항상 딱 맞게 와.

내가 안달할 수밖에 없게, 그렇게.

대공 측의 수상쩍은 움직임을 가장 먼저 눈치챈 건 루이제였다. 벨네르니의 황제는 어느 왕과 비교할 수 없을 정도로 남다른 감각의 소유자였지만, 지금은 제 기능을 상실한 상태였으니까. 그는 대공이 그에게 예속된 기사들을 전부 상파뉴 인근에 위치한 사유지로 불러들이고 있다는 밀정의 보고에 헐레벌떡 루페르트를 찾아갔다.

"폐하!"

그러나 루이제가 맞닥뜨린 것은 텅 빈 집무실이다. 잔뜩 어질러진 서류들이 승인을 받지 못한 채 쌓여 있었다.

"……하아."

루이제는 먼지가 부옇게 쌓인 그의 책상을 손으로 대강 쓸어낸 다음 창문을 열었다. 라리에트를 위해 완전히 갈아치우다시피 바꾼 정원이 한눈에 보인다.

아, 저기 있네. 그는 작게 중얼거리며 라리에트를 바라봤다. 황제가 어디 있는지 알고 싶으면 그녀를 찾으면 된다. 요즘 루페르트는 라리에트와 한시도 떨어져 있지 않으려 하니까. 곧 루페르트의 머리가 들장미들 속에서 불쑥 솟는다. 그의 손에는 장미가 한 아름 들려 있었다.

"아주,"

루페르트는 가시가 돋지 않게 개량된 들장미로 라리에트의 묶은 머리를 장식해주었다. 루이제는 그 다정한 모습에 기가 막혀 창문을 깨부수려다 주먹을 꼭 쥐며 겨우 참아냈다.

"지랄이 풍작이네요."

당장에라도 대공이, 피는 섞이지 않은 제 숙부가 군대를 몰고 붉은 궁전에 쳐들어올 수도 있는 상황에 저런 여유라니. 루이제는 루페르트를 큰 목소리로 부르려다 이내 어깨를 으쓱했다.

그의 묘한 여유에는 이유가 있을 테니. 제 주군은 건방지고 괴팍하긴 했지만, 절대 손 놓고 있을 사람은 아니다. 라리에트가 상파뉴에 있는 지금 같은 때에는 더욱더 이곳을 지키려 날을 바짝 세우면 세웠지, 경계를 풀진 않았을 것이다.

그렇게 믿고 있기는 했지만, 라리에트의 얼굴에서 눈을 떼지 못하는 한심한 작태를 두 눈으로 지켜보고 있으려니 자그마한 의심이 피어나긴 했다. 루이제는 루페르트가 저 정도로 목매며 누군가를 원하는 꼴을 본 적이 없다. 라리에트가 죽으라면 죽을 수도 있을 것처럼 맹목적이다.

루이제는 그런 사람을 딱 한 명 더 알았다. 사랑하는 연인인 힘없는 소국의 왕자가, 이 거대하고 황량한 땅을 힘으로 다스리는 북대륙 황제의 분노를 살까 두려워 정작 제대로 된 반항 한번 해본 적이 없던 사람. 제 자식까지 팔아 그를 저주하면서도, 자신을 구하지 못한 왕자는 원망해본 적이 없는 그의 어머니.

"토리가 저 꼴을 봤어야 하는데."

그는 무심코 중얼거리다 쓴웃음을 지었다. 닮아도 이런 것을 닮나. 그들의 비극적인 본질을 비웃으며 이죽일 수 있는 단 한 사람은 이미 황궁을 떠난 후였다. 루이제는 토리와 황제의 관계를 제대로 알고 있는 유일한 사람이다. 토리는 루페르트 없이 살 수 없다. 그렇게 만들어졌으니까.

루페르트는 그녀에게 황궁을 떠나 제게 자취를 감추라 명령한 적이 없었을 테니 토리는 필시 죽어가고 있을 것이다. 그러니 돌아와야 할 텐데.

"아."

골똘히 고민하던 루이제는 제 손바닥을 주먹으로 내리치며 탄식했다. 토리가 돌아올 것이다. 아니, 이미 돌아오고 있다.

대공과 함께.

그는 빠른 걸음으로 집무실을 빠져나와 벨루아 백작을 가둔 탑을 찾았다. 제대로 된 감옥이 아닌 임시방편에 불과했으니 경비는 삼엄하지 않다. 가둔 대상이 무려 백작이다 보니 경비병들 또한 난감해 수감자를 험하게 압박하진 못했으리라.

그러나 막상 도착해보니 탑의 경비는 삼엄하기는커녕 제대로 된 보초조차 없었다. 마치 백작이 이곳에 없다고 해도 믿을 수 있을 만큼 한산해 루이제는 다급히 경비병 하나를 붙잡고 추궁했다.

"백작은 어디 있나?"

"예?"

"폐하께서 가둬놓으라 명하신 백작은 어디 있느냔 말이다."

허둥지둥하며 갑작스레 들이닥친 루이제를 맞은 경비병이 얼떨결에 투구까지 벗으며 인사한다. 그는 전체 훈련에도 코빼기도 보이지 않던 치안대장의 엄한 말에 더듬더듬 입을 열었다.

"폐하께서 벨루아로 돌려보내시라 하셨는데요?"

"허?"

"레이디 파스벤더를 보내셔서 백작을 데려가도록 하셨습니다."

"뭐?"

다른 소리를 냈지만 루이제의 입모양은 전혀 변하지 않았다. 경비병은 기가 찬 헛웃음만 연신 짓는 대장을 멀뚱멀뚱 바라보다 말을 이었다.

"저, 저희도 폐하를 직접 찾아가 보고를 올렸습니다. 대, 대장님은 소식을 듣지 못하셨는지요?"

"못 들었다."

루이제는 험악하게 인상을 찌푸리며 그를 놓아주었다. 표정이 어찌나 무서운지 영락없이 혼쭐이 나리라 생각한 경비병은 잔뜩 어깨를 움츠렸지만, 그는 턱짓으로 그를 보내주었다.

"……큰일 났네."

레이디 파스벤더라면 토리이고, 토리가 루페르트와 함께 있었을 리없다. 루이제는 그길로 루페르트를 찾아 나섰다.

황제는 다행히도-정말로 다행인지는 모르겠지만-아직 한가로이 정원에서 사치에 가까운 여유를 부리는 중이다. 그는 세운 지 얼마 되지않는 정자에 비스듬히 누워 꽃에 물을 주고 있는 라리에트를 지켜보고있다.

"폐하."

루페르트는 루이제를 쳐다보지도 않는다. 루이제는 무례를 무릅쓰고 황제의 어깨에 손을 올렸다.

"폐하!"

"아, 왜."

루페르트는 귀찮은 기색이 역력한 얼굴로 고개를 돌렸다.

왜 부르고 지랄이야, 꺼져.

구태여 입으로 말하지 않아도 들려오는 듯한 마음의 소리에 루이제는 찰나 움찔할 수밖에 없었다.

"벨루아 백작이 탑에 없다는 사실을 알고나 계십니까?"

"어."

루이제는 황제의 태연한 대답에 기가 막혔다. 그가 아연실색해 입을 쩍 벌리자 루페르트는 그의 턱 끝을 손가락으로 꾹 눌러주었다.

"그 말 하려고 온 거면 가."

별일도 아닌데 호들갑을 떤다는 반응이었다. 루이제는 대공이 가진 병력이 우스운 정도였나 싶어 눈살을 찌푸렸다.

"아니까 가라고."

"아, 아니. 알면 왜 말을 안 하셨습니까? 그런 중대한 사건을 숨기시면 어떡합니까?"

"그럼 모반을 꾀한 백작이 내 손을 벗어났다, 대대적으로 소문을 내야 하나?"

루페르트의 날카로운 말에 루이제는 입을 꾹 다물 수밖에 없었다. 그래, 그의 말에도 일리는 있다.

백작이 반역을 준비했다는 사실이 만천하에 알려진 것은 아니지만, 적어도 원로회의 중역 몇은 눈치채고 있었을 테니까. 아직 수면 위로 드러난 논란이 아닌 탓에 숨을 죽이고 있을 뿐이리라. 개중에는 필시 벨루아의 편을 들 귀족도 있다.

"그건 아니지만……."

"쉿."

루페르트는 그들의 대화를 라리에트가 듣지 못하게 할 요량인지 제 붉은 입술에 검지를 가져갔다. 그에 반응하듯 덩달아 몸을 숙인 루이제는 떨떠름히 입을 뗐다.

"폐하, 토리가 무슨 짓을 할지 모릅니다. 그녀가 백작을 데려갔다면……."

"그래. 대공이 움직일 거다."

아직 루이제는 대공의 움직임을 그에게 보고하지 않았다. 그러나 루페르트는 앞으로 일어날 일을 전부 알고 있는 것처럼 태연했다. 설마 라리에트가 알려준 걸까 싶어 그녀의 눈치를 살폈지만, 루이제와 눈이 마주친 그녀는 무구한 얼굴로 싱긋 웃어줄 뿐이다.

아니, 그녀는 모를 것이다. 라리에트가 만약 대공이 붉은 궁전으로 쳐들어올 것을 알고 있었다면 저리 태연할 리 없다. 백작이 연루된 이상 그녀가 그리 사랑하는 벨루아의 안녕도 완전히 보장할 수는 없게 되니까.

"토리는 날 죽이려고 들 거다."

"……."

"나는 그 아이가 원하는 황제가 되어줄 수 없으니까. 나 대신 벨네르니를 망가뜨려줄 지배자를 세우고 싶어 할 거야."

옛날이야기를 읊듯 차분한 목소리였다. 루페르트는 토리의 배신에 담담했다. 황제의 깨끗한, 무감동하다 못해 차가운 얼굴을 내려다보던 루이제는 정자의 기둥을 뻥 차며 제 가슴을 주먹으로 내리쳤다.

"젠장, 지금 그걸 다 아시면서 이러고 계십니까?"

"그럼?"

"미리 대비라도, 아니, 대공이라도 먼저 잡아 처넣었다면!"

루이제의 목소리가 갑작스레 커지자 꽃에만 관심을 보이던 라리에트가 그들을 바라보더니, 이쪽으로 올 요량인지 주전자를 내려놓는다. 그러자 루페르트가 라리에트를 안심시키듯 손을 들며 웃어 보였다. 그녀의 걸음이 우뚝 멈춘다. 그의 웃음기가 채 가시지도 못한 입에서 나오는 다음 말은 꽤나 살벌했다.

"뒤지고 싶어? 목구멍을 찢어버리기 전에 소리 낮춰."

"지금 제 목소리 따위가 중합니까? 전쟁이 나게 생겼는데!"

"어. 중요해. 쟤 놀라잖아."

"……."

"그러니까 목소리 줄이라고."

루페르트가 으르렁거리듯 뱉는 경고에 루이제는 입을 꾹 다물었다. 그 와중에도 무섭기는 했으니까. 그가 조금 얌전해지자 루페르트는 덧붙였다.

"대공의 말을 듣는 군인이 있다면 군의 중축이라도 잘라낸다."

"군사 절반이 넘어갈 수도 있습니다."

"전부 버리는 한이 있더라도 잘라. 썩은 부위는 도려내지 않으면 곪을 뿐이다."

루페르트의 손가락이 반질반질한 정자 바닥을 툭툭 두드린다. 일종의 리듬감이 느껴지는 경쾌한 박자에 루이제는 멍하니 그를 지켜보았다. 그의 태연한, 아니, 묘한 자신감까지 넘치는 태도를 보아하니 이제야 알 것도 같았다.

생각을 안 하고 있기는 개뿔. 루이제가 그를 너무 얕보았던 것이다. 라리에트에게 눈이 멀어 정세는 살피지도 않고 있으리라고. 그러나 황제는 지금 기회를 엿보고 있었다. 거슬리는 무리들을 단번에 없애버릴 절호의 기회.

원래 계획대로라면 한 명씩 천천히, 그러나 확실하게 루페르트에게 반하는 인물들을 밟아놓겠지만 여태 실행에 옮기지 못했었다. 라리에트가 그를 말렸으니까.

하나 그녀의 심기를 거스르고 싶지 않아 없애버리기는커녕 제대로 찍어 누르지도 못했던 주요인물들이 떼거지로 상파뉴에 쳐들어온단다. 그리고 붉은 궁전의 돌담을 무너뜨리려는 그들을 그는 황제로서 반드시 처치해야 할 '의무'가 있다.

모반을 꿈만 꾼 자는 어찌어찌 용서해줄 수도 있었지만, 확실하게 반역을 저지른 자는 반드시 싹을 잘라야 했다.

"목 씻고 달려와주겠다는데."

"……"

"내가 걔네를 말려줄 만큼 자비로운 성군은 아니라서."

잘 벼린 칼날처럼 서늘한 소릴 하면서도 루페르트는 라리에트에게서 시선을 떼지 못했다. 그녀를 바라보는 눈빛만큼은 목소리와 다르게 봄 햇살처럼 다정해 루이제는 소름이 오소소 돋는 제 팔을 쓸어내렸다.

내전의 조짐이 상파뉴를 에두른 성벽의 바깥쪽에서부터 조금씩 커져 갔다. 그러나 루페르트는 헐레벌떡 뛰어 들어온 밀정의 보고에도 동요 하지 않았다.

"벨루아 백작이 대공과 손을 잡았습니다!"

대답도 없이 넓은 창턱에 털썩 앉아 느긋하게 봄바람을 즐길 뿐이다. 눈을 감은 모습이 그림처럼 아름다웠지만, 나는 불안해 입술을 잘근잘 근 씹었다.

"폐하, 제가 지금이라도 아버지를 다시 설득해볼까요?"

"헛소리."

루페르트가 단칼에 내 말을 잘라, 나는 입술을 꾹 다물 수밖에 없었 다. 난 아버지의 맘을 돌리는 데 한 번도 성공한 적 없으니까. 사실 기회 가 주어진다 해도 자신이 없다. 아버지는 아칸의 피를 이은 내가 황위 를 원치 않는다고 선언하자, 벤티볼트 대공에게 합류했다. 그에게는 대 공이 차선이었나 보다. 내가 보기엔 최악의 최악을 넘어선 선택이었지 만.

"대공은 아프다면서요?"

"아멜리아 벨루아가 아들을 낳았다."

나는 백지장처럼 새하얗게 질렸다. 아멜리아 고모는 대공과 혼인관계도 아니었는데! 게다가 그녀는 내가 회귀하기 전에는 아들은커녕 임신도 하지 않았었다.

"걱정할 필요는 없어."

루페르트의 말에 따르면 대공은 애초에 견제할 필요도 없었단다. 상파뉴의 평민이나 행정귀족의 안위 따위를 무시하고 대거 공격해 온다면 또 모를 일이나, 황위의 찬탈을 노리는 대공에게는 그런 선택지가없다고. 붉은 궁전만을 노려야 하는데, 과연 가능이나 할까.

그 의견에는 일리가 있다. 반역에서 중요한 것은 '명분'이다. 대공에게는 명분이 없다.

지금의 루페르트는 폭군은 고사하고, 평화를 사랑하는 자비로운 황제에 가까웠다. 그의 실체가 어떠하든 루페르트의 대외적인 평판은 아주 좋은 편이다. 내전이든 외전이든 하루 벌어 하루 먹고살기도 힘든 사람들에게 전쟁이 달가운 소식일 리 없다. 더군다나 그것이 저희들이 사랑하는 황제를 몰아내기 위한 것이라면 더더욱.

존재감도 없던 대공의 명성은 추락하다 못해 땅에 곤두박질했다. 조금만 더 기다리면 땅을 뚫고 저 밑으로 꺼져버릴지도 모른다.

우리의 아름다운 황제 폐하를 지키자!

다소 유치한 구호가 상파뉴 곳곳에서 용암처럼 터져 나왔다. 루페르트조차 이런 일은 예상도 못 했는지 조금 놀란 눈치였다. 그러나 나는 어느 정도 예상한 바였다. 정세를 살피기는커녕 본궁의 침실 밖으로는 거의 나오지도 않았던 선황과 다르게, 그는 루이제를 시켰다고는 했지만 제국의 번영을 지키는 데 꽤 열심이었으니까.

반추해보자면 나의 회귀 전과는 상황이 무척 달랐다. 물론 그때도 루페르트는 화려하고 휘황한 외모로 사람들의 호감을 사기는 했지만, 지금처럼 백성의 사랑을 받는 황제는 아니었다.

"민병대가 곧 황실 기사단에 합류할 예정이랍니다."

루페르트와 마찬가지로 여유작작한 태도의 루이제가 소파에 드러눕다시피 앉아 대강 보고한다. 황제 폐하의 앞에 벌러덩 누워 있다니 방만하기 그지없다. 그러나 루페르트는 그를 지적하는 대신 고개를 작게 끄덕였다.

"훈련은 제대로 되어 있는 건가?"

"네. 놀라울 정도입니다. 민병대 형성을 주도한 카시리스라는 인물이 제법 큰 용병단의 단주인 모양인데, 사람들을 제법 체계적으로 훈련시켰나 봅니다."

카시리스.

나는 루이제의 입에서 나온 이름에 다소 놀라고 말았다. 내 기억이 정확하다면 그는 원래는 루페르트의 잔인한 집권에 반발해 민중 혁명단을 준비했던 이다. 이름이 이국적인 데다 평민이 '혁명'을, 시작조차 못 하긴 했지만 주도할 생각을 했다는 사실이 인상 깊어 기억에 남았다.

그는 뜻을 같이할 이들을 모아보기도 전에 싸구려 타블로이드의 1면을 장식하고서 루페르트의 손에 죽었다. 그랬던 사람이 이제는 루페르트를 위해 민병대를 모았다니.

"딜로이 용병단을 이끄는 사람을 말하는 건가요?"

"어? 라리에트가 어떻게 압니까?"

루이제가 의아한 듯 눈을 크게 뜬다. 딜로이 용병단의 카시리스라면 내가 아는 그 카시리스가 맞다.

"그가 폐하를 위해 싸운다던가요?"

"예. 원래는 아른바흐 쪽 인물이었는데, 무슨 심경의 변화가 있었나 봐요. 폐하가 아르눌프 무리에게 베푼 자비에 감명을 받았다나 뭐라

나."

루이제는 어깨를 으쓱하며 덧붙였다.

"그래도 완전히 믿을 수 있는 건 아니라, 외곽만 맡기려 합니다."

"루이제, ……벨루아의 기사단도 이곳으로 향하고 있겠죠?"

나는 르한의 검술 스승인 벨루아의 기사단장 로버트 경을 떠올렸다. 그는 아버지를 향한 충성심이 대단한 이다. 필시 아버지를 위해 대공을 돕겠지.

"예. 로버트 경과 그의 아들이 대공가를 들락날락한다는 정보를 입수했습니다."

"그들을 설득할 수만 있다면 구태여 아버지를 말리지 않아도 될 텐데요. 벨루아에 기사단은 그 하나뿐이니까요."

"흠."

루이제가 무언가를 고민하듯 제 턱을 긁는다. 그는 삐딱하게 기울였던 고개를 바로 하며 루페르트를 흘깃거렸다.

"그래서 르한을 먼저 보내신 겁니까?"

내게 한 말이 아니다. 나는 루이제의 시선을 따라 나갈 채비를 하며 장갑을 탁탁 터는 루페르트를 돌아보았다.

"보낸 게 아니라 걔가 가겠다고 한 거다."

루페르트가 눈썹을 조금 찌푸리며 대답했다. 그러더니 뒤늦게 내 눈치를 살피기라도 하는 양 덧붙인다.

"혼자 보낸 것도 아니니까 위험하진 않을 거고."

내가 르한을 걱정할까 그러나 보다. 나는 그가 귀여워 조금 웃을 수밖에 없었다.

"폐하는요. 폐하는 궁에 계실 거죠?"

"글쎄."

루페르트는 애매모호한 대답을 하며 시선을 피했다.

나는 눈을 가늘게 떴다. 그러고 보니 평소와는 복장이 조금 달랐다. 연회가 있는 것도 아닌데 성장한 데다 평소에는 잘 두르지도 않던 황제의 로브까지 챙겨 입었다. 누구든 첫눈에 그가 황제라는 사실을 알 수밖에 없도록.

"나가보긴 해야 할 것 같아. 내가 여기 죽치고 있으면 황도를 망가뜨릴 수밖에 없을 테니까."

되도록 피해를 최소화할 생각인가. 붉은 궁전은커녕 아예 상파뉴에조차 진입하지 못하게끔 하는 것이 최선이겠지. 나는 그의 계획에 어느 정도 동의했다.

"그렇다면 저도 갈래요."

"넌 안 돼. 여기 있어."

루페르트가 질색하며 고개를 저었지만, 나는 그의 명령을 무시하는 데 익숙했다. 들은 척도 하지 않고 방을 나서는 그에게 따라붙었다.

"따라오지 말라니까."

"왜요? 이제 저 싫으세요?"

나는 섭섭한 기색을 내비치며 입을 삐죽였다. 그러자 루페르트가 허둥지둥 고개를 마구 젓는다.

"왜 그런 소릴 해? 안 싫어."

"근데 왜 말을 바꾸세요? 폐하는 저랑 늘 붙어 있고 싶다면서요?"

아직 집무실에서 미적거리던 루이제가 픕, 웃음을 터뜨렸다. 그가 웃든 말든 루페르트는 제 소매를 꼭 붙든 나만 물끄러미 바라보고 있었다. 귀만 새빨개진 그는 곧 고개를 돌려 루이제에게 턱짓했다.

"넌 지휘하지 말고 라리에트 옆에 있어."

"예?"

"라리에트가 털끝 하나라도 다친다면 너무 오래 살아 더는 살고 싶지 않은 것으로 간주하겠다."

"저도 오랜만에 선두에 서고 싶은데요?"

"그냥 지금 죽여줄까?"

무어라 더 불만을 털어놓으려던 루이제의 입이 꾹 다물어진다. 나는
그에게 조금 미안해져 뒷머리를 긁적였다.

상파뉴를 둘러싼 높은 성벽 꼭대기에 오르자 주변이 한눈에 들어온
다. 눈에 힘을 주면 벨루아까지 보일 것만 같은 건 내 착각이겠지만, 적
어도 멀리서 부연 먼지를 일으키며 황도를 향해 달려오는 기병대는 보
인다.

루페르트가 어느 정도 와해시켰는데도 저 정도라니, 놀랍다. 그가 손
을 쓰기 전에는 도대체 얼마나 세력이 컸던 걸까. 대공은 제 재산을 모
두 군대를 사들이는 데 쓴 모양이다.

벽을 허물어뜨리는 공성포까지 드르륵드르륵 밀고 들어온다. 공성
전용 대포는 개발된 지 얼마 되지 않았고, 분명 루페르트가 개량한 것
인데, 그걸 그를 공격하는 데 쓸 생각을 하다니 기가 막혔다.

르한이 이끄는 황실 기사단은 성벽 밖에서 가장 먼저 적들을 맞으려
대기 중이다. 성벽 중앙에는 루페르트가 서 있었다. 그는 일부러 가장
눈에 띌 만한 위치에서, 황제만이 입을 수 있는 붉은색 옷을 걸치고 있
다. 나의 위치는 그와 제법 떨어진 구석이었다. 나 때문에 후방으로 밀
린 루이제가 입을 삐죽대며 발을 구른다.

"폐하가 저렇게 계셔도 괜찮을까요?"

내 물음이 우습다는 듯 그는 작게 웃었다.

"라리에트, 폐하가 적의 손에 죽을 일은 없을 겁니다."

목숨 아까운 줄 모르고 연금술을 써대다 죽는다면 몰라도.

루이제가 덧붙이는 말에 나는 입술을 깨물었다. 기실 나도 그 점이 제일 걱정이었다. 루페르트의 힘이 어느 정도인지는 모르지만, 술자 한 명에게 대대 하나 정도는 처리할 만한 능력이 있다고 했으니 술법에 의지하는 연금술사인 그도 그 정도는 하지 않을까 싶었다.

그러나 본디 연금술이란 그 반동이 엄청나다. 루페르트조차 대공저에서 날 구출하고서 며칠이나 사경을 헤맸으니 말이다.

"으음. 이건 좀 위험할 수도 있겠네요."

제법 가까워진 반역도들을 살피던 루이제의 미간이 좁아진다. 그는 혀를 끌끌 차더니 제 허리춤에 매달린 검의 손잡이를 쓰다듬었다.

"왜요?"

"대공이 윌레탄 놈들에게 손을 벌렸나 봅니다. 저기, 저 파란 로브를 입고 있는 늙은이 보이나요?"

나는 루이제의 손끝이 가리키는 곳을 바라다보았다. 너무 낡아 거의 회색빛이 된 로브를 걸친, 언뜻 신관으로도 보일 만큼 딱딱한 표정의 노인이다. 그를 보호하듯 둥그렇게 진을 짠 기사들 한가운데서 그는 제 몸보다 큰 지팡이를 휘두르고 있었다.

"설마 슐라비의 술자인가요?"

"그런 거 같은데요. 이제 곧,"

쾅!

루이제의 말이 끝나기도 전에 성벽의 문 하나가 얼어붙었다. 무슨 원리인지는 모르겠지만, 로브를 입은 노인이 지팡이를 휘두르자마자 벌어진 일이었다.

"벨네르니와 윌레탄이 전쟁 중일 때도 한 발 물러나 있기만 하던 노인네인데, 무슨 수로 회유했을까요?"

슐라비의 마탑은 지리적으로 윌레탄에 속해 있긴 했지만, 마탑의 술자는 왕족조차 함부로 대할 수 없는 존재였다. 술자로 태어난 사람은 어느 나라 사람이든 절로 마탑 소속이 되었으니, 그들은 딱히 월레탄 인이라 할 수도 없다. 월레탄의 왕이라도 그들이 원하지 않는 한 병력 으로 쓸 수 없다는 뜻이다.

벨네르니가 월레탄의 반절을 흡수할 수 있었던 것도 슐라비의 마탑 이 월레탄이 망하든 말든 눈곱만큼도 신경 쓰지 않았기 때문에 가능했 다. 그들이 전쟁에 참가한다면 군대란 무용할 테니.

루이제는 술자의 등장에 당황해 성벽 밖으로 고개를 삐쭉 내밀었다. 그러더니 곧 뒤돌아 내 손목을 붙잡는다.

"라리에트는 붉은 궁전으로 돌아가는 게 좋겠어요. 쉽게 끝나지 않 을 것 같습니다."

"폐하는요?"

"벨네르니에는 술자가 없으니 저자를 막을 수 있는 건 폐하뿐이지 않 겠습니까?"

"그럼 들어가지 않을래요."

루페르트가 무리해서 연금술을 쓰다 쓰러지기라도 하면 어떡하나. 그에 비하면 아무것도 아닌 능력이긴 했지만, 그에게 조금이라도 도움 이 될 수 있는 건 나뿐이다.

"라리에트에게 무슨 일이라도 생기면 저 죽는 건 알죠?"

루이제의 목소리가 착잡했다. 나는 못 들은 척 몸을 숙였다. 루페르 트의 계획이 뭔지는 모르겠지만, 성벽 바닥에 실처럼 가느다란 연금진 이 구불구불 그려지고 있었다. 나는 루이제의 허리춤에서 허락도 없이 칼을 꺼내 내 손바닥을 죽 그었다. 루이제가 히끅 놀라며 자신이 다친 양 오만상을 찌푸린다.

"히이익! 벌써 다치면 어떡합니까!"

"설마 폐하가 루이제를 죽이겠어요?"

"……설마가 사람 잡는 경우가 얼마나 많은데요?"

"제가 말려볼게요."

나는 손끝을 따라 뚝뚝 흐르는 피를 루페르트의 연금진에다 뿌리며 루이제를 안심시킬 요량으로 싱긋 웃었다. 연금진은 악귀처럼 내 피를 빨아들이며 더 진한 황금빛으로 반짝거렸다. 어찌 알았는지 루페르트가 내 쪽을 돌아본다. 거리가 꽤 되었지만 그의 표정이 좋지 못하다는 것 정도는 알 수 있었다.

"진짜 잘 말려줘야 합니다."

루페르트는 루이제를 바라보며 손으로 목을 죽 긋는 제스처를 취했다. 그러자 루이제는 커다란 덩치로 움찔거리며 내 뒤로 숨으려 했다.

나는 루페르트에게 가기 위해 걸음을 옮겼다. 성벽 전체를 파란 막이 감싸기 시작했다. 술자가 얼렸던 성문은 산산조각 나버렸지만, 그 성문 앞을 르한이 지키고 있으니 적들이 당장 할 수 있는 일은 없다.

걸으면서 아래를 바라보니 표정을 굳힌 술자가 지팡이를 움직이고 있었고, 당황한 대공의 병사들은 끌고 온 공성포를 쏘아댔다. 막이 완전히 쳐지기 전인지라 내 바로 앞에 있는 탑이 포를 맞아 박살나고 말았다. 나는 우리에게 튀는 돌조각을 피하기 위해 루페르트가 손등에 그려준 연금진에다 아직까지 피가 찔끔 흐르는 손바닥을 문질렀다.

루이제는 내게 닿지 못하고 파사삭 사라지는 돌멩이들에 입을 쩍 벌렸다.

"언제 이런 걸 배웠어요? 폐하가 가르쳐준 겁니까?"

"황궁 밖 세상이 생각보다 험난했거든요."

페르난드가 지독하리만큼 날 쫓아다니지만 않았어도 연금술을 연습할 생각 따위는 하지도 못했을 거다. 다행히 다친 곳은 없었지만, 루페르트에게 가는 길이 조금 어려워지고 말았다.

나는 완전히 무너져 뻥 뚫리다시피 한 바닥을 바라보다 무릎 꿇었다. 루페르트가 아무것도 없는 허공에서 돌을 만들어 루이제에게 던지던 것을 따라 할 심산이었다. 바닥을 재구성할 돌은 충분했으니, 내가 건너갈 만큼 가느다란 다리만 만들면 된다.

"리비르."

무너진 바닥 끝에서 폭이 좁은 다리가 쭉쭉 솟아났다. 나는 너무 놀라 따라올 생각도 하지 못하는 루이제를 지나쳐 루페르트에게로 달렸다.

"폐하!"

아니나 다를까. 성벽을 보호하는 막을 유지하기 위해 주저앉은 루페르트의 안색은 곧 기절이라도 할 것처럼 나빴다. 나는 창백한 그의 뺨을 확인하고 눈살을 찌푸렸다. 무리하고 있는 게 틀림없다.

슐라비의 술자들이 억만금을 준다 해도 전쟁에 출전하지 않는 이유는 하나였다. 강대한 술법일수록 시전자의 목숨을 갉아먹으니까. 회전 한번 치르고 나면 수명이 몇 년은 깎일 텐데 제 목숨 귀한 줄 안다면 당연히 전쟁을 피하겠지.

루페르트의 연금술도 술자의 술법이나 다를 리 없는 양날의 검이다. 걸치고 있는 로브의 색이 붉어서 다른 사람에겐 보이지 않겠지만, 루페르트의 팔은 피로 범벅이었다.

"……앞으로 오지 말라고 했잖아."

"연금진 거두세요."

나는 루페르트의 팔을 연금진에서 떨어뜨렸다. 황제가 단명하면 이게 다 무슨 소용인가.

"왜?"

"시작부터 이렇게 큰 연금진을 펼치시면 어떡해요? 불로장생약이라도 만들어놓으셨어요?"

쾅!

연금진이 사라지기 무섭게 공성포가 성벽을 강타했다. 이 상황의 어느 구석이 즐거운지, 부서지는 돌조각을 막으려는 듯 나를 품에 가둔 루페르트가 피식 웃었다.

"왜 웃으세요?"

"네가 나 걱정해주니까 좋아서."

"……."

"아, 왜 이렇게 좋지."

"지금 그런 말이 나오세요!"

나는 붉어진 뺨을 숨기기 위해 고개를 숙이며 루페르트의 손을 붙들었다. 역시나 지혈 같은 건 하지 않았다.

"폐하가 무리하실 필요 없어요. 성벽 안에는 민병대도 대기하고 있다면서요. 병력은 충분해요. 성벽은 다시 쌓아올리면 되고요."

어쩔 수 없는 일 아닌가. 반역은 루페르트의 탓이 아니다. 사람들도 당연히 평화로운 시기에 분란을 일으킨 대공을 원망할 터였다.

"네가,"

루페르트가 뚜하니 입을 연다.

"나보고 성군 노릇을 해달라면서."

"……제가 죽으라면 죽으실 거예요?"

"응."

내 부탁을 들어주기 위해 무리하는 그를 비꼰 것인데 당연하다는 듯 긍정의 답이 돌아온다. 나는 기가 막혀 그의 가슴을 팍 내리쳤다.

"진짜, 말도 안 되는 소리 좀 하지 마세요!"

"말이 왜 안 돼?"

루페르트는 어깨를 으쓱하더니 작은 연금진을 만들어 성문만을 사수했다. 늙은 술자는 이제 힘이 다 떨어진 모양인지 아까처럼 재주를 부리진 못했다.

선두에 선 르한에게로 벨루아의 기사단장이 다가온다. 르한은 어릴 때부터 검술의 귀재라는 소리를 귀에 딱지가 앉게 들었던 기사 중의 기

사였다. 스승인 기사단장 로버트 경 정도는 이미 뛰어넘은 지 오래이리
라. 그러나 르한은 무뚝뚝해 보여도 정이 많은 아이였다. 나는 입술을
짓씹었다.

"저 사람이 벨루아 기사단장이에요."

"걱정 마. 네 동생이 이겨."

"검술에선 뒤지지 않겠지만, 르한은 정에 약해서 로버트 경을 공격
이나 할 수 있을지 모르겠어요."

나는 르한이 위험해질까 두려워 루페르트의 팔뚝을 움켜잡았다. 르
한은 로버트 경을 가족처럼 믿고 따랐다.

"넌 네 동생을 모르네."

내가 제게 기대기 쉽도록 몸을 돌린 루페르트가 어이가 없다는 듯 웃
음을 흘린다. 나는 그의 숨결이 내 귓가를 간지럽힐 만큼 가까운 거리
에 움찔했다. 그는 뒤에서 나를 안고 있었는데, 날 놓아줄 생각은 없는
듯했다.

"네 동생 엄청 잘하고 있는데."

고개를 돌린 내 시야에 가장 먼저 들어온 것은 쩔쩔매는 로버트 경이
다. 르한은 우리가 어린 시절에 가족처럼 믿고 따른, 이제는 제법 나이
가 든 기사단장을 한 치의 망설임도 없이 단호하게 몰아붙였다. 르한의
장검을 받아내느라 로버트 경이 휘청거린다.

"……그러네요."

괜한 걱정인가 보다.

"루이제, 루이제."

그는 건널 엄두도 안 날 만큼 가느다란 돌다리를 만들고서 루페르트

에게로 쫄랑쫄랑 가버린 라리에트의 뒷모습을 멍하니 지켜보던 루이제는 자신을 부르는 소리에 고개를 돌렸다. 상황에 어울리지 않는 밝은 목소리였다.

"잘 지냈어요?"

어린아이처럼 장난기가 묻어 있는 말투였다. 그 말투만큼이나 가벼운 태도로 성벽에 걸터앉은 토리가 방싯 웃는다. 루이제는 기가 막혀 눈살을 찌푸렸다.

"여기서 뭐 하고 있는 겁니까?"

"고민 중이에요, 나."

"뭘요?"

"도대체 누굴 탓해야 할지."

루이제는 토리에게 다가가 꽃잎처럼 팔랑거리는 그녀의 발을 붙잡았다. 이대로 감옥에 처박힐 수도 있는데 그녀는 두려워하는 기색조차 없다.

"폐하나 라리에트를 말하는 건가요?"

"아뇨, 라리는 아니에요."

"그럼요?"

루이제는 답지 않게 심각한 얼굴로 토리를 내려다보았다. 왜 제 앞에 모습을 드러냈나 조금 당황하기도 했다. 토리는 대공 무리 속에 숨어 있어야 하는 것 아닌가.

"여긴 왜 온 겁니까?"

"루이제에게 부탁할 게 있어서요."

토리는 뜻밖의 소리를 했다. 루이제가 당황하든 말든 그녀는 주머니를 뒤져 그에게 작은 종잇조각을 건네주었다. 너무 낡아서 모서리가 죄 닳은 그림이었다.

"이 그림, 간직해줄 수 있어요?"

"네?"

"남길 게 하나쯤은 있길 바라서."

"토리."

루이제에게서 벗어나려는 듯 발목을 움찔거리는 토리를 그는 낮게 불렀다. 그녀가 가엾기도 했다. 그는 순전히 본인의 출세를 위해서 루페르트를 선택했지만, 그녀에겐 아무런 선택지도 없었으니까.

"그만 돌아와요. 폐하는 당신을 용서할 수밖에 없다는 걸 알잖아요."

토리가 빙그레 웃었다. 그녀의 입가가 인형처럼 완벽한 곡선을 이루었다.

"누가 누굴 용서하나요?"

"……."

"루이제, 대공이 윌레탄의 술자와 용병을 살 수 있게끔 파스벤더의 자금을 넘겨준 건 나예요. 윌레탄이 대공에게 협조하도록 다리를 놓은 사람도, 벨루아가 대공을 도울 것이라 설득한 사람도 나고요. 내가 반역을 부추겼어요."

"왜?"

"루페르트가 에바를 배신했으니까요."

루이제는 토리의 입에서 나온 이름에 이를 악물었다. 아주 대단한 여자다. 숨넘어간 지가 언제인데 아직도 이토록 모두를 옭아매고 있나.

"우리는 에바에게 이 제국의 멸망을 맹세했어요. 윌레탄의 힘을 빌린 대공이 황제가 되면, 제국은 윌레탄의 속국이나 다를 바가 없을 테니, 그 정도면 에바도 만족하겠죠."

"토리가 원하는 게 정말 그겁니까?"

그제야 방긋방긋 웃기만 하던 토리의 얼굴이 굳는다. 그녀는 사납게 인상을 찌푸렸다.

"라리가 대단하긴 하네요. 루이제까지 그런 소리를 하고."

"……"

"내가 원하는 건 하나도 중요하지 않다니까."

으득 이를 간다. 그녀는 루이제의 손아귀에서 제 발목을 쉬이 빼낸 다음 몸을 젖혔다. 뱀처럼 유연한 몸짓이다.

"토리!"

토리는 통통 소리를 내며 난간을 밟고 그와 거리를 벌렸다. 아슬아슬하게 성벽에 올라서고서야 토리는 무표정한 얼굴로 루이제를 돌아보았다.

루이제는 그림 속에서 환히 웃고 있는 소녀의 얼굴을 확인했다. 토리가 이토록 환히 웃는 모습을 본 적이 언제였나 싶다. 분명 본 적은 있을 텐데. 라리에트가 처음 황궁에 들어왔을 때였던가.

"루이제, 내가 비밀 하나 알려줄까요?"

토리가 또박또박 말한다. 루이제는 가만히 기다렸다.

"나는 사실 라리에트를 좋아해요."

"……알고 있어요."

"나는 라리에게 미움 받고 싶지 않아요."

"라리에트는 토리를 미워하지 않아요."

루이제의 말이 위로라도 된 듯 그녀가 옅은 미소를 짓는다. 허공으로 날아오르는 토리를 루이제는 더는 붙잡지 못했다.

시간이 지날수록 공성전은 난잡해지기 시작했다. 성벽 왼쪽은 금방이라도 무너질 것처럼 망가진 상태였다. 기사들이 아래를 지키고 있기는 했지만, 시간을 지체했다간 위험해질지도 모른다. 술자의 힘은 소문으로 들었던 것보다 더 대단해서 그가 화려하게 빛나는 마법구를 던지면 기사 몇이 한꺼번에 쓰러져나갔다.

나는 마구잡이로 쏟아지는 돌조각을 피하기 위해 몸을 수그리며 루페르트의 로브 끝자락을 잡아챘다. 그는 앞으로 튀어나가기라도 할 것처럼 성벽 밖으로 몸을 길게 뺀 상태였다. 호위기사 몇 명이 그를 보호하듯 원을 형성하고 있었지만, 날아오는 돌을 막는 데에는 그리 도움이 되지 못했다.

"어디 가세요?"

반역도의 공세가 그의 예상보다도 더 대단한 모양이다. 나는 그의 얼굴에 떠오른 보기 드문 초조함에 한숨을 삼켰다. 내가 위험해질 수도 있다는 상황이 그를 더 긴장하게 만드나 보다. 이럴 줄 알았으면 그냥 궁 안에 남을걸, 하는 때늦은 후회가 밀려왔다.

"술자부터 없애야 해."

대공의 군대는 술자만 없다면 루이제가 소수정예의 엘리트로 키워낸 상파뉴의 치안대와 첨예하게 갈린 한 자루의 검처럼 움직이는 황실 기사단에 비하면 별 볼 일 없었다. 그 머릿수는 적지 않았지만 용병을 끌어다 모은 오합지졸에 불과했다. 그렇기에 더더욱 술자를 보호하려 하겠지.

"폐하를 유인하려는 거예요. 술자가 이 앞까지 나온 건 폐하를 끌어내기 위해서라고요."

"안다."

루페르트는 그를 말리기 위해 뻗은 내 손을 마주 잡았다. 이 상황에 장난이라도 치고 싶은지 그가 내 손등에 입을 맞춘다.

"괜찮아. 걱정하지 마."

"어쩌시게요?"

"멀리서 약을 올리니 이리 데려와야지."

루페르트가 씨익 웃으며 펼치는 연금진에 나는 그가 말리기 전에 서둘러 내 손목을 가져다 댔다. 그에게 조금이라도 도움이 되고 싶어 나왔으니까. 다 마르지 못한 피가 빠르게 흡수되며 그의 연금진이 조금 더 강한 빛을 발했다.

루페르트는 나를 말리고 싶은 듯 입술을 달싹였지만, 연금진의 발동이 조금 더 빨랐다. 나는 곧 내 앞에 쾅 소리를 내며 떨어지는 술자의 모습에 놀라 입을 헤벌렸다. 자신이 성벽 위로 소환될 줄은 몰랐는지 당황한 노인이 두리번거린다.

나는 우리 앞에 바짝 엎드린 술자가 무슨 수라도 쓸까 무서워 넘어진 노인의 손목을 꽉 눌러 밟았다.

"아악!"

"폐하, 술자 잡았어요!"

연금술사에게 연금진을 그릴 매개가 필요하듯 술자에게는 지팡이가 필요했다. 나는 술자의 지팡이를 발로 차 거둬냈다. 가만히 나를 지켜보던 루페르트가 어이가 없다는 듯 헛웃음을 짓는다.

"……안 데려왔으면 큰일 날 뻔했네."

"시간 끌지 마시고요!"

노인의 모습을 한 술자가 앓는 소리를 내는 것을 애써 무시한 나는 그의 몸에 무게를 실은 내 몸을 누르며 압박했다. 루페르트가 그를 넘겨받기 위해 내게 가까이 다가온 순간 나는 바닥에 엉덩이를 찧을 수밖에 없었다. 술자가 갑자기 내 밑에서 사라져버렸으니까.

"받은 돈 값은 해야 할 것 아냐?"

귓등을 때리는 익숙한 목소리에 나는 서둘러 일어섰다. 나를 부축하려던 루페르트의 팔이 굳는다.

"토리?"

술자의 멱살을 잡고서 난간에 서 있던 토리가 나를 돌아본다. 그녀는 인형처럼 예쁘게 웃으며 술자를 성벽 밖으로 던져버렸다. 일말의 망설임도 없는 동작이었다. 노인의 연약한 비명이 검이 맞닿는 날카로운 금속성에 묻혀 사라진다. 나는 기함하며 그녀에게 달려갔다.

"토리! 지금!"

"왜요?"

"아무리 술자라지만 떨어져서 죽으면 어떡해요?"

"그럼 내게 고마워해야죠. 술자만 없애면 이 모든 소동이 끝나리라고 생각했잖아요?"

토리가 환하게 웃는다.

"토리, 무슨 생각인지는 모르겠지만,"

"라리가 물었잖아요, 내가 원하는 게 뭐냐고."

토리는 내 말을 끊으며 날카로운 목소릴 냈다. 나는 입을 꾹 다문 채 그녀를 올려다보았다. 그녀는 루페르트가 항상 들고 다니는 작은 권총을 술자를 던져버린 방향으로 떨궈버렸다. 언제 빼앗은 걸까.

"내가 루페르트의 죽음을 원한다면 어떡할래요? 날 도와줄래요?"

그녀의 말에 돌아보니 루페르트는 그녀와 함께 등장한 듯 보이는 용병들을 막아서는 중이다. 그가 검을 휘두르는 모습은 처음 보았지만, 자세를 보아하니 마냥 당하고 있지만은 않을 듯해 일단 안심했다.

"거짓말하지 말아요."

"……"

"그런 거 원하지 않잖아요. 토리, 제발 그만해요."

토리가 웃음을 거둔다. 그녀의 메마른 얼굴은 어린 루페르트를 상기시켰다. 얼음을 깎아 만든 듯 서늘했던.

"라리, 나는 이제 내가 뭘 원했는지 기억이 안 나요."

토리는 천천히 입을 열었다.

"내 의지가 사라져버린 지 너무 오래라서, 루페르트를 생각하는 내 마음이 원래 어땠는지조차 기억이 나질 않는다구요."

나는 입술을 깨물었다. 원래 마음이 어떠했는지가 왜 중요한지 모르겠다. 그들은 서로를 충분히 아꼈다. 루페르트가 철저하게 망가지길 바랐다면 그녀가 악몽을 헤매는 루페르트를 안타깝게 바라볼 리 없지 않나.

"그럼 나는요? 토리, 나도 죽길 원하는 건가요?"

내 물음에 토리의 무정한 눈이 조금 흔들린다. 나는 그녀가 동요하는 것만 같아 한 걸음 나섰다.

"내가 폐하를 망가뜨리길 원해서 살려뒀던가요? 단지 폐하를 나락에 빠뜨리기 위해서?"

"……."

"아니잖아요. 단순히 그게 목적이라면 왜 내게 잘해줬어요?"

"상냥한 라리, 라리는 내가 의지 없는 인형이라는 사실을 믿기 싫나 봐요. 하지만 그게 사실인걸요."

토리는 입꼬리만 그린 듯이 올려 웃었다. 나는 그녀가 나지막이 덧붙이는 말에 눈을 질끈 감았다.

"루페르트가 에바의 계획에서 벗어난 행동을 하게 되면 그걸 시정하는 게 내 존재 이유예요. 에바는 루페르트를 감시하기 위해 날 만들었으니까."

"그게 무슨……."

"벨네르니를 파멸로 이끌 라스페리히 1세가 완성되지 않을 시,"

너는 내 아들을 파괴한다.

가느다란, 속삭이듯 작은 목소리는 더는 토리의 것이 아니었다.

"나는 루페르트를 죽이지 않으면 더는 동작하지 않아요."

챙! 쇳소리를 내며 맞부딪히던 칼이 바닥에 떨어진다. 마지막 용병의 목에 깊숙이 검을 찔러넣은 루페르트가 뒤를 돌아보았다.

"비켜."

그는 낮은 목소리로 토리에게 명령했다. 그가 토리의 말을 들었을까 걱정하는데 토리가 내게 손을 뻗는다. 내 목을 움켜잡은 그녀는 내 위로 올라와 빼빼 마른 손가락에 힘을 주었다. 그러나 내 목을 압박하는 그녀의 손보다도 나를 숨 막히게 하는 건 그들의 비극이었다.

울고 싶었다.

루페르트가 팔을 붙들고 밀치려고 들어도 꿈쩍도 않던 그녀가 고개를 깊숙이 숙여 나와 눈을 마주한다. 그녀는 아무런 반항도 하지 않는 나를 물끄러미 바라보다 서서히 손에서 힘을 풀었다.

"왜 울어요?"

나는 컥컥대며 상체를 일으켰다. 내게 다가오려는 루페르트를 손짓으로 저지하자 그가 그 자리에 멈춰 선다. 그와 어느 정도의 거리를 확보한 나는 토리의 어깨를 붙들었다.

"라리가 죽으면 루페르트는 망가질 거예요. 그럼 그는 예정된 대로 살아갈 수 있어요."

"사람이라면 그 누구도 믿지 못해 외롭기만 할, 제국을 공포 속에 몰아넣는 괴물 같은 삶 말인가요?"

토리는 대답이 없다. 나는 어떤 감정도 표상하지 않는 그녀의 얼굴을 읽어내려 노력했다.

"하지만 토리는 날 해하고 싶지 않잖아요."

"……."

"토리는 날 좋아하니까요. 나는 그렇게 믿을래요."

내가 선물한 공단 리본을 오래도록 지녀왔던 그녀다. 둘이 나란히 손을 잡고 5번가를 걸었던 날의 햇살, 정원을 산책하며 해사하게 웃던 그녀의 얼굴, 도무지 말을 듣지 않는 너구리를 잡으려고 숲속을 뛰어다녔던 일. 그 모든 추억이 거짓이라고 생각할 수 없었다.

토리가 무너졌다. 그녀는 금방이라도 울음을 터뜨릴 듯, 아이처럼 얼굴을 찡그렸다. 코끝이 빨갛다. 나는 서늘한 공기에 덜덜 떨리는 그녀의 어깨를 쓰다듬었다.

그러나 봄은 다가오고 있었다. 아무리 매서운 겨울도 영원하지 못하니까.

"라리, 상냥한 라리에트 아가씨."

토리가 방싯거렸다. 인형처럼 완벽한 미소가 아닌, 잔뜩 찡그린 얼굴에 피어오르는 불완전한 웃음이다.

"나는 사실 루페르트의 검은 손이 아니에요. 내 주인의 아들은 나를 그녀보다 아껴줬어요."

"토리."

"루페르트가 원래 다정한 아이라는 거, 알고 있어요. 잔인한 지배자는 그에게 어울리지 않아요."

내 손을 뿌리치고 몸을 일으킨 토리가 조금씩 뒷걸음질 친다. 나는 기시감에 그녀를 붙잡기 위해 손을 뻗었다.

"그가 내게 미안하다고 했거든요. 나를 처음 봤을 때."

내가 언젠가 자신을 죽이기 위해 만들어진 인형이라는 걸 알았는데도.

작게 속삭인 토리는 성벽을 벗어나 대공의 군대 속으로 사라졌다. 그녀를 영영 보지 못할 것만 같은 기분에 나는 그녀 대신 울음을 터뜨렸다.

대공은 황실의 기사나 성벽 위에서 쏟아지던 화살 따위가 아닌, 제가 돈 들여 산 용병의 칼에 맞아 죽었다. 상파뉴 문턱도 넘어보지 못하고 반역은 끝이 났다.

사실 용병이 아니라 윌레탄의 첩자였다 밝혀진 소녀 용병은 그 후로 완전히 자취를 감춰버렸다. 그녀가 얼굴을 가리던 갑옷을 들춰보니 아무것도 없더라, 유령인 양 갑옷 속이 완전히 텅텅 비어 있더라 하는 괴이한 소문만 퍼졌을 뿐이다.

대공 쪽으로 슬쩍 기울던 원로조차 완전히 마음을 돌려 루페르트에게 그들 무리를 절단 내라 목소리를 높였다. 아버지는 벨루아의 수도저택에 감금되었고, 아멜리아 고모의 행방은 불분명했다.

대공저를 지키던 그녀가 어디로 사라졌는지는 모르겠지만, 나는 루페르트가 그녀를 애써 찾지 않는 이유가 나일 것이라 짐작했다. 대공과 함께 모반을 꾀한 사람들은 지위 고하를 막론하고 전부 감옥에 처박혔음에도 아버지만이 수도저택에 온전하게 모셔졌으니까.

"폐하."

서류에 묻힌 루페르트는 정신이 없었다. 이번 기회에 반역의 싹을 뿌리 뽑고자 원로들이 앞다투어 대공에게 협력한 배신자의 명단을 들고 왔기 때문이다. 그는 적당한 본보기가 될 만하면서도, 동시에 그를 향한 충정은 솟을 정도로 자비로운 처분을 내려야만 한다.

"어."

하얀 종이에 다닥다닥 나열된 활자에서 눈을 떼지 못하면서도 루페르트는 대답했다. 그 모습이 말 잘 듣는 강아지 같아 나도 모르게 미소를 띠었다.

"아버지 말이에요."

"곧 풀어줄 생각이다."

"네?"

"조금만 기다려. 지금 놓아주면 네가 되레 의심을 살 거니까. 일단 몇 개월은 지켜봐야 해."

루페르트가 불쑥 말했다. 나는 반역을 꾀했음에도 재산을 몰수하고 일가족을 단두대에 올리기는커녕, 벌써 아버지를 풀어주겠다는 솜방망이 같은 처벌에 입을 쩍 벌렸다.

"그러실 필요 없어요."

"왜?"

"자유로이 해드리면 같은 실수를 반복하실 분이니까요."

아버지는 이 모반이 실수라고 생각하지도 않을 터다.

"수도저택에서 한 발자국도 나가지 못하게 하는 정도로 그친 것만 해도 자비로운 처사였어요."

"어렵네."

루페르트는 펜촉으로 제 머리를 긁었다. 이러는 동안에도 어느 정도 서류를 처리한 모양인지 한쪽으로 종이를 쌓아올린 그가 내 팔뚝을 붙잡아 제 쪽으로 끌어당긴다. 나는 반동으로 그의 무릎 위에 안착했다.

"어쨌든 인사는 해야 하는 거 아닌가."

"무슨 인사요?"

"당신 딸이랑 결혼할 거라고."

나는 새삼 부끄러워져 고개를 숙였다. 순간 뒷덜미에 따뜻한 숨이 닿아 몸이 굳고 말았다. 그는 뒤로 깊게 파인 드레스 덕에 드러난 내 어깨에 입술을 지분거리며 말을 이었다.

"감옥에 가둬놓고 할 만한 얘긴 아니잖아."

"그거 말인데요."

나는 솜털 하나하나가 삐쭉 설 것처럼 예민해져 몸을 뒤틀며 루페르트를 돌아보았다. 무슨 생각을 하는지 표정이 좋지 않은 그를 살폈다.

"폐하?"

"그거 말인데 뭐? 왜 말을 안 해?"

루페르트가 초조한 듯 제 입술을 질끈 깨문다. 나는 불안에 떠는 그의 모습에 의아해졌다.

376

"뭐. 말하라니까."

"입술은 왜 깨무세요?"

"너, 나랑 결혼 안 하려고 그러는 거지?"

"……네."

분명 되물으려 꺼낸 말이었건만 갑자기 목이 잠겨 대답처럼 나오고 말았다. 루페르트는 그럴 줄 알았다는 듯 나를 원망스레 바라보았다.

"그래. 그럼 그렇지."

"그게 무슨 뜻이에요?"

그의 청혼을 무를 생각은 없었지만, 너무 담담한 체념에 기가 막혔다. 눈은 나를 쏘아보며 원망하면서도 내 허리를 꼭 껴안은 팔에는 잔뜩 힘을 준 그가 천천히 입을 연다.

"나는 이제 널 협박할 인질도 없으니까."

"……."

"벨루아는 르한에게 넘어갈 테고, 네 동생은 네 아버지 같은 멍청이가 아니잖나."

나는 어찌 반박해야 할지 몰라 눈썹을 살짝 찌푸렸다. 어쩐지 반역을 마무리 지은 이후에는 나만 보면 안절부절못하는 것 같더라니.

"폐하."

그가 더 듣고 싶지 않다는 듯 내 목덜미에 얼굴을 파묻는다. 작게 고개를 도리질하는 그의 목을 나는 둥글게 껴안았다.

"너는 아직도 내가 무서워?"

"……."

"나 싫어?"

물기 섞인 애절한 물음에 묘한 심술이 나서 하마터면 '네.'라고 대답할 뻔했다. 그럼 그가 우는 얼굴을 볼 수 있을지도 모르니까. 나는 내게 이 정도로 못된 심보가 있다는 것을 새삼 깨달으면서 비실 웃었다.

내 웃음소리에 날 쳐다보지도 못하던 루페르트가 번쩍 고개를 든다.

"제위라도 줄까?"

"하."

"그러면 나 안 싫어할 거야?"

나는 손을 들어 루페르트의 입술을 찰싹 때렸다. 감히 제국의 태양인 황제 폐하의 용안을 때리다니, 목이 날아갈 수도 있다. 그러나 내게 얻어맞은 루페르트는 조금 놀랐을 뿐 기분이 상해 보이지는 않았다.

"제발 헛소리 좀 하지 마세요."

"……헛소리?"

"폐하야말로 절 언제쯤 믿으실 건가요? 전 폐하가 싫지 않아요. 무섭지도 않고요."

무서운 사람을 어찌 이리 대하겠나. 나는 조금 멍한 눈으로 나를 바라보고 있는 그의 입술을 다시 찰싹 쳤다. 차진 소리가 청량하게 방을 울린다. 아프게 때리지는 않았는데 루페르트가 제 붉은 입술을 깨문다.

"이거 보세요. 무서운 사람을 이렇게 때리겠어요? 제가? 저 소심한 거 아시잖아요."

"왜 때려? 아파."

루페르트의 잘생긴 눈썹이 슬며시 올라간다. 나는 이크, 작은 소리를 내며 그의 입술을 매만졌다. 내게 맞은 데보다 혼자 깨문 부분이 더 부어오른 것 같은데. 손끝에 닿는 촉촉한 느낌에 기분이 조금 묘해진다.

"아프셨어요?"

"응."

"미안해요."

"호 해줘."

나는 그의 부탁에 웃으며 입을 동그랗게 말았다. 순간 그가 고개를 쑥 내민다는 느낌과 함께 손끝에 느껴졌던 감촉이 곧 입술에 닿는다.

"'호'는 이렇게 하는 거 아니에요."
"내 '호'는 이래."
순전히 제 마음대로다.

루페르트는 조금 멍한 얼굴로 창가에 자리 잡은 물병 하나를 바라보고 있었다. 투명한 유리병 반절을 넘게 채운 은백색 액체에 잠겨 있는 푸른 보석이 반짝반짝 빛난다. 빛이 반사된 수면은 고요했다.

'크루나루카', 왕의 검은 손이라기에 나는 토리의 심장에 박힌 금속이 새까말 거라고 은연중에 생각했었다. 그러나 다섯 개의 뾰족뾰족한 모서리를 가진 보석은 탁하기는커녕 햇볕 아래에서 눈이 부실 정도로 찬란하다.

루페르트는 그 보석을 지켜보다 한마디 내뱉었다.

「벨네르니의 것이 아니다.」

토리는 크루나루카가 아니었다는 뜻이다. 보석은 루페르트의 어머니를 벨네르니에 팔아넘긴 월레탄 공작가의 빛을 품고 있었다. 결국 토리를 얽매던 저주는 일개 공작가가 만든 조야한 아티팩트에 불과했다.

「그래서 풀지 못했던 거야.」

천년왕이라고 불렸던 바실리의 자비로 크루나루카의 저주는 파괴되었던 전적이 있다. 어찌 그들을 놓아주었는지에 대한 자세한 서술은 당연히 남아 있지 않았지만, 루페르트는 짧은 조각만으로도 바실리가 어찌 그럴 수 있었는지, 그 방법을 유추할 수 있었다고 했다. 그럼에도 불구하고 도저히 토리의 저주는 풀어지지 않았다고.

그녀가 크루나루카가 아니었기에 그랬던 거다. 애초에 크루나루카는 이처럼 흔적을 남길 만큼 어설픈 저주가 아니었다. 담긴 의미가 의미이니만큼 나는 새파랗게 빛나는 보석이 무서웠지만, 루페르트가 그 작은 조각에 겨워하는 듯 보여 입을 다물었다.

"폐하."

보석에서 시선을 떼지 못하던 루페르트가 천천히 고개를 돌린다.

그는 이것을 역모로 뒤집어졌던 그 난장판에 직접 나서서 거두었다. 아직 대공의 군대를 완전히 제압하지 못한 상황이었던지라 갑작스러운 황제의 등장에 무리는 소란했다. 갑옷도 걸치지 않아 흰 목을 그대로 드러낸 그의 등을 찌를까 말까 고민하는 기색이 역력했다.

루페르트는 어깨에 걸치고 있던 로브를 벗어 손끝에 매달았다. 바람에 나부끼는 황가의 상징이 붉은 바람이 되어 휘날린다. 그의 뜻을 알아들은 귀족 몇이 기어 나와 그의 앞에 무릎 꿇었다.

「벤티볼트 대공은 죽었다.」

놀라 숨을 헉 들이마시는 사람들 속에서도 그는 무덤덤했다.

「아멜리아 벨루아가 아들을 낳았다 한들, 이 자리에 그 아들이 벨네르움 황가의 피를 이었음을 증명할 수 있는 이 있나?」

「설사 있다 한들 아직 젖도 떼지 못한 갓난아기에게 제국을 떠넘길 심산인가? 그것도 아니라면 대공의 정부에 불과했던 아멜리아 벨루아에게 수렴청정이라도 시킬 셈인가.」

루페르트의 느긋한 목소리에 소란은 순식간에 잠잠해졌다. 그는 침묵을 칼로 반듯하게 자르듯 끊어냈다.

「너희 대다수가 벨네르니 출신조차 아닌 용병일 뿐이다. 타국 황실의 일에 끼어들어봤자 본전도 지키지 못한다.」

루페르트의 말은 간결했으나 설득력은 굉장했다. 용병은 돈을 받으면 그뿐인데, 그들의 고용주인 대공이 죽은 마당에 누가 그들의 공을 치하할 것인가. 대공의 어설픈 대의에 동조했던 용병은 하나둘 무기를 버리고 전장을 떠나갔다.

아버지처럼 정말로 황실을 바로잡겠다는 야심을 품은 귀족과 그들의 사병만이 엉거주춤 무기를 든 채 남아 있었지만, 그들은 말 그대로 한 줌이었다. 머리털 빠진 늙은이처럼 듬성듬성한 진영을 르한, 루이제, 그리고 카시리스가 이끄는 기병대가 순식간에 꿰뚫었다.

루페르트가 반역무리를 걱정할 필요는 전혀 없다고 했던 대로, 진압은 어처구니없을 정도로 쉬웠다. 그러나 기사들이 난장판을 빠르게 정리하는 것을 지켜보던 루페르트의 표정이 그리 좋진 못했다. 조금 씁쓸해 보이기까지 했다.

그는 소란의 한가운데에서 또르르 굴러떨어지는 토리의 보석을 찾아내 내게 맡겼다. 나는 바람을 온몸으로 맞으며 대공 무리를 지켜보던 그때처럼 어두운 안색의 루페르트에게 천천히 다가갔다. 내가 손을 잡자 그가 나를 고요한 눈으로 올려다본다.

"무슨 생각을 그렇게 하세요?"

"아무것도."

나는 그의 거짓말을 눈감아주었다. 대신 물병에 담긴 푸른 보석 쪽으로 시선을 두었다.

"토리는 어디로 갔을까요?"

"원상태로 돌아갔을 거다."

토리는 인형으로 만들어진 시점에서 이미 살아 있는 사람이 아니었다. 나는 루페르트의 추측에 동의하면서도 마음이 아파서 그 사실을 인정하고 싶지가 않았다.

"이 보석을 만든 공작가의 사람을 불러들일 순 없나요? 뭔가 아는 게 있을 수도 있잖아요."

"너는 토리를 되찾고 싶은 건가?"

그렇게 묻는 루페르트의 의중을 헤아리기 위해 그를 빤히 바라보자 그가 내게 손을 뻗는다. 심연인 듯, 그의 짙은 녹안은 읽어내기 힘들 정도로 깊다. 오래된 숲의 녹음처럼. 그러나 나는 더는 그 어두컴컴한 숲이 두렵지 않았다.

"폐하는 토리를 다시 보고 싶지 않으세요?"

"잘 모르겠다. 내게 얽매이게 하긴 싫으니까."

담담하게 말했어도 나는 루페르트가 지금 슬픔에 잠겨 있다는 것을 느낄 수 있었다. 본인은 인정하지 않으려고 하겠지만. 내게 뻗은 손을 잡자 그는 나를 껴안았다. 곧 그의 무릎 위에 아이처럼 앉혀진다.

"저는 토리가 보고 싶어요."

"그래."

내 정수리에 얹힌 그의 턱이 움직인다. 나는 토리가 그리웠다. 무언가에 의해 조종되는 토리가 아닌, 진짜 그녀를 만나고 싶었다. 그때도 그녀가 나를 좋아해줄지는 모르겠지만.

"그저 그렇게 태어났기 때문에, 단순히 토리가 폐하 어머니의 하녀였기 때문에 그렇게 살아야만 했다는 사실에 너무 화가 나요."

토리가 진심으로 벨네르니의 멸망을 바랐더라면 이만큼 마음이 미어지지도 않았으리라. 그녀가 정말로 본인의 욕망을 따라서 루페르트를 배반했더라면, 차라리 그랬더라면 내 마음이 조금은 괜찮았을지도 모른다. 그러나 토리는 루페르트와 나를 좋아했다.

토리가 사라진 직후에도 나오지 않던 눈물이 왈칵 터져 나온다. 루페르트에게 우는 것을 들키지 않기 위해 고개를 푹 숙였건만, 어찌 알았는지 그가 한 손으로 내 눈을 덮었다.

"……울지 마."

"가여워서, 끕, 어떡해, 끅, 요."

원하는 대로 살지 못했던 건 루페르트도 마찬가지다. 그들은 단순히 목적을 이루기 위해 존재하는 인형에 불과했다.

제 삶을 어떻게 살지 방향을 정하는 건 개개인의 권리나 마찬가지인데, 이 나라에서는 그럴 수 있는 사람이 없다. 르한은 벨루아의 장자로 태어나 검을 잡았고, 나는 아칸의 딸로 태어나 반역의 명분이 되어야 했다. 리체 또한 고르텐의 딸로 태어나 르한에게 품은 마음을 고백해본 적도 없질 않나.

루페르트는 나를 위로하듯 내 머리를 부드럽게 쓰다듬었다. 나는 그의 품에 안겨 입술을 짓씹었다. 핏줄만으로 모든 것이 좌지우지되는 이 제국에 신물이 났다. 이제야 르밀이 내게 가끔 혼잣말처럼 건넸던 말들이 이해되기 시작한다.

'내'가 지배자가 되면 바뀌는 게 있을지도 모른다고. 단순히 그녀의 그릇된 욕망인 줄로만 알았는데.

"폐하, 르밀 백작을 황궁으로 불러주실 수 있나요?"

"……왜?"

"그녀에게 궁금한 게 생겼어요."

르밀은 작위를 물려받을 남자가 없으면 방계의 방계까지 뒤져 남자 후계자를 찾아내고 마는 이 나라에서 아버지의 작위를 얻어낸 여자다.

그녀는 나보다 더 오래 비슷한 고민을 앓고 있지 않았을까.

"알겠어."

루페르트는 고개를 끄덕이며 내 옆머리를 정리해 귀 뒤로 넘겨주었다. 언뜻 무정해 보이기까지 하는 얼굴과 어울리지 않는 다정한 손길에 나는 작게 웃고 말았다.

"울다 웃으면 안 돼."

"왜요?"

"뭐 나."

뭐가 어디에 난다는 걸까. 나는 눈을 동그랗게 뜨고 그를 바라보다 다시 비실 웃었다.

"폐하가 너무 잘생겨서 보고 있으니까 웃음이 나오나 봐요."

내 말에 루페르트가 기가 막히다는 듯 헛웃음을 지었다.

"나 잘생긴 거 이제 알았어?"

나는 그의 오만한 태도가 우스워 그의 콧잔등을 손끝으로 툭 건드렸다. 반동처럼 그의 입술이 내게 다가온다. 나는 다감한 입맞춤에 겨우면서도, 너무 안쓰러워 그의 머리를 쓰다듬었다.

"너무 슬퍼하지 마세요."

토리는 언젠가 우리에게 돌아올 거예요.

확신할 수는 없었지만, 왠지 그런 느낌이 들었다. 내가 작게 속삭이는 말에 루페르트가 고개를 끄덕인다.

르밀은 내가 자신을 찾으리라는 걸 알고 있었던 것처럼 태연했다. 황궁, 그것도 황제의 사적인 응접실에 들어와본 적은 없을 텐데도 감흥 없는 얼굴로 홍차를 홀짝인다.

나는 어떻게 운을 떼어야 할지 몰라 잠시 고민하다 입을 열었다.

"잘 지냈나요?"

"덕분에요. 으음. 제가 라리에트를 이제 어떻게 부르면 될까요? 황후 폐하? 레이디 벨루아?"

"그냥 라리에트라고 불러도 좋아요."

아직 루페르트와 결혼식도 올리지 않은 상태였는데 황후의 칭호를 함부로 쓸 수는 없는 노릇이다. 게다가 내가 정말로 황후의 자리를 원하는지도 모르겠다. 그 버거운 지위를 감당할 깜냥이 내게 있을까. 가장 높은 지위의 여성으로서 사교계를 주도해야만 하는 직책이기도 한데, 나는 기본적으로 무도회를 좋아하지 않았다.

"그래요. 그럼 라리에트, 저를 오늘 황궁에 부른 이유가 무엇인가요?"

"폐하는 여자 혼자 살아도 안전한 마을을 만들고 싶어 하세요."

"그럼 제가 아니라 치안대장을 불러 상의해야 하는 것 아닌가요?"

르밀은 머리가 좋으니 내 뜻을 알아듣지 못할 리 없다. 나는 모르쇠로 일관하며 눈을 내리까는 그녀를 물끄러미 바라보았다.

"내가 무슨 말을 하고 싶은 건지 알지 않나요?"

"글쎄요. 단순히 치안 좋은 마을을 만들고 싶은 게 아니라는 건 알겠지만……."

르밀이 말끝을 흐린다.

나는 별수 없이 나와 페르난드 사이에 있었던 사건을 늘어놓을 수밖에 없었다. 내가 황궁으로 돌아오게 된 경위까지도. 그녀는 무감한 눈으로 나의 이야기를 끝까지 들어주었다. 언뜻 관심이 없어 보이는 표정이었지만, 나는 그녀의 벽안이 은근하게 반짝이는 것을 알았다.

"벨루아와 폐하의 보호를 벗어나 온전히 독립하기가 쉽지는 않았어요."

"당연하죠. 아버지, 남자 형제, 혹은 남편의 지속적인 보호 없이 여자가 벨네르니에서 홀로서기를 하는 건 불가능하답니다."

"그걸 르밀은 해냈잖아요?"

"그래서 저를 찾으신 건가요? 제가 무언가 해결책을 가지고 있으리라 생각해서?"

르밀은 싱긋 웃으며 말했다. 보기에 퍽 상쾌한 미소였으나 나는 그 붉은 호선이 어쩐지 위험하다는 생각을 했다. 그녀의 목소리가 갑자기 훅 낮아진다.

"기대에 부응하지 못해서 어쩌죠? 저는 그런 방법 같은 건 모르는걸요."

숨을 짧게 끊어낸 르밀은 계속 말을 이었다.

"권력을 탐할 수 없는 위치로 태어나 욕심을 내면 삶이 고달픈 법이죠. 아버지의 부정을 고발한 죄로 자식이 감옥에 갇힐 수도 있으니까요."

"네?"

"르밀 백작가에 대한 소문을 들어보지 않으셨나요? 제 아버지는 황도에서도 유명한 쓰레기였죠. 그 더러운 소문들이 대부분 사실이랍니다."

르밀의 입꼬리가 올라간다.

"제 딸만 한 하녀들을 권력으로 눌러 마음껏 유린하며 사창가에서 돈을 펑펑 써대면서 저와 어머니에게는 툭하면 손찌검을 했으니까요. 라리에트, 당신이라면 그런 아버지를 사랑할 수 있겠나요?"

나는 경악하며 눈살을 찌푸렸다. 그녀는 깔깔 웃으며 어깨를 으쓱했다.

"르밀."

"제가 그런 아버지를 폭행죄로 신고했을 때 무슨 일이 벌어졌는지 아나요?"

나는 르밀의 물음에 대답하지 못했다. 신음처럼 옅은 미소를 지은 그
녀가 말을 잇는다.

"재판이 열리긴 했죠, 저를 향한. 저는 아버지의 폭행을 발고한 대가
로 사치를 했다는 누명을 썼어요. 단두대에서 목이 잘려나갈 뻔했답니
다. 어머니가 친정에서 물려받은 어마어마한 재산을 뇌물로 법관에게
주지 않았더라면 전 지금 이 자리에 없었을 거예요."

사람에게 누명을 씌우는 방식은 바뀌지 않았나 보다. 나는 르밀의 사
연에 기가 막혀 입을 벌렸다. 내가 충격이라도 받았다고 생각한 모양인
지 그녀가 슬며시 웃는다.

"아, 미안해요. 하지만 현실적으로 제국법이라도 뜯어고치지 않는
이상, 라리에트가 말하는 '여자 혼자 살아도 안전한 마을'은 만들 수 없
을 거예요."

나는 고개를 끄덕였다. 실제로 재산이 많거나 명망이 높은 고위귀족
가가 아닌 이상, 죽은 남편에게서 본 자식이 없는 과부는 기간 내에 재
혼하지 않으면 상트 볼고르와드의 수녀가 되어 신에게 제 여생을 바쳐
야 했다.

이 법을 이용해 미모가 빼어난, 그러나 이미 남편이 있는 여자를 억지
로 제 부인이나 첩으로 삼기 위해 남편을 죽이는 영주들이 종종 구설에
오르기도 했다. 그러나 지탄받기는 했어도 그들을 법적으로 제재할 방
법은 없었다. 과부는 한시라도 빨리 누군가의 부인이 되어야 했으니까.

벨네르니는 여자나 어린아이, 작위가 없는 이들은 반드시 누군가에
게 귀속되어야 한다고 믿는 나라다. 반대로 작위가 있는 남자는 성력을
타고나지 않는 이상 부인을 몇 명이나 잃어도 상트 볼고르와드에 억지
로 들어갈 필요가 없다.

"제 가문은 꽤 부유하죠. 저는 백작과 백작부인 사이에서 태어난 직

계 중의 직계고요. 하지만 제가 결혼하면 재산과 백작위가 누구에게 가는 줄 아시나요?"

르밀의 재산은 전부 그녀가 결혼하는 남자에게 상속될 것이다. 고위 귀족의 딸은 그 귀족가가 소유한 모든 영토와 부를 담을 수 있는 일종의 금고에 불과했다.

"……르밀이 하는 말이 무슨 뜻인지는 알겠어요."

그녀의 이야기를 듣고 있노라니 자연스레 루페르트의 말이 떠올랐다. 내가 어떤 이름으로, 어떤 자격으로 그의 곁을 지키든 상관하지 않겠노라는. 지금 와 생각해보니 이 모든 전통을 부정하는 것이지 않나.

"폐하는 제가 어떤 모습으로 그의 곁에 남아도 좋다고 하셨어요."

"그게 무슨 뜻이죠?"

"르밀, 나는 법관이 되고 싶어요. 정확히는, 제국법을 고치고 싶어요."

르밀의 눈이 커다래진다. 그녀는 여자의 몸으로 아버지의 작위를 물려받은 유일한 여성이었음에도 내 발언에 무척이나 충격을 받은 듯했다.

"대법관이라도 되겠다는 말처럼 들리는군요."

"궁극적인 목표라면 목표겠죠. 될 수 없을지도 모르지만, 노력은 해볼 생각이에요. 적어도 대법관의 자리에 걸맞은 사람을 앉히고는 싶어요."

대법관은 공석이 된 지 오래다. 황제도 마음대로 바꿀 수 없는 제국법을 개정하고 판단할 수 있는 그 자리는 자칫 잘못하면 황위를 위협할 수도 있기 때문에, 아무도 그 자리에 앉지 못해 이름뿐인 직책이 되고 말았다.

대법관은 황제만이 임명할 수 있지만, 원로들이 담합해 반기를 든다면 제대로 일을 처리할 수 없는 자리이기도 하다. 원로들이 전부 대법관의 의견에 찬성한다면 이 또한 문제다. 원로들의 입김대로 모든 게 굴러갈 테니까.

대법관이 있든 없든 원로회와 기 싸움을 벌여야 하기에, 대부분의 황제는 나랏일이 조금 공정하지 않게 돌아간다 하더라도 차라리 그 자리가 공석인 편을 선호했다. 그러나 나는 루페르트가 선대들과는 다른 황제가 되리라 확신했다.

"법관은 백작 이상의 귀족만 맡을 수 있는 직책이 아니던가요?"

"전통이긴 하지만, 정해져 있지는 않으니까요."

"폐하께서 윤허하셨어요, 그걸? 아니, 그러셨다 하더라도 원로회가 가만히 있지 않을 텐데요."

"아뇨, 아직 폐하께는 말씀드리지 않았어요."

르밀이 입술을 잘근잘근 씹어댔다. 그녀는 처음으로 불안한 기색을 내비쳤다.

"폐하께서 라리에트를 아끼시는 마음이 남다르다는 것쯤은 알고 있어요. 저도 듣는 귀가 있으니까."

나는 그녀의 말에 발그레 달아오르는 뺨을 애써 숨긴 채 귀를 기울였다.

"하지만 대법관이라니. 폐하의 권력에 도전할 수도 있는 위치예요. 그런 직책을 한낱 애인에게, 아무리 황후로 점찍어놓은 여자라고 하더라도, 주실까요? 건방지다며 내치면 어떡할래요?"

"대법관은 제국법을 개정하기 위한 발판으로 삼을 목표일 뿐이라니까요. 전 권력에는 관심이 없어요, 르밀."

나는 어깨를 으쓱했다. 게다가 그런 문제야 본인에게 물어보면 금방 확인될 문제였다.

"글쎄요. 일단 물어나 보려고요."

"법관은 보통 원로회의 주축이잖아요. 라리에트가 귀족 편에 서서 황권을 압박이라도 하면…….”

“나는 황권을 유지하거나 죽이기 위해 법관을 하고 싶은 게 아니에
요.”

나는 무언가 더 말하려 입을 벙긋대는 르밀을 손을 들어 막았다. 내가
법관이 될 수 있는지 아닌지를 물어보기 위해 그녀를 부른 것이 아니니
까.

“르밀, 걱정은 잠깐 접어두고, 내가 만약 법관이 될 수 있다면 백작가
를 떠나 내게 힘이 되어줄 생각이 있나요?”

“……네?”

“물론 당장 법관이 될 수는 없을 거예요. 준비가 필요할 테니까요. 그
동안 르밀이 물밑에서 나를 도와주길 바라요.”

“흐음.”

“비서관이 필요할 것 같아요. 나보다 벨네르니의 사정을 더 잘 알고
있는. 원로회에 들어 내 의견에 찬성표를 던져줄 수 있다면 더 좋을 거
구요.”

르밀은 잠시 말이 없었다. 나는 그녀를 재촉하지 않고 태연히 기다렸
다. 하녀가 내온 비스킷을 두 개나 집어 먹는 동안에도 열릴 기미가 없
던 그녀의 입술이 드디어 움직였다.

“라리에트가 정말로 법관이 될 수만 있다면요. 영광이죠.”

“그래요, 그럼. 말이 나온 김에 지금 물어보러 가겠어요.”

“네?”

“일어나요.”

항상 무심하거나 비웃는 얼굴만 보여주던 그녀의 멍청한 표정을 구
경하는 것도 남다른 재미가 있었다. 나는 얼이 빠진 듯한 르밀을 두고
먼저 자리에서 일어났다.

르밀은 하녀도 대동하지 않고 빠르게 복도를 빠져나가는 나를 잰걸

음으로 쫓아왔다. 황제의 응접실은 당연하게도 집무실과 멀지 않은 곳에 위치했기에 우리는 금세 루페르트가 있는 집무실에 당도했다.

갑작스러운 방문에 놀란 시종이 문을 두드렸으나 나는 루페르트의 응답을 기다리지 않고 문을 벌컥 열었다. 어릴 때부터 귀에 못 박히게 들었던 마담 크리시의 예절론은 이제 생각도 나지 않는다.

"폐하!"

루페르트는 이러한 무례에도 전혀 불쾌한 기색 없이 고개만 살짝 들어 날 확인하더니, 뒤따라 들어오는 르밀을 보지 못했는지 팔을 넓게 벌려 나를 덥석 끌어안았다.

"노, 놓으세요!"

"왜?"

"르밀 백작을 데려왔단 말이에요!"

루페르트는 나를 품에 안고서 내 정수리에 턱을 괸 채 고개를 돌렸다. 아까보다도 더 멍청한 표정의 르밀이 문 옆에서 머뭇거린다.

"폐하께 인사 올립니다."

그녀는 황실 예법에 맞춰 루페르트에게 공손히 인사를 올린 다음 허리를 굽힌 상태로 그의 말을 기다렸다.

"응."

루페르트는 인사에 답하면서 나를 내려다보았다. 왜 데려왔느냐는 의문이 담긴 눈빛이라 나는 서둘러 그를 찾은 목적을 말했다.

"그게요……."

막상 물어보려니 조금 긴장이 된다. 루페르트가 그건 좀 어렵겠다고 하면 내 계획은 전부 수포로 돌아가고 마니까. 기실 막 황제가 된 사람에게 과한 요구이기도 했다.

내가 뜸을 들이자 얼른 말하라는 듯 그가 내 볼에 손을 올린다.

"느르지 므스요."

그의 한 손에 잡힌 뺨이 손가락에 꾹 눌려 말하기가 힘들었다. 나는 그의 팔을 간신히 떼어낸 다음 겨우 입을 열었다.

"저, 제국법을 개정하고 싶어요."

루페르트가 눈을 느리게 깜빡였다. 무슨 뜻일까. 딱히 놀란 얼굴도 아니라 그의 생각을 읽어내기 어렵다. 곧 그의 잘생긴 미간이 찌푸려진다. 역시 어렵나?

"근데?"

"해도 되나요?"

"당연한 거 아닌가?"

그는 되레 그에게 허락을 맡는 내가 이상하다는 듯 되물었다. 르밀이 놀라 입이 쩍 벌어지는 소리가 여기까지 들린다. 나는 그녀 쪽으로 고개를 돌린 다음 입을 벙긋거렸다.

'된다고 했잖아요.'

내 입술을 읽어낸 르밀이 고개를 두 번 끄덕인다. 그녀가 무어라 더 제 뜻을 전달하기도 전에, 루페르트가 나를 번쩍 안아 들며 책상에서 일어났다. 나는 놀라 그의 목을 콱 잡고서 그를 올려다보았다.

"어디 가세요?"

"쉬러."

"일 안 하세요?"

"방금 다 했어."

하아.

서류에 파묻혀 기척도 내지 않던 루이제가 그제야 땅이 꺼져라 깊은 한숨을 내쉬었다. 그는 루페르트의 말을 부정할 기운도 없는 모양인지 곧 울 것 같은 얼굴로 나를 바라보았다.

"루이제는 일하고 있는걸요?"

"그러라고 있는 애야, 쟤."

말려봤자 들은 체도 안 할 것 같은 태도다. 루페르트는 성큼성큼 문으로 다가서더니 불쑥 입을 열었다.

"아. 당신이 좀 도와주면 되겠네."

르밀에게 한 말이다.

"……예?"

"머리는 쓸 만한 것 같던데. 바덴 경 도와서 일 좀 하다 가."

"예?"

죽어가던 루이제의 얼굴에 화색이 돌기 시작한다. 어차피 내 밑에서 일을 하려면 상황이 어떻게 돌아가는지 미리 파악해두는 것도 좋을 듯싶어, 도와달라는 듯 흔들리는 눈으로 나를 빤히 바라보는 르밀을 외면해버렸다.

"으음, 르밀, 그럼 수고해요."

나는 르밀을 은근슬쩍 안으로 밀면서 루페르트와 함께 집무실을 빠져나왔다. 나와 폐하가 점점 닮아간단 루이제의 한탄이 들린 것 같기도 하고, 아닌 것 같기도 하다.

17. 햇볕 강한 여름날

"지금 도대체 무슨 말씀을 하시는 겁니까, 폐하!"

저도 모반을 계획했던 주제에, 마지막의 마지막이 되어서는 눈치 좋게 꼬리를 자르고 루페르트의 편에 섰던 고르텐 후작이 큰소리를 냈다. 원탁에 빙 둘러앉은 원로들은 하나같이 나이가 지긋한 귀족들이다.

"작위가 없는 귀족도 법관이 될 수 있게 하겠다고."

"무슨 말도 안 되는 말씀이십니까? 레이디 라리에트는 단순히 작위가 없는 귀족이 아니질 않습니까?"

고르텐이 거의 울부짖듯 외치자 루페르트의 미간이 슬쩍 찌푸려진다. 이에 원로들이 웅성거리기 시작했다.

"황후가 될 분이 법관이라니요! 역사에 없었던 일입니다!"

"제국법에 관한 제대로 된 지식도 없을 여인에게 어찌 그런 자리를!"

나는 목소리가 큰 원로의 말을 반발하듯 자르며 입을 열었다.

"지금 당장 법관에 앉겠다는 것이 아닙니다. 지금 법관 직책을 맡고 계신 원로 분들이 갖추고 있을 지식 이상으로 법학을 숙지한 후에는 고려할 만한 일이지 않나요? 작위가 없다고 하더라도요."

"법전이라도 공부하시겠다는 말씀이십니까?"

"로엔 백작님, 지금 중부 지방의 법관을 맡고 계시죠?"

"그렇소."

내 부름에 길게 자란 하얀 수염을 쓰다듬으며 그가 떨떠름히 대답한다.

"제국법전은 읽어본 적이 있으신가요?"

"……."

"없으시죠? 법전은 상트 볼고르와드에 단 한 권 있을 뿐이고, 필사는 커녕 제대로 공개조차 되지 않았으니까요. 지금 벨네르니에 제국법에 능통한 법관은 단 한 명도 없다고 저는 자신할 수 있습니다."

다른 원로가 목소리를 높인다.

"재판은 지, 지식이 있다고 맡을 수 있을 만큼 단순하게 굴러가지 않습니다!"

"물론 경험도 필요하겠죠. 당분간 레이제 백작님이 맡으신 재판을 보조하며 벨루아의 사정부터 공부할 생각입니다. 어차피 레이디 벨루아로서 맡을 일의 일부분이질 않나요? 제 동생 르한은 결혼을 하지 않았고, 현재로서는 제가 레이디 벨루아의 역할을 해내야 하니까요."

"지금 벨루아로 돌아가시겠다는 말씀이십니까? 레이디 라리에트는 황후가 되실 분입니다!"

"예, 맞습니다! 사교계에서 꽃을 피워내야 할 젊은 레이디에게 맡기기에는 너무 가혹한 직책 아닙니까?"

나 역시 인상을 찡그리며 고개를 왼쪽으로 돌렸다. 베른 가를 이끄는 중년 남성이 나와 눈이 마주치자 싱긋 웃는다. 돼지처럼 꽥꽥거리는 원로 중 가장 짜증나는 치였다. 내가 법관이 되는 일을 막는 걸 날 돕는 일이라 생각하는 게 확연했으니까.

"레이디 라리에트가 말씀해보세요. 자고로 귀족여성이란 사교계에서 가장 빛을 발하는 게 아니겠습니까?"

나는 베른을 향해 싱긋 웃어주었다. 우문에도 급이 있는 법인데, 대답할 가치조차 느껴지지 않는 질문이다.

"사교계를 굉장히 중요하게 여기시나 보군요."

"그럼요! 사교계란 또 다른 의미의 전쟁터 아니겠습니까? 남자들처럼 용맹하게 전장에 나설 수는 없겠지만,"

"실례지만, 회전에 서보신 적이 있나요?"

베른은 남부에 가까운 중부에 위치했으며 따뜻한 남쪽 지방에서 나오는 풍부한 농작물 덕을 톡톡히 보는 지역이다. 황도이자 수도인 상파뉴와 교류가 수월한 탓에 딱히 분쟁을 겪을 일이 없다. 그러니 저 남자는 차출되지 않는 이상 전쟁터에 나설 이유도 없었으리라.

물론 모든 귀족남성은 가문을 이끌기 위해서 기사 서임을 받아야 했다. 그리고 모든 기사는 전쟁터에 불려갈 수 있었지만, 그는 한눈에도 검과는 거리가 멀어 보인다.

내 예상이 맞았는지 베른은 떨떠름한 얼굴로 고개를 저었다. 나는 미소를 머금은 채 말을 이었다.

"전쟁터도 나가지 않으시는 분이니 당신께서 저 대신 사교계에 나서주시는 건 어떨까요? 용맹하게요."

"그, 그게 무슨!"

베른은 말을 더듬거리며 얼굴을 붉혔다. 내가 자신을 모욕했다는 듯 불쾌한 기색이다. 나는 영문을 모르겠다는 듯 어깨를 으쓱했다.

"사교계가 귀족들에게 중요한 전쟁터라 말하지 않으셨나요?"

그의 입이 딱 다물어진다. 나는 다시 고개를 중앙으로 돌려 원로들을 바라보았다. 아버지와 제법 친분이 있었던 남부의 고위귀족들도 몇 보였지만, 내가 모르는 얼굴도 꽤 많다.

"지금 당장 제게 법관 자리 하나를 달라고 요청하는 게 아닙니다. 그저 그럴 가능성을 열어두라 말하는 거지요."

작위가 없는 귀족도 법관이 될 수 있다 주장한 것뿐인데, 그들은 루페르트가 그들 면전에다 침이라도 뱉은 듯 얼굴을 붉히고 씩씩거렸다. 그들 중에 차분히 앉아 있는 사람은 평소에 좀처럼 모습을 드러내지 않던 아스칼 남작뿐이다.

"저는 좋은 생각 같습니다."

"남작!"

아스칼 남작은 백발이 성성한 노인으로, 언제 쓰러져도 놀랍지 않을 만큼 나이가 많았다. 아스칼은 과거에는 꽤 명망이 높았던 귀족이지만, 지금은 근근이 명맥을 유지하는 것도 힘에 부칠 만큼 한미한 가문이다. 그런 그를 무시하듯 베른이 이죽거린다.

"노인네가 망령이 든 모양이죠? 헛소리를 다 하고."

그럼에도 아스칼은 눈썹 한번 찌푸리지 않고 평정을 유지했다. 다시 자리가 소란해진다.

루페르트는 이 모든 소동에 끼어들지 않은 채 가만히 지켜보기만 했다. 그는 긴 손가락으로 하얀 대리석 탁자를 툭툭 두드렸다.

"흠."

루페르트가 작은 침음을 흘렸지만, 목소리를 높이기 바쁜 원로들은 듣지 못했다. 그들을 바라보던 그의 입가가 그린 듯이 매끄러운 호선을 그린다.

나로서는 꽤 오랜만에 보는 가식적인 미소였는데, 절대 좋은 징조가 아니다. 나는 폭풍전야의 고요한 창밖을 바라보는 심정이 되었다. 곧 폭발할 것 같은데.

"흐음."

루페르트가 아까보다 조금 큰 소리를 냈다. 그러나 원로들의 주의를 끌기엔 역부족이었다. 아스칼 남작만이 노인이라 믿을 수 없을 정도로 명료한 눈으로 우리를 바라볼 뿐이다. 나는 루페르트가 당장이라도 칼을 빼 들고 시끄럽게 떠드는 베른의 목에 꽂아넣을까 무서워 눈을 굴렸다.

"……법관이든 대법관이든 임명할 권리는 황제에게 있는 것으로 안다."

느릿느릿 입을 여는 루페르트를, 그제야 모두가 주목한다. 황제의 말을 무시할 수 없는 터, 원로들은 입을 꾹 다물고 경청했다.

"내가 지금 필요도 없는 허락을 받으려고 원로회를 불러들인 줄 아는가?"

"폐하! 법관은 그렇다 치더라도 대법관은 제국의 흥망성쇠를 결정할 수도 있을 만큼 중요한 직책입니다! 조금 더 신중하세요!"

"흥망성쇠를 결정할 자리가 공석일 때는 입을 다물고 있지 않았나."

"폐하께서 원로회에서 고른 인물을 반대하지 않으셨습니까? 멋모르는 어린 계집을 앉힐 거라면 차라리 제가!"

탕!

루페르트는 내가 말리기도 전에 어디서 났는지 모를 권총을 쏘아올렸다. 어찌나 재빠른지 모두가 총소리를 듣고 나서야 그의 손을 확인했을 정도였다.

베른은 제 귀를 스쳐 회의장 기둥에 꽉 박힌 총알을 확인하고 기절이라도 할 것처럼 새하얗게 질렸다. 말하던 문장을 끝맺지도 못하고 딸꾹질을 한다.

"아, 빗나갔네."

루페르트가 조용히 중얼거린다.

"지금 내 황후가 될 사람을 어린 계집이라 불렀나?"

나는 그의 사격솜씨가 얼마나 대단한지 알고 있다. 그가 베른의 머리를 박살내지 않은 건 실수가 아니라 의도한 바였다. 그러나 그는 손이

미끄러졌다는 듯 칼라를 매만지더니 총구를 비스듬히 들어올렸다.

"여기저기 파편 튀기기 싫으면 가만히 있는 게 좋을 거다."

파편이 뜻하는 바는 베른의 살점이다. 루페르트의 뜻을 알아들은 베른이 허겁지겁 일어나 탁자 밑으로 들어갔다.

"폐하, 이게 무슨 짓입니까! 신성한 원탁에서 총질이라뇨!"

베른의 바로 옆에 앉아 있던 남자가 벌떡 일어나 항변했다. 루페르트는 베른 쪽으로 겨누었던 총구를 조금 비틀었다.

"명분도 없이 제 목숨을 거두기라도 하실 셈입니까! 이대로 좌시하지 않을 것입니다!"

당당한 태도를 고수하던 남자는 반대쪽에 앉아 있는 고르텐에게 눈짓했다. 하나 고르텐은 대공에게 붙어 반역을 준비하던 자이니, 루페르트가 어떤 황제인지 모를 리 없다.

그는 루페르트가 장난처럼 대강 견주고 있는 총구가 자신을 향할까 두려운 듯 뺨을 삐질삐질 흘리며 나를 돌아보았다. 그러나 나는 루페르트를 말리고 싶은 마음이 없었다. 어깨를 으쓱하며 시선을 돌려버렸다.

"좌시?"

루페르트는 어이가 없다는 듯 헛웃음을 흘리고선 자리에서 일어났다. 노쇠하기도 노쇠했지만, 대체로 중키로 이루어진 원로들 사이에서 그의 머리가 불쑥 솟아 눈에 띄었다. 그는 함부로 입을 놀리던 원로의 멱살을 잡아 올렸다. 통통한 배를 보면 그리 가볍지는 않을 텐데 인형이라도 든 듯 가벼운 몸짓이다.

"좌시하지 않으면 네가 나를 벌하기라도 하겠다는 말인가?"

그제야 제 말실수를 깨달은 듯 남자가 발을 버둥거리며 입을 벙긋거렸다. 그러나 숨이 막히는지 한마디도 못 했다.

루페르트는 그를 벽으로 던지듯 밀쳐버린 후 뒤돌아 원로들을 하나하나 눈으로 훑어갔다. 분위기가 삽시간에 얼어붙는다.

"목숨이 아깝지 않으면, 그리해."

"……."

"감히 나를 판단하고 단죄해라."

고르텐을 위시한 원로들의 입이 딱 붙어버렸다. 살벌한 침묵이 공기마저 얼린 듯 숨쉬기가 버겁다.

나는 루페르트에게 다가가 그의 손목을 붙들었다.

"폐하, 그렇게 위협적으로 행동하지 마세요."

루페르트는 내가 자신의 편을 들어주지 않는 것이 섭섭한 듯 입을 삐죽 내밀었다. 당장 목을 뜯어버릴 것처럼 사나운 분위기를 풀풀 풍기던 그가 애처럼 투정을 부리자 원로들의 동공이 흔들렸다.

"지금 당장 황후의 권력을 앞세워 대법관의 자리에 앉아 제국의 근간이 되는 제국법을 함부로 뜯어고칠 생각은 없습니다. 멋대로 상상하시는 것처럼 지위를 남용할 생각도 없고요. 대법관 자리에 앉을 만한 사람을 찬찬히 모색해보자는 말씀을 드리고 있는 겁니다. 꼭 제가 하겠다는 게 아니에요."

제국법을 창제한 그리모알트 3세는 지금 판단하면 고리타분한 사람이긴 했어도, 획기적으로 규율을 정리한 천재 중의 천재였다. 지금 벨네르니에는 그의 법전의 핵심을 꿰뚫으면서도 열린 사고를 할 수 있는 인재가 필요했다.

"벨네르니도 진보적인 방향으로 나아갔으면 합니다. 아무리 드넓은 영토와 신식 무기로 지금은 우월한 위치를 점하고 있다고 한들, 도태되는 건 순식간이에요. 길고 긴 역사 속에서 벨네르니가 항상 부흥하기만 했던 게 아니란 걸 잘 알고 계시리라 믿습니다."

원로들은 반박하지 않았다. 내게 설득되었다기보다는, 루페르트에게 겁을 집어먹은 탓이 크겠지만.

"히렐은 왕가와 공존하는 공화정이 자리 잡은 지 오래고, 우리보다 훨씬 발전이 느리다고 믿었던 윌레탄에는 자유로운 아르델이 있습니다. 전통과 예법만 중시하느라 외려 우리가 뒤처지고 있어요."

나는 마침 아버지를 보필하기 위해서인지 시종들 틈에 섞여 원로회에 참석한 뱅상의 차남을 발견했다. 그는 장남보다 훨씬 수완이 좋고 무리를 이끄는 능력이 탁월했지만, 차남이라는 이유로 행정귀족이 된 인물이다. 말솜씨가 워낙 대단한 자라 그의 이름을 기억했다.

"리오, 제 말이 틀렸나요? 장자가 아니더라도 능력만 있다면 가문을 이끌 기회가 주어지는 것, 성별과 신분에 상관없이 인재를 등용할 수 있는 제도를 마련하는 것, 이 두 가지 목표가 비합리적으로 들리나요?"

나를 물끄러미 바라보던 그가 고개를 젓는다. 구석에서 나와 루페르트를 지켜보기만 하던 르밀이 그제야 웃으며 나섰다.

"원로회에게 남은 선택지는 두 가지뿐이지 않나요?"

"백작이 나설 자리가 아니오! 원로회 소속도 아니잖소?"

"어머, 저는 레이디 라리에트의 비서관 자격으로 이 자리에 참석했답니다."

루페르트와 내게는 반발하지 못하겠는지, 여태 꾹 참고 있던 남작이 목소리를 높인다. 르밀은 호호 웃으며 손에 든 부채로 찰싹찰싹 그의 입을 때려버렸다.

"황후가 되실 분의 비서관 신분으로도 참석하지 못할 회의가 있을 수 있나요? 무식하면 입이라도 닥치고 있으시지, 참."

자신이 얻어맞았다는 사실이 믿기지 않는다는 듯 남자의 입이 헤벌어진다. 그러거나 말거나, 르밀 백작은 유혹적으로 웃으며 내게 다가왔다.

"제국법을 개정하는 것을 지지하고 진보적인 벨네르니를 위해 일하시든지."

"……."

"아니면 제국의 고리타분한 전통을 위해 목숨을 바치는 순교자가 되시든지요."

이 자리에서 죽으라는 말이었다.

르밀의 말을 뒷받침해주듯 루페르트가 손가락에 든 총을 빙글빙글 돌렸다. 원로들의 입은 일제히 다물어졌고, 완전히 속 시원한 지지를 얻지는 못했지만 그들의 긍정 아닌 긍정을 얻어낼 수 있었다.

원로회가 파한 후 집무실로 돌아가는 길 내내 루페르트의 표정이 좋지 않았다. 나는 내게 할 말이라도 있는 듯 머뭇거리는 르밀을 대기시킨 다음 그를 따라 집무실로 들어섰다. 그가 뒤를 돌아보더니 한쪽 눈썹을 쓱 올린다.

이제 와 내가 법을 개정하고 싶어 하는 것에 불만이라도 생긴 걸까?

"왜 인상을 쓰세요?"

"나는 대법관이 할 일이 그렇게 많은지 몰랐어."

선대 황제 때에도 공석이었으니 그가 대법관의 일에 무지한 것은 이해할 만했다. 그는 아까 원로들이 주절주절 늘어놓던 대법관의 임무를 상기하는 듯 눈살을 찌푸렸다.

나는 그의 이마에 가로로 패는 주름을 꾹꾹 눌러 폈다.

"제국법에 관해서는 폐하보다도 더 우위에 있는 직책이니까요. 법보다 주먹이 빠른 세상이긴 하지만."

"네가 너무 바빠지면 어떡해."

루페르트가 입을 삐죽이며 소파에 털썩 앉는다. 그는 제 무릎을 톡톡 두드렸고, 나는 당연하다는 듯 그의 무릎에 앉아 작게 웃으며 그의 입가에 손을 올렸다.

"제가 대법관이 되려면 한참 멀었어요. 될 수 있을지도 모르겠고요. 반응 보셨잖아요."

"……다 없애줘?"

나는 그의 난폭한 물음에 한숨을 내쉬었다.

"아뇨, 폐하. 그들의 말도 일리는 있어요. 저는 제국법을 개정하고 싶은 거지, 자리 욕심이 있는 건 아니에요. 대법관 자리에 어울리는 마땅한 인재를 찾고 싶기도 해요. 그 인재가 원로들이 바라는 상은 아니겠지만."

"그럼 안 바빠?"

"바쁘긴 하겠죠. 일단 제가 작은 영지 내에서부터 법관 노릇을 제대로 해낼 수 있느냐 없느냐가 먼저니까요."

"……."

"하지만 원로들이 한 말은 반쯤 과장이에요, 폐하. 아무리 바빠도 폐하만큼 바쁘진 않을 테니까 걱정하지 마세요."

나를 꼭 껴안은 루페르트는 내 목덜미에 얼굴을 파묻었다. 언뜻 킁킁거리는 소리가 들린 것 같아 나는 화드득 그에게서 떨어졌다. 오늘은 원로회를 준비하느라 바빠 이곳저곳을 뛰어다닌 탓에 냄새가 날 텐데.

"왜, 왜 냄새는 맡고 그러세요?"

"이리 와."

그는 목을 쭉 빼고 저만치 벗어난 나를 확 끌어안았다. 나를 당기는 힘보다도 속삭이는 목소리가, 그 달콤함이 나를 움직이지 못하게 만든다. 나는 얼굴을 붉히면서도 그의 가슴에 얼굴을 기대었다. 뺨에 닿는 단단한 품이 익숙하면서도 낯선 느낌이다.

"오늘은 향수도 못 뿌렸단 말이에요."

"뿌리지 마. 지금이 더 좋아."

내 머리카락 한 줌을 쥐어 빙글빙글 돌리면서 루페르트가 느른히 웃는다. 집무실의 넓은 창문으로 쏟아지는 햇볕이 죄 그에게 쏠리는 양 빛이 났다.

나는 촘촘한 그의 속눈썹에 맺힌 햇살을 가만히 바라보다 고개를 숙였다.

"제가 바빠지는 게 왜 싫으세요?"

"같이 있을 시간이 줄잖아."

괜한 걸 묻는다는 듯 언짢은 말투다. 이제 루페르트와 나는 코가 닿을 만큼 가까운 거리였다. 내가 이리 가까이 얼굴을 들이밀 줄 몰랐는지 그는 놀란 듯 눈을 끔뻑였다.

"그게 왜 싫으신데요?"

"옆에 없으면 보고 싶잖아."

"그래도 매일 보시잖아요."

"나는, 네가 이렇게 가까이 있으면……."

루페르트의 목소리가 훅 낮아진다.

나는 그가 낮게 속삭이는 목소리가 좋았다. 답답하지 않은 저음이 고요한 호수처럼 마음을 울린다.

"눈 감는 것도 아까워."

나는 그 시답잖은 소리에 얼굴을 붉혔다. 그가 당황하는 것을 보려고 다가든 것인데. 그가 칼라 위로 드러난 내 목을 느릿느릿 쓰다듬었다. 까끌까끌한 손가락 끝이 믿기지 않을 정도로 섬세하게 움직인다. 조금이라도 힘을 주면 내가 산산이 부서지기라도 할 것처럼 그의 손길은 극히 부드러웠다.

"그걸 네가 알아야 하는데."

물론 나도 루페르트를 오랫동안 못 봤을 때 그리운 마음이 들기는 했다. 어머니나 아버지, 르한이 보고 싶을 때와는 차원이 다른 그리움. 마음이 저미는 고통과 비슷한.

"그래야 심술을 덜 부릴 텐데."

"제가 언제 폐하께 심술을 부렸어요?"

"어제도 혼자 잤잖아."

나는 루페르트의 볼멘소리에 기가 막혀 하, 짧은 한숨을 뱉었다. 식은커녕 공식적으로 약혼을 발표하지도 않은 상황에서, 내가 그의 침실을 혼자 사용하는 것만으로도 일간지에 대문짝만 하게 실릴 만한 스캔들이다. 더한 소란을 만들고 싶지는 않았다.

그리고 그 무엇보다도,

"다, 당연하잖아요? 아시면서."

"뭐가 당연해."

단둘이 있을 때, 내게로 쏟아지는 루페르트의 눈빛을 점점 견디기 힘들어진다. 살짝 내리깐 눈꺼풀 사이로 드러난 녹안이 어찌나 뜨거운지. 시선이 닿은 부분은 죄 닳아 없어질 것만 같은 착각까지 들었다.

아직 해가 중천에 걸린 시간, 집무실에서조차 저런 눈을 하고 있는데 한밤의 침실에서는 당황으로 숨이 막힐 정도였다. 그러나 이를 말로 설명하기에는 조금 민망해서 도망을 택하고 말았다.

"폐하와 저는 아직 식도 올리지 않았고, 또……."

"올리면 되잖아. 내일 할까?"

청혼도 그런 식이더니, 결혼식도 그에게는 비슷한 의미인가 보다. 마치 5번가의 시장이 열리니 같이 가볼까 하는 투다.

"아버지는 몰라도, 어머니에게는 제대로 된 허락을 받고 싶어요."

딱히 결혼식에 어마어마한 로망이 있는 것은 아니지만, 서신으로만 소식을 알린 어머니가 마음에 걸렸다. 아버지는 죽었다 깨어나도 반대하실 테니 신경조차 쓰이지 않았으나 어머니는 달랐다.

루페르트가 고개를 주억거리더니 곧 허공에다 손가락으로 오성진을 그렸다. 그러자 마치 종이가 찢어지는 것처럼 공간 구석이 벌어지기 시작했다. 나는 그 사이로 쑥 튀어나오는 남자의 모습에 놀라 눈을 질끈 감았다 떴다.

"꺄아악!"

"끄아아악!"

집무실 한복판에 툭 떨어진 남자도 나만큼이나 놀랐는지 괴성을 지르며 제 몸을 두 팔로 가리려는 듯 버둥거렸다. 보송보송한 바닥에 물이 뚝뚝 떨어진다. 루이제는 목욕 중이었던 모양이다.

"이, 이게 무슨! 폐하! 세상에!"

"……너는 왜 대낮에 목욕을 하고 지랄이야?"

"요즘 대중목욕탕이 인기란 말입니다!"

루페르트는 목욕하던 사람을 난데없이 집무실로 불러놓고 적반하장으로 성질을 냈다. 그가 소파에 걸쳐뒀던 가운 하나를 루이제에게 던지고 나서야 나는 참았던 숨을 내쉬었다. 에구, 앓는 소리가 절로 나온다.

"히익."

"라리에트, 실례했습니다."

가운을 대강 걸친 루이제가 멋쩍은 얼굴로 사과한다. 그러나 내가 그의 알몸을-목욕용 바지를 입고 있었으니 완전한 알몸은 아니었지만-목격했다는 사실이 불쾌한 듯 루페르트는 표정을 풀지 않았다.

"야. 벨루아 좀 다녀와."

"……벨루아요?"

"어."

르밀의 수완이 대단했는지, 어마어마하게 쌓여 있던 업무를 전부 처리해낸 루이제는 일주일간 휴가를 받았다. 루이제가 항의하듯 발을 크게 구른다.

"저 지금 휴가인데요?"

"가면서 쉬어."

"말이 됩니까? 그게 쉬는 겁니까?"

루이제의 언성이 높아지자 루페르트는 집무실 책상에 있던 정체 모를 주머니를 그에게로 툭 던졌다. 짤그랑, 금화가 부딪히는 경쾌한 소리가 집무실을 울린다.

"……다녀오겠습니다."

루이제가 그 고생을 하면서도 루페르트에게 붙어 있는 이유를 도통 알 수가 없었는데, 오늘에야 확실해졌다. 나는 평민은 평생 꿈도 꿀 수 없을 만큼 비싼 5번가의 거대한 저택 중 무려 두 개가 루이제의 소유라는 사실을 뒤늦게 떠올리며 손뼉을 쳤다.

돈이다.

어머니와 르한, 심지어 벨루아 저택의 집사와 나의 유모까지 루페르트와 나를 위한 무도회에 초대되었지만, 아버지는 아니었다. 그는 여전히 수도저택에 감금된 상태로 엄중한 감시하에 있다. 루페르트는 언제든 그를 풀어줄 수 있는 것처럼 말했지만, 나는 그가 나를 위해 지금보다 더한 희생을 하는 것을 원하지 않았다.

물론 날 배려하기 위해서겠지만, 어머니는 아버지에 대해 일언반구도 없었다. 그녀는 마담 아르베의 살롱에 마련된 소파에 앉아 티를 홀짝이며 내 드레스를 골라주는 내내, 아무 일도 없었던 양 굴었다.

"이 드레스는 어때요?"

"너무 얌전하지 않니?"

어머니가 고개를 내저으며 못마땅함을 비쳐, 나는 어깨를 으쓱했다. 그러자 마담 아르베가 손뼉까지 치며 적극적으로 어머니에게 맞장구를 친다.

"그렇죠? 취향이 너무 보수적이라니까요."

보수적이라는 표현을 썼지만, 사실은 고리타분하다고 하고 싶겠지.

나는 아무 말 않고 마담 아르베에 손에 들린 연푸른색 드레스에 눈길을 던졌다. 입어봐야 알겠지만 손바닥을 겨우 가릴 만한 크기인지라 드레스가 아닌 란제리 같다.

"마담, 그건 뭐예요?"

"제가 특별 제작한 드레스랍니다. 라리에트에게 입히려고요."

"저는 이 드레스로도 만족하는데요."

루페르트를 놀리느라 속옷을 외출복처럼 입겠다고 한 적 있지만, 정말로 그럴 마음은 추호도 없다.

"요즘 아르델에서는 이런 드레스가 유행인걸요?"

"여긴 아르델이 아니잖아요."

사시사철 후덥지근한 지역에서야 자연히 드레스가 얇아지겠지만, 상파뉴는 한여름조차 그리 덥지 않다. 나는 마담의 하늘하늘한 드레스를 물끄러미 바라보다 고개를 저었다.

"입어보기라도 하지."

어머니가 아쉬운 목소리를 냈다. 나는 벨루아에서부터 먼 길을 올라온 그녀를 즐겁게 해야 한다는 일종의 책임감을 느꼈다. 내가 드레스를 입겠다는 뜻으로 팔을 내밀자 마담의 눈이 반짝거린다. 나를 제 뜻대로 꾸미려면 누구를 공략해야 하는지 알겠다는 눈빛이다.

"이것만 입어볼 거예요."

순전히 어머니를 위해 몸에 걸쳤지만 드레스는 생각보다 훨씬 아름다웠다. 막상 입어보니 드레스 자락 역시 짧지 않고 일반적인 길이다. 허벅지 중간부터 발끝까지 이어지는 실크가 너무 얇고 부드러워 잘 보이지 않았던 모양이다.

과감한 네크라인을 장식한 보석은 진주였고 등이 넓게 파이긴 했지만, 전체적으로 고급스러운 분위기를 자아내는 옷이다. 특히 피부에 착 달라붙은 선이 매우 아름다웠다.

이대로 나가면 영락없이 이 드레스를 사야 할 것만 같아서 늑장을 피우는데 마담 아르베가 다 입지 않았냐는 뜻으로 커튼 너머에서 기척을 낸다. 나는 어쩔 수 없이 탈의실을 벗어났다.

"역시! 내 눈은 정확해요, 라리에트."

마담 아르베가 손뼉까지 치며 자화자찬한다. 나는 흐뭇한 미소가 그득한 그녀의 어깨 너머로 고개를 빼꼼 내밀었다. 분명 방금까지 어머니만 앉아 있었던 곳에 얼굴 하나가 늘었다. 나는 어머니의 바로 옆에 앉아 있는 루페르트를 발견하고 놀랐다.

"폐하?"

루페르트가 이 벌건 대낮에 왜 살롱까지 나와 있을까? 일분일초가 귀할 만큼 바쁠 텐데.

그는 조금 묘한 표정으로 내 머리부터 발끝까지 느릿느릿 훑었다. 그의 앞에서 발가벗겨진 기분이라 나는 얼굴을 붉히며 한 발자국 물러났다. 사람을 왜 저렇게 본담.

그의 갑작스러운 등장에 놀란 이가 나뿐만은 아닌지, 아르베가 작은 탄성을 내질렀다.

"이건 안 되겠는데."

루페르트가 말을 건넨 사람은 내가 아닌 마담 아르베였다. 그는 나를 손가락으로 가리키며 단호하게 고개를 저었다.

"저 드레스는 안 돼."

"네? 왜요? 너무 잘 어울리는데. 예쁘지 않은가요?"

마담 아르베는 르밀 백작만큼이나 겁이 없는 사람이라 원로들도 잔뜩 기가 죽는 루페르트의 사나운 눈빛 앞에서도 반문을 서슴지 않았다. 그녀는 제 드레스가 모욕이라도 받은 양 인상을 찡그리며 내게 다가왔다.

"음, 그런데 살짝 잘못 입었어요. 원래 이런 드레스랍니다."

마담은 손으로 네크라인을 벌려 양어깨가 드러나게 했다. 이런 디자인의 드레스가 아예 없지는 않았지만, 역시나 부담스럽다. 루페르트의 얼굴은 마담이 내 드레스의 옷매무새를 잡는 동안 처참하게 일그러졌다.

"넌 왜 애를 못 벗겨서 안달인가."

루페르트의 말에 마담 아르베가 충격이라도 받은 것처럼 입을 손으로 가린다. 이 드레스는 그녀가 심혈을 기울였을 게 틀림없었다.

"말이 너무 상스러우시잖아요! 제가 이 드레스에 얼마나 많은 공을 쏟았는데요! 뭐가 문제죠?"

"너무 예뻐서 문제야. 아까워서 어떻게 보여줘?"

루페르트는 마담 아르베에게 동의했다. 발언의 당사자는 내가 아닌데, 왜 부끄러움은 나의 몫인지. 나는 화드득 얼굴이 달아올라선 그들에게 다가갔다.

"여긴 어쩐 일이냐고 물었잖아요."

"내가 너를 찾는 데 이유가 있어야 하나?"

"그건 아니지만, 공사가 다망하시니까."

그럴 의도는 아니었는데 왠지 비꼬는 것처럼 말이 나와버렸다. 젊은 황제에게 권력을 빼앗기고 싶지 않은 모양인지, 사사건건 그의 의견이라면 반대하고 보는 원로회와 입씨름을 하느라 그가 처리해야 하는 일이 상당한 양인 것 같았다. 밤에도 집무실이나 서재 따위에 틀어박혀 있느라고 그를 보지 못한 지가 벌써 사흘째였다.

"화내지 마."

루페르트가 나를 달래듯 팔을 뻗는다. 나는 자연스레 그의 품에 빨려 들어가다 어머니의 존재를 떠올리고 서둘러 고개를 저었다.

나와 눈을 마주친 그녀가 빙그레 웃는다.

"잘 어울리는구나."

드레스를 가리키는 건지 루페르트를 가리키는 건지 애매모호했다. 그녀는 언제 휠체어에 앉았는지 소파에서 벗어나 있다. 루페르트가 성큼 걸어 그녀의 뒤에 자리를 잡는다.

"5번가라도 산책하시겠습니까?"

그가 하인이라도 되는 양 정중한 말투로 권했다. 마담 아르베의 사용인들이 경악을 금치 못하는 소리가 여기저기서 들렸다. 나 또한 놀란 것은 마찬가지였다. 어머니는 레이디 벨루아로서 활동하지 않은 지 오래인 백작부인이고, 그는 이 나라의 황제였다. 신분의 차이가 뚜렷하다 못해 극명하다.

그러나 정작 어머니와 루페르트는 시중을 받고 드는 데 딱히 감흥이 없는 듯했다. 어머니는 입을 조금 내밀고선 고개를 까딱했다.

"그럴까요? 어떠니, 라리에트? 날이 좋은데."

나는 태연한 어머니의 태도에 고개를 느릿느릿 끄덕였다. 눈치 좋은 마담이 활동하기 좋은 외출복 하나를 내 손에 들려준다. 밑자락에 프릴이 달린 귀여운 외출복으로 갈아입은 나는 걸음이 빠른 루페르트를 놓칠세라 걸음을 서둘렀다.

차양 밑에 우뚝 선 그는 어머니가 햇빛에 직접적으로 노출되지 않도록 긴 팔로 양산을 들고 있었다. 영락없이 하인의 모습이다. 나는 황제의 시중을 받으면서도 별다른 내색을 하지 않는 어머니에게 더 놀라버렸다.

"폐하! 제가 들게요, 주세요."

"무거워."

드레스 장식으로나 쓰이는 레이스로 만든 양산이 무거우면 얼마나 무겁겠나. 나는 루페르트와 도저히 어울리지 않는 레이스 양산을 물끄러미 바라보았지만, 그는 뺏기지 않겠다는 듯 손에 힘을 주었다.

그는 평민들이나 입는 흰 셔츠에 검은 바지를 입고 있었다. 마치 몰래 빠져나오기라도 한 것처럼 몹시 편한 차림이다.

"일은 어쩌고 나오셨어요?"

"너 보고 싶어서 일이 안 되는데 어떡해."

루페르트의 말에 어머니가 품 짧게 웃는다. 나는 그 대신 부끄러워하며 고개를 숙였다. 루페르트는 양산을 들지 않은 팔로 내 어깨를 감싸 안았다.

"보고 싶어서 죽는 줄 알았어."

"그런 말 좀 밖에서 하지 마세요!"

"왜?"

루페르트의 뚱한 목소리에 나는 대답할 말을 잃었다. 그러자 아직까지도 작게 웃음을 터뜨리던 어머니가 대신 입을 연다.

"라리가 부끄러움이 많아요."

"그렇습니까?"

루페르트는 다감한 미소를 띠었다. 나는 루페르트가 누구에게 저토록 얌전한 공대를 하는 것을 처음 보았다. 벨루아를 방문했을 때 그는 아버지에게도 하대를 했으니까. 물론 지금과 비교하면 나를 대하던 태도도 그때와 지금은 천양지차이지만.

나는 루페르트의 행동이 조금 기가 막혀서 그를 뿌리치고 조금 떨어진 곳에 우뚝 서 두 사람을 지켜보았다. 그는 어머니의 얼굴에 바로 볕이 쏟아지는 것을 막기 위해 손을 들어 그늘을 만들어주기까지 했다. 그런 그를 보자니 가족에게는 항시 다정다감한 르한이 떠올랐다.

내가 자신을 따라오든 말든 휠체어를 쭉쭉 밀며 앞으로 나가던 루페르트가 그제야 나를 돌아본다.

"뭐 해. 이리 와."

그는 양산을 어깨에 비스듬히 걸친 채 내게 손을 뻗었다. 나는 천천히 다가가 그의 손을 잡으면서도 어깨를 으쓱했다. 벨네르니란 예법을 목숨처럼 여기는 나라인지라 황제가 겸양을 떠는 것도 당연하다면 당연할 텐데, 왜 루페르트는 유독 어울리지 않는 걸까.

"폐하가 참 다정하시구나."

그러나 어머니의 말에는 동의할 수밖에 없었다. 루페르트는 다정한 사람이니까. 기실 그는 나를 만나기 전에도 다정한 사람이었다. 고통스러운 운명에 포장지가 잔뜩 일그러져 있었을 뿐이다.

따뜻한 햇볕이 촘촘히 우리를 감싸주는 날이었다. 여름이 다가오는 소리가 들릴 만큼.

오늘은 루페르트가 제위에 오르고 나서 가장 큰 무도회가 열리는 날이다. 대외적으론 모반을 꾀한 무리를 성공적으로 몰아낸 것을 축하하는 자리였지만, 그는 나를 오늘 황후로 세우리라 발표할 계획이었다.

황궁을 제집 드나들듯 하는 수도의 행정귀족들이나 측근들의 입을 통해서 황제의 침실에 상주하는 여인이 있다는 사실이 암암리에 퍼졌을 테니, 무도회에 초대받은 사람들 대부분 이 무도회의 본 의미가 어떤 것인지 알고 있긴 할 터다. 물론 그들은 내가 레이디 파스벤더를 몰아내고 어찌어찌 젊은 황제를 유혹한 묘령의 여인이라고 알고 있겠지만.

나는 거울에 비친 그 여인을 물끄러미 바라보았다. 내가 정말 소문대로 약혼자가 있는 황제를 유혹해낼 만큼 매혹적인지 모르겠다. 색이 연한 갈색 머리를 가닥가닥 땋아 높이 올려 드러난 가는 목 정도가 내가 찾아낼 수 있는 유일한 외적 매력일 텐데.

"조금 더 화려한 드레스가 낫지 않을까?"

"네? 지금 드레스, 굉장히 잘 어울리시는데요."

나는 이제 회귀 전처럼 깡마르진 않았지만, 걱정거리가 늘어 그런지 살이 좀 빠지기는 했다. 마담 아르베가 무조건 어깨를 드러내야 한다고 주장해 고른 옅은 베이지색 드레스는 우아할 뿐 화려함은 없다.

번쩍번쩍 빛나며 온갖 장식이 주렁주렁 달린 화려한 드레스는 내 취향이 아니지만, 무도회의 파트너가 루페르트이질 않나.

"폐하께서 오신 것 같아요."

내 성장을 돕던 하녀 한 명이 조르르 달려가 문을 열었다. 루페르트는 내 허락이 떨어지기도 전에 안으로 들어섰다.

물론 그가 황제이고 이 방은 그의 것이니 허락 따윈 필요하지 않겠지. 나는 그의 모습을 확인하고 이럴 줄 알았다는 의미의 작은 한숨을 내쉬었다.

"표정이 왜 그래."

머리부터 발끝까지 성장한 루페르트가 빠른 걸음으로 내게 다가온다. 진회색 연미복을 차려입은 것만으로도 루페르트를 맞은 하녀들 눈빛이 묘해졌다. 머리를 뒤로 넘겨 잘생긴 이마까지 드러낸 그는, 내 남편이 될 사람이라 하는 말이 아니라 정말로 눈이 부셨다. 마치 얼굴 위에 번쩍번쩍 빛나는 샹들리에라도 단 것처럼.

"머리 자르셨어요?"

"어. 귀찮아서."

루페르트는 눈을 찌르는 앞머리를 거슬려하기는 했었다. 그러나 잘라도 하필 오늘 자르나. 내 기를 죽이려고 작정을 한 것은 아닐 텐데. 그냥 가만히 서 있기만 해도 나비 꼬이는 꽃처럼 화려한 남자 옆에서 나처럼 수수한 이목구비의 여자가 보이기는 할까.

"표정이 왜 그러느냐니까?"

루페르트는 안색을 살피는지 몸을 수그리고서 내 뺨에 손을 올렸다. 내 볼이 짓눌리든 말든 얼굴을 휙휙 돌리는 손짓은 그리 섬세하지 못했지만, 폐하는 어쩜 저리 다감하시냐 하는 하녀들의 속닥거림이 내 귀에 들렸다.

이대로 나가면 나만 구설수에 오를 것이 뻔했다. 벨루아의 여식이 도대체 무슨 매력으로 젊고, 잘생긴, 능력 좋은, 그러나 여자를 몰라 순진한 폐하를 꾀어냈느냐고.

내가 기억하는 라스페리히 1세는 모반을 꾀했거나, 꾀할 작정이었거나, 어찌 됐든 황좌를 노렸거나 노릴 만한 연유가 있는 사람들을 전부 줄줄이 묶어 처형시킨 폭군이었다.

그러나 사람들이 아는 지금의 라스페리히 1세는 폭군과는 거리가 매우 먼, 인기가 하늘을 찌를 듯 높은 성군이다. 그런 그가 모반을 꾀했다고 알려진 벨루아의 나와 결혼하고, 심지어 대법관으로 세우겠다는데 나를 보는 사람들의 눈길이 고울 리가 없다.

"전 폐하께 말고는 욕을 먹어본 적이 별로 없거든요. 나름 곱게 커서."

내가 입을 삐죽대자 루페르트가 고개를 비스듬히 기울인다. 나는 의자에 앉은 채고 그는 무릎을 꿇었기 때문에 그가 나를 올려다볼 수밖에 없었다.

"무슨 소리야."

마주한 녹안이 어찌나 무구한지. 나는 나를 향한 염려만이 가득한, 이 와중에도 나보다는 수십 배 아름답게 반짝이는 그의 눈가를 매만졌다.

"폐하는 왜 이리 잘생기셨어요?"

좀 못났더라면 내가 욕먹을 이유가 하나라도 줄어들 수 있었을 텐데.

"너 꼬시려고."

루페르트는 장난스레 대답하며 내 손등에 입을 맞췄다. 내 손에 닿은 입가가 빙그레 호선을 그린다.

"별 볼 일 없는 여자를 황후로 맞는다 몰매를 맞으면 어떡해요?"

"누가 그런 소리를 해?"

여태 잘 웃던 루페르트의 얼굴이 순식간에 굳어졌다. 갑작스레 살벌해진 그의 표정에 나는 허둥지둥 손을 내저었다.

"아니, 누가 그랬다는 건 아니고, 그럴 수도 있다는 거지요."

"네가 왜 별 볼 일이 없어?"

"폐하, 저는 대외적으로 반역으로 영지를 몰수당할 처지에 놓여 있는 벨루아의 장녀예요. 이렇다 할 능력도, 폐하만큼 아름다운 외모도 없고요. 황후로서 폐하께 힘을 보탤 수 있는 처지가 아니죠."

내 말을 가만히 듣고 있던 루페르트가 눈을 느릿느릿 깜빡인다. 나는 그의 긴 속눈썹 위에 고이는 조명을 바라보았다.

"라리에트."

"……."

"나는 네가 내게 와준 것을 평생 고마워하며 살 것이라 맹세했다. 너는 벨루아를 버려가며 내게 와줬고, 나는 네게 네 가족이 얼마나 소중한지 알아."

그의 목소리는 언제나 낮고, 짙다. 절절한 마음이 목소리에 묻어나는 듯하다.

"너의 존재 자체가 나에겐 하루를 살아낼 힘이 되는데 어째서 그런 말을 해."

루페르트는 앉은 자세 그대로 팔을 뻗어 내 얼굴을 쓰다듬었다. 나는 그의 손바닥에 얼굴을 묻으며 작은 한숨을 내쉬었다. 그래. 우리의 사정을 모르는 사람들의 군소리 따위가 중한가.

"그리고 네가 왜 아름답지 않다고 말하는 건가. 내 눈에 너보다 아름다운 사람은 없는데."

"거울 보세요."

나는 마침 우리 옆에 놓인 거울을 손으로 가리켰다. 그러자 루페르트가 바람 새는 소리를 내며 작게 웃는다.

"나는 네가 너무 예뻐서 아무한테도 보여주고 싶지 않다고 생각한 적이 수십 번이다."

"그런 말 마세요."

나는 하녀들이 아직까지 이 방에 있다는 사실을 자각하고 얼굴을 붉혔다. 그러나 루페르트는 진지하다.

"다른 사람 시선이 네게 닿는 것조차 아깝고, 싫어."

사람들 눈에 전부 안대를 채우겠다는 말은 진심이었나 보다. 나는 웃음을 터뜨리며 자리에서 일어났다. 더 투정을 부렸다간 이런 낯 뜨거운 말을 밤새 들어야 할지도 모르니까.

"무도회는 이미 시작되었겠지요? 가보지 않으셔도 되나요?"

"나는 너랑 함께 나갈 생각이야."

나는 고개를 끄덕였다. 그와 함께 등장해야 주목을 받을 테니까. 물론 정보력이 있는 고위귀족은 물론이거니와 원로회에 참석했던 귀족이라면, 루페르트가 세울 황후가 라리에트 벨루아란 것쯤은 이미 알고 있지만.

루페르트는 귀족들이 하나같이 반기를 들 두 가지 제안을 고집스레 밀고 나가며 원로들을 구슬리려 했다. 나를 그저 황후로만 맞겠다 하였다면 원로들은 내가 황후의 그릇이 아니라 반대하며 그에게 제 딸들을 밀어넣었을 것이다.

그렇다고 나를 법관으로 세우겠다고만 하면 반역을 꾀한 가문의 장녀를 어떻게 처벌하지도 않고 중한 자리에 앉히느냐 목소리를 높였을 것이고, 실제로도 대부분 그런 반응이었다. 나는 원로들의 거센 반대에 부딪히고 나서야 원로회를 준비하며 장총을 챙기던 루페르트의 과격함을 이해했다.

"아, 제가 말한 사람들은 찾으셨나요?"

"대부분."

내가 루페르트에게 찾는 것이 좋겠다 제안한 사람들은 원로들의 내놓은 자식들이었다. 원로회를 설득해 법을 바꾸느니, 아예 원로들을 싹 갈아치우는 편이 빠르리라는 판단이 들었으니까.

원로들은 목에 칼이 들어와서야, 아니, 루페르트가 총구를 목구멍에 넣고 나서야 겨우 말을 들을까 말까 하는 자세를 취하는 늙은이들이다.

그들은 권력의 중심이자 기득권의 핵심으로, 각각의 가문에서 장자로서 처음부터 후계자로 양성되었다. 남의 말을 듣고 살 필요가 없었을 뿐더러, 현 상황을 바꾸고자 할 의지가 있을 필요가 없다는 뜻이다. 차남이 아무리 능력이 뛰어나봤자 장자의 권위를 넘볼 수 없었으므로, 장자인 그들은 좀 덜떨어져도 무사히 가문을 거머쥘 수 있었으리라.

대부분의 '똑똑한', 그러나 장자가 아닌 자식들은 그 능력을 발휘하기도 전에 그들이 장자에게 도전할까 두려움에 떠는 부모들에 의해 먼 타국으로 유배와 마찬가지인 유학을 떠나거나 군에 몸을 의탁해야 했다. 후계자가 불의의 사고나 병으로 목숨을 잃을 경우를 생각하지 않을 수 없었으니 목숨만 붙여두는 것이다.

나는 그들을 원로로 만들고자 했다. 황실 원로회의 원로는 전통적으로 가주들만 맡는 직책이었으나 그게 법제화되어 있는 것은 아니었으니까.

"리체나 마리안 뱅상도 불러주세요."

내 부탁에 루페르트는 고개만 까딱일 뿐이다. 그는 대법관으로 자리를 잡는 과정 전부를 내게 일임했다. 어찌 보면 황제로서 무책임해 보일 수도 있겠지만, 그만큼 그가 나를 믿는다는 방증이기도 했다. 그가 본시 하려던 대로 원로들의 목숨을 겁박하며 굴종을 강요할 수도 있겠지만, 나는 그보다 더 근본적인 변화를 원했다.

르밀이나 평민인 루이제, 그리고 리체와 마리안 뱅상도 원로회에 포함시킬 생각이다. 제 처지에 불만이 있으면서 욕심이 대단한 사람이라면 전부 유용했다. 리체와 뱅상은 원래도 사이가 좋지 못했고, 르밀이나 루이제도 서로 섞이지 못할 게 뻔했다. 각 가문의 권력에서 밀려난 차남들도 원로라는 직책을 맡게 되면 자연스레 위를 넘볼 테니 분란은 불가피하다.

원로들끼리 서로 치고받으며 제 밥그릇 싸움을 하는 동안 나는 대법관으로 자리 잡을 시간을 벌 수 있을 테고, 한번 통과된 법을 번복하기란 아무리 목청 큰 원로들이라도 힘들 테니.

"그럼 이제 가볼까요?"

나는 루페르트에게 팔짱을 끼며 미소를 입에 걸었다. 어디, 누구 것이 썩은 동아줄이었는지 보여줄 차례다.

루페르트와 라리에트의 등장에 소란하던 무도회장은 순식간에 조용해졌다. 악단이 황제에게 인사를 올리기 위해 연주를 멈췄기 때문이다. 사람들은 단상에 오르는 황제를 지켜보았고 곧 그녀를 발견했다.

"화, 황제 폐하 드십니다!"

감히 황제와 어깨를 나란히 하다니. 그녀를 알아본 사람들이 흠칫 놀라며 숨을 삼킨다. 황실 무도회에 초대받을 정도인 고위귀족은 그녀를 모를 수가 없다.

백작가 이상 귀족들의 자녀들은 암암리에 초상화가 돌았다. 갈색 머리는 벨네르니에서는 흔하지 않은 데다, 벨루아 고유의 짙은 갈색은 아니었지만 그녀의 연갈색 머리는 남부 귀족들 사이에선 유명했다.

그들이 놀라는 이유는 황제 곁에 자리한 여인이 있어서가 아니었다. 황제가 애지중지하느라 얼굴조차 제대로 보여주지 않았던 그의 애인이 대공의 손을 들고 모반을 계획해 수도저택에 감금된 벨루아 백작의 장녀였다는 사실을 깨달았기 때문이리라.

"세상에, 벨루아의 장녀잖아요!"

"레이디 벨루아가 저 정도로 예뻤나요? 제 기억과 조금 다른 것 같은데."

벨루아와 나름 친분이 있던 가문의 사람들은 제가 기억하던 것과 완전히 다른 모습의 라리에트 때문에 여러 가지 의미로 놀라는 중이다. 그들의 황제는 타국의 사신조차 그 외모의 휘황함에 탄복하는 이다. 백성들의 사랑을 얼굴 하나로 샀다는 놀림까지—물론 뒤에서—받을 정도의 외양인데 그런 그와 그림처럼 어울릴 만큼 눈부시게 곱다.

그들이 알던 라리에트 벨루아는 아직은 어린 아가씨였다. 그러나 봄을 맞아 개화한 달리아가 사람의 모습을 했다면 저럴까. 낭창한 몸을 휘감은 드레스는 요즘 얼굴 보기도 힘들다는 마담 아르베의 작품임이 틀림없다.

화려하진 않지만, 하프의 운율처럼 우아한 분위기의 미인은 황제의 팔에 안긴 채 조금 민망한 듯 웃고 있었다.

황제가 때마침 연주를 계속하라는 의미로 작게 손짓하자 악단의 지휘자는 천천히 팔을 들었다. 황위에 오른 그는 자연스레 라리에트를 이끌어 제 바로 옆에 앉혔다. 오직 황후만이 앉을 수 있는 자리로, 공석이 된 지 오래였던 의자가 드디어 온기를 찾았다.

사람들은 그녀가 도대체 왜 황제의 옆에 앉아 있나 궁금해 발을 동동 굴렸다. 그러자 호기심을 참지 못한, 평소에도 스캔들과 가십이라면 죽고 못 산다고 알려진 방계의 공주 엘로니아가 나섰다.

"폐, 폐하. 그간 강녕하셨는지요?"

"그래."

엘로니아는 루페르트가 황후좌에 앉은 여인을 제게 소개해주기만을 기다리며 알짱거렸지만, 그는 그녀를 쳐다보지도 않았다. 자신에게 눈짓하는 라리에트의 옆머리를 다정하게 정리해줄 뿐이다. 결국 엘로니아는 목소리를 가다듬으며 라리에트에게 말을 걸었다.

"영애, 처음 뵙는 게 맞지요? 엘로니아 라 벨제르타입니다. 유학을 떠났다가 귀국한 지 얼마 되지 않아요."

"반가워요, 엘로니아. 라리에트 이사벨 드 벨루아입니다."

다행히 여인은 우아한 외모만큼이나 기품 있는 성정인지, 호기심을 참지 못하고 예법에 어긋나게 먼저 인사한 그녀를 탓하지 않았다. 라리에트가 싱긋 웃으며 제 소개를 하자 루페르트가 뚜한 얼굴로 엘로니아를 돌아본다.

"윗사람이 먼저 말을 걸 때까지 기다려야 한다는 간단한 예법조차 모르는가."

엘로니아는 황위 계승권이 없는 방계이긴 했지만, 엄연한 황족이다. 나이젤은 무도회에 참석하지 않았고, 황비나 황후도 없는 현 시점에서 그녀보다 지위가 높은 여자는 공작부인뿐이다. 엘로니아는 그 사실을 짚는 대신 반짝반짝 눈을 빛내며 라리에트에게 다가갔다.

"그 말씀은! 설마! 세상에!"

엘로니아가 제 손을 덥석 잡자 라리에트가 당황해 눈을 굴린다. 루페르트는 라리에트의 손을 허락도 없이 잡은 엘로니아의 손등을 툭 때려 견제했다.

"이분이 황후가 되실 분이라는 말씀이신가요?"

"그래."

루페르트의 무심한 목소리에 엘로니아와 그들의 대화에 조용히 귀를 기울이던 사람들이 한꺼번에 숨을 들이마신다.

"그럴 줄 알았어요!"

"……."

"경하드립니다!"

엘로니아는 대중의 궁금증을 해소해주었다는 뿌듯함에 방실방실 웃으며 단상에서 내려왔다. 루페르트는 그녀를 대하는 것이 피곤한 듯 살짝 고개를 내저었다. 말괄량이 공주 다음으로 단상에 올라온 이는 루페르트의 대관식을 진행한 신관이다.

"폐하! 지금 그 말씀! 이 늙은이가 잘못 들은 게 아니겠지요!"

"어."

대신관은 황제나 황태자의 공식적인 행사를 주관한다. 황제의 결혼식도 물론 그의 몫이다. 황위에 오르고 꽤 시간이 지났음에도 도통 결혼에는 관심을 안 보여 모두에게 걱정을 안겨주던 황제의 변심에 그는 서둘러 날짜를 잡아보겠다며 단상을 구르듯 내려갔다.

라리에트와 친분이 있던 영애들이 단상에 올라와 축하를 건넸다. 물론 그녀를 황후로 맞겠다는 황제의 말에 모두가 반색하는 것은 아니다. 소태 씹은 얼굴로 꿍얼거리던 원로들이 하나둘 몰려와 무도회의 연주가 들리지 않을 만큼 목청을 높였다.

"벨루아 백작은 아직도 감금된 상태입니다! 그 영지를 몰수해도 모자를 판에, 벨루아의 딸을 황후로 맞으시다니요!"

"법관 시키는 것은 또 싫다면서."

크롬웰 백작의 말에 루페르트가 눈살을 찌푸렸다. 대법관도 안 된다, 황후도 싫다, 도대체 라리에트에게 어떤 자리를 주어야 그 입을 다물려나. 그녀는 제위를 주어도 아깝지 않을 사람이다.

"그, 그것도 말이 되지 않지만, 황후도 상황에 맞지 않습니다!"

"내 황후의 가문이 네게 그리 중요한가?"

루페르트가 담담하게 묻는다. 화를 내는 기색은 없기에 크롬웰은 목소리를 조금 낮추었다.

"저에게도 중요하지만, 황후는 황실 내규를 다스릴 뿐 아니라 백성들의 어머니로 불리는 자리입니다."

"하."

루페르트는 농이라도 들었단 듯 비실 웃었다.

"그래. 그리 중요한 자리였다면 내 어머니는 무슨 요행으로 그 자리를 차지하고 있을 수 있었지?"

그의 어머니는 시체가 되어 황후의 자리에 몇 년이나 앉아 있었다. 죽은 사람도 아닌, 그저 몸만 간신히 까딱까딱 움직이는 인형일 뿐이었는데. 그때는 황제의 분노가 무서워 황실에서 벌어지는 갖은 폭행에서 눈을 돌렸던 인간들이 이제 와 목소리를 높이다니 가소롭다 못해 우습다.

"서, 선대 황후께서는 몸이 좋지 않으셨기에 어쩔 수 없지 않았습니까? 그러니 이제라도,"

"라리에트의 가문이 그리 중요한 사안이라면, 그래, 네가 그녀를 입양이라도 하면 되겠군."

크롬웰은 혀가 천장에 딱 달라붙은 듯 말을 멈추었다. 벨네르니에선 여자에게 가문의 재산이나 지위가 가는 것을 금하고 있다. 그렇기에 아내의 신분은 남자의 것에 비해서 그리 중요하지 않았다. 평민 여자를 황후로 앉히기 위해 신분세탁을 한 황제들이 벨네르니 긴긴 역사에 아예 없진 않다.

그러나 벨루아는 가문이 한미한 게 아니질 않나. 아무리 백작의 장자가 황제의 편에 서서 역적무리를 처단했다고 하더라도, 백작이 반역의 중심이었던 것을 눈감아줄 수는 없는 노릇이다. 크롬웰은 큼, 목소리를 가다듬고서 다시 입을 열려고 했지만, 루페르트가 조금 더 빨랐다.

"벨루아가 반역에 가담했다 물고 늘어지고 싶은 거겠지. 네 말대로 나는 대공을 황위에 앉히려고 발악했던 무리를 처단했다."

"……."

"벨루아 백작은 수도저택에 감금했고, 대공은 죽었으며 사병들은 전부 추방했다. 그러나 그 명단에 벨루아의 이름만 올라와 있는 줄 아는

가."

황제의 냉소에 크롬웰은 입에 풀칠이라도 한 양 침묵에 빠져들었다.

그는 황제를 어수룩한 면이 있는 젊은이라 판단 내렸었다. 제 이복형제를 다루는 태도가 물러터졌고, 황위를 악착같이 지키겠다는 의지가 보이지 않았기 때문이다. 해서 알게 모르게 대공을 지지하던 귀족들이 있었으며, 그들이 형세가 바뀌자마자 서둘러 꼬리를 잘랐단 걸 모르리라 생각했다. 만약 황제가 알았다면, 그들이 지금 멀쩡한 두 다리로 무도회에 참석하지 못했을 테니까.

"내가 손에 쥔 명단만으로도 원로회 절반을 쳐내고도 남을 만한 길이다. 너는 내게 처음부터 끝까지, 올곧게 충성했나?"

"당연하지 않습니까! 폐하! 모욕이십니다!"

"그래? 네가 고르텐에게 받은 오백만 골드로, 빌어먹을, 내 선물이라도 샀었나 봐?"

크롬웰은 황제의 험한 말에 하얗게 질렸다. 반역에 대놓고 가담하진 않았어도, 고르텐을 통해 대공에게 사병을 빌려주며 뇌물을 받은 적이 있다. 만약 황제가 깨끗하게 청산하고자 했다면 재판도 없이 그대로 목이 잘릴 수도 있을 만큼 명백한 증거였다.

"내가 네 멍청한 낯에도 눈감아주는 이유는 단 하나뿐이다."

루페르트는 그들의 대화를 듣지 못한 채 영애들에게 둘러싸여 난처한 미소를 짓고 있는 라리에트 쪽을 가리켰다.

"내 황후가 네게 자비를 베풀길 바라기 때문에."

"……."

"라리에트가 황후가 되지 못하면, 넌 네가 받아 처먹은 오백만 골드를 내장을 털어서라도 갖고 와야 할 거다."

히끅.

크롬웰은 딸꾹질을 시작했다. 삼킨 적도 없는 금화가 배 속에서 짤랑

거리는 소리를 내는 것만 같았다.

크롬웰은 목이 빠져라 고개를 끄덕였다. 그는 삐걱삐걱대는 몸을 억지로 움직여 라리에트 앞에 당도했다. 그리고 다감하고 따뜻한 빛을 품은 눈을 마주하자마자 바짝 엎드려 바닥에 붙다시피 했다.

라리에트는 깜짝 놀라 팔을 뻗었다.

"백작님?"

"로이넨 드 크롬웰! 벨네르니의 검은 밤을 비출 유일무이한 달이 되실 영애를 뵙습니다!"

제국의 황제가 태양이라면 황후는 달에 비유되고는 했다. 크롬웰의 선언에 라리에트 옆을 맴돌던 영애들까지 고개를 숙인다. 루페르트가 어떤 식으로 그에게 으름장을 놓았는지 알 리가 없는 라리에트는 어리둥절해 루페르트를 돌아보았다. 그러나 그는 어깨만 으쓱할 뿐이다.

아스칼 남작, 그리고 리오 뱅상을 위시한 젊은 원로 몇이 주춤주춤 라리에트에게 인사를 올린다. 그녀를 황후로서 인정하겠단 뜻이 담긴 몸짓이었다.

"그럼 다음 회의 때 뵙겠습니다."

제 손등에 공손하게 입을 맞춘 남작이 무뚝뚝한 목소리로 건넨 말에 라리에트는 싱긋 웃었다. 경력도, 배경도 없는 그녀가 대법관에 앉기란 아무리 원로들을 갈아치운다 해도 만만하지 않을 것이다. 그러나 몇 사람의 지지만으로도 분위기를 바꾸는 데에는 충분했다.

"네, 남작님."

"벨루아 백작이 제국법을 시정해 남부지역에 맞게 규제한 것으로 알고 있습니다."

라리에트는 조금 놀랐다. 그가 아무리 남부 사정에 대해 잘 안다고 해도, 벨루아 내 규율은 모두가 쉬쉬하는 것이다. 벨루아가 남부를 대표하는 유서 깊은 가문인 데다 영주가 자체적으로 영지 살림을 꾸리는 것을 감안한다고 한들, 제국법을 변형해 시행하는 것은 황제에 대한 모독으로도 비칠 수 있으니까.

"폐하께 말씀하실 건가요? 아버지가 하신 일이라 저는 잘 알지 못합니다."

"설마요."

아스칼 남작은 옅게 웃으며 덧붙였다.

"로버트 경이 제 사촌이랍니다."

"아!"

라리에트는 아스칼이 왜 그토록 제게 호의적이었는지 깨닫고 손뼉을 쳤다. 벨루아의 기사단장은 백작이 제국법을 영지 사정에 맞게 고칠 때 도움을 줬다. 그는 르한에게 검술을 가르치면서도 종종 라리에트의 수업에 끼어들었다. 그녀는 그 수업에 숨겨진 진위를 결코 알지 못했다. 그러나 백작은 라리에트가 다양한 학문을 접하게끔 독려하고, 그것을 중시했다.

실제로 보통의 귀족영애들은 그럴 기회가 전무한 편이다. 그 시간에 자수를 더 예쁘게 놓는 법을 배워야 했으니까. 이 모든 것은 백작의 입장에서는 후일, 그녀가 황가로 돌아갈 때를 대비한 것이었다.

"저는 아직도 백작님을 존경합니다, 레이디 라리에트. 당신에게서 백작님의 모습을 찾을 수 있어서 기뻤답니다."

"폐하께는 비밀로 해드릴게요."

라리에트는 혹시나 그들의 대화가 루페르트의 귀에 들어갈까 목소리를 낮췄다. 그러나 아스칼은 반역으로 저택에 감금된 그녀의 아버지를 칭찬하는 일에 별다른 두려움을 느끼지 못하는 것 같았다. 그녀는 그의 진중한 얼굴에 어깨를 으쓱했다.

"자식으로서는 답답할 만큼 고집스러운 분이시지만, 영지민을 생각하는 마음만큼은 대단하시죠."

물론 백작에게는 아칸 1세에게 충성을 다하는 것이 벨루아의 수호보다도 중요했었다. 그렇다고 그가 벨루아의 가장 낮은 위치의 사람조차 안락한 삶을 누릴 수 있도록 노력했단 사실이 없는 일이 되는 것은 아니다.

그녀는 아버지의 노고를 알아주는 남작을 물끄러미 바라보았다. 그녀는 자신이 아버지에게 품은 애증만큼이나 복잡미묘한 고마움을 느꼈다.

"레이디 라리에트가 하고자 하는 일도 비슷한 방향이길 바랄 뿐입니다."

"도움이 많이 필요할 거예요."

"제가 도울 수 있는 일이 있다면 언제든지."

남작이 공손히 인사하고 물러나자 타이밍 좋게 악단이 왈츠를 연주하기 시작한다. 루페르트는 기다렸다는 듯 자리에서 일어나 라리에트에게 손을 뻗었다. 극단의 배우라도 되는 듯 유려한 몸짓이다.

황제의 휘황함에 감탄한 영애들은 부채를 펼치며 서로에게 귓속말을 속삭였다.

"너와 첫 춤을 출 수 있는 영광은 내게 줘."

"좋아요."

반쯤 명령투지만, 라리에트는 루페르트를 탓하지 않고 그의 손에 제 손을 포개 올렸다. 작고 하얀 손이 제 손바닥에 곱게 올려지는 것을 확인한 그는 씨익 웃으며 그녀를 잡아당겼다. 낭창한 허리에 손을 얹자 그녀가 자연스레 그의 품에 안긴다.

"사람들이 폐하와 저만 보는 것 같아요."

사람들의 시선이 부담스러운 듯 라리에트는 루페르트의 품속에 조금 파고들었다. 얼굴을 숨기기 위함이었겠지만, 그는 그 작은 접촉에도 움찔하는 자신을 탓하며 혀를 찼다.

"황제와 첫 춤을 출 자격이 있는 사람은 황후뿐이니까."

"전 아직 황후가 아닌데 괜찮나요?"

라리에트가 큰 눈을 끔뻑였다. 루페르트는 그녀가 저런 얼굴로 무언가를 요구하면, 정말 그 무엇이라도 줄 수 있겠다고 생각했다. 선택지에 거절이란 아예 존재하지 않는 것처럼.

"나는 네 행동을 제한하지 않을 거야."

"제가 마음을 바꿔서 폐하랑 결혼하고 싶지 않다면요?"

라리에트가 속삭이듯 묻는 물음에 루페르트의 얼굴이 순간 굳는다.

"……그러고 싶어?"

"이름뿐인 황후라는 직책이 부담스럽다면요. 그래도 괜찮나요?"

루페르트는 반박하려는 듯 입을 벌렸다 곧 다물었다. 약간의 망설임 끝에 그녀의 허리를 감싸 안은 팔에 힘을 준다. 그녀는 단단한 팔에 의해 그와 바짝 붙게 되었다.

"네가 그러고 싶으면, 그리해."

"그럼 저 말고 다른 황후를 들이실 생각인가요?"

"미쳤어?"

다른 말에는 시큰둥하니 별 반응도 하지 않았지만, 그 말에는 유독 기분이 상해 루페르트는 인상을 팍 찡그렸다. 주름이 잡힌 잘생긴 이마로 샹들리에 불빛이 쏟아진다.

인상을 써도 잘생겼네.

라리에트는 저도 모르게 중얼거리며 그의 뺨에 손을 올렸다.

"아니. 그냥 독신으로 살게. 상트 볼고르와드에 귀의한 황제처럼."

"체자레 2세는 죄인이었잖아요."

"나는 네가 아니면 싫어."

루페르트의 단호한 말에 라리에트는 구슬이 은쟁반을 구르는 어여쁜 소리를 내며 웃었다. 그는 그녀의 웃음소리를 들을 때마다 심장이 간지럽다는 생각을 했다.

"으음. 대신관이 고르는 날짜에 하는 게 좋을 것 같아요. 신앙심은 그리 깊지 않지만, 날씨는 맑았으면 좋겠으니까."

"……뭘?"

루페르트가 멍청하게 되물어 라리에트가 코를 찡긋했다. 그녀의 콧잔등에 잡힌 개구진 주름이 어찌나 사랑스러운지, 그는 제가 어디 있는지, 무슨 상황인지도 잊고서 그녀에게 입을 맞췄다. 새털 같은 짧은 입맞춤이 라리에트의 작은 얼굴에 쏟아진다.

그는 황제의 경거망동에 사람들의 입이 떡 벌어지는 것쯤은 모른 척할 수 있을 만큼 뻔뻔했다. 그러나 그렇지 못한 그녀는 화들짝 놀라 양손으로 그의 가슴을 밀어냈다. 그러나 반동으로 더더욱 그에게 딱 달라붙게 되었을 뿐이다.

"폐하!"

"왜, 젠장, 그냥 오늘이라도 하면 안 되나?"

황제의 결혼식이 애들 장난도 아니고, 말도 안 되는 소리다. 라리에트는 코웃음이라도 쳐주기 위해 고개를 들었지만 막상 그의 얼굴을 보니 말문이 턱 막혀버린다.

"응?"

루페르트의 애단 목소리는 사람의 마음을 옭아매는 매력이 있었다. 라리에트는 귀 근처에서 울리는 그의 낮은 음성에 얼굴을 붉히며 그저 그를 노려보았다.

"지금 하자. 어? 대신관도 있잖아."

"웨딩드레스도 안 입었고, 결혼반지도 고르지 않았는데 어떻게 그래요?"

"너 지금도 예뻐."

루페르트가 두리번거린다. 대신관을 찾아내 그 목덜미를 잡아다 당장이라도 혼인 축복이라도 받아낼 양 성마르게 군다. 라리에트는 천치처럼 구는 황제의 어깨에 손을 올리며 한숨을 내쉬었다.

"아니, 폐하. 예쁘고 말고의 문제가 아니라,"

"지금도 이렇게 예쁜데 웨딩드레스 입으면 더 예쁠 거잖아."

"네?"

"그걸 아까워서 어떻게 보여줘? 보는 놈들 눈을 다 파버리고 싶어질 텐데."

완전한 농담은 아니더라도 반쯤은 장난인 줄 알았던 루페르트의 말이 한껏 진지해지자 라리에트는 당황해버렸다.

"……그래도 오늘은 안 돼요. 아직 제대로 공표도 하지 않으셨잖아요."

그러자 루페르트는 춤을 추던 와중에 그녀를 이끌고 단상에 올라갔다. 그가 툭, 단상에 발길질을 한 순간, 악단이 연주를 멈춘다. 그들이 등장했을 때와 비슷한 침묵이 군중을 휩쓸고 지나갔다. 그는 숨죽인 사람들을 내려다보며 천천히 입을 열었다.

"내가 황후로 맞을 사람이다."

공식적인 발표는 아니었지만, 무려 황제 입에서 직접 나오는 선언이다. 라리에트에게 직접 다가가지 못하고 힐끔거리기만 하던 귀족들은 화들짝 놀라 손으로 입을 가리며 수군거렸다.

"가문이든 이름이든 직위든 필요한 그 무엇을 가져다 대도 좋다. 이 사람의 이름이 라리에트 이사벨 드 벨루아든, 아칸이든, 성이 없다 해도 나는 상관하지 않을 테니까."

그는 잠깐 쉬었다가 다시 입을 열었다.

"이에 불만이 있다면 지금 나와 말하라."

루페르트가 걸음을 옮길 때마다 그의 매끈한 콧대로 불빛이 쏟아졌다. 언뜻 낭만적으로까지 느껴지는 그의 발언에 철없는 귀족영애들이 발을 동동 구른다. 그러나 나는 이 이야기가 어떤 식으로 흘러갈지 알 것 같아 그를 말리고 싶었다. 황제의 로브 아래에 감춰진 권총이 유독 빛이 난다.

"없나?"

회의 때 그가 사납게 으르렁거리지만 않았더라면 원로 한둘쯤은 반대하겠다 나섰겠지만, 마침 크롬웰 백작이 원로들을 붙잡고 무어라 말을 하고 있었다. 황제가 저리 대놓고 묻는데 감히 어떤 누가 나올 수 있을까. 당연히 반대하는 사람은 숨소리조차 내지 않았고, 이에 만족한 듯 그의 입술이 호선을 그렸다.

"없나 보군."

조용해진 무도회장에서 가장 먼저 박수를 친 건 루이제였다. 그는 호쾌한 웃음을 터뜨리며 뒤이어 박수를 치는 사람들 사이에서 불쑥 솟았다.

"드디어, 드디어라는 말밖에는 못 하겠네요."

"오늘 멋지네요, 바덴 경."

나는 오랜만에 보는 루이제의 말쑥한 모습에 조금 놀라고 말았다. 황궁 내 진흙탕이란 진흙탕은 전부 골라 구르는지 항시 추레한 모습밖에는 보지 못했었는데, 오늘은 한껏 성장하고 있다. 나는 세련된 남색 연미복을 멋들어지게 소화하는 그에게 엄지손가락을 치켜세웠다.

"라리에트도 눈부십니다."

그는 새하얀 치아를 드러내며 웃었다. 그가 내 손등에 입을 맞추려고 고개를 숙이자 루페르트가 그의 머리를 툭 밀어버린다.

"눈 감아."

"……네?"

"눈 뽑아버리기 전에 라리에트 보지 마."

루페르트의 유치한 태도에 기가 막힌 듯 루이제가 헛웃음을 짓는다.

민망해진 내가 루페르트를 흘겨보았지만, 소용도 없다.

"방금 말 못 들었나? 내 거야."

"라리에트가 무슨 물건입니까? 애처럼 굴지 마세요."

나는 루이제의 핀잔에 동의하듯 고개를 크게 끄덕였다.

"맞아요. 제 얼굴인데 왜 폐하가 보지 말라고 하세요?"

루이제에게는 으르렁거리던 루페르트가 내 물음에는 눈을 굴리더니 입을 꾹 다물어버렸다. 아, 루페르트 놀리는 데 재미를 붙이면 안 될 것 같은데. 나는 웃음을 삼키며 그의 손을 잡았다.

"저도 영애들이 폐하 얼굴만 보고 있는 거 신경 쓰여요. 어쩌죠?"

"가면을 쓸까?"

황제가 무도회마다 혼자 가면을 쓰고 나오면 얼마나 우스울까. 나는 말도 되지 않는 소리에 고개를 내저었다.

"나는 네가 그러라면 그럴 거야."

"쓸데없는 소리 마시고, 신관에게 결혼식 준비나 일러두세요."

루페르트가 수많은 무도회객 중에서 대신관을 찾았다. 자신을 찾는 걸 어찌 알았는지, 루페르트가 손을 까딱하자 신관이 조르르 달려 나온다.

"예, 폐하!"

"식은 신을 협박해서라도 맑은 날씨로 한다."

"협."

아주 불손한 말이다. 신관의 낯빛이 질려가기에 내가 서둘러 나섰다.

"천천히 준비해주세요, 신관님."

"최대한 빨리, 내일 할 수 있으면 내일도 괜찮,"

"아뇨, 신관님. 천천히 준비하세요!"

루페르트가 자신의 말을 끊는 나를 흘깃 노려본다. 그러나 그의 터무니없는 말 때문에 어이가 없는 쪽은 나였다. 아무리 그래도 한 번뿐인 결혼식인데 왜 번갯불에 콩 볶아 먹듯 해야 하나.

"왜 날 그렇게 봐?"

"마담 아르베가 웨딩드레스를 만들어준다고 했단 말이에요. 저를 위한 드레스요!"

"그런 거 안 입어도 예쁘다고 했잖아!"

"그래도 아무거나 입고 싶지는 않아요!"

내가 소리를 꽥 지르고 나서야 루페르트는 멈췄다. 신관은 너털웃음을 지으며 내 손을 꼭 붙잡았다.

"네, 당부대로 천천히 준비하도록 하겠습니다."

루페르트가 내 뜻을 따를 수밖에 없다는 것을 눈치챈 모양이다. 나는 언짢은 기색으로 바닥을 발로 툭툭 때리는 그에게 다가섰다.

"폐하."

"왜."

"정식으로 약혼도 했겠다, 결혼하겠다 발표도 한 사이네요, 저희."

"근데."

내가 이런 말을 하는 의도가 무엇인지 파악하려는 듯 루페르트의 눈썹이 살짝 일그러진다. 그가 찡그릴 때면 겁부터 먹던 때도 있었는데. 이제는 마냥 귀엽기만 했다. 나는 슬며시 웃으며 그의 찌푸린 미간에 손가락을 올렸다.

"오늘부터는 같이 자도 괜찮지 않을까요?"

"……어?"

"집무실에 딸린 침실은 아무래도 불편하시잖아요."

"어, 엄청 불편하지. 진짜 불편해. 허리 아파."

격하게 긍정하더니 엄살까지 떤다. 그러더니 덥석 나를 끌어안곤 번쩍 들어 단상을 저벅저벅 내려온다. 한창 분위기가 고조될 만한 때이지만, 그는 더는 무도회를 즐길 생각이 없는 듯했다.

"어디 가세요?"

그의 품을 벗어나려 노력해보았자 헛수고라는 사실을 알기에 나는 버둥거리는 대신 가만히 묻는 쪽을 택했다. 루페르트의 단단한 가슴에 얼굴을 기대는 기분이 사실 꽤 좋기도 했다. 나를 안을 때 루페르트는 나를 절대로 놓치지 않겠다는 듯 힘을 잔뜩 주기 때문에 안정감이 느껴졌다.

"자러."

"벌써요?"

"졸려."

하나도 안 졸려 보이시는데요?

졸린 기색은커녕 이글이글 불이 난 듯 타오르는 녹안에 나는 당황할 수밖에 없었다. 저녁이긴 했지만, 아직 해도 제대로 떨어지지 않았을 만큼 이른 시각이다. 황제가 벌써 무도회를 나서려고 홀 앞에 서니 시종이 허둥지둥 문을 열었다. 황제 품에 안긴 상태에서 시종과 눈을 마주치기 부끄러워 나는 고개를 돌렸다.

제대로 기억나지 않는 꿈속에서 허우적거리다 일어난 시각은 이른 새벽이었다. 아침이 다가오는 이 고요함이 겨워 나는 가만히 누워 있었다.

잠결인지 아닌지 루페르트가 나를 꼭 껴안는다. 나는 그의 탄탄한 팔에 얼굴을 묻었다. 잘 자리 잡힌 근육이 움찔해서 혹시나 무겁지 않을까 싶어 머리를 들면, 또 어찌 알았는지 다른 팔로 나를 바짝 끌어당긴다. 나는 종이 한 장 들어가지 못할 정도로 그에게 바짝 붙어 다시 잠을 청했다. 불편하지 않느냐고 몇 번을 물어봤지만, 그가 나와 떨어져 있는 것을 싫어해서 어쩔 수가 없었다.

루페르트의 손이 실오라기 하나 걸치지 않은 내 등을 천천히 쓸어내린다. 내가 깨어났다는 것을 눈치챈 모양이다. 다시 잠에 들게 하기 위해 달래는 줄로만 알았는데, 점점 더 아래로 향하는 손길에 놀라 나는 그의 어깨를 찰싹 때렸다. 그에게서 벗어나기 위해 몸을 일으키자 그가 내 손목을 붙들었다.

"……왜."

루페르트는 실눈을 뜨며 나를 올려다보았다. 반쯤 잠긴 목소리가 믿기지 않을 정도로 유혹적이다. 그는 어떻게든 이불을 끌어올리려 애쓰는 나를 이불째 끌어안았다.

"가지 마."

"……."

"응?"

내가 자신을 영영 떠나겠다고 선언한 것도 아닌데, 이리 애절하게 매달려오면 도무지 당해낼 방법이 없다. 그의 품에 쏙 안겨 버둥거리는 내 머리를 루페르트가 쓰다듬는다. 그의 손가락 사이로 힘없이 늘어지는 머리칼에 그는 가볍게 입을 맞췄다.

"폐하, 더 주무세요."

"너는 어디 가?"

"잠깐, 밖에요. 잠이 안 와서."

"그럼 나랑 같이 가."

잠시도 나와 떨어지지 않겠다는 굳건한 의지다. 나는 졸려 눈도 제대로 뜨지 못하는 루페르트를 물끄러미 바라보다 웃음을 터뜨렸다.

"금방 올 건데요?"

"그래도. 이제 못 그러잖아."

나는 루페르트의 볼멘소리에 어깨를 으쓱했다. 결혼식이 바로 오늘이었다. 그러나 나는 바로 내일 윌레탄의 법관들을 만날 예정이다. 나와 결혼만 하면 한시도 떨어지지 않아도 될 줄 알았던 그에게는 그 일정이 청천벽력이었던 모양이다. 아르델의 자유분방한 제도를 배워 오기 위해 잠시 벨네르니를 떠나 있겠다고 말했다간 그 자리에서 경을 칠까 두려워 운도 떼지 못했다.

"아무런 준비도 없이 일을 시작할 수는 없으니까요."

"그걸 꼭 지금 당장 해야 하느냐고."

루페르트가 낮은 목소리로 불만을 토한다. 나는 당연하다는 듯 고개를 끄덕였다. 그가 나를 대법관으로 세우는 것은 일종의 기 싸움이자 시류의 상징이다. 태어난 순서를 떠나 귀족이라면 누구나 원로회에 이름을 올릴 수 있고, 평민이라도 그 능력 여하에 따라서 의견을 내놓을 수 있는 제도가 세워질 거라는.

반역자의 딸도 대법관이 될 수 있다면, 가문의 차남이 그 무엇을 하지 못할까.

"폐하 마음이 바뀌실까 봐요."

내 말에 그제야 잠이 온전히 달아난 듯 루페르트의 녹안이 맑아진다. 나는 새벽빛이 깃든 녹음을 바라보며 말을 이었다.

"사람의 마음처럼 연약하고 부서지기 쉬운 것이 또 있을까요."

그의 표정이 모호해졌다. 나는 달싹이는 그의 입술 위에 가볍게 입을 포개었다. 큰 손으로 내 뒷목을 받치면서도 그는 살짝 눈가를 찌푸렸다.

"내 마음이 변해 너를 내칠까 두려운가?"

나는 답하지 않았지만, 그는 내 뜻을 알아들은 듯 잠시 침묵했다. 아침을 알리는 새의 지저귐이 창가에서 울린다. 나는 커튼 사이로 조금씩 새어드는 햇볕으로 눈을 돌렸다.

"가진 적이 없는데 어찌 내쳐."

루페르트는 침대 밖으로 벗어나려는 나를 뒤에서 껴안았다. 맨살끼리 닿는 느낌에 화들짝 놀라 움찔했지만 힘을 준 그의 팔은 흔들리는 기미도 보이지 않았다.

"말했지. 나는 너를 소유하려 들지 않을 거라고."

"……."

"다만 평생 최선을 다해 곁을 지킬 거다. 맹세해."

듣지 않아도 그의 다음 말을 알 수 있었다. 나는 몸을 돌려 허공에 연금진을 그리려는 루페르트의 팔을 덥석 잡았다.

"연금술사의 맹약 같은 거, 필요 없어요."

그는 자신을 제지하는 내 손을 흘깃거리곤 내 몸을 뚫어져라 응시했다. 그제야 맨몸을 가려주던 이불이 떨어진 것을 깨닫고 허둥지둥 몸을 숙였지만, 역시나 소용없었다.

"흠."

펠리페는 먼지가 잔뜩 쌓인 법전을 훑다 씨익 웃었다. 명백한 비웃음이다. 나는 그의 표정을 살피며 홍차를 가져오는 하녀를 손으로 물렸다.

"이거, 제대로 법전을 읽어본 귀족이 있기는 하나?"

"황태자 정도라면 겉핥기식으로는 배우겠지요."

나는 태자 시절 루페르트가 잡고 씨름했던 책들을 떠올리며 고개를 갸웃했다. 역사와 예법은 강조해도 법의 실용성은 강조하지 않아 그럴까.

그리모알트가 제국법을 창제한 지 1,000년이 다 되어가건만 제국법은 단 한 글자도 바뀐 적이 없었다. 그러니 대법관 자리가 말뿐인 직책이 되어버린 것이다. 법관의 역할을 할 영주들은 이미 있는 법을 근거로 재판할 뿐이고, 원로들은 법을 새로 만들어 구현할 생각조차 하지 못했다.

그리모알트가 신탁을 받아 제국법을 만들었다고 알려졌기 때문이다. 그리 신앙이 깊은 나라라고 말할 수는 없지만, 어찌 됐든 귀족들의 배부른 게으름과 맞닿은 이치로 제국법은 원형 그대로 1,000년의 세월 동안 지속되어왔다.

"이대로 내보이면 웃음거리가 되겠는걸."

펠리페가 과거에 무슨 일을 했는지는 모르지만, 그는 연금술뿐 아니라 여러 학문에 조예가 깊었다. 하도 아르델보다 못하다고 이죽이기에 혹시나 싶어 윌레탄의 제도에 대해 물어보니 아는 바가 술술 나온다. 윌레탄 쪽에서 보낸 사람 앞에서 창피를 당하는 것은 면했다 싶었다.

"그 정도인가요?"

"법전이 아니라 성서라고 하질 그러느냐? 실현 불가능한 제도를 합리적인 말로 치장만 한 꼴이군."

나는 입을 삐죽이며 그에게서 두터운 법전을 빼앗아 들었다. 세밀하다시피 빡빡한 예법을 창시한 것으로 유명한 그리모알트지만, 나는 그의 천재성을 존경했다.

펠리페가 무어라 입을 떼기도 전에 문이 벌컥 열린다.

"언제 끝나?"

루페르트가 무람없이 들어서선 저벅저벅 걸어왔다. 펠리페는 눈에 들어오지도 않는단 듯한 태도다. 그는 펠리페에게 인사하는 대신 내 옆에 털썩 앉았다.

"이제 막 이야기를 마친 참이었어요."

"왜 이렇게 오래 걸려."

"법전은 꼭 상트 볼고르와드 내에서만 봐야 한다면서요. 윌레탄에서 사람들이 오기 전에 미리 살펴봐야 하니 어쩔 수 없잖아요."

그러게 따라오지 않아도 된다니까.

나는 황궁을 나서는 내 뒤에 따라붙었던 루페르트에게 눈을 흘겼다. 황후인 나까지 법을 공부하겠다 수시로 자리를 비우는데, 황제까지 궁을 비우면 누가 좋게 보겠나.

"그거 그냥 가져와."

"신을 향한 모독이라고 신관들이 난리를 칠 텐데요?"

제국법전은 성력으로 보호되는 성물 중 하나다. 필사도 되지 않아 아무리 대법관이라도 꼭 신전까지 내려와 내용을 확인해야 한단다. 영지가 있는 귀족들도 확인해야 하는 부분이 있다면 직접 걸음해 암기한 후 돌아가야 한단다. 이러니 몇백 년이 지나도 변화가 일어날 리 만무하지 않나. 뭘 알아야 바꿀 텐데, 법전의 내용을 제대로 아는 사람조차 드물다.

"나 오늘 돌아가야 한다고."

"가세요."

"너 없이?"

루페르트는 내가 막말이라도 했다는 듯 사납게 얼굴을 일그러뜨리더니 곧 마른세수를 했다. 그의 뜻 모를 깊은 한숨에 나는 어이가 없어 헛웃음을 지었다.

"저도 이번 주 내에는 황궁으로 돌아갈 생각이에요."

"너 그냥 법관 하지 마."

"언제는 저 하고 싶은 거 다 하라면서요?"

기가 막혀서 받아치니 루페르트가 콧방귀를 뀐다.

"너도 내 곁을 지킨다고 하질 않았나."

"며칠도 못 참으세요?"

"어!"

나는 루페르트가 목소리를 갑자기 높이는 탓에 깜짝 놀라 어깨를 움찔했다. 그러자 또 미안한 기색으로 눈매가 처진다. 나는 그의 콧등을 톡톡 두드렸다.

"저는 대법관을 이름뿐인 직책으로 남겨둘 생각이 없어요, 폐하. 제가 되지 못하더라도, 이 일을 제대로 해낼 수 있는 사람을 찾고 싶어요. 그러려면 제국법을 알아야 하고요."

"……."

"아무리 그저 상징적인 의미가 크다고 해도요. 폐하께 누를 끼치고 싶지는 않으니까요."

"알아, 아는데."

루페르트의 목소리가 서서히 잦아든다. 나는 그의 그림처럼 아름다운 입술에다 가볍게 입을 맞췄다.

"난 네가 이렇게 바빠질 줄 몰랐다고."

"그래도 되도록 자주 보려고 하잖아요?"

하루라도 내 얼굴 보는 것을 거를 때에는 연금술까지 남용해가며 나를 찾는 그 때문에 나는 수시로 황궁에 들락거려야만 했다.

내가 고개를 들어 입술을 떼자마자 그가 기다렸다는 듯 내 목을 움켜잡아 고정한다. 펠리페가 있단 걸 잊었는지, 아니면 아예 신경조차 쓰지 않는 것인지 모르겠다. 나는 진한 키스를 하다못해, 나를 뒤로 넘기려는 듯 힘을 주는 루페르트를 애써 밀어냈다.

"폐하, 이제 법전을 관리하는 신관을 만날 차례예요. 그리모알트 3세에 대해 듣기로 했거든요."

"안 돼."

"안 되긴 뭐가 안 돼요. 폐하도 오늘 할 일 많으시잖아요."

"일하러 가지 마. 난 네가 보고 싶어서 일을 못 하겠는데."

나는 루페르트의 낯 뜨거운 말에 웃음을 터뜨리고 말았다. 그러나 그는 한껏 진지한 얼굴이다.

"어? 나 많이 기다렸잖아."

뭘 또 그리 많이 기다렸다고. 하지만 아무래도 오늘은 날이 아닌가 보다. 결혼식 바로 다음 날에 윌레탄 사람을 만나보겠다고 자리를 비운게 그리 한이 되었다. 나는 입이 삐죽 튀어나와 벽을 뚫고 나갈 것만 같은 루페르트에게 안겨들었다.

"그럼 오늘은 이만할까요?"

나는 놀라 뒤로 넘어갈 듯한 펠리페를 향해 고개를 숙였다. 창피하긴 했지만, 황궁으로 그냥 돌려보내면 루이제에게 갖은 심술을 부릴 것이 뻔해 어쩔 수 없다. 뭐, 나도 내 남편과 너무 오래 떨어져 있는 건 힘들기도 했고.

"펠리페, 그럼 오늘 수고 많으셨어요."

"오래 살다 보니 별꼴을 다 보는군."

그는 무뚝뚝하게 내 인사를 받더니 루페르트에게는 인사도 하지 않고 방을 나섰다. 황제에게 저 정도로 건방지게 굴 수 있는 사람은 몇 되지 않겠지만, 루페르트는 그의 무례를 벌할 생각이 전혀 없어 보였다.

"호숫가에 산책이라도 가요."

루페르트가 내 제안에 가볍게 고개를 끄덕인다.

상트 볼고르와드는 성을 에두르는 넓은 호수가 있다. 성을 나와 조금 걷다 보니 벨루아의 언덕이 생각날 만큼 야트막한 능선 너머로 한눈에 담기 힘들 만큼 넓은 호수가 펼쳐져 있다.

햇볕이 쏟아지는 물결이 작은 유리조각들처럼 반짝반짝 빛난다. 나는 바람 한 점 불지 않아 고요한 수면을 내려다보다 루페르트 쪽으로 고개를 돌렸다.

"색이 조금 변한 것 같지 않나요?"

상트 볼고르와드에 우리의 결혼을 신에게 알리기 위해 처음 방문했을 때, 그는 토리가 남긴 보석을 호수에 묻었다. 호수의 눈처럼 기묘한 푸른빛을 띠던 보석은 제자리를 찾았다는 듯 환히 빛나더니 사라져버 렸다.

그때보다 호수의 색이 조금 짙어진 듯 보여 나는 몸을 숙여 손을 물로 적셨다. 내 손까지 파랗게 물들이리라는 착각이 들 정도로 새파란 빛이 다.

"성력을 흡수하고 있을 테니까."

"네? 뭐가요?"

내 물음에 루페르트가 살짝 고개를 젓는다. 상트 볼고르와드에서는 신관을 제외한 모든 방문객이 흰옷을 입는다. 이에 맞춰 그도 흰색 셔 츠를 대강 걸치고 있었는데, 그 뚱한 자세에 문득 우리의 결혼식이 떠 올랐다.

번갯불에 콩 볶아 먹듯 제멋대로인 식은 아니었지만, 루페르트가 열 과 성을 다했다고는 차마 말할 수 없으리라. 그러나 그는 형식 자체는 전혀 중요하지 않은 듯 시큰둥했으면서도 막상 드레스를 입은 내 모습 을 보고서 입을 다물지 못했다.

「요정이 내려온 줄 알았어.」

축복을 내리는 신관은 쳐다보지도 않은 채 중얼거리는 말을 신관이 노련히 넘겼기에 망정이지, 팔불출 황제라는 별명을 얻을 뻔했다.

깊은 밤, 낮은 목소리로 속삭이는 다정한 말들. 애정이 흘러넘쳐 마 음이 저렸던 순간들 중 유독 기억에 남는 것은 그의 눈이다. 한겨울 꽁 꽁 언 눈을 칼로 잘라낸 듯 서늘했던 녹안이 나를 향할 때만큼은 따뜻한 봄볕처럼 다감하다는 게 믿기지가 않아서.

"폐하."

"응."

라스페리히의 생애도 처참하기로는 이루 말할 수 없었겠지만, 나도 사는 게 사는 것 같지 않은 날들의 연속이었다. 그가 나를 죽이지 않았더라면, 해서 내가 시간을 거슬러 돌아오지 못했더라면 절대 내가 어떻게 살고 싶은지 알지 못했을 테고, 그런 의문을 품지도 못했을 테니까.

"사랑해요."

왠지 부끄러워 자주 하지 못한 말이다. 나와 마주한 루페르트의 눈이 커다래진다. 그는 곧 웃음기를 채 지우지 못한 입술을 손으로 슥 가렸다.

"너무 좋아서 죽을 수도 있을 것 같아."

"그런 말 함부로 하지 마세요."

내 핀잔에 그가 두 팔을 벌려 나를 꼭 껴안는다. 한숨처럼 웃는 소리가 귓가에 울린다.

"나는 가끔 너를 보고만 있어도 눈물이 날 것 같을 때가 있다."

네가 내게 와준 것이 믿기지가 않아서, 벅차서. 그래서 그런가 봐.

나는 그의 담담한 목소리에 귀를 기울였다. 내가 그의 곁을 선택했다는 사실이 가끔은 나조차 믿기 어려울 때가 있다.

그의 황명은, 전처럼 라스페리히 1세다. 나와 그가 생을 부여받는 순간부터 서로에게 칼을 겨눌 수밖에 없는 입장이었다는 것은 부정할 수 없는 진실이었다. 그는 살기 위해 나를 없애야 했고, 나는 나의 벨루아를 몰락시킨 그를 미워하는 것이 마땅했다.

세상에 진실이 하나뿐이라면 삶이 얼마나 쉬웠을까. 그러나 나와 그의 이야기는 그렇게 단순하지가 못했다. 단순하지 못해 길고 긴 여정이었다. 서로를 믿지 못했고, 상처가 불거진 자국에 눈을 돌렸다. 그러니 지금에 와서 겨우 맞잡을 수 있는 손에 감사하게 되는 것이다.

그와 함께 눈을 감는 날에는 다시 말할 수 있지 않을까. 햇볕 강한 여름날과 같은 생애였노라고.

side story

분명 외출은 즐거웠는데 왜 저리 심각한 얼굴일까. 나는 루페르트가 무엇에 기분이 상했는지 알 수 없어 눈알만 굴렸다.

"흐음."

번쩍번쩍 빛나는 금 조각상이 박힌 천장을 한 번, 암적색 마룻바닥이 나름의 몸값을 하며 고상한 체하는 아래로 한 번. 그의 눈치를 살피는데 꼭 다시 시녀 시절로 돌아간 것만 같아 웃음이 비실 나왔지만 꾹 내리눌렀다.

"폐하."

"……."

대답은 돌아오지 않는다. 나는 그의 부름을 무시한 적이라곤 한 손으로 꼽을 정도인데, 그 반대의 경우는 많으니 제법 서운하기까지 했다. 나는 입을 삐죽 내밀며 팔짱을 꼈다. 더는 못 참겠다.

"루페르트."

내 목소리가 낮아지자 그제야 그는 고개를 들어 나를 응시한다.

"왜."

"왜 기분이 안 좋아요?"

"안 좋지 않아."

그가 힘없이 대답한다. 심지어 그 목소리는 나긋하기까지 해서 순간 아 그렇구나, 하고 넘어갈 뻔했다.

"거짓말하지 마세요."

나는 침대에서 내려와 창가에 붙인 테이블에 기대앉은 루페르트에게 다가갔다.

"너나 어디 아프거나 하면 숨기지 마."

그는 나를 자연스레 끌어 제 무릎에 앉혔다. 바스러뜨리기도 할 양 나를 품은 두 팔에 힘이 들어가더니 곧 머리 위로 작은 한숨이 내려앉는다.

"너 아프면 어떡해."

"설마 아까 그 점쟁이가 한 말 때문에 이러는 거예요?"

정말로 보기 드문, 루페르트의 우울해하는 모습에 웃음을 터뜨리고 말았다. 그를 위한 기도만 올리는 신관도 있는 황제인 주제에 신을 믿지 않으면서, 한낱 점쟁이의 말에 휘둘리다니.

"제게 지독한 고통이 찾아들 거라는 그 소릴 신경 쓰시는 거냐 물었어요."

루페르트는 침묵을 지켰다.

나는 점쟁이 치고 매우 젊은 편이었던 여자를 떠올렸다. 타인의 운명을 점치는 건 주로 노파로, 심심풀이 겸 소소한 용돈벌이로써가 많은지라 처음에는 점쟁이인 줄도 몰랐다. 아니, 지금 생각해보면 점쟁이가 아니었던 것 같기도 하다.

「이 팔찌, 파는 건가요?」

나들이 나온 귀족 행세를 하며 시장을 구경하던 중, 나는 장신구를 파는 행상을 발견하고 걸음을 멈추었다. 라피스라줄리로 만든 거라는데 그 색이 초록빛에 가까워 눈을 끌었다. 원석에는 긁힌 자국이 많았으니 그리 비싸지 않으리라 생각했다.

「사줘?」

「아뇨.」

「이거는?」

「괜찮아요.」

내 시선이 조금이라도 오래 닿는 물건이란 물건은 전부 다 사서 황궁으로 보내려고 드는 루페르트를 말리느라 조금 곤란하던 참이었다.

황실 재정이 이 정도에 영향을 받지는 않겠지만, 내게 중요한 건 대외적인 이미지였다. 법관이 될 준비를 하며 시간을 들여 차곡차곡 기반을 다지고 있긴 했지만, 그럼에도 반발이 끊이지 않을 테니까. 여성 법관이란 전례가 없기에 귀족의 반대는 당연지사였으니, 백성의 지지가 무척이나 중요하다.

「루페르트, 나는 물건을 사려고 시장에 나온 게 아니잖아요.」

벨네르니를 위해 헌신하는 이미지를 구축하기 위해 나는 이번 사교 시즌에 입을 새 드레스조차 사지 않았다. 귀족들이 황가를 업신여길 거라며 안절부절못하는 시녀장을 다독이기 위해 되팔 수 있는 보석만 몇 개 주문했을 뿐이다.

그런 내 노력을 아는지 모르는지, 루페르트는 무언가를 사서 내게 가득 안겨주기를 즐겨 그때도 행상의 물건을 통째로 사버릴 것처럼 지갑을 열었다. 이쯤 되는 장신구라면 동화 몇 닢으로도 살 수 있을 것 같아 나는 루페르트를 말리지 않았다. 독특한 색감이 그의 눈과 닮은 듯해 마음에 들기도 했고.

「위험하겠는데요, 아가씨.」

「……네?」

루페르트가 값을 치르자 상인은 내 손목에 직접 팔찌를 채워주며 우물쭈물 덧붙였다.

　「곧 지독한 고통이 당신을 찾아들, 악!」

　상인은 채 말을 끝맺지도 못하고 비명을 질렀다. 루페르트가 살기등등한 기세로 그녀에게 다가섰으니까. 내 미래의 고통은 예감했으면서도 그가 대뜸 제 멱살을 잡을 현재는 예상하지 못했는지, 그녀는 숨도 제대로 쉬지 못하고 컥컥댔다.

　나는 그가 시장 한복판에서 대뜸 연금술이라도 남발할까 두려워 그의 팔을 붙잡았다. 다행히 그는 내 손길을 뿌리치는 법 없이 얌전히 잡혀 있어주었다. 그러나 차갑게 가라앉아 더 두렵게만 느껴지는 목소리로 상인을 추궁했다.

　「지금 누구를 저주하는 거지?」

　「저, 저주가 아니라 그저 보이는 대로 말했을 뿐입니다.」

　상인은 눈을 도로록 굴리더니 팔찌에 박힌 라피스라줄리와 비슷한 색감의 귀걸이를 툭 내밀며 보따리를 싸기 시작했다.

　「도움이 될지는 모르겠지만, 선물입니다.」

　나는 루페르트의 품에 안긴 채 주머니에 넣어놓았던 그 귀걸이를 꺼내 들었다. 그가 탐탁지 않다는 듯 잘생긴 미간을 살짝 찡그린다.

　"버리라니까."

　"도움이 되라고 준 거잖아요."

　"네가 조금이라도 아프게 되면 가만두지 않을 거야."

　감기라도 걸렸다간 상인 목이 날아가게 생겼다. 나는 방긋 웃으며 그의 얼굴을 양손으로 감쌌다.

　"제가 아플까 두려우세요?"

　"어."

"사람이 살다가 아플 수도 있죠."

"넌, 안 돼."

루페르트의 단호한 대답에 웃음이 터졌다. 나는 딱딱하게 굳은 그의 이마를 손끝으로 꾹 누르며 입을 열었다.

"왜요?"

"약하잖아. 큰일 나면 어떡해."

"저 그렇게까지 약하지는 않아요."

"……쓰러졌었잖아."

대법관이 되려면 우선 법관이 되어야 하는데, 아무리 고리타분하고 무용지물에 가까운 법일지라도 한 번도 들여다본 적 없는 법학을 공부하려니 여간 힘든 일이 아니었다. 황후로서 맡아야 할 의무까지 저버리며 선택한 일이었으니 제대로 해내야 한다는 강박감에 사로잡혔다.

그 결과가 성공이든 실패이든 루페르트가 나를 원망하거나 내게 실망할 일은 없겠지만, 콧대 높은 원로들을 꾹 눌러주고 싶었다.

나는 원래도 그리 튼튼한 편이 아니긴 하다. 초조한 마음에 밤까지 새우며 일하다 딱 한 번, 그의 앞에서 쓰러진 적이 있는데 난리도 그런 난리가 없었다. 쓰러진 이후로 다시 침상을 벗어나기까지 무려 2주가 걸렸다. 아파서가 아니라, 루페르트의 불안증 때문에. 내가 책을 펼치려고 들면 루페르트가 기함했으니까.

"사람이 안 하던 고생을 하면 쓰러지기도 하는 거예요."

"내가 싫어. 난 너 기절할 때 차라리 죽고 싶었어. 무섭고 숨이 막혀서."

'과장도 심하지, 내 남편은.'

핀잔하려는데 루페르트의 표정이 너무 진지해서 그 말이 쏙 들어가 버렸다.

"피곤해서 쓰러지는 건 전데 폐하가 죽어버리면 어떡해요?"

"난 너 죽으면 하루도 안 살 거야."

"무서운 소리 좀 하지 마세요."

"그러니까 무조건 나보다 오래 살아."

루페르트를 위해서라도 몸 관리를 해야겠다는 생각이 든다. 나는 실없는 웃음을 흘리며 그의 머리를 쓰다듬었다. 부드러운 금발이 손가락 사이로 빠져나가는 느낌이 좋았다. 내리깐 그의 눈 위로 저무는 노을이 아름답게 번져나간다.

나는 충동적으로 그의 하얀 눈가에 입을 맞췄다. 그대로 미끄러져 내려오듯 날렵한 콧등에, 마지막으로 부드러운 입술을 건드리며 짧게 웃자 그가 작게 으르렁댄다.

"……해 떠 있을 땐 안 된다며."

그저 입을 맞췄을 뿐인데 이런 반응이다. 나는 아직도 신혼을 벗어나지 못한 듯한 그의 태도에 배시시 웃으며 물러났다.

"뽀뽀만 한 거예요."

"더 해줘."

"안 돼요. 공부해야 해요."

단호하게 자르자 루페르트의 입이 삐죽 나온다. 나는 풀 죽은 강아지 같은 그의 뒤통수에다 잔웃음을 흘렸다. 내 웃음소리에 그가 고개를 번쩍 들며 내 손목을 붙잡는다.

"뽀뽀만 더 해줘 그럼."

쪽.

나는 그의 입술에 한 번 더 입을 맞춘 다음 서둘러 물러났다. 아니, 그러려고 했다. 내 손에 금칠이라도 되어 있나, 그는 도무지 날 놔주지 않았다.

"폐하, 저 이제 진짜 가야 해요."

"응."

"저 내일 상트 볼고르와드도 다녀와야 해요."

"……알아."

내가 바쁜 이유를 조목조목 설명하면 그가 나를 보내줄 거라 생각했지만, 그는 고개는 잘만 끄덕이면서도 놓아주지 않았다.

"……그럼 더 내 옆에 있어야지."

"네?"

"나 내일 혼자 자잖아."

혼자 자는 게 무슨 큰일이라도 되는 것처럼 말하는 탓에 나는 웃음을 터뜨리고 말았다. 웃음기 가득한 내 볼을 꾹 누르는 그의 얼굴은 뚱하기만 하다.

"혼자 주무시면 되지요. 저 넓은 침대 혼자 쓰시면 얼마나 좋아요."

내 손가락을 따라 침대로 시선을 준 루페르트의 표정이 굳는다. 나는 그의 관심을 잘못된 곳으로 돌렸다는 생각에 꿀꺽 침을 삼켰다.

"같이 쓰면 더 좋을 것 같은데, 나는."

고양이 손 위에 올라간 생쥐가 된 기분이 들었다. 물론 그와 나누는 사랑은 눈앞이 명멸할 것만 같은 쾌락이 찾아오긴 했지만, 지독한 후폭풍도 같이 앓게 되니 말이다. 내일 일정이 빡빡한 나로서는 그를 감당할 자신이 없다.

"어? 저거 뭐지?"

"아무것도 없는 거 다 알아."

나는 황급히 창밖을 가리키며 그의 집중을 흐트러뜨려보려 했지만, 그의 눈은 붙박은 듯 붉은 비단 이불이 덮인 침대에서 움직이지 않았다.

"살살 할게. 무리 안 가게."

"거짓말이시잖아요."

"응."

루페르트는 씨익 웃으며 나를 안아 들었다. 나를 절대 놓치지 않겠다는 듯 꼭 끌어안은 그의 품 안에서 발을 옴찔거렸다.

'어떻게 도망가지?'

침대와 조금 떨어진 문 쪽으로 눈을 도로록 굴리던 나는 이내 포기하고서 그의 목을 끌어안았다. 깃털 중에서도 가장 부드러운 깃털을 골라 만든 푹신한 침대에 내려놓으면서도 혹시나 내가 불편할까 꼼꼼하게 쿠션을 덧대주는 그의 다정함에 공부 따위 하고 싶지 않아졌으니까.

"디아나, 창문 좀 닫아줘."

"추우신가요?"

"응. 오늘 좀 쌀쌀한 편이니?"

디아나는 내가 거의 독차지하다시피 하는 루페르트의 서재를 담당하는 어린 시녀다.

"아뇨. 저는 조금 더운 것 같은데요? 아까부터 추워하시네요."

디아나는 천성이 살뜰한지라, 흘리는 듯한 한마디에도 걱정스런 얼굴을 했다. 아닌 게 아니라 디아나는 아까부터 덥다는 듯 단정하게 리본까지 묶인 칼라를 애써 손으로 벌리며 부채질까지 하고 있다.

"나만 추운 건가."

창밖을 내다보니 정원을 거닐고 있는 귀부인 모두 얇은 여름 드레스 차림이다.

'그러고 보니 어제까지는 분명 더웠던 것 같은데.'

선선한 가을바람이 불기 시작한다 싶었는데, 유독 짧았던 여름은 상파뉴를 떠나고 싶지 않은 양 마지막까지 기승을 부리는 참이다.

"따뜻한 차라도 가져다드릴까요?"

"그래. 카모마일로 부탁해."

상트 볼고르와드에 다녀온 것이 조금 무리였던지 몸살이라도 왔나 보다. 오늘은 딱히 한 것도 없이 나른하다. 나는 소파에 걸쳐져 있던 담요를 덮고 누웠다.

"몸이 많이 안 좋으신가요? 의사를 부르는 게 낫지 않을까요?"

"아니, 그 정도는 아니야. 부르지 마."

나는 서둘러 고개를 저었다. 의사를 부르면 루페르트의 귀에 곧바로 들어갈 터. 그는 황제다. 눈코 뜰 새 없이 바쁜 와중에 일을 덜어주지는 못할망정, 걱정을 안겨줄 수는 없다.

"또 별것 아닌 걸로 난리 치시면 어떡해."

무도회에 나갔다가 발이라도 삐끗하는 날엔 내가 신은 구두를 만든 장인을 황궁으로 불러올려 경을 치려 했던 게 바로 루페르트다. 상트 볼고르와드에 다녀온 직후 내가 앓아누웠단 걸 알게 된다면 한동안 나는 상파뉴를 벗어나지 못할 것이다.

"네, 일단 차부터 내올게요, 황후 폐하."

"……그건 아무리 들어도 익숙해지지가 않네."

나는 귓가를 간질이는 낯선 칭호에 몸을 부르르 떨었다. 황후 자리에 앉기는 했지만, 내가 꼭 참석해야만 하는 공식석상이 많지 않았던지라 아직도 이 부름이 귀에 설다. 루이제는 여전히 나를 라리에트라고 불렀고, 르밀은 작은 종달새 같은, 마치 나를 유혹하는 것처럼 들리는 달콤한 애칭을 선호했으니까.

"익숙해지셔야죠. 제국의 유일무이한 황후시니까요."

볼에 바람을 빵빵하게 넣고서 고개를 젓는 나를 물끄러미 바라보던 디아나는 살포시 웃으며 방을 나섰다. 나무문이 바닥에 부드럽게 쓸리는 소리와 함께 혼자 있게 되었나 싶었는데, 곧 다른 인영이 불쑥 안으로 들어선다.

"폐하?"

미끄러지듯 내게 다가온 루페르트는 몸을 숙여 나를 확 끌어안았다. 순식간에 몸이 들려 그의 품에 감싸였다. 그는 내 부름에 대답하는 대신 내 목에 코를 묻고 킁킁거리기 시작했다.

"……업무시간 중에 갑자기 찾아오셔선 왜 제 냄새를 맡으세요?"

"좋은 향기 나."

"오늘은 아무 향수도 뿌리지 않았는데요."

"응, 난 이 냄새가 좋아."

기분 좋은 짐승처럼 그르렁대던 루페르트가 그에 만족하지 못하고 쇄골 언저리를 입술로 지분거린다.

"……진짜 좋아. 사람 미치게."

그의 입술과 내 살이 맞닿는 민망한 소리가 부끄러워 나는 그의 이마를 손바닥으로 짚어 밀어냈다. 힘으로 치자면야 그가 내게 밀릴 리 없지만, 그는 순순히 물러나 내 옆에 자리를 잡았다.

"어쩐 일이세요?"

"넌 내가 널 찾아올 때마다 이유를 물어보네."

루페르트는 미묘하게 굳은 얼굴로 나를 내려다보았다.

"그런 게 어딨어? 보고 싶으니까 왔지. 보고 싶어서 보러 왔는데 왜 자꾸 물어."

"항상 급하게 찾으시니, 무슨 일이 생겼나 하는 거죠."

나는 뛰어오기라도 한 것처럼 조금 헐떡이기까지 하는 루페르트의 숨소릴 들으며, 그의 이마에 맺힌 땀을 소매로 닦아주었다.

"급하지. 조금이라도 빨리 와야 더 오래 볼 테니까."

내버려두면 끝도 없는 사랑고백을 이어나갈 것만 같아 나는 방긋 웃으며 그의 입에 가볍게 입을 맞췄다.

"그러셨어요? 제가 그렇게 보고 싶으세요?"

"응. 너는 나 안 보고 싶어?"

루페르트가 나를 제 무릎에 앉히며 묻는데, 나는 찰나 머뭇거렸다. 상트 볼고르와드나 다른 지방에 며칠 떠나 있는 동안에는 그가 무척 그립기도 했다. 하지만 당장 오늘 아침, 같은 침대에서 일어나─그가 놔주지 않아서 꽤 오래 붙들려 있기도 했고─떨어진 지 몇 시간도 채 지나지 않았는데 뭐가 그렇게 보고 싶은 걸까.

"별로 안 보고 싶나 보네……."

내가 바로 대답하지 않자 그가 입을 삐죽거렸다. 나는 터져 나올 것만 같은 웃음을 애써 꾹 눌렀다.

"보고 싶어요, 저도."

"날 안 보고 싶어도 괜찮아."

"왜요?"

"내가 그만큼 그리워하고 있으니까. 네 몫까지."

루페르트는 낮은 목소리로 속삭이며 나를 세게 껴안았다. 단단한 품이 익숙하면서도 편안해서 머리를 기대는데 그가 손끝으로 내 턱을 든다. 녹음같이 짙은 눈동자가 내 얼굴을 꼼꼼히 살피기 시작했다.

"왜요?"

"어디 아파?"

"네?"

"몸 안 좋으냐고."

나는 길에서 마주쳤던 점쟁이보다도 그의 감이 훨씬 더 예리하다는 생각에 입이 절로 벌어졌다. 전혀 티를 내지 않고 있다고 생각했는데 어떻게 안 걸까.

"너 열 나."

"제가요?"

"응. 평소보다 뜨거워."

짙은 한숨과 함께 루페르트가 제 이마를 내 이마에다 댔다. 서늘한 느낌이 기분이 좋아 나는 미소를 짓는데도 그는 심각하기만 했다.

"저 괜찮아요."

"넌 둔해서 아픈 것도 잘 모르니까."

몸에서 피가 철철 나도 아무렇지 않게 굴었던 것은 정작 본인이면서. 나는 루페르트의 염려 가득한 얼굴에 툴툴댈 수가 없어, 살며시 웃었다.

"저 정말 괜찮아요. 걱정하지 마세요."

"그때 그 점쟁이, 신경 쓰여."

"신조차 믿지 않으신다면서요."

루페르트는 술자에 가까운 묘기를 부리는 연금술사였지만, 국교가 있는 나라의 황제인 주제에 신을 믿지 않는 불경한 사람이다. 그런 그의 부덕함을 탓하던 고위사제의 훈계조차 콧방귀를 뀌며 무시하던 사람이 왜 한낱 점쟁이의 말 따위에 신경을 쓰나 싶다.

내 의문을 읽었다는 듯이 그가 느릿하게 덧붙인다.

"너와 관련된 거니까."

별거 아닌 말인데 부끄러워져 나는 괜히 툴툴거리며 고개를 숙였다.

"유별나게 굴지 좀 마세요."

딱히 크게 아픈 것도 아니고 기운이 좀 없을 뿐이다. 나는 그의 걱정을 덜어주려 일부러 씩씩한 척 팔을 내밀어 흔들었다.

"생각보다 튼튼하다니까요."

"……장난해?"

그러나 힘없이 달랑이는 팔이 오히려 역효과를 불러일으켰는지 루페르트가 눈살을 크게 찌푸린다. 나는 그의 시선 끝에 자리 잡은 가느다란 팔뚝을 내려다보다 눈을 굴렸다.

'……먹기는 전보다 더 잘 먹는데 왜 살이 빠지지?'

마치 내 입으로 들어가는 영양분을 누가 가로채기라도 하는 것 같지 않은가.

"왜 이렇게 말랐어."

나는 루페르트의 탄식 섞인 목소리에 민망한 웃음을 흘렸다. 물론 통통했던 그의 시녀 때보다야 살이 내리긴 했지만, 누가 봐도 걱정할 정도로 곯은 것은 아니다.

"요즘 많이 돌아다녀서 그런가 봐요. 먹기는 잘 먹어요."

"내가 걱정할까 거짓말을 하는 건가?"

루페르트의 부루퉁한 물음에 서둘러 대답하려는데 마침 문이 열리며 디아나가 들어섰다. 그녀는 집무에 바쁠 황제가 또 나와 노닥거리고 있다는 사실을 눈치챈 듯 문가에 멈춰 섰다.

"폐하께 인사 올립니다."

"어의를 불러와."

"알겠습니다, 폐하."

디아나는 루페르트의 명령에 내가 말릴 새도 없이 도로 나가버렸다. 또 별것 아닌 일로 의사를 부르는 것만 같아 낯이 뜨거워진다.

"저 진짜 괜찮은데!"

"내가 안심이 안 돼. 그래서 그래."

"닥터 로젠버그가 팔불출이라고 비웃을 거예요."

"상관없어."

하긴, 언제 루페르트가 그런 데 신경을 썼던가. 그는 나 외의 여자와는 춤을 추지 않겠다는 말로 건국일에 초대된 타국의 공주들을 멀뚱멀뚱 홀 구석에 세워뒀던 사람이다.

공주보다 신분이 낮은 귀족은 그녀들에게 먼저 춤을 신청할 수 없었으니 결국, 존재감 없는 방계의 공자가 오직 그 몸에 벨네르움의 피가 조금이나마 흐른다는 이유 하나만으로 일일이 춤 신청을 건네야만 했다.

"예전엔 손 가득 찼는데."

루페르트는 한 손으로 내 양 볼을 꾹 누르며 낮게 한숨을 내쉬었다. 언제 적 이야기를 하는 걸까 싶어 웃음이 베실 나온다.

"이제는 바람 불면 날아갈까 걱정이야."

"……정말, 부끄러운 소리를 아무렇지도 않게 하시네요."

그의 손길을 피해 고개를 뒤로 빼는데 그가 자연스레 방향을 바꿔 내 위로 넘어온다. 이마에 가볍게 떨어진 입맞춤은 곧 진득한 키스로 바뀌었다. 말캉한 혀로 입안을 희롱하면서도 내 목 뒤를 단단하게 받치는 손은 힘을 풀지 않는다.

내 머리카락 사이를 파고들며 부드럽게 쓸어주는 루페르트의 손길이 좋았다. 내가 바람이라도 불면 흩어질 민들레꽃씨라도 되는 것처럼, 정말 세상에서 가장 소중하다는 듯 조심스레 어루만지곤 했으니까.

"흐응."

내가 가느다란 신음을 뱉자 루페르트의 감은 눈가가 언뜻 붉어졌다. 조금 위험한 신호인 듯싶어 나는 닥터 로젠버그를 불렀다는 사실을 그에게 상기시켜주었다.

"폐하께서 항상 경을 치시니 부리나케 달려오고 있을 거예요."

"……쳇."

내가 전보다 많이 먹어도 살이 빠지는 이유에 자신도 포함이라는 사실을 아는지 모르겠다.

노아이유 백작부인이 루페르트와 나의 결혼을 축하하는 의미로 선물한 아름다운 흰말 여섯 마리와 마차는 입이 떡 벌어질 만큼 화려했다.

연둣빛이 도는 옥 장식과 상아를 깎아 만든 장미 무늬는 무척 섬세해서 커튼의 밑자락을 장식하는 레이스라고 해도 믿길 정도였다. 마차의 후미를 장식하는 두 개의 초승달 장식은 황후, 즉 나를 의미한다고 했다.

"정말 언제 봐도 과하게 예쁘네요."

박물관에 기증이라도 해야 할 것처럼 생겨서 타기 조금 미안한 마음까지 든다. 마차에 오르며 중얼거리자 나를 에스코트하던 루페르트는 피식 웃었다.

"그러게. 예쁘네."

"노아이유 백작가가 이 정도로 부유한 줄 몰랐어요."

"노아이유?"

"마차 말이에요. 너무 아름답잖아요. 엄청 비싸겠죠?"

내가 부드러운 벨벳 의자를 쓰다듬으며 되묻자 그는 대화의 주제가 마차인 것을 몰랐다는 듯 어깨를 으쓱했다.

"너 예쁘다고 한 건데, 난."

"……아아, 네."

제발 다른 사람의 눈과 귀가 있는 데서는 그러지 말라고 부탁해봤지만, 그때만 그러겠다 고개를 끄덕일 뿐 전혀 변화가 없다.

"노아이유 백작은 최근 작위를 사서 황도로 기어들어온 인간들 중 한 명이니 돈이 많을 수밖에 없다."

벨네르니로 유학 온 타국의 젊은 왕족과 귀족에 더불어 신흥귀족들이 많아진 터라 가문 이름만으로는 도통 그들이 어느 지역 출신인지 알 수가 없다. 작위와 부를 거머쥔 그들은 대개 황도로 몰려왔고, 루페르트는 딱히 그들을 제재하지 않아 붉은 궁전 내의 귀족 머릿수가 말 그대로 미친 듯이 늘어나고 있었다.

'못 들어본 이름이긴 했었지.'

"하지만 백작부인은 슈와젤 지방의 유서 깊은 가문 출신이라고 들었는데요?"

결혼식에서 한 번, 황궁 무도회에서 한 번 봤을 뿐이지만 워낙 고고한 분위기의 사람이라 기억에 남았다. 꼿꼿한 느낌이 내 가정교사였던 마담 크리시와 견줄 수 있을 정도였다.

'돈을 주고 작위를 산 사람의 부인 치고는 지독하게 귀족적이었는데.'

"그녀는 슈아젤의 딸이야. 노아이유에게는 기반이 필요했을 테니까."

"폐하께서는,"

내가 입을 열자마자 루페르트가 긴 손가락으로 내 입술을 꾹 누른다.

"애오?"

'왜요?'라고 묻고 싶었는데 발음이 뭉그러졌다. 하얗고 길쭉한, 그럼에도 왠지 모르게 섬세하다는 느낌보다는 날카로운 검이 생각나는 손가락을 물끄러미 바라보다 아차 싶어 헤실 웃었다.

"루페르트."

"아!"

"나는 두 번 말하는 걸 싫어해. 잊지 마."

으름장을 놓아봤자 무섭지도 않다. 그러나 그를 섭섭하게 할 생각은 없었기에 나는 방긋 웃으며 그의 손을 마주 잡았다.

"미안해요, 루페르트."

루페르트는 내가 아직까지도 자신을 '폐하'라고 부르는 것이 불만스러운 모양이다. 다정한 애칭까지는 바라지도 않을 테니 이름만이라도 불러달라는데, 딱히 어려운 일도 아니건만 입에 잘 붙지 않는다.

"루페르트는 상인들이 작위를 사는 것을 제지할 생각이 전혀 없나요?"

"글쎄. 막는다고 막아지는 것도 아닐뿐더러……"

그는 마부가 신경 쓰였는지, 들리지 않을 게 뻔한데도 살짝 등을 돌려 커튼을 내렸다. 스테인드글라스로 장식된 창문이 얇은 비단으로 가려지자 마차 안이 순식간에 어두워진다.

"너는 내가 혈통 따위를 중시하는 제국을 이루리라 생각하나?"

루페르트의 목소리가 조금 낮아진다. 계절이 한 번씩 넘어갈수록 그의 목소리는 묘하게 깊어져서 이따금 낯선 기분이 들었다. 나는 그가 낯설게 느껴질 때마다 그의 눈을 찾았다. 내 이런 습관을 알기라도 하는 것인지 그의 다감한 녹안은 이럴 때마다 항상 나를 바라보고 있어서 꼭 눈을 마주하게 된다.

"그렇게 생각하진 않아요."

"내가 귀족들에게 돈을 받고 결혼을 해주거나 자식을 팔아 가문을 넘기는 것까지 제재할 수는 없다. 그리고 싶지도 않고."

"돈보다 명예가 더 중요하다고 여기는 귀족들도 많을 텐데요?"

예를 들어 우리 아버지 같은.

나는 오랜만에 그를 떠올리며 씁쓸한 미소를 지었다.

"황후가 법관을 하겠다고 나선 마당에 폐하까지 상인들 편을 드시면 원로회 절반이 뒤집어질지도 몰라요."

루페르트는 나 몰래 수도저택에 구금되었던 아버지를 벨루아로 돌려보냈다. 그러지 않아도 된다고 말은 했지만, 내심 마음에 걸렸던 터라 한시름 놓을 수 있었다.

"나는 빚더미에 올라앉은 귀족들에게 명예를 위해 굶어 죽으라고 할 생각은 없다. 게다가 벨네르니의 황족과 귀족들 중 나만큼 근본 없는 이가 없을 텐데, 라리에트."

"돈 많은 상인들이 전부 작위를 사버려도 괜찮으신가요? 루이제는 좋아하겠지만."

"연금술을 연구하다 보면 깨닫게 되는 것이 있지."

루페르트의 느른한 웃음으로 커튼 틈으로 새어드는 노을이 떨어진다. 붉은빛을 받은 그를 보노라면 제발 폐하의 초상화를 한 점이라도 더 그리게 해달라며 매달리는 화가의 마음을 알 것도 같았다.

나는 그 표정을 좋아했다. 오직 내 앞에서만 드러나는 느슨함이었으니.

"사람은 천천히, 어떤 방식으로든 변하고 그건 시대도 마찬가지다. 모든 물은 바다로 흘러가는 것처럼."

그는 마차 안이 답답한지 커튼을 걷고 창문을 살짝 열었다. 말굽이 바닥에 부딪히는 소리가 따각따각 울린다.

"푸른 피만 고집한 탓에 벨네르니 귀족 수는 급감한 지 오래고, 무역으로 재미를 본 상인 몇은 그들의 재산을 다 합친 것보다도 돈이 많지."

"그냥 지켜보겠다는 말씀이시네요."

"자본 없이 굴러가는 나라는 없으니까. 게다가 그러는 편이 네가 바라는 벨네르니의 모습에 더 가까울 테고."

나는 눈을 가늘인 채 루페르트를 바라보다 고개를 내저었다. 저 말에 내가 원하는 대로 벨네르니를 이끌 셈이냐 물어보면 당연하다는 듯 대답할 게 뻔했으니까.

"속 편한 황제로 역사에 길이 남으시겠어요."

"고리타분한 양피지 따위에는 적히지 않아도 돼."

"……"

"나는 너만 있으면 되니까."

루페르트는 아무렇지 않은 얼굴로 달콤한 말을 속삭이며 당황한 나를 지켜보는 일을 꽤 즐겼다.

"어련하시겠어요."

결혼한 지 얼마 되지 않았을 때야-아직도 신혼이긴 했지만-사소한 말장난에도 얼굴이 붉어졌지만, 이제 저 정도 수준의 말은 인사말처럼 들릴 정도다.

"이젠 그만하라고도 안 하네."

"말을 안 들으시잖아요."

나는 발갛게 달아오른 내 뺨을 구경이라도 하듯 불쑥 다가든 루페르트의 얼굴을 잡아 가볍게 입을 맞췄다.

"뭐, 뭐야."

"왜 놀라세요? 남편한테 뽀뽀 한번 했을 뿐인데."

내가 먼저 입을 맞추는 일이 드물기 때문인지 그가 살짝 굳었다. 목뒤부터 슬슬 붉게 물드는 모습에 나는 깊은 깨달음을 얻을 수 있었다.

'이 재미에 나를 놀리던 거였어.'

쑥스러운 듯 살짝 내리깐 눈이 사랑스러우면서도 우스워서 실실 웃음을 흘리는데 그의 고개가 점점 내려온다.

"넌 나 놀리지 마."

나는 어느새 코앞에 다가온 루페르트의 어깨를 붙잡았다. 무게가 너무 마차 한쪽으로만 쏠리는 게 아닌가 하는 걱정은 찰나였다. 쓸데없이 화려한 마차는 그의 움직임에도 전혀 흔들림이 없었다.

"왜요? 페, 아니 루페르트는 나를 놀리잖아요."

"나는 네가 놀리지 않아도 항상,"

루페르트는 말을 끝맺지도 않고 덥석 내 턱 끝을 잡아 올렸다. 내 입맞춤과는 정반대의 진한 키스가 이어진다.

"흐응."

타액이 얽히는 낯설고 질척인 소리가 마차 밖으로 새어나갈까 두려워 루페르트를 밀어보지만, 무성의한 저항에 그가 물러날 리 없다. 루페르트는 내가 자신의 팔을 꼬집고 나서야 피식 웃으며 물러났다.

"거의 매 순간 이러고 싶으니까."

나른한 미소가 무척 매혹적이라 당장이라도 그에게 안겨들고 싶은
욕구가 솟았지만, 여기서는 곤란했다. 마차를 호위하기 위해 황제친위
대가 말을 타고 바짝 붙은 상태였다. 나는 소리를 잘 참지 못하는 편이
고, 루페르트는 내가 입을 막는 꼴을 내버려두지 않았으니 더는 안 된
다.

"응?"

루페르트가 그 특유의 다정한 눈빛으로 나를 채근한다. 르밀이 종종
그의 눈에서 애정이 뚝뚝 떨어진다며 꿀을 발라놨냐는 우스갯소리를
하곤 했는데, 나는 그 말을 체면치레로도 부정하지 않았다.

여름 풀잎사귀가 햇볕을 잔뜩 머금으면 저런 빛깔일까. 한여름에도
등골을 오싹하게 만들 정도로 서늘했던 눈을 했던 사람과 같은 사람이
라는 게 믿기지 않을 정도다.

"나 거기 앉을까?"

"네…… 네?"

"네 옆에 앉을래."

"네, 아, 아니, 안 돼요!"

'정신 차려, 라리에트!'

보수적인 남부의 정체성이 흔들리는 위기의 순간이었다. 상트 볼고
르와드로 가는 길은 멀고 지루했기 때문에 그런 '위기의 순간'들은 시
시때때로 찾아들었다.

자꾸만 지분대는 그를 밀어낸 후 잠이라도 청할 요량으로 살짝 눈을
감았다. 잠든 사람을 건드리진 않겠지. 내가 창가에 머리를 기대려 고
개를 기울이자 루페르트가 팔을 뻗는다. 또 어디 엄한 곳을 만질까 경
계했지만, 그의 손은 곧 딱딱한 창가에 내 얼굴이 닿지 않도록 알맞은
위치에 자리 잡았다. 루페르트의 커다란 손을 베개 삼아 감은 눈 위로
나긋한 목소리가 떨어진다.

"잘 자, 내 사랑."

"밀린 일을 돌려드리지 못해 어쩌나?"

"입 닥쳐요."

"레이디가 말을 험하게 하는군."

"당신은 기사 주제에 천박하군요. 평민이면서 버르장머리도 없고."

"아이고, 죄송하게 되었습니다, 귀족마님."

공손하게 사과하면서도 루이제는 이 상황이 아주 재미있다는 듯이 싱글벙글 웃고 있었다. 르밀은 그의 얼굴에 제 가느다란 손가락을 뭉쳐 만든 뾰족한 주먹을 꽂아넣고 싶어 속이 부글부글 끓었다.

'한 대만 때리고 싶다. 반지도 서너 개쯤 끼고 말이지.'

서로 황제와 황후를 보좌하고 있었기에 붙어 있는 시간은 길었지만, 르밀과 루이제는 사이가 좋지 못했다. 물과 불이 섞이지 못하듯 성향 자체가 안 맞는다. 르밀은 루이제를 천박하고 멍청한, 어쩌다 운 좋게 황제 곁에 붙어 앞길이 트인 남자로 취급했고, 루이제는 자신을 평가절 하하기를 서슴지 않는 그녀를 지독한 여자라고 비아냥거렸다.

유일한 공통점이 있다고 한다면 둘 모두 업무가 치사량에 가까운 주 인을 모시고 있다는 점뿐이다. 루이제와 르밀은 책상 위도 모자라서 바 닥부터 천장까지 수북이 쌓인 서류더미를 바라보며 짧은 한숨을 내쉬 었다.

"세상에. 오자마자 쓰러지실 건 또 뭐람."

"라리에트가 상트 볼고르와드로 넘어오기만을 손꼽아 기다리고 있 었는데, 불쌍하게 됐군요."

상트 볼고르와드에서 라리에트는 법을 개정하기 위해 여러 가지를 손보는 중이었다. 현재 법률 자체를 공부하고 있지만, 그와 동시에 여러 면모를 살피어 가장 효율적인 개정안을 고안하는 것은 꽤 시간이 걸리는 작업인지라 공부만 해서 되는 일이 아니다.

'내가 선택한 일이니 이제 와서 후회해봤자지만……'

황후로서의 책무 또한 상당해 르밀은 라리에트를 따라 지방과 황도를 오가며 보좌했다. 말이 보좌지, 루페르트가 라리에트를 향한 그리움을 참지 못하고 그녀를 채가기라도 하는 날에는 거의 혼자 일을 도맡아 했다.

'나도 집이 있다고! 애인도!'

르밀은 손수건을 꺼내 물어뜯으며 백작저에 놓고 온 참한 애인의 탄탄한 엉덩이를 떠올렸다. 절로 우는소리가 나왔다.

"의사가 그저 피로에 지쳐 쓰러지신 것 같다고 했으니 금방 일어나시겠지요."

"네, 뭐."

"경도 마냥 놀 수는 없지 않나요? 일단 급한 업무부터 폐하께 보고를 올리지요."

"아, 지금은 아마 안 될 겁니다."

"네? 왜죠?"

"라리에트가 쓰러졌잖아요. 우리 폐하는 그녀가 누워 있는 침실을 한 발자국도 벗어나지 않으려 들 겁니다."

"아니, 경도 폐하께 일을 넘기지 못하는 건 마찬가지 아니에요? 누가 누구를 놀리는 거람."

루이제가 제 볼을 긁적이자 르밀은 혀를 끌끌 찼다. 그들의 주인들이란 어찌 하나같이 책임감이 없으신지. 아, 아니. 라리에트는 백성들을 돌보려는 마음과 책임감이 상당한 황후이긴 했다. 그들의 안위는 안중에도 없는 쪽은 루페르트다.

그는 황제의 의무를 착실하게 수행했고 진보적인 정책을 펼쳐 백성들의 사랑을 받는 황제이긴 했지만, 르밀은 그의 얄팍한 노력조차 라리에트를 위해서가 아닐까 하는 의심을 거둘 수가 없었다.

"여기서 뭐 하고 있는 거지?"

"폐하를 뵙습니다."

호랑이도 제 말 하면 나타난다고. 그의 욕을 마음속으로 좀 하자마자 바로 그가 등장해버렸다. 루페르트는 황궁, 르밀은 상트 볼고르와드에 주로 있었기 때문에 그를 보는 것은 꽤 오랜만이었다. 그는 꿀을 바른 듯 진한 금발을 쓸어올렸다.

라리에트의 몸이 좋지 못한 탓에 수심이 깊게 드리워진 얼굴은 그에 대한 호감이 제로에 가까운 그녀조차 감탄하지 않을 수 없을 만큼 아름다웠다.

'어째 점점 더 잘생겨지네.'

기사 못지않게 떡 벌어진 어깨와 잘 짜인 팔 근육이 흰 셔츠 아래에서 더더욱 빛이 난다. 그가 황제가 되자마자 결혼을 해서 망정이지, 그렇지 않았다면 저 얼굴 하나만으로도 날아드는 연서와 혼담으로 궁 하나쯤 터져나갔으리라.

그럼 뭐 하나. 벨네르니 제국의 유일무이한 태양이자 손에 꼽는 외모의 소유자인 황제는, 아름다운 얼굴에 비해 성격은 그리 아름답지 못했다.

르밀은 황제의 찡그린 미간에 착잡한 한숨을 내쉬었다.

"의사……에게 줄 수고비를 좀 챙겨야겠어요."

"에? 왕진을 올 때 이미 줬을 텐데요."

"기다려봐요."

벌컥 열린 문틈 사이로 모습을 드러낸 루페르트는 그를 따라온 의사를 돌아보며 으르렁거리듯 입을 열었다.

"제대로 본 것 맞나?"

"예, 폐하. 피곤이 쌓이셔서 그런 것뿐입니다."

"피곤하다고 덜컥 쓰러져?"

"본디 몸이 튼튼하지 못하신 편이라 그러실 수도 있습니다."

"만약 네 진단에 조금의 오류라도 있었다가는……"

루페르트의 목소리가 가라앉았다. 순간 방 전체에 한기가 돌 만큼 냉랭한 얼굴로 의사의 멱살을 움켜잡는다.

"네놈 목구멍에 바늘 천 개를 꽂아넣을 테다."

"……"

"살아도 사는 것 같지 않게 만들어주겠어."

'아니, 목구멍에 바늘을 천 개나 꽂으면 당연히 죽지요.'

응접실의 들어선 하녀까지 포함해 네 명 모두 그리 생각했지만 그 생각을 입 밖으로 낼 만큼 간이 큰 이는 없었다.

"알겠나?"

장신의 루페르트에게 멱살이 잡힌 의사는 허공에 뜬 발을 버둥거리며 고개를 급하게 끄덕였다. 루이제는 울먹이며 응접실을 벗어나는 불쌍한 의사를 따라나섰다.

"이런……. 돈 더 주고 올게요."

"네, 그러세요."

수고비와 함께 황후께서 자상하시니 당신의 목숨이 위험할 리는 없다는 사족까지 덧붙여야 하리라.

르밀은 라리에트가 일어나면 이 작태를 반드시 알려줘야겠다 결심했다. 아무 죄 없는 의사들에게 라리에트가 아플 때마다 험한 으름장을 놓는 탓에 봉급이 높은 데다 의사로서 가장 큰 영예로 여겨지는 황족 주치의를 마다하는 의사들까지 생긴 상황이다.

의사가 큰 걱정은 마시라고 했다는데도 루페르트는 당장 라리에트가 큰 병에라도 걸린 것처럼 응접실 소파에 앉아 무거운 분위기를 연출했다. 원체 감정을 드러내는 법 없는 사람인지라 표정에 변화가 있는 건 아니었으나, 르밀의 눈에는 황제의 위에만 새까만 먹구름이 올라가 있는 것처럼 보였다.

'벨네르니 제국의 안위가 황후의 건강에 달려 있는 꼴이네.'

르밀은 티 나지 않게 작은 한숨을 내쉬며 발을 꼼지락거렸다. 루페르트는 생각에 잠겨 그녀가 이 공간에 존재한다는 사실조차 잊은 듯했다. 르밀은 루페르트에게는 볼일이 없었지만, 감히 황제가 축객령을 내리기 전에 방을 나서는 것은 말도 되지 않았다.

"크, 크흠."

한참을 불편할 만큼 꼿꼿한 자세로 서 있던 르밀은 참지 못하고 헛기침을 했다. 그제야 너 거기 있었냐는 듯, 루페르트가 의아한 눈으로 그녀를 올려다본다.

"뭐지?"

"폐하를 뵙습니다. 황후 폐하를 모시는 르밀입니다."

"네 이름 따위를 묻는 것이 아니다."

그의 목소리는 필요 이상으로 날카로웠다. 사납게 치켜뜬 눈매가 사람을 벨 수 있을 것처럼 날카로워 르밀은 답지 않게 조금 긴장했다. 기실 라리에트가 없는 자리에서 그를 보는 것은 무척 오랜만이다. 그리고 라리에트가 곁에 없는 루페르트는 다른 사람이라고 해도 믿을 수 있을 정도였다.

황태자였던 시절이나 황제가 막 되었을 때만 해도 이 정도는 아니었는데, 장성한 황제는 위압감이 무시무시했다. 맹수 한 마리를 숲속에서 무기 하나 없이 마주한 것처럼 등골이 서늘해지며 숨이 막혔다. 짓누르는 공기 속에서 르밀은 어물쩍 입을 열었다.

"아, 저는 원래 황후 폐하를 뵈러 왔습니다만……."

"라리에트는 잔다."

루페르트는 그녀의 말을 끊었다. 그것이 축객령이겠거니 알아먹은 르밀은 공손히 몸을 숙이며 치맛자락을 들어올렸다.

"그럼 저는 이만 물러가보겠습니다, 폐하. 존귀한 제국의 태양이시여."

루페르트는 대꾸조차 하지 않았다. 방을 나서기 위해 움직이는 그녀를 쳐다보지도 않는다. 소파 한켠에 동상처럼 앉은 상태로 굳어 있을 뿐이다.

'방 안에 눈이라도 내리겠네.'

마시던 차를 꽁꽁 얼려버릴 정도로 서늘한 얼굴이었다. 그가 나이를 먹어가면서 원로회가 왜 그에게 꼼짝도 못 하게 되었는지 이해가 가기 시작했다. 자애로운 성군 따위의 대외적인 이미지를 유지하고 있기는 했지만, 루페르트는 본질적으로 난폭한 사람이다.

"내일 뵙겠습니다."

르밀이 침을 꿀꺽 삼키며 방을 벗어나려던 참이다. 응접실과 연결된 침실의 문이 힘없이 열리며 옅은 갈색 머리카락을 지닌 인영이 모습을 드러낸다.

"황후 폐하!"

"어머, 르밀도 있었네요."

"괜찮으십니까?"

"폐하께서 호들갑을 떨었을 뿐이에요. 아프지 않으니 걱정 마요."

라리에트는 연약한 미소를 지으며 르밀에게 작은 손을 흔들었다. 그녀는 더는 소녀가 아니었지만, 여전히 아이처럼 해맑은 미소를 지을 줄 알았다. 루페르트가 왜 그녀가 당장이라도 앓아누워버릴 것처럼 전전긍긍하는지 조금 이해가 되기도 했다. 얇은 슈미즈 소매 아래로 드러난 손목이 무척 앙상했다.

전체적으로 선이 가늘고 색이 옅은 사람인지라 가녀린 아름다움이 느껴지긴 했지만, 저번에 봤을 때보다도 조금 더 마른 라리에트의 모습에 르밀은 놀라고 말았다.

'역시 황후와 법관의 일을 함께 맡은 게 버거운 모양이야.'

저 해끄무레한 얼굴을 보아하니 그녀에게 밀린 업무를 넘기려고 했던 자신이 악당이라도 된 것처럼 죄책감이 들었다. 그녀는 서류를 챙겨 나가기로 마음을 고쳐먹었다.

"일어났나."

라리에트에게 주려고 했던 서류더미를 챙기려고 테이블에 다가가던 르밀은 눈앞에 펼쳐진 광경에 입술을 짓씹었다. 살벌한 냉기를 남발하던 황제는 세상에 이보다 더 다정한 사람이 없을 것처럼 자상한 얼굴로 라리에트에게 다가서고 있었다.

"몸은 좀 어때? 의사를 다시 불러올까?"

녹을 듯 다감한 목소리였다. 방금 전에 누군가의 목구멍에 바늘을 꽂겠다는 말을 한 사람과 동일인물인지 헷갈릴 정도다.

'저 정도면 이중인격이야.'

서류를 들고 나서며 르밀은 어깨를 으쓱했다.

마차를 타고 오면서부터 속이 좋지 못하다 싶었는데, 멀미를 이기지 못하고 쓰러지고 말았다. 황도에서 상트 볼고르와드까지는 시간도 많이 걸리는 데다 길이 험난해서 나는 몸 상태가 괜찮은 날에도 종종 멀미를 하곤 했다.

'그래도 쓰러진 적은 없었는데……'

"정말 괜찮은 거 맞아?"

"그럼요."

나는 루페르트에게는 연신 괜찮다, 아무렇지도 않다 말하면서도 곰곰이 몸 상태에 대해 고민했다. 의심하고 있는 병, 아니, 딱히 병은 아닌 증상이 있기는 했지만, 확실해지기 전까지는 조심하고 싶었다.

"루페르트."

"응."

응접실 소파에 앉아 나를 제 무릎 위에 앉힌 그는 애꿏은 내 치맛자락만 만지작거리며 고개를 들지 못했다.

"누가 보면 나 죽는 줄 알겠어요. 얼굴 좀 펴세요."

나는 고개를 숙여 그의 얼굴을 마주했다. 한여름 녹음처럼 빛나는 눈에 불안이 감돈다. 그는 옅은 한숨 같은 한마디를 흘렸다.

"답답해 미치겠어."

"네?"

"네가 그렇게 쓰러질 때마다 심장이 갑갑해서 뜯어내버리고 싶을 정도야."

"……폐하 심장이 무슨 커프스단추인 줄 아시나요?"

"젠장, 무슨 소리인지 알잖아."

루페르트는 크라바트를 끌어내리며 난폭하게 읊조렸다.

"정말 그 점쟁이가 저주라도 한 건 아닌가? 요즘 왜 이렇게 자주 아픈 건데."

"딱히 엄청 아프진 않은데요."

"라리에트, 나는…….."

루페르트의 목소리는 무겁기 그지없었지만 짐작 가는 구석이 있는 나로서는 딱히 내 건강이 걱정되지는 않았다. 그는 그 점이 불만이었던지 손끝으로 내 콧등을 잡아당겼다.

"난 무서워."

"아야."

"너는 아무렇지도 않은 건가?"

"뭐가요?"

"아프거나, 죽는 것에 대해서 말이야."

"인생은 어차피 고통뿐이라는 말을 늘 입에 달고 다니는 건 루페르트 잖아요?"

그는 내가 얄밉다는 듯 눈을 흘겼다. 나는 그가 나 때문에 안절부절 못하는 모습을 보는 데 재미를 붙이는 중이었다. 아무것도 모른다는 양 방긋 웃자 그가 내 머리카락 끝에 입을 맞춘다.

"모르고 한 말이다. 내 너를 모르고, 네가 있는 삶이란 게 나한테 어떤 의미인지 몰랐으니까."

"폐하."

"그놈의 폐하 소리, 짜증난다고 했을 텐데."

"습관이라서요."

루페르트는 낮은 목소리로 불만을 표시했다. 나는 그의 부드러운 뺨으로 손을 올리며 입을 열었다.

"루페르트, 만약 내가 당신보다 먼저 세상에서 사라지게 된다면 어떨 것 같아요?"

반쯤 그를 골리려고 한 말이긴 했지만, 반쯤은 정말 궁금해서 입 밖에 내보았다. 요즘 들어 피곤하고 상태가 좋지 못한 이유가 내가 의심하는 그것이 맞는다면 정말로 내 목숨이 위험해질 가능성도 있으니.

"뭐?"

내 손바닥에 입을 맞추던 루페르트는 눈살을 찌푸리며 되물었다.

"못 들은 체하시기는."

"나는 너 없이 못 살아. 어찌 그런 말을 해."

루페르트의 얼굴이 처참하게 무너져내린다. 그는 그런 질문을 들은 것만으로 발밑이 꺼진 사람처럼 울상을 지었다. 그의 녹안이 물기로 젖어들며 진해지는 탓에 나는 서둘러 그를 달랬다.

"우, 울지 마세요."

"안 울어."

그러면서 루페르트는 촉촉해진 눈으로 내게 다가들었다. 나는 손사래를 치면서도 조금 기가 막혀 웃고 말았다.

"왜 그런 말을 하는 거지?"

"아뇨, 그냥, 가정해본 거예요. 만약에 말이에요."

"몰라. 상상도 하기 싫다. 그런 가정 따위 하지 마."

나는 루페르트의 단호한 대답에 입술을 깨물었다. 그러자 그가 그러지 말라는 듯 긴 손가락으로 내 아랫입술을 톡톡 건드린다.

"네가 없는 삶은 여태껏 감내한 기간만으로도 충분해."

"정말 저 없이 못 사시겠어요?"

"그래."

"아휴, 제가 그렇게 좋으세요?"

나는 바람 빠지는 소리를 내며 웃었다. 내가 눈까지 찡긋거리는 게 자신을 놀리려 드는 것임을 알면서도 루페르트는 고개를 크게 끄덕였다.

"그래. 좋아. 미치도록."

"그, 그러세요?"

"그래."

"……네에."

"너무 사랑해서 네가 이 세상에 없는 것만 생각해도 정신이 나갈 지경이야."

"네, 네에. 알겠어요. 그만해요."

루페르트의 밑도 끝도 없는 고백이 민망해서 볼이 홧홧해진다. 미남의 진지한 사랑고백은 아무리 들어도 익숙해지지가 않는 모양이다. 나는 두근두근 빠르게 뛰기 시작하는 가슴께를 지그시 눌렀다.

"왜. 이런 소릴 듣고 싶어서 물은 게 아니었나?"

루페르트가 얇은 슈미즈 안으로 손을 집어넣으며 씨익 웃는다. 허벅지 아래를 부드럽게 쓰다듬는 손이 차가워 움찔했지만 그는 행동을 멈추지 않았다.

"너는 아닌가 봐?"

"예?"

"너는 날 사랑해서 정신이 나갈 지경까진 아닌가 보지. 그래서 당황하는 건가?"

"아뇨. 물론 저도 당신을 사랑하, 어머."

정신을 차려보니 어느새 슈미즈가 전부 말려 올라가 다리가 훤히 드러나 있었다. 창가로 들어서는 햇볕을 받은 살결이 하얗게 반짝이는 모습은 내 다리였지만 보기 민망할 정도로 외설적이다.

"그만!"

방 안에는 둘뿐이지만 이곳은 응접실이다. 나는 남부에서 자란 티를 내며 서둘러 옷매무새를 가다듬었다. 루페르트가 왜 그러냐는 듯 한쪽 눈썹을 쓱 들어올린다.

"왜?"

"추, 추워요."

"그래? 들어갈까?"

"그런 뜻이 아니었는데요."

"춥다며? 이불이라도 덮어야지."

안 덮어줄 거면서. 옷이나 안 벗기면 다행이게. 나는 마음에도 없는 볼멘소리를 중얼거리면서도 그에게 안겼다. 당연하다는 듯 단단하게 내 허리를 받치는 커다란 손이 좋았다.

루페르트가 언제 이렇게 컸는지 모를 일이다. 나보다 빼빼 마른 시절은 기억도 나지 않는다는 듯 단단해진 그의 품 안으로 파고들 때면 세상에 걱정할 일이 하나도 없는 것 같은 기분이 들었다. 어떤 모진 풍파가 들이닥쳐도 그가 나를 지켜줄 것만 같아서.

"부드러워."

내 머리카락을 연신 쓰다듬던 루페르트가 만족스러운 웃음을 흘렸다.

"정말 이대로 아무것도 변하지 않았으면 좋겠어."

"그래요?"

"응. 이 세상에 너와 나만 존재했으면 싶다. 아무도 우리를 방해하지 않도록."

그 말이 아예 달갑지만은 않아서 나는 어설프게 웃기만 할 뿐, 대꾸하지 않았다.

"나는 너만 있으면 되니까."

내 몸 여기저기를 지분거리던 루페르트의 느른한 미소가 진해져가던 참이다. 응접실 문을 두드리는 노크 소리가 울려 퍼졌다.

"폐하, 루이제입니다."

두꺼운 나무문을 두드리며 함께 루이제가 자신의 방문을 알렸다. 지금이 정확히 몇 시인지는 모르겠지만, 아직 해가 떠 있으니 루페르트의 업무도 끝나지 않았으리라.

"이런, 전 들어가봐야겠어요."

루이제에게 잠옷 차림을 보여줄 수는 없는 노릇이다. 내가 그의 품에서 벗어나기 위해 뒤척이자 루페르트는 내 어깨를 꾹 눌러 잡았다.

"폐하?"

대답이 없으니 루이제가 의아한 목소리로 그를 찾는다.

"폐하, 저 들어갑니다?"

"안 된다."

"왜요?"

루이제는 루페르트의 답에도 문을 조금 열어 고개를 빼꼼 내밀었다.

"문 열지 마."

"폐하가 나오시면 안 들어가도 되긴 하는데."

"꺼져."

내가 자신을 맞을 상태가 아니라는 것을 알았는지 루이제는 고개를 뒤로 뺐다. 그러나 물러나지는 않고 꿋꿋하게 목소리를 높인다.

"안 됩니다, 폐하. 황후께서도 일어나셨다면서요. 그럼 일을 하셔야 합니다."

"지금 대드는 건가?"

"네."

루페르트의 으름장에도 루이제는 뻔뻔했다. 그는 문틈으로 손만 넣어 서류더미를 팔랑팔랑 흔들어댔다.

"나오세요. 일이 산더미처럼 쌓였습니다, 폐하."

"죽고 싶지, 아주?"

"업무에 치여 죽나 폐하께 맞아 죽나 죽기는 매한가지겠네요."

루이제의 툴툴대는 소리와 루페르트의 한숨이 섞여들었다.

"……진짜 죽일까."

"에이, 경처럼 성실한 부하를 죽이면 루페르트만 손해인걸요."

나는 짜증으로 잔뜩 일그러진 루페르트의 미간을 손끝으로 꾹 누르며 배시시 웃었다.

"일하러 가보세요."

"너 이제 일어났는데?"

"저 자는 거 실컷 보셨잖아요."

"하."

루페르트는 푹 한숨을 내쉬며 자리에서 일어났다. 그는 소파 팔걸이에 걸쳐져 있던 숄을 내게 둘러준 다음 무척 느릿느릿 문을 향해 걸어갔다.

"에휴, 폐하 기다리다가 목 빠지겠습니다. 하지만 저는 폐하를 위해 그러고 싶지는 않아요. 저를 열렬히 사랑해주는 절세가인을 위해서라면 모를까."

"……"

"물론 폐하도 절세가인이긴 하신데요, 폐하는 저 안 사랑하시잖아요."

"진짜 뽑아버리기 전에 입 닥쳐."

루페르트의 목소리가 생각보다 더 살벌했는지 장난기 가득한 말을 주절거리던 루이제의 입이 꾹 닫힌다. 나는 그들의 발소리가 멀어지는 것을 확인하고 나서야 자리에서 일어났다.

테이블 위에 얌전히 올려져 있던 종을 울리자 디아나가 방에 들어온다. 나는 그녀에게 의사를 다시 불러달라 부탁했다.

확인해야 할 것이 있다.

"저를 찾으셨다 들었습니다."

내가 몸이 아파 자신을 찾았다고 생각했는지 서둘러 달려온 듯 의사의 이마에는 땀이 송골송골 맺혀 있었다. 닥터 로젠버그는 어의 중 유일하게 벨루아 출신이다.

벨루아 가문의 주치의였던 닥터 아일리와도 친분이 깊어, 내가 개인적인 부탁을 할 수 있는 유일한 의사이기도 했다. 나는 아파서 불렀던 게 아니라는데도 내 안색을 다시 꼼꼼히 살피는 그를 지켜보다 나지막이 운을 뗐다.

"황도에서 부탁한 물건은 구했는지 물어보려고 불렀어요."

"붉은 궁전에서는 저 혼자 몰래 움직이는 것이 힘들어서 아직 구하지 못했습니다만 이곳은 상인들이 많이 드나드는지라, 믿을 만한 사람에게 부탁은 해놓았습니다."

의사가 내게 귀띔해준 기구는 윌레탄의 마탑에서 만들어지는 아티팩트의 일종으로 숨어 있는 생명을 탐지하는 기능이 있다고 했다. 어둠 속에 숨어 있는 자객이나 도둑을 찾아 위험요소를 제거하기 위한 용도로 개발되었지만, 요즈음에는 임신을 판별하기 위해서도 쓰인단다.

임신.

아직은 실감이 나지 않는 단어다. 나는 전혀 부르지 않아 납작한 배를 쓰다듬으며 의사를 올려다보았다.

"요즘 계속 피곤한 이유가 정말 내가 아기를 가졌기 때문일까요?"

"글쎄요, 조금 애매합니다. 마도구를 언제 구할 수 있을지 모르니 폐하께 말씀을 올린 다음 전문의를 데려오는 것이 어떨는지……"

"폐하께는 아직 말씀드릴 수 없어요. 무슨 반응을 보이실지 상상도 안 가는걸요."

"저는 작은 증상일지라도 빼먹지 않고 폐하께 보고드려야 하는 어의입니다."

루페르트가 얼마나 닦달했으면 상대는 나와 눈도 마주치지 못하고 바닥만 바라보고 있다. 내 진료의 책임을 지고 싶지 않은 기색이 너무나 역력하다. 나는 한숨처럼 입을 열었다.

"닥터 로젠버그."

"예, 황후 폐하."

"내가 닥터 로젠버그를 일부러 상트 볼고르와드까지 데려온 이유는 당신이 황족 주치의 중에서 유일하게 내 상태를 폐하께 바로 고하지 않을 의사이기 때문이에요."

내 말에 의사는 짧게 신음 비슷한 소리를 냈다. 나는 옅은 주름이 진 그의 눈가를 흘깃 보며 말을 이었다.

"내가 닥터를 곤란하게 만들고 있다는 건 알아요. 하지만 내게 호의를 베푸는 것이라 생각하고 부탁을 들어줄 수 없을까요?"

"미천한 제가 어찌 황후 폐하께 호의를 베풀 수가 있겠습니까? 그저 명하시면 될 것을."

"아뇨, 부탁할게요. 폐하께는 제가 직접 말하고 싶으니 부디 함구해 주세요."

내가 이렇게까지 저자세로 나올 줄 몰랐는지 의사는 난색을 표하며 손사래를 쳤다.

"그럼요. 제가 폐하께 고하는 일은 없을 겁니다."

"고마워요, 로젠버그."

"그럼 이만 물러나겠습니다, 황후 폐하."

"아티팩트가 구해지는 대로 말해줘요."

나는 의사의 확답을 받아낸 다음에야 안심하고 그를 보내줄 수 있었다. 루페르트에게 청한다면 당장 내일이라도 물건을 손에 넣을 수 있겠지만, 도저히 그에게 말을 꺼낼 용기가 나지 않는다. 지금이 아이를 가지기에 적절하지 않은 시기라는 점은 차치하더라도, 그가 내 임신 소식을 반기리라는 확신이 없었으니까

루페르트는 아이를 싫어했다. 나는 그가 지나가는 아이에게 눈길 한 번 줘본 적이 없다는 것을 안다. 어쩌다 눈이라도 마주치거나 아이가 그의 신경을 거스른다면 미간을 찌푸리면 찌푸렸지, 웃어준 적은 단 한 번도 없었다. 물론 그는 거의 모든 사람을 싫어했으므로 아이만을 좋아하길 바라는 건 어불성설이긴 하다.

'아냐, 그래도 친분이 있는 아이는 아직 없었으니까.'

막상 주변에 아이가 생기면 그리 나쁘게 반응하지 않을지도 모른다. 나는 애꿎은 이불만 쥐어뜯으며 고민하다 손뼉을 쳤다.

이튿날 나는 디아나를 불러 성전에 사는 고아들을 초대해 티파티를 열고 싶다고 말했다.

그녀는 사교계 활동을 무척 좋아하는 시녀였으므로 티파티 준비는 순조롭게 진행되었다. 아이들에게 안겨줄 선물을 정원 분수대 근처에 산처럼 쌓아놓자 제법 근사해졌다.

서늘한 날씨에 옷을 벗은 나무들이 쓸쓸해 보였는데 여기저기 리본을 걸어놓으니 황궁의 정원에 비하면 보잘것없는 이곳도 제법 볼만했다. 그 모습이 흡족해서 상자를 이곳저곳으로 옮겨놓는데 뒤에서 뚜한 목소리가 들린다.

"쓸데없이."

루페르트는 간만에 휴일을 오롯이 나와 휴식을 취하는 데 보낼 계획이 무산된 데 불만을 감추지 않았다. 내가 종일 정원에 있으니 나를 따라 나와 있기는 했지만, 삐죽 튀어나온 입은 도무지 들어갈 기미가 없다.

"피곤하면 들어가서 쉬세요. 이제 다 끝났어요."

"너도 들어올 건가?"

"아뇨."

"그럼 됐어."

루페르트는 단칼에 내 제안을 거절한 다음 터덜터덜 걸어와 나를 뒤에서 껴안았다. 목깃 위로 드러난 부분에 자잘한 입맞춤을 쏟아낸 그는 곧 한숨처럼 입을 열었다.

"왜 모처럼 쉬는 날에 고생이야."

"마구 일을 벌여대는 저나 폐하에 대한 평판이 그리 좋지 않잖아요. 이 기회에 상트 볼고르와드에 좋은 인상을 심어주면 좋죠."

"누가 네 욕 해?"

그렇다고 대답했다간 당장 누구든 잡아다 족칠 기세다. 나는 세차게 고개를 저었다. 감히 내 귀에 들려올 만큼 흉을 보는 간 큰 이들이 없기도 했고.

"티파티에는 루페르트도 와야 해요."

"……나까지?"

"네. 제가 이렇게까지 열심히 준비하는데, 안 오시려고 했어요?"

무도회도 아니고, 티파티는 보통 남자들까지 참석하지 않는다. 하지만 내가 섭섭한 기색을 내비치자 그는 허둥지둥 고개를 끄덕였다.

"아냐, 가려고 했어."

나는 순한 양 같은 루페르트의 모습에 웃음을 터뜨릴 수밖에 없었다.

"왜 웃어."

내가 자신을 비웃는다고 생각했는지 루페르트가 얼굴을 찡그린다. 나는 손등으로 그의 뺨을 쓸어내렸다.

"고마워요."

"말로만 고맙다고 하지 말고 이제 나랑 놀아줘."

"지금도 이렇게 놀고 있잖아요? 자, 이제 그만 쉬시고 여기 흙이나 좀 마저 푸세요."

"……."

루페르트의 눈빛이 조금 사나워졌지만 그는 내게 위협이 되지 못한 지 오래다. 내가 허리에 손을 얹고 단호하게 말하자 그는 더 투덜대지 않고 삽을 쥐었다. 감히 황제 폐하를 이런 일로 부려먹으시느냐 궁내무관이 알게 되면 득달같이 내게 달려들겠지만, 그는 지금 황궁에 처박혀 루페르트 대신 일하고 있는 중이니 알 게 뭔가.

장미 묘목을 옮기기 위해 흙을 퍼내는 루페르트 옆에 쪼그리고 앉은 나는 일하는 그를 흘깃 훔쳐보며 바보같이 웃었다.

누구 남편인지 참 잘생겼다. 촘촘한 금색 속눈썹 위로 노을이 맺히는 모습이 한 폭의 그림처럼 아름다웠다. 넋을 빼고 루페르트를 지켜보고 있자니 그가 정원사나 끼고 다닐 법한 거친 면장갑에 가려진 길쭉한 손을 들어 내 이마를 툭 건드린다.

"뭘 봐."

"내 남편 내가 본다는데 왜 뭐라 그래요?"

"일 시켜놓고 내 얼굴만 보니까 그렇지."

"잘생겨서 봤어요."

"……하."

내 말이 기가 막힌 건지, 아니면 기분이 좋은 건지 그가 가볍게 웃는다. 바람 빠지는 듯 잔잔한 웃음소리에 선선한 저녁 바람이 섞여들었다.

그는 꽤 무거운 묘목을 한 손으로 옮겨 바닥에 박아넣었다.

"내가 그리 잘생겼으면 구경만 하지 말고 좀 예뻐해봐."

"네?"

"뽀뽀도 좀 해주고."

"바, 밖이잖아요."

"아무도 없어."

"정말요?"

"응. 빨리."

주변을 두리번거리며 확인한 루페르트가 목을 쭉 빼 제 볼을 들이댄다. 나는 피하지 않고 가볍게 입을 맞췄다.

"크, 크흠."

나는 내 뒤편에서 들리는 기침 소리에 화들짝 놀라 벌떡 일어났다.

"폐하를 뵙습니다. 황후 폐하, 아이들이 도착했습니다."

상트 볼고르와드에 상주하는 듯 신관의 것과 비슷한 차림의 시종은 몇 번 본 적 없는 사람이었다. 모르는 사람에게 부끄러운 애정행각을 들켰다는 생각에 뒷덜미까지 홧홧해진다.

'분명 아무도 없다고 했으면서!'

반면 루페르트는 놀란 기색도 없이 느긋하게 나를 따라 자리에서 일어났다. 시종을 보지 못했느냐 따져 묻기도 전에 그가 입을 뗐다.

"선물로 줄 묘목들을 골라놨으니 포장부터 해놓도록 해."

"예, 폐하."

시종은 공손하게 허리를 수그린 다음 다른 사용인들과 함께 루페르트가 뽑은 묘목들을 들고 종종걸음으로 멀어졌다. 그들이 사라지자마자 아이들이 신관과 함께 나타났다. 어린아이부터 성년에 가까운 아이들까지 나이대가 다양하다. 대신관은 근처에 당도하자마자 루페르트에게 이런 자리를 마련해준 것에 감사하다는 인사부터 올렸다.

"내가 부른 거 아닌데."

그는 고개를 까딱이며 나를 턱짓했다. 아주 건방진 작태였지만 누가 황제를 탓할 수 있겠는가. 나는 어색하게 웃으며 대신관을 맞았다.

"어서 와요."

"황후 폐하께서 몸소 아이들을 살펴주시리라 생각하지 못했습니다. 법전에만 빠져…… 아, 큼, 공사가 다망하시니까요."

나를 비꼬려던 젊은 신관은 순식간에 매서워지는 루페르트의 눈길에 입을 꾹 다물었다. 나는 한 손을 뻗어 루페르트를 말리며 싱긋 웃었다.

"제가 법전에 관심을 가지는 이유는 사람들을 돌보기 위해서니까요."

성전의 신관들은 내가 그들에게서 그리모알트의 법전을 빼앗아간 것에 큰 불만을 가지고 있었다. 애초에 그들의 것도 아니었고, 제국의 법전이 배포되지도 않은 상태로 성물처럼 모셔지고 있던 것부터 말이 안 된다는 점은 염두에도 없다.

"약소하지만 다과를 준비했어. 저쪽으로 같이 갈까?"

나는 나와 가장 가까이 서 있는 소년의 팔을 가볍게 잡았다. 앳된 소

년이긴 했지만 신전의 아이들 중에서도 나이가 있는 편인지 키는 나보
다 더 크다.

"이거 놔요."

"응?"

소년은 다소 거칠게 날 뿌리쳤다. 아이를 데려온 신관들도 이런 상황
은 예상하지 못했는지 얼굴이 하얗게 질렸다.

"내 몸에 손대지 말라고요."

나는 명백하게 기분 상한 티를 내는 소년 앞에서 조금 머뭇거렸다. 그
사나운 기세를 마주하려니 어쩐지 다시 열두 살 소녀가 되어 황궁으로
돌아간 기분이 들었다.

'루페르트 닮았네.'

까칠한 성격도 성격이지만, 얄쌍한 선이나 치켜올라간 눈매 같은 부
분이 어린 루페르트를 닮은 것 같기도 했다.

"미안."

나는 가볍게 사과하며 루페르트를 막았다. 당장이라도 앞길 창창한
어린 소년의 목을 이 자리에서 베어버릴 듯 노려보는 그를 잡자 이를 북
갈며 나를 돌아본다.

"왜 잡아."

"폐하."

"어."

"함부로 화내지 않기로 저랑 약속하셨어요."

"내가 언제 화를 냈어? 나는 황족에게 무례하게 구는 자를 엄히 다스
릴 의무가 있다."

눈으로는 부쩍 열을 올리면서 차분하게 대답하는 루페르트의 핑계에
나는 코웃음을 쳤다. 그가 언제부터 황제의 의무 따위에 신경 썼다고.
소년이 무례하게 군 것은 사실이지만, 황제가 직접 나서서 벌할 정도는

아니다.

"폐하, 무례를 용서해주시길 바랍니다. 생전 황족을 본 적이 없는 천 방지축입니다. 어서 사과드리지 않고 뭐 해!"

나이 지긋한 신관이 앞으로 나서며 소년의 머리를 푹 누른다. 잠시 말이 없던 아이는 신관의 재촉에 마지못해 내게 사과했다. 나는 소년의 기어들어가는 목소리에 고개를 끄덕이며 루페르트를 진정시켰다.

"별일 아니니 소란 만들지 않기로 해요. 차가 식겠어요."

나는 샐쭉 웃으며 무리를 이끌고 정원 한가운데 마련된 티테이블을 향해 나아갔다.

꽃으로 화사하게 꾸며진 테이블에 넘치도록 준비된 디저트가 마음에 들었는지 어린아이들이 탄성을 지르며 뛰어간다. 신전은 재정적으로 힘든 건 아니지만 그렇다고 풍족한 환경도 아니었으니 달콤한 디저트를 보기란 하늘의 별 따기일 터다.

"아, 아니! 예의를 지키지 못해!"

아이들이 허락도 구하지 않고 과자를 먹기 시작하자 당황해 저지하려는 신관을, 나는 손짓으로 막았다. 딸기 에클레어를 강아지처럼 덥석 물고 눈치를 보던 여자아이가 그제야 야금야금 빵을 먹었다.

뛰어간 아이들보다 더 어린 아이들이 짧은 다리로 아장아장 나아가는 뒷모습이 귀여워서 나는 루페르트의 옆구리를 쿡 찌르며 입을 열었다.

"귀엽죠?"

"뭐가."

"아이들이요. 발 작은 것 좀 보세요."

"네 발도 작잖아."

루페르트는 뚜하니 대답하며 발끝으로 내 구두를 툭 건드렸다. 그의 것에 비하면 작긴 했지만, 내 손바닥보다도 작은 아이들 발만큼은 아니다.

"저는 아이가 아니잖아요."

"네가 만 배쯤 더 귀여워."

디저트를 향해 달려가지 않고 우리 곁에 미간을 찌푸린 채 서 있던 소년이 풉, 비웃는 소리를 낸다. 나는 조금 민망해져서 괜히 루페르트의 어깨를 때렸다.

"왜 때려?"

"밖에서 그런 말 하지 마시라고 했잖아요."

"귀여운 걸 귀엽다고 하지 뭐라고 해."

그의 투덜거리는 말에 소년의 웃음소리가 점점 더 커졌다. 나는 루페르트를 닮아 또래 소녀들에게 인기가 많을 것 같은 소년을 흘깃 내려다보다 입술을 꾹 깨물었다. 소년의 웃음소리가 마음에 들지 않았는지 루페르트가 아이처럼 미간을 찡그린다.

"야."

"예?"

"뭐가 웃겨?"

"……."

아이들이 모인 테이블에서 조금 떨어진 곳에 놓인 의자에 껄렁하게 앉은 루페르트는 과자에는 별 관심이 없어 보이는 소년을 향해 다시 턱짓했다.

"대답."

"폐하께서 여자 치마폭에 싸여 이리저리 휘둘리고 계시다는 소문이 참인 것 같아서 웃었습니다."

아이는 루페르트가 무섭지도 않은지 뻣딱하게 선 채 대답했다. 무소불위의 권력자 앞에 서 있으면서도 긴장한 티가 나지 않는다. 나란히 붙어 있으니 검은 고수머리만 아니었다면 그의 동생이라고 해도 믿을 정도로 닮았다.

"그런 소문이 났나?"

루페르트는 자신을 향한 모욕적인 언사에는 별다른 감흥을 보이지 않았다. 아까와는 다른 반응이 조금 의외였는지 소년이 한쪽 눈썹을 치켜세운다.

"모든 중요한 결정이 황후 폐하의 뜻대로 된다고요."

소년의 말에 루페르트는 짧게 숨을 뱉었다. 아이는 눈에 보이게 고의적으로 그의 신경을 건드리고 있었다.

"네 말이 그르고 그르지 않고를 떠나서, 나를 향한 비난은 내게 별 의미가 없다."

"……."

"해서 딱히 기분이 상하지도 않아."

그는 무성의하게 손끝으로 팔걸이를 톡톡 건드리며 고개를 젓혔다. 소년을 대하는 게 조금 귀찮아 보였다.

"죽고 싶어서 일부러 그러는 거면 죽여줄 수는 있겠지만, 내 황후가 싫어할 텐데."

루페르트는 그리 말하며 나를 돌아보았다. 그에게 아이들의 사랑스러움을 보여주기 위해서 준비한 티파티가 점점 더 내 의도와 어긋나는 자리가 되어가고 있었다. 나는 머리가 다 큰, 심지어 황가에 다소 불만이 있어 보이는 소년을 데려온 신관을 원망하며 어깨를 으쓱했다.

'안 되겠어. 떼어놓든지 해야지.'

"얘 좀 데리고 산책 좀 다녀올게요. 폐하는 그동안 저 아이들과 놀아주고 계실래요?"

"뭐? 싫어."

"저와 폐하가 연 티파티인데 그럼 손님들을 방치하실 거예요?"

나는 그들을 따라 미간을 찡그리며 정신없이 과자를 먹고 있는 아이들을 바라보았다. 아이들은 단것이 입에 들어가면 고삐 풀린 망아지처럼 날뛰기 마련이다.

"신관은."

"두 명밖에 없잖아요. 아이들은 여럿이고요."

나는 그가 내 말에 더 대꾸하지 못하도록 소년의 팔을 잡고 서둘러 등을 돌렸다. 나와 산책을 하고 싶은 생각이 전혀 없던 소년은 루페르트와 거리가 벌어지자마자 내 손을 뿌리쳤다.

"나를 싫어하는 건 괜찮지만, 사람들 앞에서 티를 내면 손해 보는 건 너야. 악감정을 숨길 줄도 알아야지."

열세 살쯤 되어 보이는 소년은 내 충고가 의외였는지 눈을 크게 떴다. 그러다 느릿느릿 입을 연다.

"신관에게 이르시기라도 할 건가요? 상관없어요. 신관들은 어차피 저를 싫어하니까."

누구에게든 저런 식으로 뻗대서 싫어하는 건 아닐까. 나는 그리 생각하며 고개를 기울였다.

"왜?"

"제가 그들보다 신력이 뛰어나니까요. 전 신관 따위 하고 싶지도 않은데."

"그럼 왜 여기 있니?"

"하?"

내 물음에 소년은 어이가 없다는 듯 헛웃음을 지었다.

"정말 레이디 뱅상의 말대로네요."

"뱅상?"

나는 눈을 가늘게 뜨고 아이의 다음 말을 기다렸다. 소년이 알고 있는 레이디 뱅상은 내게 적대심을 품고 있을 마리안이 분명했다.

"제가 지금 여기 있는 이유는 최근 바뀐 법 때문이에요. 황후 폐하께서 몸소 진행하신."

"응?"

"신관이 되려면 꼭 귀족이 아니어도 괜찮다는 그 빌어먹을 법이요. 그 덕에 영지의 기사들이 농가에 들이닥쳐 신력이 있어 보이는 남자아이들은 죄 잡아다 성전에 팔고 있다고요."

신전은 항상 인력난에 허덕이고 있다. 신력이 있는 귀족은 애초에 수가 많지 않았고 귀한 장남을 신관으로 보내려는 가문이 없으니까. 하지만 그렇다고 돈을 받고 신력이 있는 아이들을 사온다는 보고는 받은 적이 없었다.

"상트 볼고르와드에 오고 싶지 않다는 저를 붙들고 레이디 뱅상이 말해줬어요. 모두 다 황후 폐하 때문이라고요. 뱅상 백작님께서도 아이들을 팔고 싶어 하지 않으신다고."

나는 소년의 말에 기가 막혀 한숨처럼 입을 열었다.

"무엇부터 설명해야 할지 모르겠구나. 일단 제국법상 인신매매는 불법이야. 만약 백작이 너희를 성전으로 보내는 대가로 돈을 받았다면 나는 그에게 엄벌을 내릴 거란다."

"……레이디 뱅상은 그 돈을 황실로 보낸다고 했었는데요?"

"다음에 마리안을 마주하거든 재산세나 제때 내라고 전해줄래? 네가 말하는 그 법은 그런 목적으로 재정한 게 아니야. 귀족이 아니어도 신관을 하고 싶은 사람들은 할 수 있게 만드는 법이었지."

"곡괭이도 원래 사람을 죽이려고 만들어진 도구는 아니죠. 하지만 쥔 사람 마음에 따라 그런 용도로 쓰일 수도 있는 겁니다."

그 말만큼은 옳았기 때문에 나는 입술을 짓씹었다.

'이래서 법전의 배포가 필요했던 건데.'

황도 내에서야 내가 직접 개정된 법안이 사람들의 삶에 어떤 식으로 영향을 미치는지 확인하는 게 가능했지만, 조금만 벗어나도 정책을 어떻게 활용하는지에 대한 판단을 영주들의 손에 맡겨야 했다.

재판을 볼 영주들이 따라야 할 지침이 전부 그들의 머릿속에 있으니까. 성물로 여겨졌던 법전을 각 영지마다 배포하는 데 대한 반발이 심해 상트 볼고르와드에서 황도로 법전을 옮기는 것 정도밖에 하지 못한 상태였다.

"그래, 그 부분은 내가 생각이 짧았어. 상트 볼고르와드가 법전을 양보하는 대가로 요구한 사항이라 미처 거기까지 고려하지 못했네. 집에 돌아가고 싶은 거니?"

소년은 쉬이 대답하지 못했다. 애초에 내 사과를 기대하지 않았는지 말을 더듬거린다. 나는 아직 앳된 티가 나는 아이의 볼을 손등으로 쓰다듬었다.

"저 말고도 집에 가고 싶어 하는 아이는 있어요. 신관이 되고 싶어 하는 애들도 많지만."

"모두 원하는 대로 할 수 있게 조치할 테니 걱정 마렴."

"……저처럼 황후 폐하를 만나 사정을 말할 기회가 없는 애들은 어떻게 되는 건가요?"

"내게도 손이 닿지 않는 구석이 있는 법이란다. 하지만 노력하고 있으니 일단 기다려주지 않을래?"

나는 차분하게 대답하며 소년을 다독였다. 제 머리를 쓰다듬는 나를 바라보는 아이의 표정이 묘해진다.

"자, 이제 네 문제는 해결된 것 같으니 돌아가서 귀엽게 좀 굴지 않을래?"

"……네?"

"나는 내 남편이 아이들을 좋아하게 되었으면 싶거든."

"그게 오늘의 목적이라면 이미 실패한 것 같은데요."

"응?"

소년은 불퉁하게 말하며 우리가 벗어난 티파티 장소를 손끝으로 가리켰다.

"히익."

나는 소년이 가리키는 방향으로 빠르게 달려갔다.

"세상에!"

채 두 살도 되지 않았을 것만 같은 어린아이 두 명이 까르르 웃으며 의자에 앉아 있는 루페르트에게 기어오르고 있었다. 그가 내 쪽을 바라보고 있지 않았기 때문에 표정을 확인할 수가 없어 더 불안했다.

신관들은 아이들을 제대로 보지 않고 뭐 하나 싶었지만, 그들은 설탕이 듬뿍 발린 과자를 먹고 망아지처럼 뛰어다니는 다른 아이들—몇몇은 심지어 나무를 타고 있었다—을 잡으러 다니느라 미처 루페르트 쪽을 보지 못한 모양이다.

'낭패야.'

설탕이 아이들에게 무슨 작용을 하는지 아예 몰랐던 것은 아니지만, 아이를 돌본 적이 없다 보니 이 정도의 효과가 있으리라고는 미처 예상하지 못했다. 나무를 오르던 아이 한 명이 신관에게 잡혀 내려올 참이면 다른 아이가 찻주전자를 들고 휘두르며 잘 정돈된 장미 정원에다 물을 뿌려댔다.

"여기는 신전이 아니야, 애들아!"

당황한 신전이 큰 목소리로 아이들을 말려보지만 소용이 없었다. 바닥에 흩뿌려진 차로 만들어진 진흙에 작은 발자국이 마구잡이로 새겨진다.

내가 티파티를 계획하면서 상상했던 천사같이 착한 아이들의 미소로 루페르트의 마음을 녹이는 그림은, 아이들의 발에 밟혀 산산조각이 나다 못해 원형을 알아볼 수 없을 정도로 찢겨나가고 있었다.

"폐하!"

나는 천천히 들리는 루페르트의 팔을 기겁하며 잡아챘다. 설마 어린 아이들에게 연금술이라도 쓰려는 것은 아니겠지. 아니라고 생각하고 싶었지만, 그는 그러고도 남을 사람이다. 루페르트를 이 난장판 한가운데에 두고 가버리다니. 시건방진 소년을 그의 눈앞에서 치우는 대신 원숭이 무리에 그를 던져놓은 꼴이었다.

"하아."

짧은 거리지만 전속력으로 내달렸더니 숨이 차다. 루페르트는 내게 잡힌 팔을 의아한 눈으로 힐끗거렸다.

"왜?"

"주, 죽이면 안 돼요."

"뭔 소리야."

루페르트는 기가 막힌 듯 헛웃음을 지으며 내게 잡힌 팔을 빼내었다. 곧 자기 무릎 위로 영차영차 올라온 아이의 옆구리에 손을 집어넣는다. 나는 그가 아이를 던지기라도 할까 봐 찰나 긴장했다. 다행히도 그는 아이를 천천히 바닥에 내려주었다.

"우웅?"

아직 말도 떼지 못한 아이는 고개를 갸웃거리며 다시 루페르트에게 매달리려는 듯 바닥에 주저앉아 팔을 뻗었다. 아이의 짧은 팔이 제게 닿지 않게 몸을 돌린 그가 인상을 찡그린다.

"난 나무가 아니다."

"빠!"

아이가 루페르트의 말을 알아들을 리 없다. 나는 그 대신 아이를 안아 들고 등을 두드려주었다.

"이렇게 아기까지 데려올 줄은 몰랐어요."

변명하듯 우물거렸지만, 다른 아이의 손길을 피하느라 이리저리 다리를 움직이는 그는 대답하지 않았다. 귀찮고 시끄러운 건 질색하는 내 남편에게 지금 이 상황은 최악이나 다름없다. 점점 표정이 굳어가던 그는 결국 사내아이가 제 발치에 물을 흘리자마자 자리에서 일어났다.

상트 볼고르와드는 대신관의 관리 아래에 있는 신전 중에서도 가장 엄한 규율이 있는 곳이었는데 아이들은 어찌 이리 막무가내인지 모르겠다. 루페르트의 험한 표정에도 아이들은 도망가지도 않고 그의 주변을 서성였다.

"폐하?"

"나한테 불만이 있는 건가?"

"네?"

"나한테 불만이 있는 거면 말로 해, 라리에트. 사과할 테니."

루페르트의 기분이 바닥을 향해 나아가는 줄은 꿈에도 모르는 천진한 아이들이 뛰어다니는 한가운데, 그는 한 손으로 관자놀이를 누르며 한숨처럼 말했다.

"그런 거 아니에요."

내가 어물어물 변명하며 그에게 다가가려는 순간, 아이들은 어디서 만들었는지 모를 물풍선을 집어 던지기 시작했다.

콰직!

나와 루페르트를 사이에 두고 오가던 물풍선은 기어코 그의 머리를 때리고 말았다.

"……."

방금 그 소란이 믿기지 않을 정도로 차가운 적막이 내려앉았다. 루페르트에게 물풍선을 던진 아이조차 그의 날카로운 눈빛에 하얗게 질려 뒷걸음질 쳤다.

"앗!"

루페르트는 꼼짝도 않았지만, 지레 놀란 아이는 혼자 뒤로 넘어지고 말았다. 나는 바닥에 주저앉아 울지도 못하고 눈만 도로록 굴리는 아이와 루페르트를 번갈아 보다 입술을 짓씹었다.

　아이들은 생전 신전 밖을 나가본 적 없을 테니 황제가 어떤 사람인지 제대로 알지 못하겠지만, 그중 나이가 제법 있는 아이들은 기겁하며 저보다 어린 아이들을 잡아끌기 시작했다. 그리고 그동안 루페르트는 무성의한 손짓으로 제 어깨를 탁탁 털었다.

　"하."

　"괜찮으신가요?"

　나는 제일 먼저 앞으로 나아가 물풍선을 던진 아이를 내 뒤로 숨겼다. 무슨 생각을 하는지 나와 제 젖은 어깨를 번갈아 본 그가 아주 느릿느릿 입을 연다.

　"……너는 그 아이가 나보다 더 중해?"

　"네?"

　"아니다, 됐다."

　루페르트는 굳어 움직이지도 못하는 신관들을 빠른 걸음으로 제쳐 정원을 벗어났다. 멀어져가는 너른 등이 오늘따라 차갑게만 보여 심장이 덜컹 가라앉는다.

　"황후 폐하, 괜찮으십니까?"

　"……좀 젖은 것 빼고는요."

　"신전에서는 아이들에게 과자를 주지 않기에, 저희도 아이들이 이 난리를 칠 줄은 꿈에도 몰랐습니다."

　아이들은 과자 좀 먹었다고 소괴물로 탈바꿈할 수 있는 존재였다. 내게 사과를 하면서도 신관들은 안도의 한숨을 내쉬었다. 황제의 분노가 자신들에게 닿지 않아 안심하는 것 같았다.

　"전 폐하께 가볼게요. 티파티가 엉망이 되어버려서 아이들에게도 미안하네요."

　"아뇨. 제가 보기에 아이들은 충분히 즐기고 있는 것 같습니다."

신관은 어깨를 으쓱하며 제 등 뒤를 가리켰다. 방금 전까지 얼어붙어 있던 게 거짓말처럼 아이들은 뛰어놀고 있었다. 아이들을 제법 좋아하는 나조차도 살짝 두려워지는 광경에 나는 서둘러 루페르트를 찾아 나섰다.

"폐하!"

"……."

내 목소리를 듣지 못했을 리 없는데 그는 걸음을 늦추지 않았다.

"루페르트!"

기어코 쫓아가 팔을 붙잡고 나서야 걸음을 멈춘다. 그는 숨을 몰아쉬는 나를 언짢은 얼굴로 돌아보았다.

"왜."

"그렇게 가면 어떡해요. 사람들이 당황하잖아요."

내 말에 그의 한쪽 눈썹이 비스듬하게 올라간다. 그가 내가 하는 말마다 인상을 찌푸리는 건 오랜만이라서 나는 찰나 넋을 빼고 말았다.

"다시 묻기 전에 미리 말하겠는데."

"네?"

"나한테 너보다 더 중요한 건 없어."

루페르트의 딱딱한 목소리가 내 양심을 쿡쿡 찌른다. 그는 그 와중에도 내가 놀라 깨문 입술을 손끝으로 어루만졌다.

"너는 아닌가?"

"……."

"나는 네게 그런 걸 바라지 않겠다고 했지. 알아."

루페르트가 내뱉은 한숨이 어찌도 깊고 낮은지 마음이 다 저렸다. 그는 급하게 벌어지는 내 입을 틀어막은 다음 낮게 웃었다.

"그냥 대답하지 마. 안 듣는 게 낫겠다."

"지금 무슨 소리를 하시는 거예요?"

나는 루페르트의 손을 붙잡아 내리며 그를 따라 한숨 쉬었다.

"저한테도 루페르트만큼 중요한 건 없어요."

"벨루아도 있잖아. 네 가족, 네 동생도."

"이제 내 가족은 루페르트잖아요. 벨루아는 여전히 제게 소중하지만, 당신만큼은 아니에요."

루페르트는 내 말을 믿지 않는지, 여전히 굳은 표정으로 고개를 기울였다.

"소중하지 않아도 괜찮아. 그럼에도 네가 내 곁에 있어주니까."

"루페르트가 그런 생각을 하면서 제 옆에 있기를 바라지 않아요."

나는 그의 뺨을 손등으로 쓸며 또박또박 말했다.

"당신만큼 소중한 건 저한테 없어요. 알겠어요?"

"그래."

"제가 당신을 행복하게 할 거라고 약속한 것, 기억하세요?"

내가 한낱 루페르트의 시녀였을 적의 약속이었다. 그를 향한 미움으로 내 영혼이 죄 썩어 문드러질지언정 행복하길 바란다고.

"매일 입가에서 웃음이 끊이지 않고, 하루하루가 너무 소중하고 겨워서 밤에 잠드는 게 아까울 정도로 행복하게 해드릴 거라고요."

"기억해."

"저는 제가 그 약속을 지키지 못하고 있을까 봐 가끔 너무 두려워요."

내 말에 루페르트가 바람 빠지는 소리를 내며 웃는다. 루페르트의 마음이 다 풀린 것 같아서 나는 안심하며 그의 품에 안겼다. 내 머리에다 제 턱을 꾹 누르던 그가 나지막이 입을 연다.

"나 행복해, 라리에트. 너를 옆에 둔 밤이면 눈 감기 아까울 정도로."

"다행이에요."

"나는 내 인생이 이토록 변치 않길 바란 적이 없다."

어느새 노을이 창가를 적신다. 나는 주홍빛으로 반짝이는 그의 금발을 만지작거리다 어렵게 입을 열었다.

"사소한 변화는요?"

"뭐?"

"아니, 사소하지는 않겠지만······ 아까 그 아이들······."

내가 아이들을 상기시키자마자 루페르트의 미간이 좁혀진다. 나는 잘생긴 이마에 잡힌 주름을 꾹꾹 눌러 펴며 조심스레 그의 얼굴을 살폈다.

"음, 예를 들어 그 아이들 중 하나를 저희가 보살핀다든지."

"왜?"

"제게 무례했던 그 소년이요, 저 때문에 가족과 떨어져 살고 있었더라고요. 신관은 하고 싶지 않아 하니 다른 길을 찾아주면 어떨까 해서요."

"다른 사람을 시키면 되지 않나."

"그럼 더 어린 아이들은요?"

"싫다."

"아이가 싫으세요?"

"응. 시끄럽잖아."

루페르트의 대답은 거의 반사적일 정도로 빨랐다. 내가 예상했던 바와 거의 동일한 그의 속마음에 나는 입을 삐죽였다.

"폐하께서 싫으시다면 티파티는 다시 열지 않을게요."

닥터 로젠버그가 들고 온 아티팩트는 상자에서 꺼내자마자 번쩍번쩍 빛났다. 지정된 사람보다 공간에 더 많은 사람이 있을 때 빛을 발한다고 했으므로 이 방에는 지금 나와 닥터 로젠버그 외에 다른 사람이 있다는 뜻이었다.

"세상에! 경하드립니다, 황후 폐하."

이 방에 자객이 있지 않는 이상 내 배 속에 자리 잡은 생명을 뜻하는 것이라. 나는 나보다 더 기뻐하며 입이 찢어져라 웃고 있는 닥터 로젠버그를 바라보며 애매하게 미소 지었다. 내 표정이 그리 좋지 않다는 것을 눈치챈 의사가 고개를 갸웃거린다.

"황후 폐하, 벨네르니를 이끌 후계자가 탄생할 것인데 왜 기뻐하질 않으십니까?"

"으음."

"폐하를 모셔올까요?"

"으으음."

내가 바로 대답하지 않자 로젠버그의 얼굴이 어두워진다. 그는 무슨 생각을 했는지 입술을 세게 깨물며 주먹까지 그러쥐었다.

"호, 혹여 폐하의 아이가 아닌 것인지요……?"

"에……?"

"그렇다고 하신다면 저는 황족을 모시는 의사이기 전에 남부사람입니다, 황후 폐하. 당신과 당신의 아이를 위해 제 목숨을 걸겠다고 맹세하겠습니다."

나는 로젠버그의 결연한 표정에 상황도 잊고 웃음을 터뜨렸다. 딱히 필요하진 않았지만, 그의 충성을 확인한 셈이다. 황제보다 내가 더 먼저라니 루페르트는 반기지 않겠지만.

"그런 거 아니에요, 로젠버그. 이상한 생각 하지 마세요."

"그럼 왜 표정이 좋지 않으십니까? 늙은 심장을 얼마나 더 괴롭히시려고."

나는 어깨를 으쓱했다. 내가 정말 임신을 했다는 사실이 실감이 나지 않기도 했고, 루페르트가 아이를 전혀 바라지 않았기 때문에 마냥 기뻐할 수가 없었다.

"폐하께서 기뻐하실지 잘 모르겠어서요."

"당연히 기뻐하실 겁니다. 벨네르움 왕조의 후계자가 될 아이이지 않습니까? 지배자의 입장에서 이보다 더한 경사가 없습니다."

그는 나를 위로해주려고 한 말이겠지만, 전혀 도움이 되지 못했다. 루페르트는 애초에 벨네르움 왕조를 지속할 생각이 없었으니까. 그는 제도가 정립되고 나면 황좌에서 내려오고 싶어 했다.

「벨루아나 갈까?」

그리 속삭이며 내 머리칼에 입을 맞추던 얼굴이 생생하다. 다감한 노을빛과 어울리는 느긋한 미소 뒤로 숨겨진 피로를 내가 모를 리 없다. 루페르트는 권력을 휘두르는 방법을 매우 잘 알지만, 그만큼 버겁게 느끼기도 했다. 힘을 휘두를 동기가 더는 없었으니까. 그는 내가 알던 라스페리히 1세와 아주 다른 사람이라는 사실이 새삼스레 실감이 난다.

하지만 일개 의사에게 황제의 속사정을 말할 수는 없었으므로 나는 닥터 로젠버그의 입단속을 하고 축객령을 내렸다.

'충성스러운 사람이니 입을 함부로 놀리지는 않겠지.'

루페르트가 기뻐하든 기뻐하지 않든 언젠가 말해야 한다면 내가 전하는 게 나을 터다.

그러나 막상 루페르트를 보면 도무지 입이 떨어지지 않았다.

'오늘은 상파뉴로 돌아가야 하는 날이니 꼭 말해야 할 텐데.'

상트 볼고르와드에서도 그는 정신없이 일을 처리했지만, 그렇다고 황성을 오래 비울 수는 없었다. 하지만 나는 제국법전 외에 그리모알트 3세의 흔적이 남은 서적을 미처 정리하지 못해 신전에 남아야 했다.

"서적을 다 들고 가는 건 어때?"

"법전 하나 가져가는 걸로 신전을 들쑤셔놨던 건 기억 안 나세요?"

"하."

루페르트는 그 점이 못내 섭섭한 듯 식사 내내 입술을 삐죽였다. 아직 입도 대지 않은 샐러드를 포크로 뒤적인다.

"……진짜 나랑 안 가?"

"다시 언제 또 내려올 수 있을지 모르니까요. 온 김에 정리하고 가고 싶어요."

"넌 나랑 떨어져 있는 게 아무렇지도 않나 봐."

"과장하지 마세요. 저도 서운해요."

나는 아이처럼 구는 루페르트가 조금 우스워서 배시시 웃었다.

"웃지 마."

"왜요? 예뻐 죽겠어요?"

"응."

놀리려고 한 말에 담담하게 긍정하니 더 할 말이 없다. 나는 더 늦어지기 전에 루페르트에게 사실을 말해야겠다는 생각에 입술을 달싹였다. 내게 화를 낼 이유도 없고 내지도 못하겠지만, 반기지 않는 기색만 보여도 섭섭할 것 같다.

"루페르트. 나 할 말 있어요."

"뭔데?"

"저……."

내가 입을 여는 순간 사용인들이 메인요리를 나르기 시작했다. 가볍던 애피타이저와는 다르게 수십 가지의 접시가 끝없는 향연을 그린다. 그러지 말라고 하는데도 대신관은 상트 볼고르와드에 머무는 우리를 극심하게 신경 썼기 때문이다. 신관들이 평소 이 정도로 화려한 식탁을 즐긴다면 신전에 보내는 기부금을 조금 줄일 필요가 있을 것 같다.

"말해."

"좀 조용해지면요."

이미 타이밍을 놓친 나는 루페르트의 재촉에도 애꿎은 테이블보를 만지작거리며 사용인들이 물러나길 기다렸다.

"다 나갔다. 무슨 일이라도 있나?"

그는 내 안색이 창백하다며 아침부터 나를 걱정했다. 내 손을 쓰다듬으며 다정하게 묻는다. 그 반응에 더 목이 타서 평소 즐겨 마시던 오렌지 주스를 한 모금 마시려는데 갑자기 냄새가 무척 역겹게 느껴졌다.

"욱."

"왜."

내가 잔을 놓치며 몸을 숙이자 놀란 루페르트가 자리에서 일어나 다가왔다. 이런 식으로 밝히고 싶진 않아 나는 억지로 숨을 가다듬었다.

"우욱."

그러나 발치에 쏟아진 주스에서 올라오는 냄새에 구역질이 멈추지 않았다. 상황을 이해하지 못한 루페르트는 다급하게 사용인을 찾았다.

"의사를 불러와라! 어서!"

"네, 네!"

당황한 건 불려온 시종도 마찬가지였다. 부리나케 다이닝룸을 벗어나가는 그의 뒷모습을 멍하니 지켜보는데 루페르트가 나를 휙 안아 들었다.

"내가 널 데려가는 게 더 빠르겠어."

"나 괜찮아요! 그저 잠깐 속이 메슥거렸을 뿐이에요."

"괜찮긴 뭐가 괜찮아? 주스에 독이라도 들었으면 어떡할 거야?"

"안 들었어요. 그래서 그런 거 아니에요."

루페르트가 나를 높이 안은 덕에 더는 바닥에서 올라오는 냄새가 맡아지지 않았다. 나는 그를 안심시키기 위해 그의 어깨를 붙들었다.

"루페르트. 나 내려줘요."

"……."

"정말 괜찮아요. 별거 아니에요."

"근데 왜 구역질을 해."

그는 괜찮다는 나를 기어코 창가에 마련된 소파에 옮겨놓았다. 아무 이상 없다는 듯 바로 앉았지만, 그래도 안심할 수 없다는 양 무릎을 굽혀 나를 살핀다. 나는 순식간에 하얗게 질린 그의 뺨을 부드럽게 쓰다듬었다.

"드릴 말씀이 있다고 했잖아요."

"그랬지."

"아까 저 식탁에 식기가 한 세트 더 놓인다고 생각하면 어떠세요?"

"뭔 개소리야."

의사에게 달려가도 모자랄 판에 내가 주저앉아 이상한 소리를 한다고 생각했는지 루페르트는 입술을 짓씹었다. 나는 차마 그의 눈을 마주할 수 없어 고개를 수그렸다.

"식기를 한 세트 더 놓는다고? 자리가 없을 텐데."

"……머리 좋으시잖아요. 생각 좀 해보세요."

"모르겠어. 아파서 헛소리하는 거야?"

"저 임신했어요. 이제 좀 알아들으시겠어요?"

내 뾰족한 목소리에 루페르트의 어수선하던 움직임이 뚝 멎었다.

"어?"

루페르트는 허공에 손을 뻗은 채 그대로 굳어버렸다. 뼈마디가 두드러진 손가락은 시간이 멈춘 듯 미동이 없다. 나는 그가 정신을 차릴 때까지 기다려주기로 결심했다.

"생각할 시간을 좀 드릴게요."

"어?"

"저도 폐하를 닮아가나 봐요. 두 번 말하기가 싫네요."

루페르트는 내 단호한 태도에 입을 벙긋 벌렸다가 도로 다물었다. 우리의 대화를 주워들은 시종이 사용인들을 모두 물렸다. 해서 남은 것은 적막. 얕은 바람 부는 소리까지 거슬릴 정도의 고요뿐이라.

"정말이야? 언제 알았어?"

"좀 됐어요. 확실해지기 전까지는 말씀드리고 싶지 않았어요."

아무것도 없는 바닥과 나를 오가며 방황하던 그의 눈이 천천히 가라앉았다. 예상했던 대로 그리 반기는 기색은 아니라 나는 그에게서 시선을 빗겨냈다.

"갑작스러우세요?"

루페르트는 답하지 않았다. 할 말이 산더미인데 말문이 턱 막혀버린 듯 입을 벙긋거릴 뿐이다. 멍청하다는 표현과는 거리가 멀어도 한참 먼 사람인데, 지금 이 순간만큼은 조금 멍청해 보여서 나는 상황도 잊고 헛웃음을 지었다.

"루페르트."

"어? 왜, 왜?"

"무슨 말이라도 해봐요. 불안하니까. 제가 아이를 가진 게 싫어요?"

"아니, 싫지 않아. 왜 싫겠어."

"아이를 싫어하니까요."

선선한 바람이 틈새를 파고 들어와 뒷목을 간지럽힌다. 이미 많이 준비한 말이었기 때문에 물꼬가 트이자 술술 나왔다.

"부담을 드릴 생각은 없어요."

"……"

"벨네르니의 후계자로 삼지 않아도 괜찮아요. 그런 건 바라지 않으니까."

"싫지 않아."

504

한쪽 무릎을 굽혀 앉은 자세 그대로 루페르트는 내 손을 그러잡았다. 큰 손에 갇히듯 싸이자 따뜻한 온기가 전해진다.

"……너 닮았을 거잖아."

"폐하를 닮았으면 어쩌려고요?"

"그래도 조금은 널 닮았겠지."

루페르트는 한숨처럼 말하며 고개를 숙여 내 무릎에 얼굴을 파묻었다. 기쁜 것 같기도 하고 슬픈 것 같기도 한 애매한 태도에선 그의 기분을 헤아리기 어려웠다. 나는 그의 부드러운 금발을 만지작거리며 입을 열었다.

"기분이 어떠세요? 우리 아이가 생겼다는데."

"모르겠어. 네가 알다시피 나는 제대로 아는 감정이 없는 모자란 치다."

언젠가 루페르트는 그런 자신의 부족함 때문에 나를 온전히 사랑할 수 없을까 두렵다고 했었다. 그러나 나는 그의 사랑이 부족하다고 느껴 본 적이 단 한 번도 없다. 그가 나에 대한 사랑을 고백한 이후로 정말 단 한 순간도.

"조금 울고 싶은 것 같은데."

"그럼 같이 울까요?"

"네가 우는 건 싫어."

루페르트가 손끝으로 내 눈가를 쓸며 속삭인다. 그의 찬란한 녹안이 물기 젖은 듯 진해 보이는 것은 나의 착각일까.

"아니, 임신을 폐하가 하셨답니까……."

루이제는 절대 혼자선 상파뉴로 가지 않겠다는 루페르트를 앞에 두고 웅얼거렸다. 그의 모습을 아무리 꼼꼼히 살펴도 탄탄한 복근은 여전히 납작했고, 애초에 해마가 아닌 사람이었으니 아이가 들어섰을 리도 없다.

"뭐?"

루페르트는 라리에트만큼이나 신경이 날카롭게 곤두선 상태였다. 본시 그리 너그러운 성정조차 아니었으니 바짝 올라간 눈매가 몹시 사납다. 그러나 루이제는 할 말은 다 해야겠다는 듯 목을 가다듬었다.

"아니, 산고를 겪을 분은 황후 폐하신데 도대체 왜 폐하께서 회의에 참석하지 못하시겠다는 겁니까?"

"지금 라리가 언제 아이를 낳을지 모르는데 회의 내용이 귀에 들어올 것 같나?"

"의사가 며칠은 더 기다려야 할 것 같다고 하지 않았습니까?"

"걔가 뭘 알아!"

"아니, 의사가 모르면 누가 아냐고요!"

루이제의 불퉁한 반발에도 루페르트는 꼼짝도 하지 않았다. 그 고집에 침대에 누워 있던 라리에트가 난감한 얼굴로 웃는다.

"미안해요, 루이제. 말해도 듣지를 않아서."

"난 여기서 한 발자국도 안 나가."

다친 새끼를 지키는 짐승처럼 으르렁대는 황제의 모습에 루이제는 헛웃음만 흘렸다.

"저 집에 못 들어간 지 꽤 된 거 아십니까?"

"월급을 더 올리겠다."

"……알겠습니다. 알겠어요. 그냥 서류만 가져올게요. 됐습니까?"

"그것도 좀 네가 해."

루페르트는 숨이 턱턱 막히는 요구를 아무렇지도 않게 해댔다. 어이가 없어 입을 헤벌리는 루이제를 더는 쳐다보지도 않고 라리에트의 손만 꼭 붙잡고 있다.

"정말…… 제가 전생에 무슨 죄를 지어서……."

"안 나가나?"

"아니, 제가 어찌 전부 임의로 처리해요? 그냥 황제의 인장도 저 주시지 그러십니까? 네? 배고프십니까? 아예 나라를 말아먹으시죠?"

"너 안 맞은 지 오래됐지?"

순간, 루이제는 침실 안에 혹시 검이 있나 두리번거렸다.

"닥치고 서류만 들고 와, 그렇게 불만이면."

사족을 덧붙였다간 서류조차 안 보겠다며 다 때려치울 기세라 루이제는 울상을 지으면서도 두 손, 두 발 들 수밖에 없었다.

"알겠습니다."

조심스레 문을 닫고 나오자 같은 신세의 르밀이 피로로 새까맣게 물든 얼굴을 들이민다. 해일처럼 밀려오는 일의 파도에 화사했던 본래의 모습은 볼 수 없게 된 지 오래다.

"뭐라고 하세요? 급한 건 이 정도인데, 봐주신다고 하나요?"

"……르밀 백작, 잠은 좀 자요?"

루이제는 씻지 못해 쾨쾨한 냄새가 나는 그녀에게 질색하며 반보 물러났다. 그녀는 묘한 얼굴로 제 어깨에 코를 묻고 킁킁거렸다.

"어머. 나 냄새나요?"

"네."

"며칠 못 씻었으니 어쩔 수 없죠. 뭐, 여기 잘 보일 사람도 없고. 애초에 남자가 없으니까."

"저는, 뭐, 성별이 없습니까?"

르밀은 억울한 듯 목소리를 높이는 루이제를 자연스레 무시하며 그에게 잘 정리된 서류뭉치를 넘겨주었다.

"이것부터 처리해달라고 해주세요."

"이건 황후 폐하가 보셔야 할 사안 같은데요?"

"그건 그런데…… 아, 황후 폐하의 상태는 좀 어때요?"

"아직 진통은 없으신 것 같습니다."

"그래도 불편하긴 하실 테니까요. 정리는 제가 해놨으니 폐하께서 인가만 하시면 될 거예요."

현재 르밀만큼 라리에트가 원하는 세상의 기본 틀을 이해하는 사람은 없다. 해서 그녀는 라리에트의 사정을 이해하고 성심성의껏 돕기로 결정했다. 그래서 떠맡은 일을 처리하는 게 억울하진 않았다. 반면 루이제는 억울해 죽겠다는 얼굴로 죽는소리를 내며 앓고는 했다.

"적절한 후임자만 생기면 전 바로 때려치울 겁니다."

"그 말 들은 지 1년이 넘었네요, 경."

르밀은 루이제의 빈말을 믿지는 않았지만, 그를 조금 안쓰럽게 여기기는 했다. 상트 볼고르와드와 황성을 넘나들며 정신없이 황제의 뒷바라지를 한 것이 벌써 일곱 달이 넘었으니까.

팔불출 황제 폐하는 황후의 임신 소식을 듣자마자 모든 일정을 취소했다. 아이가 태어나려면 적어도 일곱 달은 기다려야 할 텐데도 황궁에조차 돌아오지 않았다.

무턱대고 아이가 태어날 때까지 돌아오지 않겠다니 황궁의 일을 상트 볼고르와드로 들고 오는 수밖에.

"아른바흐 그 새끼…… 아, 아니, 공작만 아니었어도."

루이제를 이를 북 갈며 르밀이 넘긴 서류더미에 얼굴을 묻었다.

"공작위를 거두시지 않았나요? 그때 황제께서 황궁으로 돌아오셨으면 좀 사정이 나았을 텐데요."

"그러니까 말이에요. 욕심이 많긴 했지만 멍청하다고 생각은 안 해봤는데."

라리에트의 임신 소식이 알려지자 후계자까지 공고해지면 황권을 뒤집기가 쉽지 않겠다고 판단을 내렸는지, 아른바흐는 모반을 계획했다. 기실 반역이라도 이름을 붙이기 민망할 정도의 소소한 반항이 되어버리고 말았지만.

"뭐, 마지막 발악이지 않았겠어요? 아르눌프는 완전히 못 쓰는 패가 되어버렸으니."

"권력에 눈멀면 인간은 그리되어버리나 보죠."

르밀은 답지 않게 씁쓸한 미소를 지었다.

"황위에 비하면 보잘것없는 백작위를 쥐고자 제 사촌은 가족 전부를 독살할 계획까지 했었는걸요."

그녀만 홀로 살아남았다. 사촌이 우물에 독을 탄 덕이었다. 르밀 백작가에는 오래된 우물이 하나 있었는데, 성스럽게 여겨져 오직 백작가의 직계들만이 사용할 수 있었다. 르밀의 아버지는 르밀이 성수를 부정하게 만들 수 있다는 이유로 우물의 사용을 금했었다.

'그 덕에 살아남긴 했지만.'

"하여간 나는 귀족들이 제일 무서워요."

이제 명색이 작위를 받은 귀족인 주제에 루이제는 아직도 자신이 평민인 양 어깨를 으쓱했다.

아른바흐는 황궁으로 돌아오려는 라리에트와 루페르트가 탄 마차를 급습했다. 황실 기사단은 황도를 지키고 있었고, 루페르트는 애초에 호위기사를 주렁주렁 달고 다니는 황제가 아니었으니 적절한 때를 노린 것이기는 했다.

그러나 라리에트의 임신 사실을 알게 된 루페르트가 얼마나 철저하게 그녀와 그녀의 아이를 보호하는 데 공을 들였는지를 생각해보지 않은 것이 공작의 유일한, 그러나 결정적인 실수였다. 마차를 덮친 무리는 말의 털끝 하나 건드리지 못하고 거미줄처럼 꼼꼼하게 쳐진 보호진에 걸려 불타 죽었다.

마차를 타고 있던 라리에트조차 꿈에도 알지 못할 조용한 절명(絕命)이었다. 계획을 변경한 루페르트는 그대로 마차를 돌려 그녀를 상트 볼고르와드에 내려놓은 다음 대공이 용병단을 이끌고 붉은 궁전에 쳐들어왔을 때보다도 더 거대한 연금진으로 신전을 감싸놓았다.

그 이후로 루페르트가 황도로 돌아온 적은 단 한 번뿐이다. 오롯이 아른바흐 공작가를 멸문하기 위해서.

「어, 어쩐 일로 오셨습니까?」

늙어 총기를 잃은 공작은 뻔뻔하게 루페르트를 직접 맞이하기까지 했다. 아른바흐는 그가 명백한 증거도 없이 자신을 처단하지 못할 거라 얕보고 있었다. 라리에트를 황후로 맞은 루페르트가 사람이 바뀌었다는 말을 들을 정도로 변했기 때문이다.

그는 태자 시절보다 다섯 배는 자주 웃었고, 백성들을 위해 황실의 국고를 여는 너그러운 성군이었으며 원로회와 불필요한 마찰은 피하는 융통성까지 보였다. 반역을 주도한 벨루아 백작은 유배조차 보내지 않는, 조금 과하다고 생각되는 자비까지 베풀어 지배자 치고는 무르다는 평까지 얻었다.

'그러니 제가 형세를 뒤집을 수 있으리라고 아른바흐가 착각할 만도 하지.'

르밀은 이미 죽은 공작을 비웃으며 속으로 이죽거렸다. 아른바흐는 루페르트가 물러졌다 오판했고, 기실 그리 생각한 귀족들은 한두 명이 아니었다. 이를 눈치챈 루페르트는 원로회 전원을 황도로 불러 그들이 보는 앞에서 직접 아른바흐의 사지를 찢어 죽였다.

「내 지금 너희 하나하나를 붙들고 일일이 경고할 시간이 없다. 그러니 봐라.」

공작의 목구멍에 직접 칼을 쑤셔넣던 기세가 얼마나 무시무시했는지 르밀은 황후의 편에 붙은 자신의 선구안에 뿌듯함까지 느꼈다.

「내 황후가 다시 한 번 그런 위험을 겪게 된다면 범인을 색출할 생각 조차 하지 않겠다. 전원. 여기 자리한 인간 전부를 이 꼴로 만들 생각이 다.」

「…….」

「이미 알겠지만, 나는 내 황후가 없는 제국은 지킬 필요를 느끼지 못 한다. 원로회의 목이 모조리 날아가 영광된 제국이 멸망한다 해도 상관 하지 않겠다.」

엄벌을 내렸지만 그에는 감정이 결여돼 있었다. 그는 지나간 일에 분 노하는 대신 이성적으로 원로회가 겁을 집어먹을 만한 장면을 연출했 다.

원로회의 속한 원로 중 한 명인 주제에 르밀은 희극을 보는 것처럼 통 쾌했다. 그녀는 권력이 비겁하지 않게 발휘되는 순간의 짜릿함을 즐겼 다. 젊은 황제는 피 묻은 검을 바닥에 내팽개친 채 빠르게 상트 볼고르 와드로 회귀했다.

"아, 황후의 궁전을 에두르는 외벽을 쌓으라고도 하셨습니다."

루이제는 그제야 생각났다는 듯 뒤늦게 입을 열었다. 예산안을 만지 작거리던 르밀은 눈을 동그랗게 뜨며 그를 올려다보았다.

"또? 몰수한 아른바흐의 재산까지 모조리 상트 볼고르와드를 요새로 바꾸는 데 썼는데요?"

"외벽 아래에 직접 연금진을 새기시겠다고 해서요."

"그렇게 마구 쓰셔도 되는 거예요, 그 연금술이라는 거?"

르밀은 새로운 문물에 개방적인 태도를 고수하는 사람이긴 했지만, 뼛속 깊이 벨네르니 인이었다. 그 놀라운 힘만큼이나 시전자의 목숨을 깎아먹는 기술이 조금 꺼림칙했다. 황제는 언제 죽어도 놀랍지 않을 정도로 연금술을 낭비하는 경향이 있다.

"안 되죠. 그래서 황후께 먼저 말씀을 드리라고 하는 말입니다."

"아."

르밀은 고개를 주억거렸다. 무소불위의 권력이 진정 누구에게 있는 것인지 이제는 깨닫지 못한 자가 황제의 측근 중에는 없었다.

"악. 아아아악!"

라리에트가 자지러지게 비명을 지르자 루페르트는 하얗게 질려 산파와 의사가 들어간 방 앞에서 서성였다. 황제가 아주 어릴 때부터 그를 모신 루이제조차 처음 보는 생경한 얼굴이다.

루페르트는 숨이 모자란 것처럼 헉 들이마셨다가 주먹 쥔 두 손으로 제 이마를 들이박았다.

"폐하, 좀 진정하십시오."

"지금 내가 진정하게 생겼어?"

"이런다고 아기가 빨리 나오는 건 아닙니다."

"저 새끼 돌팔이 아냐? 왜 저렇게 아파하는데? 어?"

"……"

황의 중에서도 남부 출신으로 임신한 라리에트를 극진하게 보살핀 닥터 로젠버그의 능력을 의심하며 루페르트는 벽을 쾅 내리쳤다.

"다른 의사 불러와!"

"의사가 수백 명이 와도 소용없을 겁니다. 아기를 낳는 건 당연히 아프죠. 저희는 상상도 못 할 고통이잖습니까."

보다 못한 루이제는 한숨을 흘리며 피가 흐르는 루페르트의 주먹을 잡아챘다.

"나 들어갈래. 더는 안 되겠다."

"산파가 안 된다고 했잖아요."

"젠장, 저러다 잘못되면 어쩌려고!"

루페르트가 소리를 내질렀다. 잔뜩 짓씹은 입술은 피가 방울방울 맺혔고 너무 힘을 줘서 주먹을 쥔 덕에 손톱이 손바닥을 파고들어 생채기가 남았다.

"들어가도 소용없으실 텐데."

말은 그렇게 하면서도 루이제는 더는 그를 말리지 못하고 어깨를 으쓱했다. 라리에트와 아주 가까운 귀족 몇을 제외하면 접근조차 하지 못하게 했으니 더는 그를 제지할 수 있는 이가 없던 탓이다.

'폐하 말리다가 죽고 싶지도 않고.'

루페르트는 누가 제 심기를 조금이라도 거스른다면 가만두지 않겠다는 기운을 온몸으로 내뿜고 있는 중이다. 잠을 제대로 자지 못해 붉게 물든 녹안은 언뜻 흉흉하기까지 했다. 겁이 많은 사용인들은 차마 그와 눈도 제대로 마주치지 못할 정도였다.

"들어가시면 안 됩니다. 법도에 맞지 않습니다."

그 와중에 용기를 내 루페르트를 말리러 나선 이는 르한이었다. 그만큼은 아니었지만 초조한 기색이 한가득인 그는 잔뜩 날이 선 황제의 눈초리를 받아냈다.

"꺼져. 내 앞에서 법도 찾지 마라."

"당신께서 황제이신데 어찌 법도를 찾지 말라고 하십니까?"

"비켜. 진짜 죽여버리기 전에."

"안 됩니다."

라리에트의 동생만 아니었다면 저 차분한 목소리가 듣기 싫다는 이 유로 진즉 목을 뽑아버렸을지도 모른다. 루페르트는 확 솟구치는 분노를 애써 억눌렀다.

"아아아악!"

그 순간 라리에트의 비명이 복도를 울렸다. 언제 화를 냈냐는 양 루페르트는 초조하게 마른세수를 했다.

"비켜라."

"안 됩니다."

"제발…… 비켜. 저러다 네 누이 죽는다."

"……."

루페르트는 숫제 애원했다. 힘으로 치우고자 마음먹으면 못할 일이 없었지만, 소란을 일으켜 라리에트를 방해할 수는 없었다.

"어?"

그는 이를 부득 갈며 르한의 어깨를 잡았다. 으스러지게 들어간 힘이 기사의 몸으로도 감당하기가 힘들어 르한은 인상을 찡그리며 물러났다.

"라리에트!"

루페르트가 방문을 벌컥 열고 들어갔지만 산파와 의사는 불청객을 확인할 정신이 없었다. 그들은 격한 진통으로 라리에트가 정신을 놓을까 계속해서 말을 걸었다.

"황후 폐하! 저희를 보세요! 정신을 잃으시면 큰일입니다!"

"아악! 악!"

진통만 벌써 몇 시간째인지. 체력이 약한 그녀가 버텨내지 못할까 걱정이라는 산파의 말에 루페르트는 그녀의 옆에 자리 잡았다.

"악! 아악!"

"라리에트."

그는 안절부절못하며 라리에트의 손을 붙잡았다. 그제야 그의 존재를 알아챈 듯 그녀가 눈을 홉뜬다. 눈에 그를 향한 원망이 가득하여 그는 조금 당황했다.

"마, 많이 아파?"

"미워 죽겠어요."

"어?"

"너 미워 죽겠다고!"

진통이 시작되기 전까지만 해도 눈물을 글썽이며 사랑을 속삭였던 라리에트는 그 자리에 없었다. 그녀는 그의 손을 꼬집으며 소리를 질렀다.

"우리의 아이잖아! 왜 나만 낳아야 하는데?"

"……."

"당신이 낳으라고요! 아악! 왜 내가 낳아야 하는데!"

"미안해, 미안해. 내가 낳을걸. 내가 낳을걸!"

루페르트는 고통에 울먹이는 라리에트를 앞에 두고 허둥지둥 헛소리를 늘어놓았다.

"많이 아프지. 너무 미안해. 내가 낳고 싶다, 진짜."

"당신이 낳긴 뭘 낳아요!"

이성이 없는 와중에도 그 말은 어이가 없었는지 그녀는 헛웃음을 지었다.

"황후 폐하, 말을 너무 많이 하시면 안 됩니다. 집중하세요."

산파의 경고에 라리에트는 루페르트의 팔을 꼬집는 것으로 의사를 표현했다. 팔 여기저기가 울긋불긋해졌지만 그는 그녀의 곁을 지켰다.

"어떡하냐."

루페르트는 울 것 같은 얼굴로 라리에트의 뺨을 쓰다듬었다. 땀에 젖어 이마에 달라붙은 머리카락을 정리해주는 동안에도 그녀는 진통을 겪었다. 그 작은 몸에 어찌 이런 힘을 숨기고 있었는지 붙잡힌 손목이 으스러질 것 같았지만, 그녀의 고통이 워낙 대단한지라 제 아픔은 느껴지지도 않았다.

"많이 아프지."

"……."

"라리, 정신을 놓으면 안 돼. 대답을 해봐."

이 정도로 아파하는 것을 지켜보고 있노라니 세상이 무너지는 것 같았다. 라리에트는 물기 섞인 루페르트의 목소리에 이를 악물었다. 곧 매서운 눈으로 그를 노려본다.

"좀 닥쳐요!"

"……."

"누구 때문에 내가 이렇게 아픈데! 아아악!"

할 말을 찾지 못한 그는 몸을 수그려 제 머리를 그녀의 손에 쥐여주었다. 그녀는 그의 머리를 한 손에 쥔 채 다시 비명을 질러댔다.

"악! 아악!"

"조금만 더! 조금만 더 힘을 내세요, 황후 폐하!"

"아아악!"

끝이 보이지 않는 진통이 몇 번은 더 오간 후에야 갓난아기 울음소리가 터져 나왔다. 황제의 찬란한 금발이 다발로 뽑혀 바닥을 나뒹굴 때쯤 그들의 아기는 세상의 빛을 보았다.

황후가 출산했다는 소식을 전하기 위해 시종은 빠르게 달려가 성전의 가장 높은 탑에 올랐다. 새빨간 장미가 그려진 깃발이 하늘 높이 치솟는다.

엘리자베타 1세의 탄생이었다.

루이제는 안도의 한숨을 내쉬며 호숫가를 찾았다. 들을 수 있을지는 모르겠지만, 왠지 토리에게 이 소식을 전해줘야 할 것 같았으니까.

"토리."

이유는 모르겠지만 토리의 푸른 보석을 품은 호수는 색이 조금씩 더 진해지고 있었다. 이렇게나 새파란 호수는 본 적이 없다며 사람들이 수 군거릴 정도다.

"나 왔어요."

바닥에 털썩 주저앉은 루이제는 머리 뒤로 깍지를 낀 채 입을 달싹였 다.

"대답 좀 하지."

대답이 돌아올 리 없다.

"……호수에 들어가 있으면 안 추운가. 추운 거 싫어하지 않았나? 나 는 이제 나이가 먹어서 그런가. 추우면 뼈가 다 시린데."

따지고 보면 토리는 그보다 나이가 많다. 그가 앳된 청년이었을 때부 터 소녀였고, 그 전에도 소녀였을 테니까. 애초에 에바가 아르델에 있 었을 적에도 소녀이질 않나. 그러나 왜 루페르트보다도 그녀가 더 아 이처럼 느껴지는지. 루이제는 한숨처럼 웃었다. 서툴러서 그랬다.

"라리에트가 아기를 낳았어요. 물론 폐하의 아이입니다."

호수는 고요하기만 했다. 잔물결조차 치지 않는 잔잔함에 그는 어깨 를 으쓱했다.

"기분이 좀 이상해요. 폐하 덩치가 저보다 더 커진 지는 오래되었지 만, 나보다 더 빨리 자식이 생기다니."

소년은 눈 깜빡할 새에 자라 청년이 되더니, 이제 한 아이의 아버지가 되었다. 하지만 그를 거울처럼 닮아 있던 소녀는 차마 자라지 못한 채 신성한 호수에 흡수되고 말았다.

"나는 토리도 그럴 줄 알았어요. 언젠가는."

루이제는 씁쓸한 얼굴을 두 손으로 가렸다.

"내가 고민을 좀 해봤는데. 토리는 그 호수에서 벗어날 수 있을 만한 계기가 필요할 것 같아요."

루이제의 목소리가 이어졌다.

"루페르트 대신 그의 아이를 지키는 것으로는 모자랄 것 같습니까?"

토리와 루페르트는 그렇게 생각하지 않겠지만, 루이제는 에바와의 인연으로 벨네르니 황가를 지키게 되면서 항상 아이 둘을 키우는 기분이었다. 라리에트가 온 뒤로는 셋이 되었고. 그들 모두 아이였던 적이 없었다고 코웃음을 치겠지만, 그럼에도.

제 애정을 표현할 줄도 모르는 그 서투름이 어찌 아이의 것이 아닐 수 있겠나. 루이제는 토리가 루페르트와 라리에트를 얼마나 좋아했는지 알고 있었다. 아무리 부정한들 그 애정을 모조리 숨길 수는 없었으니까. 이따금 그들이 평화로운 오후를 함께 지내는 모습을 보여줄 때면 얼마나 흐뭇했는지.

"루페르트의 아이지만, 라리에트의 아이기도 하니까요."

두 사람의 아이.

"벨네르니 황실의 적녀일 텐데."

눈에 넣어도 아프지 않을 만큼 사랑스러운 공주님일 터다. 머리카락과 눈동자는 루페르트를 빼닮았지만, 루이제는 그들의 아이가 라리에트처럼 따뜻한 사람으로 자라리라 믿어 의심치 않았다.

"나는 내 아이를 가질 생각이 없어요. 폐하와 당신과 함께하며 애 키우는 게 얼마나 힘든지 알아버렸거든."

애들 주제에 고집은 또 얼마나 센지. 솔직하게 마음을 털어놓았다면 일이 이리되지도 않았으리라. 루이제는 입가를 손끝으로 긁으며 피식 웃었다.

"당신이 언제 우리들을 키웠느냐고 톡 쏘아붙일 때가 되었는데."

그러니 이제 돌아와주지 않겠나.

루이제의 말에 호수는 한참 뒤에야 고운 물결을 만들어내는 것으로 대답을 대신했다. 그는 안심하며 호숫가를 떠났다.

– fin.

postscript

4년이라는 길다면 긴 시간을 쏟아부은 글입니다. 함께해주셔서 정말 감사드립니다. 사람은 스스로 달라지자 마음을 먹어도 그러기가 쉽지 않지요. 그래서 저는 시간을 되돌린다 해도 이미 내린 결정을 번복하기가 어려울 것 같습니다. 그럼에도 서로를 위해 발전하고, 움직이길 포기하지 않은 라리에트와 루페르트가 오래오래 행복하길.

2020년 1월

에클레어